海角嚶鳴

香港中文大學文物館藏蘇文擢致何叔惠函牘

何幼惠署

香港中文大學圖書館叢書第十種

海角嚶鳴
香港中文大學文物館藏蘇文擢致何叔惠函牘

郭偉廷、鄒穎文 編著

香港中文大學出版社
The Chinese University of Hong Kong Press
香港中文大學圖書館
CUHK Library
香港中文大學文物館
ART MUSEUM
THE CHINESE UNIVERSITY OF HONG KONG

香港中文大學圖書館叢書第十種
題耑：何幼惠先生

《海角嚶鳴：香港中文大學文物館藏蘇文擢致何叔惠函牘》
郭偉廷、鄒穎文 編著

國際統一書號（ISBN）：978-988-237-284-9

出版：香港中文大學出版社
香港 新界 沙田・香港中文大學
傳真：+852 2603 7355
電郵：cup@cuhk.edu.hk
網址：cup.cuhk.edu.hk

Literary Exchanges on the Periphery of the Motherland: The Correspondence of So Man-jock to Ho Shok-wai Collected by the Art Museum of The Chinese University of Hong Kong (in Chinese)
Edited by W. T. Kwok and Y. W. Chau

ISBN: 978-988-237-284-9

Published by The Chinese University of Hong Kong Press
The Chinese University of Hong Kong
Sha Tin, N.T., Hong Kong
Fax: +852 2603 7355
Email: cup@cuhk.edu.hk
Website: cup.cuhk.edu.hk

Printed in Hong Kong

目錄

蘇文擢教授

何叔惠先生

右起：何叔惠、蘇文擢、楊淑明（蘇文擢夫人）、梁絜貞（何叔惠夫人）

右起：徐淦、蘇文擢、伍絜宜、何叔惠

右起：蘇文擢、何叔惠

小山草堂雅集（七十年代）

前排右起：潘思敏、陳荊鴻、何叔惠、蘇文擢、潘小磐

載《南海潘新安先生草堂詩緣翰墨選輯》頁拾陸

序一

二零二三年一月，香港中文大學圖書館梓行《融會中國與西方：香港中文大學圖書館所藏近代早期西方漢學要籍》，介紹館藏西方語文珍籍；八月亦將與文物館聯合出版《海角嚶鳴：香港中文大學文物館藏蘇文擢致何叔惠函牘》，編纂國學名宿蘇文擢教授上世紀五十年代以後的信函，收入本館以嶺南文獻為重心的《香港中文大學圖書館叢書》第十種。二書出版正值中文大學六十周年校慶，有連串活動慶祝大學創校一甲子之發展；是年四月，本人履新大學圖書館館長，為一所具規模的研究圖書館效力，振奮之餘，又深感未來充滿挑戰，任重而道遠。

香港地處嶺南之濱，過去常為國內文化人寄寓之地，琳琅典籍、書畫、信札、手稿文獻亦隨文化人足跡在香港流傳。經歷年蒐集，大學圖書館所藏日益宏富，因地域優勢，當中粵、港國學珍藏尤其可觀。上世紀九十年代以後，圖書館更定期舉辦專題展覽，輯錄專集多種，向公眾介紹珍藏，賡續自七十年代已刊行之《香港中文大學圖書館叢書》。所輯專集有系統地記錄香港開埠以來不同年代文化人如前清遺老、教育家、學者、詩人的書畫、信札、手稿、詩文文獻，當中不乏傳統國學之珠玉瓊章，既記錄本地文獻，亦展示嶺南文化在香港的傳承。上述專集包括《翰苑流芳：賴際熙太史藏近代名人手札》（一九一一年辛亥革命前後）、《李景康先生百壺山館藏故舊書畫函牘》（二十至五十年代）、《南海潘新安先生草堂詩緣翰墨選輯》（五十年代）、《番禺林碧城先生藏故舊翰墨選輯》（五十年代）、《順德潘小磐先生藏故舊翰墨選輯》（七十至九十年代）、《魏唐三昧：蘇文擢教授法書展專集》（五十至九十年代）、《香港古典詩文集經眼錄》及《香港古典詩文集經眼錄續編：詩社集、詞社集》（晚清至二千年代）。

即將出版的專集收錄本校聯合書院學者蘇文擢教授上世紀五十至九十年代寫與國學名宿何叔惠先生的信函、詩文。蘇教授與何先生同祖籍廣東順德，系出書香望族，有三代通家之好。二人在國內出生，國學深邃，一九五零年移居香港，同從事教育，桃李滿門，著述豐富，有聲於時，初期雖生活艱困，亦時通信聯繫，交遊往還，參加雅集，留下不少信函及唱和詩文，成為珍貴文獻。此書記錄兩位宿儒的友誼、交遊、生活及身處的社會狀況，可藉以瞭解早年南來文士境遇及嶺南文化在香港的傳承。香港人文薈萃，可惜相關文獻在文士轉徙流離中散佚亦多；搜羅珍遺、記錄一代文化精粹、傳揚所藏，是圖書館重要工作，本人樂見此專輯之流播，是為序。

香港中文大學圖書館館長　文奈爾（Benjamin Meunier）

二零二三年四月序於大學圖書館

序二

播揚中國傳統文化向為香港中文大學所重，久負盛名。學者沉浸舊學，古道熱腸，孕育一代又一代的學子；教學之餘，寫作不斷，與友儕往還除通問信函外，並多詩文贈答、書畫題跋，作品筆力遒勁、文采斐然，蘇文擢教授乃其中佼佼者。

蘇文擢教授上世紀與同鄉何叔惠先生的函札往還尤其頻密。一九九七年，何先生將蘇教授所贈信函六冊及其他翰墨一併捐贈香港中文大學文物館，作永久保存，殊為珍貴。二人祖籍廣東順德，出生書香世家，奕代情好，舊學深醇；戰後寓居香港，生活艱困，其通信是早期居港文士生活的珍貴記錄。蘇教授在信中多談彼此藝文活動，展示早期文人如何以睿智及無比毅力克服艱辛，令人深感。當年生活磨人，從事文教工作者奔走營生，或困微恙，頗受折騰，還幸蘇教授、何先生等文友常透過茶敘雅集，以文會友，以友輔仁，含咀英華，詩文贈答無間，於艱虞中稍得慰藉，是故信函所蘊含既具藝文價值，也反映早期寓港文士的生活藝術。

文物館在此再次感謝何家將這批珍貴、見證兩家友誼書信捐贈文物館，也感謝郭偉廷先生、鄒穎文女士有條不紊、一絲不苟地將書信翰墨輯錄《海角嚶鳴：香港中文大學文物館藏蘇文擢致何叔惠函牘》，以廣流傳。而對所有曾協助出版、梓行此專集人士，亦謹致衷心感謝。

香港中文大學文物館館長　姚進莊

二零二二年九月序於文物館

序三

世交乃華夏獨有倫理觀念。

〈中庸〉云：「君子之道，造端乎夫婦。」孔子從天道運行，推而觀人倫社會道德規範。乾坤落到人事，發端乎男女，由沒有血緣之夫婦，衍生有血緣之父子、兄弟，繼而派生沒有血緣之君臣、朋友，於是五倫既成。

「倫」乃秩序、關係、情誼，世交恰恰融合父子、兄弟、朋友三倫。朋友既屬五倫，不以貴賤論誼，世交三倫涵蓋，更形敦厚雅馴。歷代世交，遠至包拯與文洎、劉伯溫與徐達、蘇東坡與陳季常，近至陳寅恪與俞大維、梅蘭芳與譚富英，情誼莫可輕視。

薇盦世伯，尊翁國溥先生，號惠庶，清末秀才。尊大伯父國澄先生，號清伯，一八九零年進士。尊二伯父國澧先生，一八九八年進士，授翰林編修，世稱「何氏三鳳」。一八九八年，何氏祖居後院池塘蓮花盛放，乃祥瑞之徵。一九五八年，世伯為紀念二伯父百齡冥壽，在港邀請畫家寫〈瑞蓮圖〉、由先君撰序，並於一九六一年再撰〈何惠庶先生訓子手卷跋〉，謂彼此乃順德望族，三代通好。薇盦世伯與先君交往，約始於一九五二年。先君曾有「強持三世學，補讀十年書」之句。壬辰（二零一二）冬杪世伯往生，余曾拜輓曰：「四代通家始幼時，詞壇藝苑失宗師。騎鯨飛御文昌宿，鳳嶺眉山共賦詩。」

世伯哲嗣慶章世兄與余識於童年，初隨先君赴世伯府上拜年，彼此玩樂。爾後各奔前程，旋與世伯、幼惠世叔交往較頻。十多年前，與同寅代表亞洲智能建築學會赴滬評審新建商廈，世兄恰巧為主理建築師，肩負接待，舊友喜逢於煙雨江南。兩年後，類似項目在北京開展，又是另一番重逢。此後往來趨密，言談甚歡，乃世交之延續矣。

蘇廷弼癸卯孟春序於鑪峯

序四

承郭偉廷先生、鄒穎文女士之屬，為所輯蘇文擢教授上世紀致先父之信函專集撰序，謹綴數言憶述蘇教授過去與先父交往，緬懷一代宿儒於國學、文教、詩詞等領域貢獻。

我認識蘇教授，即我們尊稱之「蘇伯伯」，始於兒時。先父每於農曆新年攜同家人到蘇伯伯府上拜年，互相道賀後，蘇伯伯會拿些詩詞翰墨與先父相互討論、吟誦，此情景是我珍貴難忘回憶。

蘇伯伯退休前任教香港中文大學，先父退休前亦在珠海、崇文及堅道書院任教，二人授課之餘，喜與「碩果社」社盟及後起之詩人於周末茶聚於九龍城「竹園酒家」，有陳秉昌、楊舜文、潘小磐、關殊鈔、溫中行、黃維琩、陳荊鴻、何古愚、黃少坡、余少颿、何竹平、潘新安、梁耀明等。茶聚中，賞論先賢藝文以外，席間並傳閱各人詩文書畫，切磋琢磨，分享心得，不亦樂乎！隨後多位文友先後離世，此「碩果社」周末茶聚後亦因竹園酒家結業而結束，惟二人一直致力傳承傳統文化、作育英才，桃李滿門，期間並透過書信、茗聚互相問好，答贈詩文，唱酬無間。

蘇伯伯與先父同祖籍廣東順德，有三代通家之好，書香門第，五十年代初寓居香港，從事教育。時值社會普遍貧困，謀活艱辛，歲月倥傯，惟二人締交數十載，一直聲氣應求，相濡以沫，都呈現於二人往來信函；《海角嚶鳴：香港中文大學文物館藏蘇文擢致何叔惠函牘》既展示蘇伯伯與先父的詩文翰墨，滿腹經論，誠書存慧業，從中又可見上一代學人學養湛深，堅守傳統文化，貢獻教育，教我懷念敬仰，儒者學問風儀長留心中！

癸卯二月　何慶章序

前言

何叔惠先生（一九一九－二零一二）與蘇文擢教授（一九二一－一九九七）同是香港國學名宿，舊學深醇，飲譽學林。何叔惠齋號薇盦（下稱「薇盦」），蓋以故里院宅有雙紫薇樹，義取不忘故鄉祖德；（一）蘇文擢教授齋號邃加室，義取朱熹「舊學商量加邃密」詩句（下稱「邃加師」）；一九九七年，薇盦詞丈將邃加師曾致書函詩箋捐與香港中文大學文物館，《海角嚶鳴：香港中文大學文物館藏蘇文擢致何叔惠函牘》乃整理該批文獻，附以文物館藏薇盦詞丈、邃加師其他翰墨及相關資料成編。

何氏、蘇氏乃廣東順德簪纓之族，書香門第。薇盦、邃加師一九五零年到香港，同是廣東名儒之後，在港相逢約一九五一或一九五二年。薇盦祖籍廣東順德水藤鄉，大伯父何國澄登進士第，二伯父何國澧授翰林院編修，父親何國溥膺茂才，有「何家三鳳」美譽；邃加師祖籍廣東順德烏洲，祖父蘇若瑚，前清舉人，名書法家，父親蘇寶盉，光緒優貢，均為廣東名儒。何國澄、何國澧、何國溥與蘇若瑚、蘇寶盉相善，薇盦、邃加師同是國學深醇，身世相仿，更有三代通家之好，誼篤枌榆，但因邃加師少年時隨父上海生活，後始海角相認，之後數十年，兩公往還不斷，詩酒唱酬，情誼深厚。

上世紀五十、六十年代人多用信函，薇盦、邃加師函牘內容除日常懷敘通候、邀約讌飲、節序慶弔，還有論文談藝、詩章贈答等；即使所提不少屬日常事，若生活實錄，卻反映早期港人生活場景，與及居港文化人之艱困處境。有關信函連同所附詩詞，原件合共一百四十八通，用箋尺寸不一，裝幀簡樸，分成六冊，每冊中函件先後非按時序。（二）從函中可見兩公堪謂知音，既述及舌耕生涯勞累，萍槐飄零感慨，病疾纏困苦惱，也有茗局雅集邀約，談詩評藝切磋，可見彼此多所共鳴；函牘主要以行楷書寫，用箋不區，即使率意運筆，仍見意態法度，雅意盎然，總體上如《文心》云在盡言，散鬱陶，託風采。

唯函牘多只書月日，繫年則賴有提及彼此詩作或所附詩詞，或提及本事，考諸薇盦、邃加師兩公遺什等著述；寫作多在上世紀五十、六十年代，少量寫於八十年代初、九十年代。（三）函牘翰墨內容約分六端介紹如後。

一、教學生涯：訂頑力點千頭石（四）

薇盦、邃加師來港後一直從事教育工作；上世紀五十、六十年代物力維艱，期間須於不同學校、院校兼課，忙碌奔波，如〈手札冊乙〉第二十一通邃加師云：（五）

> 弟本年兼任珠海、華仁及文商夜校，經緯固辭不獲，仍保留《左傳》二節，自九月三日以來，即忙于課事，其文商之詩學及周秦諸子，更須另編講義，以是課餘則埋首故紙堆中，予口卒瘏，長途役役，甚矣其憊，真不知何日稍脱此煩擾也。

即欲相約晤言，也並非容易，如〈手札冊甲〉第七通述及薇盦雖同任教一校，也因課時有別，匆來急往，欲會面竟未能如願：

> 啟鐸以還，檢點課事，較之去歲尤為忽遽。上周新翁之約仍無法抽身，栗鹿生涯，足諗端倪矣。每周一、三下午二時必到珠海，而我兄似是上午班，同岑異苔，差池不見，益可惱也。

在不同學校兼課之餘，還須以補習工作幫補不足，難免起勞生之嘆；尤有甚者，須忍受教職之仰人安排，〈手札冊甲〉第三十六通云：

> 小別經旬，若彌年載，頃課事方闌，而補習又起，卒卒無須臾之閒，勞生至此，亦嘆觀止矣，加以每年此日，例作來秋安排，如市賈之衒媒，等倚門之賣笑，真不知何日可脱此桎梏耳。

「勞生至此，亦嘆觀止矣」，尤令人深感，難怪寫兒子誕日詩也有「勞生詎有涯」之嘆。（六）〈手札冊甲〉第三十五通更云：「轉眼復課，希穎所謂聞之喪膽者也。」

邃加師備課用力，授課認真，過度勞累影響身心健康，嘗嘆神氣、體力退損，〈手札冊乙〉第二十通云：

> 年來體力銳退，或歸罪于講事太多，神氣大損，然非此又不足以應晨夕，其咎仍在室家之累也。大詩早拜讀，情兼雅怨，語多危苦，身世所關，不容自禁，俟小恙告痊，當選和一二耳。頃臘鼓初催，年將復始，而生事倍多支絀，古人笑心為形役。我輩役心之餘，形不加益，則又天之戮民也。

心手眼力遲鈍，戲羨薇盦活力充沛，〈手札冊乙〉第十二通云：

> 兩月來以整理舊講稿，每晨伏案，心手眼力皆遲鈍，以視兄之活力充沛，良自愧也。

課務既忙，也影響社交生活，或有誤會，亦屬無奈，〈手札冊甲〉第二十一通：

> 弟年來以課務編排之誤，作繭自縛，一周中幾無半日閒，倦於事而憒於憂，往往厭聞應酬，暇即埋首案前，點閱舊書而已，不知者竟視為高傲，世俗之見，誠難自解。

從有關信札，可知自一九五一年起十數年間邃加師教育工作殊勞累，其因由與當時南來文化人處境和待遇有關，而薇盦也可說是背景相似，際遇相同，故以信函傾吐；當年不少飽學之士旅港，終日奔波勞生為棲一枝之安，生活大底如此。雖云教育工作甚具意義，但讀到信函中「體力銳退，或歸罪于講事太多，神氣大損，然非此又不足以應晨夕」等語，恰似柳子厚〈牛賦〉所云「牛雖有功，於己何益」注腳。雖此，上述傾訴不過自然流露，在邃加師相關信函及詩文，氣格總體上仍屬剛健自重，不涉委靡頹唐。

二、遷居之苦：四十三年十八遷

邃加師〈壬申殘臘自寄塵庵遷住沙田〉詩回憶平生遷居事有「四十三年十八遷」之句。(七)早歲香港住屋需求殷切，租務法例未完，租客或有遭戶主、二房東不合理索求，或不禮貌對待，邃加師性嚴毅，固易與生齟齬，卜遷他去。〈手札冊甲〉第二十四通，提到曾居銅鑼灣希雲街禮雲大廈某室，與戶主不睦而覓遷：

> 入春差池不見，渴念奚似。旬來與居停不睦，僕僕於覓巢者五六日，現已遷居，摒擋未全就緒，心力交困。

及一九六四年，邃加師已來港十三年，仍在受租務、搬遷之苦，〈手札冊甲〉第十八通云：

> 始以催租人無理索價，摒擋移居，擾攘者前後十餘日，乃甫告就緒，先之以露比，戶牖琉璃揭去七八，繼之以莎利，事前之防範，事去之復元，心力財力為之交困，勞人生事，似屬命定，惟有一笑而已。

信函提到若干地址，讀者或可從而了解「十八遷」中部分具體遷址，如〈手札冊甲〉第三十二通提到曾居北角與嘉友余少颿為鄰：

> 近以業主無理加租，不願多事，經於前日移居北角，與少颿為鄰，除大破財外，無善可陳也。

斯時居住環境之差劣，甚至損害詩思，令邃加師發「再來莫作讀書人」之呵壁天問，〈手札冊甲〉第三十六通苦訴云：

> 南陬蒸鬱，與歲增劇，所居湫隘，無甕牖以達其氣，一室如籠，若蟻之緣釜，詩思為之斲喪殆盡。前示大什，雒誦循環，苦難追步，再來莫作讀書人，痛哉，此言吾輩所當呵壁而問，叩閽而叫者也。

〈手札冊甲〉第二十七通又云：

> 弟舊居迎日，入夏如籠，已於日前移上十三樓ＨＧ座，仍為斗室，轉向西南，夜後多風，得一安寢，士而懷居，勢不得已。

上世紀七十年代下旬至八十年代初，邃加師入住沙田中文大學宿舍，考見詩篇知居住環境蓋稍愜意，又至一九八三年退休前，移居荃灣九咪翠濤閣（〈手札冊乙〉第三十二通），唯每天往返中文大學交通需三小時，（八）〈手札冊乙〉第二十八通云：

> 弟自移居以來，日踵長途，車塵萬斛，勞人生事，雅興全無，亟盼遂吾初服，閉戶重讀故書矣。

交通之費時勞人，「雅興全無」，令邃加師頓萌生自此引退上庠閉戶讀書之念。一九八五年（乙丑）冬，又自荃灣遷居九龍太子道鬧市，齋曰「寄塵庵」〈寄塵謠〉小序云：

> 乙丑冬自郊居移住市廛，樓臨大道，終日車聲殷隆，塵塞戶牖間，予方偃仰自樂，喜其高廣能容書硯也。（九）

〈乙丑冬移居詩〉有小注云「予弱冠足歷九省，來港三十七年十六移居矣」，（一〇）又，〈寄塵庵雜詠八首〉附云：

> 予以乙丑冬移住九龍大道旁，塵囂殊甚，因名所居曰寄塵庵。（一一）

及一九九三年，邃加師自太子道寄塵庵遷居沙田富豪花園，至一九九七年終老。

不斷遷居固甚磨人，信函除宣泄對居所環境不滿，如與居停不睦、無理索價、無理加租、夏日炎蒸，還不止一次提到因遷居而心力交困、斲喪詩思、雅興全無。屈子〈卜居〉云「孰吉孰凶？何去何從？」凡此種種，蓋亦當年不少文士厄困。唯須留意信函所言，或一時感慨，隨筆出之，尤其與知心友人，言無不盡，一罄鬱結；及靜言思之，心有所定，發為詩文，則始見其人素抱。如上述移居荃灣交通費時勞人，信函固頗有牢騷，但邃加師從東坡詩句「君看厭事人，無事乃更悲」，及道家「借事鍊心，鬧處養神」之說，故其後〈大埔道車中口占〉詩寫此段車程雖然顛簸勞形，但仍有銷解安處之道，有句云「頗悟鬧養神，塵中有淨境。無事或更悲，坡公意可領」。（一二）

三、茗敘雅集：停杯更相笑，身在九衢中（一三）

兩公時互訪，在通訊不便年代，往往訪而不遇，唯致函相知表示惆悵，如〈手札冊甲〉第二十通：

> 初三日午四時曾偕內人趨府，值兄舉家外出，悵甚，謹以俚詞當晤語。曾以紅紙書鉛筆入門縫，未知見否？

又或以詩記不遇，達思念，如〈詩稿冊甲〉第十五通〈庚子除夕與叔惠兄交相過訪不遇，開歲走筆奉答五疊前韻〉：（一四）

> 離情薄雲漢，三秋抵一日。人生不如意，全美少可十。即此駕言遊，亦復參商出。初陽改故陰，流光感駟隙。明發予有懷，遺思在昨昔。何時相見歡，慰此離悰席。懸知君書來，兀兀燈動壁。（一五）

今日讀之，若隔世趣事，友人交相過訪卻如參商不得見面，當日卻屬平常。相約「飲茶」倒成友人可固定時地會面之所。

香港通俗所説邀友「飲茶」非只為品茗，乃情誼表現；席上友朋互勸茗盃，佐以點心，互通近況，暢懷談笑，或咄嗟分憂，或抒發牢愁。常日工作勞碌，休沐日於茶樓茗敘，與嘉友晤言，情懷固不俗；尤其邃加師與薇盦，同鄉之誼，同雅好文藝，三代通家之好，在香港共通飄零之感，隨茗煙而暢敘幽懷，以傾積愫，談文説藝，當亦自然，又非一般酒食徵逐可比擬。

該批信函中邃加師屢次邀薇盦茗敘，具體提到茗敘之地有銅鑼灣金魚菜館，預局還有余少颿、謝善權等，時間初是周末，後改周日，還有北角新遠來和旺角瓊華酒樓。（一六）如云「復活假期能過作茗談否」（〈手札冊甲〉第二通），云「校中以下周三停課，當謀茗敘耳」（〈手札冊甲〉第十七通），云「最好每日早上九時左右，順作茗談，如何？」（〈手札冊甲〉第二十二通），云「訂於本周日（六號）下午二時在平安酒樓恭候伉儷茗敘，如幼惠兄能偕新嫂同來，更所欣企，乞代約為幸」（〈手札冊甲〉第二十三通），云「東行之便，盼隨時枉過，一傾積愫，每早九時至十時，必在新遠來，希到茗談耳。」（〈手札冊甲〉第二十五通），（一七）有關茗敘信札，本書中屢見：（一八）

〈手札冊乙〉第五通云偶因事未能出席，邃加師以為遺憾，所隨感慨，令吾人更明茗敘在兩公及友儕間何以重要：

> 日前茗局，以事不克奉教為歉。旬來結夏漸完，摒擋課事，茗盌清談，又須俟之假日。人生得相知者，晤言一夕，尚非易事，真何暇隨俗骨人群居作讕語耶？思之定有同感。（一九）

所謂「茗談珍逝隙」，亦即此意。（二〇）〈詩稿冊甲〉第十二通〈癸丑冬杪與薇庵茗敘，見贈秋懷二首步韻奉答，時賢郎將赴加遊學〉其一也是寫茗敘情趣：

> 小約期佳茗，微吟接好風。輪音方耳沸，蘭臭此心同。
> 萬態風前葉，孤弦爨後桐。停杯更相笑，身在九衢中。

所寫乃市樓上雖喧鬧，但共席者知音，品啜未必名茶，但蘭言幸以相接，彼此停杯相笑，意味深長。邀茗局外，也有邀宴，一九六三年邃加師致函邀薇盦等到鯉魚門海鮮宴，〈手札冊甲〉第四十二通：

薇莽詞兄世大人道席：一昨邕聆清誨，並飫嘉羞，快慰奚似。放慵之日，屈指無多，啟課後又疲於奔命，彼此同之。茲擬於下周二八月十四日赴鯉魚門作海鮮之局，由弟作一小東，由兄為導嚮，請於是日下午三時左右偕同嫂夫人及令郎、媛，賁舍同行，海靜無波，漁舟唱夕，此中正不知添幾許詩料也，千祈撥冗是幸。專此，順頌侍祺，並候儷安，弟文擢頓首，八月五日。

從信函可見邃加師於啟課之前，欲與好友作歡敘，「放慵之日，屈指無多」猶古詩「晝短苦夜長，何不秉燭遊」之意；從中「海靜無波，漁舟唱夕，此中正不知添幾許詩料也」等語，可見敘會情趣所在，不止餔啜，更有風雅意蘊；還有闔家邀請，可見蘇、何兩家之好。鯉魚門海鮮局約一周後，啟課在即，邃加師復致函薇翁，〈手札冊甲〉第三十八通云：

薇莽詞兄世大人足下：日前承教，欣慰奚似。轉眼啟課，磨牛陳跡，又復困人，言之悵惘。昨窮半晝之力，追記斯遊，為絕句十首，別紙呈儷正。彼此忙人，得半日閒，真非易事，聊資紀實，有餘味焉。金魚早局，少颿極盼大駕破例一來也。專此，敬頌儷安。弟文擢頓首，八月廿日。

信函回味鯉魚門之遊，並附以十首絕句，詩箋題作〈鯉魚門十詠贈薇莽〉，(二二)得自海靜無波、漁舟唱之詩料，化為絕句，詩咫尺千里，詞淺意深，謙云紀實，讀來卻餘味無窮。錄二首：

其一

濕雲如火漲炎洲，衝暑從君得漫遊。不耐平生飄泊感，夕陽天際下孤舟。

其四

千里艨艟綰往還，佛堂東出舊江關。重來癡說興亡事，日暮漁樵相與閒。

茗敘以外，信函尚提到兩公參預之群體雅集敘會。上世紀香港詩社林立，雅集敘會繁多，邃加師在信函所提組合，分別有瓊華茶局、碩果詩社，長期定時舉行敘會；另有幼稚園雅集、清涼法苑雅集及東普陀寺雅集，敘會非定期，信函中也有提及，略介紹如下。

瓊華茶局雅集（「瓊華茶座」）是余少颿與邃加師自六十年代開始主持之周日茶敘，蓋為香港島金魚茶局之延續，因在九龍旺角瓊華酒樓舉行而取名。瓊華茶局可說是香港往昔相當具特色「長壽雅集」，唯因年代問

題，在該批函牘中提及不多，如〈手札冊甲〉第二十五通已提到：「瓊華毖敘，快慰奚似。拙詩附呈，聊表附驥。」(二二)

有兩通函件提到香港早期重要詩社碩果詩社。碩果詩社由伍憲子、黃偉伯、謝焜彝及馮漸逵於一九四五年成立，邃加師、薇盦是碩果詩社成員，詩作可考見《碩果社》社盟詩作結集。邃加師嘗以「短期內頗以沉思為苦」致函請假，(二三)也曾疏於社會，〈詩稿冊丙〉後有〈碩果社敘舊感賦〉詩云：

海角詩盟得此尋，意中人事去駸駸。攢眉舊約曾逃社，把臂如今再入林。
高閣紅梅春意鬧，清尊白髮酒懷深。伍(憲子)黃(偉伯)謝(焜彝)李(景康)沈泉後，回首山陽日暮吟。

由於薇盦也是碩果社成員，故邃加師詩也有稱薇盦為「社盟」，如「食德傳家乘，題襟託社盟」、(二四)〈踏莎行〉序「春飲次眉庵社盟元均」。(二五)

幼稚園雅集，取名潘新安在其香港大坑寓所「幼稚園」，《草堂詩緣》記云一九五八年(戊戌)三月，嘗招文侶許菊初、潘小磐、梁藥山、何叔惠、蘇文擢、曾念祖、關殊鈔、周懷璋作祓禊之會於幼稚園，即事限結亭字，「意各不同，所押八亭字皆穩。」錄何叔惠句云：「賞音似在么絃外，此日吾思柳敬亭。」蘇文擢句云：「永和舊事潘郎賦，未肯勞勞更問亭。」(二六)據信函云「幼稚園忽忽一晤，忽又自秋徂冬，願言之懷，良不可任。」(〈手札冊甲〉四十五通)幼稚園後重建，命名小山草堂，兩公日後亦續參預小山草堂雅集。清涼法苑雅集，在屯門清涼法苑舉行活動，見於〈辛丑初冬張丹女史約集屯門清涼法苑素酌贈同遊，叔惠詞兄即正〉五古乙首(〈詩稿冊乙〉第十通)，另兩次在一九七五(乙卯)年及一九八五年(乙丑)。(二七)大埔碧園雅集，如〈詩稿冊丙〉第一通提到「碧園俊約」之碧園，乃薇盦舅父阮自揚大埔桃源洞院宅，時招文友雅敘，兩公詩文集有詩紀遊。

邃加師自道有茗癖，(二八)但邀好友茗敘，則意不在七椀香茗，而是別有深趣；古人品茗詩，多寫擎盞於月下泉瀑、古寺幽山，或松風蟬雨、冰簟硯邊；唯二公之茗敘，在九衢市樓上，杯盤苦窳，鄰席喧囂，輪車叫賣，三教九流雜坐，鴻儒白丁否，都無人過問，信札詩箋也鮮有細寫茗飲中細事，或不過片言隻語，如薇盦〈市樓小茗同蘇九〉二首(詳後)，只重在情懷。同是萍梗天涯，得偶拾休閑與知音友人共話，想茗席間，追懷故鄉風物，賞析奇文疑義，互呈詩章近作，轍涸鱗枯之互訴，自成天地於市樓一角；擴而充之，即當年不少詩社雅集敘會場景，雪鴻指爪，函牘可謂當年香港獨特人文風景紀實。

四、唱和存問、論文交遊：誰賡平子四愁詩（二九）

邃加師與薇盦兩位詩人來到香港感慨既多，如《詩品》云「非陳詩何以展其義；非長歌何以騁其情？」篇什遂多，嚶其鳴矣，求其友聲，況彼此惺惺相惜，每以詩抒發萍寄之嘆喟，懷鄉之思憶，遂多唱和，以詩歌通聲氣。二公詩詣既高，身世境遇相近，唱和詩亦可觀，非一般湊韻應酬可比；彼此詩風有相類，但亦各有特色，函牘提供不少唱和詩寫作背景，也包括若干已收錄或未收錄於已刊詩文集詩詞。

信函提到詩章送呈與應和，如云「近詩數章附呈郢正，聊見所懷。」（〈手札冊甲〉第四十六通），又如薇盦與邃加師市樓小茗，撰〈市樓小茗同蘇九〉五律二首（一九六三年），邃加師隨後和韻撰〈次均何叔惠見寄〉五律二首，手稿載〈詩稿冊甲〉第十四通，茲錄薇盦原唱及邃加師和韻詩第二首：

同氣苔岑契，神依跡轉疏。固窮甘苜蓿，敦好眷詩書。
白髮江湖遠，孤懷日月紓。風前重省憶，忍說愛吾廬。（薇盦）
久羨餘冬博，翻慚叔夜疏。強持三世學，補讀十年書。
燈火秋懷近，江關客路紆。茗談珍逝隙，早晚就君廬。（邃加師）（三〇）

詩大底共鳴彼此氣類苔岑但不得常聚之嘆喟。薇盦己未年十月廿五日出生，一九六一年辛丑生辰，撰〈辛丑生朝〉七律八首，邃加師、馮漸逵、何鏡宇、潘新安、徐靜遠及高澤浦等有和詩，（三一）〈詩稿冊甲〉第五通為邃加師辛丑和詩八首，附於蘇文耀一九六二年初信函〈手札冊甲〉第二十六通後。薇盦八首生朝詩，縈繫家國，憂痛之詞竟多，如其四詩云：

撫缶歌噫不是歡，蒼涼秦趙自衣冠。魚憑短轍猶堪泣，燕幕危巢苦未安。
濁酒給人千日醉，好花容我百回看。兒家門卷〔巷〕尋常換，滾滾朱輪入夢寒。（三二）

〈詩稿札冊甲〉第五通邃加師賡韻云：

亂餘歌嘯失悲懽，不為趨時更岌冠。滿腹文章憐趙壹（趙壹詩：文籍雖滿腹，不如一囊錢），漫山風雪卧袁安。叢殘正抱千秋慮，意氣爭如一窖看。日暮松聲赴寥廓，黃門多事厭貧寒。（《顏氏家訓》謂：每恨何仲言詩病苦辛，饒貧寒氣；黃伯詩《東觀餘論》不以為然，並引曲終相顧起，日暮松柏聲，謂其雄古。）

細味便知邃加師「覘文輒見其心」，和詩真切寫出薇盦心思詩風。翌年壬寅，邃加師復為撰〈何叔惠壬寅壽序〉，全篇以壬寅二字開張，格奇古奧。

一九六二年壬寅春，邃加師與薇盦昆仲遊香港新界荃灣芙蓉山東普陀講寺，寺由茂峰法師創立，環境清幽，毗鄰名勝三疊潭，禪宮名刹，早期文人吟遊雅集佳勝地。邃加師即成〈壬寅春莫叔惠幼惠同遊東普陀〉詩，翌日致函云「一昨之遊，辱承清誨，行庖野駕，叨擾良多，歸後率成五古一章，附呈正和。」（〈手札冊甲〉第三通），云「行庖野駕」蓋指齋菜；〈詩稿冊甲〉第十一通附詩，《邃加室詩文集》定稿詩云：

勞生信所遭，豫遊每難併。相逢素心人，復此春日永。餘寒淹節序，積陰釀朝暝。尋常藉卉地，寂寞招提境。柔荑間新綠，海氣遞前嶺。好風時一來，沾滯與之醒。文宴苦拘縛，小集情方騁。欣然得所寄，破空納萬影（幼惠攝影記遊）。瓜果新已嘗，盈盤有餘飣。趣途忽忘勞，俯仰接暮景。識密無來去，心遠即幽屏。持謝城南人，買田事嵩潁。（三三）

從詩得知，蓋當日勝遊除何氏昆仲，還有家人同遊；所謂「小集情方騁」，詩記郊外暢遊騁懷之樂。

值得一提者尚有一段「文字因緣」，〈手札冊甲〉第四十六通節錄：

癸陽司歲，亥算添籌，敬祝首祚延庥，潭祺叶吉。頃兩承手示，壎篪雅唱，筆精墨妙，為鄉獻光。辛丑和詩，當日竟無存稿。拙集有和知非猶昧去來因五章，又有薇庵檢示舊作感賦一首，今蒙檢出付印，感荷奚似，他時倘有續集，自當收入，記此一段文字因緣也。

當中故事，參考邃加師《邃加室詩文集》五章和詩，詩用轆轤體，(三四)詩箋上詩題〈眉庵詞兄寄詩有知非猶昧去來因之句屬，行年五十誦之，慨然有懷，漫成五律寄博粲正〉(〈詩稿冊乙〉第十五通)，(三五)薇莽原作蓋寫於一九六一(辛丑)，錄邃加師和詩其三、其五，《邃加室詩文集》定稿如下：

其三

行年強半屬流人，留命紅桑話苦辛。撫昔漸多存歿感，知非猶昧去來因。
冥鴻大野人何篡，芻狗群生帝不仁。猿鶴沙蟲驚過眼，祗今冠蓋一時新。

其五

磨牛簡盡了晨昏，入世翻成兩截人。隨處參軍有蠻語，眼中人物幾儒珍。
寒花自咽霜前露，薄酒留沾醉後唇，一笑生涯情擾擾，知非猶昧去來因。(三六)

詩後邃加師自加按語云：

右詩寫呈惠翁正句。久不作詠褱感興之什，一下筆不自知其牢騷至此，亦足見吾人心中有如許不平，俟機而發，惠翁其許之否乎？

觀和詩及按語，兩公時共鳴於身世遭遇和家國命運，多悵觸牢騷。五詩邃加師未有存手稿，而十二年後獲薇盦連同歷年酬贈之作展示；似昔日龔定庵偶檢得十年前所藏海棠花瓣，泫然賦〈減蘭〉詞，邃加師遂有〈薇莽檢示歷年酬贈之作感賦〉之作，詩云：

不待紗籠與護持，理狂喜復到吟絲。茫茫世態趨長夜，宛宛心光照舊時。
求友嚶鳴題墨在，伴人蛩籟短檠知。廿年塵跡嗎于地，低首雙薇水部辭。(三七)

自注云：「薇莽詞兄檢印昔年酬唱之作寄示一冊，眷然有懷賦呈正句」(〈詩稿冊甲〉第二十通)，薇盦珍視友人函牘詩文如此。邃加師不時收到薇盦詩，未便即和作，便覆函示意，云「大詩早拜讀，情兼雅怨，語多危苦，身世所關，不容自禁，俟小恙告痊，當選和一二耳。」(〈手札冊乙〉第二十通)，但邃加師多次遷居，難保存友儕書信詩箋，亦勢所由然。

從一輯相片，牽起兩公另一番酬答，事緣一九七五年，薇盦因觀賞友人「沙園游子」相片，淒然賦〈觀相〉七絕八首，詩小序云：（三八）

沙園游子，回鄉省視廬墓返港，邀賞所拍攝之照片，故里景物，歷歷赴目。撫有涯之去日，感不絕於予心，望遠龍鍾，淒然命筆，不知涕泗之何從也。

《薇盦存稿》收錄〈觀相〉詩，其一、其五云：

其一

海陬復見故人歸，半月征塵未浣衣。為道家園滋草木。秋來不長首陽薇。

其五

公路逶迤隴畝連，龍江古鎮暮山煙。一篙春水河澎渡，魂夢追尋廿五年。（吾鄉大壩口又名河澎渡，乃我水藤沙邊何族專有物業，宗人每日操小舟渡客往來水藤龍江之間。）

邃加師同年秋以五律二首答薇盦詩〈觀相八詠〉，詩題〈薇盦寄示觀相八詠，感其友人回粵所攝而作也，誦之淒然有鄉關廬墓之思，因次所示市樓清集韻二首寄答〉（〈詩稿冊丙〉第九通），詩情悽怨，《邃加室詩文集》定稿如下：

其一

鏡底魚千里，窺仍豹一斑。偶遊差慰藉，久住識艱難。
芻狗群生意，繩蛇萬幻觀。黑雲方蕩北，忍說尚桓桓。

其二

咫尺桑枌地，童遊詎可尋。羈辰隨鬢換，歸夢隔雲深。
園菊他時淚，塋楸百歲陰。遙憐故人意，淒響入霜禽。（三九）

懷鄉，是兩公詩文集中常見意念與感情；同樣地，故鄉亦當年不少南來香港文化人所縈思夢想。薇盦撰〈懷鄉詠〉四十首結集，邃加師為薇盦撰〈懷鄉詠序〉（〈詩稿冊丙〉第十八通），序言為訴順德水藤鄉半百年滄桑變化，令讀者憮然。(四〇)懷鄉另一面，誠兩公自覺旅居香港、飄零異鄉和身處劫罅之悲感，如一九八三年薇盦〈癸亥八月十六〉七律，詩云：

冰麝光溶可瀆身，庭階負手百逡巡。憑虛終擬抱明月，求缺尚思儕古人。
風定短簾燈影瘦，夜深小草露華新。烏飛三匝棲無定，我亦飄零一鮮民。(四一)

邃加師次韻撰〈薇龕詞兄寄示二無老人釋名憂時思苦詩以廣之即用所寄十六夜韻〉，手稿參〈詩稿冊乙〉第十六通，並有信函載〈手札冊乙〉第十七通，詩不無共鳴兼撫慰勉勵之意：

無淚無言尚有身，桃源倘許夢中巡。餘生未卷彈魔舌，來日終成袖手人。
萬法崢嶸蝸角變，幾家流徙燕泥新。明知憂患如天大，詩國權安化日民。

一九八六年，薇盦在女婿石壁家賞月，詩興有發，不忘詩友，撰〈丙寅中秋石壁甥館賞月簡蘇九一豫〉詩，雖良辰好景，起句猶云「劫罅存身事唱酬，又逢佳節倍添愁」，(四二)邃加師隨後寄上和詩〈薇庵詞長寄示中秋石壁賞月詩用韻口占奉答即政〉載〈詩稿冊乙〉第三通，以頷聯「燈前形影難為問，眼底人天漫說愁」有所和應。(四三)

信函中收有一九八六年中薇盦、邃加師多首用「悲韻」七律唱和詩，主題調子不離家國時代感慨，如邃加師〈詩稿冊乙〉第十七通〈薇盦詞老因大鈍風雨山河淚，言歸異故鄉之句，感成七律乙首寄示，次韻奉答即政〉，《邃加室叢稿》定稿如下：

一掬鄉愁盡入詩，浮生如海浩無涯。行人日晚猶爭路，獨客樓高易感時。
風雨關河餘涕淚，江山夷夏助流離。懸知去住同羈旅，不為逢秋始作悲。(四四)

選錄薇盦〈疊悲韻再寄文擢〉如下：

誰賡平子四愁詩，冊載流人共海涯。庾信棠梨猶有館，季鷹蓴鱠已無時。
悠悠垂涕酬天地，惻惻吞聲付別離。霜葉辭根風尚緊，白頭吟望不禁悲。

「悲韻」疊韻唱和尚有多首，參〈詩稿冊丙〉第十二至十六通。薇盦原唱於《薇盦存稿》未獲檢。

遂加師時與薇盦論詩，如一九五九年信函，提到自少嗜讀梁啟超詩，且作〈讀飲冰室集〉五言排律，欲請薇盦送刊登，以作引玉，節錄：

讀飲冰室集五言排律一篇及憲公挽詞彔呈削正，倘有可能，盼代送《華僑》刊載。近人似不大造排律，冀一引玉耳。弟於任公自成童即有嗜痂之癖，或譏為過譽，先入為主，似亦無可如何也，未譒高明何以教之？（〈手札冊甲〉第四十五通）

又或評賞對方作品，具體論及薇盦〈辛丑生朝〉（〈手札冊甲〉第二十六通）詩云：

大詩不無危苦之詞，而中多砭俗見道之語。後死勞生一聯非三折肱者不能為也。弟尤愛末章，一氣渾成，蒼涼沈鬱，擊節再三，無任傾佩。

〈手札冊乙〉第二十八通論薇盦詞作：

日前奉十四日大函及尊詞二首，踏莎行見朋舊之情，雨淋鈴重身世之感，信美江山，而飛花無主，又可傷矣。問塞雁、南北匆匆二句，較之是他春帶愁來，有異曲同工之妙也，循誦至佩。

〈手札冊乙〉第三十一通論薇盦〈贈內〉四首及呈和詩七律四首，本事即〈茹蘗鐫碑圖〉哀事：（四五）

前寄一書，企望高躅，有如饑渴，形違兩月，忽若兼秋。頃俗務頗閒，檢誦來什，情文悱惻，菱枝蓬梗一聯，功力獨絕，君家仲言，情詞婉轉，淺語俱深，今茲之作，亦復云然，輒和四章，極嫌粗濫。賢嫂至行，事關政化，秦徐贈答，適見其兒女態耳。

遂加師於詩取法持論雅正，所經目不能無所評騭，偶見信函，如〈手札冊甲〉第四十六通提到某君詩「即以詞句論，已為下劣詩魔」；於時人草率出集固不以為然：「頗欲整存詩文，每一檢視，當意者少，因怪時人出集一何容易，轉以自愧耳」（〈手札冊乙〉第九通），又云「薰蕕異器，涇渭殊流，惠翁、惠翁，吾知之矣！」（〈手札冊甲〉第十一通），殊堪細思。

遂加師嘗自評性不耐為清澹之詩，信函云：

承示大什，秀氣撲眉宇，弟亟羨，詩人清澹一路，性不耐為之，如少坡翁五古之閒靜，足下五律之清秀，一鶴兄七律之冲和，恐來生吃梅花數斗，始能換此凡骨耳。（〈手札冊乙〉第五通）

關於不耐為清澹詩之說，與邃加師〈與戎庵先生論詩書〉印合：

茲附上暢然堂詩（翁一鶴《暢然堂詩詞鈔》），確為佳構。此老為潮州人中至不務名利之人，故所作淵靜如此。弟雖不務榮利，而憂世太深，筆下過乎激越，能動而不能靜，易放而不能斂，視翁公所為，不能無怍。平生見平淡之作，每為低首而自檢，拙集前後三集，所欠在此。《文心》〈時序〉〈體性〉所關，不可力強而致也。（四六）

陳聲聰兼老嘗致函薇盦，既對邃加師詩表示贊賞，又提到文章駢散二道消亡。邃加師評賞兼老詩云「清警絕倫」；對其有關文章之道感嘆，亦深表同感：

日前承示兼老函，中間獎飾逾量；斯文一脈，尤慚悚未遑，至所云駢散二道，大陸幾成絕響，則近年滬上長老來書，已屢提及，真天下之公言，誰為為之，司柄者不得辭其咎矣。兼老詩亦清警絕倫，暇當去函致候，以望九之年，筆下遒勁如此，意必和順積中，康強逢吉，尤可佩也。」（〈手札冊乙〉第二十六通）

《昭明文選》所收錄贈答詩已不少，魏晉南北朝時公宴同題共作傳世詩篇亦多，唱和詩大盛於唐代，陸游以為唐始有和韻、次韻，後世對次韻詩不無批評，認為次韻詩多趁韻、削足適屨，不復有真詩。然而，邃加師早已為之分辨，所著《說詩晬語詮評》提出：

今人無古人之積學，而韻書類書，充案盈几。一韻至數十和，直淪嘔穢。如使才足濟之，韻如己出，又超然評論之外。（四七）

蘇東坡詩集中大半和韻詩，古今名家和韻詩大不乏佳作，邃加師深明箇中，固不因噎廢食；《詩經．蘀兮》云「叔兮伯兮，倡予和女。」《荀子．樂論》：「唱和有應，善惡相象。」「唱和」本歌唱中有唱有和，具音樂性，後世詩人以詩歌嚶鳴和應，以次韻加強共鳴感。南來詩人因世積亂離，漂淪憔悴，情多結鬱，志深而筆長，自然多以詩互鳴應慰勉，香港詩壇上世紀五十年代始而疊韻唱酬詩尤盛，與此不無關係。邃加師〈詩德四章〉其四〈慕儔侶〉云「山崩洛鐘應，蟲嚶躍阜螽。物態有微尚，矧玆人性同。」(四八) 詩人和韻，誠合所云。

五、二豎纏累：痛分思灼艾，疾久亦知醫(四九)

邃加師一九七一年間曾受小疾所纏，數月「與茶鼎藥爐為伴」，但坦然無所怨懟（〈手札冊甲〉第十四通）：

> 弟患㾫半年，月來似已痊好。月前顛踣所傷，亦漸平復，乃於旬前又偶感風寒，纏綿旬日，計數月來，日與茶鼎藥爐為伴，行年半百，始知寒熱培補為何物，天之假我以頑健，亦云厚矣，其敢有所懟乎？

信中所提漏疾，邃加師屢為所困，信函也多次提及，如〈手札冊甲〉第十四、十五通與〈手札冊乙〉第二、三通。又嘗云改新醫後三病日有改進，需時一二月「始真復元也」（〈手札冊乙〉第三十三通）。及一九七一年春四月下旬，提到一次較嚴重病情，劇痛突發，〈手札冊乙〉第二通云：

> 自問生平最能吃苦受痛之人，連續痛至三十小時，昨日乃求之西醫，據云發炎，施以兩針，其痛略減；但主治之中醫仍堅持其見，謂此乃過程，並非變化，力言中道求西法，必弄巧反拙，故今日仍用舊方，而肛腸隱隱作痛，尚未全止，看來此病非二月以上不能復元。

為此，邃加師嘗因病以詩自遣，〈詩稿冊乙〉第六通〈庚戌秋冬痔㾫連月賦此自遣〉詩，《邃加室詩文集》定稿詩云：

> 經時未疾驗堅頑，蟲鼠拚疑作臂肝。苦向葠苓參瞑眩，漸疏飲啖策平安。
> 蒲姿未信秋先槁，節物俄驚歲又闌。衰壯乘除關一運，端居休復論還丹。

一九八八年夏〈手札冊乙〉第六通提到目疾：

> 月來左目為眚，醫誡嗇神，課事而外，閉目吟詩而已。碩博論文，每年此日例磨折目力，俟摒擋後電約茗敘。

一九九三年（癸酉）、一九九四年（甲戌）間，邃加師二豎纏身，撰詩十首輯《小極吟草》及五律〈膓炎〉、〈遣病〉等。薇盦問疾詩有〈問疾歸來賦寄邃加室主人〉其一云：

> 莫解文園渴，相看欲語遲。痛分思灼艾，疾久亦知醫。
> 賢內宣經唄，靈丹訪上池。風林平野闊，春望有新詩（主人近作春望詩，有平野青無際，風林金翡翠句）。（五〇）

關切之情，溢於言表，及邃加師康復重會市樓，薇盦撰〈翠悅樓早會喜見邃加室主人康復賦贈文擢九兄〉：

> 周日聯嘉會，殷勤問長公。病瘥占勿藥，別久喜重逢。
> 世亂風雲變，杯深笑語同。白頭天與健，端合學癡聾。（五一）

邃加師答贈薇盦問疾詩共六首〈詩稿冊丁〉第五、六、七通，第六通詩云：

> 茗敘乘休沐，明詩有鄭公。一春勞問疾，二仲喜相逢。
> 藝苑聲名久，苔岑臭味同。群囂方沸耳，太息未能聾。

白樂天有云：「劉公幹臥病瘴浦，謝康樂臥病臨川，咸有篇章。」杜工部多說老病，蘇東坡詩言洗眼，陳簡齋寫眼疾，邃加師與薇盦之臥疾、問疾函牘詩箋，蓋意緒有相似。罹病不歡，書尺與好友及之，不嫌瑣碎，本人情自然，邃加師〈端節前寄褱薇髯詞兄即正〉「零蘐涕淚哀還劇，倚樹光陰病不歡」句（〈詩稿冊丙〉第四通），〈次韻薇盦鄉兄再贈二律〉其二「文園多病日，茗飲願都違」（〈詩稿冊丁〉第四通）。方回謂「娛憂紓怨，尤足以見士君子之操」，信函率直敘其事，詩則本諸鼠肝蟲臂之達人曉悟，安時知命之鎮靜風度，讀者宜莫輕之。

六、交遊與三代通家之好：四十年聲氣應求（五二）

函牘中值得注意者，還有邃加師與其他友人贈答詩詞，對研究兩公以及早期南來文士交遊研究，頗有參考價值，選述如後：

余少颿（一九零三－一九九零）與邃加師情誼甚篤，父親余楚帆為蘇若瑚門人，余少颿曾從蘇寶盉遊，兩家有通家之好。信函記載余少颿與邃加師自六十年代起主持周日茶敘雅集：「金魚茶局」（五三）、「瓊華茶局」，如〈手札冊甲〉第三十八通（一九六三年）云余少颿極盼薇盦來到：「金魚早局，少颿極盼大駕破例一來也。」

後邃加師移居北角馬寶道與余少颿為鄰（已詳前），尤多親近（〈手札冊甲〉第三十二通）。關係以邃加師〈贈少颿六十生朝〉詩其三表述最詳，《邃加室詩文集》定稿詩云：

> 雪涕椿庭廿載前，故家喬木長風煙。
> 再傳薪火通門籍（少颿為先君及門尊人楚颿丈又為先祖及門），一例楹書遜子賢。
> 杯底朱顏無覓處，燈前黃卷問流年。繭絲人世知同命，雉兔初生賦惘然。

除贈答唱和，（五四）還有其他重要文字因緣，如余少颿所撰《近代粵詞蒐逸》，收錄晚清迄民初已逝世八十三位粵籍詞人詞作三百六十八闋，均未曾有文集刊行。約一九七零年邃加師信札提到為撰〈近代粵詞蒐逸序〉（〈手札冊甲〉第二十八通）。其後，信札也提及余少颿曾為譚玉櫻所輯《燕居叢憶錄》題詞，（五五）後附刊於邃加師同年所輯《梁譚玉櫻居士所藏書翰圖照影存》（〈手札冊乙〉第十八通）。

曾克耑（一八九九－一九七五），桐城派吳北江傳人，善詩古文辭、書法，晚歲居香港，同任教中文大學。早在一九六零年，邃加師應和曾克耑所撰詩，撰〈履川見示用東坡海南壁字韻凡十四疊次韻奉答〉凡十四首，兩年間多番疊韻唱酬。邃加師鈔錄其中十首寄與薇盦（〈詩稿冊甲〉第十五通），《邃加室詩文集》有收錄。約一九六八年撰〈秋興次杜均〉八首，夏書枚、何敬群、饒宗頤、涂公遂皆有繼作，邃加師也有致函薇盦請和作（〈手札冊甲〉第十七通）。

梁隱盦（一九一一－一九八零），精研佛學，任教經緯書院佛學系，並先後任佛教慈恩學校、香港孔聖堂中學校長；與邃加師感情深厚，讀《邃加室詩文集》中唱和可知。梁隱盦曾計劃為母親八旬壽慶徵詩，邃加師感其孝義，為周旋玉成其事，無奈徵詩後因事故取消，〈手札冊甲〉第三十九、四十通有載，雖軼事，細讀有令人觸動處。

張丹（一九零七－），法號佛洒，女畫家，居屯門清涼法苑。一九六一年邃加師偕友應張丹約屯門清涼法苑素酌，撰文〈清涼法苑雅集題記〉及五古一首，五古參〈詩稿冊乙〉第十通；一九七五年、一九八五年，文友再集清涼法苑，邃加師、薇盦皆有詩留痕記。（五六）

邃加師在文壇交遊甚廣，信札中尚有可考見不少文藝界中人，如遁跡香港沙田紫霞園畫家鄧劍剛（一八九六—一九六二），亦薇盦摯友；（五七）創立愉社、《草堂詩緣》作者儒商潘新安（一九二三—二零一五）（〈手札冊甲〉第四十五通）；《網珠集》、《網珠續集》編輯郭亦園（一九零三—一九七九）（〈手札冊甲〉第八通）；詩人學者吳天任（一九一六—一九九二）（〈詩稿冊丁〉第二通）等。

繼述蘇氏、何氏三代通家之好。邃加師〈薇盦梁絜貞夫婦書畫展贈序〉述蘇氏、何氏三代通家之好甚詳，（五八）即一九七一年前薇盦母在世時，邃加師信札每每向何母問好，又或提及薇盦子女。薇盦六弟何幼惠自是香港書法名家，昆仲皆邃加師摯友。

六冊手札詩稿以外，書中著錄薇盦藏翰墨《瑞蓮圖》（手卷），由邃加師楷書題引首及序，與及《何幼惠書何蘭愷太史遺作手卷》，由邃加師行書跋。文獻固珍貴，從兩篇序跋，也可看出兩家交誼淵源。《瑞蓮圖》之作，緣起薇盦二伯父何國澧一八九八年（戊戌）殿試中式，時何氏祖居池塘蓮花有盛開之祥瑞；一九五八年，薇盦乘二伯父百齡冥壽倩畫人寫〈瑞蓮圖〉，廣邀文友題詩裝裱成卷。邃加師序言以感慨遺民高蹈起調，繼述蘭愷太史科名，又說到父親蘇寶盉與太史交情：「先父幼宰公，與太史亦復題襟漢上，並轡長安。接孟氏之芳鄰，呼鄴侯為小友，擢則緣慳撰杖。」以時代變化扣連池蓮今昔：

> 優悠故梓，二十餘年。初日芙蕖，尚記芳華於雨露；西風菡萏，不無憔悴之年光。蓋先生之風，則蓮香不足方其清；而先生之心，又蓮子不能喻其苦也。

> 故山叢桂，回首都非；人海滄桑，予懷靡極。六十年世事，無非夢後之粱；一百歲光陰，同此棋中之劫。斯則科名盛事，去如纈眼之空花；獨此勁節孤標，卓爾流光乎奕葉。涉江采采，如見冰魂；臨水亭亭，至饒風格。愛濂溪君子之説，誦槃阿碩人之詩。後之覽者，餐仰芳流，永言芬響；披圖如覯，望古匪遙，斯其厚望也已。

結束既不落往事虛空陳套，臨收束頌其人「勁節孤標」再振起，尤感人：

〈手札冊甲〉第三十通提到〈瑞蓮圖序〉用駢文，〈何惠庶先生訓子手卷跋〉用散文，因內容不同，（五九）此等構思用意由夫子自道，若徒讀詩文集，只能測知。

另一翰墨為《何幼惠書何藺愷太史遺作手卷》，薇盦為展示何幼惠以工楷書何國澧遺作，邃加師激賞太史文章之「大家手筆」與何幼惠工楷之「韶華縝栗」，為之跋，有云「吾恐古學湮微，能者幾絕，則玆編又豈徒何氏一家之寶耶？」斯語，誠是兩公對現今世代共抱思慮。

邃加師祖父蘇若瑚、父親蘇寶盉是名書法家，薇盦大伯父何國澄從蘇若瑚習書，父親何國溥曾親赴上海請蘇寶盉魏唐書法，歸順德以教子弟。[六〇]兩公就有關蘇氏書法討論反映於信札，如邃加師任教中大教育學院期間，薇盦、陳一豫論冬心公聯書法：「前接十二月廿七日華翰及答山近樓二律，所論先冬心公聯書法，具見真詣，至佩至謝。」（〈手札冊乙〉第十二通）薇盦信札尚待鉤沉。又有提到薇盦送贈廣州陳家祠題匾額「陳氏書院」影卡（蘇若瑚簡園公為廣州陳家祠題匾額）（〈手札冊乙〉第二十九通）。因此通家淵源，一九六三年（癸卯）十月十六日為蘇寶盉八秩冥壽，蘇寶盉居港學生舉行慶祝典禮，遂邀請薇盦作典禮司儀，邀請函見〈手札冊甲〉第三十七通。[六一]

由於邃加師《邃加室詩文集》鉛字排印出版，而手鈔稿未見存，故是批薇盦藏函牘之可貴，還在於保存若干邃加師早期原鈔寫詩稿；如〈詩稿冊丙〉第五通詩箋〈檢理先祖簡園公遺墨〉，[六二]詩本來只見刊於《邃加室詩文集》排印本，賴寄詩與薇盦而保留原鈔稿。按筆跡與用箋，〈檢理先祖簡園公遺墨〉與〈淡翁丈招補禊有詩見寄次均奉答〉、〈呈淡翁丈，丈為先王父簡園公及門〉三首、〈謝善權學長昔從遊先君子徽州會館，予時方在襁，頃以少颿之介欣然道故，賦贈三絕〉八首蓋同時鈔寫一併付薇盦，而八首詩所寫皆與蘇若瑚、蘇寶盉相關，淡翁王紹薪（一八八三—一九六八）字孝若，乃蘇若瑚弟子，謝善權亦蘇寶盉在上海時學生。

一九七四年，薇盦嘗以蘇若瑚楹聯贈邃加師，楹聯云「會訪京關希鳳翼，未登星漢養鴻毛」，蘇以五古一首謝贈，詩箋見〈詩稿冊乙〉第十二通，云「甲寅春朝訪叔惠詞長雙薇館，承以先簡園公北法楹聯見贈，八十年之舊物也，賦謝」，後邃加師將楹聯轉贈順德文物館保存，又自臨摹聯留念，按云「先祖簡園公曾集鄭道昭登雲峰山論經書詩字為聯」，所贈足珍如此。

邃加師一九九七年逝世，薇盦輓聯有句云「通家三代夙相孚，何況誼篤枌榆，情猶骨肉，回憶聯吟刻燭，煮茗談心，四十年聲氣應求，空留此憂患餘生，重溫舊夢」，[六三]道盡兩公交情；詩〈輓蘇文擢九兄〉其六云：「黃壚酒熟增腹痛，鄰笛聲傳入暮寒。珍重故人函草在，摩挲老眼百回看」《薇盦存稿》頁二零三），詞情尤哀傷，時「故人函草」尚在手上摩挲。

結語

尺牘（函牘）非古文，本是實用文體，向不入作家本集，如周亮工云「尺牘為一時揮翰之文，非關著作。」[六四]好事者編蘇東坡、黃山谷尺牘作《蘇黃尺牘》，曾經幾乎家執一冊，起賞讀尺牘之風。然而，蘇黃尺牘雖不乏詼諧解頤之筆，總體上仍自然大雅；及晚明人以尺牘篇幅短小，能敘巧奇，文體切合當時情趣，轉以尺牘為文章，另闢幽徑，所謂抒寫性靈，不拘格套，遂成晚明小品中一體，居然風靡，孔尚任甚至有「尺牘亦詩之餘」說法。唯晚明尺牘漸過度雅化，趨矯飾造作，如謝肇淛《五雜組》云「始讀之若可喜，而十篇以上，稍不耐觀，百篇以上，無不嘔噦矣。」[六五]薇盦所藏邃加室函牘與此大異。邃加師所寫牘函文字雅馴，幽默風趣偶有，無纖詭之詞。述教學生涯勞累、遷居之苦、二豎纏累等生活瑣事，敘事顯附，讀如身歷，是真文字，無〈秋水〉、〈雪鴻〉酸寒氣；至若約茗敘，回甘雅集勝會，雖隨筆出之，行文典雅；及贈答存問、評騭藝文，儒雅風度，行間溢見。信函本多與詩章相附並行，今僅可按內容與兩公詩文集詩作連繫編年；還有記軼事、傳信息之類，乃邃加師交遊之側寫。書中手札、詩稿釋文後，附以按語考究本事或異文，書末附兩公傳略、〈人物小傳〉及〈邃加室、薇盦詩文本事輯要〉，雖未盡完備，猶冀於研讀有所助益。

關乎蘇氏、何氏三代通家之好，部分函牘言及彼此共追惟傳芳，送贈先輩遺墨等，適宜與兩公其他詩文合讀。本書又有錄薇盦所藏翰墨《瑞蓮圖》手卷、《何幼惠書何蘭愷太史遺作手卷》，從邃加師序跋所述淵源，如蘇廷弼世兄序所云，乃中國傳統文化中「世交」之具體展現。此外，本書附錄另有文物館所藏邃加師及薇盦翰墨，保存非徒為「翰墨陳跡之滋喟」[六六]，實是為文物具藝術價值外，意涵方軌儒門，義賅而詞貞，富文化意義。邃加師認為對書畫、文學不應止於欣賞表達，更應注意其於文化之承先啟後，所以垂世之教，[六七]故期望「海角嚶鳴」函牘專集讀者亦以此心展讀。

袁枚曾以尺牘為古文之唾餘，故所為尺牘，隨作隨棄，唯洪錫豫讀而質之「棄若涕唾，未免太忍」，終允許梓行《小倉山房尺牘》。[六八]邃加師持詩論主沈歸愚而與袁子才異，所為尺牘，文筆典雅雖同，畢竟有樸醇與風華之別；不過，若以尺牘之得以存世，故事卻有相似，皆起於愛護與不忍之心。刺船已去，尚聞海上之音，盼香港有關藝文文獻，亦同樣能得到穩妥保存，尤其在黃鐘毀棄、詅癡符亂耳之世。以上簡略介紹，見解蹇淺，不足處尚期高明不吝賜教。

癸卯孟夏　郭偉廷

注釋

（一）薇盦詞丈嘗撰聯「自有典墳先世業，不忘家國此生心」，載《薇盦存稿》（香港：二零零一年）。

（二）〈邃加室手札冊〉甲、乙及〈邃加室詩稿冊〉甲、乙、丙、丁。

（三）函牘按語部分有說明，也可參考本書附錄〈邃加室、薇盦詩文本事輯要〉。

（四）邃加師〈贈隱莽長慈恩佛教學校〉句，蘇文擢：《邃加室詩文集》（香港：一九七九年），頁二一零。

（五）以下凡〈邃加室手札冊甲〉、〈邃加室手札冊乙〉簡作〈手札冊甲〉、〈手札冊乙〉。

（六）邃加師〈寒假中弼兒以十二月十四生用前韻〉句，蘇文擢：《邃加室詩文集》，頁一四四。

（七）邃加師一九九二年作，蘇文擢：《邃加室遺稿》（香港：一九九八年），頁一七九。

（八）邃加師〈大埔道車中口占〉「晚更奔長途，栗六汲井綆。侵曉御飈輪，殘夢時未醒。」句自注「癸亥移住荃灣赴校往返三小時」，蘇文擢：《邃加室詩文續編》（香港：一九八四年），頁一六五。

（九）蘇文擢：《邃加室叢稿》（香港：一九八七年），頁四一。

（一〇）邃加師〈乙丑移家九龍鬧市耀南道兒以耕讀漁樵四瓷像見贈陳云座右脫然有懷得絕句六首〉，蘇文擢：《邃加室叢稿》，頁三九。

（一一）同前，頁七八。

（一二）蘇文擢：《邃加室詩文續稿》，頁一六五。

（一三）〈詩稿冊甲〉第十二通。

（一四）本文引詩用薇盦、邃加師詩文集定稿。

（一五）邃加師〈履川見示用東坡海南壁字韻凡十四疊次韻奉答〉中第五首。

（一六）一次提及翠悅酒樓，〈手札冊乙〉第三十三通云「二十日之茶座擬到翠悅，未知能一晤談否？」

（一七）寫於八月十四日，蓋暑假期間，據六十年代報章，新遠來酒家在北角。

（一八）尚有如云「頃已放假，盼周內每朝九時、十時間賁舍再出茗談，一傾積愫，如何？佇候玉步。」（〈手札冊甲〉第三十三通），云「假中早九時至十時多在金魚早茗，東行之便，能一過茗談至妙。」等等，不詳錄。

（一九）〈手札冊乙〉第二十九通云「乃本周二風雨中沙田候車再受涼，聲音重失，屢欲約一茗敘，而健康欠佳，仍俟月底始克圖之耳」，意亦相類。

（二〇）〈詩稿冊甲〉第十四通，〈薇莽寄示市樓小茗詩次韻奉答〉句。

（二一）〈詩稿冊丙〉第八通，《邃加室詩文集》題改作〈鯉魚門晚酌同叔惠〉。

（二二）另一通信函提到瓊華茶座，〈手札冊乙〉第三十二通「十月廿八日大函及九日詩，與湖南紙，統於今早瓊華茶坐幼惠兄轉到，拜謝、拜謝，和作即呈吟正。」據函中提到「已於日前移居荃灣九咪翠濤閣之蝸居」，蓋寫於一九八三年。

（二三）〈手札冊乙〉第二通：「碩果六月之會，已去函請假，短期內頗以沉思為苦矣。」

（二四）〈詩稿冊甲〉第六通〈初秋寄懷叔惠詞兄即希政和〉其二。

（二五）〈詩稿冊丙〉第十九通。

（二六）潘新安：《草堂詩緣》集一（香港：一九七二年），頁十二、十三。

（二七）邃加師詩載《邃加室詩文集》及《邃加室叢稿》。

（二八）〈詩稿冊乙〉第一通〈少颿以砂壺紅茶見惠賦謝〉「賓餞年光事百忙，一甌晨起費平章（予有早茗癖，少颿不以為然）」。

（二九）薇盦〈疊悲韻再寄文擢〉詩，載何叔惠：《薇盦存稿》下冊，頁一六二。

（三〇）參何叔惠：《薇盦存稿》上冊，頁九四；蘇文擢：《邃加室詩文集》，頁一九一。

（三一）一九七九年，陳秉昌檢出何叔惠〈辛丑生朝〉原唱手稿，和詩八首，並屬何叔惠題詩於後，何叔惠遂撰〈己未〉七律一首，附詩小序介紹唱和因緣。何叔惠〈辛丑生朝〉詩，載何叔惠：《薇盦存稿》下冊，頁一五三；一九七九年〈己未〉載《薇盦存稿》下冊，頁一六六。

（三二）何叔惠：《薇盦存稿》下冊，頁一五四。

（三三）蘇文擢：《邃加室詩文集》，頁一五四－一五五。

（三四）信中所提薇葊「知非猶昧去來因」詩原作，待勾沉。

（三五）《邃加室詩文集》詩題作〈眉庵詞兄寄詩有知非猶昧去來因之句屬予，年五十誦之，慨然有懷，漫成長句五首〉。蘇文擢：《邃加室詩文集》，頁二一零。

（三六）蘇文擢：《邃加室詩文集》，頁二一零－二一一。

（三七）同前，頁二零四。

（三八）何叔惠：《薇盦存稿》下冊，頁一八七、一八八。

（三九）蘇文擢：《邃加室詩文集》，頁一九五。末句附小注。

（四〇）節錄：「昔之士傳耕讀，工用高曾，農服先疇，商仍世務，人人以積善為家風；戶戶以絃歌為樂事；鷄頭喚渡，釵裙耒耜之人；鳳里斜街，魚米絲茶之市；溯香山之文會，儒雅風流；入新野之生祠，雍容孝友；瓜棚豆架，諧談梓里之歡；犬吠雞鳴，耕織桃源之境。曁夫海立濤飛，天荒地慘，劫修羅於藕孔，鼓毒沴於人間；沈猜逞而戾氣滋，正教亡而民彝斁，秦殲周俗，莽革漢儀；家無卒歲之謀，人鮮樂生之意；人民城郭，同此都非，風景山河，於焉頓異……」。

（四一）薇盦原唱〈癸亥八月十六〉，載何叔惠：《薇盦存稿》上冊，頁一二零。

（四二）薇盦原唱：「劫餘存身事唱酬，又逢佳節倍添愁。灼來苦痛三年艾，分得團圓一片秋。庭有袁宏思泛海（座中袁姓友東官人），世無庾亮莫登樓。與君呼取餘杯酒，垂老今宵尚炎陬。」載何叔惠：《薇盦存稿》上冊，頁一二九。

（四三）「蟫蠹生涯百不酬，年來老興轉宜秋。燈前形影難為問，眼底人天漫說愁。連夜清光饒上界，今宵吟唱動南陬（是夕予亦泛舟西貢，與及門、弼兒聯句）。遙知石壁藤蘿月，應為雙薇照倚樓」，蘇文擢：《邃加室叢稿》，〈薇庵寄示石壁賞月詩索和口占奉答〉，頁六三。

（四四）蘇文擢：《邃加室叢稿》，頁五七。

（四五）參〈詩稿冊丙〉第十通按語。

（四六）蘇文擢：《邃加室遺稿》，頁二六一－二六二。

（四七）蘇文擢：《說詩晬語詮評》（台北：文史哲出版社，一九八五年），頁五零八。卷下〈和韻〉條按語。

（四八）蘇文擢：《邃加室遺稿》，頁一六二。

（四九）薇盦〈問疾歸來賦寄邃加室主人〉句，載何叔惠：《薇盦存稿》上冊，頁九九。

（五〇）載何叔惠：《薇盦存稿》上冊，頁九九。

（五一）載何叔惠：《薇盦存稿》上冊，頁一零四。

（五二）薇盦輓邃加師聯，上聯中句。

（五三）金魚茶局者，蓋取名茶局所在地金魚菜館，位置大約香港島銅鑼灣伊榮街一帶。

（五四）如邃加師以七陽「忙」字韻撰詩「少颿以砂壺紅茶見惠賦謝」答謝，余少颿即和韻，邃加師再疊韻和詩，參〈詩稿冊乙〉第一通。

（五五）譚玉櫻乃三水中華民國國務總理梁士詒（一八六九－一九三三）側室。

（五六）五古〈乙卯冬張丹女士招酌清涼法院賦贈〉，載蘇文擢：《邃加室詩文集》頁一六一。薇盦撰詩〈清涼法苑小集即呈佛洒居士〉及〈小集清涼法苑詩贈張丹居士〉，何叔惠：《薇盦存稿》上冊，頁一零二及一零七。

（五七）參〈詩稿冊乙〉第十一通，《薇盦存稿》下冊，頁一五五。

(五八) 節錄「憶辛卯、壬辰間，始識薇庵於吟社。見則欣然道故，知其先世父蘭愷公嘗掌教吾邑鳳山書院，以文行為士林倡；尊人惠庶公嘗建事簡岸先生門。君既少濡先人教，長而從問學者若憲子、仲珮伍先生、直孟何先生、毅亭盧先生，皆予南來所及見，眾所仰為經明行修士也。夫以何氏之世積文行，君又知所稟承親炙，宜其敦行孝弟，尚德而守正學，發為文藝，知非持一曲以駭媚流俗之所為矣。……其伯父太史公既登賢書，從先簡園公專攻楷法三年，始北行赴試。尊人茂才公嘗親抵滬，求先冬心公公魏唐書法，歸而鑴板置家塾。自維先代所滋益於何氏者，誠不知其何若。尊人茂才公嘗親抵滬，求先冬心公公魏唐書法，歸而鑴板置家塾，為子弟模楷。」《邃加室詩文集》，頁一零九-一一零。

(五九)《手札冊甲》第三十通：「此文為序跋類，前瑞蓮圖為我兄家瑞，既已用駢，此卷為家雛，所寄不可無義正辭嚴之作，故改用散耳。」可參考一九六一年邃加師為撰〈何惠庶先生訓子手卷跋〉，手卷內容乃薇盦父親何國溥身陷囹圄時所撰，何叔惠後將之鈔錄裝裱，邃加師跋記述何國溥行藏生事，參《邃加室詩文集》，頁七四。

(六〇) 蘇文擢：〈何叔惠梁絜貞夫婦書畫展贈序〉：「尊人茂才公嘗親抵滬，求先冬心公公魏唐書法，歸而鑴板置家塾，為子弟模楷。」《邃加室詩文集》，頁一零九-一一一。

(六一) 蘇文擢為蘇門同學會撰〈冬心先生蘇夫子八秩冥壽祝辭〉，載蘇文擢：《邃加室詩文集》，頁四四。

(六二) 載蘇文擢：《邃加室詩文集》，頁二零五。

(六三) 輓聯全文「通家三代夙相孚，何況誼篤粉榆，情猶骨肉，回憶聯吟刻燭，煮茗談心，四十年聲氣應求，空留此憂患餘生，重溫舊夢；碩學八方同景仰，未忍再開函牘，雛誦篇章，愁聽啼苦子規，歌悲薤露，一刹那陰陽隔絕，只賸得龍鐘老淚，來哭故人。」何叔惠：《薇盦存稿》，頁二零三。

(六四) 周亮工：《尺牘新鈔》〈選例〉(上海：上海雜誌公司，一九三五年)，頁三。

(六五) 謝肇淛：《五雜組》(北京：中華書局，一九五九年)，頁四零八。

(六六) 邃加師〈余楚颿世丈殿試遺墨手卷跋〉，蘇文擢：《邃加室詩文集》，頁七八。

(六七) 本邃加師〈郭霖沅大學國文釋義序〉語，蘇文擢：《邃加室詩文集》，頁九七。

(六八) 參洪錫豫：〈小倉山房尺牘序〉，載袁枚著，夏勇注釋：《小倉山房尺牘》(杭州：浙江古籍出版社，二零二零年)，頁一。

凡例

本書《海角嚶鳴：香港中文大學文物館藏蘇文擢致何叔惠函牘》，收入以嶺南文獻為重心之《香港中文大學圖書館叢書》第十種，主要著錄香港中文大學文物館藏蘇文擢教授（邃加室）寫贈何叔惠先生（薇盦）之書信六冊。信函原藏何叔惠先生，一九九七年由何叔惠先生捐贈文物館。

一、「薇盦藏邃加室函牘翰墨」，包括：

甲、〈邃加室手札冊〉甲、乙及〈邃加室詩稿冊〉甲、乙、丙、丁，共六冊，均由蘇文擢教授上世紀寫贈何叔惠先生。每冊經何叔惠先生作簡樸裝幀，每頁尺寸不一。著錄時，每冊首頁均注明文物館館藏編號及每冊封面尺寸。

乙、〈邃加室手札冊〉甲、乙是信函；〈邃加室詩稿冊〉甲、乙、丙、丁多為蘇文擢教授詩詞及序跋題贈，部分或原附於手札後，手札及詩稿若有所聯繫，編者均在按語注明，存疑者則略。

丙、六冊手札、詩稿以外，「薇盦藏邃加室函牘翰墨」另附何叔惠先生舊藏蘇文擢教授題贈其先祖之翰墨兩幅，分別為柒〈蘇文擢《瑞蓮圖》引首及序〉，與及捌〈蘇文擢行書跋《何幼惠書何蘭愷太史遺作手卷》〉。

二、「薇盦藏邃加室函牘翰墨」以外，本書另輯錄有文物館所藏，其他捐贈者捐贈文物館之蘇文擢教授及何叔惠先生詩文、對聯、紈扇、信函，編為：附甲〈邃加室翰墨〉，及附乙〈薇盦翰墨〉。

三、本書所錄翰墨主要為紙本，圖版據原件彩色拍攝，由文物館提供；著錄內容包括頁數、尺寸、釋文、印章記錄，並有關於詩文本事之編者按語。所錄詩詞如曾出版，且有異文，按語將列出刊本異文，讓讀者瞭解作者之修改過程。書後並有〈人物小傳〉及所附之〈姓名、名號、異名、稱呼互見表〉，方便讀者參照書信詩文所題人物及其生平。

四、書末附〈邃加室、薇盦詩文本事輯要〉，從已刊之參考文獻及本書所載資料，簡錄二人之交遊及藝文活動，供讀者參考。

薇盦藏遂加室函牘翰墨

（文物館藏）

壹

邃加室手札冊甲

紙本　縱三十三厘米　橫二十二厘米

香港中文大學文物館藏　何叔惠先生捐贈　藏品編號：1997.0387

此冊信函詩稿原件尺寸大小不一

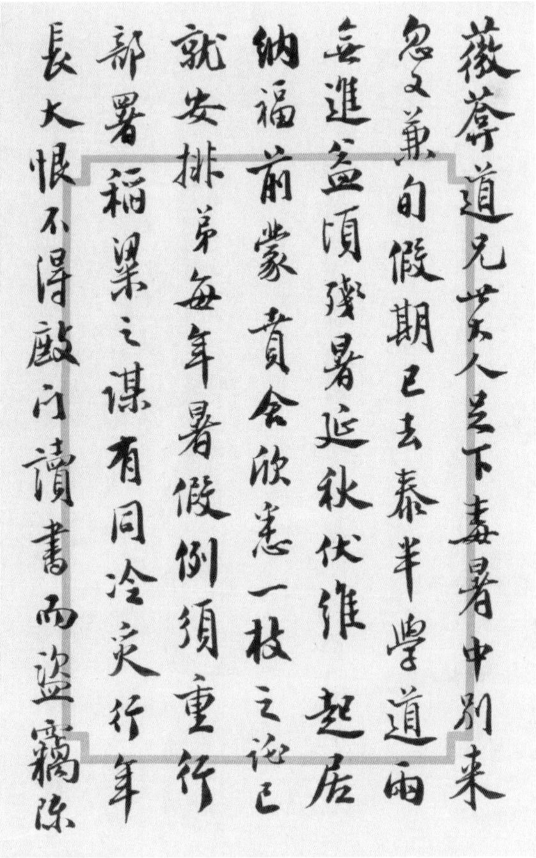
薇蓀道兄世大人足下毒暑中別来
忽又兼旬假期已去泰半學道兩
無進益頃殘暑延秋伏維起居
納福前蒙賁舍欣悉一枝之託已
就安排弟每年暑假例須重行
部署稻粱之謀有同冷炙行年
長大恨不得敞門讀書而盜竊陳

一　蘇文擢致何叔惠書

五頁

釋文

薇蓀道兄世大人足下：毒暑中別來忽又兼旬，假期已去泰半，學道兩無進益，頃殘暑延秋，伏維起居納福。前蒙賁舍，欣悉一枝之託，已就安排。弟每年暑假例須重行部署稻粱之謀，有同冷炙，行年長大，恨不得敞門讀書，而盜竊陳

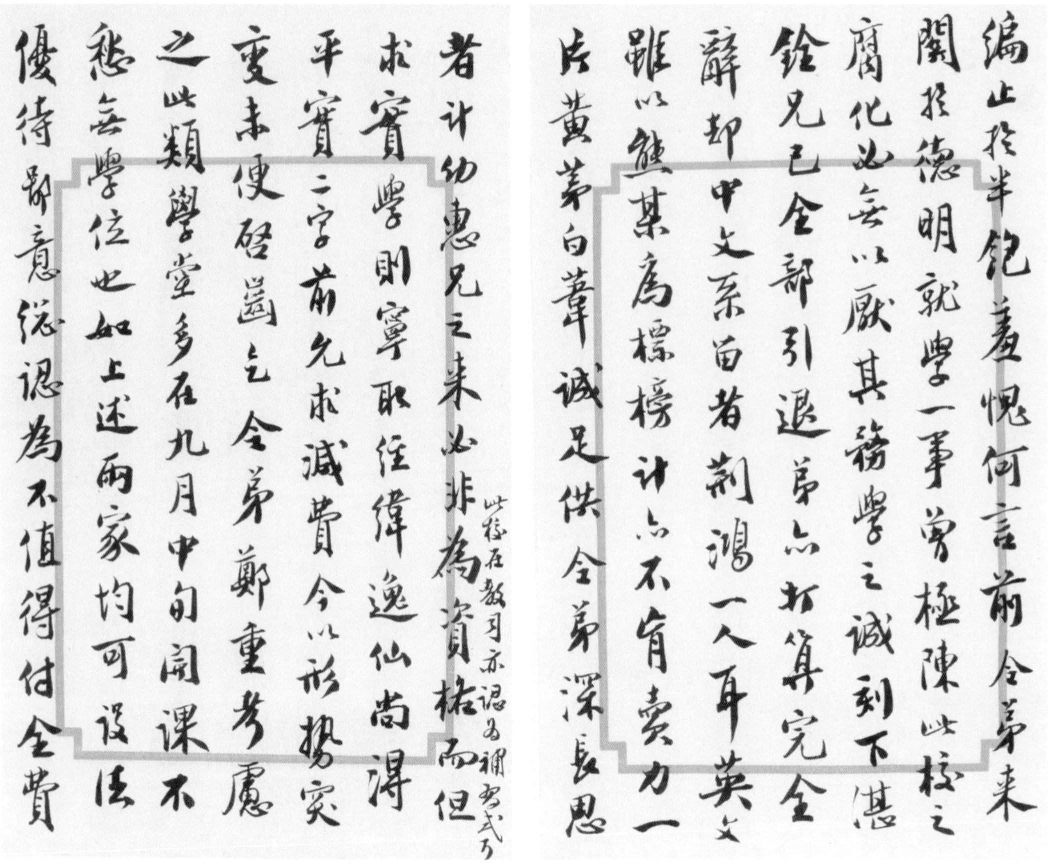

編，止於半飽，羞愧何言？前令弟來，關於德明就學一事，曾極陳此校之腐化，必無以厭其務學之誠。刻下湛銓兄已全部引退。弟亦打算完全辭卻中文系，留者荊鴻一人耳。英文雖以熊某為標榜，計亦不肯賣力，一片黃茅白葦，誠足供令弟深長思者。計幼惠兄之來，必非為資格而但求實學（此校在教司亦認為補習式耳），則寧取經緯、逸仙，尚得平實二字。前允求減費，今以形勢突變，未便啓齒，乞令弟鄭重考慮之。此類學堂多在九月中旬開課，不愁無學位也，如上述兩家均可設法優待，鄙意總認為不值得付全費

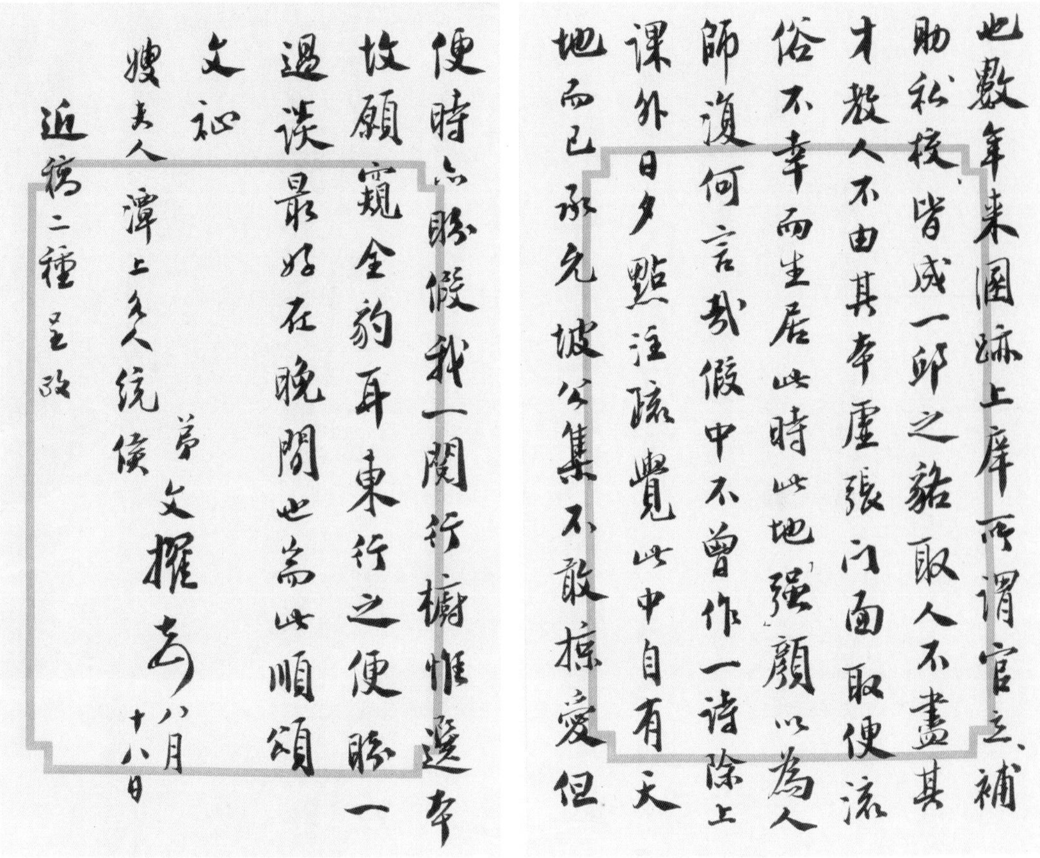
也數年來溷跡上庠所謂官立補
助私校皆成一邱之貉取人不盡其
才教人不由其本虛張門面取便流
俗不幸而生居此時此地強顏以為人
師復何言哉假中不曾作一詩除上
課外日夕點注疏覺此中自有天
地而已承允坡公集不敢掠愛但
便時亦盼假我一閱行櫥惟選本
故願窺全豹耳東行之便盼一
過談最好在晚間也耑此順頌
文祉
嫂夫人 潭上各人統候
弟文擢 八月十八日
近稿二種呈政

也。數年來溷跡上庠，所謂官立、補助、私校，皆成一邱之貉，取人不盡其才，教人不由其本，虛張門面，取便流俗，不幸而生，居此時此地，「強」顏以為人師，復何言哉？假中不曾作一詩，除上課外，日夕點注疏，覺此中自有天地而已。承允坡公集，不敢掠愛，但便時亦盼假我一閱，行櫥惟選本，故願窺全豹耳。東行之便，盼一過談，最好在晚間也。耑此，順頌文祉，嫂夫人、潭上各人統候。近稿二種呈政。弟文擢頓首，八月十八日。

按

經考慮，何叔惠六弟何幼惠決定入讀陳湛銓創辦之經緯書院夜校部，參〈遂加室手札冊乙〉第二十一通信函。

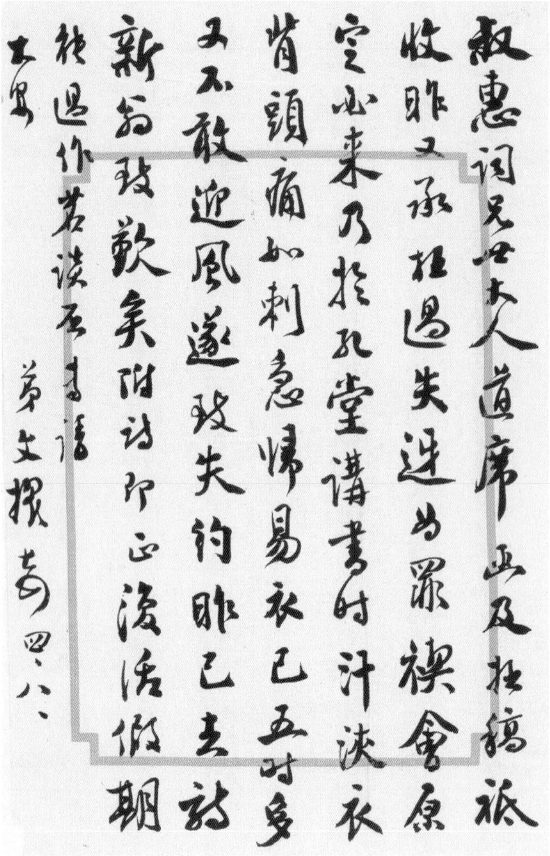

二　蘇文擢致何叔惠書

釋文

叔惠詞兄世大人道席：函及拙稿，祗收。昨又承枉過，失迓為罪。禊會原定必來，乃於孔堂講書時，汗浹衣背，頭痛如刺，急歸易衣，已五時多，又不敢迎風，遂致失約，昨已去詩新翁致歉矣，附詩即正。復活假期能過作茗談否？專請大安。弟文擢頓首，四、八。

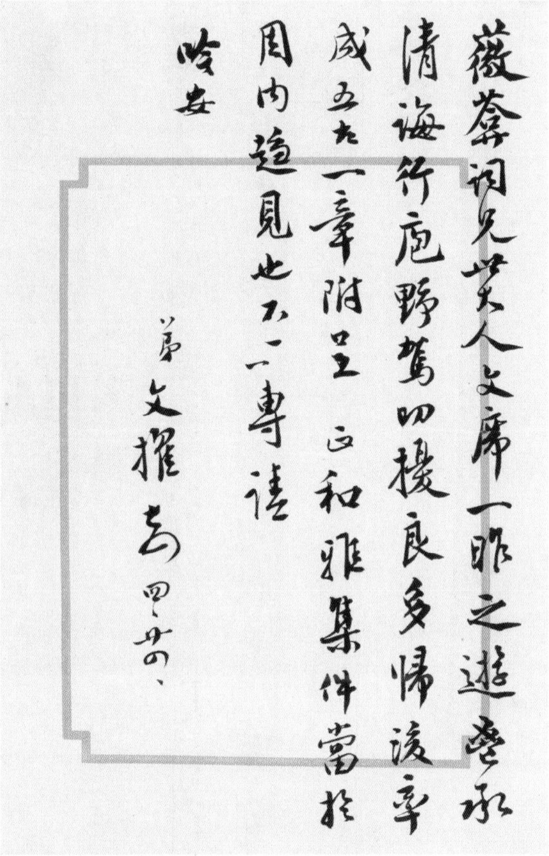
薇蓀詞兄世大人文席一昨之遊邕承
清誨行庵野駕叨擾良多歸後率
成五古一章附呈正和雅集件當於
周內趨見也不一一專請
吟安
弟文擢頓首四廿四、

三

蘇文擢致何叔惠書

一九六二年

釋文

薇蓀詞兄世大人文席：一昨之遊，邕承清誨，行庵野駕，叨擾良多，歸後率成五古一章，附呈正和。雅集件當於周內趨見也。不一一，專請吟安。弟文擢頓首，四、廿四。

按

此函寫在一九六二年春蘇文擢與何叔惠昆仲遊荃灣東普陀講寺後，附蘇文擢五古〈壬寅春莫薇庵幼惠招遊東普陀〉，詩手稿參〈邃加室詩稿冊甲〉第十一通。

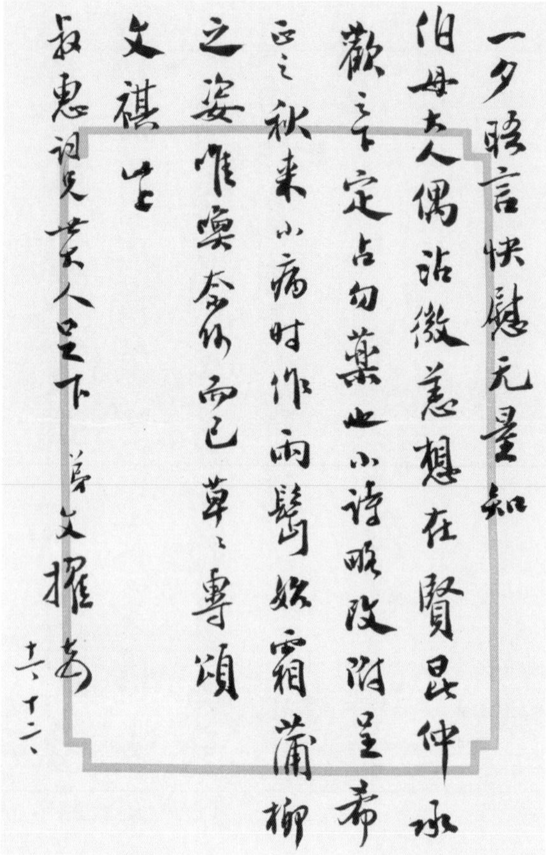

四　蘇文擢致何叔惠書

釋文

一夕晤言，快慰無量，知伯母大人偶沾微恙，想在賢昆仲承歡之下，定占勿藥也。小詩略改附呈，希正之。秋來小病時作，兩鬢始霜，蒲柳之姿，唯喚奈何而已。草草，專頌文祺，此上叔惠詞兄世大人足下。弟文擢頓首，十一、十二。

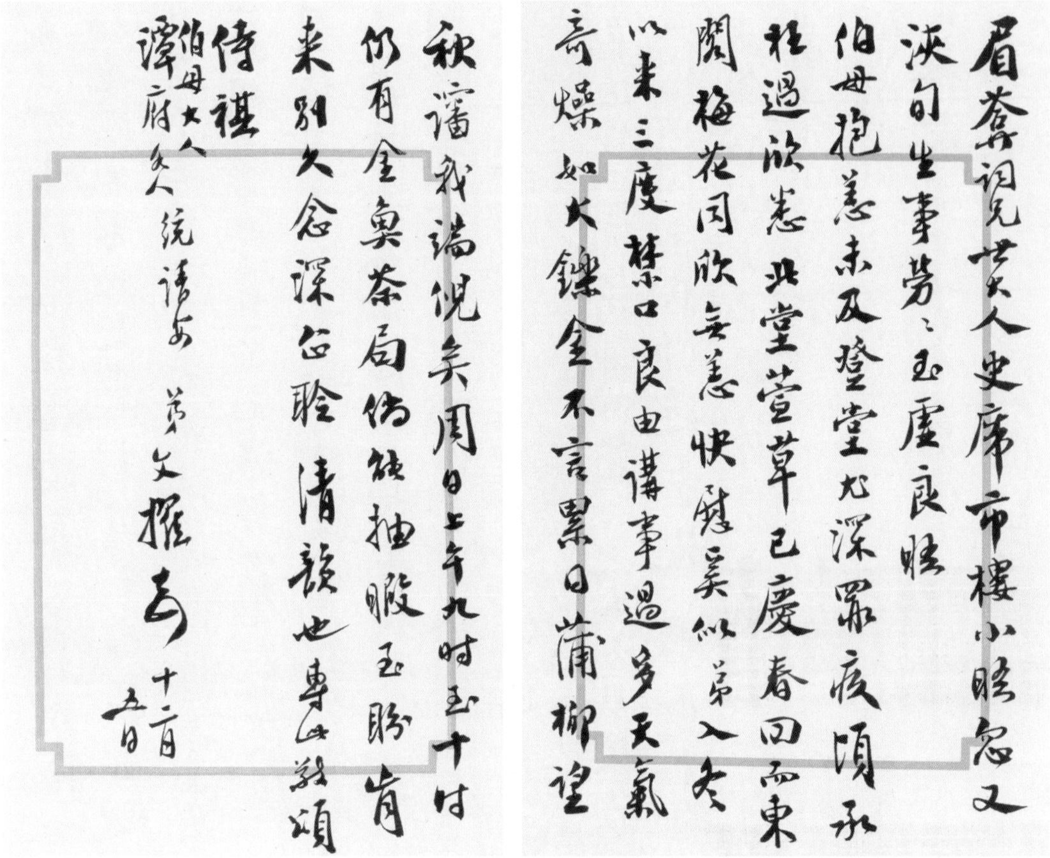

五

蘇文擢致何叔惠書

二頁

釋文

眉莽詞兄世大人史席：市樓小晤，忽又浹旬，生事勞勞，至虛良晤。伯母抱恙，未及登堂，尤深罪疚，傾承枉過，欣悉北堂萱草，已慶春回，而東閣梅花，同欣無恙，快慰奚似。弟入冬以來，三度禁口，良由講事過多，天氣奇燥，如火鑠金，不言累日，蒲柳望秋，譎我端倪矣。周日上午九時至十時仍有金魚茶局，(一)倘能抽暇，至盼肯來，別久念深，企聆清韻也。專此，敬頌侍祺，伯母大人、潭府各人統請安。弟文擢頓首，十二月五日。

按

一、金魚茶局：六十年代初，余少颿、蘇文擢及謝善權等，與文友每周周末在香港島銅鑼灣金魚菜館早茶雅集，雅集後改在周日。

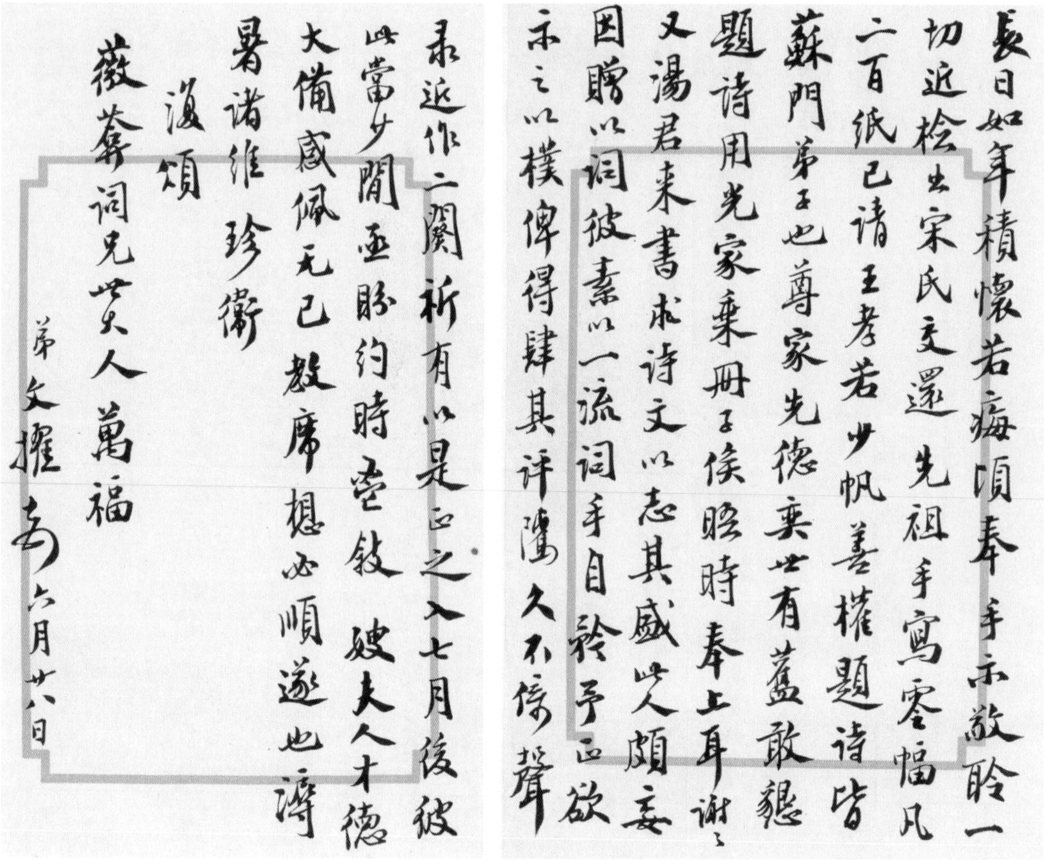

六

蘇文擢致何叔惠書

二頁

釋文

長日如年，積懷若痗。頃奉手示，敬聆一切。近檢出宋氏交還先祖手寫零幅凡二百紙，(一)已請王孝若、少帆、善權題詩，皆蘇門弟子也。尊家先德，奕世有舊，敢懇題詩，用光家乘，冊子俟晤時奉上耳。謝謝。又湯君來書，求詩文以志其盛。此人頗妄，因贈以詞，彼素以一流詞手自矜，予正欲示之以樸，俾得肆其評騭。久不倚聲，

彔近作二闋，祈有以是正之。入七月後，彼此當少閒，亟盼約時晤敘。嫂夫人才德大備，感佩無已，教席想必順遂也。溽暑，諸維珍衛，復頌薇葊詞兄世大人萬福。

弟文擢頓首，六月廿八日。

按

一、宋菊存家人曾送贈簡園公蘇若瑚翰墨與蘇文擢留念，參〈邃加室詩稿冊丙〉第五通按語。

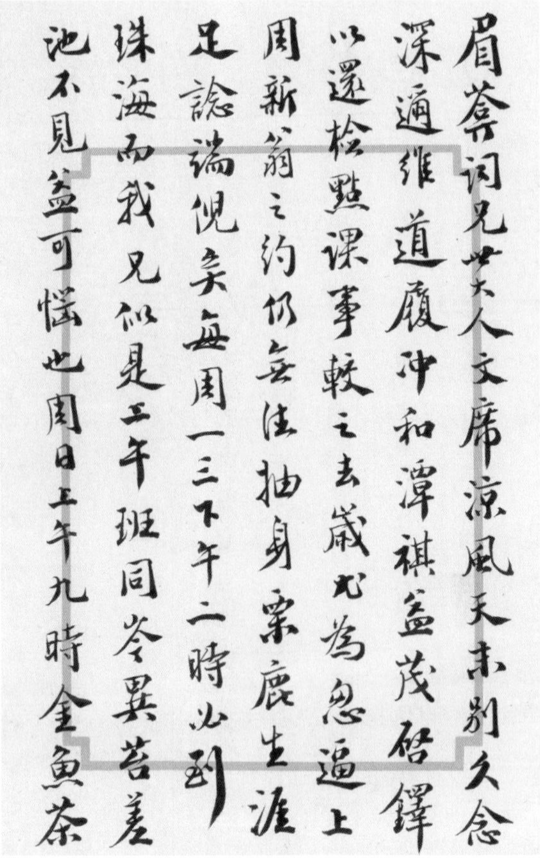
眉蓀詞兄世大人文席涼風天末別久念
深邇維道履冲和潭祺益茂啓鐸
以還檢點課事較之去歲尤為忽遑上
周新翁之約仍無法抽身粟鹿生涯
足諗端倪矣每周一三下午二時必到
珠海而我兄似是上午班同岑異苔差
池不見益可惱也周日上午九時金魚茶

七

蘇文擢致何叔惠書

三頁

釋文

眉蓀詞兄世大人文席：涼風天末，別久念深，邇維道履冲和，潭祺益茂。啟鐸以還，檢點課事，較之去歲尤為忽遑，上周新翁之約仍無法抽身，粟鹿生涯，足諗端倪矣。每周一、三下午二時必到珠海，而我兄似是上午班，同岑異苔，差池不見，益可惱也。周日上午九時金魚茶

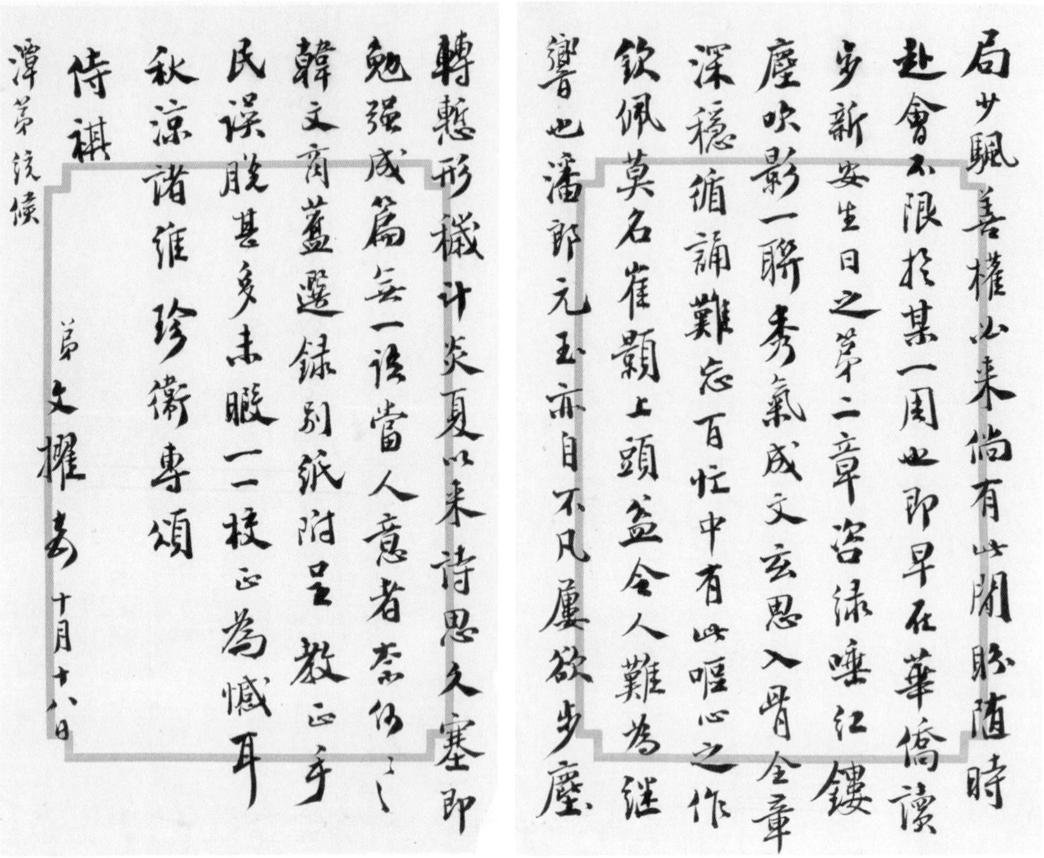
局少颿善權必來倘有此閒盼隨時
赴會不限於某一周也即早在華僑讀
步新安生日之第二章咨綠唾紅鏤
塵吹影一聯秀氣成文玄思入骨全章
深穩循誦難忘百忙中有此嘔心之作
欽佩莫名崔顥上頭益令人難為繼
響也潘郎元玉亦自不凡屢欲步塵
轉慚形穢計炎夏以來詩思久塞即
勉强成篇無一語當人意者奈何奈何
韓文商舊選錄別紙附呈教正手
民誤脫甚多未暇一一校正為憾耳
秋涼諸維珍衛專頌
侍祺
弟文擢頓首 十月十八日
潭第統候

局，少颿、善權必來，倘有此閒，盼隨時赴會，不限於某一周也。即早在華僑讀步新安生日之第二章，咨綠唾紅、鏤塵吹影一聯，秀氣成文，玄思入骨，全章深穩，循誦難忘，百忙中有此嘔心之作，欽佩莫名，崔顥上頭，益令人難為繼響也，潘郎元玉亦自不凡，屢欲步塵，

轉慚形穢。計炎夏以來，詩思久塞，即勉强成篇，無一語當人意者，奈何、奈何！韓文商舊選錄別紙，附呈教正，手民誤脫甚多，未暇一一校正為憾耳。秋涼，諸維珍衛，專頌侍祺，潭第統候。弟文擢頓首，十月十八日。

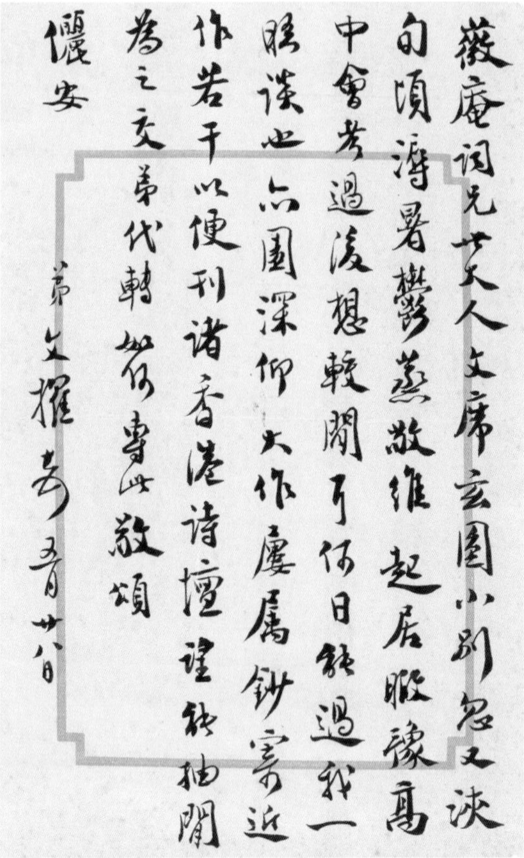

薇庵詞兄世大人文席玄圓小別忽又浹
旬頃溽暑鬱蒸敬維 起居暇豫高
中會考過後想較閒耳何日能過我一
晤談也亦園深仰大作屢屬鈔寄近
作若干以便刊諸香港詩壇望能抽閒
為之交弟代轉如何專此敬頌
儷安
弟文擢頓首 五月廿八日

八

蘇文擢致何叔惠書

釋文

薇庵詞兄世大人文席：玄圓小別，忽又浹旬，頃溽暑鬱蒸，敬維起居暇豫。高中會考過後，想較閒耳，何日能過我一晤談也？亦園深仰大作，屢屬鈔寄近作若干，以便刊諸香港詩壇，(一)望能抽閒為之，交弟代轉，如何？專此，敬頌儷安。弟文擢頓首，五月廿八日。

按

一、蘇文擢代郭亦園六十年代組織之「香港詩壇」向何叔惠徵詩。香港詩壇一九六四及一九六九年將海內外所徵詩輯《網珠集》及《網珠續集》。

九

蘇文擢致何叔惠書

二頁

一九六二年

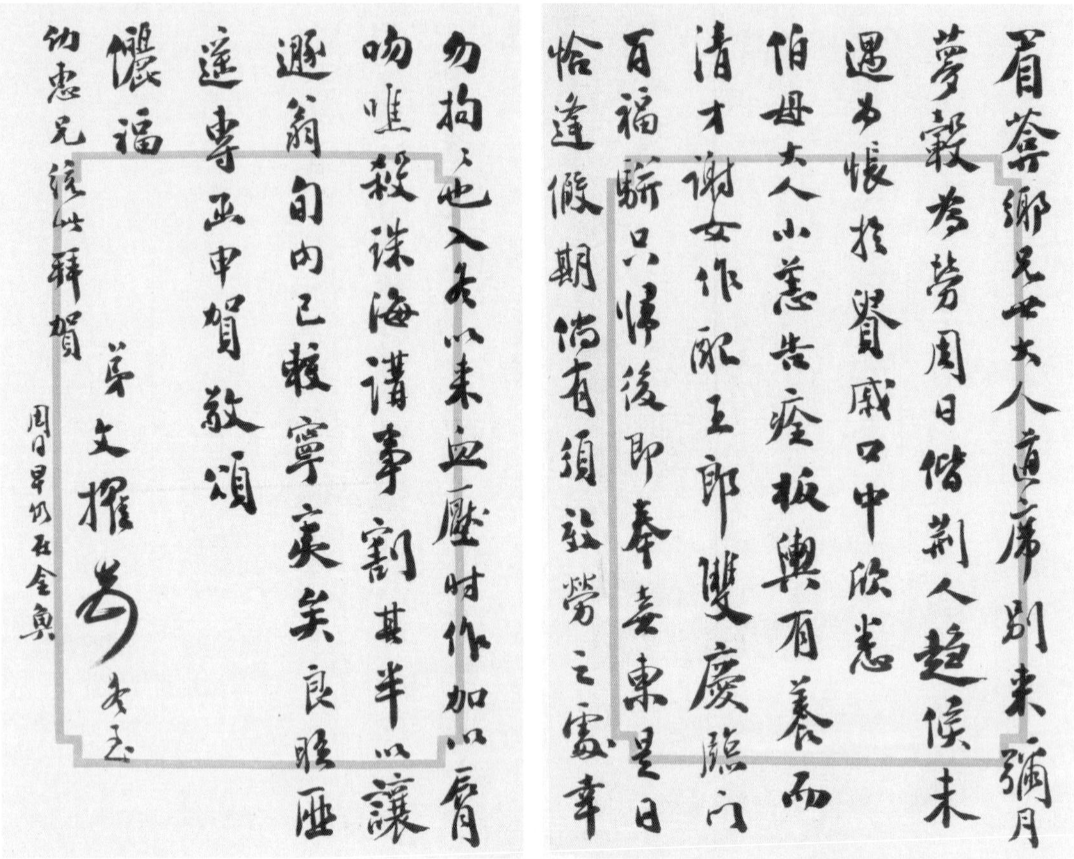
眉蓀鄉兄世大人道席別來彌月
夢轂為勞周日偕荊人趨候未
遇為悵於貴戚口中欣悉
伯母大人小恙告痊板輿有養而
清才謝女作配王郎雙慶臨門
百福駢只歸後即奉喜柬是日
恰逢假期倘有須效勞之處幸
勿拘拘也入冬以來血壓時作加以脣
吻噍殺珠海講事割其半以讓
遯翁旬內已較寧夷矣良晤匪
遙專函申賀敬頌
儷福
幼惠兄統此拜賀 弟文擢頓首 冬至
周日早仍在金魚

釋文

眉蓀鄉兄世大人道席：別來彌月，夢轂為勞，周日偕荊人趨候，未遇為悵。於貴戚口中，欣悉伯母大人小恙告痊，板輿有養，而清才謝女作配王郎，(一)雙慶臨門，百福駢只，歸後即奉喜柬，是日恰逢假期，倘有須效勞之處，幸勿拘拘也。入冬以來，血壓時作，加以脣吻噍殺，珠海講事，割其半以讓遯翁，旬內已較寧夷矣。良晤匪遙，專函申賀，敬頌儷福，幼惠兄統此拜賀。周日早仍在金魚。弟文擢頓首，冬至。

按

一、蓋指何叔惠六弟何幼惠一九六二年大婚之喜。

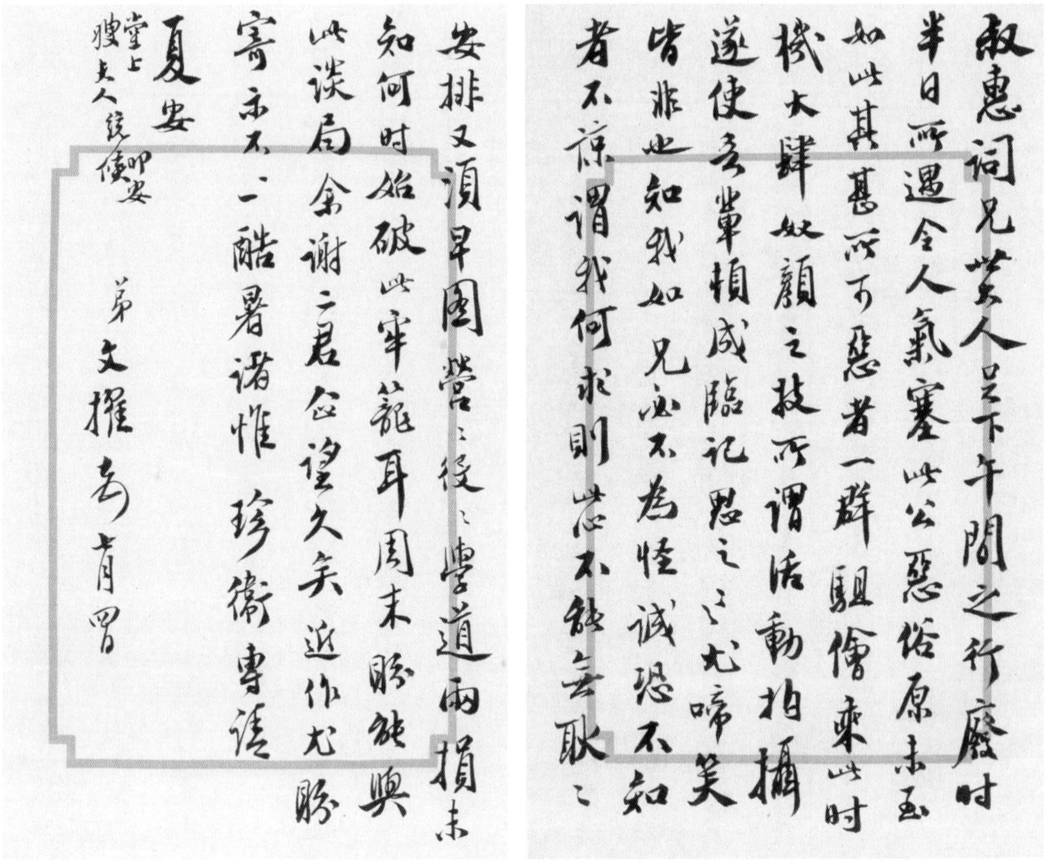

十

蘇文擢致何叔惠書

二頁

釋文

叔惠詞兄世大人足下：午間之行，廢時半日，所遇令人氣塞，此公惡俗，原未至如此，其甚所可惡者，一群駔儈，乘此時機大肆奴顏之技，所謂活動拍攝，遂使吾輩頓成臨記，思之，思之，尤啼笑皆非也。知我如兄必不為怪，誠恐不知者不諒，謂我何求，則此心不能無耿耿。

安排又須早圖，營營役役，學道兩損，未知何時始破此牢籠耳。周末盼能與此談局，余謝二君企望久矣，(一)近作尤盼寄示，不一一。酷暑，諸維珍衛，專請夏安，堂上、嫂夫人統候叩安。弟文擢頓首，七月四日。

按

一、余謝二君：余少颿、謝善權。

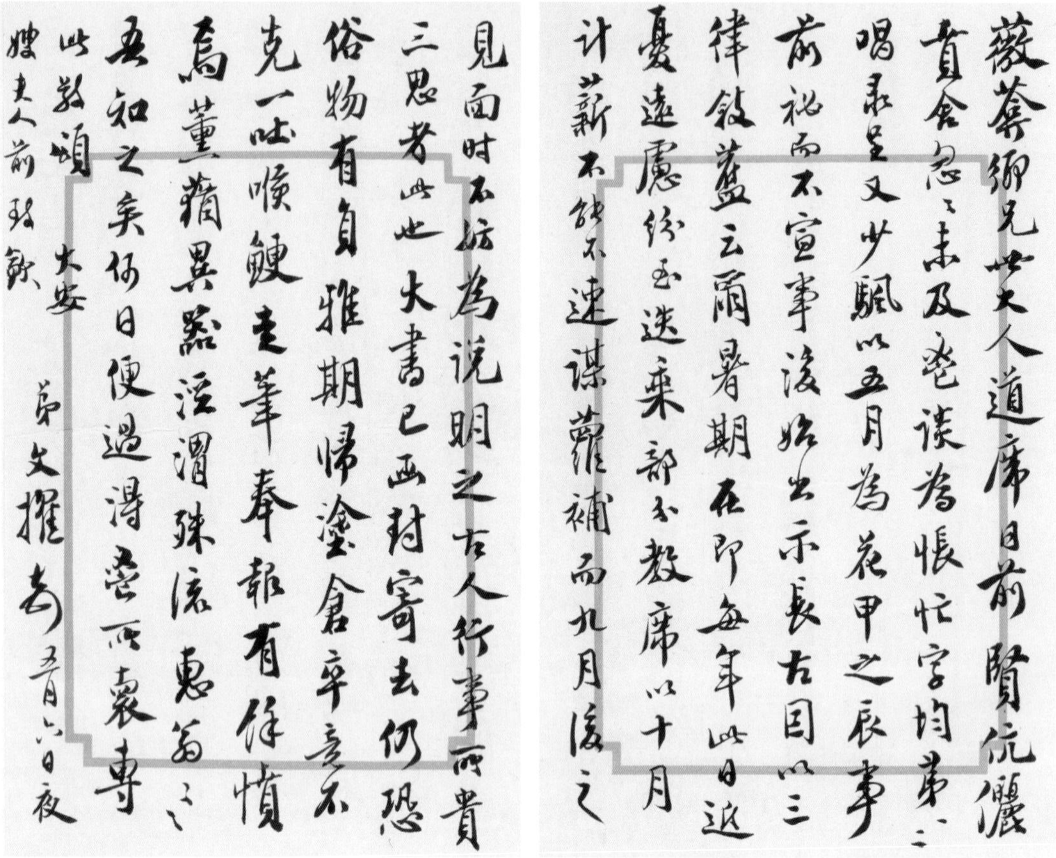

薇蕣鄉兄世大人道席：日前賢伉儷賁舍，怱怱，未及罄談為悵。忙字均第一、二唱彔呈。又少颿以五月為花甲之辰，事前祕而不宣，事後始出示長古，因以三律敘舊云爾。暑期在即，每年此日，近憂遠慮紛至迭乘，部分教席以十月計薪，不能不速謀蘿補，而九月後之見面時，不妨為説明之，古人行事所貴三思者此也。大書已函封寄去，仍恐俗物有負雅期。歸塗倉卒，竟不克一吐喉鯁，走筆奉報，有餘憤焉。薰蕕異器，涇渭殊流，惠翁、惠翁，吾知之矣！何日便過，得罄所褱，專此，敬頌大安，嫂夫人前致歉。弟文擢頓首，五月六日夜。

十一

蘇文擢致何叔惠書

二頁

一九六二年

釋文

薇蕣鄉兄世大人道席：日前賢伉儷賁舍，怱怱，未及罄談為悵。忙字均第一、二唱彔呈。又少颿以五月為花甲之辰，事前祕而不宣，事後始出示長古，因以三律敘舊云爾。暑期在即，每年此日，近憂遠慮紛至迭乘，部分教席以十月計薪，不能不速謀蘿補，而九月後之見面時，不妨為説明之，古人行事所貴三思者此也。大書已函封寄去，仍恐俗物有負雅期。歸塗倉卒，竟不克一吐喉鯁，走筆奉報，有餘憤焉。薰蕕異器，涇渭殊流，惠翁、惠翁，吾知之矣！何日便過，得罄所褱，專此，敬頌大安，嫂夫人前致歉。弟文擢頓首，五月六日夜。

按

此函附蘇文擢詩二題，分別是：一、蘇文擢以七陽「忙」字韻撰詩〈少颿以砂壺紅茶見惠賦謝〉，余少颿和韻答謝，蘇文擢隨後再疊韻和詩一首；二、余少颿一九六二年壬寅五月六十大壽，蘇文擢賀以〈贈少颿生日〉七律三首。參〈邃加室詩稿冊乙〉第一通。

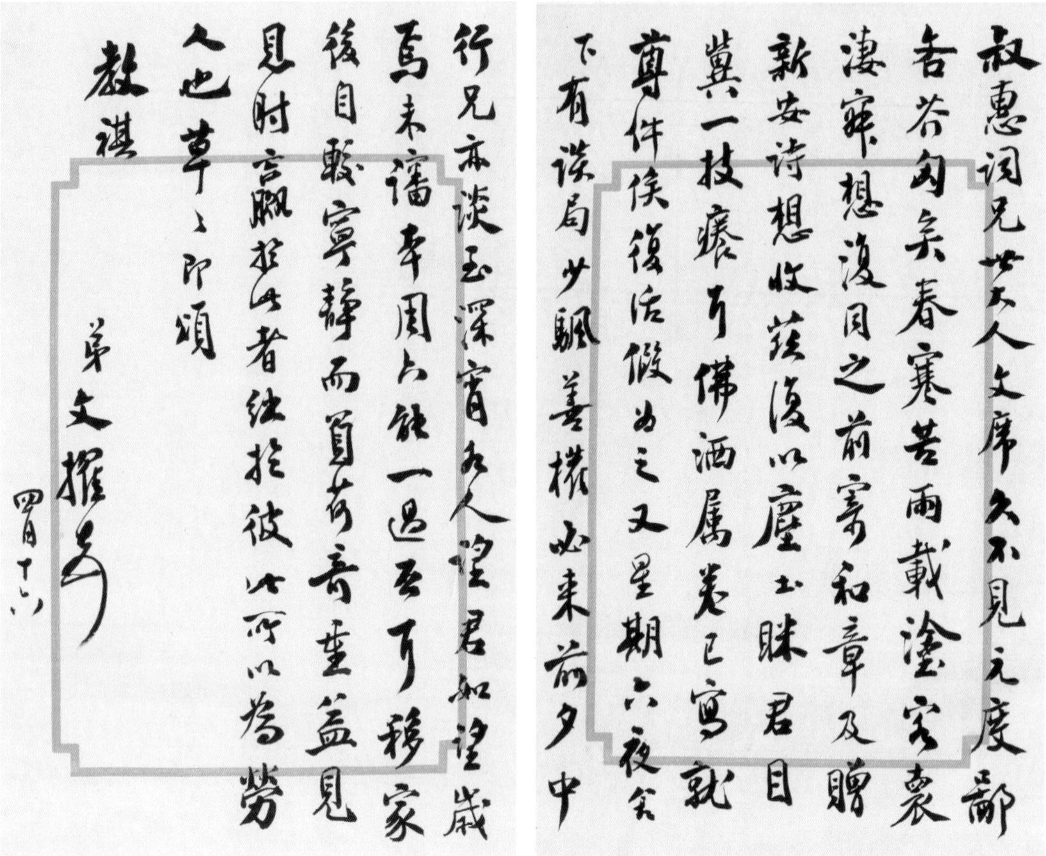

十二

蘇文擢致何叔惠書

二頁

釋文

叔惠詞兄世大人文席：久不見元度，鄙吝芥匈矣。春寒苦雨載塗，客裏淒寂想復同。之前寄和章及贈新安詩，想收，茲復以塵土眯君目，冀一技癢耳。佛洒屬卷已寫就，尊件俟復活假為之。又星期六夜舍下有談局，少颿、善權必來，前夕中行兄亦談至深宵，各人望君如望歲焉，未讅本周六能一過否耳？移家後自較寧靜，而負荷奇重，益見見肘，贏於此者絀於彼，此所以為勞人也，草草，即頌教祺。弟文擢頓首，四月十六。

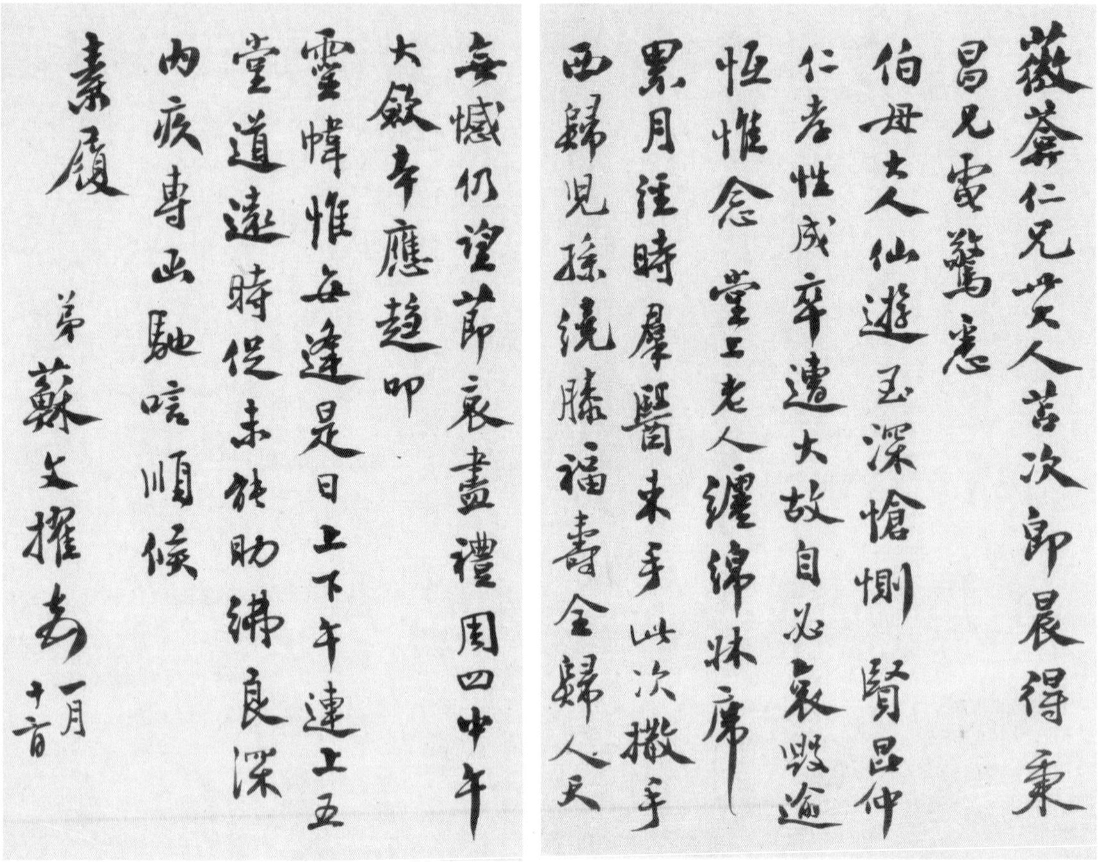
薇蓀仁兄世大人苫次即晨得秉
昌兄電驚悉
伯母大人仙遊至深愴惻 賢昆仲
仁孝性成卒遭大故自必哀毀逾
恒惟念 堂上老人纏綿牀席
累月經時群醫束手此次撒手
西歸兒孫繞膝福壽全歸人天
無憾仍望節哀盡禮周四中午
大斂本應趨叩
靈幃惟每逢是日上下午連上五
堂道遠時促未能助紼良深
內疚專函馳唁順候
素履
弟蘇文擢頓首 一月十二日

十三

蘇文擢致何叔惠書

二頁

一九七一年

釋文

薇蓀仁兄世大人苫次：即晨得秉昌兄電，驚悉伯母大人仙遊，(一)至深愴惻。賢昆仲仁孝性成，卒遭大故，自必哀毀逾恒，惟念堂上老人纏綿牀席，累月經時，群醫束手，此次撒手西歸，兒孫繞膝，福壽全歸，人天無憾，仍望節哀盡禮。周四中午大斂，本應趨叩靈幃，惟每逢是日上下午連上五堂，道遠時促，未能助紼，良深內疚，專函馳唁，順候素履。弟蘇文擢頓首，一月十二日。

按

一、何叔惠母宋佩瓊女士（一八九三—一九七一）一九七一年病逝。也參何叔惠一九八七及一九九零年詩〈丁卯先慈九五冥壽〉、〈己巳歲臘先慈棄養廿周年泣賦〉，載《薇盦存稿》下冊頁一四六、頁一五零。

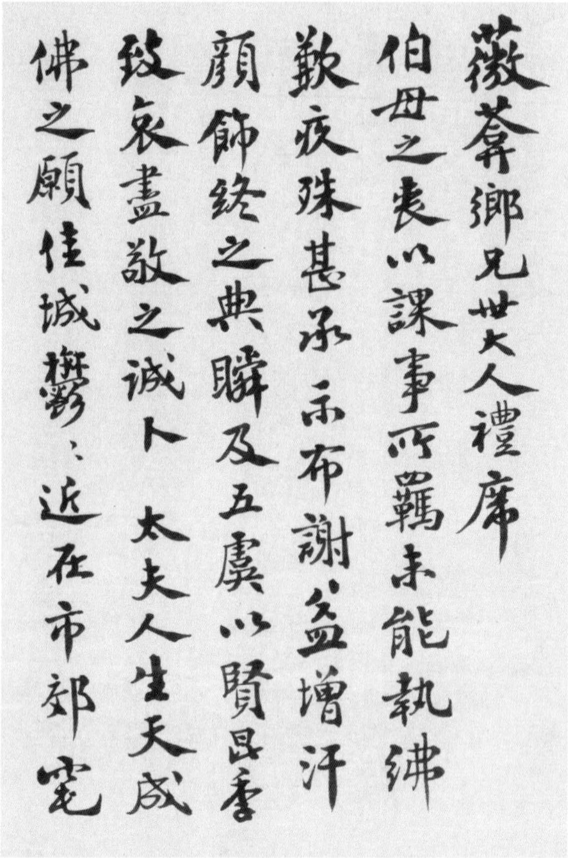

薇蓀鄉兄世大人禮席
伯母之喪以課事所羈未能執紼
歉疚殊甚承 示布謝益增汗
顏飾終之典瞬及五虞以賢昆季
致哀盡敬之誠卜 太夫人生天成
佛之願佳城鬱鬱近在市郊宅

十四

蘇文擢致何叔惠書

三頁

一九七一年

釋文

薇蓀鄉兄世大人禮席：伯母之喪，以課事所羈，未能執紼，歉疚殊甚。承示布謝，益增汗顏。飾終之典，瞬及五虞，以賢昆季致哀，盡敬之誠，卜太夫人生天成佛之願，佳城鬱鬱，近在市郊；宅

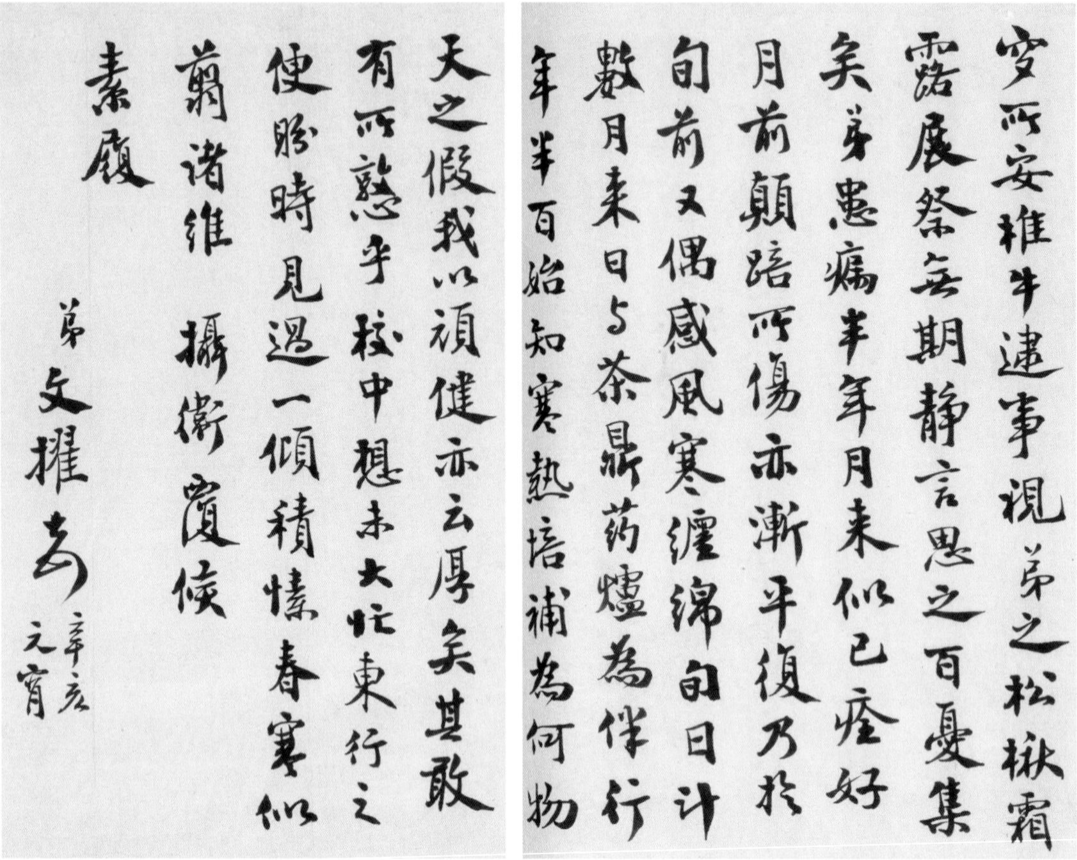

穸所安，椎牛逮事；視弟之松楸霜露，展祭無期，靜言思之，百憂集矣。弟患瘺半年，月來似已痊好。月前顛踣所傷，亦漸平復，乃於旬前又偶感風寒，纏綿旬日，計數月來，日與茶鼎葯爐為伴，行年半百，始知寒熱培補為何物，

天之假我以頑健，亦云厚矣，其敢有所懟乎？校中想未大忙，東行之便，盼時見過，一傾積愫。春寒似翦，諸維攝衛，覆候素履。弟文擢頓首，辛亥元宵。

按

蘇文擢屢為痔漏所困，其中一九七零年夏天至一九七一年半年間，病情至為嚴重。也參下函及〈邃加室手札冊乙〉第二、三通信函；此外，〈邃加室手詩稿冊乙〉第六通七律〈庚戌秋冬痔瘺連月賦此自遣〉也談腸胃瘺疾。

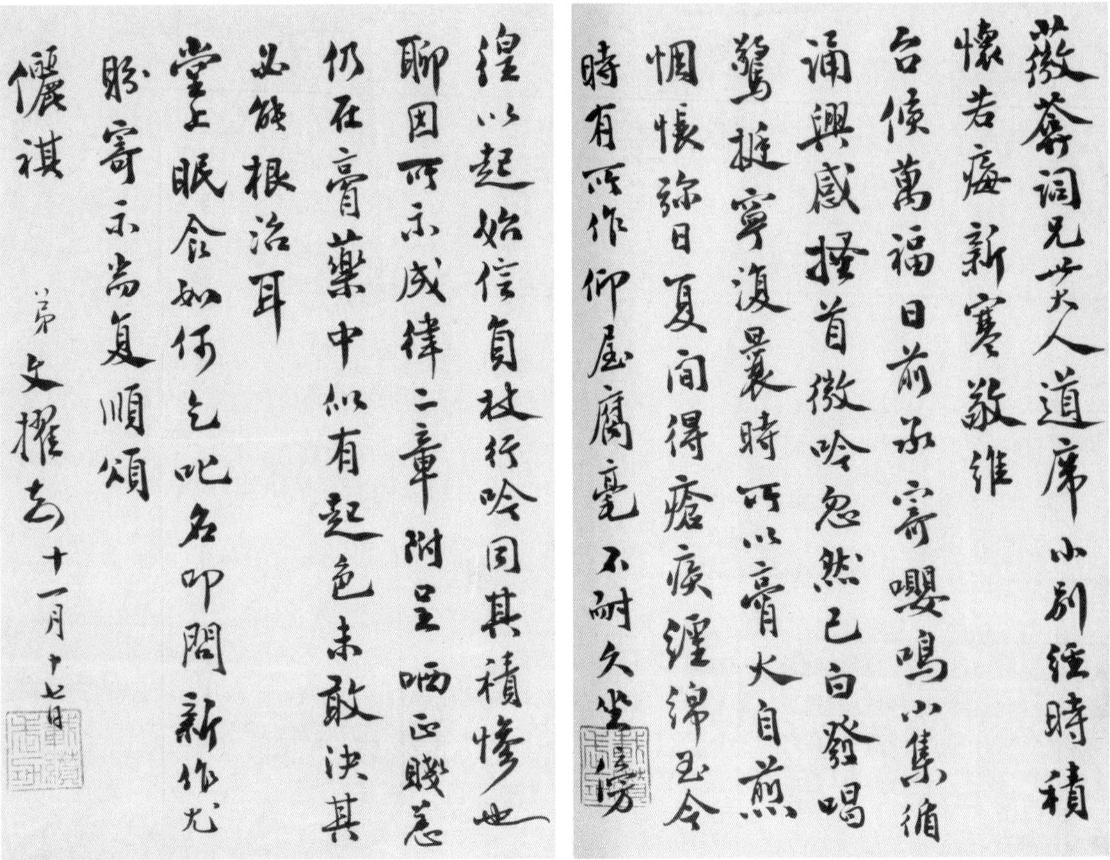

十五

蘇文擢致何叔惠書

二頁
一九七零年

釋文

薇薪詞兄世大人道席：小別經時，積懷若痗，新寒敬維，台候萬福。日前承寄嚶鳴小集，循誦興感，搔首微吟，忽然已白，發唱驚挺，寧復曩時所以，膏火自煎，惆悵彌日。夏間得瘖疾，纏綿至今，時有所作，仰屋腐毫，不耐久坐，傍徨以起，始信負杖行吟，同其積慘也，聊因所示成律二章，附呈哂正。賤恙仍在膏藥中，似有起色，未敢決其必能根治耳。堂上眠食如何？乞叱名叩問。新作尤盼寄示，耑复，順頌儷祺。弟文擢頓首，十一月十七日。

按

蘇文擢屢為痔漏所困，參上函按語。

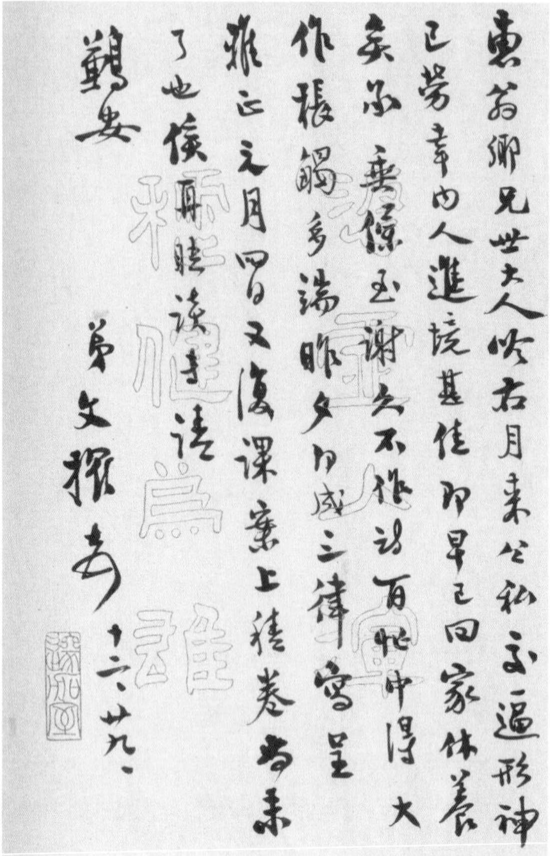
惠翁鄉兄世大人吟右：月來公私交逼，形神已勞，幸內人進境甚佳，即早已回家休養矣，承垂候，至謝。久不作詩，百忙中得大作，棖觸多端，昨夕即成三律，寫呈雅正。元月四日又復課，案上積卷尚未了也，俟再晤談，專請鶇安。弟文擢頓首 十二、廿九

十六

蘇文擢致何叔惠書

一九七八年

釋文

惠翁鄉兄世大人吟右：月來公私交逼，形神已勞，幸內人進境甚佳，即早已回家休養矣，承垂候，至謝。久不作詩，百忙中得大作，棖觸多端。昨夕即成三律，寫呈雅正。元月四日又復課，案上積卷尚未了也，俟再晤談，專請鶇安。弟文擢頓首，十二、廿九。

按

此函所附五律三首蓋為〈邃加室詩稿冊甲〉第十三通，待考。

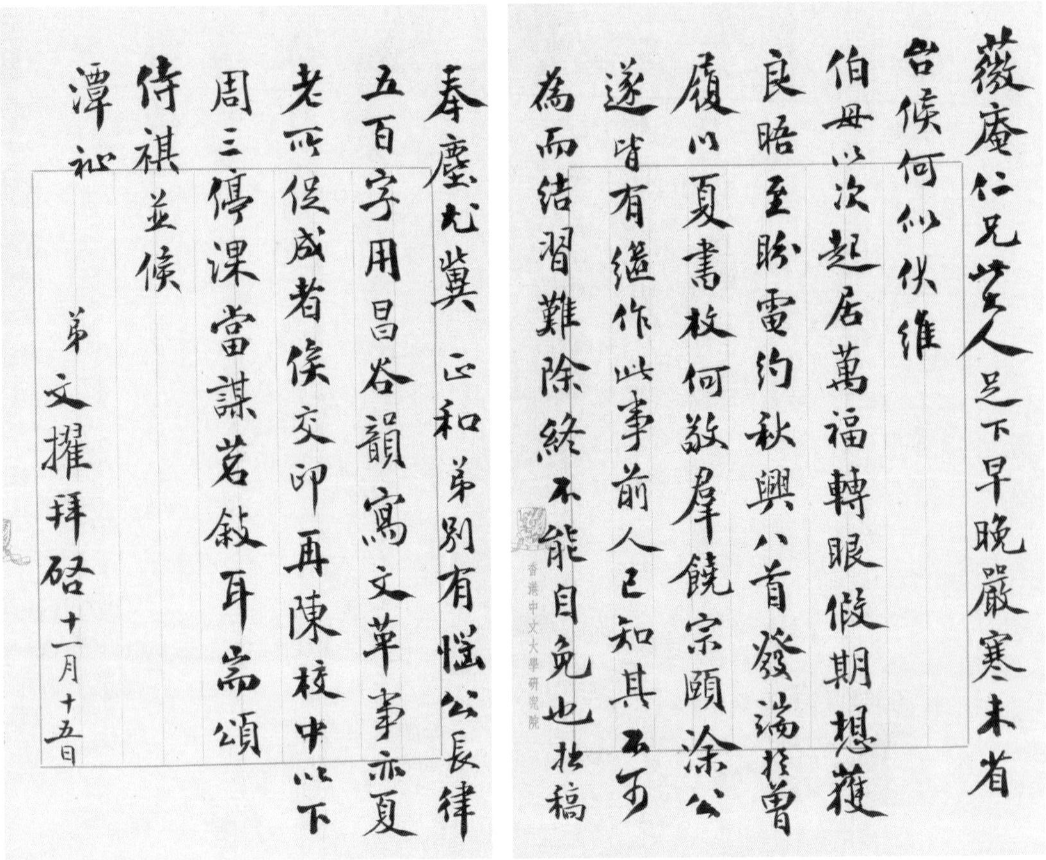
薇庵仁兄世大人足下早晚嚴寒未省
台候何似伏維
伯母以次起居萬福轉眼假期想獲
良晤至盼電約秋興八首發端於曾
履川夏書枚何敬群饒宗頤涂公
遂皆有繼作此事前人已知其不可
為而結習難除終不能自免也拙稿
奉塵尤冀　正和弟別有惱公長律
五百字用昌谷韻寫文革事亦夏
老所促成者俟交印再陳校中以下
周三停課當謀茗敘耳耑頌
侍祺並候
潭祉
弟文擢拜啓十一月十五日

香港中文大學研究院

十七

蘇文擢致何叔惠書

二頁

一九六七年

釋文

薇庵仁兄世大人足下：早晚嚴寒，未省台候何似，伏維伯母以次起居萬福。轉眼假期，想獲良晤，至盼電約。秋興八首發端於曾履川，(一)夏書枚、何敬群、饒宗頤、涂公遂皆有繼作，此事前人已知其不可為，而結習難除，終不能自免也。拙稿奉塵，尤冀正和。弟別有惱公長律五百字，用昌谷韻寫文革事，(二)亦夏老所促成者，俟交印再陳。校中以下周三停課，當謀茗敘耳，耑頌侍祺，並候潭祉。弟文擢拜啟，十一月十五日。

按

一、曾克耑（履川）〈秋興次杜均〉八首，載《頌橘廬詩存》之〈頌橘廬詩存第二十四〉頁九。

二、蘇文擢一九六七年冬撰五言排律〈惱公次昌谷韻〉，載《邃加室詩文集》頁一九六，詩小序云：「惱公即樂府之惱懷，昌谷取為狹邪遊戲之作。叔美詞長步韻感懷，予因次韻，極道時事，辭不免於怨怒，義有取於承持，知者悲其志焉，時丁未冬也。」

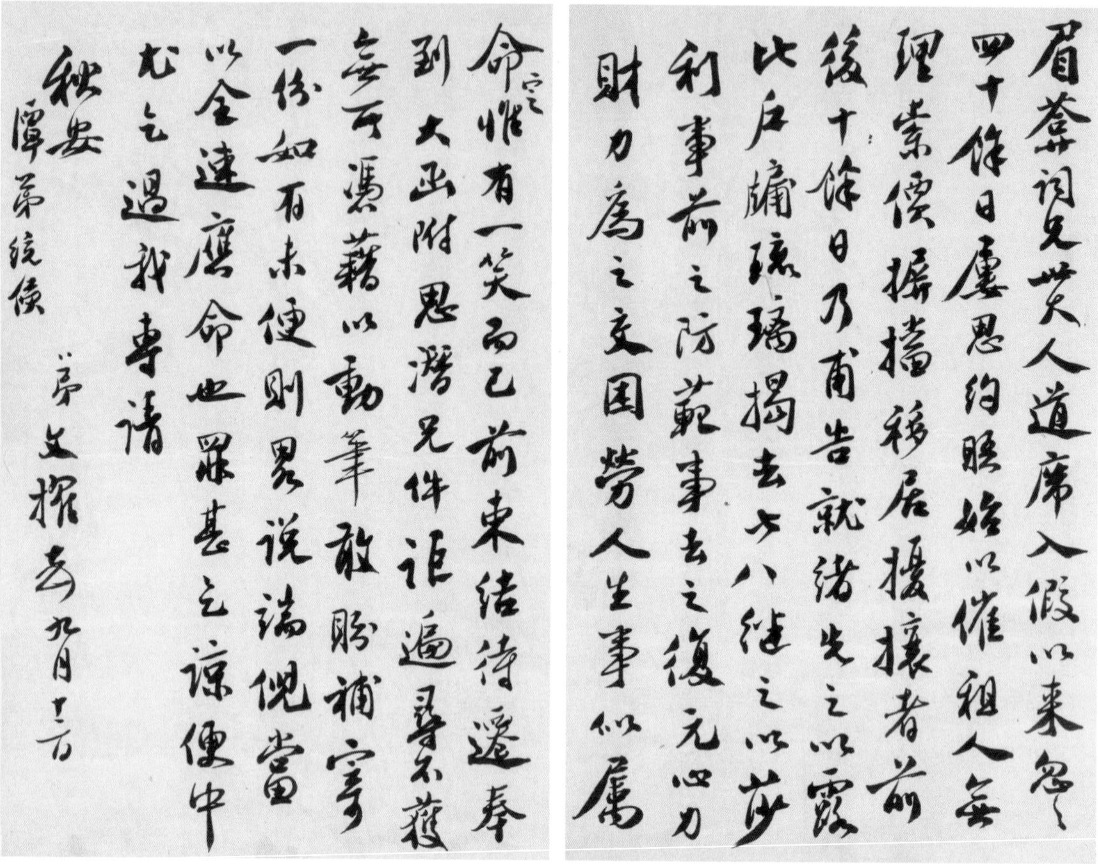

十八

蘇文擢致何叔惠書

二頁

一九六四年

釋文

眉蕣詞兄世大人道席：入假以來，忽忽四十餘日，屢思約晤，始以催租人無理索價，摒擋移居，擾攘者前後十餘日，乃甫告就緒，先之以露比，户牖琉璃揭去七八，繼之以莎利，事前之防範，(二)事去之復元，心力財力為之交困，勞人生事，似屬命定，惟有一笑而已。前東結待還，奉到大函，附思潛兄件，詎遍尋不獲，無所憑藉以動筆，敢盼補寄一份，如有未便，則略説端倪，當以全速應命也，罪甚，乞諒。便中尤乞過我，專請秋安，潭弟統候。弟文擢頓首，九月十二日。

按

一、一九六四年，香港受颱風露比蹂躪，九月五日天文臺懸掛十號風球，隨後九月十日又受颱風莎利吹襲。

十九

蘇文擢致何叔惠書

釋文

惠翁詞兄文席：前奉手教及詩，知有鄉行，暫未奉答。青春作伴，此行定多佳趣，栗鹿如弟，惟有出門西笑而已。小詩聊申賀意，自問尚非套語耳，乞正，專此，順頌鶼福。弟文擢頓首，四月廿四日。

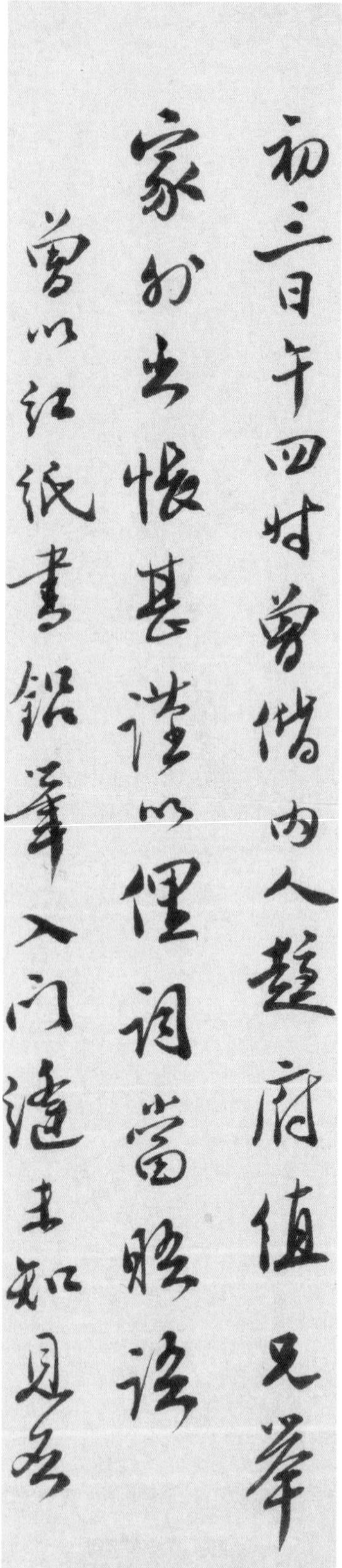
初三日午四時曾偕內人趨府值兄舉
家外出悵甚謹以俚詞當晤語
曾以紅紙書鉛筆入門縫未知見否

二十

便箋一通

一九六二年

釋文

初三日午四時曾偕內人趨府，值兄舉家外出，悵甚，謹以俚詞當晤語。曾以紅紙書鉛筆入門縫，未知見否？

按

一九六二年壬寅年初三，蘇文擢到何叔惠家拜年不遇，何叔惠後撰五古〈壬寅元旦後二日文擢伉儷見過，予適挈妻兒渡海赴戚家拜年，竟不相遇，書此致慊，並志感歎〉，載《薇盦存稿》上冊頁八零，隨後蘇文擢和詩〈次韻贈叔惠〉一首答謝，載《邃加室詩文集》頁一三六，手稿參〈邃加室詩稿冊甲〉第十九通。

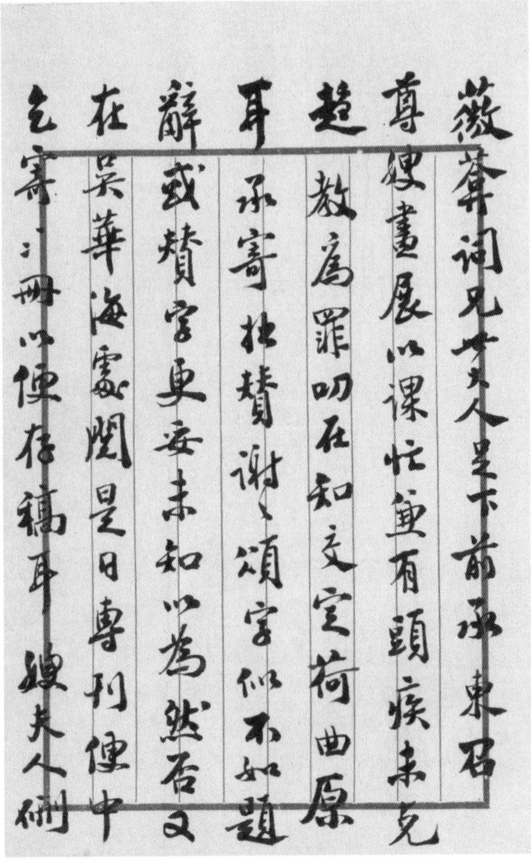

薇蓀詞兄世大人足下前承柬召
尊嫂畫展以課忙兼有頭疾未克
趨教為罪叨在知交定荷曲原
耳承寄拙贊謝〻頌字似不如題
辭或贊字更妥未知以為然否又
在吳華海處閱是日專刊便中
乞寄〻冊以便存稿耳 嫂夫人刪

二十一

蘇文擢致何叔惠書

三頁

釋文

薇蓀詞兄世大人足下：前承柬召尊嫂畫展，以課忙兼有頭疾未克趨教為罪，叨在知交，定荷曲原耳。承寄拙贊，謝謝。頌字似不如題辭，或贊字更妥，未知以為然否？又在吳華海處閱是日專刊，便中乞寄一二冊，以便存稿耳。嫂夫人刪

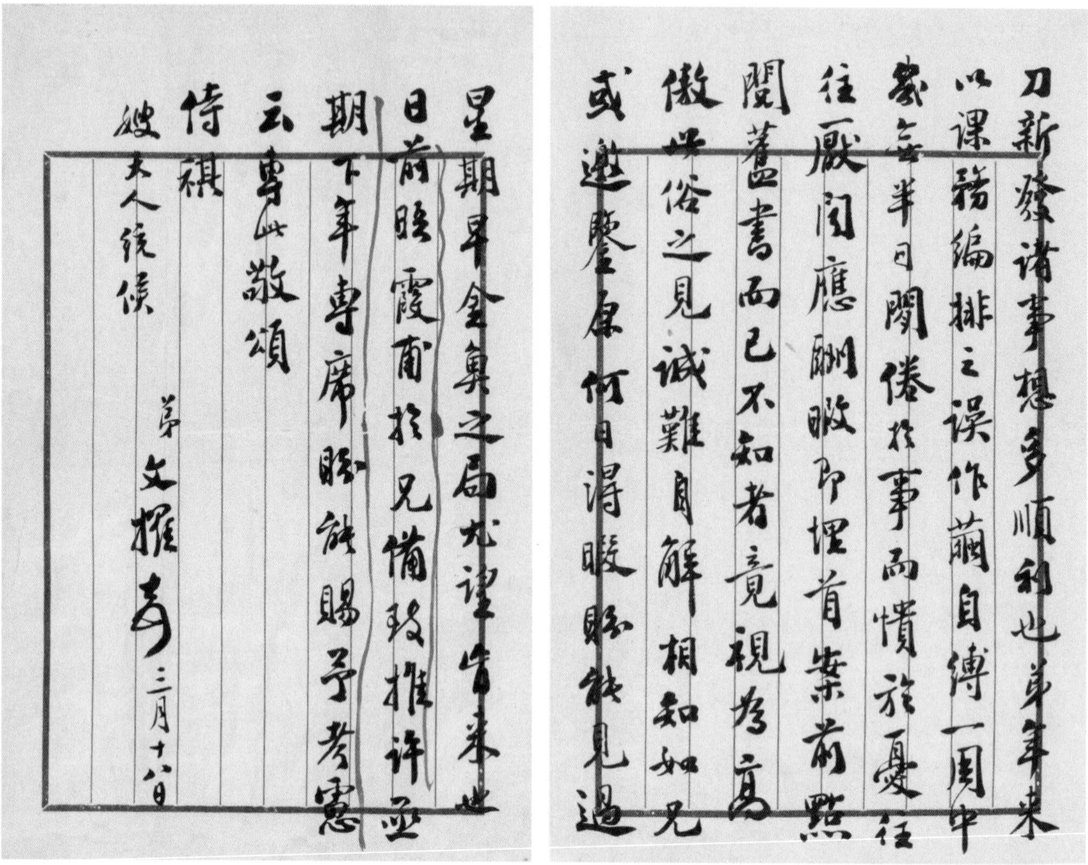

刀新發，諸事想多順利也。弟年來以課務編排之誤，作繭自縛，一周中幾無半日閒，倦於事而憒於憂，往往厭聞應酬，暇即埋首案前，點閱舊書而已，不知者竟視為高傲，世俗之見，誠難自解，相知如兄或邀鑒原。何日得暇，盼能見過？

星期早金魚之局，尤望肯來也。日前晤霞甫，於兄備致推許，亟期下年專席，盼能賜予考慮云。專此，敬頌侍祺，嫂夫人統候。弟文擢頓首，三月十八日。

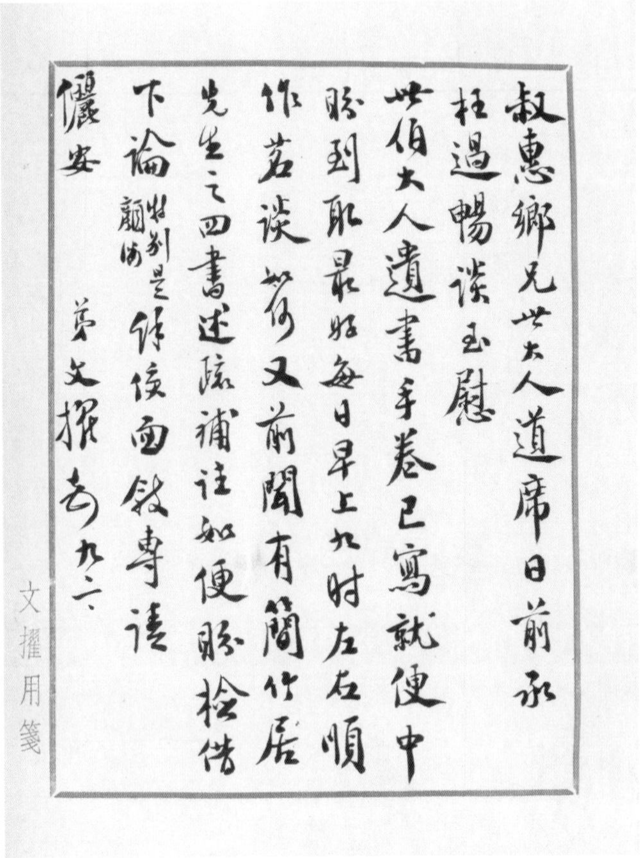
叔惠鄉兄世大人道席日前承
枉過暢談至慰
世伯大人遺書手卷已寫就便中
盼到取最好每日早上九時左右順
作茗談如何又前聞有簡竹居
先生之四書述疏補註如便盼檢借
下論特別是顏淵餘俟面敘專請
儷安 弟文擢頓首 九 二
文擢用箋

二十二

蘇文擢致何叔惠書

一九六一年

釋文

叔惠鄉兄世大人道席：日前承枉過，暢談至慰。世伯大人遺書手卷已寫就，(一)便中盼到取。最好每日早上九時左右，順作茗談，如何？又前聞有簡竹居先生之四書述疏補註，如便盼檢借下論(特別是顏淵)，餘俟面敘，專請儷安。弟文擢頓首，九、二。

按

一、何叔惠父親何國溥一九四九年後因事入獄，一九五二年農曆五月廿四日獄中逝世。何氏身陷囹圄時曾撰訓子書，何叔惠後鈔錄為戒，裝裱成手卷，蘇文擢一九六一年為手卷撰〈何惠庶先生獄中訓子書手卷跋〉，記述何國溥入民國後行藏生事，載《邃加室詩文集》頁七四，相關信函參〈邃加室手札冊甲〉第三十通。何叔惠日後憶亡父，撰詩〈丁卯季夏重讀先君子獄中遺子書泣賦〉，載《薇盦存稿》上冊頁九三及〈莫上〉，載《薇盦存稿》下冊頁一六七。

眉葊鄉兄世大人史席前夕忽忽
未及罄談為悵昨自郊外歸
始悉台駕雙雙賁臨尤以失迓
為罪據內人言昨晨以摒擋豚
兒歸外家事至九時三刻始成行
計到中環要在十時半後恐貽
後至遂爾中止及讀留示深累
年公及各人久候負疚奚如堅
囑專函請罪訂於本周日（六號）
下午二時在平安酒樓恭候
伉儷茗敘如幼惠兄能偕
新嫂同來更所欣企乞代約為
幸專此祇頌
福綏 弟文擢頓首 一月三日

二十三

蘇文擢致何叔惠書

二頁

一九六三年

釋文

眉葊鄉兄世大人史席：前夕忽忽，未及罄談為悵。昨自郊外歸，始悉台駕雙雙賁臨，尤以失迓為罪。據內人言，昨晨以摒擋豚兒歸外家，事至九時三刻始成行，計到中環要在十時半後，恐貽後至，遂爾中止，及讀留示，深累年公及各人久候，負疚奚如，堅囑專函請罪，訂於本周日（六號）下午二時在平安酒樓恭候伉儷茗敘，如幼惠兄能偕新嫂同來，更所欣企，乞代約為幸。專此，祇頌福綏。弟文擢頓首，一月三日。

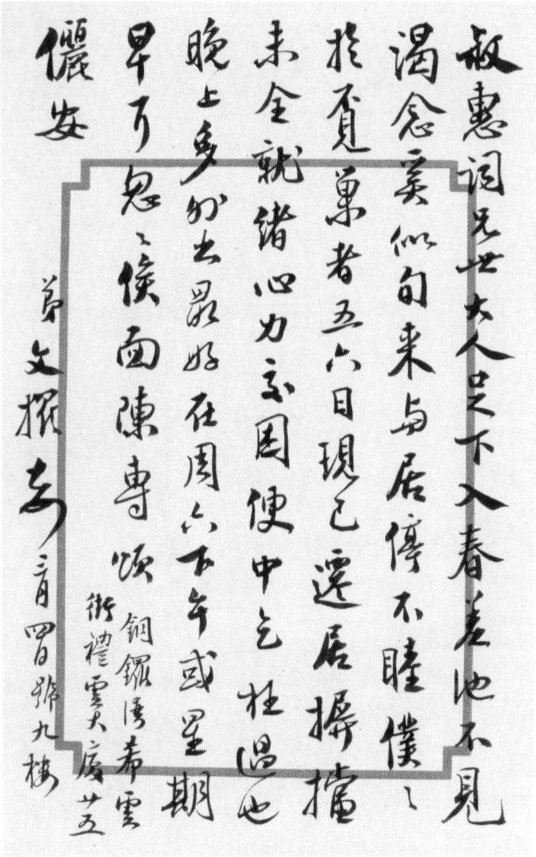

二十四

蘇文擢致何叔惠書

釋文

叔惠詞兄世大人足下：入春差池不見，渴念奚似。旬來與居停不睦，僕僕於覓巢者五六日，現已遷居，摒擋未全就緒，心力交困。便中乞枉過也，晚上多外出，最好在周六下午或星期早耳。忽忽，俟面陳，專頌儷安。（銅鑼灣希雲街禮雲大廈廿五號九樓）弟文擢頓首，三月四日。

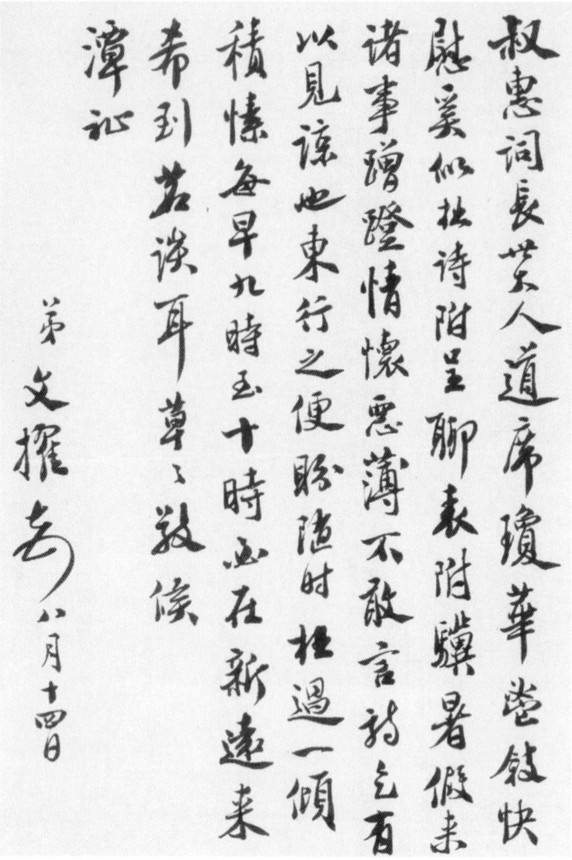

二十五

蘇文擢致何叔惠書

釋文

叔惠詞長世大人道席：瓊華邕敘，快慰奚似。拙詩附呈，聊表附驥。暑假來，諸事蹭蹬，情懷惡薄，不敢言詩，乞有以見諒也。東行之便，盼隨時枉過，一傾積愫，每早九時至十時，必在新遠來，(一)希到茗談耳。草草，敬候潭祉。弟文擢頓首，八月十四日。

按

一、新遠來酒樓，五、六十年代在北角營業。

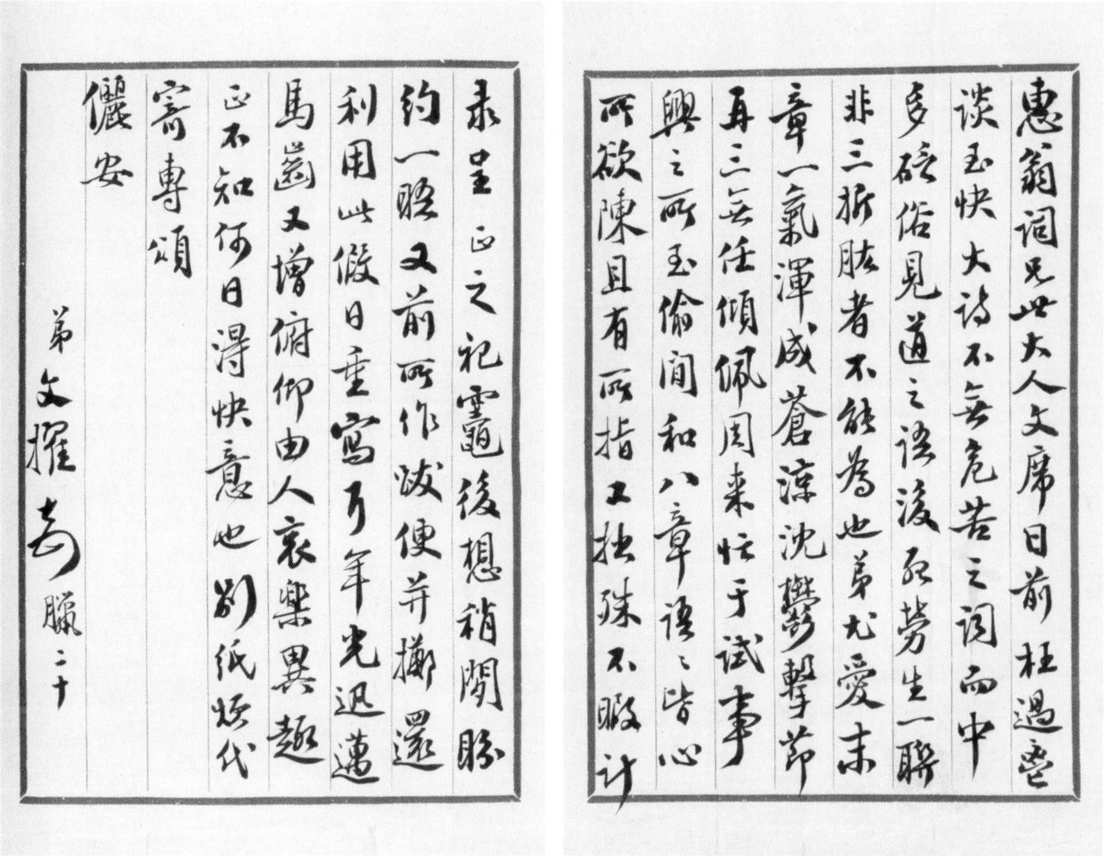

二十六

蘇文擢致何叔惠書

二頁
一九六二年

釋文

惠翁詞兄世大人文席：日前枉過，劇談至快，大詩不無危苦之詞，而中多砭俗見道之語。後死勞生一聯，非三折肱者不能為也。弟尤愛末章，一氣渾成，蒼涼沈鬱，擊節再三，無任傾佩。周來忙于試事，興之所至，偷閒和八章，語語皆心所欲陳，且有所指，工拙殊不暇計，彔呈正之。祀竈後想稍閒，盼約一晤。又前所作跋，便并擲還，利用此假日重寫耳。年光迅邁，馬齒又增，俯仰由人，哀樂異趣，正不知何日得快意也。別紙煩代寄，專頌儷安。弟文擢頓首，臘二十。

按

此函寫於辛丑臘月二十，即一九六二年一月二十五日，附蘇文擢辛丑祀竈前三日和韻何叔惠〈辛丑生朝〉詩八首，載〈邃加室詩稿冊甲〉第五通。何叔惠己未十月廿五日即一九一九年十二月二日出生，一九六一年生辰撰〈辛丑生朝〉七律八首，載《薇盦存稿》頁一五三至一五四，〈其七〉頸聯云「難從後死忘人我，偏與勞生解怨恩」。又何叔惠翌年壬寅生辰，蘇文擢撰〈何叔惠壬寅壽序〉為賀，參〈邃加室手札冊乙〉第一通。

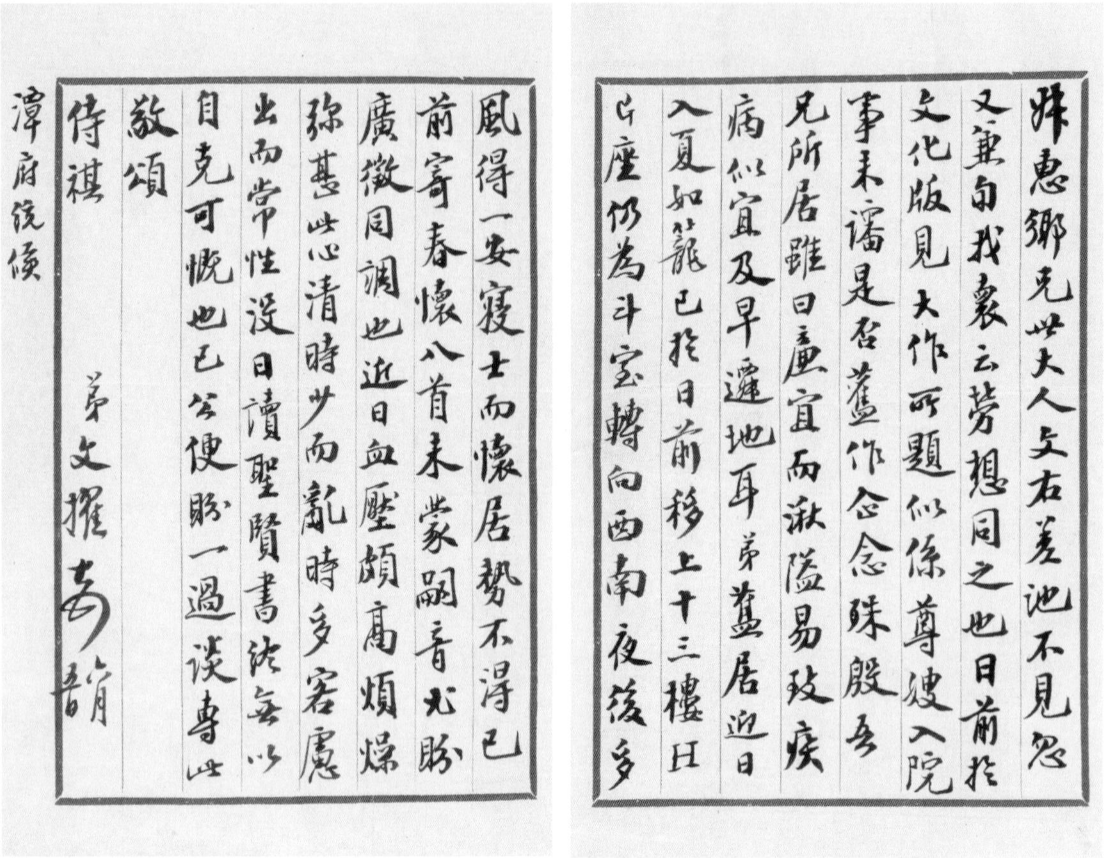

二十七

蘇文擢致何叔惠書

二頁

釋文

叔惠鄉兄世大人文右：差池不見，忽又兼旬，我褎云勞，想同之也。日前於文化版見大作，所題似係尊嫂入院事，未審是否舊作，企念殊殷。吾兄所居，雖曰廉宜，而湫隘易致疾病，似宜及早遷地耳。弟舊居迎日，入夏如籠，已於日前移上十三樓ＨＧ座，仍為斗室，轉向西南，夜後多

風，得一安寢，士而懷居，勢不得已。前寄春懷八首，(一)未蒙嗣音，尤盼廣徵同調也。近日血壓頗高，煩燥彌甚，此心清時少而亂時多。客慮出而常性沒，日讀聖賢書，終無以自克，可慨也已。公便盼一過談，專此，敬頌侍祺，潭府統候。弟文擢頓首，六月五日。

按

一、春懷八首：蘇文擢四月三十夜曾有詩八首寄贈何叔惠，詩題〈次均朱九江先生春懷八首應叔惠詞兄世大人之屬即呈正和〉，參〈邃加室詩詩稿冊甲〉第三通。

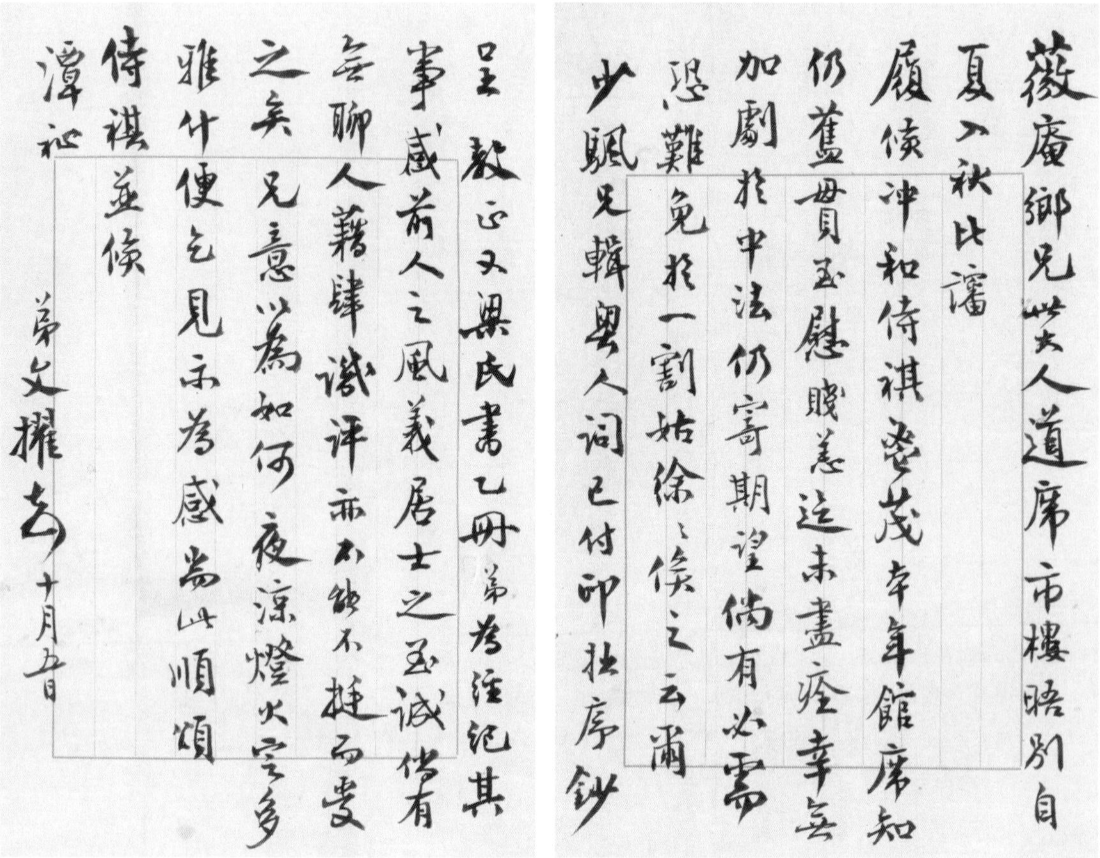
薇庵鄉兄世大人道席市樓晤別自
夏入秋比諗
履候沖和侍祺鬯茂本年館席知
仍舊貫至慰賤恙迄未盡痊幸無
加劇於中法仍寄期望倘有必需
恐難免於一割姑徐徐俟之云爾
少颿兄輯粵人詞已付印拙序鈔
呈
教正又梁氏書乙冊弟為經紀其
事感前人之風義居士之至誠倘有
無聊人藉肆譏評亦不能不挺而受
之矣兄意以為如何夜涼燈火定多
雅什便乞見示為感耑此順頌
侍祺並候
潭祉
弟文擢頓首 十月五日

二十八

蘇文擢致何叔惠書

二頁

約一九七零年

釋文

薇庵鄉兄世大人道席：市樓晤別，自夏入秋，比諗履候沖和，侍祺鬯茂。本年館席知仍舊貫，至慰。賤恙迄未盡痊，幸無加劇，於中法仍寄期望，倘有必需，恐難免於一割，姑徐徐俟之云爾。少颿兄輯粵人詞，已付印，拙序鈔呈教正。(一)又梁氏書乙冊，(二)弟為經紀其事，感前人之風義，居士之至誠，倘有無聊人藉肆譏評，亦不能不挺而受之矣。兄意以為如何？夜涼燈火，定多雅什，便乞見示為感。耑此，順頌侍祺，並候潭祉。弟文擢頓首，十月五日。

按

一、余少颿一九七零年輯《近代粵詞蒐逸》，蘇文擢以駢文撰〈近代粵詞蒐逸序〉，載《邃加室詩文集》頁二一八。

二、梁氏書乙冊：葉恭綽記述、俞誠之筆錄之《太平洋會議前後中國外交內幕及其與梁士詒之關係》。蘇文擢為書撰序，並代梁譚玉櫻撰跋，參《邃加室詩文集》頁九二、九四。

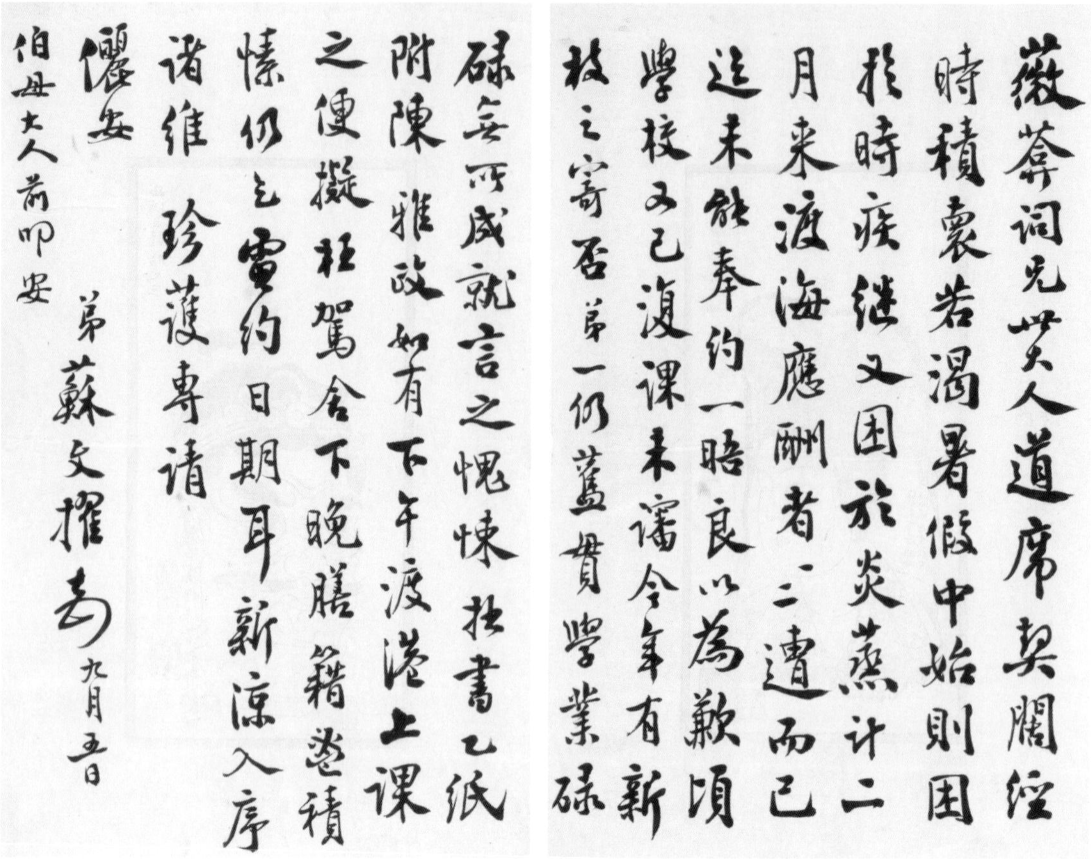

二十九

蘇文擢致何叔惠書

二頁

釋文

薇莽詞兄世大人道席：契闊經時，積褢若渴，暑假中，始則困於時疾，繼又困於炎蒸，計二月來，渡海應酬者一二遭而已，迄未能奉約一晤，良以為歉。頃學校又已復課，未讝今年有新枝之寄否？弟一仍舊貫，學業碌碌，無所成就，言之愧悚。拙書乙紙附陳雅政。如有下午渡港上課之便，擬枉駕舍下晚膳，藉罄積愫，仍乞電約日期耳。新涼入序，諸維珍護，專請儷安，伯母大人前叩安。弟蘇文擢頓首，九月五日。

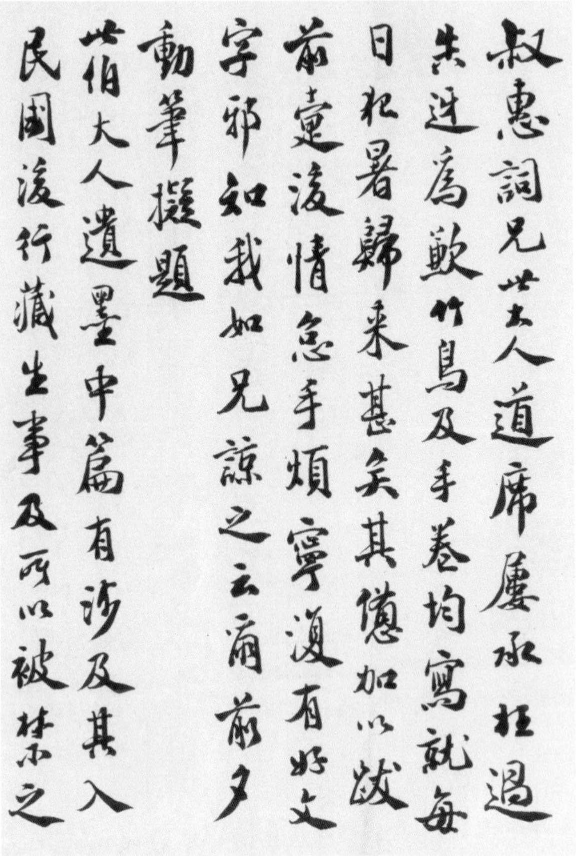
叔惠詞兄世大人道席屢承枉過
失迓為歉竹鳥及手卷均寫就每
日犯暑歸來甚矣其憊加以跋
前㝍後情怠手煩寧復有好文
字邪知我如兄諒之云爾前夕
動筆擬題
世伯大人遺墨中篇有涉及其入
民國後行藏生事及所以被禁之

三十

蘇文擢致何叔惠書

二頁
一九六一年

釋文

叔惠詞兄世大人道席：屢承枉過，失迓為歉。竹鳥及手卷均寫就。每日犯暑歸來，甚矣其憊，加以跋前疐後，情怠手煩，寧復有好文字邪？知我如兄諒之云爾。前夕動筆，擬題世伯大人遺墨，（一）中篇有涉及其入民國後行藏生事，及所以被禁之

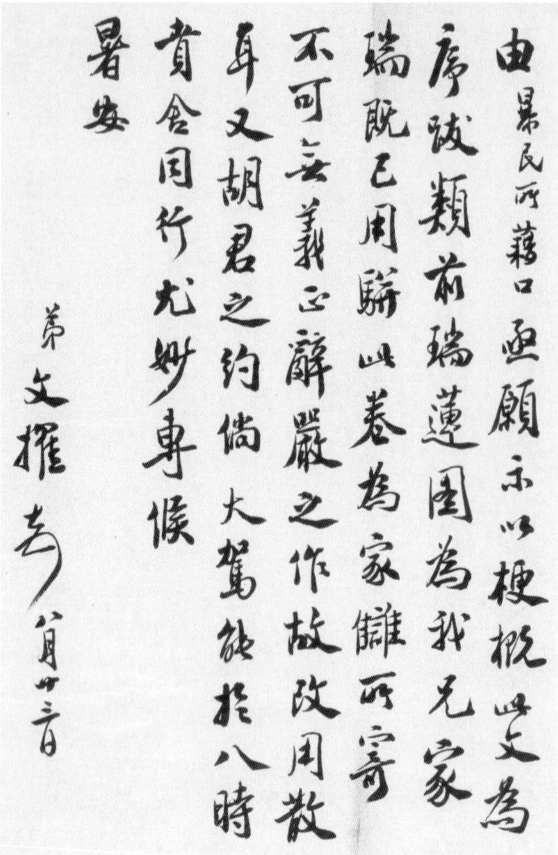
由（暴民所藉口）亟願示以梗概此文為
序跋類前瑞蓮圖為我兄家
瑞既已用騈此卷為家讎所寄
不可無義正辭嚴之作故改用散
耳又胡君之約倘大駕能於八時
賁舍同行尤妙專候
暑安
弟文擢頓首 八月廿三日

由（暴民所藉口），亟願示以梗概。此文為序跋類，前瑞蓮圖為我兄家瑞，既已用駢，[二]此卷為家讎，所寄不可無義正辭嚴之作，故改用散耳。又胡君之約，倘大駕能於八時賁舍同行尤妙。專候暑安。弟文擢頓首，八月廿三日。

按

一、何叔惠父親何國溥號惠庶，一九四九年後因事入獄，一九五二年農曆五月廿四日獄中逝世，身陷囹圄時曾撰訓子書，何叔惠後鈔錄為戒，裝裱成手卷，蘇文擢一九六一年為手卷撰〈何惠庶先生獄中訓子書手卷跋〉，記述何國溥入民國後行藏生事，載《邃加室詩文集》頁七四，相關信函參〈邃加室手札冊甲〉第二十二通。

二、何叔惠二伯父蘭愷太史何國澧，光緒二十四年（一八九八年）進士，授翰林，一九五八年冥壽，重宴瓊林，何叔惠邀香港文友繪《瑞蓮圖》及題詩為記，蘇文擢以駢文撰〈瑞蓮圖序〉，參本書《瑞蓮圖》一章及《邃加室詩文集》頁二零。

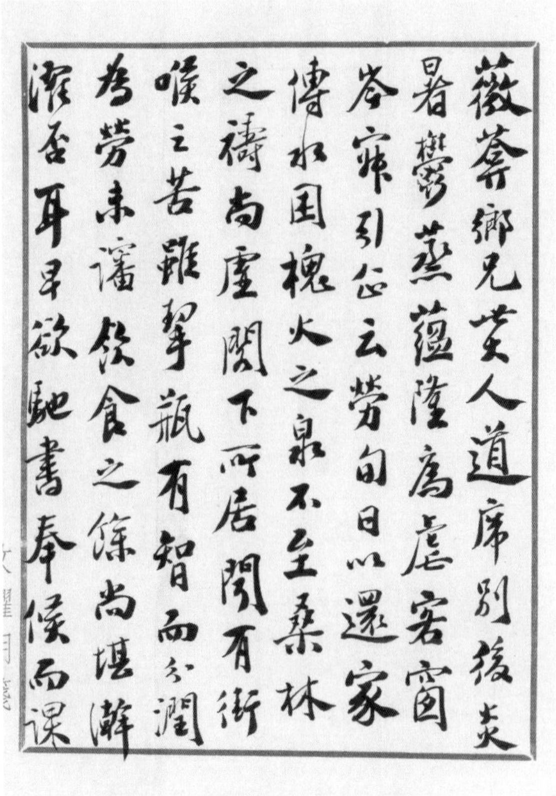

三十一

蘇文擢致何叔惠書

三頁

釋文

薇蕣鄉兄世大人道席：別後炎暑鬱蒸，蘊隆為虐，客窗岑寂，引企云勞，旬日以還，家傳水困，槐火之泉不至，桑林之禱尚虛，閣下所居聞有街喉之苦，雖挈瓶有智，而分潤為勞，未諳飲食之餘尚堪瀞濯否耳？早欲馳書奉候，而課

餘枯坐，情怠手闌，每念當道非人，朘民日亟，有竭澤而漁之酷，無端衣拜井之誠；綢繆既忽於平時浥注，乃窮於臨渴，遂使西江之水難蘇涸鱗；南天有箕，空聞翕舌，天意人事，足謫端倪矣。年來俗事，益感棼如，詩思亦

瀕於枯竭，久不讀大什，計必又有一番境界，便中尤盼賜示一二也，何日稍閒能過我一快語否？伯母大人想已全好，乞代叱名問安，專此，順頌儷祺。弟文擢頓首，六月十日。

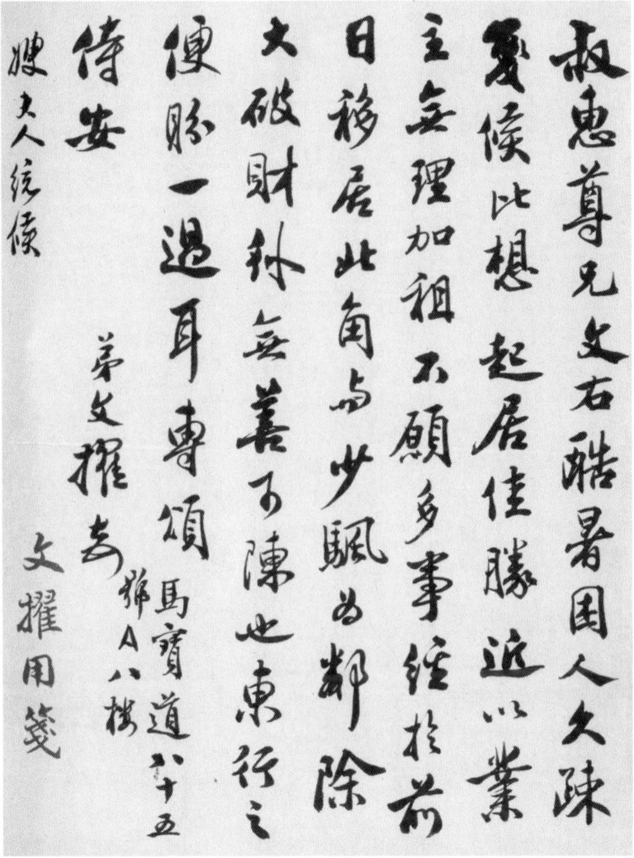

叔惠尊兄文右酷暑困人久疏
箋候比想　起居佳勝近以業
主無理加租不顧多事經於前
日移居北角與少颿為鄰除
大破財外無善可陳也東行之
便盼一過耳專頌
侍安
嫂夫人統候
弟文擢頓首
馬寶道八十五號A八樓
文擢用箋

三十二

蘇文擢致何叔惠書

釋文

叔惠尊兄文右：酷暑困人，久疏箋候，比想起居佳勝。近以業主無理加租，不顧多事，經於前日移居北角，與少颿為鄰，除大破財外，無善可陳也。東行之便，盼一過耳。專頌侍安，嫂夫人統候。（馬寶道八十五號Ａ八樓）。弟文擢頓首。

按

信函寫於一九六五年蘇文擢任教聯合書院前後。

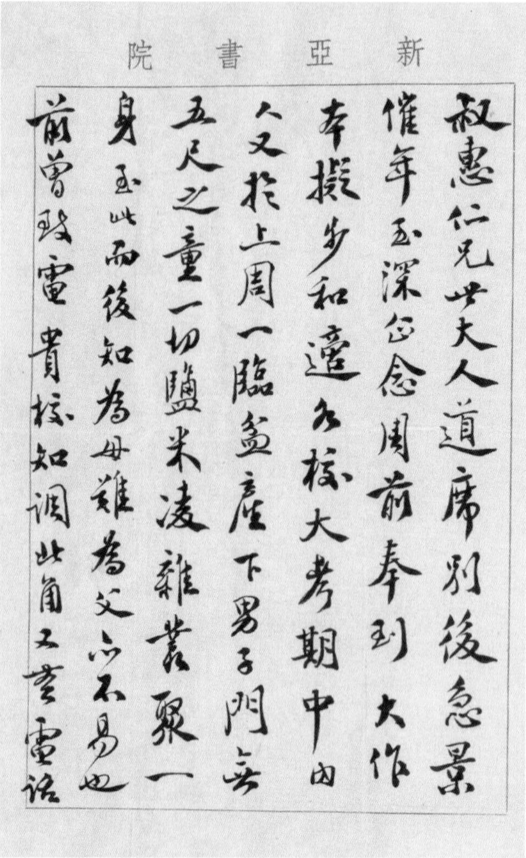

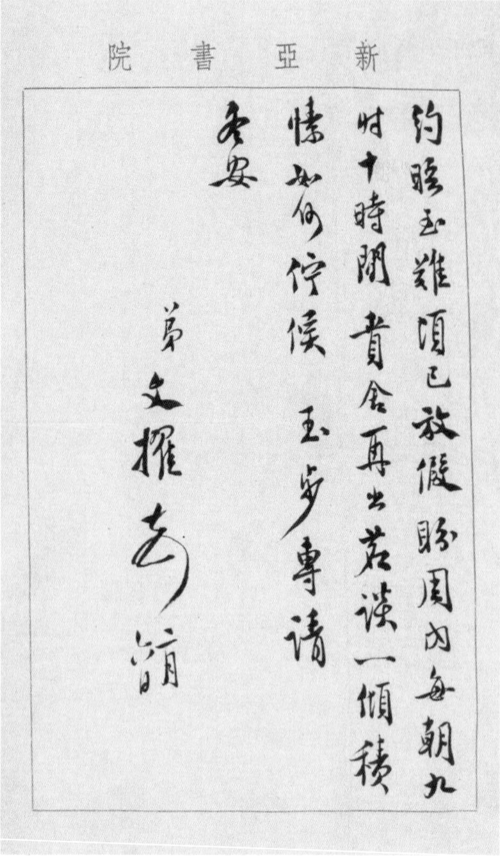

三十三

蘇文擢致何叔惠書

二頁

一九六一年

釋文

叔惠仁兄世大人道席：別後急景催年，至深企念。周前奉到大作，本擬步和，適各校大考期中，內人又於上周一臨盆，產下男子，門無五尺之童，一切鹽米凌雜，叢聚一身，至此而後知為母難，為父亦不易也。前曾致電貴校，知調北角，又無電話，約晤至難。頃已放假，盼周內每朝九時、十時間貴舍再出茗談，一傾積愫，如何？佇候玉步，專請冬安。弟文擢頓首，二月六日。

按

蘇文擢長子蘇廷弼庚子十二月十四日，即一九六一年一月三十日生，蘇文擢曾用曾克耑東坡壁字贈詩韻撰詩〈寒假中弼兒以十二月十四日生三用前韻〉，載《邃加室詩文集》頁一四四，手稿參〈邃加室詩稿冊甲〉第十五通。

三十四

蘇文擢致何叔惠書

二頁

一九七三年

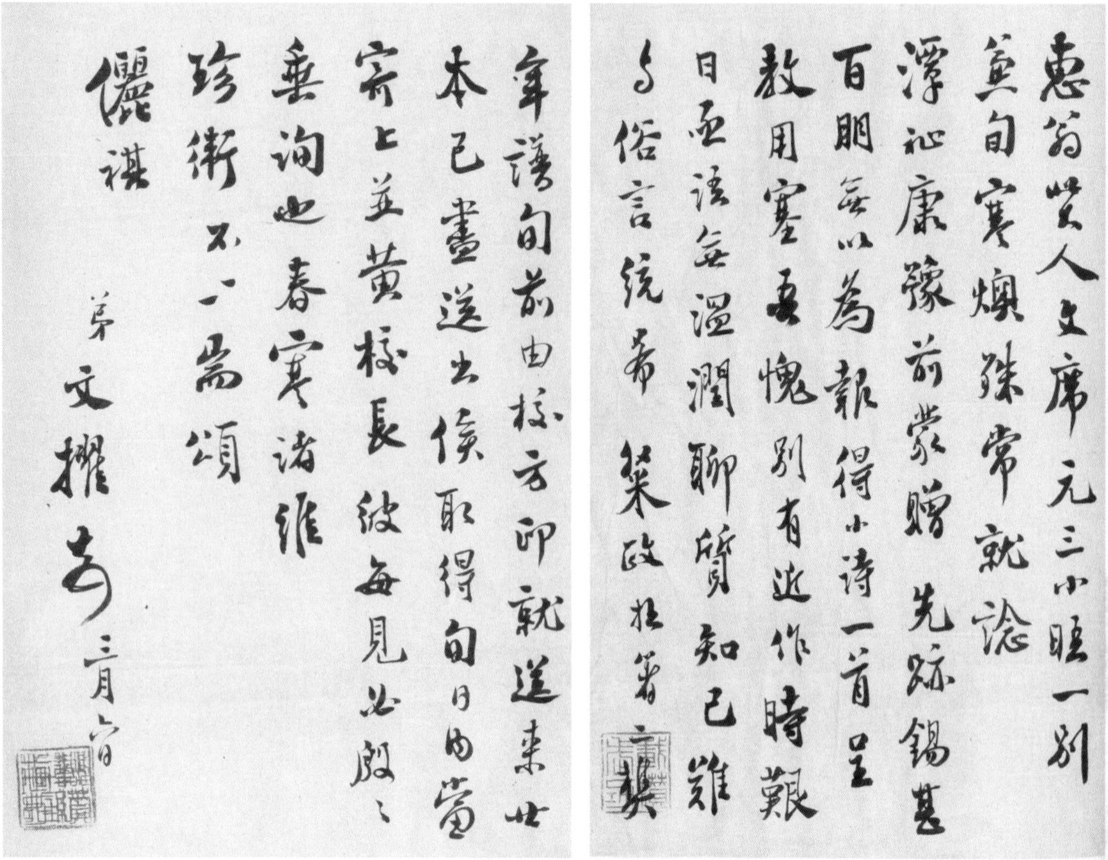

惠翁世大人文席元三小晤一別兼旬寒燠殊常就諗潭祉康豫前蒙贈先跡錫甚百朋無以為報得小詩一首呈教用塞吾愧別有近作時艱日亟語無溫潤聊質知己難與俗言統希粲政拙著二樵年譜旬前由校方印就送來廿本已盡送出俟取得旬日內當寄上並黃校長彼每見必殷殷垂詢也春寒諸維珍衛不一一耑頌儷祺 弟文擢頓首 三月六日

釋文

惠翁世大人文席：元三小晤，一別兼旬，寒燠殊常，就諗潭祉康豫。前蒙贈先跡，錫甚百朋，無以為報，得小詩一首呈教，(一)用塞吾愧。別有近作，時艱日亟，語無溫潤，聊質知己，難與俗言，統希粲政。拙著二樵年譜，(二)旬前由校方印就送來廿本，已盡送出，俟取得，旬日內當寄上並黃校長，(三)彼每見必殷殷垂詢也。春寒，諸維珍衛，不一一，耑頌儷祺。弟文擢頓首，三月六日。

按

一、所附詩〈薇蒡檢示歷年酬贈之作感賦〉載〈邃加室詩稿冊甲〉第二十通。

二、二樵年譜：蘇文擢輯《黎簡先生年譜》，壬子一九七二年春暮序，一九七三年刊行。

三、黃校長：黃思潛，崇文英文書院院長。

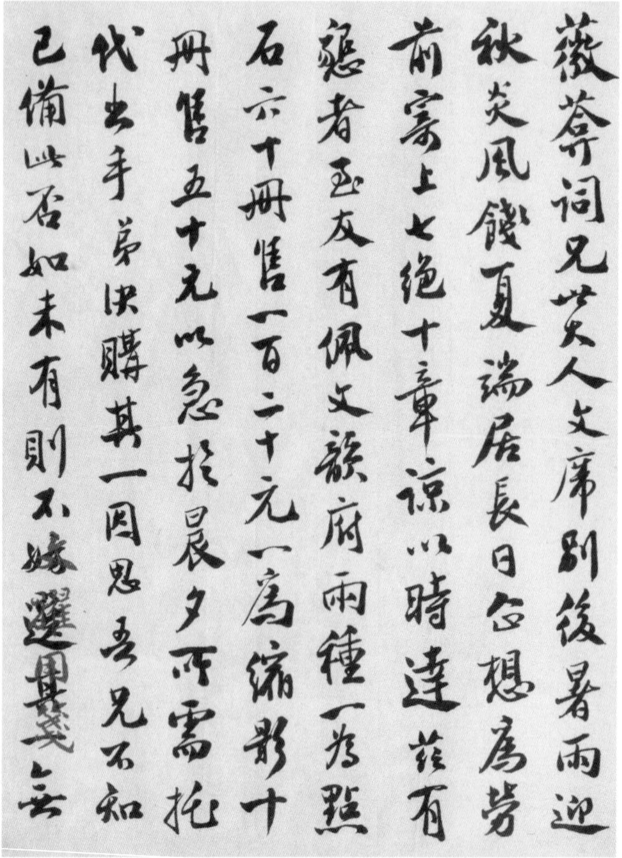

三十五

蘇文擢致何叔惠書

二頁

釋文

薇蕣詞兄世大人文席：別後暑雨迎秋，炎風餞夏，端居長日，企想為勞。前寄上七絕十章，諒以時達。茲有懇者，至友有佩文韻府兩種，一為點石六十冊，售一百二十元，一為縮影十冊，售五十元，以急於晨夕所需，托代出手。弟決購其一，因思吾兄不知已備此否，如未有，則不妨選其一，無

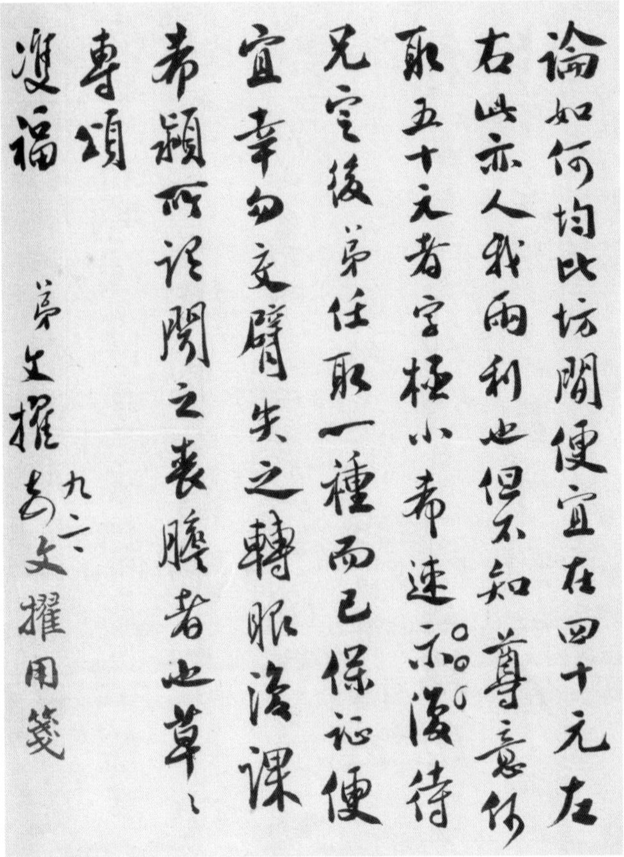

論如何均比坊間便宜在四十元左右，此亦人我兩利也。
但不知尊意何?取五十元者，字極小，希速示復，待兄
定後，弟任取一種而已，保証便宜，幸勿交臂失之。
轉眼復課，希〔穎〕所謂聞之喪膽者也。草草，專頌雙
福。弟文擢頓首，九二。

三十六

蘇文擢致何叔惠書

三頁

一九六零年

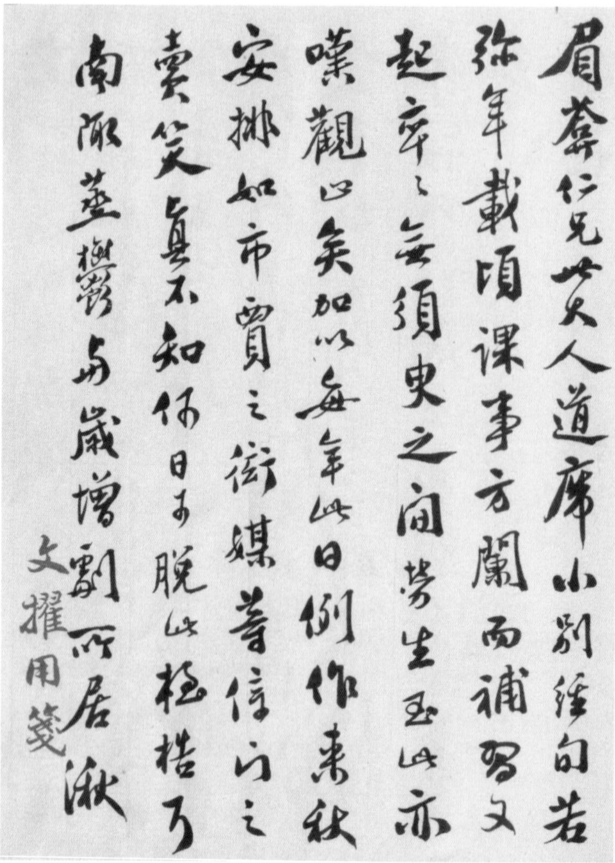
眉葊仁兄世大人道席小別經句若
彌年載頃課事方闌而補習又
起卒卒無須臾之間勞生至此亦
嘆觀止矣加以每年此日例作來秋
安排如市賈之銜媒等倚門之
賣笑真不知何日可脫此桎梏耳
南陬蒸鬱與歲增劇所居湫
文擢用箋

釋文

眉葊仁兄世大人道席：小別經旬，若彌年載，頃課事方闌，而補習又起，卒卒無須臾之間，勞生至此，亦嘆觀止矣。加以每年此日，例作來秋安排，如市賈之銜媒，等倚門之賣笑，真不知何日可脫此桎梏耳。南陬蒸鬱，與歲增劇，所居湫

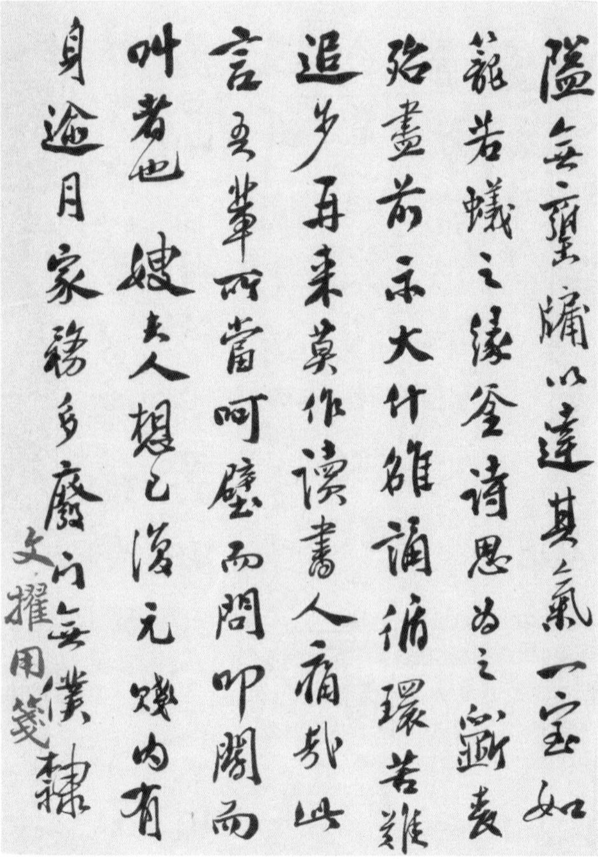

隘，無甕牖以達其氣，一室如籠，若蟻之緣釜，詩思為之斲喪殆盡。前示大什，雒誦循環，苦難追步，再來莫作讀書人，痛哉，此言吾輩所當呵壁而問，叩閽而叫者也。嫂夫人想已復元。賤內有身逾月，家務多廢，門無僕隸，

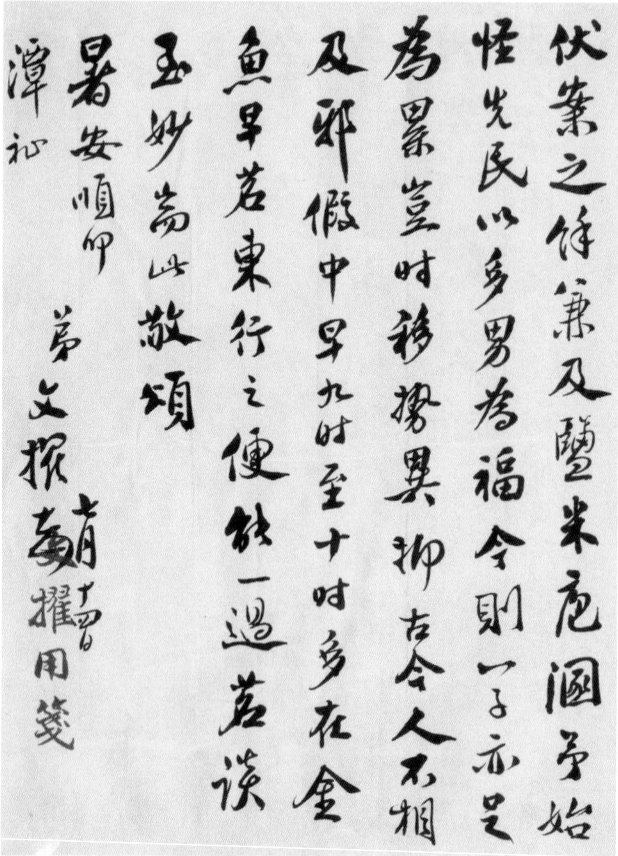

伏案之餘，兼及鹽米庖溷，予始怪先民以多男為福，今則一子亦足為累，豈時移勢異，抑古今人不相及邪？假中早九時至十時多在金魚早茗，東行之便，能一過茗談至妙。耑此，敬頌暑安，順叩潭祉。弟文擢頓首，七月十四日。

三十七

蘇文擢致何叔惠書

一九六三年

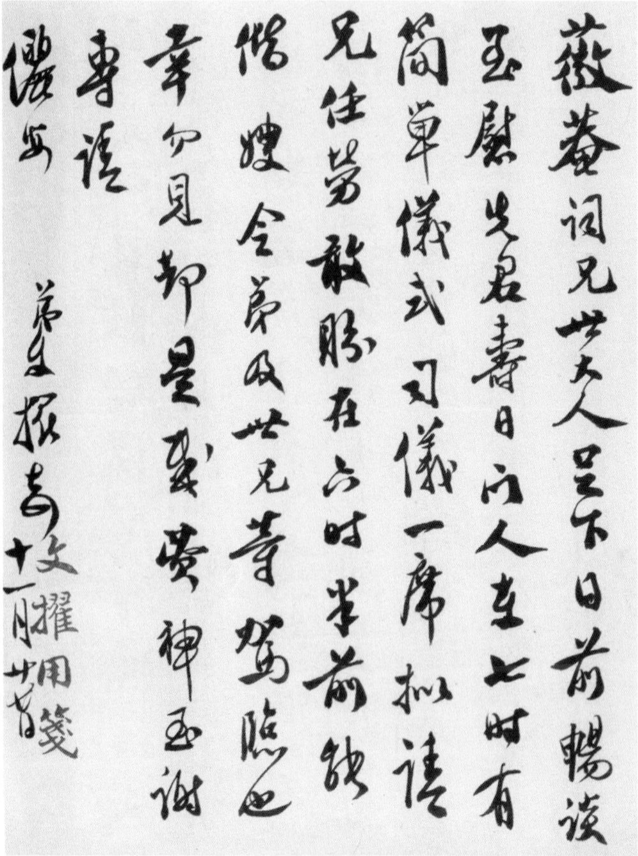
薇菴詞兄世大人足下日前暢談
至慰先君壽日門人在七時有
簡單儀式司儀一席擬請
兄任勞敢盼在六時半前能
偕嫂令弟及世兄等駕臨也
幸勿見卻是感費神至謝
專請
儷安
弟文擢頓首
十一月廿七日
文擢用箋

釋文

薇菴詞兄世大人足下：日前暢談至慰。先君壽日，門人在七時有簡單儀式，司儀一席，擬請兄任勞，敢盼在六時半前能偕嫂、令弟及世兄等駕臨也，幸勿見卻是感，費神至謝，專請儷安。弟文擢頓首，十一月廿七日。

按

癸卯十月十六日、即一九六三年十二月一日，蘇文擢父親蘇寶盉八秩冥壽，居港學生舉辦紀念活動，蘇文擢去函邀何叔惠擔任典禮司儀。蘇文擢為蘇門同學會撰〈冬心先生蘇夫子八秩冥壽祝辭〉，載《邃加室詩文集》頁四四。

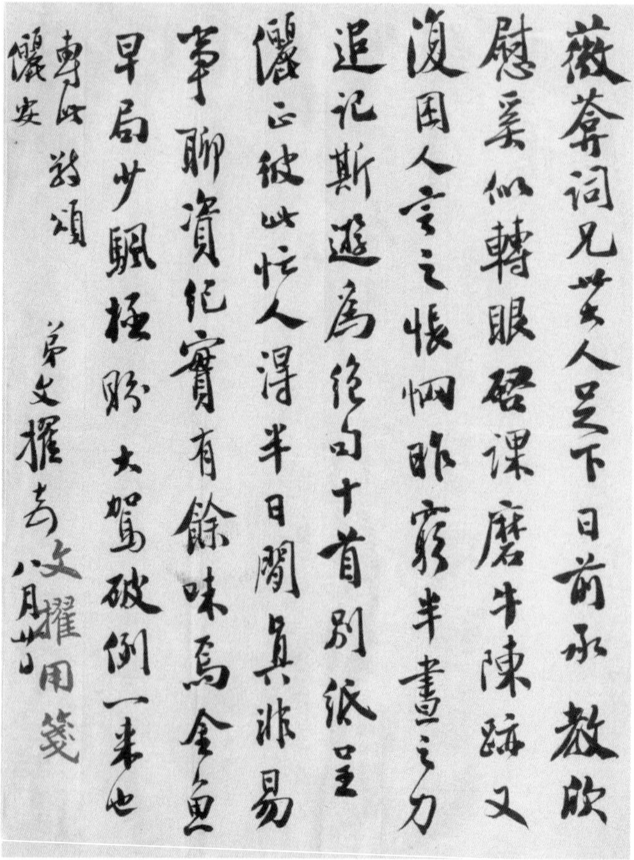
薇莽詞兄世大人足下 日前承 教欣
慰奚似轉眼啟課磨牛陳跡又
復困人言之悵惘昨窮半晝之力
追記斯遊為絕句十首別紙呈
儷正彼此忙人得半日閒真非易
事聊資紀實有餘味焉金魚
早局少飄極盼 大駕破例一來也
專此 敬頌
儷安
弟文擢頓首 八月廿日
文擢用箋

三十八

蘇文擢致何叔惠書

一九六三年

釋文

薇莽詞兄世大人足下：日前承教，欣慰奚似。轉眼啟課，磨牛陳跡，又復困人，言之悵惘。昨窮半晝之力，追記斯遊為絕句十首，別紙呈儷正。彼此忙人，得半日閒，真非易事，聊資紀實，有餘味焉。金魚早局，少颿極盼大駕破例一來也。專此，敬頌儷安。弟文擢頓首，八月廿日。

按

一九六三年八月五日，蘇文擢致函何叔惠等，邀八月十四日到鯉魚門擊鮮，參〈邃加室手札冊甲〉第四十二通。宴後八月廿日蘇文擢致此函與何叔惠，附七絕〈鯉魚門十詠贈薇莽〉，詩手稿載〈邃加室詩稿冊丙〉第八通。

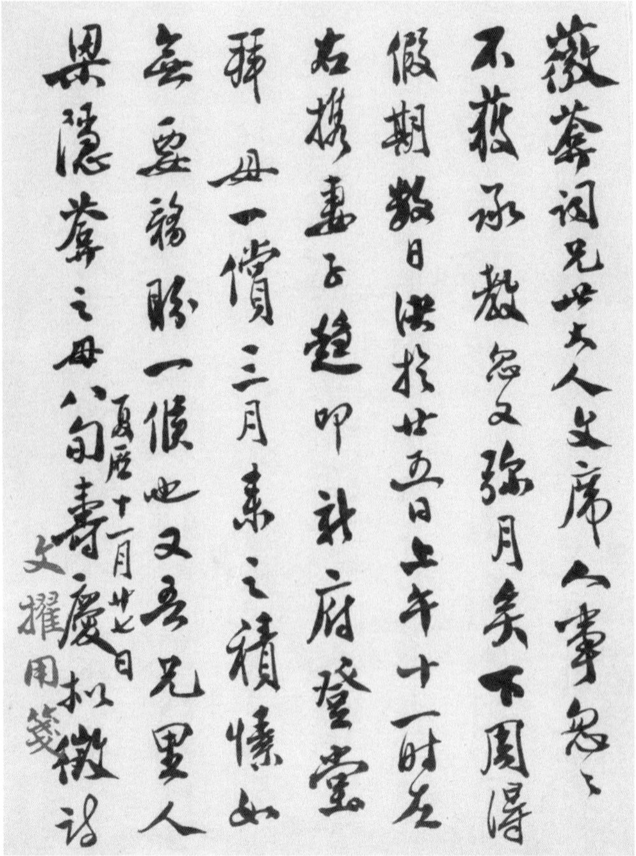

三十九

蘇文擢致何叔惠書

三頁
一九六三年

釋文

薇莽詞兄世大人文席：人事忽忽，不獲承教忽又彌月矣。下周得假期數日，決於廿五日上午十一時左右携妻子趨叩新府，㈠登堂拜母，一償三月來之積愫，如無要務，盼一候也。又吾兄里人梁隱莽之母八旬壽慶（夏曆十一月廿七日），擬徵詩

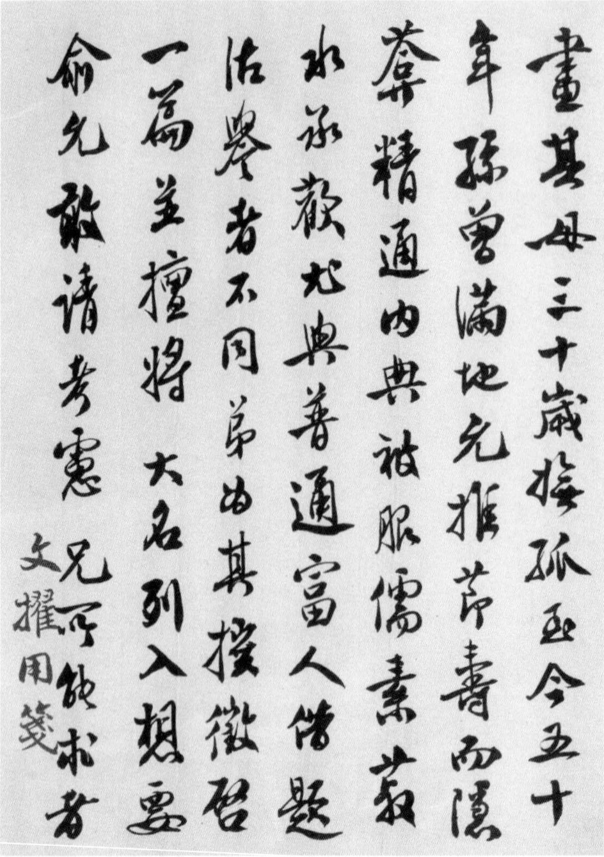

畫，（二）其母三十歲撫孤至今五十年，孫曾滿地，允推節壽，而隱蕣精通內典，被服儒素，菽水承歡，尤與普通富人借題沽譽者不同。弟為其撰徵啟一篇，並擅將大名列入，想要俞允，敢請考慮。兄所能求者

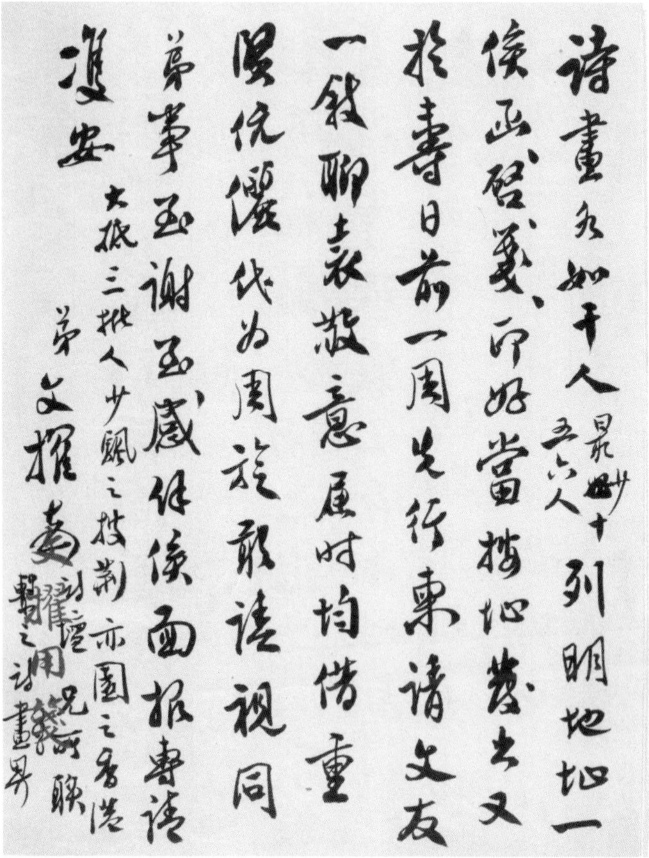

詩畫各如干人（最少十五六人），列明地址，一俟函箋印好，當按址發出，又於壽日前一周先行柬請文友一敘，聊表敬意，屆時均借重賢伉儷代為周旋，敢請視同弟事，至謝、至感，餘俟面報，專請雙安。大抵三批人，少颿之披荊、亦園之香港詩壇、兄所聯繫之詩畫界。（三）弟文擢頓首。

按

一、是年何叔惠自九龍石硤尾遷居九龍城城南道，蘇文擢擬撰文致賀，參本章第四十三通。

二、梁隱盦一九六三年曾計劃為母親八旬壽慶徵詩畫，後因二人病重取消，參下函。

三、披荊、香港詩壇：披荊文會為李文格一九五八年所組織，每月招待文友雅集。香港詩壇為郭亦園六十年代所創，向海內外詩人徵詩，一九六四、六九年分別輯《網珠集》及《網珠續集》。

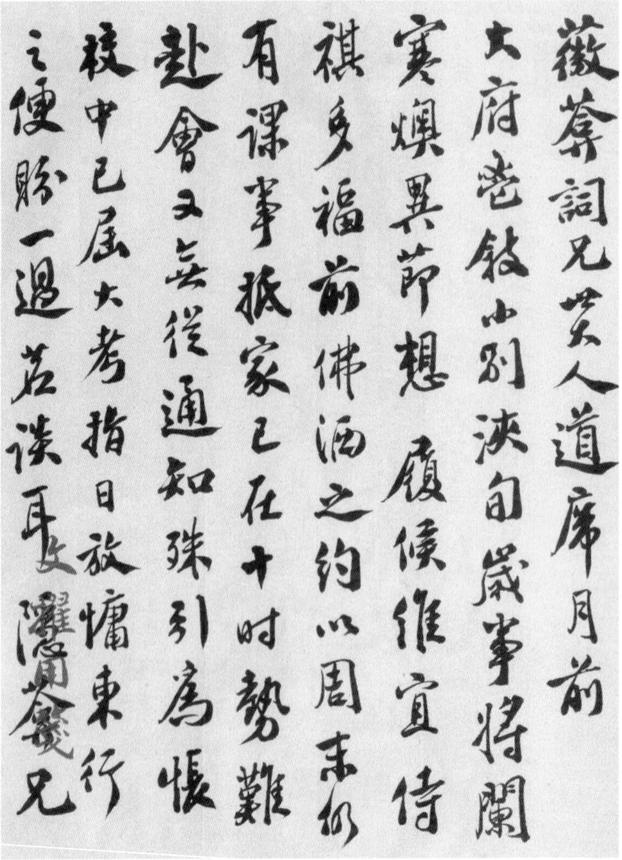

四十

蘇文擢致何叔惠書

三頁
一九六三年

釋文

薇莽詞兄世大人道席：月前大府啓敘，小別浹旬，歲事將闌，寒燠異節，想履候維宜，侍祺多福。前佛洒之約，以周末仍有課事，抵家已在十時，勢難赴會，又無從通知，殊引為悵。校中已屆大考，指日放慵，東行之便，盼一過茗談耳。隱莽兄

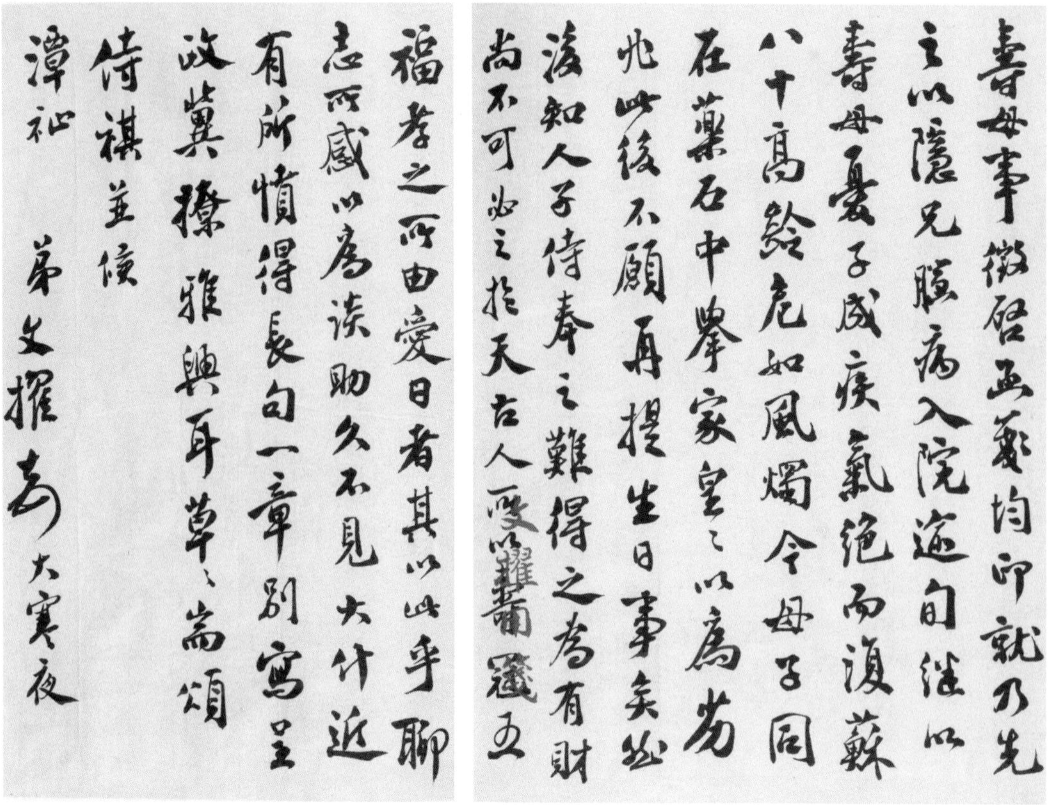

壽母事徵啟函箋均印就，乃先之以隱兄腦病入院逾旬，繼以壽母憂子成疾，氣絕而復蘇，八十高齡，危如風燭，今母子同在藥石中，舉家皇皇以為劣兆，此後不願再提生日事矣。然後知人子侍奉之難得，之為有財，尚不可，必之於天，古人所以壽冠五福，孝之所由愛日者，其以此乎，聊志所感，以為談助。久不見大什，近有所憤，得長句一章，別寫呈政，冀撩雅興耳。草草，耑頌侍祺，並候潭祉。弟文擢頓首，大寒夜。

按 蘇文擢曾代梁隱盦為其母八旬壽慶徵詩畫，參上函。

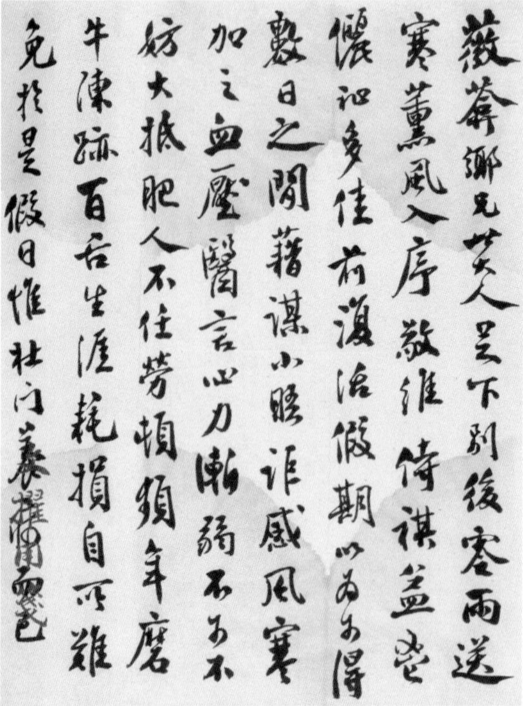

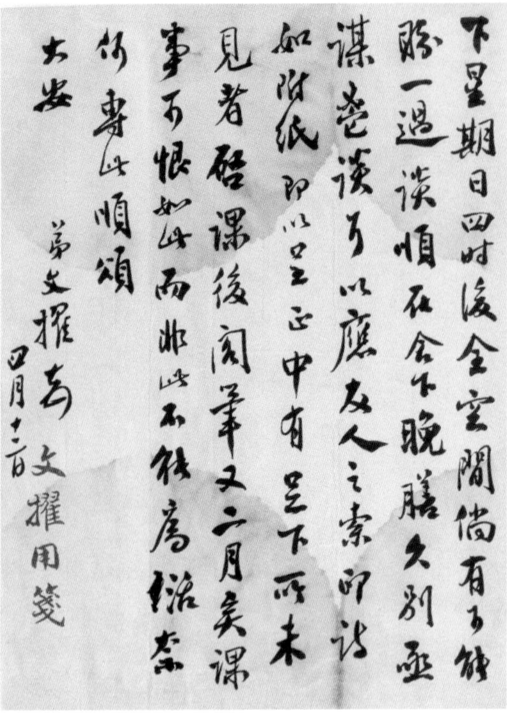

四十一

蘇文擢致何叔惠書

二頁

釋文

薇莽鄉兄世大人足下：別後零雨送寒，薰風入序，敬維侍祺益鬯，儷祉多佳。前復活假期，以為可得數日之閒，藉謀小晤，詎感風寒，加之血壓，醫言心力漸弱，不可不妨，大抵肥人不任勞頓。頻年磨牛陳跡，百舌生涯，耗損自所難免，於是假日惟杜門養痾而已。

下星期日四時後全空閒，倘有可能，盼一過談，順在舍下晚膳，久別亟謀鬯談耳。以應友人之索，印詩如附紙，即以呈正，中有足下所未見者。啟課後閣筆又二月矣，課事可恨如此，而非此不能為活，奈何！專此，順頌大安。弟文擢頓首，四月十二日。

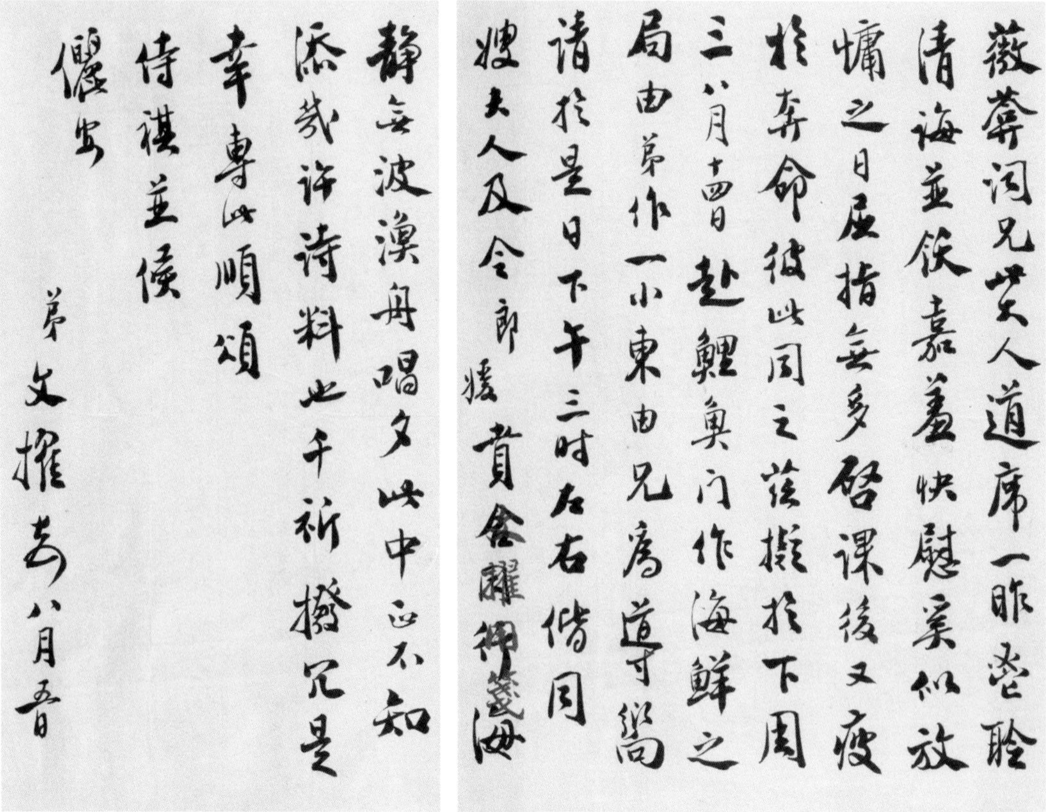

薇蓀詞兄世大人道席：一昨咨聆清誨，並飫嘉羞，快慰奚似。放慵之日，屈指無多，啟課後又疲於奔命，彼此同之。茲擬於下周三八月十四日赴鯉魚門作海鮮之局，由弟作一小東，由兄為導嚮，請於是日下午三時左右偕同嫂夫人及令郎、媛，賁舍同行，海靜無波，漁舟唱夕，此中正不知添幾許詩料也，千祈撥冗是幸。專此，順頌侍祺，並候儷安。弟文擢頓首，八月五日。

四十二

蘇文擢致何叔惠書

二頁

一九六三年

釋文

薇蓀詞兄世大人道席：一昨咨聆清誨，並飫嘉羞，快慰奚似。放慵之日，屈指無多，啟課後又疲於奔命，彼此同之。茲擬於下周三八月十四日赴鯉魚門作海鮮之局，由弟作一小東，由兄為導嚮，請於是日下午三時左右偕同嫂夫人及令郎、媛，賁舍同行，海靜無波，漁舟唱夕，此中正不知添幾許詩料也，千祈撥冗是幸。專此，順頌侍祺，並候儷安。弟文擢頓首，八月五日。

按

蘇文擢一九六三年八月五日致此函與何叔惠等，邀八月十四日到鯉魚門擊鮮，宴後八月廿日蘇文擢再致函何叔惠，附七絕〈鯉魚門十詠贈薇蓀〉記此雅集，信函參〈邃加室手札冊甲〉第三十八通，七絕參〈邃加室詩稿冊丙〉第八通。

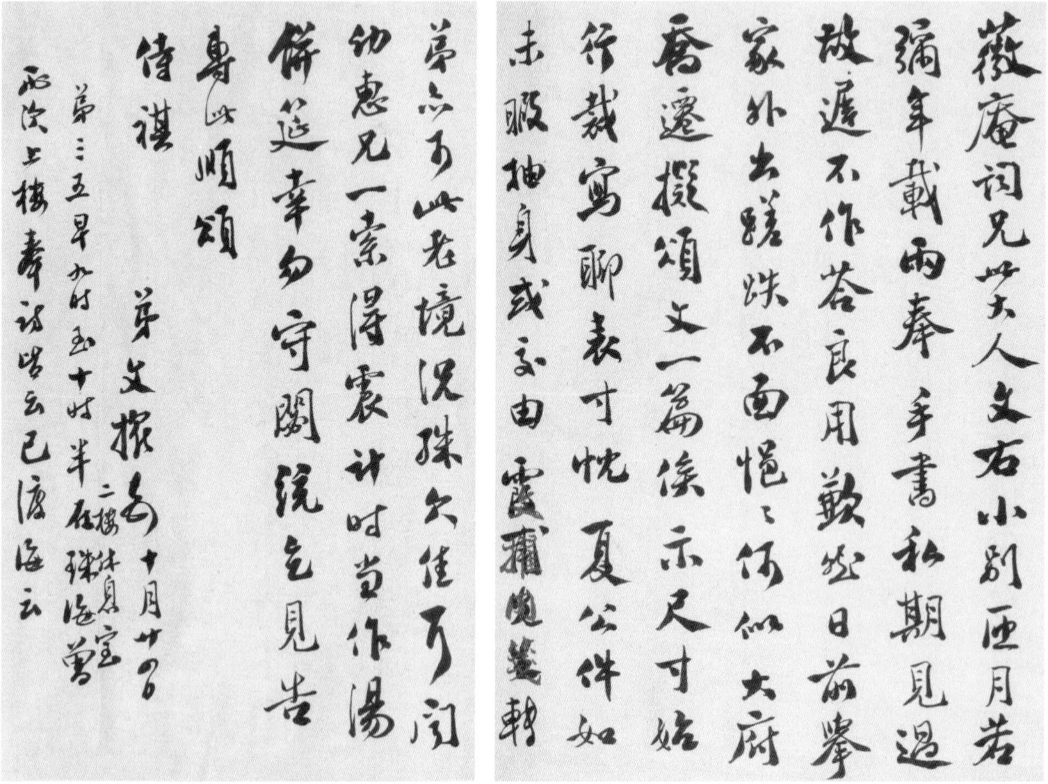

四十三

蘇文擢致何叔惠書

二頁

一九六三年

釋文

薇庵詞兄世大人文右：小別匝月，若彌年載。兩奉手書，私期見過，故遲不作答，良用歉然。日前舉家外出，蹉跌不面，悒悒何似。大府喬遷，(一)擬頌文一篇，俟示尺寸始行裁寫，聊表寸忱。夏公件如未暇抽身，(二)或交由霞甫先生轉弟亦可，此老境況，殊欠佳耳。聞幼惠兄一索得震，計時當作湯餅筵，(三)幸勿守閟，統乞見告。專此，順頌侍祺。弟文擢頓首，十月廿四日。

第三、五早九時至十時半在珠海二樓休息室，曾兩次上樓奉詩，皆云已渡海云。

按

一、何叔惠一九六三年自九龍石硤尾遷居九龍城城南道，蘇文擢曾相約拜訪，參本章第三十九通。

二、夏公：待考。

三、何幼惠長子何慶彤一九六三年生。

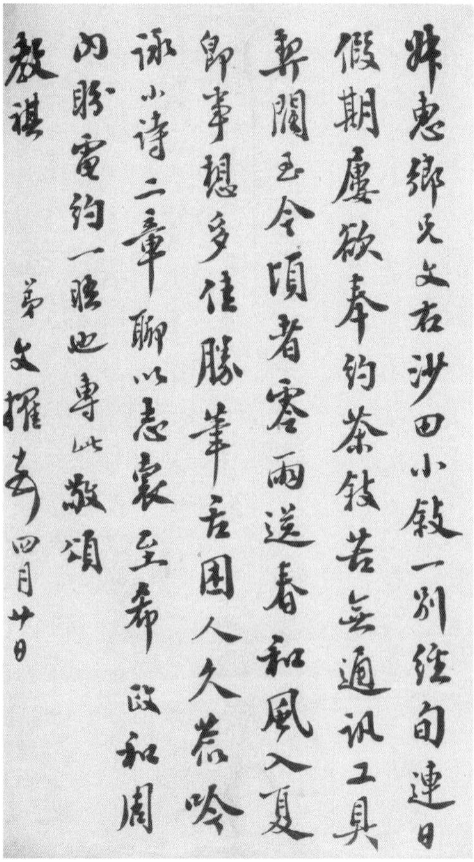
叔惠鄉兄文右沙田小敘一別經旬連日
假期屢欲奉約茶敘苦無通訊工具
契闊至今頃者零雨送春和風入夏
即事想多佳勝筆舌困人久荒吟
詠小詩二章聊以志衷至希 政和周
內盼電約一晤也專此敬頌
教祺 弟文擢頓首 四月廿日

四十四

蘇文擢致何叔惠書

釋文

叔惠鄉兄文右：沙田小敘，一別經旬，連日假期，屢欲奉約茶敘，苦無通訊工具，契闊至今。頃者零雨送春，和風入夏，即事想多佳勝。筆舌困人，久荒吟詠，小詩二章，聊以志衷，至希政和。周內盼電約一晤也。專此，敬頌教祺。弟文擢頓首，四月廿日。

按

所附詩二章參〈邃加室詩稿冊甲〉第十六通。

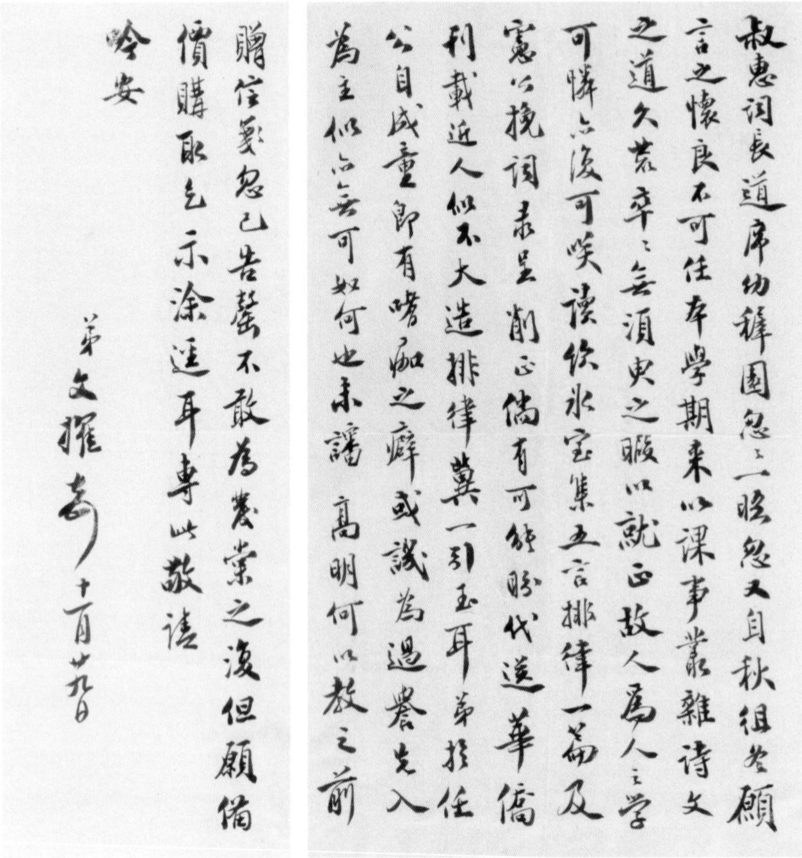

四十五

蘇文擢致何叔惠書

二頁

一九五九年

釋文

叔惠詞長道席：幼稚園怱怱一晤，(一)怱又自秋徂冬，顧言之懷，良不可任。本學期來，以課事叢雜，詩文之道久荒，卒卒無須臾之暇，以就正故人，為人之學，可憐亦復可笑。讀飲冰室集五言排律一篇及憲公挽詞彔呈削正，(二)倘有可能，盼代送華僑刊載。近人似不大造排律，冀一引玉耳。弟於任公自成童即有嗜痂之癖，或譏為過譽，先入為主，似亦無可如何也，未諳高明何以教之？前

贈信箋，忽已告罄，不敢為發棠之復，但願備價購取，乞示涂逕耳。專此，敬請吟安。弟文擢頓首，十一月廿九日。

按

一、潘新安香港大坑寓所幼稚園，時有雅集。

二、蘇文擢五言排律〈讀飲冰室集〉載《邃加室詩文集》頁一九八。　憲公：伍憲子一九五九年逝世，蘇文擢撰〈挽伍憲子先生〉七律二首，載《邃加室詩文集》頁二零八。

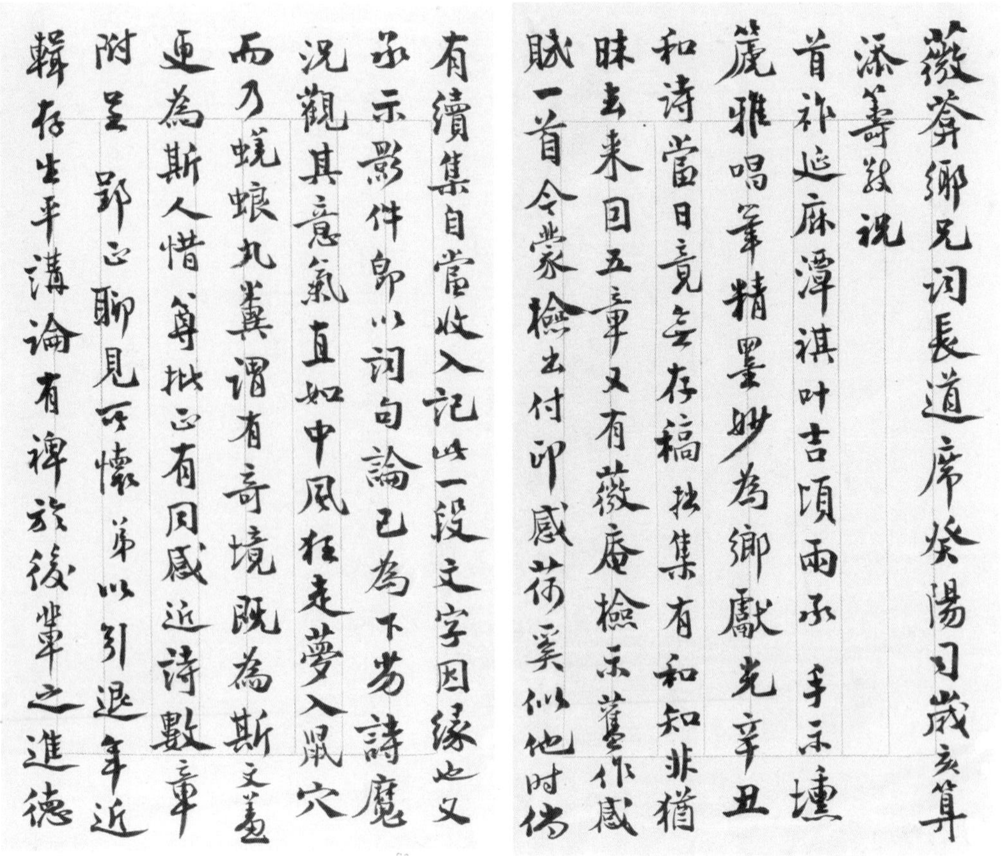
薇蒼鄉兄詞長道席癸陽司歲亥算
添籌敬祝
首祚延庥潭祺叶吉頃兩承 手示壎
篪雅唱筆精墨妙為鄉獻光辛丑
和詩當日竟無存稿拙集有和知非猶
昧去來因五章又有薇庵檢示舊作感
賦一首今蒙檢出付印感荷奚似他時倘
有續集自當收入記此一段文字因緣也又
承示影件即以詞句論已為下劣詩魔
況觀其意氣直如中風狂走夢入鼠穴
而乃蜣螂丸糞謂有奇境既為斯文羞
更為斯人惜尊批正有同感近詩數章
附呈郢正聊見所懷弟以引退年近
輯存生平講論有裨於後輩之進德

四十六

蘇文擢致何叔惠書

三頁

一九八三年

釋文

薇蒼鄉兄詞長道席：癸陽司歲，亥算添籌，敬祝首祚延庥，潭祺叶吉。頃兩承手示，壎篪雅唱，筆精墨妙，為鄉獻光。辛丑和詩，當日竟無存稿。拙集有和知非猶昧去來因五章，(一)又有薇庵檢示舊作感賦一首，(二)今蒙檢出付印，感荷奚似，他時倘有續集，自當收入，記此一段文字因緣也。又承示影件，即以詞句論，已為下劣詩魔，況觀其意氣，直如中風狂走，夢入鼠穴，而乃蜣螂丸糞，謂有奇境，既為斯文羞，更為斯人惜，尊批正有同感。近詩數章附呈郢正，聊見所懷。弟以引退年近，輯存生平講論，有裨於後輩之進德

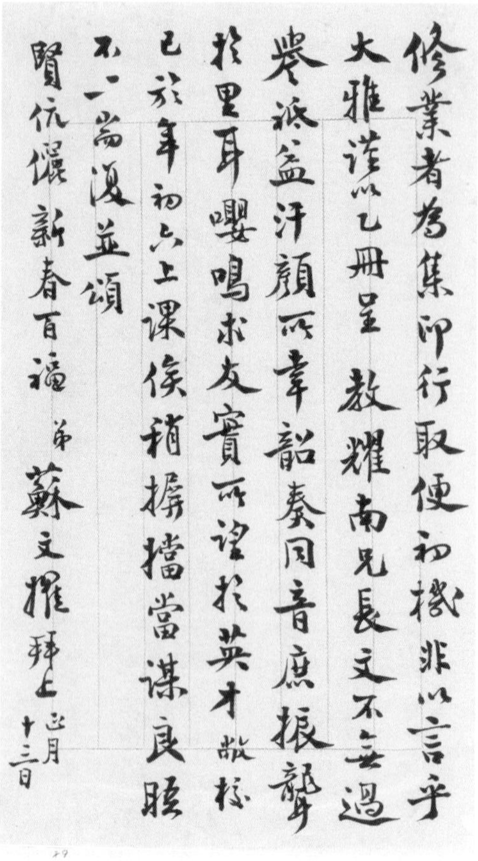

修業者為集印行取便初機非以言乎
大雅謹以乙冊呈　教耀南兄長文不無過
譽祇益汗顏所幸韶奏同音庶振聾
於里耳嚶鳴求友實所望於英才　敝校
已於年初六上課俟稍摒擋當謀良晤
不一一嵩復並頌
賢伉儷新春百福　弟蘇文擢拜上　正月十三日

修業者，為集印行，取便初機，非以言乎大雅，謹以乙冊呈教。(三)耀南兄長文不無過譽，祇益汗顏，所幸韶奏同音，庶振聾於里耳，嚶鳴求友，實所望於英才。敝校已於年初六上課，俟稍摒擋，當謀良晤，不一一，嵩復，並頌賢伉儷新春百福。弟蘇文擢頓首，正月十三日。

按

一、一九七一年，何叔惠詩有句「知非猶昧去來因」，蘇文擢曾以此句用轆轤體和詩五首送贈何叔惠，載《邃加室詩文集》頁二一零，詩題〈眉庵詞兄寄詩有知非猶昧去來因之句屬予年五十誦之慨然有懷漫成長句五首〉，手稿載〈邃加室詩稿冊乙〉第十五通。

二、一九七三年，何叔惠將蘇文擢歷年贈詩檢出，出示蘇文擢，蘇文擢撰七律〈薇莽檢示歷年酬贈之作感賦〉答謝，載《邃加室詩文集》頁二零四，信函參〈邃加室手札冊甲〉第三十四通，詩手稿載〈邃加室詩稿冊甲〉第二十通。

三、蘇文擢一九八三年輯《邃加室講論集》。

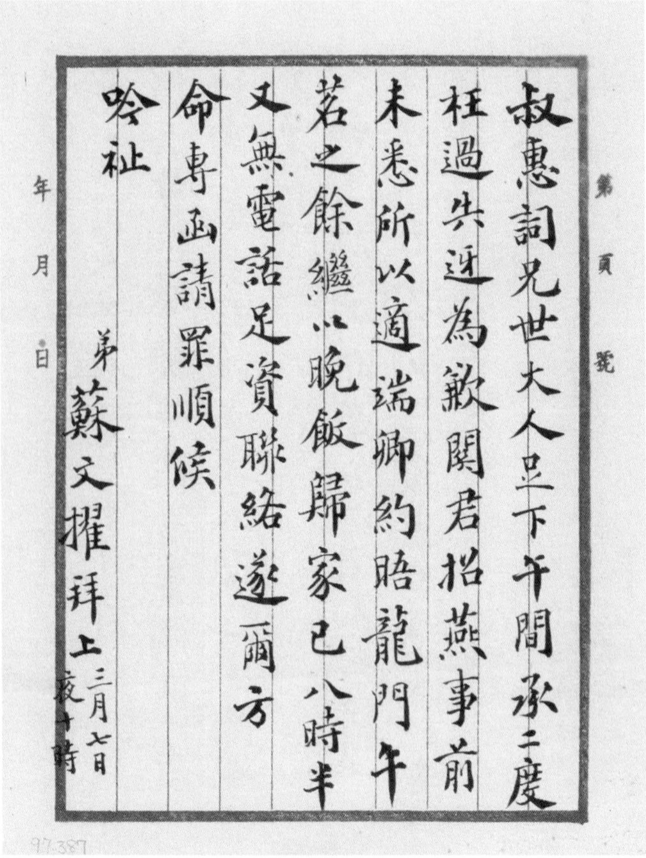

叔惠詞兄世大人足下午間承二度枉過失迓為歉關君招燕事前未悉所以適端卿約晤龍門午茗之餘繼以晚飯歸家已八時半又無電話足資聯絡遂爾方命專函請罪順候吟祉

弟蘇文擢拜上 三月七日夜十時

第 頁 號

年 月 日

97.387

四十七

蘇文擢致何叔惠書

釋文

叔惠詞兄世大人足下：午間承二度枉過，失迓為歉。關君招燕，(一)事前未悉所以，適端卿約晤龍門，午茗之餘，繼以晚飯，歸家已八時半，又無電話足資聯絡，遂爾方命專函請罪，順候吟祉。弟蘇文擢拜上，三月七日夜十時。

按

一、關君：待考。

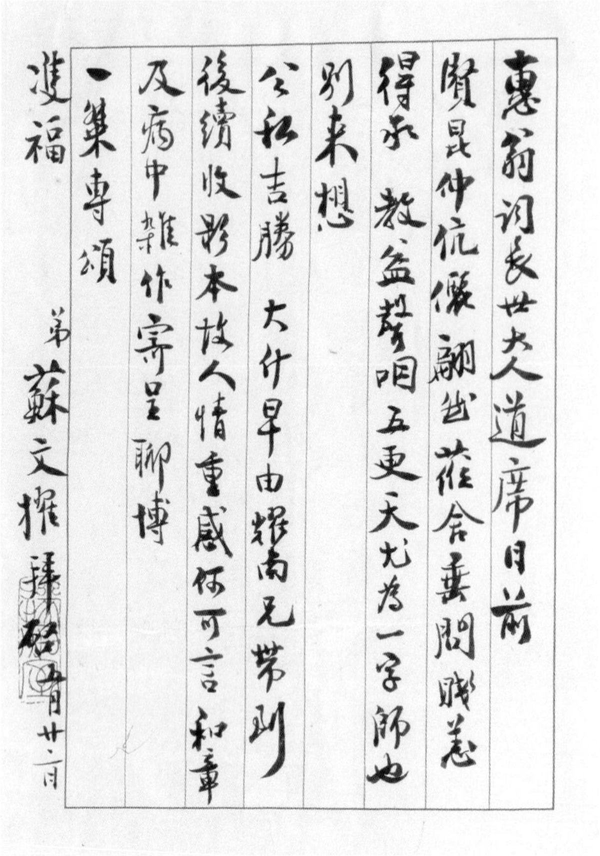

四十八

蘇文擢致何叔惠書

一九九四年

釋文

惠翁詞長世大人道席：日前賢昆仲伉儷翩然涖舍，垂問賤恙，得承教益，聲咽五更天尤為一字師也。別來想公私吉勝，大什早由耀南兄帶到，後續收影本，故人情重，感何可言，和章及病中雜作寄呈，聊博一粲，專頌雙福。弟蘇文擢拜啟，五月廿二日。

按

信函附蘇文擢和詩，參《邃加室詩稿冊丁》第七通。「聲咽五更天」，蘇文擢《臨江仙》句，載《邃加室遺稿》頁二二一。

貳

邃加室手札冊乙

紙本　縱三十八點二厘米　橫二十九點七厘米

香港中文大學文物館藏　何叔惠先生捐贈　藏品編號：1997.0388

此冊信函詩稿原件尺寸大小不一

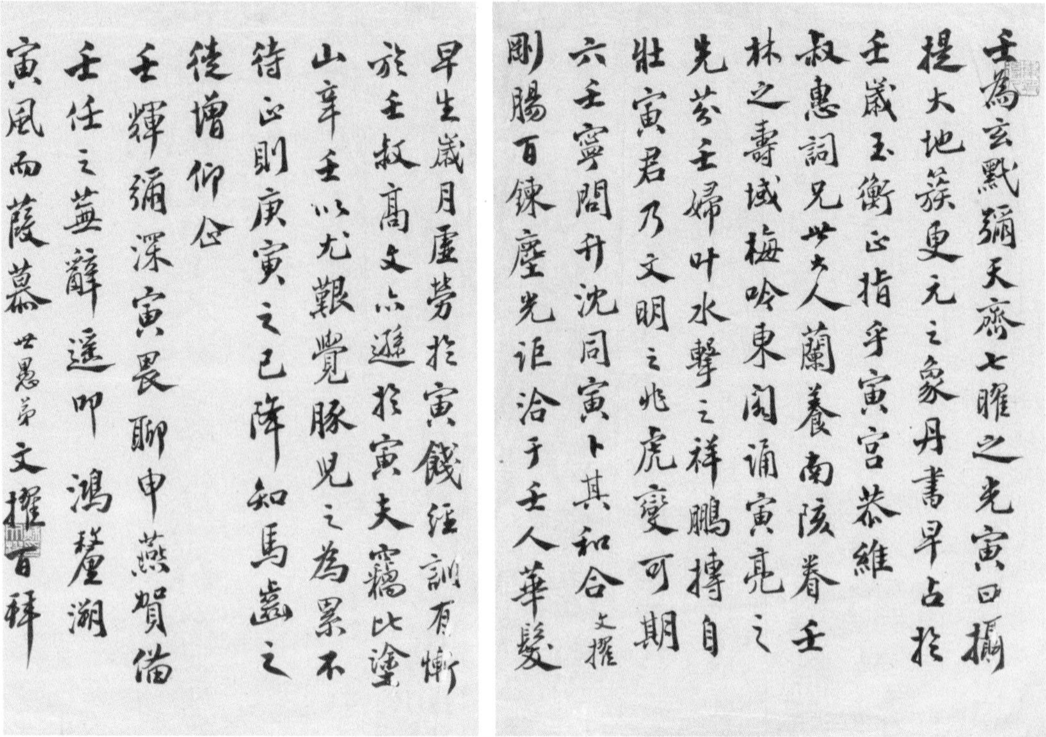

一　蘇文擢行書〈何叔惠壬寅壽序〉

二頁

一九六二年

釋文

壬為玄黓，彌天齊七曜之光，寅曰攝提，大地簇更元之象。丹書早占於壬歲，玉衡正指乎寅宮，恭維叔惠詞兄世大人，蘭養南陔，眷壬林之壽域；梅吟東閣，誦寅亮之先芬。壬婦叶水擊之祥，鵬搏自壯；寅君乃文明之兆，虎變可期。六壬寧問升沈，同寅卜其和合。文擢剛腸百鍊，塵光詎洽于壬人，華髮早生，歲月虛勞於寅餞，經訓有慚於壬叔，高文亦遜於寅夫。竊比塗山，辛壬以尤艱，覺豚兒之為累；不待正則，庚寅之已降，知馬齒之徒增，仰企壬輝彌深，寅畏聊申，燕賀備壬，任之蕪辭。遙叩鴻釐，溯寅風而葭慕。世愚弟文擢百拜。

按

何叔惠己未十月廿五日，即一九一九年十二月二日出生，壬寅年生辰撰詩〈壬寅生朝遣懷〉，載《薇盦存稿》《下冊》頁一三八，蘇文擢撰此〈何叔惠壬寅壽序〉賀壽。又何叔惠辛丑年生辰時，蘇文擢亦曾和韻何叔惠〈辛丑生朝〉詩八首，參〈邃加室手札冊甲〉第二十六通及〈邃加室詩稿冊甲〉第五通。

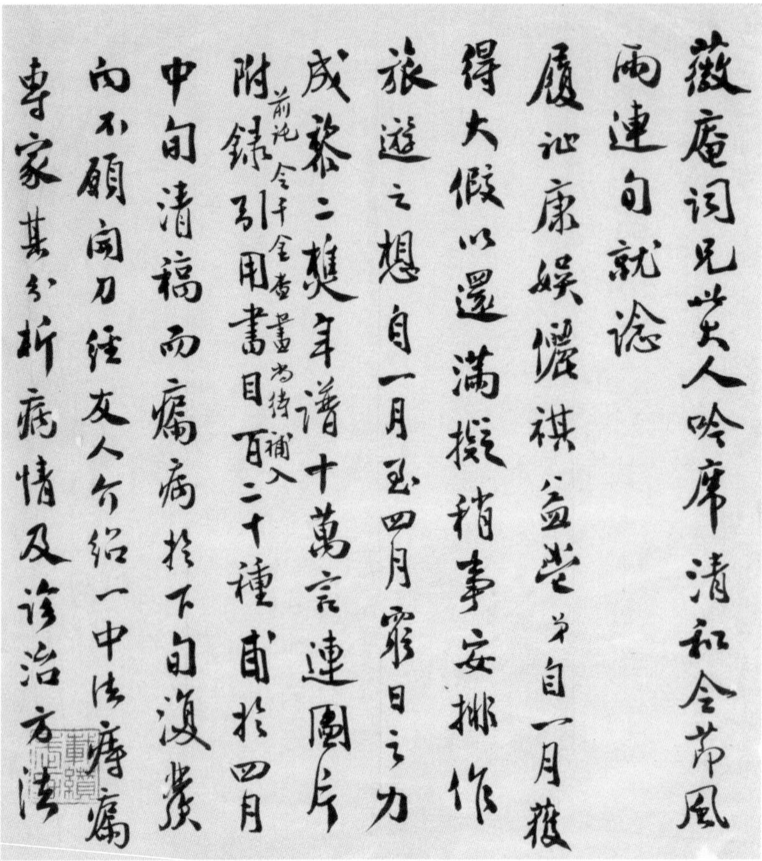

薇庵詞兄世大人吟席 清和令節風
雨連旬就諗
履祉康娛儷祺益鬯 弟自一月獲
得大假以還滿擬稍事安排作
旅遊之想自一月至四月窮日之力
成黎二樵年譜十萬言連圖片
附錄引用書目百二十種（前託令千金查書尚待補入）甫於四月
中旬清稿而痛病於下旬復發
而不願開刀經友人介紹一中法痔痛
專家其分析病情及診治方法

二

蘇文擢致何叔惠書

三頁

一九七二年

釋文

薇庵詞兄世大人吟席：清和令節，風雨連旬，就諗履祉康娛，儷祺益鬯。弟自一月獲得大假以還，滿擬稍事安排作旅遊之想，自一月至四月，窮日之力成黎二樵年譜十萬言，連圖片附錄引用書目百二十種（前託令千金查書尚待補入），甫於四月中旬清稿。(一)而痛病於下旬復發，(二)向不願開刀，經友人介紹一中法痔痛專家，其分析病情及診治方法

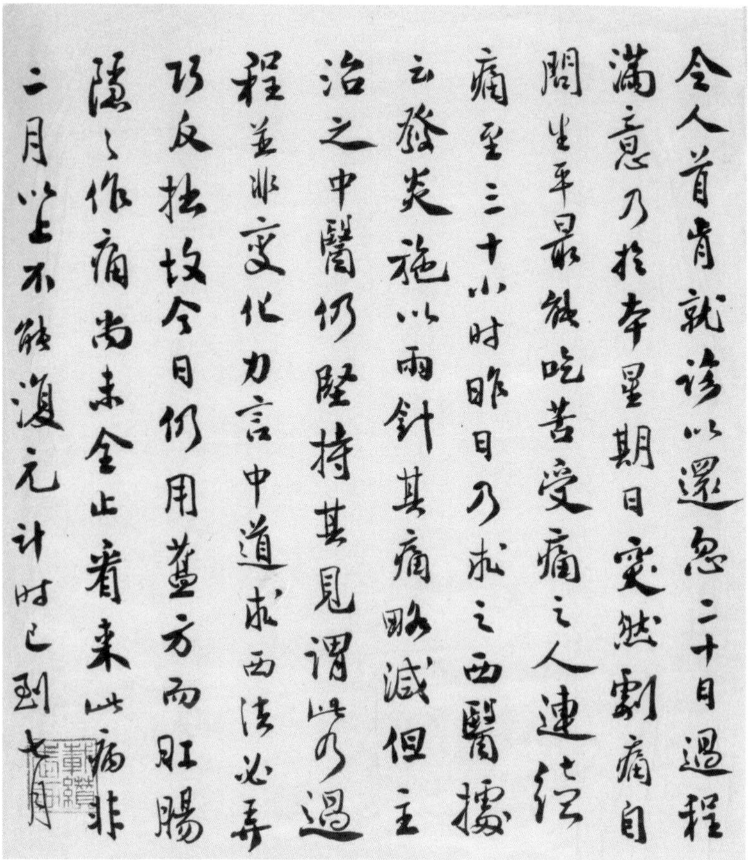
令人首肯就診以還忽二十日過程
滿意乃於本星期日突然劇痛自
問生平最能吃苦受痛之人連續
痛至三十小时昨日乃求之西醫據
云發炎施以兩針其痛略減但主
治之中醫仍堅持其見謂此乃過
程並非變化力言中道求西法必弄
巧反拙故今日仍用舊方而肚腸
隱隱作痛尚未全止看來此病非
二月以上不能復元計时已到七月

令人首肯，就診以還忽二十日，過程滿意，乃於本星期日突然劇痛。自問生平最能吃苦受痛之人，連續痛至三十小時，昨日乃求之西醫，據云發炎，施以兩針，其痛略減；但主治之中醫仍堅持其見，謂此乃過程，並非變化，力言中道求西法，必弄巧反拙，故今日仍用舊方，而肛腸隱隱作痛，尚未全止，看來此病非二月以上不能復元。計時已到七月，

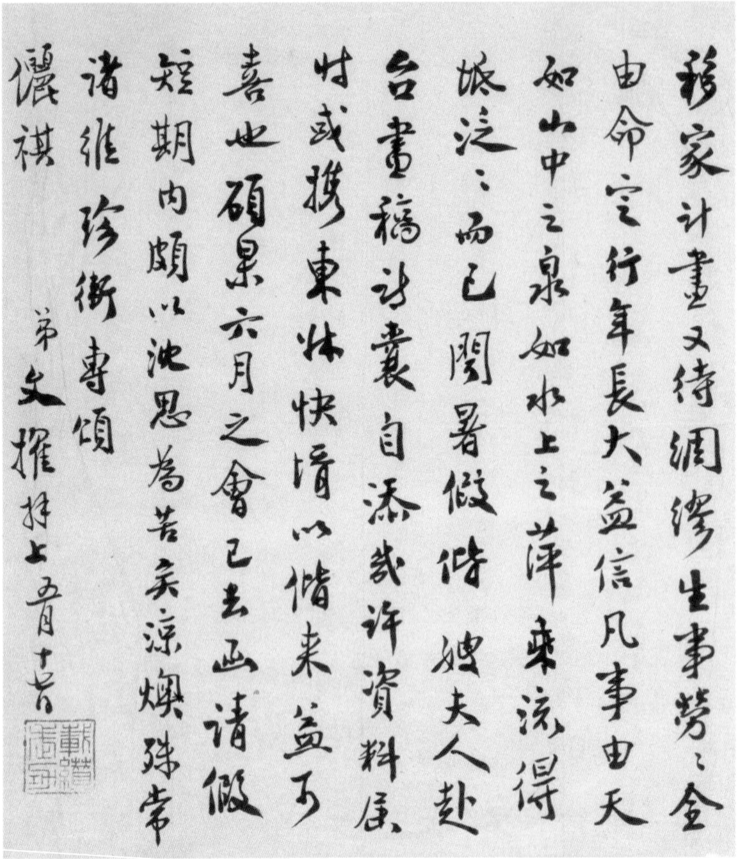
移家計畫又待綢繆生事勞勞全由命定行年長大益信凡事由天如山中之泉如水上之萍乘流得坻泛泛而已聞暑假偕嫂夫人赴台畫稿詩囊自添幾許資料屆時或攜東牀快婿以偕來益可喜也碩果六月之會已去函請假短期內頗以沈思為苦矣涼燠殊常諸維珍衛專頌儷祺
弟文擢拜上 五月十七日

移家計畫又待綢繆。生事勞勞，全由命定，行年長大，益信凡事由天，如山中之泉，如水上之萍，乘流得坻，泛泛而已。聞暑假偕嫂夫人赴台，畫稿詩囊，自添幾許資料，屆時或攜東牀快婿以偕來，益可喜也。碩果六月之會，已去函請假，短期內頗以沈思為苦矣。涼燠殊常，諸維珍衛，專頌儷祺。弟文擢拜上，五月十七日。

按

一、蘇文擢輯《黎簡先生年譜》，一九七二年撰自序，一九七三年刊行；〈黎簡先生年譜自序〉載《邃加室詩文集》頁一零零。

二、蘇文擢屢為痔漏所困，參此函、下函及〈邃加室手札冊甲〉第十四、十五通信函，其中一九七零年夏天至一九七一年半年間，病情至為嚴重。此外，〈邃加室詩稿冊乙〉第六通七律〈庚戌秋冬痔痛連月賦此自遣〉，也談腸胃痛疾。

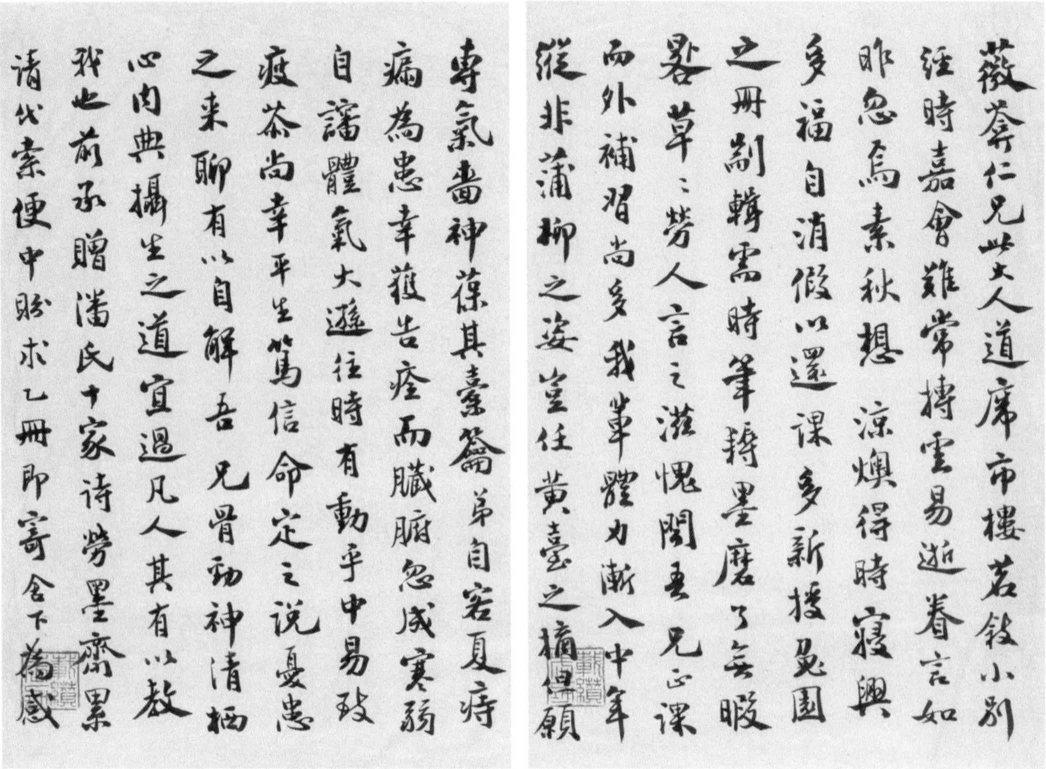

三

蘇文擢致何叔惠書

三頁

一九七二年

釋文

薇蕎仁兄世大人道席：市樓茗敘，小別經時，嘉會難常，摶雲易逝，眷言如昨，忽焉素秋，想涼燠得時，寢興多福。自消假以還，課多新授，兔園之冊，剬輯需時，筆耨墨磨，了無暇晷，草草勞人，言之滋愧。聞吾兄正課而外，補習尚多，我輩體力漸入中年，縱非蒲柳之姿，豈任黃臺之摘，但願

專氣嗇神，葆其櫜籥。弟自客夏痔痛為患，幸獲告痊，(一)而臟腑忽成寒弱，自譒體氣大遜往時，有動乎中，易致疲茶·尚幸平生篤信命定之說，憂患之來，聊有以自解。吾兄骨動神清，栖心內典，攝生之道，宜過凡人，其有以教我也。前承贈潘氏十家詩，(二)勞墨齋累請代索，便中盼求乙冊，即寄舍下為感。

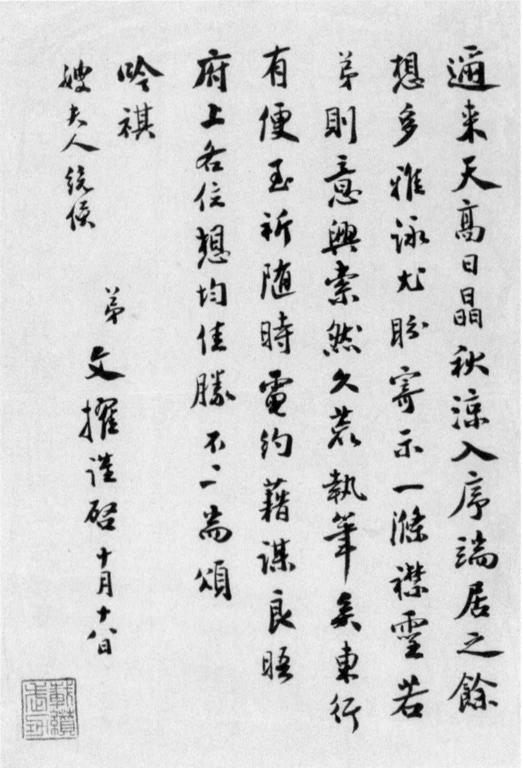
邇来天高日晶秋涼入序端居之餘
想多雅詠尤盼寄示一滌襟靈若
弟則意興索然久荒執筆矣東行
有便至祈隨時電約藉謀良晤
府上各位想均佳勝不一一耑頌
吟祺
嫂夫人統候
弟 文擢謹啓 十月十八日

邇來天高日晶，秋涼入序，端居之餘，想多雅詠，尤盼寄示，一滌襟靈，若弟則意興索然，久荒執筆矣。東行有便，至祈隨時電約，藉謀良晤。府上各位想均佳勝，不一一，耑頌吟祺。嫂夫人統候。弟文擢謹啟，十月十八日。

按

一、蘇文擢屢為漏疾所困，參上函按語。

二、潘兆賢一九七零年輯《近代十家詩述評》。

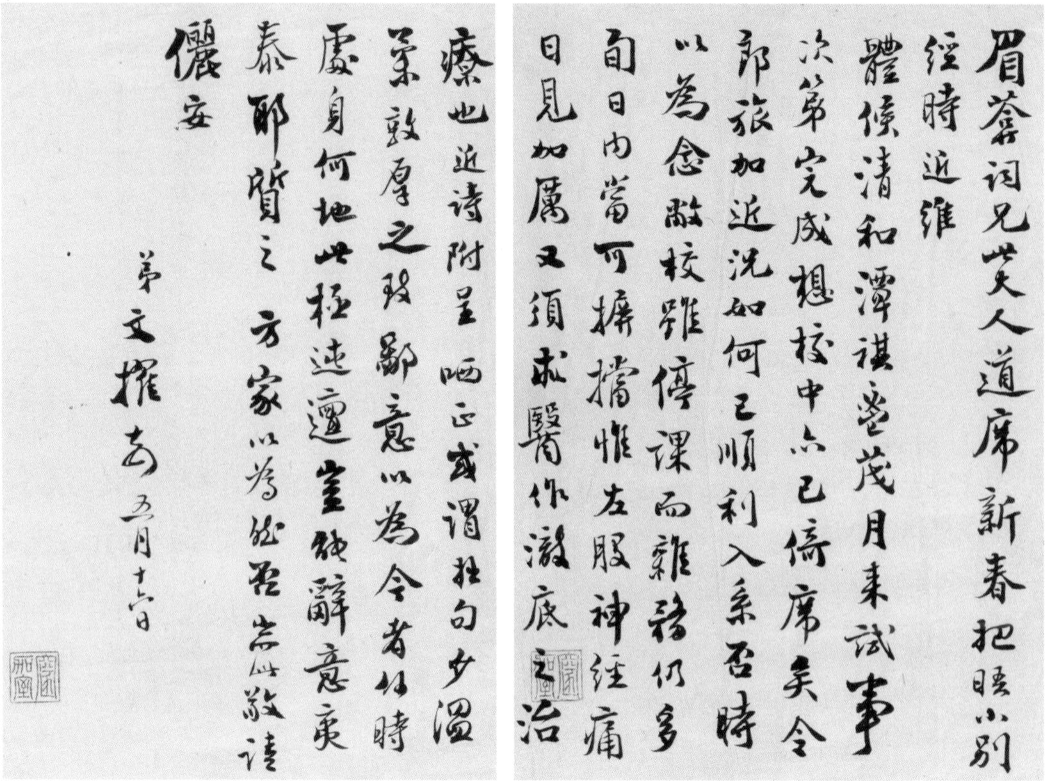
眉蓀詞兄世大人道席新春把晤小別經時近維體候清和潭祺鬯茂月來試事次第完成想校中亦已倚席矣令郎旅加近況如何已順利入系否時以為念敝校雖停課而雜務仍多旬日內當可摒擋惟左股神經痛日見加厲又須求醫作澈底之治療也近詩附呈哂正或謂拙句少溫柔敦厚之致鄙意以為今者何時處身何地此極迍邅豈能辭意夷泰耶質之方家以為然否耑此敬請儷安

弟文擢頓首 五月十六日

四

蘇文擢致何叔惠書

二頁

一九七四年

釋文

眉蓀詞兄世大人道席：新春把晤，小別經時，近維體候清和，潭祺鬯茂。月來試事，次第完成，想校中亦已倚席矣。令郎旅加近況如何，已順利入系否？（一）時以為念。敝校雖停課，而雜務仍多，旬日內當可摒擋。惟左股神經痛，日見加厲，又須求醫作澈底之治療也。近詩附呈哂正，或謂拙句少溫柔敦厚之致，鄙意以為今者何時，處身何地，此極迍邅，豈能辭意夷泰耶？質之方家以為然否？耑此，敬請儷安。弟文擢頓首，五月十六日。

按

一、一九七三年，何叔惠子嗣何慶章赴加拿大升讀大學，何叔惠撰詩〈章兒癸丑冬赴加深造以詩貽之〉，載《薇盦存稿》下冊頁一六一。此函蓋寫在何慶章赴加翌年，相關信函及詩參〈邃加室手札冊乙〉第八通及〈邃加室詩稿冊甲〉第十二通。

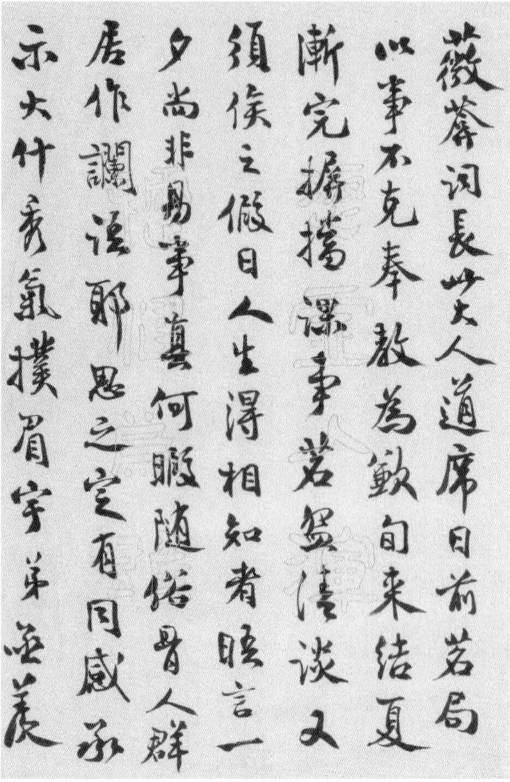

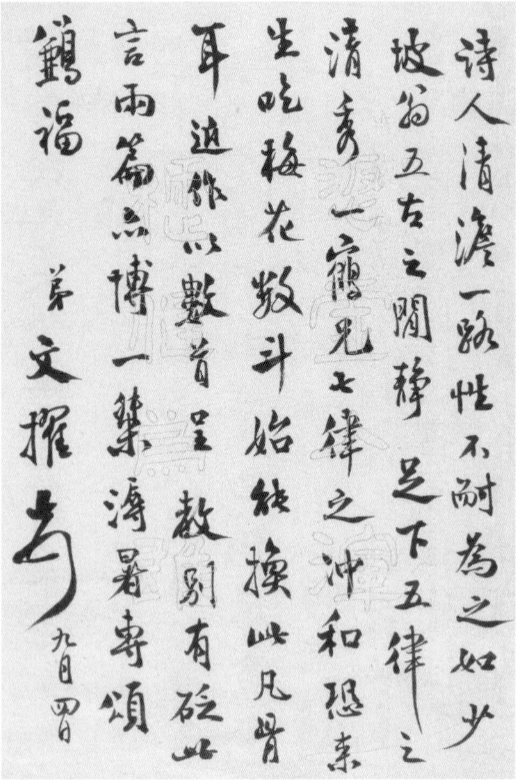

五

蘇文擢致何叔惠書

二頁

釋文

薇莽詞長世大人道席：日前茗局，以事不克奉教為歉。旬來結夏漸完，摒擋課事，茗盌清談，又須俟之假日。人生得相知者，晤言一夕，尚非易事，真何暇隨俗骨人群居作讕語耶？思之定有同感。承示大什，秀氣撲眉宇，弟亟羨，

詩人清澹一路，性不耐為之，如少坡翁五古之閒靜，足下五律之清秀，一鶴兄七律之冲和，恐來生吃梅花數斗，始能換此凡骨耳。近作以數首呈教，別有砭此言兩篇，亦博一粲。溽暑，專頌鷴福。弟文擢頓首，九月四日。

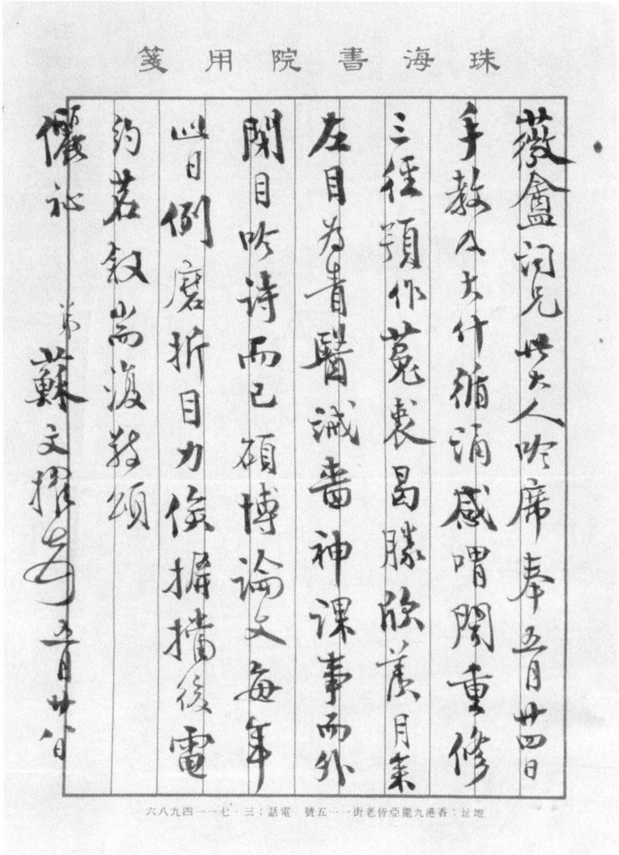

六

蘇文擢致何叔惠書

一九八八年

釋文

薇盦詞兄世大人吟席：奉五月廿四日手教及大什，循誦感喟。聞重修三徑預作菟裘，曷勝欣羡。月來左目為眚，醫誡嗇神，課事而外，閉目吟詩而已。碩博論文，每年此日例磨折目力，俟摒擋後電約茗敘。耑復，敬頌儷祉。弟蘇文擢頓首，五月廿八日。

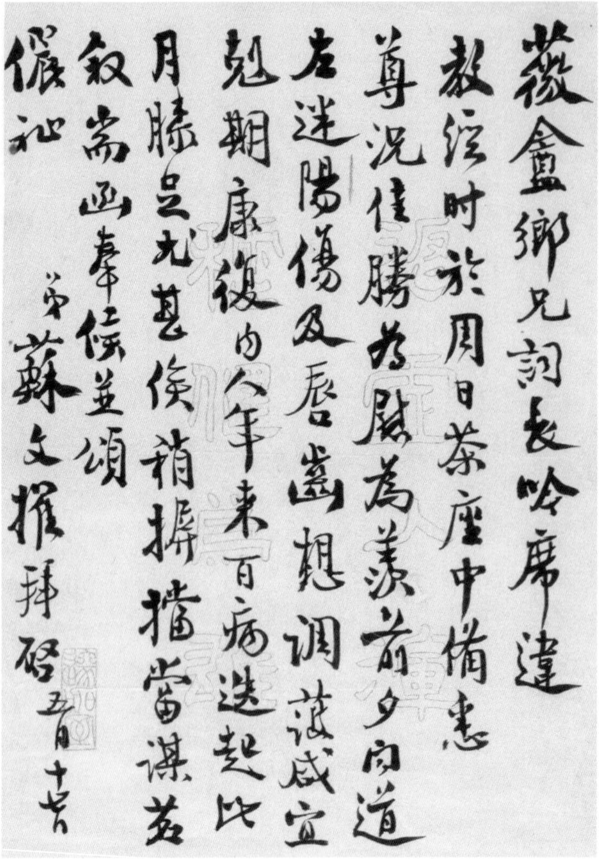

七

蘇文擢致何叔惠書

釋文

薇盦鄉兄詞長吟席：違教經時，於周日茶座中備悉尊況佳勝，為慰為羨。前夕聞道左迷陽，傷及唇齒，想調護咸宜，剋期康復。內人年來百病迭起，比月膝足尤甚，俟稍摒擋，當謀茗敘。耑函奉候，並頌儷祉。弟蘇文擢拜啟，五月十七日。

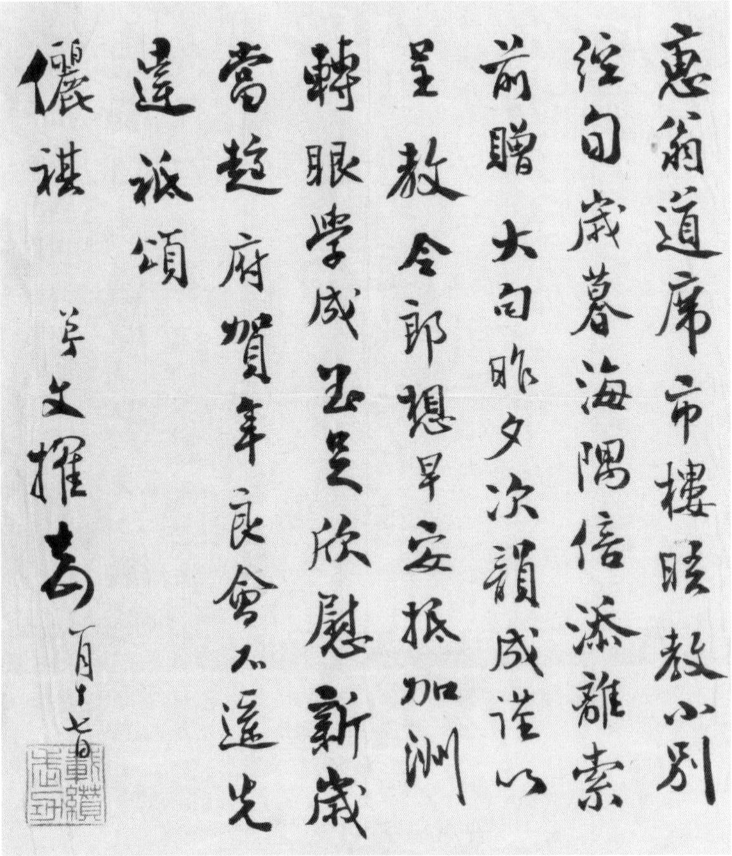

惠翁道席市樓晤教小別
經旬歲暮海隅倍添離索
前贈大句昨夕次韻成謹以
呈教令郎想早安抵加洲
轉眼學成至足欣慰新歲
當趨府賀年良會不遙先
達祇頌
儷祺
弟文擢頓首 一月十七日

八

蘇文擢致何叔惠書

一九七四年

釋文

惠翁道席：市樓晤教，小別經旬，歲暮海隅，倍添離索。前贈大句，昨夕次韻成，謹以呈教。令郎想早安抵加洲，轉眼學成，至足欣慰。新歲當趨府賀年，良會不遙，先達，祇頌儷祺。弟文擢頓首，一月十七日。

按

所附詩蓋為〈邃加室詩稿冊甲〉第十二通。

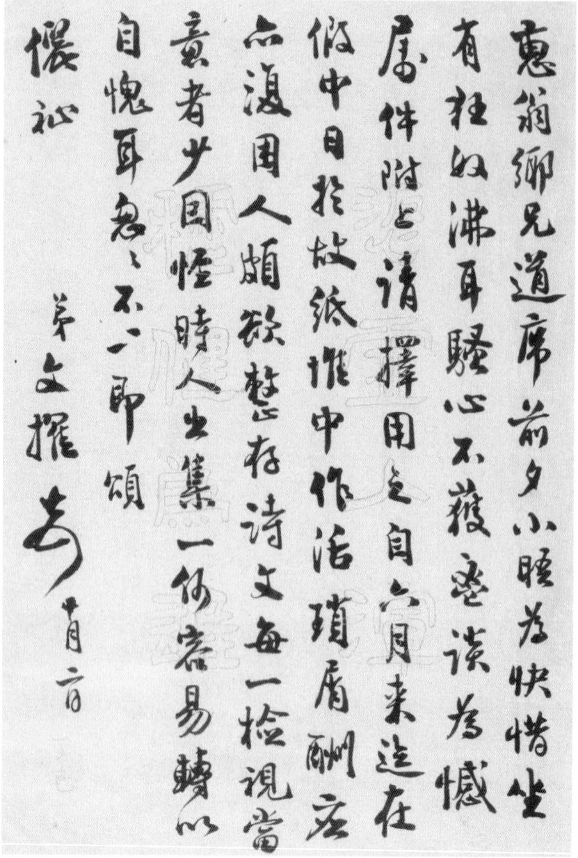

九

蘇文擢致何叔惠書

釋文

惠翁鄉兄道席：前夕小晤為快，惜坐有狂奴沸耳，騷心不獲罄談為憾。屬件附上，請擇用之。自六月來，迄在假中，日於故紙堆中作活，瑣屑酬應，亦復困人。頗欲整存詩文，每一檢視，當意者少，因怪時人出集一何容易，轉以自愧耳。忽忽，不一一，即頌儷祉。弟文擢頓首，十月二日。

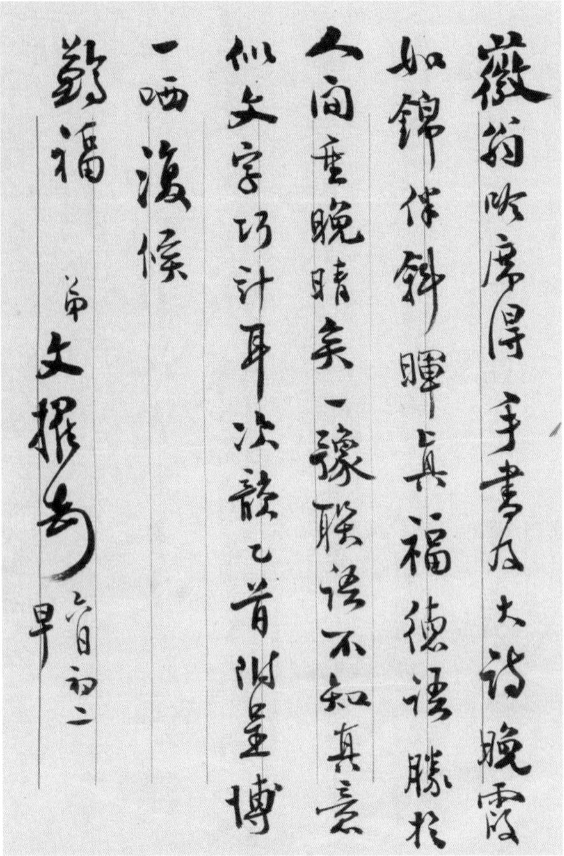

薇翁吟席得 手書及大詩晚霞
如錦伴斜暉真福德語勝於
人間重晚晴矣一豫聯語不知真意
似文字巧計耳次韻乙首附呈博
一哂復候
鶴福
弟 文擢頓首
六月初二早

十

蘇文擢致何叔惠書

一九八八年

釋文

薇翁吟席：得手書及大詩，晚霞如錦伴斜暉，真福德語，勝於人間重晚晴矣。一豫聯語不知真意，似文字巧計耳，次韻乙首附呈博一哂，復候鶴福。弟文擢頓首，六月初二早。

按

所附次韻七律參〈邃加室詩稿冊丁〉第一通。

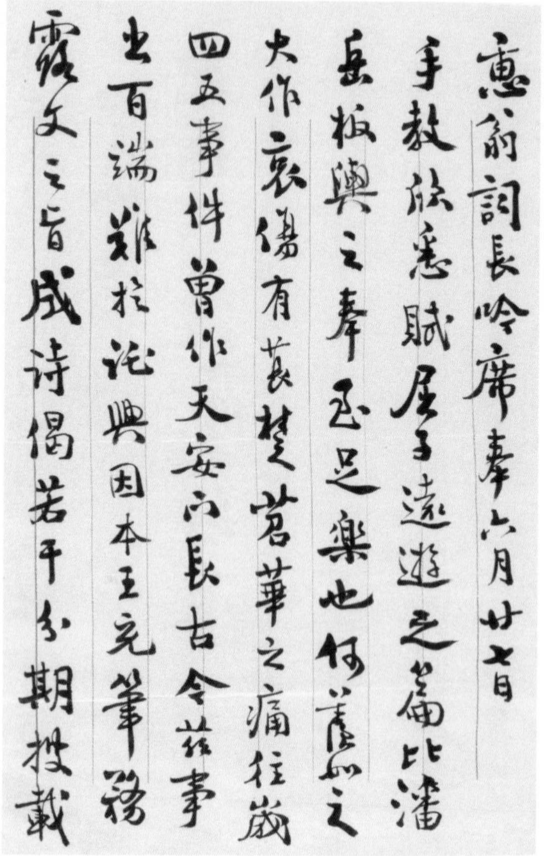
惠翁詞長吟席奉六月廿七日
手教欣悉賦屈子遠遊之篇比潘
岳板輿之奉至足樂也何羨如之
大作哀傷有萇楚苕華之痛往歲
四五事件曾作天安門長古今茲事
出百端難於託興因本王充筆務
露文之旨成詩偈若干分期披載

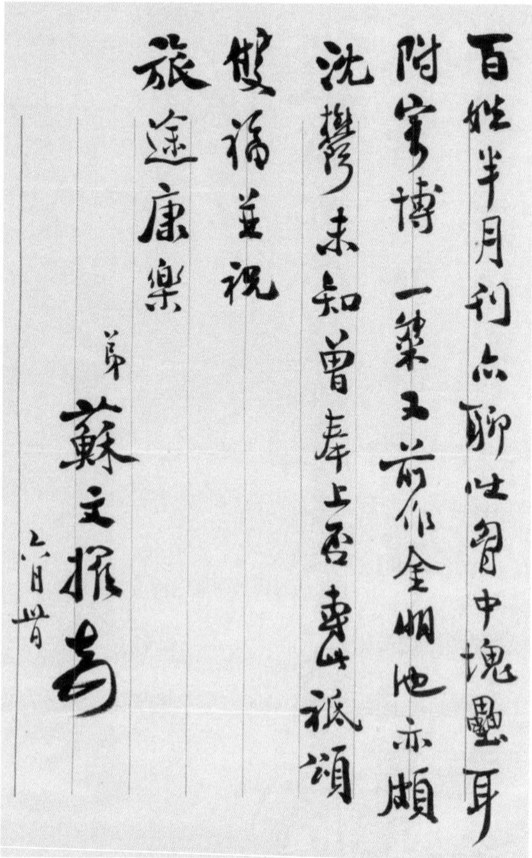
百姓半月刊亦聊吐胸中塊壘耳
附寄博一粲又前作金明池亦頗
沈鬱未知曾奉上否專此祇頌
雙福並祝
旅途康樂
弟蘇文擢頓首
六月卅日

十一

蘇文擢致何叔惠書

二頁

一九八九年

釋文

惠翁詞長吟席：奉六月廿七日手教，欣悉。賦屈子遠遊之篇，比潘岳板輿之奉，至足樂也，何羨如之。大作哀傷，有萇楚苕華之痛。往歲四五事件，曾作天安門長古，(一)今茲事出百端，難於託興，因本王充，筆務露文之旨，成詩偈若干，分期披載百姓半月刊，亦聊吐胸中塊壘耳，附寄博一粲。又前作金明池，(二)亦頗沈鬱，未知曾奉上否？專此，祇頌雙福，並祝旅途康樂。弟蘇文擢頓首，六月卅日。

按

一、蘇文擢一九七六年丙辰四月撰七言古詩〈天安門歌〉，載《邃加室詩文集》頁一八三。

二、一九八九年己巳三月初六日，蘇文擢填詞〈金明池〉，談移民，副題「己巳重三苦雨連日，客懷悄然，時港台大陸爭以移民外洋為樂，感成此闋」，載《邃加室遺稿》頁五八。

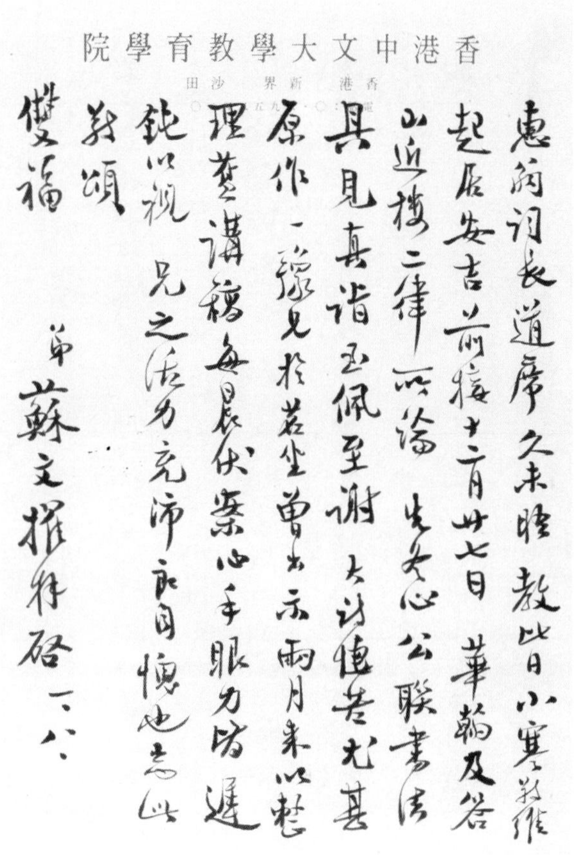
香港中文大學教育學院
香港 新界 沙田

惠翁詞長道席：久未晤教，比日小寒，敬維起居安吉。前接十二月廿七日華翰及答山近樓二律，所論先冬心公聯書法，具見真詣，至佩至謝。大詩悽苦尤甚，原作一豫兄於茗坐曾出示。兩月來以整理舊講稿，每晨伏案，心手眼力皆遲鈍，以視兄之活力充沛，良自愧也。耑此，敬頌雙福。弟蘇文擢拜啓，一、八。

十二

蘇文擢致何叔惠書

釋文

惠翁詞長道席：久未晤教，比日小寒，敬維起居安吉。前接十二月廿七日華翰及答山近樓二律，所論先冬心公聯書法，具見真詣，至佩至謝。大詩悽苦尤甚，原作一豫兄於茗坐曾出示。兩月來以整理舊講稿，每晨伏案，心手眼力皆遲鈍，以視兄之活力充沛，良自愧也。耑此，敬頌雙福。弟蘇文擢拜啟，一、八。

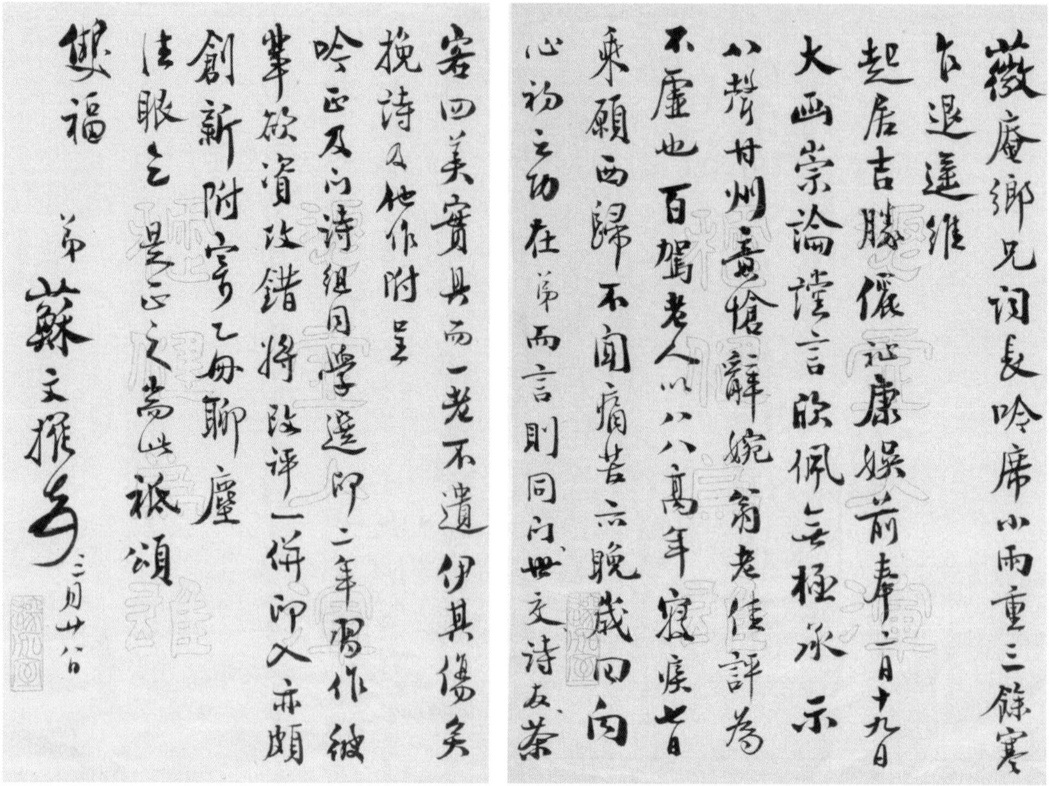

十三

蘇文擢致何叔惠書

二頁

一九九零年

釋文

薇庵鄉兄詞長吟席：小雨重三，餘寒乍退，遙維起居吉勝，儷祉康娛。前奉二月十九日大函，崇論讜言，欣佩無極。承示八聲甘州，意愴辭婉，翁老佳評為不虛也。百駕老人以八八高年，寢疾七日，乘願西歸，(一)不聞痛苦，亦晚歲回向心初之功。在弟而言，則同門、世交、詩友，茶客，四美實具，而一老不遺，伊其傷矣。挽詩及他作附呈吟正。及門詩組同學選印二年習作，彼輩欲資改錯，將改評一併印入，亦頗創新，附寄乙冊，(二)聊塵法眼，乞是正之，耑此，祇頌雙福。弟蘇文擢頓首，三月廿八日。

按

一、百駕老人余少颿與蘇文擢自六十年代起主持周日茶聚。余氏庚午二月十一日，即一九九零年三月七日病逝廣州，蘇文擢撰詩〈哭少颿大兄學長卒於庚午年二月十一日〉，載《邃加室遺稿》頁八五。

二、一九八八年，蘇文擢應學生之請成立「詩小組」，教授詩詞創作，一九九零年輯《詩課選輯》。

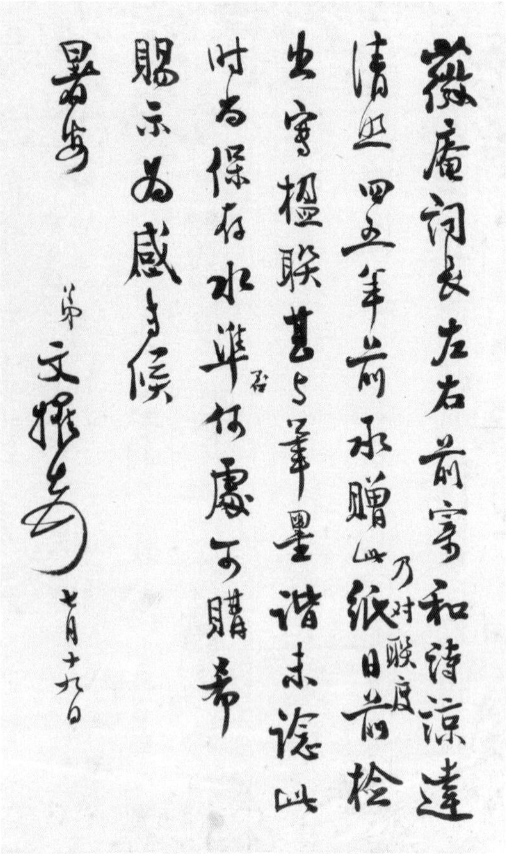
薇庵詞長左右前寄和詩諒達
清照四五年前承贈此紙（乃對聯度）日前檢
出寫楹聯甚與筆墨諧未諗此
時尚保存水準否何處可購希
賜示為感專候
暑安
弟文擢頓首
七月十九日

十四

蘇文擢致何叔惠書

釋文

薇庵詞長左右：前寄和詩，諒達清照。四五年前，承贈此紙(乃對聯度)，日前檢出寫楹聯，甚與筆墨諧，未諗此時尚保存水準否?何處可購，希賜示為感，專候暑安。弟文擢頓首，七月十九日。

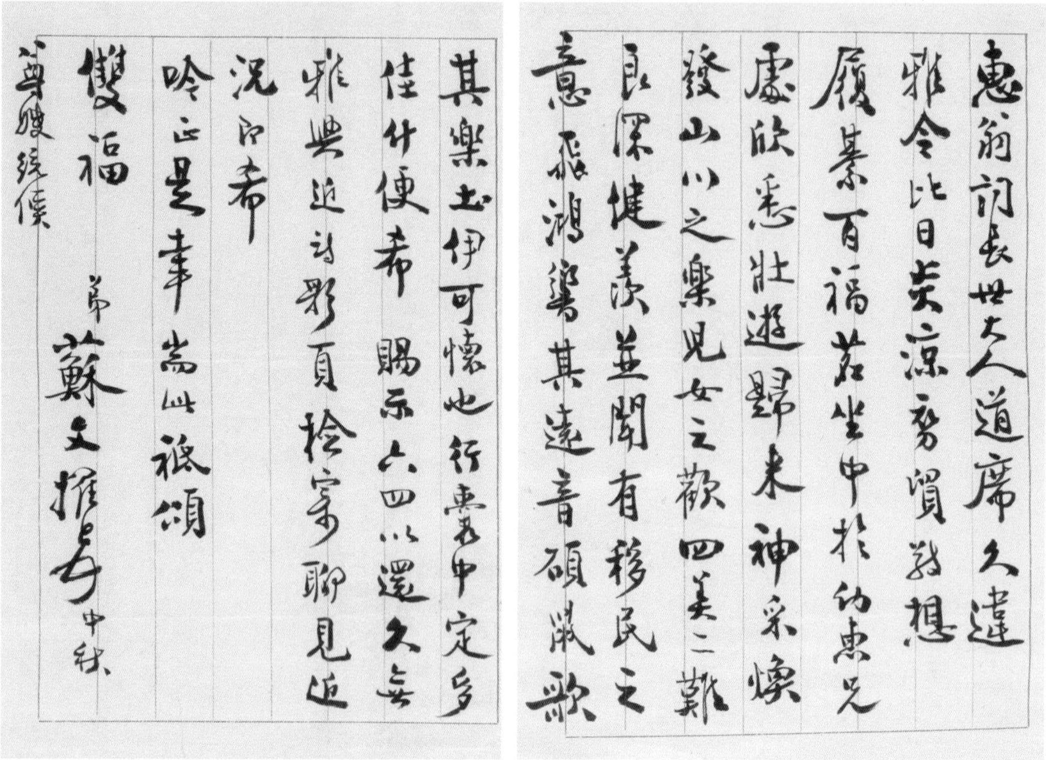

十五

蘇文擢致何叔惠書

二頁

釋文

惠翁詞長世大人道席：久違雅令，比日炎涼初貿，敬想履纂百福。茗坐中於幼惠兄處欣悉壯遊歸來，神采煥發，山川之樂，兒女之歡，四美二難，良深健羨。並聞有移民之意，飛鴻響其遠音，碩鼠歌

其樂土，伊可懷也，行囊中定多佳什，便希賜示。六四以還，久無雅興，近詩影頁檢寄，聊見近況，即希吟正是幸。耑此，祇頌雙福，尊嫂統候。弟蘇文擢頓首，中秋。

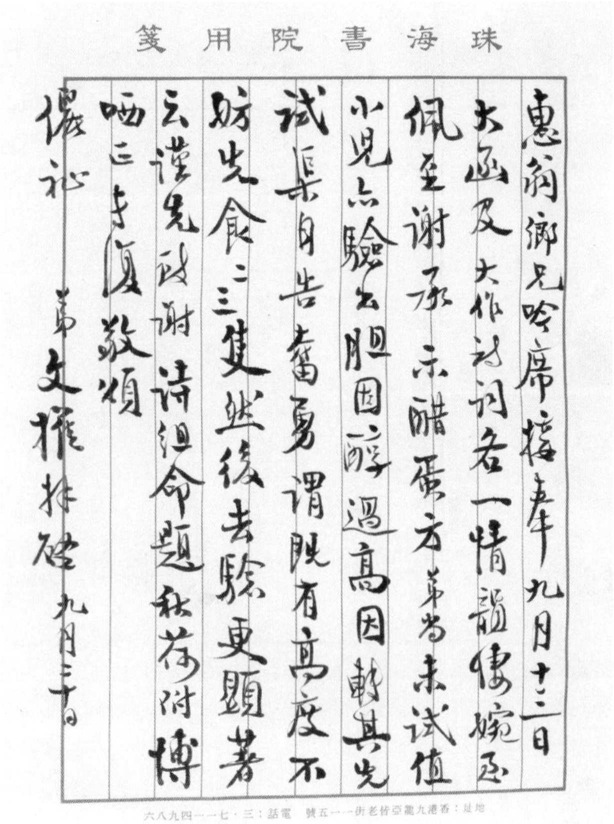

珠海書院用箋

惠翁鄉兄吟席：接奉九月十三日
大函及大作詩詞各一，情韻悽婉，至
佩至謝。承示醋蛋方，弟尚未試，值
小兒亦驗出胆固醇過高，因轉其先
試，渠自告奮勇，謂既有高度，不
妨先食二三隻，然後去驗，更顯著
云。謹先致謝。詩組命題秋荷，附博
哂正。專復，敬頌
儷祉
弟文擢拜啟 九月二十日

地址：香港九龍亞皆老街一一五號 電話：三·七一一四九八六

十六

蘇文擢致何叔惠書

一九九零年

釋文

惠翁鄉兄吟席：接奉九月十三日大函及大作詩詞各一，情韻悽婉，至佩至謝。承示醋蛋方，弟尚未試，值小兒亦驗出胆固醇過高，因轉其先試，渠自告奮勇，謂既有高度，不妨先食二三隻，然後去驗，更顯著云，謹先致謝。詩組命題秋荷，(一)附博哂正。專復，敬頌儷祉。

弟文擢拜啟，九月二十日。

按

一、蘇文擢一九八八年與學生成立「詩小組」，定期命題作詩，一九九零年七月詩題〈秋荷〉，蘇文擢範作七絕四首載《邃加室遺稿》頁一零五，後何叔惠和詩一首，撰〈秋荷和文擢〉，載《薇盦存稿》下冊頁二六六。

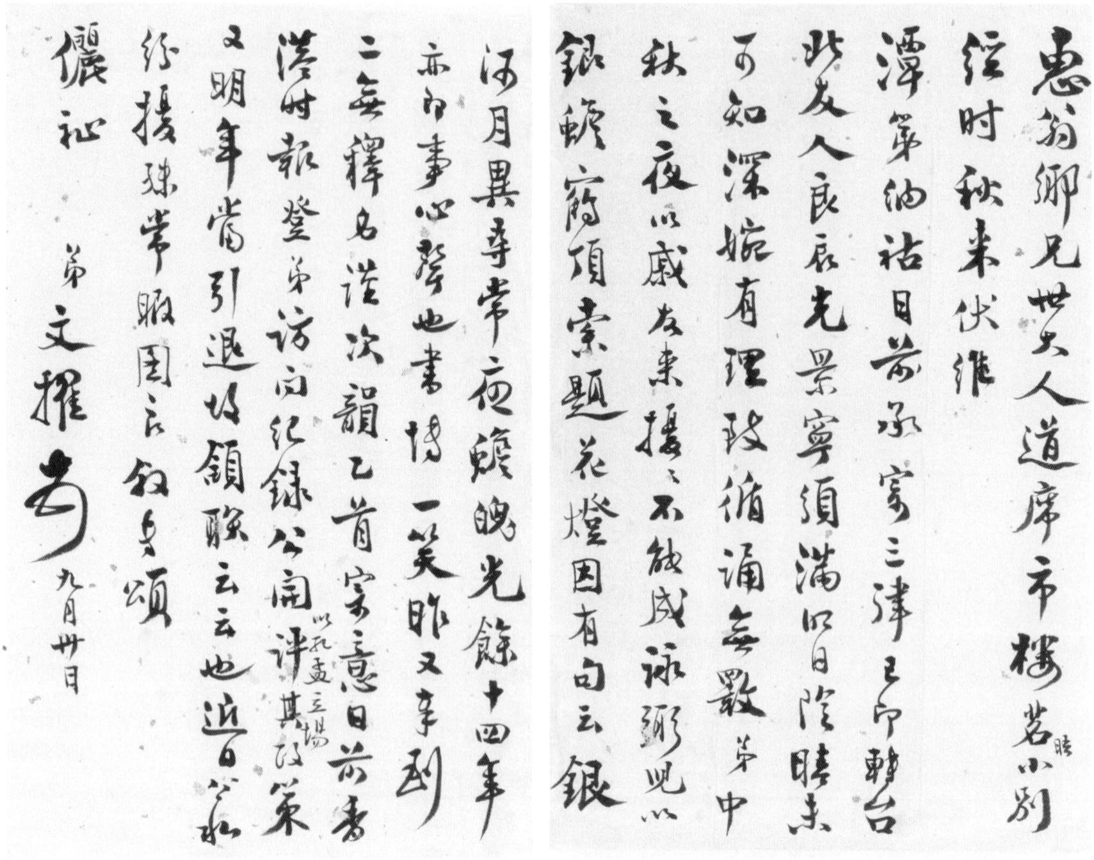

十七

蘇文擢致何叔惠書

二頁

一九八三年

釋文

惠翁鄉兄世大人道席：市樓茗晤，小別經時，秋來伏維，潭第納祜。日前承寄三律，已印轉台北友人。良辰光景寧須滿，明日陰晴未可知，深婉有理致，循誦無斁。弟中秋之夜以戚友來，擾擾不能成詠，弼兒以銀蟾鶴頂索題花燈，因有句云：銀河月異尋常夜，蟾魄光餘十四年，亦即事心聲也，書博一笑。昨又奉到二無釋名，謹次韻乙首寄意。日前香港時報登弟訪問紀錄，公開以孔孟立場評其政策。又明年當引退，故頷聯云云也。近日公私紛擾殊常，暇圖良敘，專頌儷祉。弟文擢頓首，九月卅日。

按

一九八三年，何叔惠在女婿赤柱家渡中秋，先後撰詩〈癸亥八月十四夜〉、〈癸亥中秋〉及〈癸亥八月十六〉，載《薇盦存稿》上冊頁一二零。何氏隨後致函解釋自稱「二無老人」因由，蘇文擢因此次韻先前贈詩〈癸亥八月十六〉，撰〈薇莽詞兄寄示二無老人釋名憂時思苦詩以廣之即用所寄十六夜韻〉，附於此函後寄示何叔惠；詩手稿參〈邃加室詩稿冊乙〉第十六通。

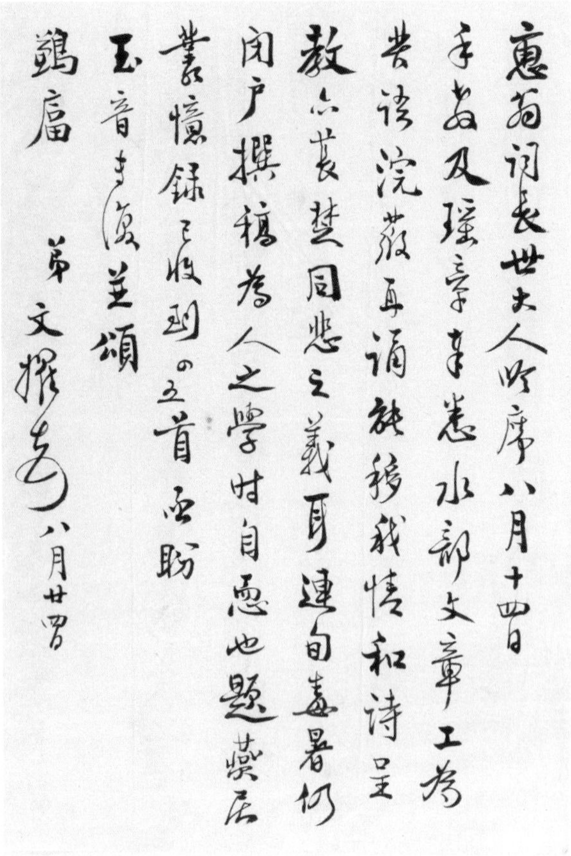
惠翁詞長世大人吟席八月十四日
手教及瑤章奉悉水部文章工為
發語浣薇再誦能移我情和詩呈
教亦萇楚同悲之義耳連旬毒暑仍
閉户撰稿為人之學時自恧也題燕居
叢憶錄已收到四五首亟盼
玉音專復並頌
鶼福　弟文擢頓首　八月廿四日

十八

蘇文擢致何叔惠書

一九八六年

釋文

惠翁詞長世大人吟席：八月十四日手教及瑤章奉悉。水部文章，工為發語，浣薇再誦，能移我情，和詩呈教，亦萇楚同悲之義耳。連旬毒暑，仍閉户撰稿，為人之學，時自恧也。題燕居叢憶錄已收到四、五首，亟盼玉音。(一)專復，並頌鶼福。弟文擢頓首，八月廿四日。

按

一、梁士詒(一八六九—一九三三)祖籍廣東三水，曾任中華民國國務總理，八側室譚玉櫻(一九零二—一九八三)於梁氏逝世後長齋禮佛於香港島東蓮覺苑。一九八六年，譚玉櫻輯《燕居叢憶錄》，附刊於《梁譚玉櫻居士所藏書翰圖照影存》後。《燕居叢憶錄》記梁士詒行誼，蘇文擢為題耑、題詞及序，並邀文友顧植槐、余少颿、劉繼業、何叔惠等十五人題詞。

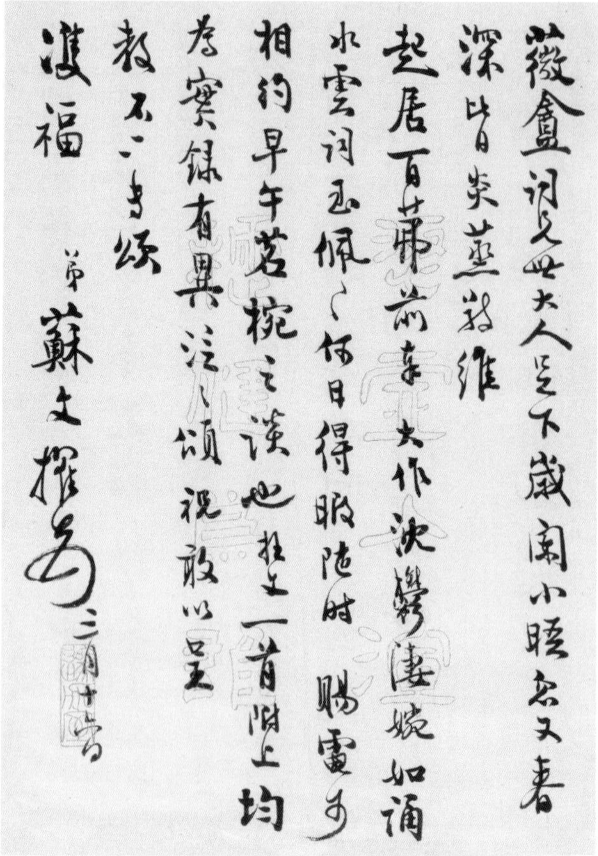

十九

蘇文擢致何叔惠書

釋文

薇盦詞兄世大人足下：歲闌小晤，忽又春深，比日炎蒸，敬維起居百苐。前奉大作，沈鬱淒婉，如誦水雲詞，至佩、至佩！何日得暇，隨時賜電，可相約早午茗椀之談也。拙文一首附上，均為實錄，有異泛泛頌祝，敢以呈教。不一一，專頌雙福。弟蘇文擢頓首，三月十六日。

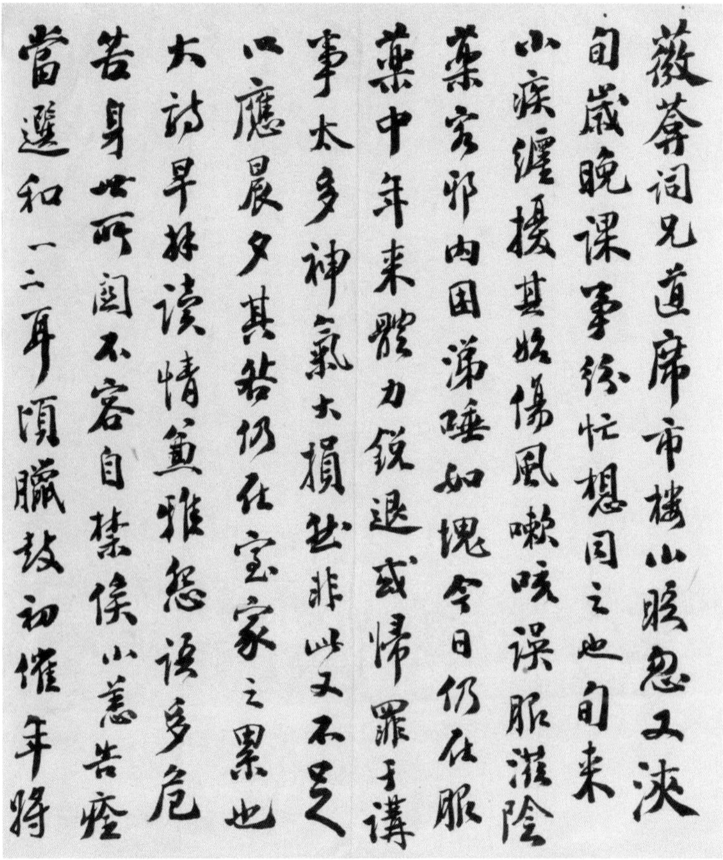
薇蓀詞兄道席市樓小晤忽又浹
旬歲晚課事紛忙想同之也旬來
小疾纏擾其始傷風嗽咳誤服滋陰
藥容邪內困涕唾如塊今日仍在服
藥中年來體力銳退或歸罪于講
事太多神氣大損然非此又不足
以應晨夕其咎仍在室家之累也
大詩早拜讀情兼雅怨語多危
苦身世所關不容自禁俟小恙告痊
當選和一二耳頃臘鼓初催年將

二十

蘇文擢致何叔惠書

二頁

釋文

薇蓀詞兄道席：市樓小晤，忽又浹旬。歲晚課事紛忙，想同之也。旬來小疾纏擾，其始傷風嗽咳，誤服滋陰藥，容邪內困，涕唾如塊，今日仍在服藥中。年來體力銳退，或歸罪于講事太多，神氣大損，然非此又不足以應晨夕，其咎仍在室家之累也。大詩早拜讀，情兼雅怨，語多危苦，身世所關，不容自禁，俟小恙告痊，當選和一二耳。頃臘鼓初催，年將

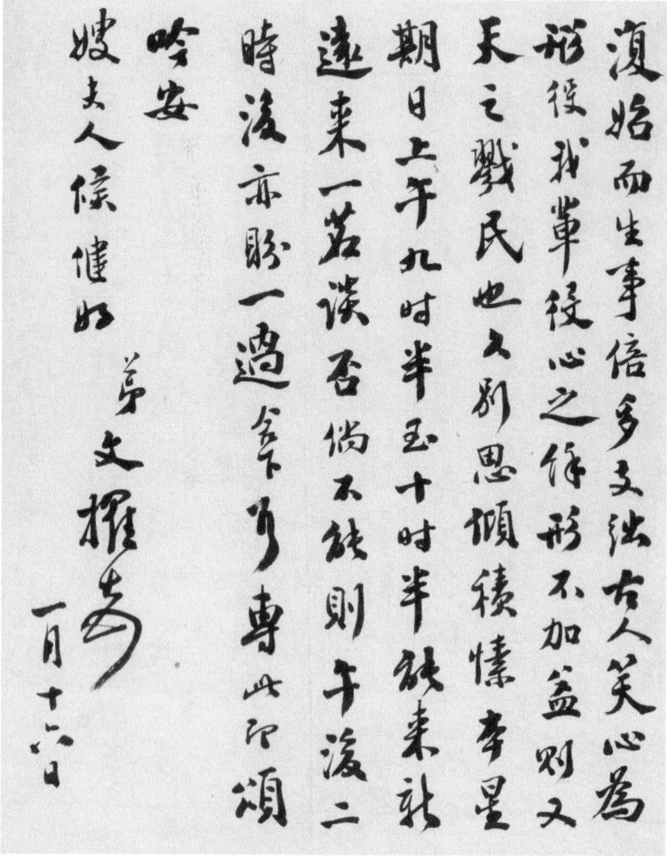
復始而生事倍多支絀古人笑心為
形役我輩役心之餘形不加益則又
天之戮民也久別思傾積愫本星
期日上午九時半至十時半能來新
遠來一茗談否尚不能則午後二
時後亦盼一過舍下耳專此即頌
吟安
嫂夫人候健好
弟文擢頓首
一月十六日

復始，而生事倍多支絀，古人笑心為形役。我輩役心之餘，形不加益，則又天之戮民也。久別思傾積愫，本星期日上午九時半至十時半，能來新遠來一茗談否？(一)倘不能則午後二時後亦盼一過舍下耳。專此，即頌吟安，嫂夫人候健好。弟文擢頓首，一月十六日。

按

一、新遠來酒樓：五、六十年代在北角營業。

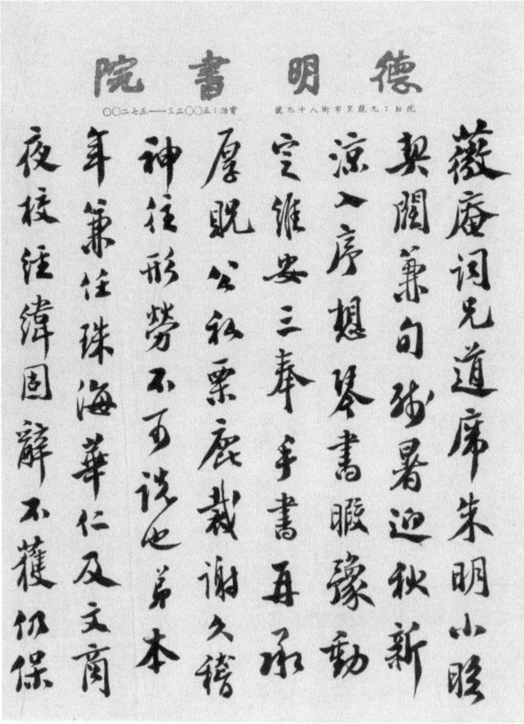

德明書院

薇庵詞兄道席朱明小晤
契闊兼旬殘暑迎秋新
涼入序想琴書暇豫動
定維安三奉手書再承
厚貺公私栗鹿裁謝久稽
神往形勞不可説也弟本
年兼任珠海華仁及文商
夜校經緯固辭不獲仍保

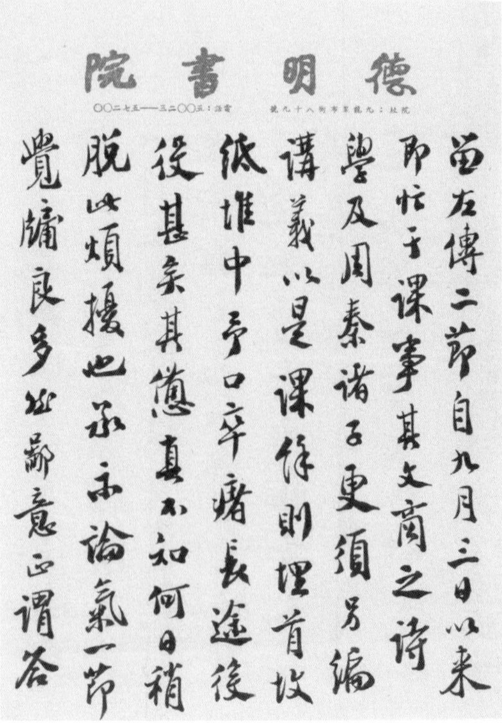

德明書院

留左傳二節自九月三日以來
即忙于課事其文商之詩
學及周秦諸子更須另編
講義以是課餘則埋首故
紙堆中予口卒瘏長途役
役甚矣其憊真不知何日稍
脫此煩擾也承示論氣一節
覺牖良多然鄙意正謂答

二十一

蘇文擢致何叔惠書

四頁

釋文

薇庵詞兄道席：朱明小晤，契闊兼旬，殘暑迎秋，新涼入序，想琴書暇豫，動定維安。三奉手書，再承厚貺，公私栗鹿，裁謝久稽，神往形勞，不可説也。弟本年兼任珠海、華仁及文商夜校，經緯固辭不獲，仍保留左傳二節，自九月三日以來，即忙于課事，其文商之詩學及周秦諸子，更須另編講義，以是課餘則埋首故紙堆中，予口卒瘏，長途役役，甚矣其憊，真不知何日稍脫此煩擾也。承示論氣一節，覺牖良多，然鄙意正謂答

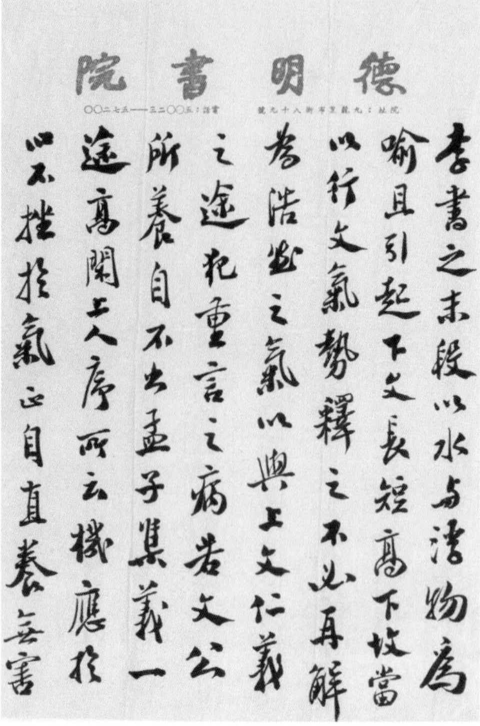
德明書院

李書之末段以水與浮物為
喻且引起下文長短高下故當
以行文氣勢釋之不必再解
為浩然之氣以與上文仁義
之途犯重言之病若文公
所養自不出孟子集義一
途高閑上人序所云機應於
心不挫於氣正自直養無害

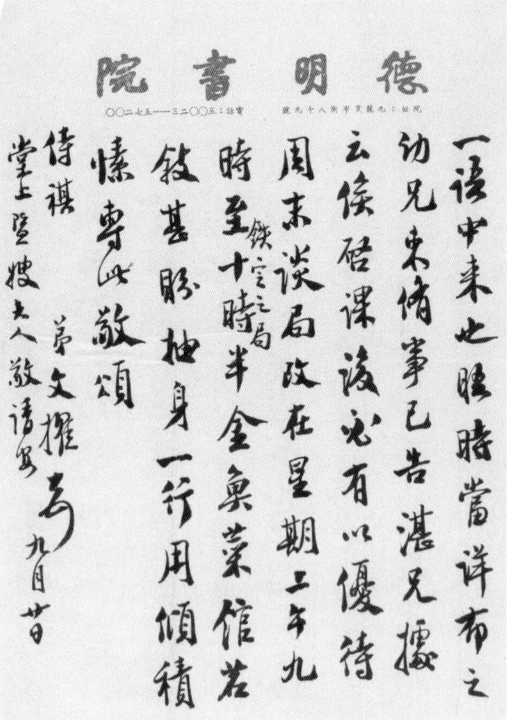
德明書院

一語中來也晤時當詳布之
幼兄束脩事已告湛兄據
云俟啟課後必有以優待
周末談局改在星期上午九
時至十時半金魚菜館若鐵定之局
敘甚盼抽身一行用傾積
愫專此敬頌
侍祺
堂上暨嫂夫人敬請安 弟文擢頓首 九月廿日

李書之末段，以水與浮物為喻，且引起下文，長短高下，故當以行以文氣勢釋之，不必再解為浩然之氣，以與上文仁義之途犯重言之病。若文公所養，自不出孟子集義一途，高閑上人序所云機應於心、不挫於氣，正自直養無害

一語中來也。晤時當詳布之。幼兄束脩事，已告湛兄。據云俟啟課後必有以優待。(一)周末談局改在星期上午九時至十時半金魚菜館茗敘（鐵定之局），甚盼抽身一行，用傾積愫。專此，敬頌侍祺，堂上暨嫂夫人敬請安。弟文擢頓首，九月廿日。

按

一、蘇文擢同年八月十八日曾去函何叔惠，為其幼弟何幼惠分析各書院優劣，以便考慮入讀，參〈邃加室手札冊甲〉第一通。按此函及何幼惠憶述，何幼惠九月決定入讀陳湛銓創辦之經緯書院夜校部。

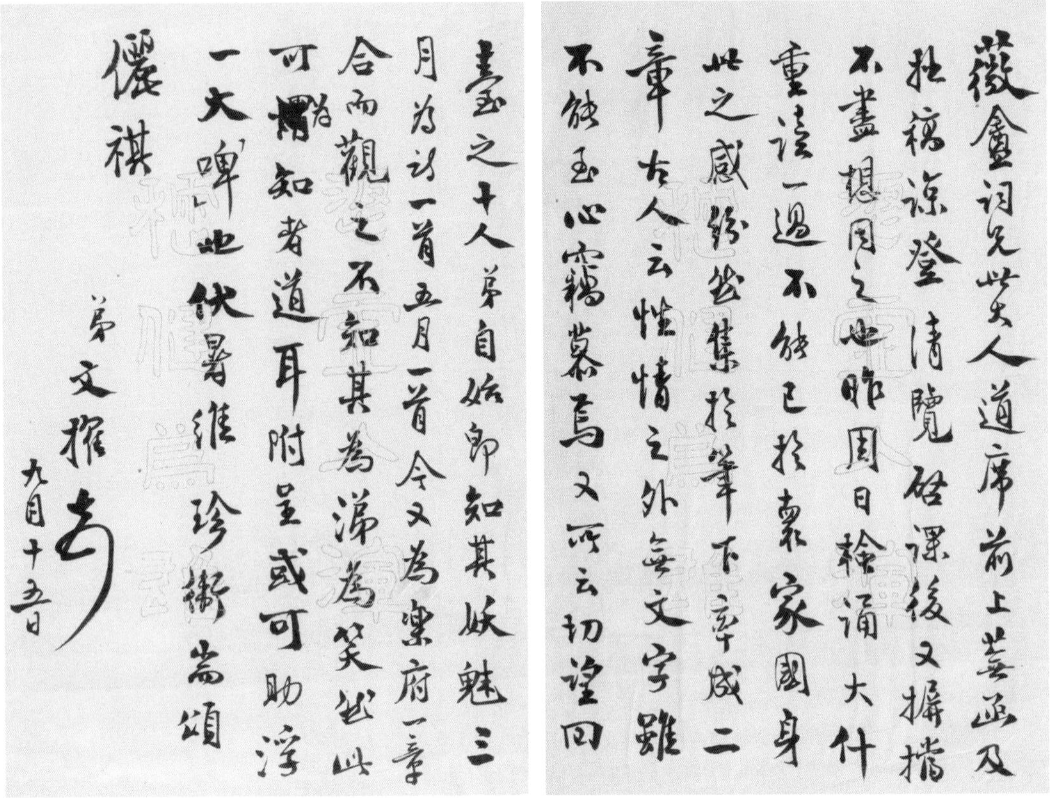
薇盦詞兄世大人道席前上蕪函及
拙稿諒登清覽啟課後又搨擋
不盡想同之也昨周日檢誦大什
重讀一過不能已於衷家國身
世之感紛然集於筆下率成二
章古人云性情之外無文字雖
不能至心竊慕焉又所云切望回
臺之十人弟自始即知其妖魅三
月為詩一首五月一首今又為樂府一章
合而觀之不知其為涕為笑然此
可為知者道耳附呈或可助浮
一大「啤」也伏暑維珍衛嵩頌
儷祺
弟文擢
九月十五日

二十二

蘇文擢致何叔惠書

二頁

釋文

薇盦詞兄世大人道席：前上蕪函及拙稿，諒登清覽。啟課後又搨擋不盡，想同之也。昨周日檢誦大什，重讀一過，不能已於衷，家國身世之感，紛然集於筆下，率成二章。古人云：性情之外無文字，雖不能至，心竊慕焉；又所云切望回臺之十人，弟自始即知其妖魅。三月為詩一首，五月一首，今又為樂府一章，合而觀之，不知其為涕為笑，然此可為知者道耳。附呈或可助浮一大「啤」也。伏暑維珍衛，嵩頌儷祺。弟文擢頓首，九月十五日。

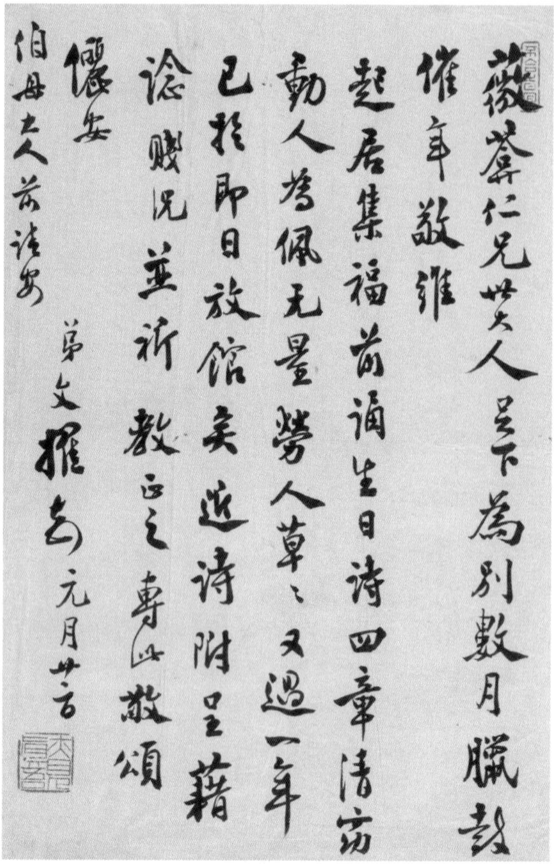
薇蓀仁兄世大人足下為別數月臘鼓
催年敬維
起居集福前誦生日詩四章清窈
動人為佩無量勞人草草又過一年
已於即日放館矣近詩附呈藉
諗賤況並祈教正之專此敬頌
儷安
伯母大人前請安
弟文擢頓首元月廿二日

二十三

蘇文擢致何叔惠書

釋文

薇蓀仁兄世大人足下：為別數月，臘鼓催年，敬維起居集福。前誦生日詩四章，清窈動人，為佩無量。勞人草草，又過一年，已於即日放館矣。近詩附呈，藉諗賤況，並祈教正之，專此，敬頌儷安，伯母大人前請安。弟文擢頓首，元月廿二日。

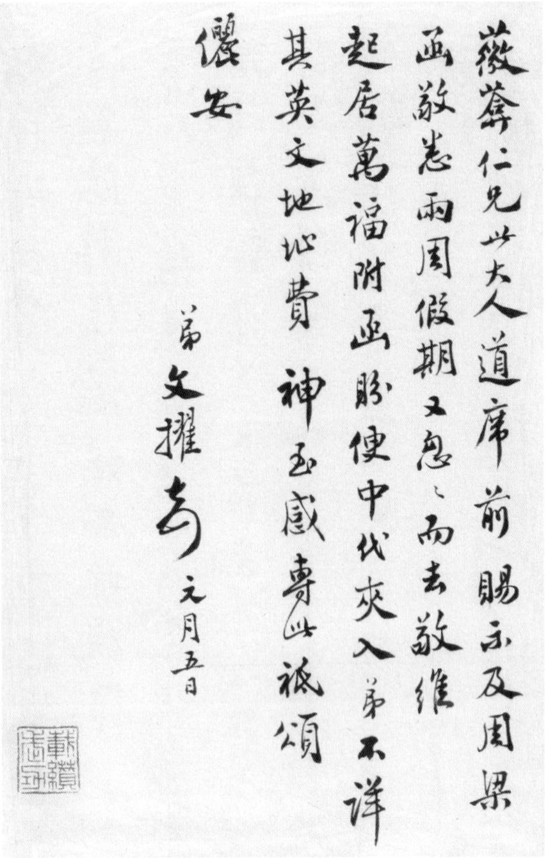

二十四

蘇文擢致何叔惠書

釋文

薇莽仁兄世大人道席：前賜示及周梁函，(一)敬悉。兩周假期又忽忽而去，敬維起居萬福。附函盼便中代夾入，弟不詳其英文地址，費神至感。專此，祇頌儷安。弟文擢頓首，元月五日。

按

一、周梁：一九六七年移居美國之書畫家周千秋（一九一零－二零零六）及梁粲纓（一九二一－二零零五）夫婦。

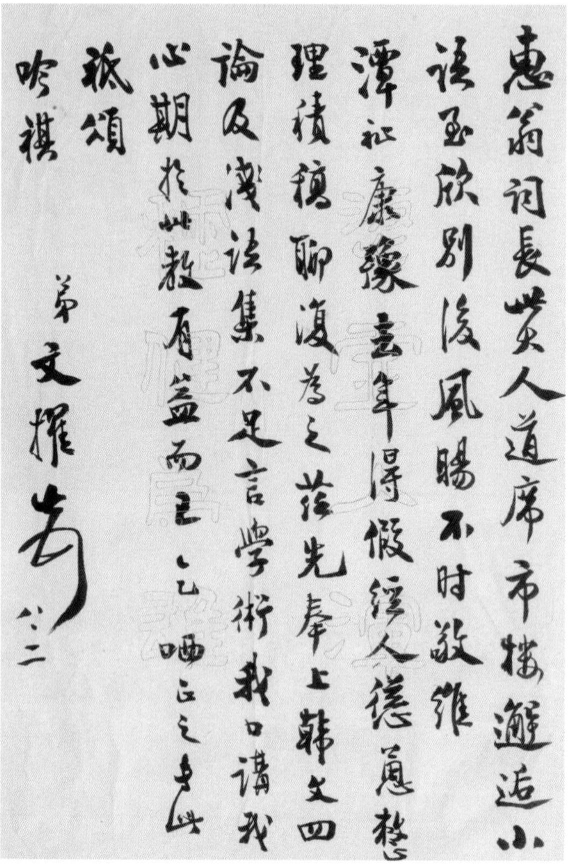
惠翁詞長丗大人道席市樓邂逅小
語至欣別後風暘不時敬維
潭祉康豫去年得假經人慫恿整
理積稿聊復為之茲先奉上韓文四
論及淺語集不足言學術我口講我
心期於世教有益而已乞哂正之專此
祇頌
吟祺
弟文擢頓首 八、二

二十五

蘇文擢致何叔惠書

一九七八年

釋文

惠翁詞長世大人道席：市樓邂逅，小語至欣。別後風暘不時，敬維潭祉康豫。去年得假，經人慫恿，整理積稿，聊復為之，茲先奉上韓文四論及淺語集，(一)不足言學術，我口講我心，期於世教有益而已，乞哂正之。專此，祇頌吟祺。弟文擢頓首，八、二。

按

一、蘇文擢所輯《韓文四論》及《淺語集》一九七八年刊行。

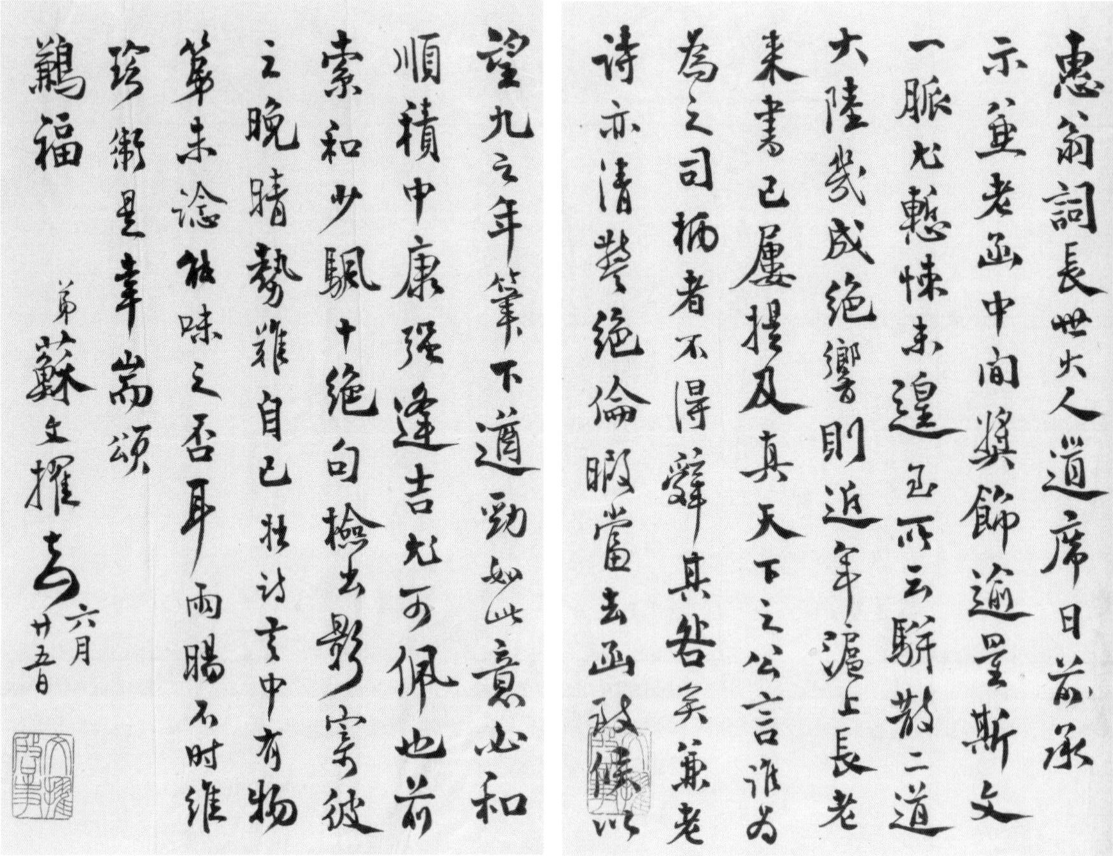

二十六

蘇文擢致何叔惠書

二頁

釋文

惠翁詞長世大人道席：日前承示兼老函，中間獎飾逾量；斯文一脈，尤慚悚未遑。至所云駢散二道，大陸幾成絕響，則近年滬上長老來書，已屢提及，真天下之公言，誰為為之，司柄者不得辭其咎矣。兼老詩亦清警絕倫，暇當去函致候，以

望九之年，筆下遒勁如此，意必和順積中，康強逢吉，尤可佩也。前索和少颿十絕句，檢出影寄，彼之晚晴，勢難自已。拙詩言中有物，弟未諗能味之否耳？雨暘不時，維珍衛是幸，耑頌鶼福。弟蘇文擢頓首，六月廿五日。

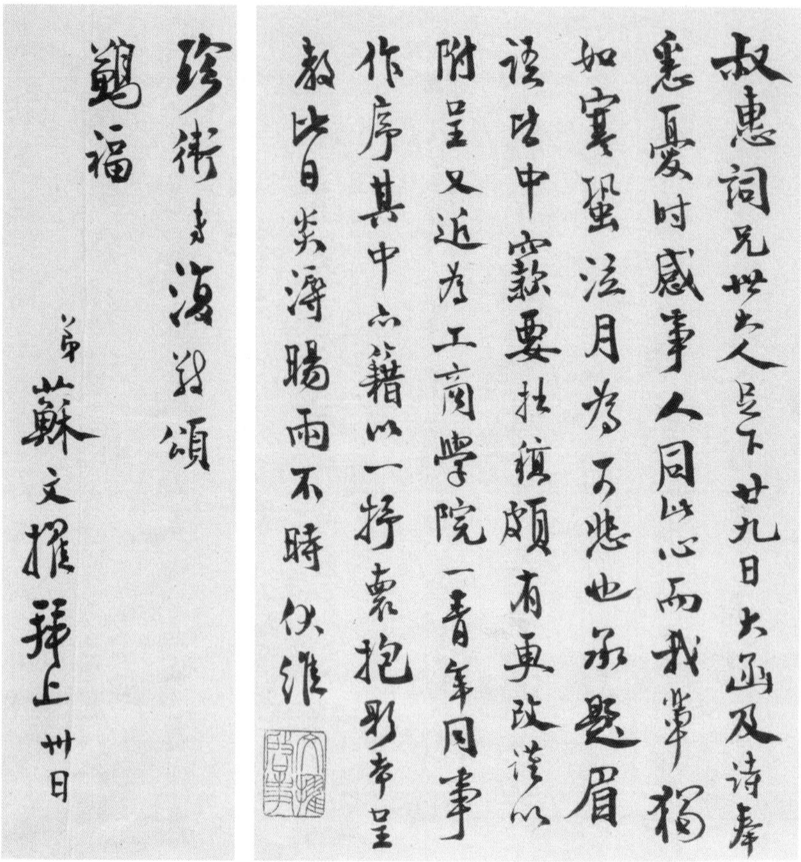

二十七

蘇文擢致何叔惠書

二頁

釋文

叔惠詞兄世大人足下：廿九日大函及詩奉悉。憂時感事，人同此心，而我輩獨如寒蛩泣月，為可悲也。承題眉語，皆中窾要，拙稿頗有更改，謹以附呈。又近為工商學院一青年同事作序，其中亦籍以一抒褱抱，影本呈教。比日炎溽，暘雨不時，伏維珍衛。專復，敬頌鶫福。弟蘇文擢拜上，卅日。

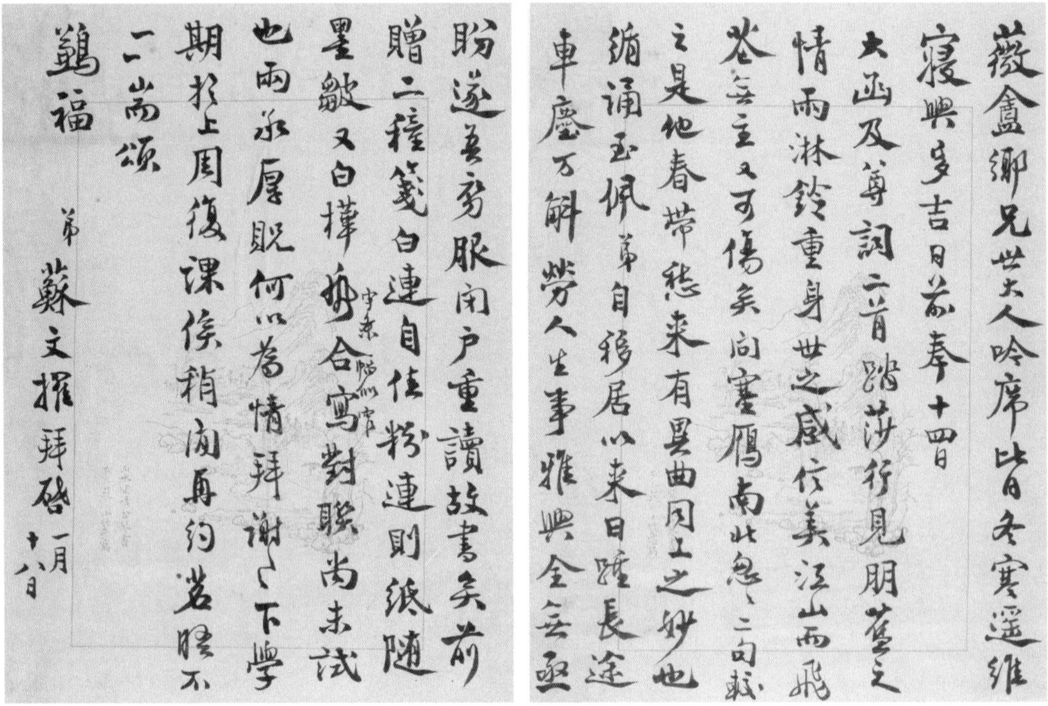

二十八

蘇文擢致何叔惠書

二頁

釋文

薇盦鄉兄世大人吟席：比日冬寒，遙維寢興多吉。日前奉十四日大函及尊詞二首，踏莎行見朋舊之情，雨淋鈴重身世之感，信美江山，而飛花無主，又可傷矣。問塞鴈、南北忽忽二句，較之是他春帶愁來，有異曲同工之妙也，循誦至佩。弟自移居以來，日踵長途，車塵萬斛，勞人生事，雅興全無，亟盼遂吾初服，閉户重讀故書矣。前贈二種箋，白連自佳，粉連則紙隨墨皺，又白樺紙合寫對聯（寫條幅似窄），尚未試也。兩承厚貺，何以為情，拜謝、拜謝！下學期於上周復課，俟稍閒再約茗晤，不一一，耑頌鶼福。弟蘇文擢拜啟，一月十八日。

按

何叔惠〈踏莎美人〉、〈雨淋鈴〉載《薇盦存稿》下冊頁二七零、二七二。

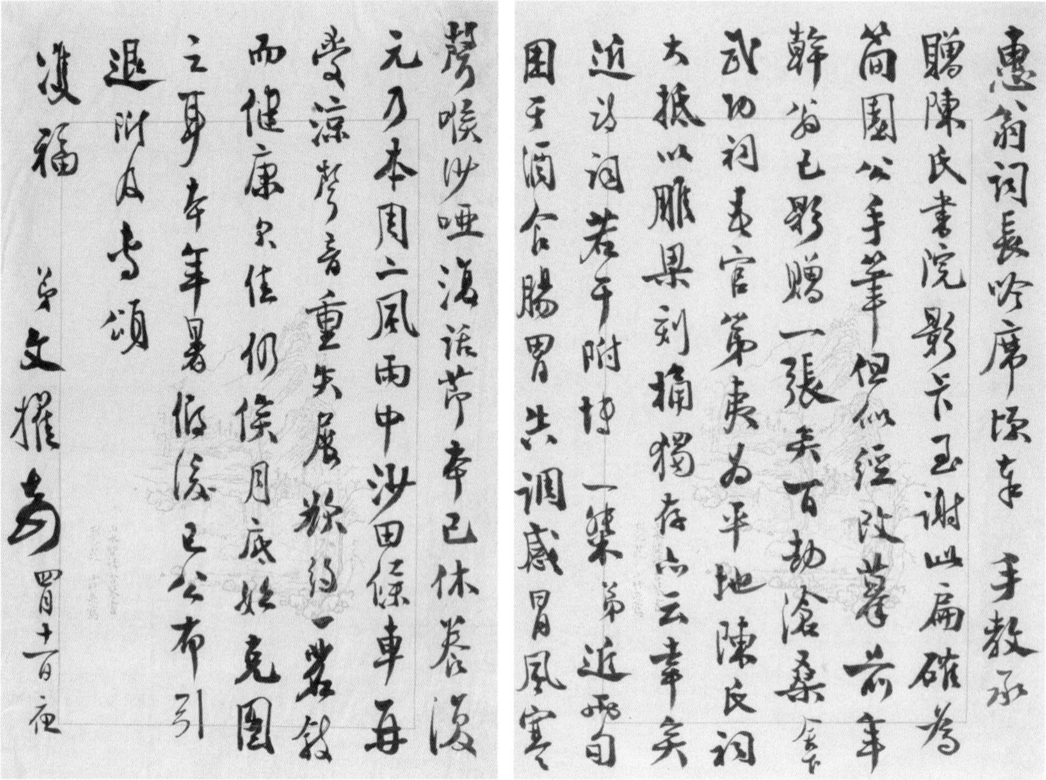

二十九

蘇文擢致何叔惠書

二頁

釋文

惠翁詞長吟席：頃奉手教，承贈陳氏書院影卡，(一)至謝。此扁確為簡園公手筆，但似經改摹，前年幹翁已影贈一張矣。百劫滄桑，舍下武功祠春官第夷為平地，陳氏祠大抵以雕梁刻桷獨存，亦云幸矣。近詩詞若干附博一粲。弟近兩旬困于酒食，腸胃失調，感冒風寒，聲喉沙啞，復活節本已休養復元，乃本周二風雨中沙田候車再受涼，聲音重失，屢欲約一茗敘，而健康欠佳，仍俟月底始克圖之耳。本年暑假後已公布引退，附及，專頌雙福。弟文擢頓首，四月十一日夜。

按

一、蘇文擢祖父簡園公蘇若瑚曾為廣州陳家祠題匾額「陳氏書院」。

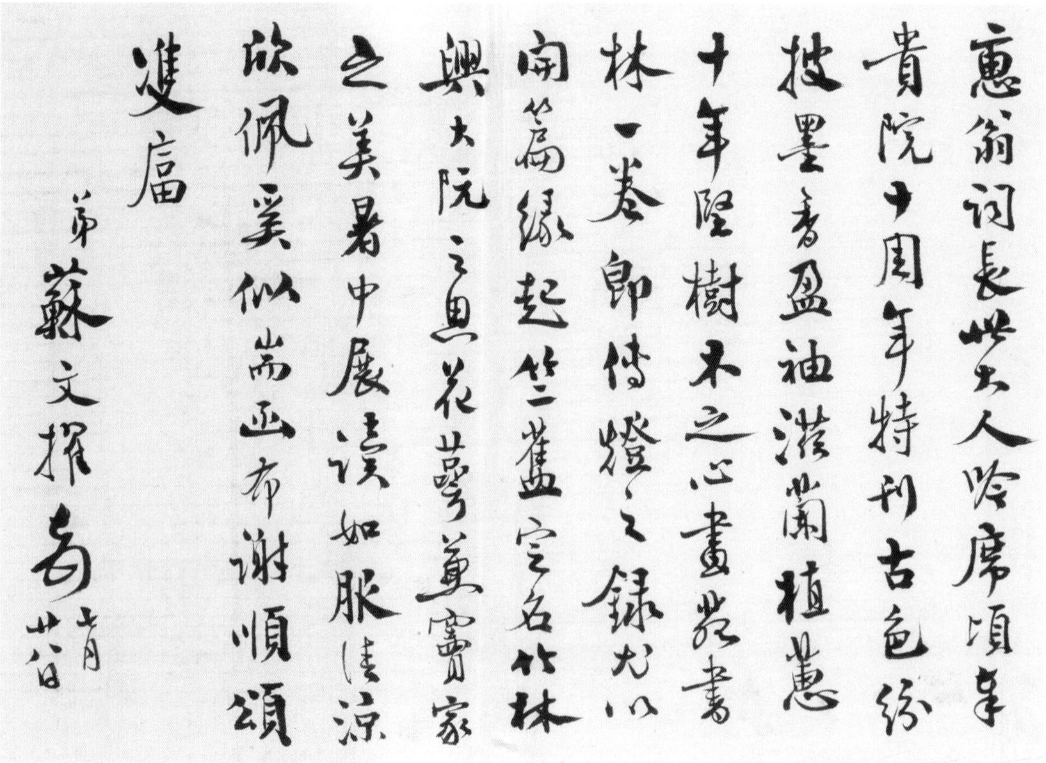

三十

蘇文擢致何叔惠書

釋文

惠翁詞長世大人吟席：頃奉貴院十周年特刊，古色紛披，墨香盈袖，滋蘭植蕙十年，堅樹木之心；畫苑書林一卷，即傳燈之錄；尤以開篇緣起竺舊定名，竹林興大阮之思；花萼兼竇家之美，暑中展讀，如服清涼，欣佩奚似，耑函布謝，順頌雙福。弟蘇文擢頓首，七月廿八日。

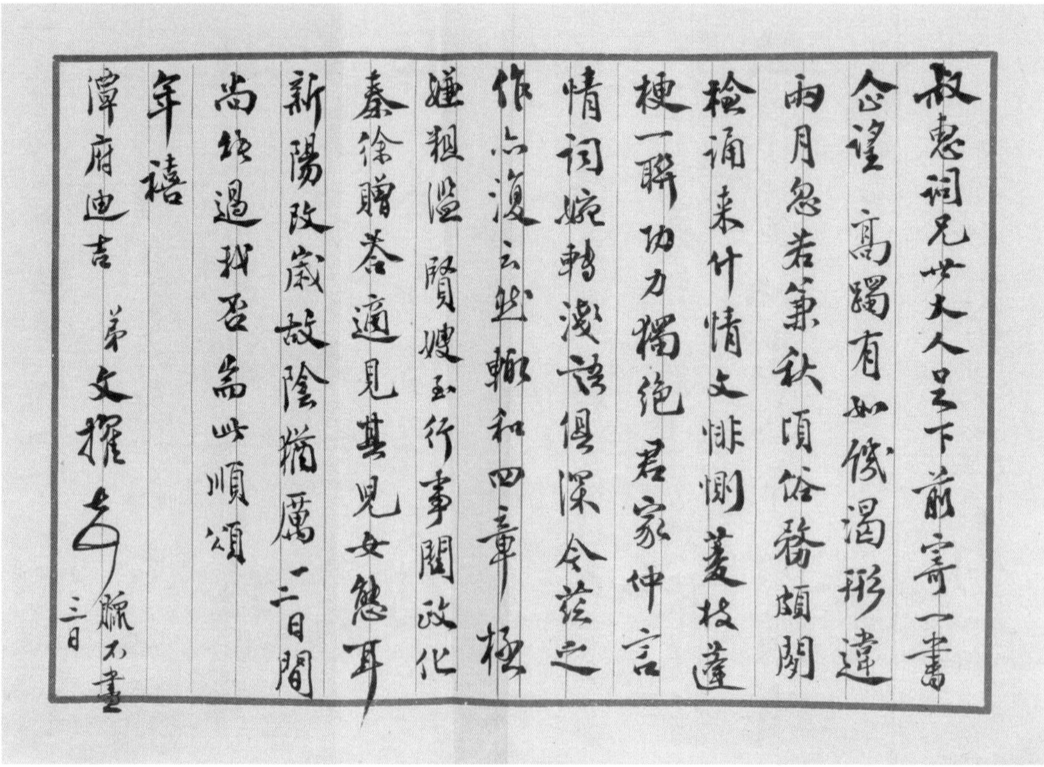
叔惠詞兄世大人足下前寄一書
企望高躅有如饑渴形違
兩月忽若兼秋頃俗務頗閒
檢誦來什情文悱惻菱枝蓬
梗一聯功力獨絕君家仲言
情詞婉轉淺語俱深今茲之
作亦復云然輒和四章極
嫌粗濫 賢嫂至行事關政化
秦徐贈答適見其兒女態耳
新陽改歲故陰猶厲一二日間
尚能過我否耑此順頌
年禧
潭府迪吉 弟文擢頓首
臘不盡三日

三十一

蘇文擢致何叔惠書

釋文

叔惠詞兄世大人足下：前寄一書，企望高躅，有如饑渴，形違兩月，忽若兼秋。頃俗務頗閒，檢誦來什，情文悱惻，菱枝蓬梗一聯，功力獨絕，君家仲言，情詞婉轉，淺語俱深，今茲之作，亦復云然，輒和四章，極嫌粗濫。賢嫂至行，事關政化，秦徐贈答，適見其兒女態耳。新陽改歲，故陰猶厲，一二日間尚能過我否？耑此，順頌年禧，潭府迪吉。弟文擢頓首，臘不盡三日。

按

此函附七律四首，乃何叔惠〈贈內〉四首之和詩，參〈邃加室詩稿冊丙〉第十通按語。

三十二

蘇文擢致何叔惠書

一九八三年

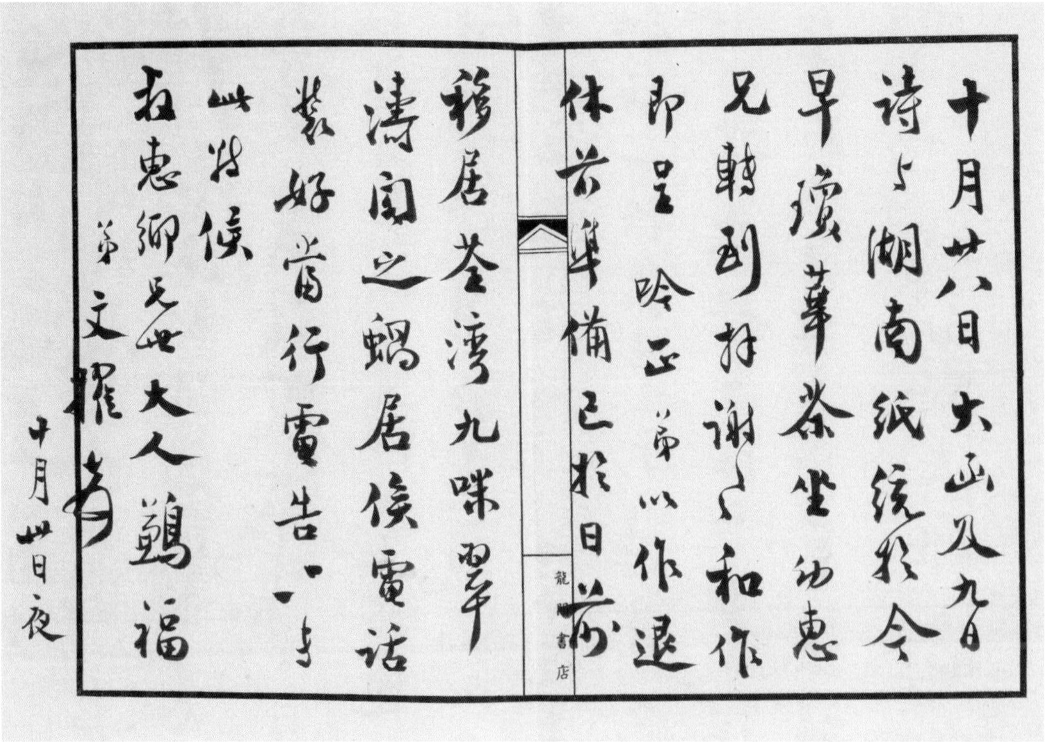

十月廿八日大函及九日
詩與湖南紙統於今
早瓊華茶坐幼惠
兄轉到拜謝拜謝和作
即呈吟正弟以作
退休前準備已於日前
移居荃灣九咪翠
濤閣之蝸居候電話
裝好當行電告一一專
此敬候
叔惠鄉兄世大人鶼福
弟文擢頓首
十月卅日夜

釋文

十月廿八日大函及九日詩，與湖南紙，統於今早瓊華茶坐幼惠兄轉到，拜謝、拜謝。和作即呈吟正。弟以作退休前準備，已於日前移居荃灣九咪翠濤閣之蝸居，俟電話裝好當行電告一一。專此，敬候叔惠鄉兄世大人鶼福。弟文擢頓首，十月卅日夜。

按

蘇文擢一九八三年秋自中文大學宿舍遷荃灣，癸亥十一月二十三日撰五古〈自大學移住荃灣瞬經二月，小屋如舟，文籍不容，或存寄校中，加以日踵長途，塵勞萬狀，較之五年山居又一時也，次均陶公移居二首〉，載《邃加室詩文續稿》頁一四九。

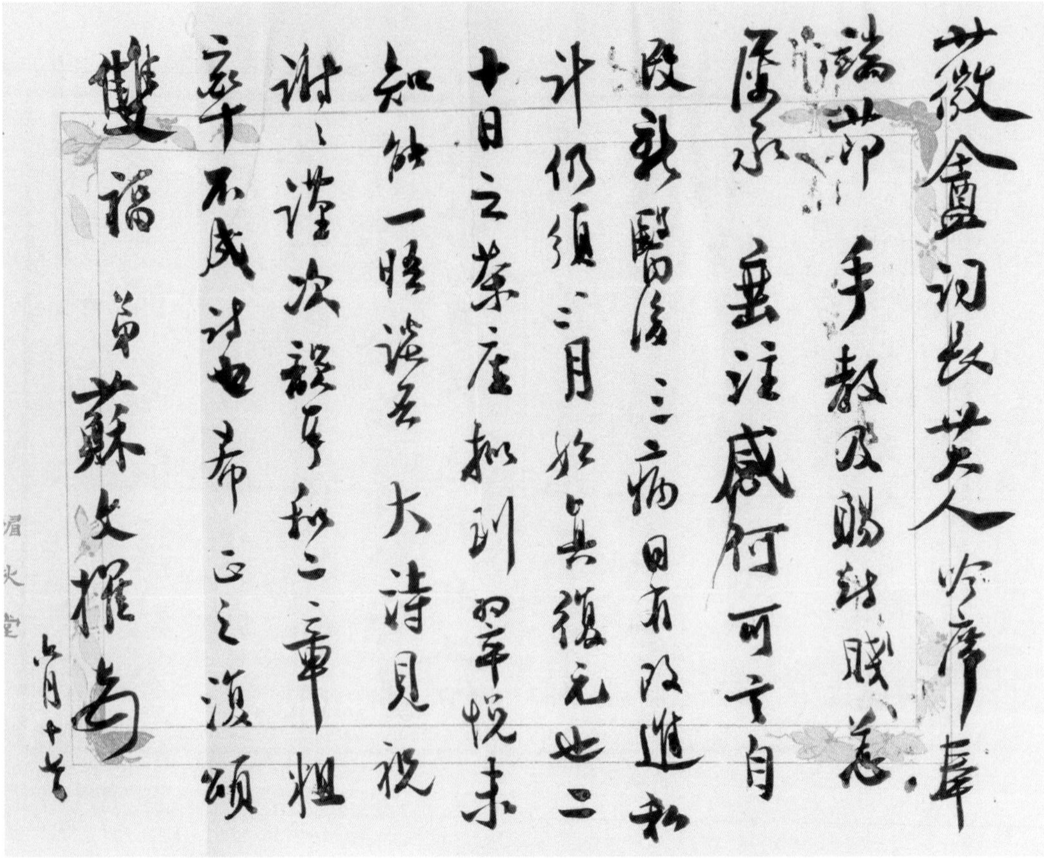

三十三

蘇文擢致何叔惠書

一九九四年

釋文

薇盦詞長世大人吟席：奉端節手教及賜詩，賤恙屢承垂注，感何可言。自改新醫後，三病日有改進，私計仍須一二月始真復元也。二十日之茶座擬到翠悅，未知能一晤談否？大詩見視，謝謝。謹次韻奉和二章，粗率不成詩也，希正之，溲頌雙福。弟蘇文擢頓首，六月十七日。

按

此函所附和詩參〈邃加室詩稿冊丁〉第六通。

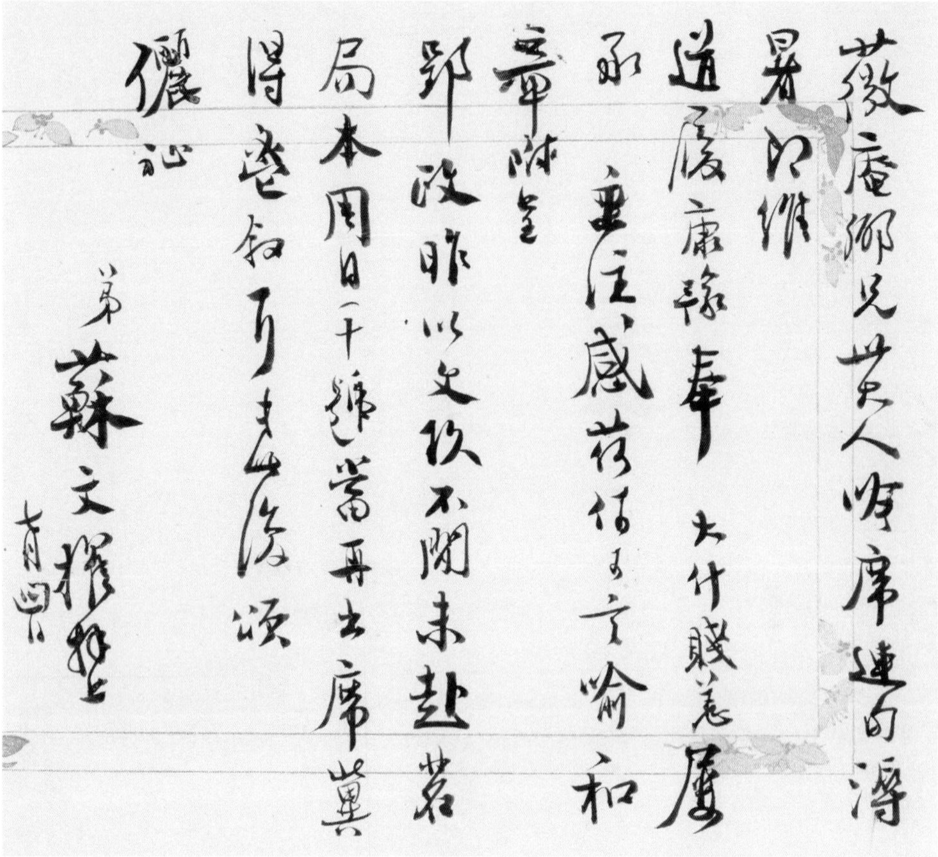
薇庵鄉兄世大人吟席連旬溽
暑即維
道履康豫奉　大什賤恙屢
承　垂注感荷何可言喻和
章附呈
郢政昨以文玖不聞未赴茗
局本周日（十號）當再出席冀
得罄敘耳專此復頌
儷祉
弟蘇文擢拜上
七月四日

三十四

蘇文擢致何叔惠書

一九九四年

釋文

薇庵鄉兄世大人吟席：連旬溽暑，即維道履康豫。奉大什，賤恙屢承垂注，感荷何可言喻，和章附呈郢政。昨以文玖不聞，未赴茗局，本周日（十號）當再出席，冀得罄敘耳。專此，復頌儷祉。弟蘇文擢拜上，七月四日。

按

九十年代，鳴社學員蘇文玖間偕蘇師文擢赴文友之周日茶會。此函所附和詩參〈邃加室詩稿冊丁〉第五通。

叁

邃加室詩稿冊甲

紙本 縱三十點五厘米 橫二十六點一厘米

香港中文大學文物館藏 何叔惠先生捐贈 藏品編號：1997.0389

此冊信函詩稿原件尺寸大小不一

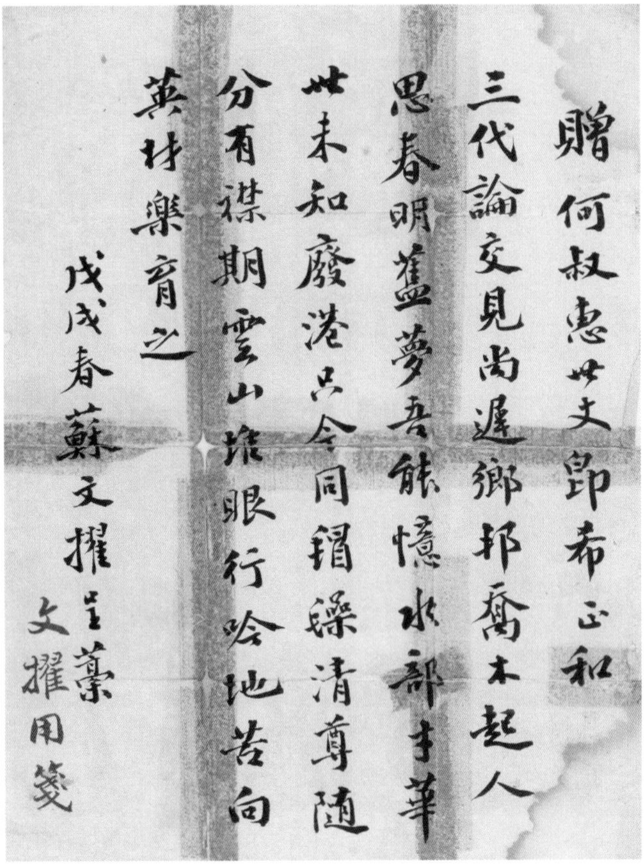

一 蘇文擢行書詩

一九五八年

釋文

贈何叔惠世丈即希正和

三代論交見尚遲，鄉邦喬木起人思。
春明舊夢吾能憶，水部才華世未知。
廢港只今同氈毹，清尊隨分有襟期。
雲山堆眼行吟地，苦向英才樂育之。

戊戌春，蘇文擢呈稿。

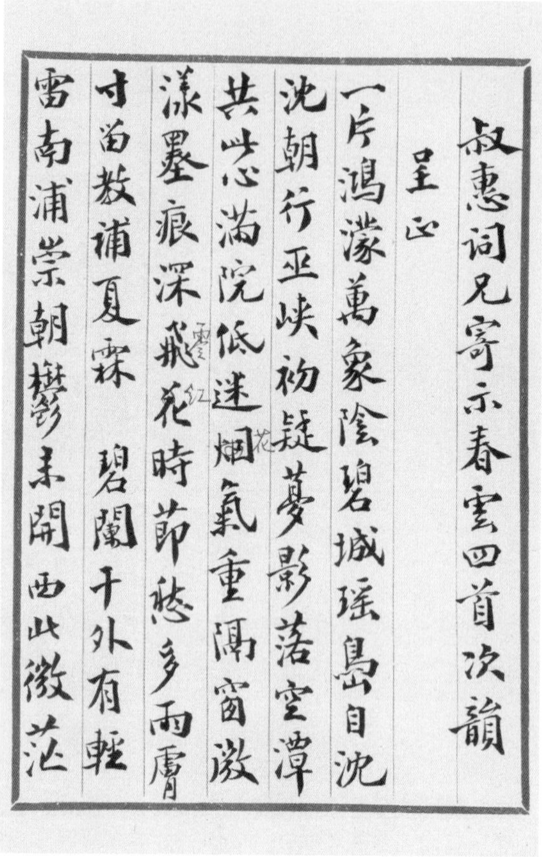

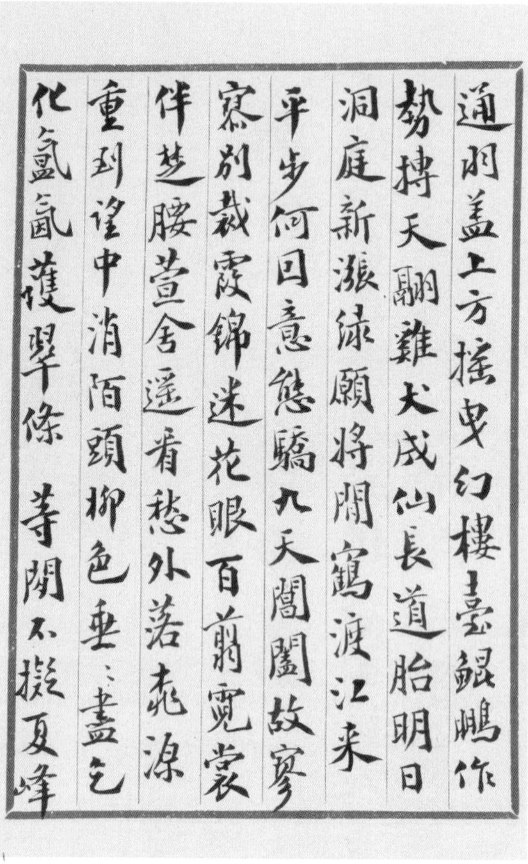

二

蘇文擢行書詩

三頁

釋文

叔惠詞兄寄示春雲四首次韻呈正

一片鴻濛萬象陰，碧城瑤島自沈沈。

朝行巫峽初疑夢，影落空潭共此心。

滿院低迷花氣重，隔窗微漾墨痕深。

零紅時節愁多雨，膚寸留教補夏霖。

碧闌干外有輕雷，南浦崇朝鬱未開。

西北微茫

通羽蓋，上方搖曳幻樓臺。

鯤鵬作勢摶天翮，雞犬成仙長道胎。

明日洞庭新漲綠，願將閒鶴渡江來。

平步何因意態驕，九天閶闔故寥寥。

別裁霞錦迷花眼，百翦霓裳伴楚腰。

萱舍遙看愁外落，桃源重到望中消。

陌頭柳色垂垂盡，乞化氤氳護翠條。

等閒不擬夏峰

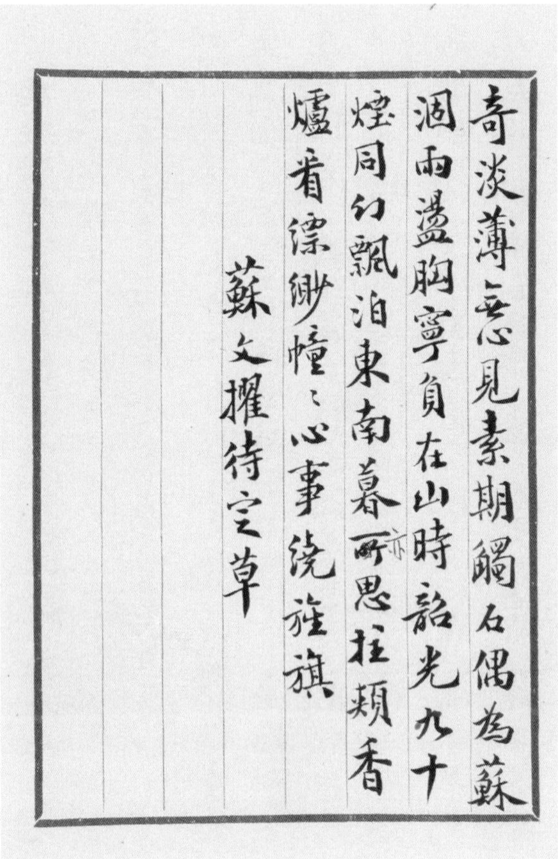
奇淡薄無心見素期觸石偶為蘇
涸雨盪胸寧負在山時韶光九十
煙同幻飄泊東南暮亦思拄頰香
爐看縹緲幢幢心事繞旌旗
蘇文擢待定草

奇，淡薄無心見素期。
觸石偶為蘇涸雨，盪胸寧負在山時。
韶光九十煙同幻，飄泊東南暮亦思。
拄頰香爐看縹緲，幢幢心事繞旌旗。
蘇文擢待定草。

按

此蘇文擢七律〈春雲步叔惠均〉載《邃加室詩文集》頁二零七，蓋寫於六十年代，刊本有異文，第一首作「一片鴻溟萬象陰」、「浮窗微漾墨痕深」；第二首「雞犬成仙息道胎」、「願將閒鶴過江來」；第三首「別裁霞飾迷花眼」、「乞化氤氳護早條」；第四首「處閒寧出夏峰奇」、「觸石要為天下潤，盪胸曾記岱山姿。韶華九十同煙幻，爽颯東南起暮思。」

三

蘇文擢行書詩

四頁

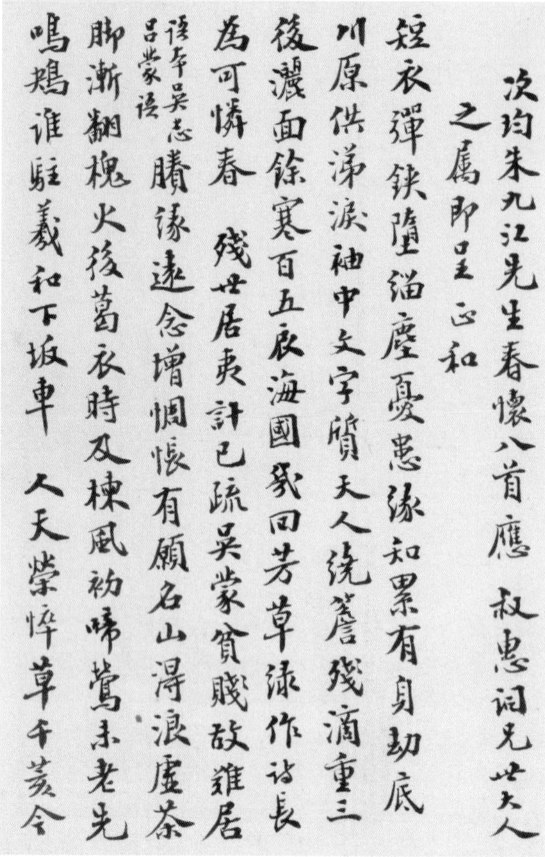

釋文

次均朱九江先生春懷八首，應叔惠詞兄世大人之屬，即呈正和

短衣彈鋏墮緇塵，憂患緣知累有身。
劫底川原供涕淚，袖中文字質天人。
繞簷殘滴重三後，灑面餘寒百五辰。
海國幾回芳草綠，作詩長為可憐春。

殘世居夷計已疏，吳蒙貧賤故難居（語本吳志，呂蒙語）。
膭緣遠念增惆悵，有願名山渫浪虛。
荼腳漸翻槐火後，葛衣時及楝風初。
啼鶯未老先鳴鴂，誰駐羲和下坂車。

人天榮悴草千荄，今

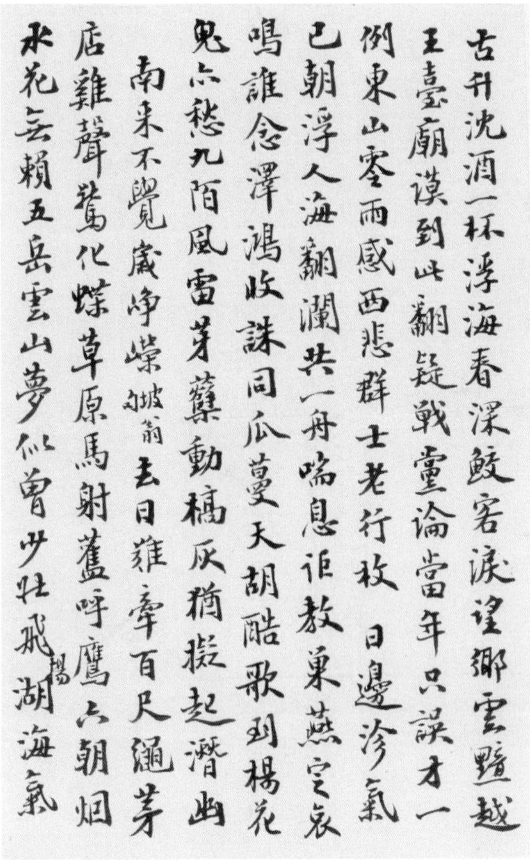

古升沈酒一杯。
浮海春深鮫客淚，望鄉雲黯越王臺。
廟謨到此翻疑戰，黨論當年只誤才。
一例東山零雨感，西悲群士老行枚。

日邊沴氣已朝浮，人海翻瀾共一舟。
喘息詎教巢燕定，哀鳴誰念澤鴻收。
誅同瓜蔓天胡酷，歌到楊花鬼亦愁。
九陌風雷芽蘗動，槁灰猶擬起潛幽。

南來不覺歲崢嶸（坡翁句），去日難牽百尺繩。
茅店雞聲驚化蝶，草原馬射舊呼鷹。
六朝烟水花無賴，五岳雲山夢似曾。
少壯飛揚湖海氣，

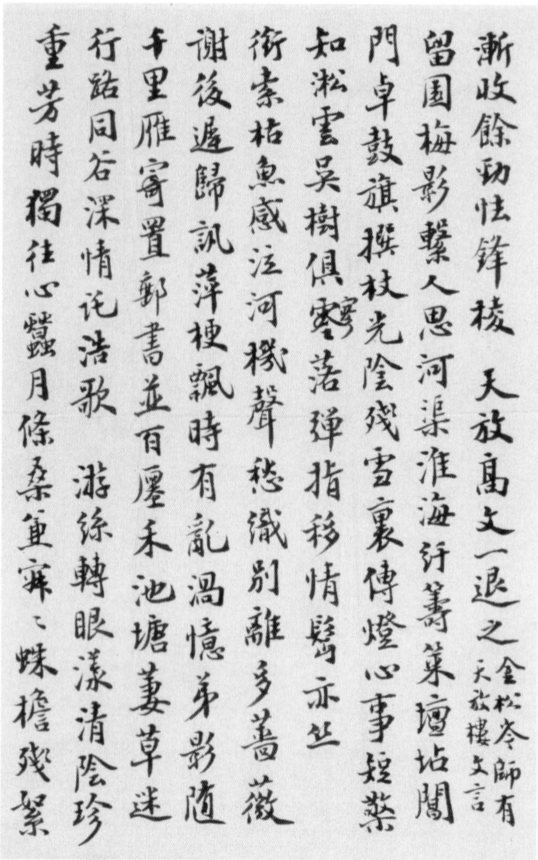

漸收餘勁怯鋒棱。

天放高文一退之（金松岑師有天放樓文言），留園梅影繫人思。

河渠淮海紆籌策，壇坫閭門卓鼓旗。

撰杖光陰殘雪裏，傳燈心事短檠知。

淞雲吴樹俱寥落，彈指移情鬢亦絲。

銜索枯魚感泣河，機聲愁識別離多。

薔薇謝後遲歸訊，萍梗飄時有亂渦。

憶弟影隨千里雁，置郵書並百廛禾。

池塘萋草迷行路，同谷深情託浩歌。

游絲轉眼漾清陰，珍重芳時獨往心。

蠶月條桑兼寂寂，蛛檐殘絮

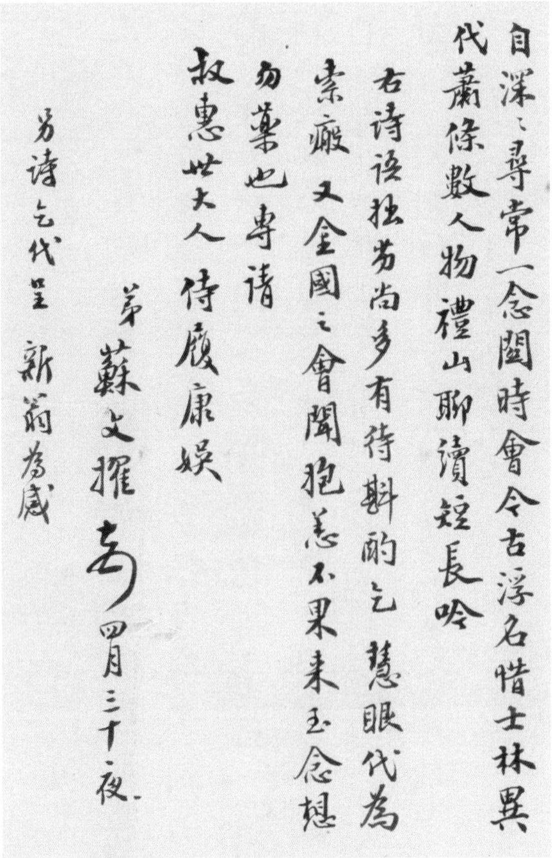

自深深。

尋常一念關時會，今古浮名惜士林。

異代蕭條數人物，禮山聊續短長吟。

右詩語拙劣尚多，有待斟酌，乞慧眼代為索瘢。又金國之會，聞抱恙不果來，至念，想勿藥也。專請，叔惠世大人侍履康娛。弟蘇文擢頓首，四月三十夜。

另詩乞代呈新翁為感。

按

蘇文擢四月三十日致此詩函與何叔惠，未獲覆，隨後六月五日再去信談及此事，有句「前寄春懷八首，未蒙嗣音」，參〈邃加室手札冊甲〉第二十七通。

四

蘇文擢行書詩

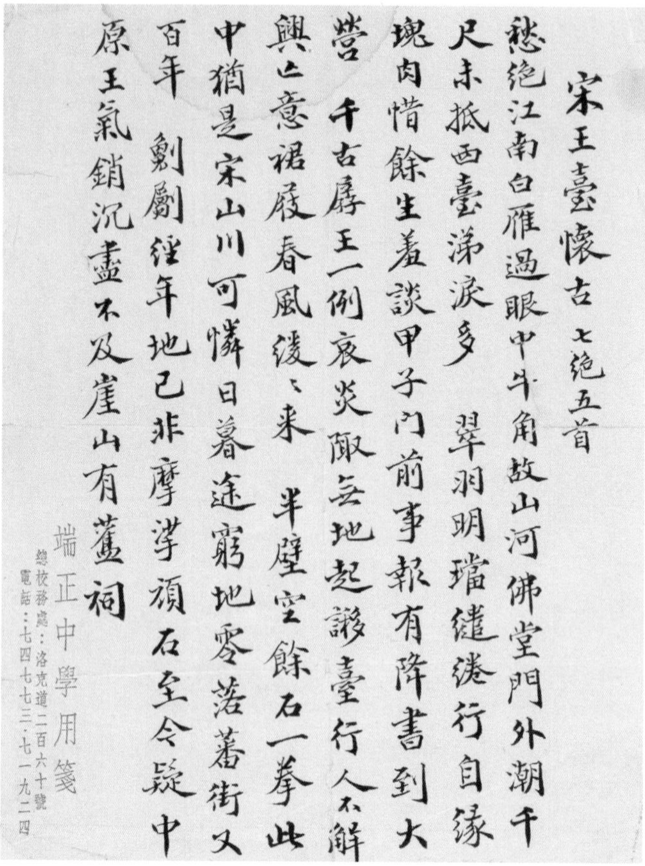
宋王臺懷古 七絕五首
愁絕江南白雁過眼中牛角故山河佛堂門外潮千尺未抵西臺涕淚多　翠羽明瑠繾綣行自緣塊肉惜餘生羞談甲子門前事報有降書到大營　千古孱王一例哀炎陬無地起誃臺行人不解興亡意裙屐春風緩緩来　半壁空餘石一拳此中猶是宋山川可憐日暮途窮地零落蕃街又百年　劖劚經年地已非摩挲頑石至今疑中原王氣銷沉盡不及崖山有舊祠
端正中學用箋
總校務處：洛克道二百六十號
電話：七四七七三·七一九二四

釋文

宋王臺懷古七絕五首

愁絕江南白雁過，眼中牛角故山河。
佛堂門外潮千尺，未抵西臺涕淚多。

翠羽明瑠繾綣行，自緣塊肉惜餘生。
羞談甲子門前事，報有降書到大營。

千古孱王一例哀，炎陬無地起誃臺。
行人不解興亡意，裙屐春風緩緩來。

半壁空餘石一拳，此中猶是宋山川。
可憐日暮途窮地，零落蕃街又百年。

劖劚經年地已非，摩挲頑石至今疑。
中原王氣銷沉盡，不及崖山有舊祠。

按

蘇文擢六十年代撰詩〈宋皇臺懷古兼呈簡又文先生〉，載《邃加室詩文集》頁二三三，刊本七絕六首，與此手稿稍異，刊本第一首作「眼中一角故山河」，第二首作「葆翠明瑠繾綣行」，第三首作「炎洲無地起誃臺」，第四首作「可憐一往蒙塵地，淪落蕃街又百年」，第四首作「劖斸經年事已非」。第六首未見於手稿，云：「管領炎洲七百春，宋台秋唱及蕭辰。茫茫覽古知誰繼，南海而今有替人（又文先生時輯宋王臺集）。」

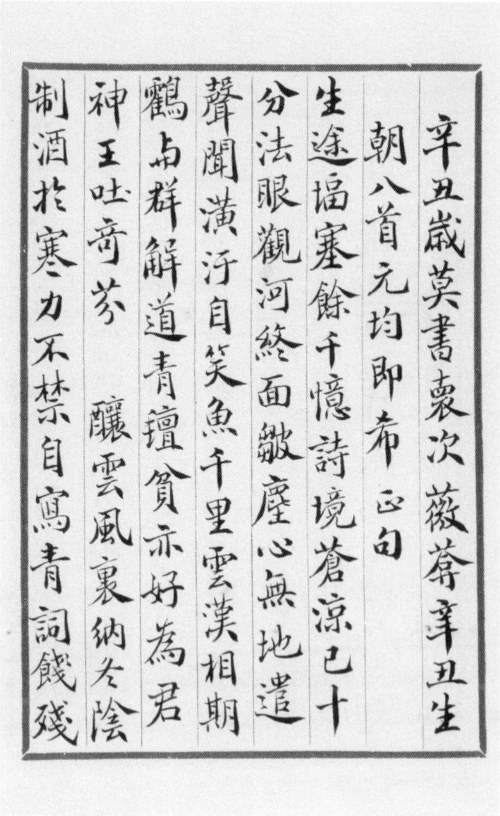

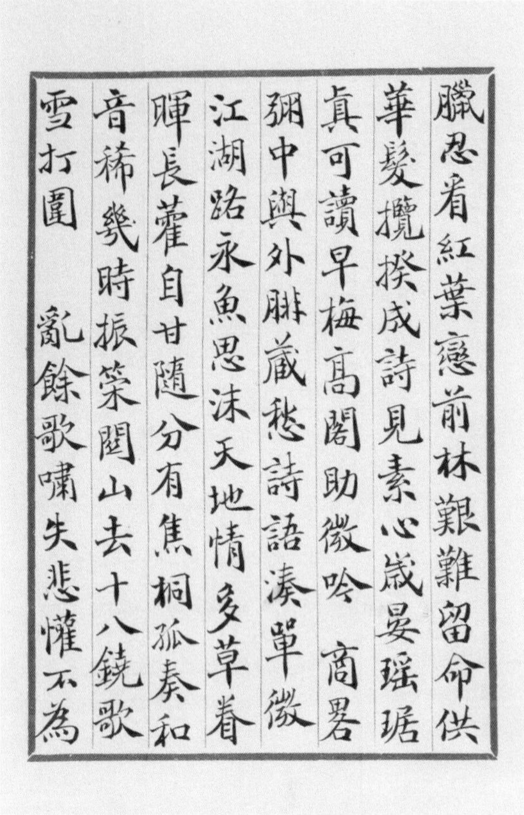

五

蘇文擢行楷詩

六頁

一九六二年

釋文

辛丑歲莫書褱次薇莽辛丑生朝八首元均，即希正句（一）

生途塥塞餘千憶，詩境蒼涼已十分。
法眼觀河終面皺，塵心無地遣聲聞。
漢汙自笑魚千里，雲漢相期鶴與群。
解道青氈貧亦好，為君神王吐奇芬。

釀雲風裏納冬陰，制酒於寒力不禁。
自寫青詞餞殘
臘，忍看紅葉戀前林。
艱難留命供華髮，攬揆成詩見素心。
歲晏瑤琚真可讀，早梅高閣助微吟。

商略彌中與外腓，藏愁詩語湊單微。
江湖路永魚思沫，天地情多草眷暉。
長藿自甘隨分有，焦桐孤奏和音稀。
幾時振策關山去，十八鐃歌雪打圍。

亂餘歌嘯失悲懽，不為

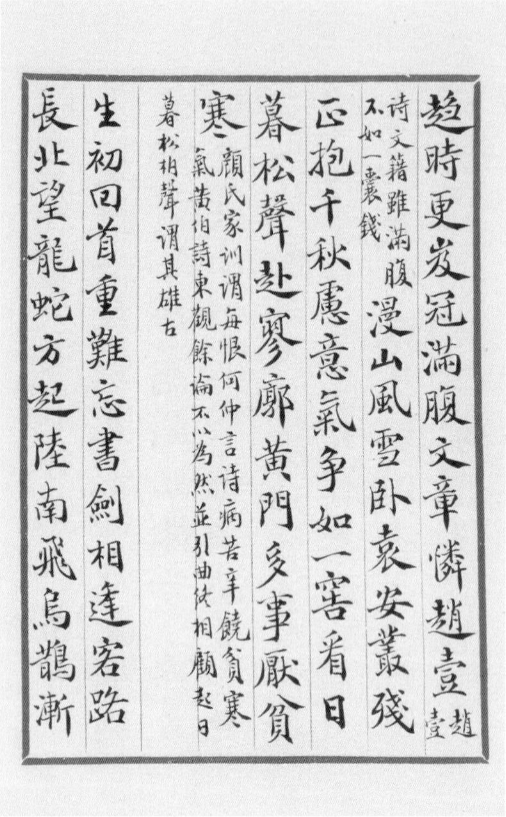

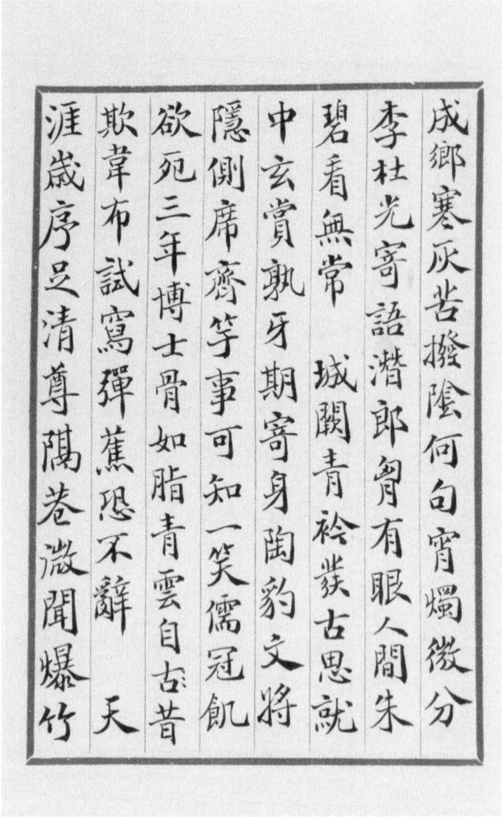

趨時更岌冠。滿腹文章憐趙壹（趙壹詩：文籍雖滿腹，不如一囊錢），漫山風雪卧袁安。叢殘正抱千秋慮，意氣爭如一窖看。日暮松聲赴寥廓，黃門多事厭貧寒（顏氏家訓謂：每恨何仲言詩病苦辛，饒貧寒氣；黃伯詩東觀餘論不以為然，㈡並引曲終相顧起，日暮松柏聲，謂其雄古）。

生初回首重難忘，書劍相逢客路長。北望龍蛇方起陸，南飛烏鵲漸成鄉。寒灰苦撥陰何句，宵燭微分李杜光。寄語潛郎胸有眼，人間朱碧看無常。

城闕青衿發古思，就中玄賞孰牙期。寄身陶豹文將隱，側席齊竽事可知。一笑儒冠飢欲死，三年博士骨如脂。青雲自昔欺韋布，試寫彈蕉恐不辭。

天涯歲序足清尊，隔巷微聞爆竹

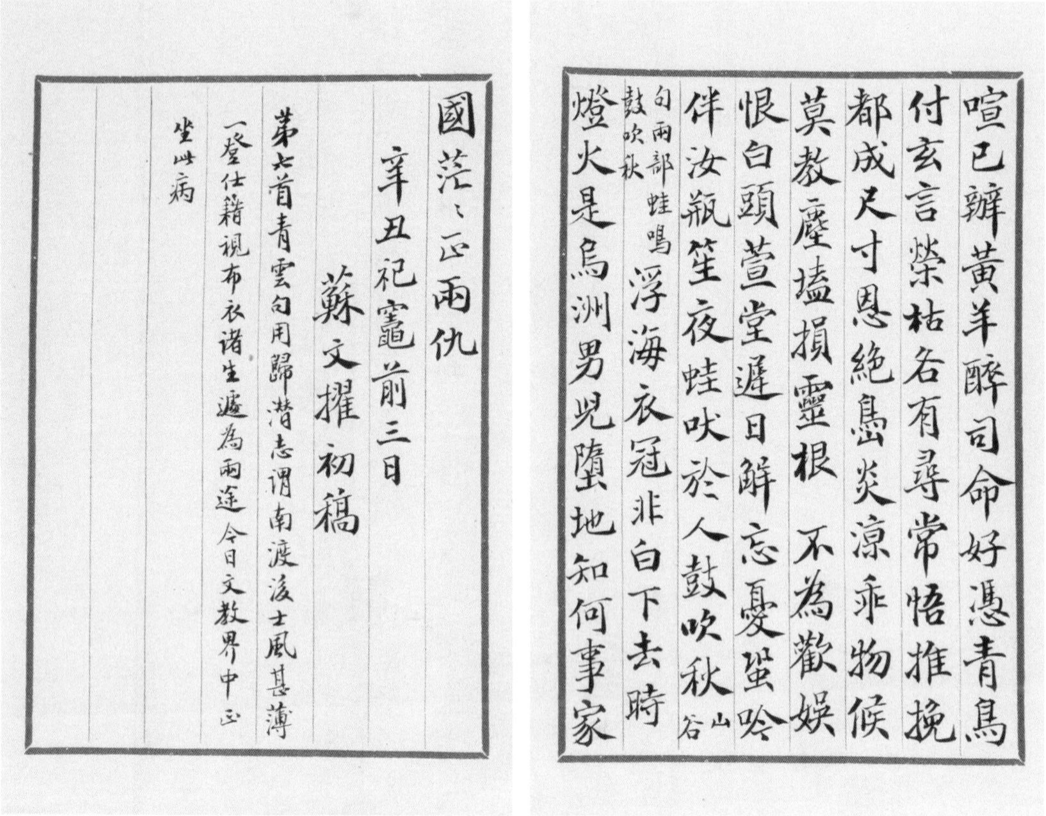

喧。
已辦黃羊醉司命，好憑青鳥付玄言。
榮枯各有尋常悟，推挽都成尺寸恩。
絕島炎涼乖物候，莫教塵壒損靈根。
不為歡娛恨白頭，萱堂遲日解忘憂。
蛩吟伴汝瓶笙夜，蛙吠於人鼓吹秋（山谷句：兩部蛙鳴鼓吹秋）。
浮海衣冠非白下，去時燈火是烏洲。
男兒墮地知何事，家

國茫茫正兩仇。

辛丑祀竈前三日，蘇文耀初稿。

第七首青雲句用歸潛志，謂南度後士風甚薄，一登仕籍，視布衣諸生遞為兩途，今日文教界中正坐此病。

按

一、何叔惠己未年十月廿五日即一九一九年十二月二日出生，辛丑年生辰撰〈辛丑生朝〉七律八首，蘇文擢、馮漸逵、何鏡宇、潘新安、徐靜遠及高澤浦等有和詩，此詩函錄蘇文擢辛丑祀竈前三日即一九六二年初和詩八首，附於其〈邃加室手札冊甲〉第二十六通信函後。多年後一九七九年，陳秉昌檢出何叔惠〈辛丑生朝〉原唱手稿，和韻八首，並屬何叔惠題詩於後，何叔惠遂撰〈己未〉七律一首并詩小序介紹〈辛丑生朝〉唱和因緣。何叔惠〈辛丑生朝〉載《薇盦存稿》下冊頁一五三至一五四；〈己未〉載《薇盦存稿》下冊頁一六六。

二、黃伯思（一零七九－一一一八）所撰《東觀餘論》。

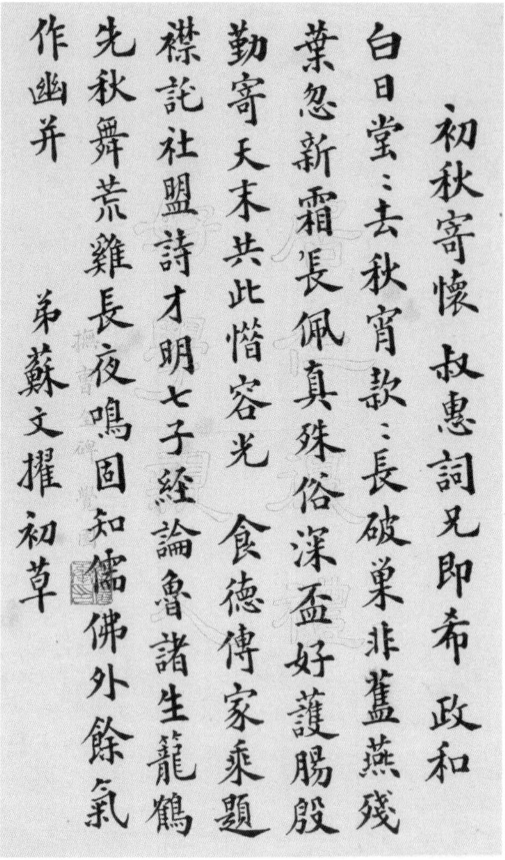

六

蘇文擢楷書詩

釋文

初秋寄懷叔惠詞兄即希政和

白日堂堂去，秋宵款款長。破巢非舊燕，殘葉忽新霜。長佩真殊俗，深盃好護腸。殷勤寄天末，共此惜容光。食德傳家乘，題襟託社盟。詩才明七子，經論魯諸生。籠鶴先秋舞，荒雞長夜鳴。固知儒佛外，餘氣作幽并。

弟蘇文擢初草。

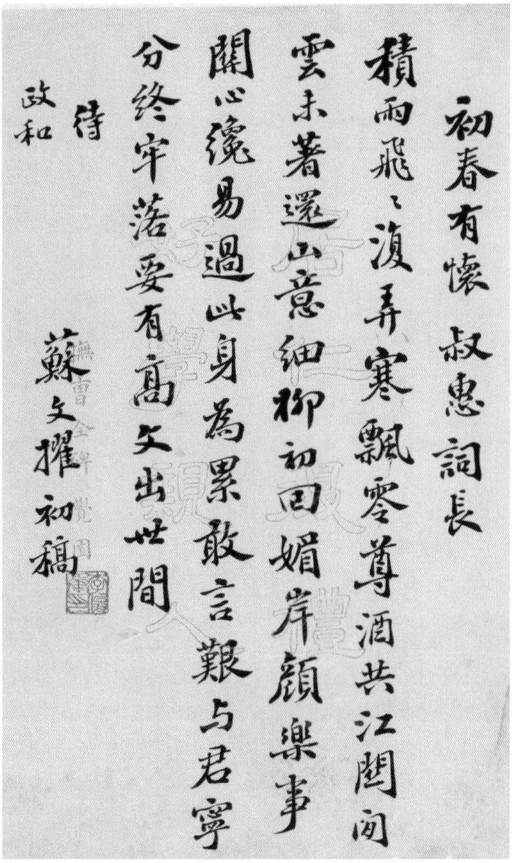

七

蘇文擢行書詩

釋文

初春有懷叔惠詞長

積雨飛飛復弄寒，飄零尊酒共江關。

閒雲未著還山意，細柳初回媚岸顏。

樂事關心纔易過，此身為累敢言艱。

與君寧分終牢落，要有高文出世間。

待政和，蘇文擢初草稿。

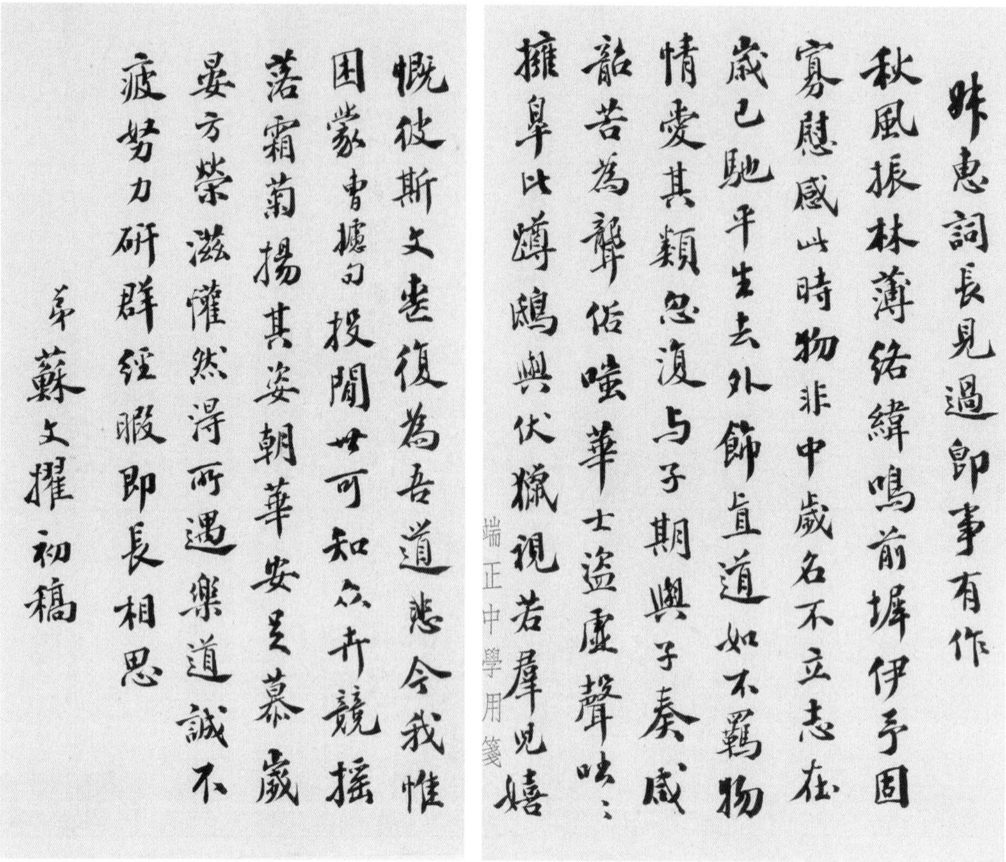

八

蘇文擢行書詩

二頁

釋文

叔惠詞長見過即事有作

秋風振林薄，絡緯鳴前墀。伊予固寡慰，感此時物非。中歲名不立，志在歲已馳。平生去外飾，直道如不羈。物情愛其類，忽復與子期。與子奏咸韶，苦為聾俗嗤。華士盜虛聲，咄咄擁皋比。蹲鴟與伏獵，視若群兒嬉。慨彼斯文喪，復為吾道悲。今我惟困蒙（曹攄句），投閒世可知。

眾卉競搖落，霜菊揚其姿。朝華安足慕，歲晏方榮滋。懽然得所遇，樂道誠不疲。努力研群經，暇即長相思。

弟蘇文擢初稿。

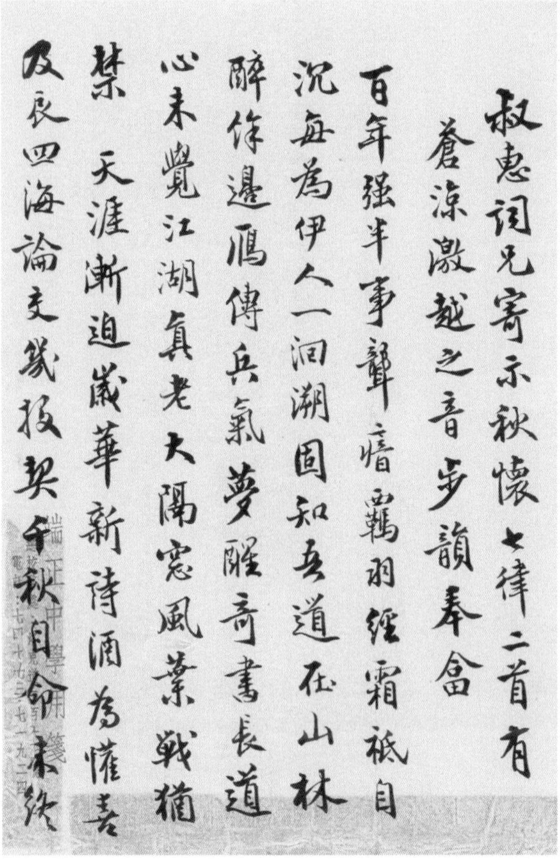

九

蘇文擢行書詩

二頁

釋文

叔惠詞兄寄示秋懷七律二首，有蒼涼激越之音，步韻奉答

百年強半事聾瘖，羈羽經霜祇自沉。每為伊人一洄溯，固知吾道在山林。醉餘邊鴈傳兵氣，夢醒奇書長道心。未覺江湖真老大，隔窗風葉戰猶禁。

天涯漸迫歲華新，詩酒為懽喜及辰。四海論交幾投契，千秋自命未終

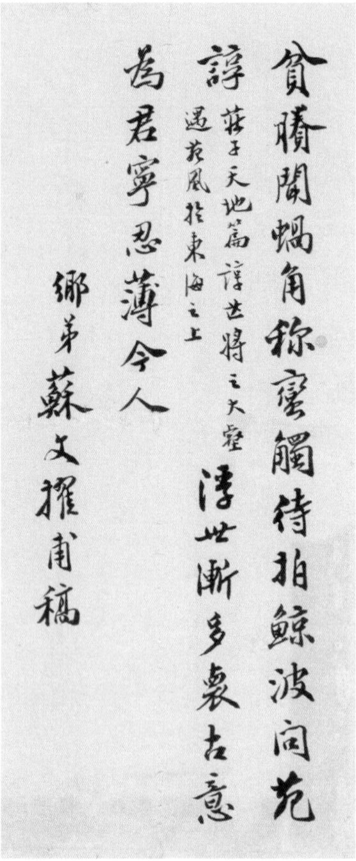

貧。

賸聞蝸角稱蠻觸，待拍鯨波問苑諄（莊子天地篇諄芒將之大壑，遇苑風於東海之上）。

浮世漸多褭古意，為君寧忍薄今人。

鄉弟蘇文擢甫稿。

按

何叔惠七律原唱載《薇盦存稿》下冊一七二，詩題〈騰騰〉，原唱其一云「眾口騰騰我欲瘖，秋來風雨更冥沉。五更畫角傳邊塞，九日丹楓染上林。學佛未能忘我相，投荒寧忍負初心。停車坐守天涯遠，翠袖羈零漸不禁」；其二云「白日吹霜上鬢新，黃花開落此蕭辰。生多憂患遑言老，室有琴書亦笑貧。一士立身成諤諤，百年虛願悔諄諄。青氈敢詡吾家物，著片豬肝苦累人。」

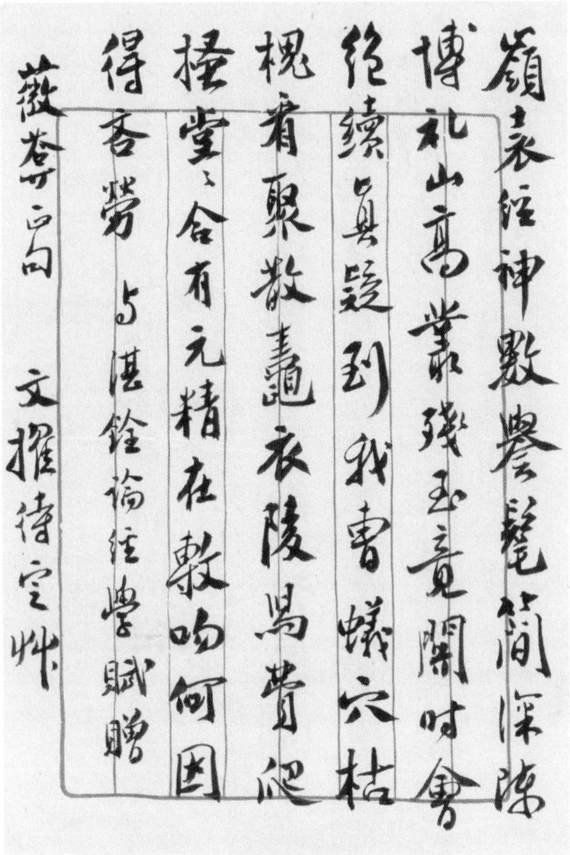

十　蘇文擢行書詩

釋文

嶺表經神數譽髦，簡深陳博禮山高。
叢殘至竟關時會，絕續真疑到我曹。
蟻穴枯槐看聚散，蠹衣陵舄費爬搔。
堂堂合有元精在，敷吻何因得吝勞。
與湛銓論經學賦贈薇蓀正句。文擢待定艸。

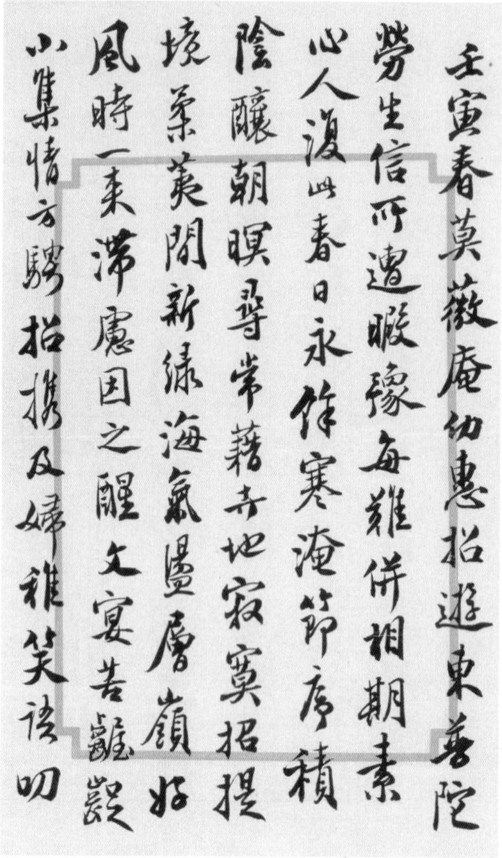

十一

蘇文擢行書詩

二頁

一九六二年

釋文

壬寅春莫薇庵幼惠招遊東普陀

勞生信所遭，暇豫每難併。相期素心人，復此春日永。
餘寒淹節序，積陰釀朝暝。尋常藉卉地，寂寞招提境。
柔荑間新綠，海氣盪層嶺。好風時一來，滯慮因之醒。
文宴苦齷齪，小集情方騁。招携及婦稚，笑語叨

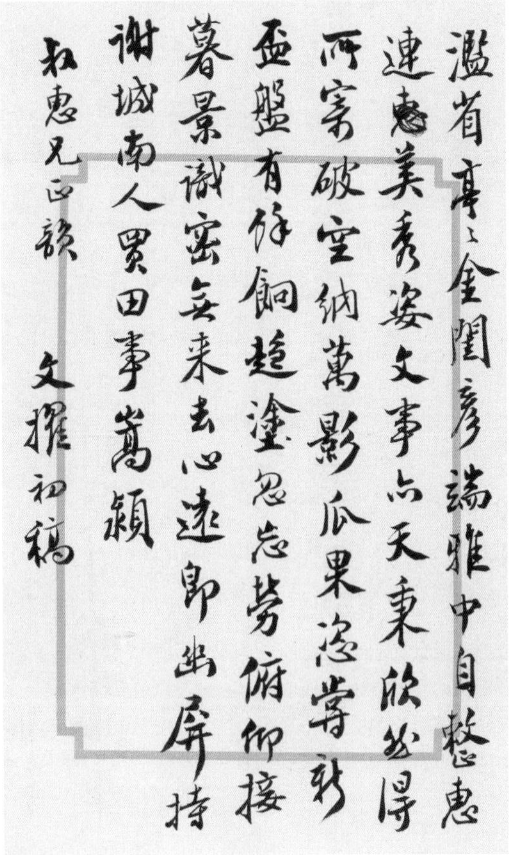

濫省。亭亭金閨彥，端雅中自整。
惠連美秀姿，文事亦天秉。欣然得所寄，破空納萬影。
瓜果姿嘗新，盃盤有餘餉。趨塗忽忘勞，俯仰接暮景。
識密無來去，心遠即幽屏。持謝城南人，買田事嵩潁。
叔惠兄正韻，文擢初稿。

按

一九六二年春，蘇文擢與何叔惠昆仲遊荃灣東普陀講寺，蘇文擢撰此五古，附於〈邃加室手札冊甲〉第三通信函後。五古載《邃加室詩文集》頁一五四，詩題〈壬寅春莫叔惠幼惠同遊東普陀〉，刊本有異文，作「勞生信所遭，豫遊每難併。相逢素心人，復此春日永。餘寒淹節序，積陰釀朝暝。尋常藉卉地，寂寞招提境。柔荑間新綠，海氣遞前嶺。好風時一來，沾滯與之醒。文宴苦拘縛，小集情方騁。欣然得所寄，破空納萬影（幼惠攝影記遊）。瓜果新已嘗，盈盤有餘飣。趨途忽忘勞，俯仰接暮景。識密無來去，心遠即幽屏。持謝城南人，買田事嵩潁。」

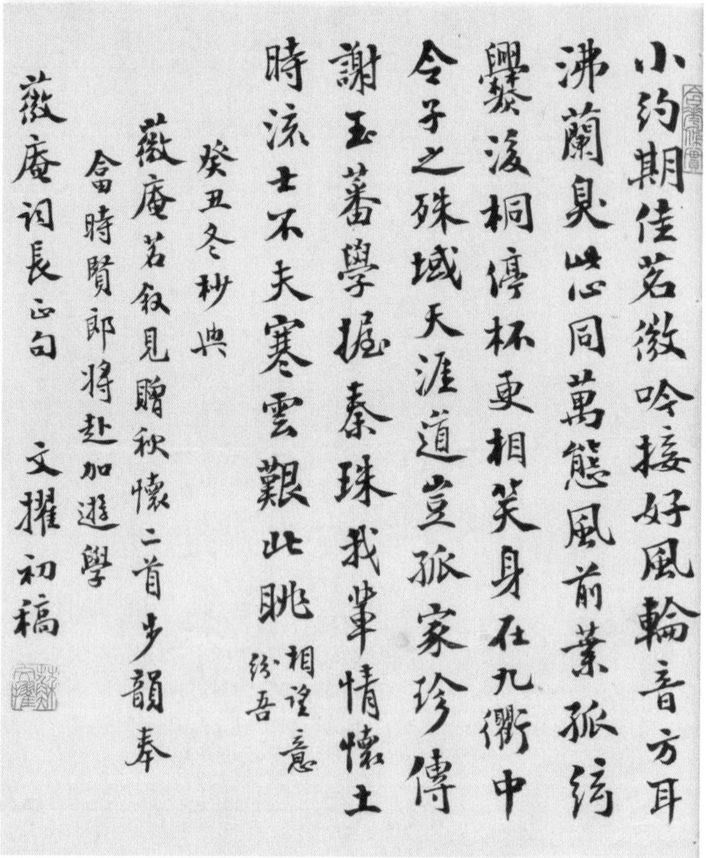

十二

蘇文擢行書詩

一九七四年

釋文

小約期佳茗，微吟接好風。輪音方耳沸，蘭臭此心同。
萬態風前葉，孤弦爨後桐。停杯更相笑，身在九衢中。
令子之殊域，天涯道豈孤。家珍傳謝玉，蓄學握秦珠。
我輩情懷土，時流士不夫。寒雲艱北眺，相望意紛吾。
癸丑冬杪與薇庵茗敘，見贈秋懷二首步韻奉答，時賢郎將赴加遊學。
薇庵詞長正句，文擢初稿。

按

此五律二首和韻何叔惠詩〈癸丑秋暮寄文擢〉，蓋附於〈邃加室手札冊乙〉第八通信函後；何氏原唱載《薇盦存稿》上冊頁一零八。又何叔惠子嗣何慶章赴加拿大升學之相關信函參〈邃加室手札冊乙〉第四通。

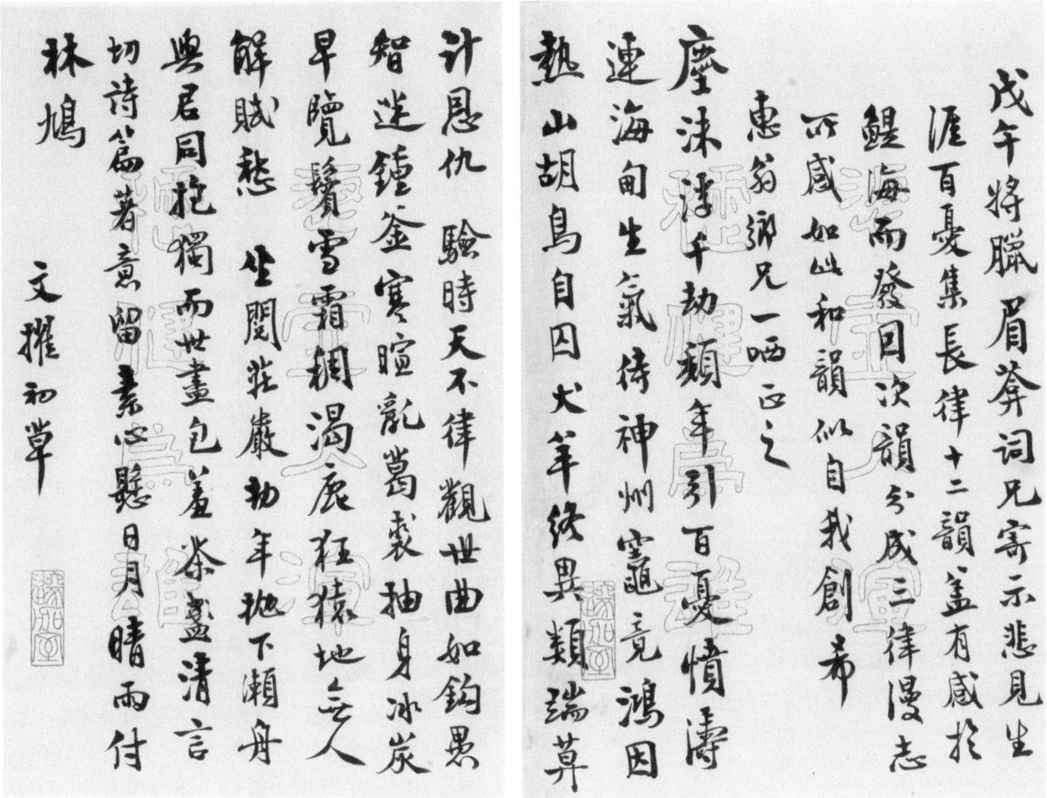

十三

蘇文擢行書詩

二頁

一九七八年

釋文

戊午將臘，眉蕣詞兄寄示悲見生涯百憂集長律十二韻，蓋有感於鯷海而發，因次韻分成三律，慢志所感，如此和韻似自我創，希惠翁鄉兄一哂正之

塵沫浮千劫，頹年引百憂。憤濤連海甸，生氣待神州。竈竟鴻因熱，山胡鳥自囚。犬羊終異類，端莫計恩仇。

驗時天不律，觀世曲如鈎。愚智迷鍾釜，寒暄亂葛裘。抽身冰炭早，覽鬢雪霜稠。渴鹿狂猿地，無人解賦愁。

坐閱莊嚴劫，年拋下瀨舟。與君同抱獨，而世盡包羞。茶盞清言切，詩篇著意留。素心懸日月，晴雨付林鳩。

文擢初草。

按

此詩蓋附於〈邃加室手札冊甲〉第十六通信函後，待考。

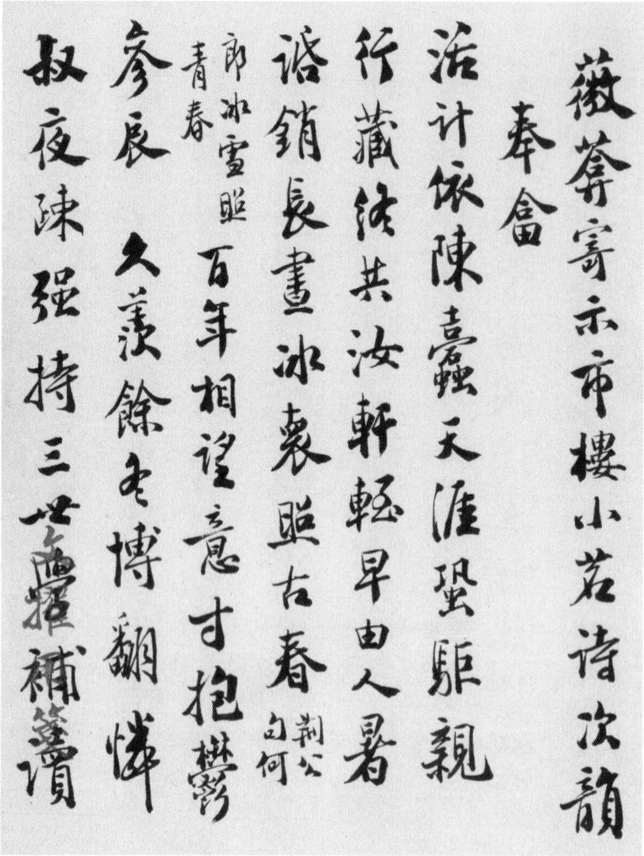

十四

蘇文擢行書詩

二頁

一九六三年

釋文

薇蕣寄示市樓小茗詩次韻奉答

活計依陳蠹，天涯蛩駏親。行藏終共汝，軒輕早由人。暑話銷長晝，冰褱照古春（荊公句：何郎冰雪照青春）。百年相望意，寸抱鬱參辰。

久羡餘冬博，翻憐叔夜疎。強持三世學，補讀

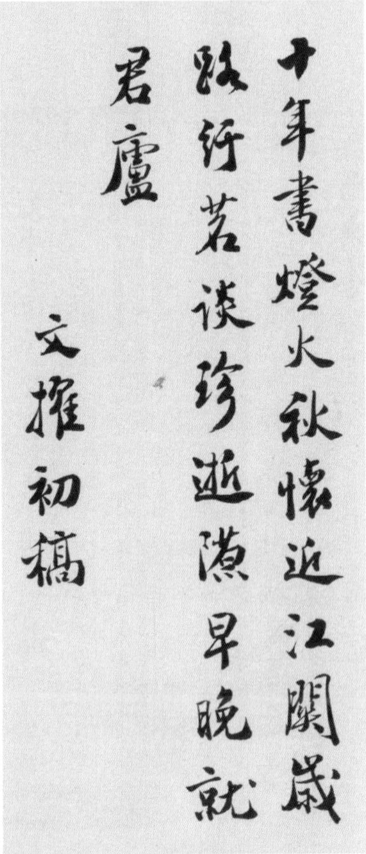
十年書燈火秋懷近江關歲路紆茗談珍逝隙早晚就君廬
文擢初稿

十年書。
燈火秋懷近，江關歲路紆。茗談珍逝隙，早晚就君廬。
文擢初鎬。

按

一九六三年，何叔惠與蘇文擢市樓小茗，撰〈市樓小茗同蘇九〉五律二首，載《薇盦存稿》上冊頁九四，蘇文擢隨後和韻撰此〈次均何叔惠見寄〉，載《邃加室詩文集》頁一九零。刊本與此手稿稍異，第一首作「學古依陳蠹，天涯蛩蚷親。行藏資閱世，軒輊早由人。著話銷長晝，冰懷照古春（王荊公句：何郎冰雪照青春）。向來相望意，寸抱鬱星辰。」第二首作「久羨餘冬博，翻慚叔夜疏。強持三世學，補讀十年書。燈火秋懷近，江關客路餘。茗談珍逝隙，早晚就君廬。」

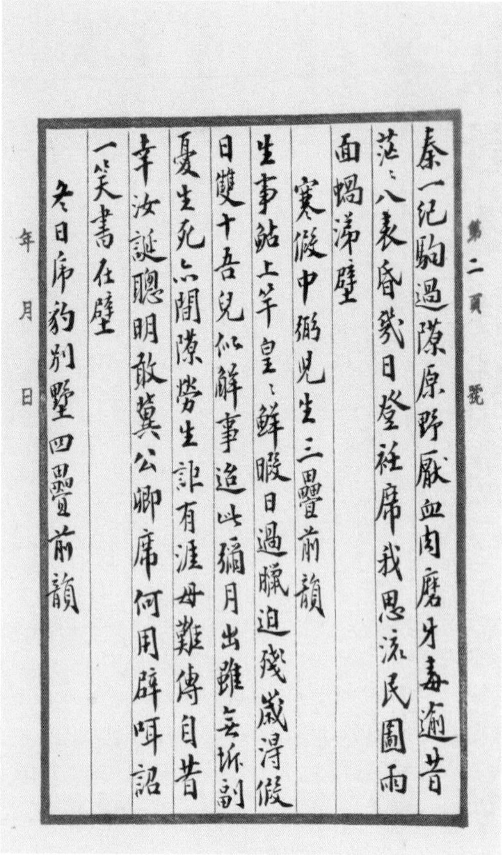

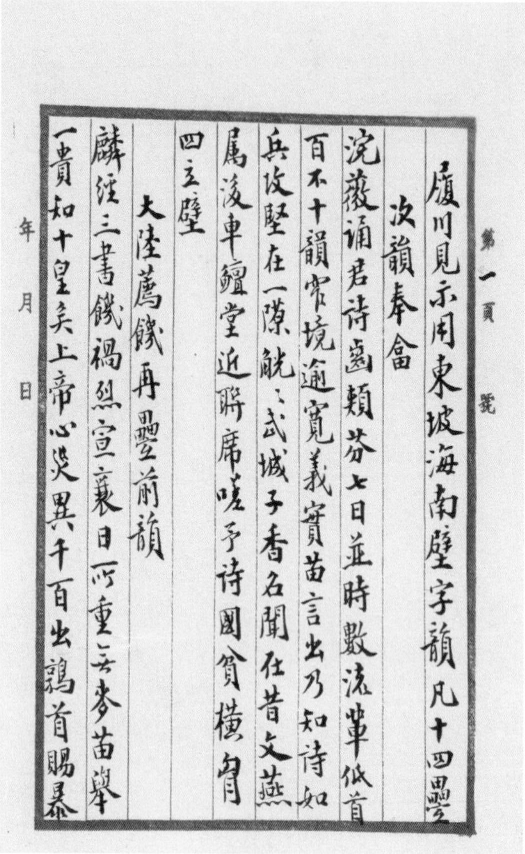

十五

蘇文擢行書詩

七頁

一九六零年、一九六一年

釋文

履川見示用東坡海南壁字韻凡十四疊次韻奉答

浣薇誦君詩，齒頰芬七日。並時數流輩，低首百不十。
韻窄境逾寬，義實苗言出。乃知詩如兵，攻堅在一隙。
觥觥武城子，香名聞在昔。文燕屬後車，鱣堂近聯席。
嗟予詩國貧，橫胸四立壁。

大陸薦饑再疊前韻

麟經三書饑，禍烈宣襄日。所重無麥苗，舉一貴知十。
皇矣上帝心，災異千百出。鶉首賜暴
秦，一紀駒過隙。原野厭血肉，磨牙毒逾昔。
茫茫八表昏，幾日登衽席。我思流民圖，雨面蝸涕壁。

寒假中弼兒生三疊前韻

生事鮎上竿，皇皇鮮暇日。過臘迫殘歲，得假日雙十。
吾兒似解事，迨此彌月出。雖無坼副憂，生死亦間隙。
勞生詎有涯，母難傳自昔。幸汝誕聰明，敢冀公卿席。
何用辟唓詔，一笑書在壁。

冬日虎豹別墅四疊前韻

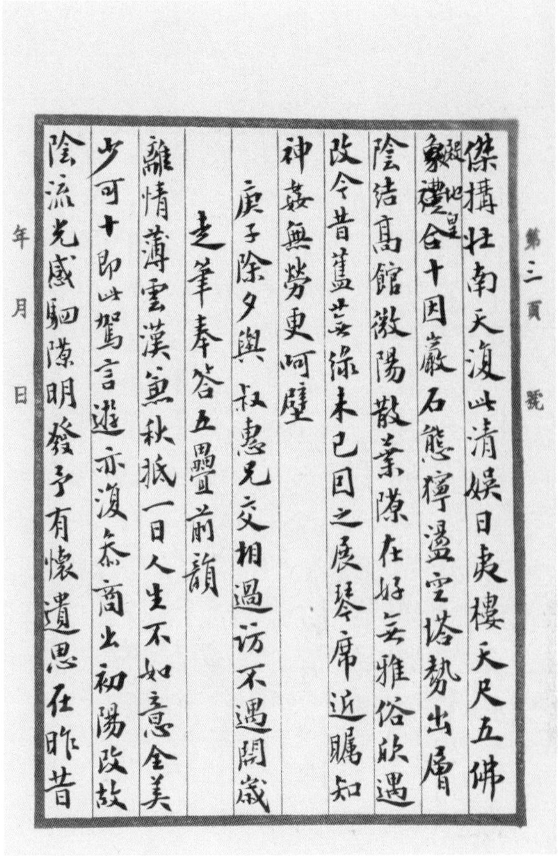

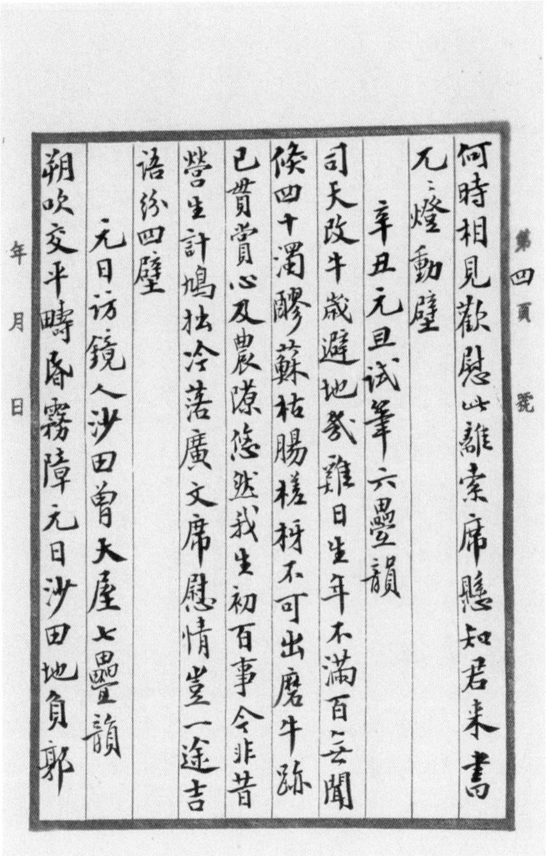

傑搆壯南天，復此清娛日。夷樓天尺五，佛殿地皇十。因巖石態獰，盪空塔勢出。層陰結高館，微陽散葉隙。在好無雅俗，欣遇改今昔。舊無錄未已，因之展琴席。近矚知神姦，無勞更呵壁。

庚子除夕與叔惠兄交相過訪不遇，開歲走筆奉答五疊前韻

離情薄雲漢，兼秋抵一日。人生不如意，全美少可十。即此駕言遊，亦復參商出。初陽改故陰，流光感駟隙。明發予有懷，遺思在昨昔。何時相見歡，慰此離索席。懸知君來書，兀兀燈動壁。

辛丑元旦試筆六疊韻

司天改牛歲，避地幾雞日。生年不滿百，無聞倏四十。濁醪蘇枯腸，槎枒不可出。磨牛跡已貫，賞心及農隙。悠然我生初，百事今非昔。營生計鳩拙，冷落廣文席。慰情豈一途，吉語紛四壁。

元日訪鏡人沙田曾大屋七疊韻

朔吹交平疇，昏霧障元日。沙田地負郭，

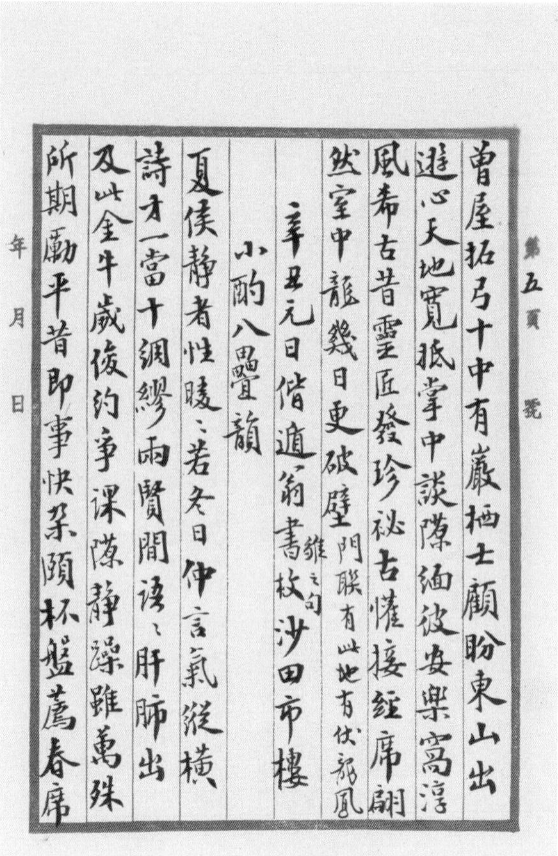
第五頁

曾屋拓弓十中有巖棲士顧盼東山出
遊心天地寬抵掌中談隙緬彼安樂窩淳
風希古昔靈匠發珍祕古懽接經席翩
然室中龍幾日更破壁門聯有此地有伏龍鳳雛之句
辛丑元日偕遁翁書枚沙田市樓
小酌八疊韻
夏侯靜者性暖暖若冬日仲言氣縱橫
詩才一當十綢繆兩賢間語語肝肺出
及此金牛歲俊約爭課隙靜躁雖萬殊
所期勵平昔即事快朶頤杯盤薦春席

年　月　日

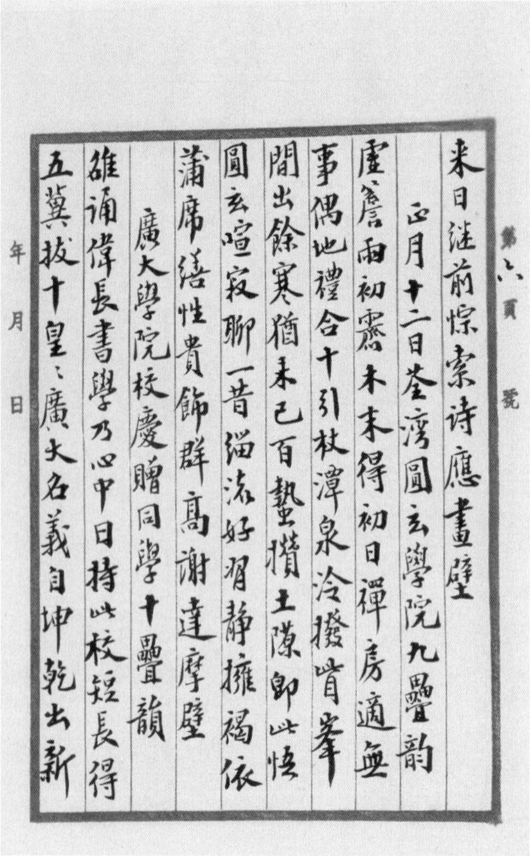
第六頁

來日繼前悰索詩應畫壁
正月十二日荃灣圓玄學院九疊韻
虛簷雨初霽木末得初日禪房適無
事偶地禮合十引杖潭泉泠撥背峯
間出餘寒猶未已百蟄攢土隙即此悟
圓玄喧寂聊一昔緇流好習靜擁褐依
蒲席繕性貴飾群高謝達摩壁
廣大學院校慶贈同學十疊韻
雒誦偉長書學乃心中日持此校短長得
五冀拔十皇皇廣大名義自坤乾出新

年　月　日

曾屋拓弓十。
中有巖棲士，顧盼東山出。遊心天地寬，抵掌中談隙。
緬彼安樂窩，淳風希古昔。靈匠發珍祕，古懽接經席。
翩然室中龍，幾日更破壁（門聯有此地有伏龍鳳雛之句）。

辛丑元日偕遁翁書枚沙田市樓小酌八疊韻

夏侯靜者性，暖暖若冬日。仲言氣縱橫，詩才一當十。
綢繆兩賢間，語語肝肺出。及此金牛歲，俊約爭課隙。
靜躁雖萬殊，所期勵平昔。即事快朶頤，杯盤薦春席。
來日繼前悰，索詩應畫壁。

正月十二日荃灣圓玄學院九疊韻

虛簷雨初霽，木末得初日。禪房適無事，偶地禮合十。
引杖潭泉泠，撥背峯間出。餘寒猶未已，百蟄攢土隙。
即此悟圓玄，喧寂聊一昔。緇流好習靜，擁褐依蒲席。
繕性貴飾群，高謝達摩壁。

廣大學院校慶贈同學十疊韻

雒誦偉長書，學乃心中日。持此校短長，得五冀拔十。
皇皇廣大名，義自坤乾出。新

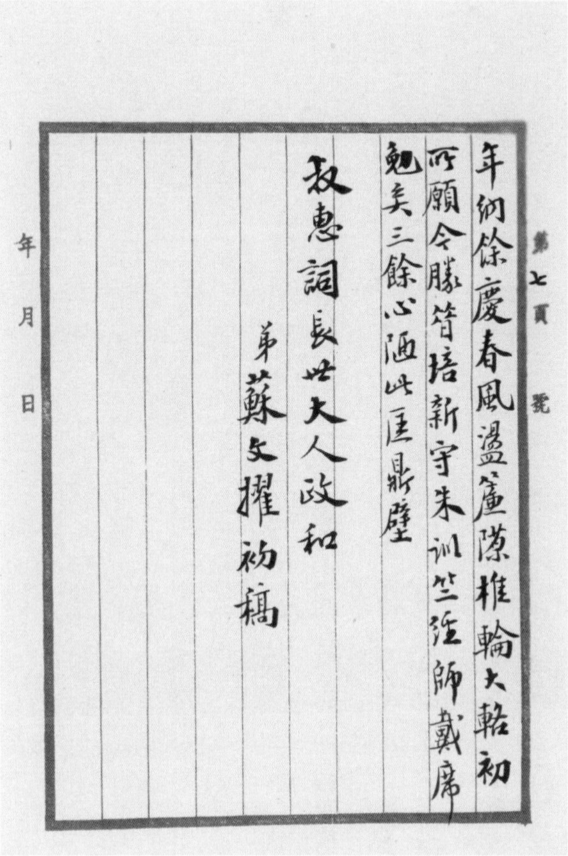

年納餘慶，春風盪簾隙。椎輪大輅初，所願今勝昔。
培新守朱訓，竺經師戴席。勉矣三餘心，陋此匡鼎壁。
叔惠詞長世大人政和。弟蘇文擢初稿。

按

一九六零、六一年間，蘇文擢應和曾克耑（履川）所撰蘇東坡海南壁字疊韻五古，撰詩逾十首，載《邃加室詩文集》頁一四四至一四七。蘇文擢鈔錄其中十首與何叔惠，此手稿與刊本稍異：

一、第一首〈履川見示用東坡壁字韻十四首次韻奉答〉，載《邃加室詩文集》頁一四四，刊本作「同時數流輩」、「自憐詩國貧，空腸立四壁」。

二、第二首〈大陸饑甚再用前韻〉，載《邃加室詩文集》頁一四四，刊本作「舉一足知十」、「天心足儆予、災異千百出」、「鶉首醉賜秦」、「幾輩登衽席」。

三、第三首〈寒假中弼兒以十二月十四日生三用前韻〉一九六一年撰，載《邃加室詩文集》頁一四四，刊本作「遑遑鮮暇日」、「在母無副憂」、「鞠育傳在昔」。相關信函參〈邃加室手札冊甲〉第三十三通。

四、第四首〈冬日遊虎豹別墅四用前韻〉，載《邃加室詩文集》頁一四五，刊本作「傑構麗南天」、「佛像禮合十」、「因巖石態稜」、「層陰抗高館」及「忻遇改今昔」，結句「無勞更呵壁」有小注「墅中壁畫多圖地獄諸相」。

五、第五首〈庚子除夕與叔惠相訪不值，開歲書來，五用前韻代柬〉一九六零年撰，載《邃加室詩文集》頁一四五，刊本作「三秋抵一日」、「慰此離悰席」、「懸知君書來」。

六、第六首〈辛丑元日試筆六用前韻〉一九六一年撰，載《邃加室詩文集》頁一四五，刊本作「磨牛跡已慣，遨頭及課隙」、「悠然念生初」、「營巢鳩計拙」。

七、第七首〈元日訪邵鏡人沙田曾大屋七用前韻〉，載《邃加室詩文集》頁一四五，刊本作「沙田負郭地」、「中有樓居者」、「淳風希在昔」、「幾日見破壁」。

八、第八首〈辛丑元日偕遯翁、叔美沙田小酌八用前韻〉一九六一年撰，載《邃加室詩文集》頁一四六，刊本作「俊約取勞隙」、「杯盤肆瓊席」、「詩板應滿壁」。

九、第九首〈初春圓玄學院九用前韻〉，載《邃加室詩文集》頁一四六，刊本作「瓦霄碧參差，前林遞初日。禪房快重來，佛地禮合十。引杖潭泉泠，撥背峯閣出。餘寒猶未已，百枅攢土隙。即此悟圓玄，生滅霎一昔。緇流好習靜，擁褐依蒲席。繕性資淑群，終辭達摩壁。」

十、手稿第十首〈廣大學院校慶贈同學十疊韻〉未見於刊本；刊本則另錄〈關德興索題其書展十用前韻〉，載《邃加室詩文集》頁一四六，未見鈔錄與何叔惠。

十一、刊本另有蘇文擢第十一首疊韻詩〈贈何遯翁惠詩十一疊前均〉，載《邃加室詩文集》頁一四七，未見鈔錄與何叔惠。

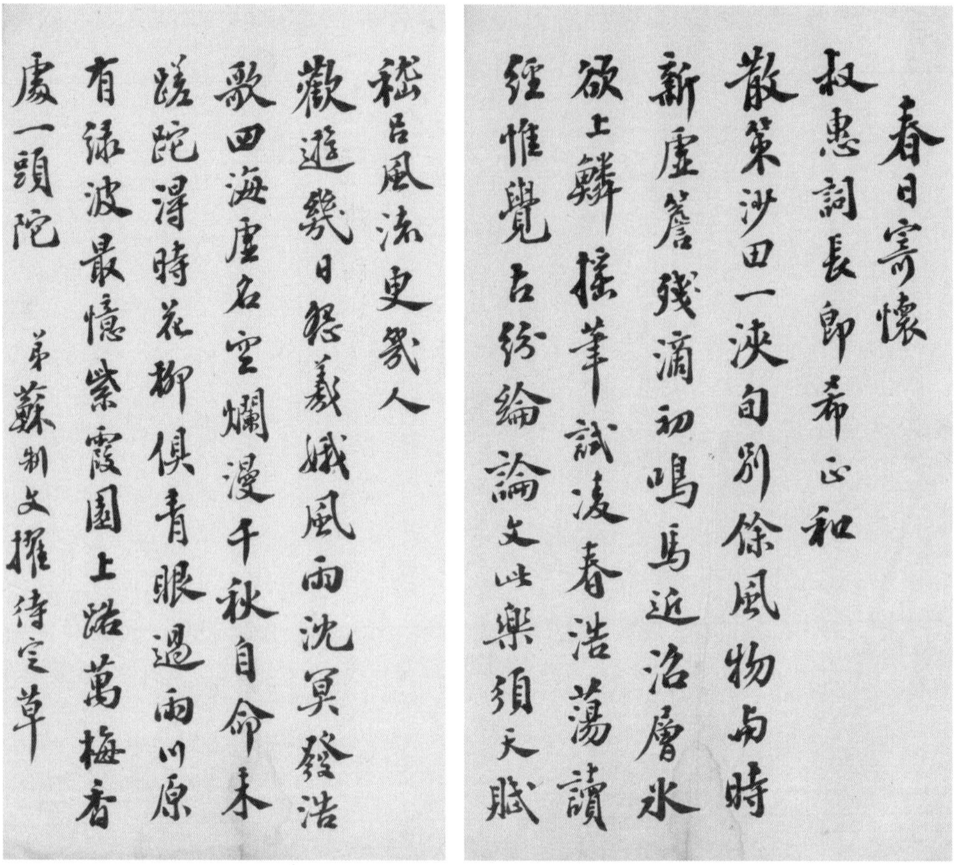

十六
蘇文擢行書詩

二頁

釋文

春日寄懷叔惠詞長即希正和

散策沙田一浹旬，別餘風物與時新。
虛簷殘滴初鳴馬，近沼層冰欲上鱗。
搖筆試凌春浩蕩，讀經惟覺古紛綸。
論文此樂須天賦，
嵇呂風流更幾人。
歡遊幾日怨羲娥，風雨沈冥發浩歌。
四海虛名空爛漫，千秋自命未蹉跎。
得時花柳俱青眼，過雨川原有綠波。
最憶紫霞園上路，萬梅香處一頭陀。
弟蘇制文擢待定草。

按

此詩附於〈邃加室手札冊甲〉第四十四通信函後。

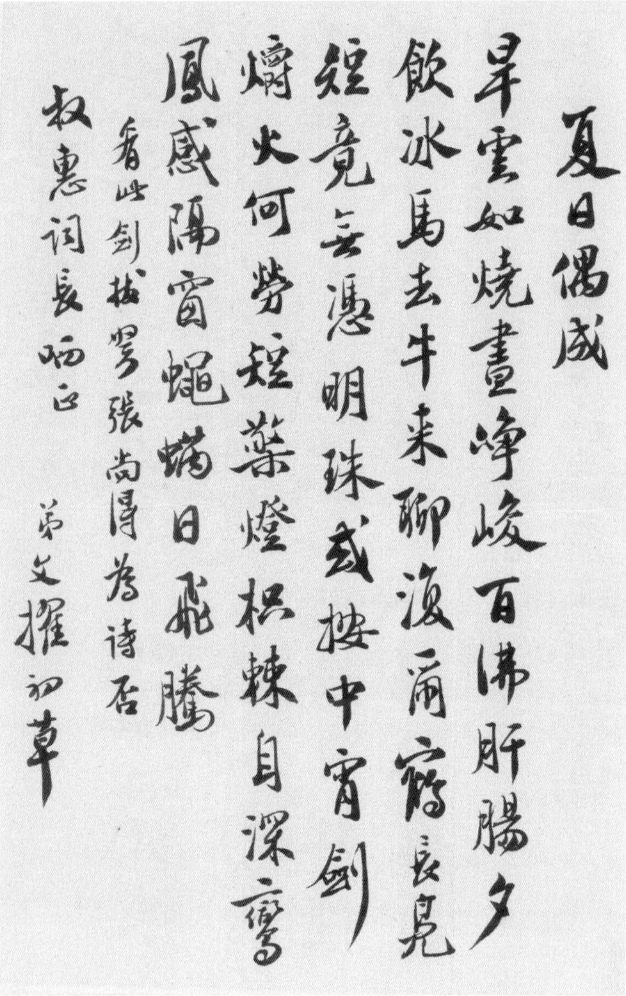

十七

蘇文擢行書詩

釋文

夏日偶成

旱雲如燒晝崢嶸，百沸肝腸夕飲冰。馬去牛來聊溲爾，鶴長鳧短竟無憑。明珠或按中宵劍，爝火何勞短檠燈。枳棘自深鸞鳳感，隔窗蠅蟎日飛騰。

看此劍拔弩張尚得為詩否？叔惠詞長哂正。

弟文擢初草。

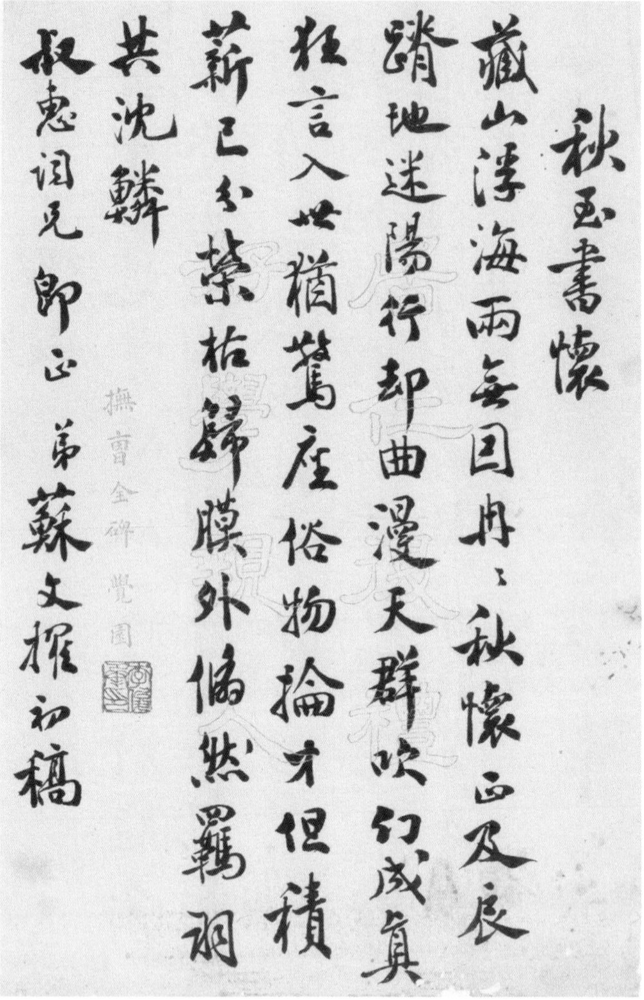

十八

蘇文擢行書詩

釋文

秋至書懷

藏山浮海兩無因，冉冉秋懷正及辰。
踏地迷陽行卻曲，漫天群吹幻成真。
狂言入世猶驚座，俗物掄才但積薪。
已分榮枯歸膜外，儵然羈羽共沈鱗。

叔惠詞兄即正。弟蘇文擢初稿。

十九

蘇文擢行書詩

二頁

一九六二年

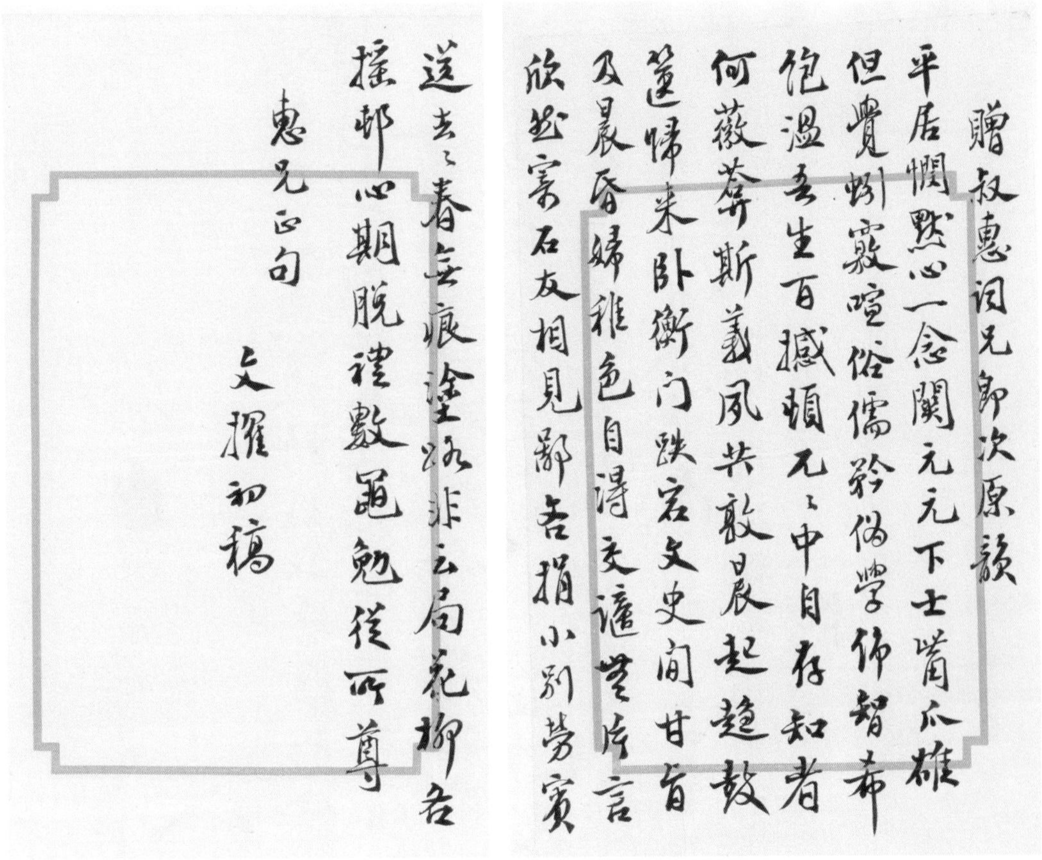

釋文

贈叔惠詞兄即次原韻

平居憫默心，一念關元元。下士嘴爪雄，但覺蚓竅喧。
俗儒矜偽學，飾智希飽溫。吾生百撼頓，兀兀中自存。
知者何薇莽，斯義夙共敦。晨起趨鼓篋，歸來臥衡門。
跌宕文史間，甘旨及晨昏。婦稚色自得，交讁無片言。
欣然寄石友，相見鄙吝捐。小別勞賓
送，去去春無痕。塗路非云局，花柳各搖邨。
心期脱禮數，黽勉從所尊。
惠兄正句，文擢初稿。

按

此詩載《邃加室詩文集》頁一三六，詩題〈次韻贈叔惠〉，詩本事參〈邃加室手札冊甲〉第二十通按語。刊本有異文，作「俗儒逞偽學，飾智攫飽溫」、「塗路雖云局」、「花柳各一邨」。

二十

蘇文擢行書詩

一九七三年

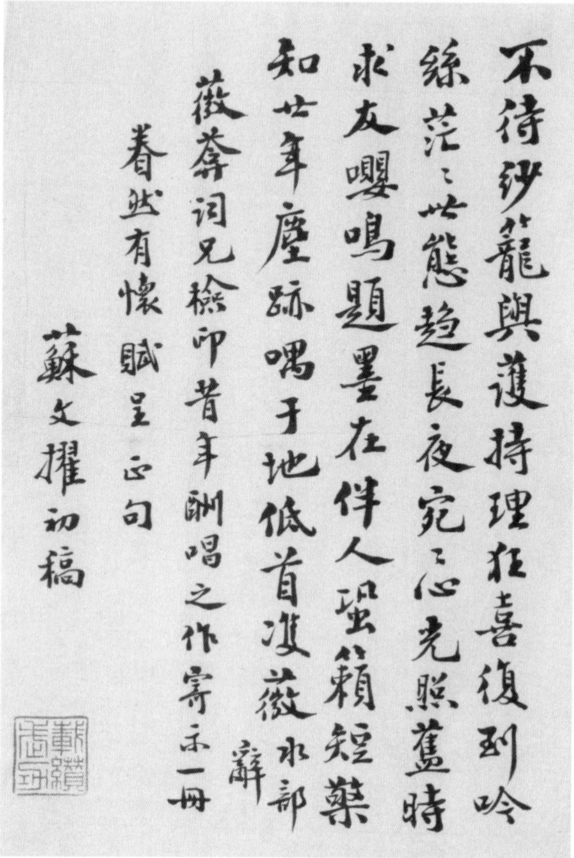
不待紗籠與護持，理狂喜復到吟絲。茫茫世態趨長夜，宛宛心光照舊時。求友嚶鳴題墨在，伴人蛩籟短檠知。廿年塵跡喁于地，低首雙薇水部辭。
薇蓀詞兄檢印昔年酬唱之作寄示一冊，眷然有懷賦呈正句。蘇文擢初稿

釋文

不待紗籠與護持，理狂喜復到吟絲。茫茫世態趨長夜，宛宛心光照舊時。求友嚶鳴題墨在，伴人蛩籟短檠知。廿年塵跡喁于地，低首雙薇水部辭。

薇蓀詞兄檢印昔年酬唱之作寄示一冊，眷然有懷賦呈正句。蘇文擢初稿。

按

此七律附於〈邃加室手札冊甲〉第三十四通信函後。七律載《邃加室詩文集》頁二零四，詩題〈薇蓀檢示歷年酬贈之作感賦〉，以答謝何叔惠出示蘇文擢多年贈詩，贈詩因緣參〈邃加室手札冊甲〉第四十六通按語。

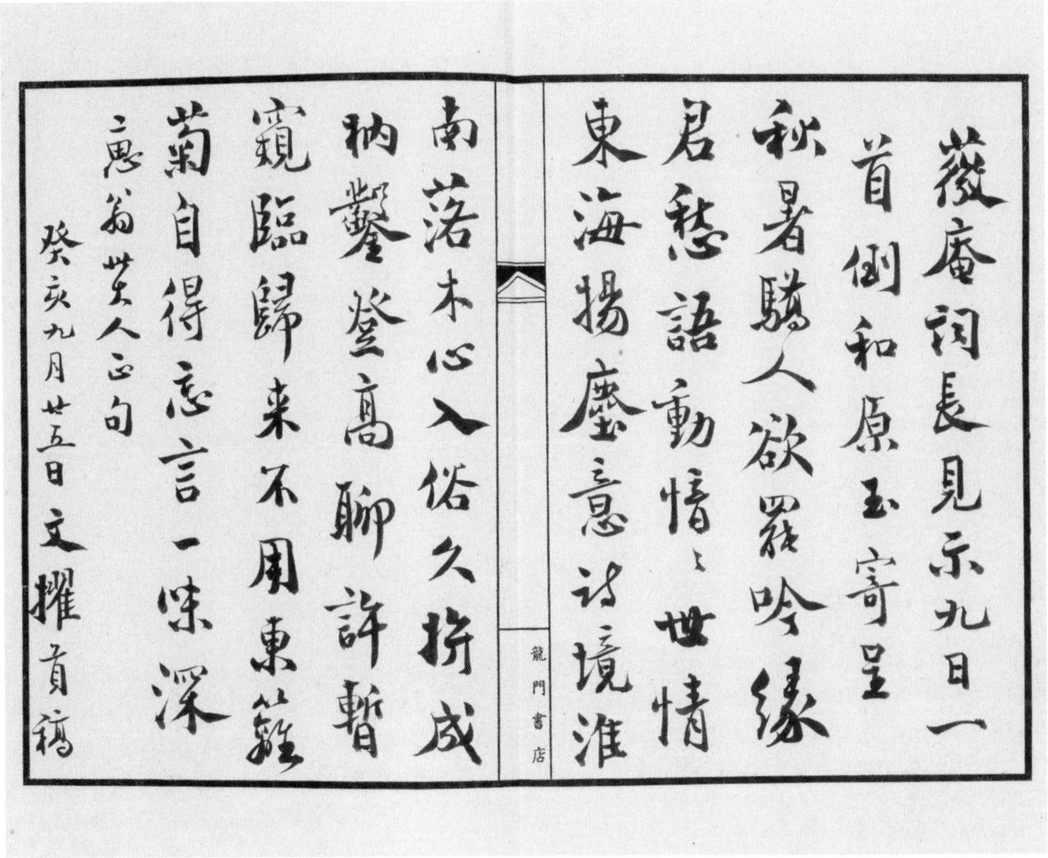

二十一

蘇文擢行書詩

一九八三年

釋文

薇庵詞長見示九日一首倒和原玉寄呈

秋暑驕人欲罷吟，緣君愁語動愔愔。
世情東海揚塵意，詩境淮南落木心。
入俗久拚成枘鑿，登高聊許暫窺臨。
歸來不用東籬菊，自得忘言一味深。

惠翁世大人正句，癸亥九月廿五日，文擢貢稿。

按

何叔惠一九八三年重陽撰七律一首，蘇文擢九月廿五日倒和該詩原韻，得此手稿。何叔惠原唱〈癸亥重九〉載《薇盦存稿》上冊頁一二零，蘇文擢倒和詩韻詩則另有九月廿九日手稿，載《邃加室詩文續稿》頁一四六，詩題〈薇庵見示九日七律倒次原韻卻寄〉。二手稿稍異，九月廿九日手稿作「秋暑驕人欲罷吟，誦君愁語轉愔愔。世情東海揚塵日，詩境淮南落木心。入俗久拚成老朽，登高聊許暫窺臨。歸來漫對東籬菊，自得忘言一味深。」

肆

邃加室詩稿冊乙

紙本　縱三十八點五厘米　橫二十六點七厘米
香港中文大學文物館藏　何叔惠先生捐贈　藏品編號：1997.0390

此冊信函詩稿原件尺寸大小不一

一

蘇文擢行書詩

四頁

一九六二年

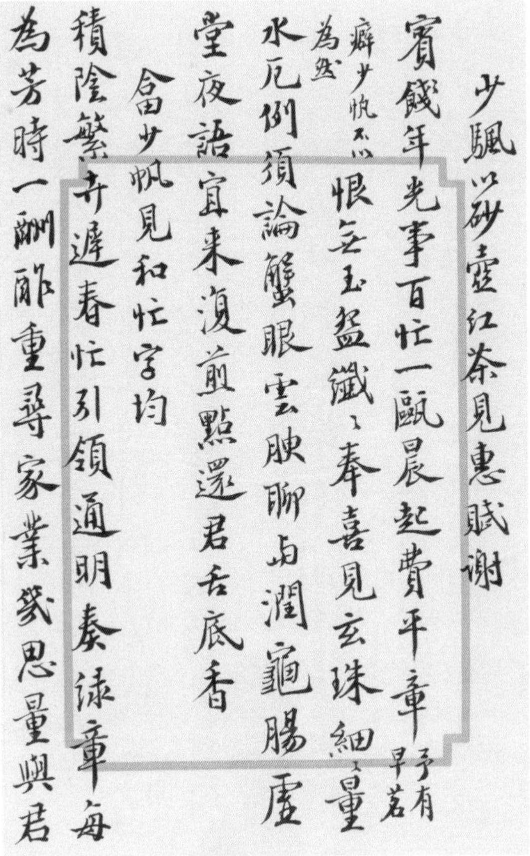

釋文

少颿以砂壺紅茶見惠賦謝（一）

賓餞年光事百忙，一甌晨起費平章（予有早茗癖，少帆不以為然）。

恨無玉盌纖纖奉，喜見玄珠細細量。

水厄例須論蟹眼，雲腴聊與潤龜腸。

虛堂夜語宜來復，煎點還君舌底香。

答少帆見和忙字均

積陰繁卉遲春忙，引領通明奏綠章。

每為芳時一酬酢，重尋家業幾思量。

與君

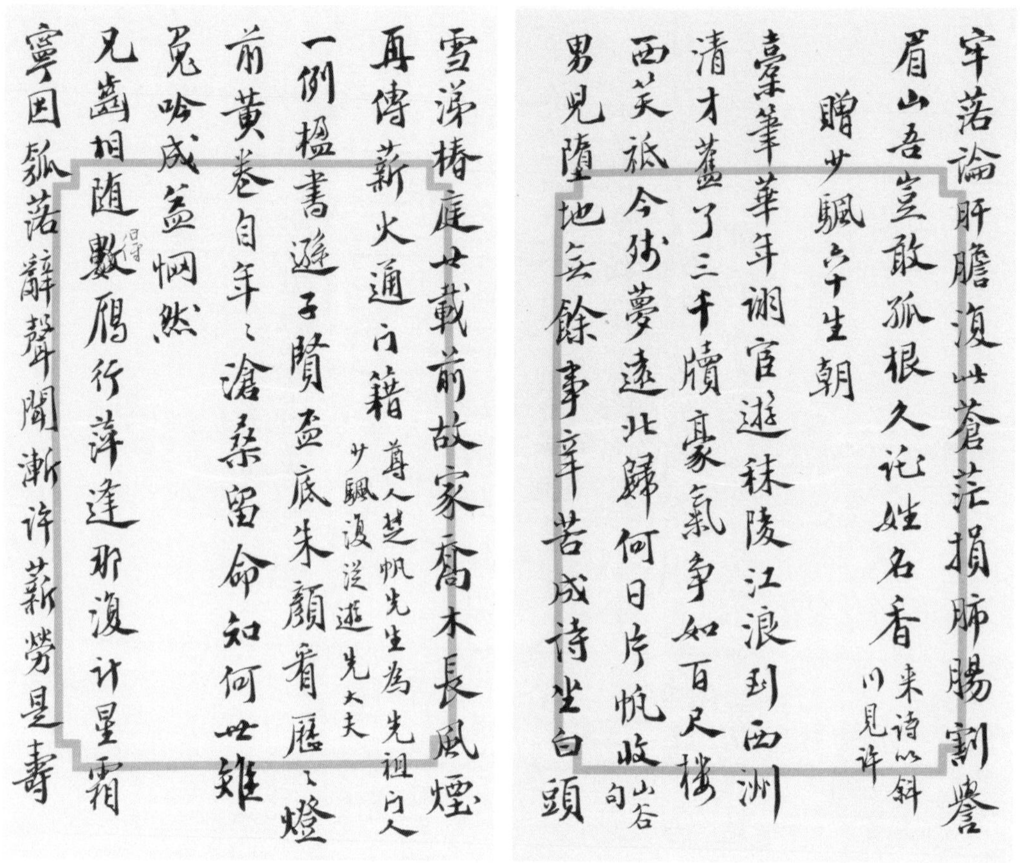

牢落論肝膽，溲此蒼茫損肺腸。
割譽眉山吾豈敢，孤根久託姓名香（來詩以斜川見許）。

贈少颿六十生朝（二）

橐筆華年詡宦遊，秣陵江浪到西洲。
清才舊了三千牘，豪氣爭如百尺樓。
西笑祇今殘夢遠，北歸何日片帆收（山谷句）。
男兒墮地無餘事，辛苦成詩坐白頭。

雪涕椿庭廿載前，故家喬木長風煙。
再傳薪火通門籍（尊人楚帆先生為先祖門人，少颿溲從遊先大夫），一例楹書遜子賢。
盃底朱顏看歷歷，燈前黃卷自年年。
滄桑留命知何世，雉兔吟成益惘然。
兄齒相隨得雁行，萍逢那溲計星霜。
寧因瓠落辭聲聞，漸許薪勞是壽

一五〇

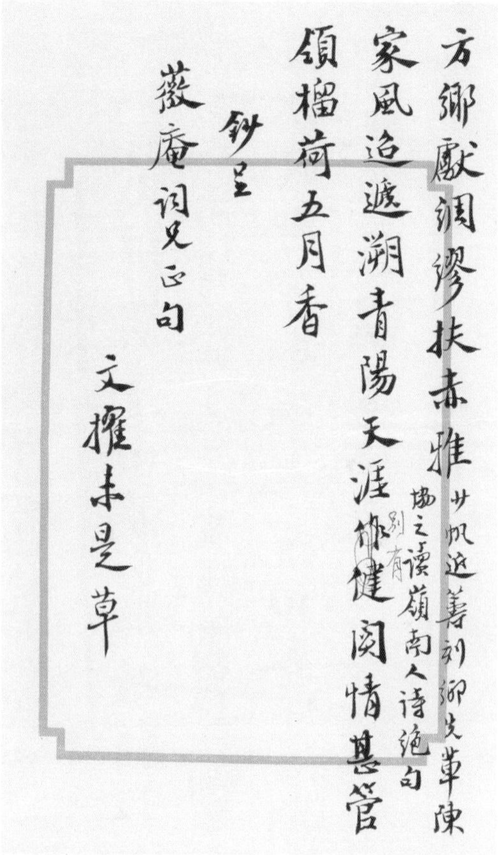
方鄉獻綢繆扶赤雅（少帆近籌刻鄉先輩陳協之讀嶺南人詩絕句）家風迢遞溯青陽天涯別有關情甚管領榴荷五月香
鈔呈
薇庵詞兄正句
文擢未是草

方。
鄉獻綢繆扶赤雅（少帆近籌刻鄉先輩陳協之讀嶺南人詩絕句），家風迢遞溯青陽。
天涯別有關情甚，管領榴荷五月香。
鈔呈薇庵詞兄正句，文擢未是草。

按

一、蘇文擢首先撰詩賦謝余少颿貽贈砂壺紅茶，余少颿答以和韻詩，蘇文擢隨後再疊韻和詩一首。蘇文擢將二詩鈔錄寄示何叔惠，附於〈邃加室手札冊甲〉第十一通信函後。

二、余少颿一九六二年壬寅五月六十大壽，蘇文擢撰〈贈少颿生日〉七律三首，六月致函何叔惠時將詩一并鈔錄附上，信函參〈邃加室手札冊甲〉第十一通。〈贈少颿生日〉載《邃加室詩文集》頁二零六，有異文，刊本第一首作「橐筆英年詡宦遊」、「西笑尚憐千夢遠」；第二首作「杯底朱顏無覓處，燈前黃卷問流年。繭絲人世知同命，雉兔初生賦惘然」；第三首作「甘從樗散辭聲聞，強忍薪勞是藥方。鄉獻綢繆扶赤雅（時輯粵詞蒐逸），文風迢遞溯青陽（元余闕有青陽集）。天涯作健關情甚，管領蒲榴五月香」。二十年後，蘇文擢再以「管領蒲榴五月香」句用轆轤體撰七絕四首，賀余氏壬戌一九八二年八十大壽，據該詩注釋，余氏深喜「管領蒲榴五月香」句，曾治印記存。蘇文擢壬戌賀壽詩載《邃加室詩文續集》頁一零九。

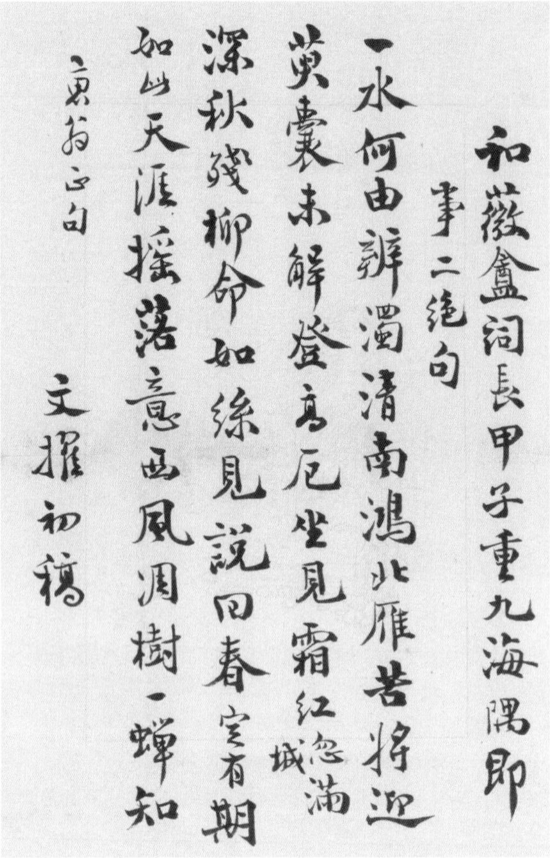

二

蘇文擢行書詩

一九八四年

釋文

和薇盦詞長甲子重九海隅即事二絕句

一水何由辨濁清，南鴻北雁苦將迎。

萸囊未解登高厄，坐見霜紅忽滿城。

深秋殘柳命如絲，見説回春定有期。

如此天涯搖落意，西風凋樹一蟬知。

惠翁正句，文擢初稿。

按

蘇文擢〈甲子重九海隅即事和薇盦二絕句〉另有手稿，載《邃加室叢稿》頁一，有異文，第一首作「一水何由辨濁清，南鴻北雁費將迎。萸囊未解登高厄，坐見霜紅欲滿城」，第二首作「窮秋殘柳命如絲，見道春回定有期。不盡天涯搖落感，西風凋樹一蟬知」。

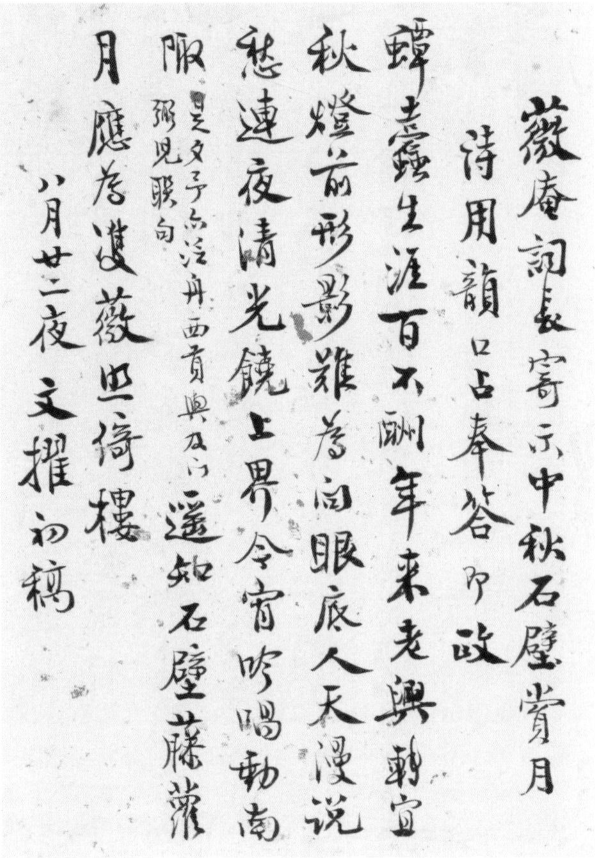
薇庵詞長寄示中秋石壁賞月
詩用韻口占奉答即政
蟫蠹生涯百不酬年來老興轉宜
秋燈前形影難為問眼底人天漫說
愁連夜清光鏡上界今宵吟唱動南
陬（是夕予亦泛舟西貢與及門弼兒聯句）遙知石壁藤蘿
月應為雙薇照倚樓
八月廿二夜　文擢初稿

三　蘇文擢行書詩

一九八六年

釋文

薇庵詞長寄示中秋石壁賞月詩用韻口占奉答即政

蟫蠹生涯百不酬，年來老興轉宜秋。
燈前形影難為問，眼底人天漫說愁。
連夜清光鏡上界，今宵吟唱動南陬（是夕予亦泛舟西貢，與及門、弼兒聯句）。
遙知石壁藤蘿月，應為雙薇照倚樓。

八月廿二夜，文擢初稿。

按

一九八六年中秋，何叔惠在大女婿大嶼山石壁宿舍賞月，撰詩〈丙寅中秋石壁甥館賞月簡蘇九一豫〉寄示蘇文擢及陳一豫，載《薇盦存稿》上冊頁一二九。蘇文擢隨後和以此詩。此蘇氏和詩另有手稿，載《邃加室叢稿》頁六三，詩題〈薇庵寄示石壁賞月詩索和口占奉答〉，有異文，刊本作「蟫蠹生涯百未酬，年來老興忽宜秋。燈前形影難為問，眼底人天盡說愁。連夜清光來上界，今宵吟興動南陬。遙知石壁藤蘿月，應為雙薇照倚樓。」何叔惠原唱云：「劫罅存身事唱酬，又逢佳節倍添愁。灼來苦痛三年艾，分得團圓一片秋。庭有袁宏思泛海（座中袁姓友東官人），世無庾亮莫登樓。與君呼取餘杯酒，垂老今宵尚炎陬。」

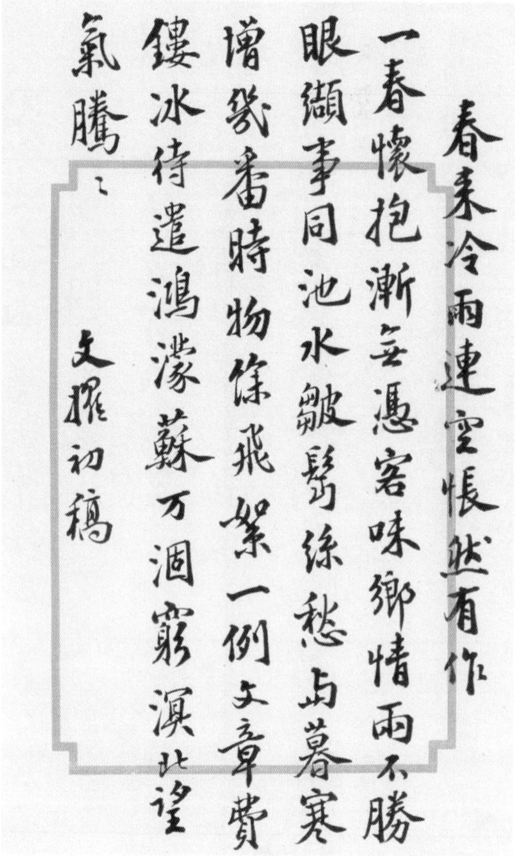

四

蘇文擢行書詩

釋文

春來冷雨連空，悵然有作

一春懷抱漸無憑，客味鄉情兩不勝。
眼纈事同池水皺，髩絲愁與暮寒增。
幾番時物餘飛絮，一例文章費鏤冰。
待遣鴻濛蘇萬涸，窮溟北望氣騰騰。

文擢初稿。

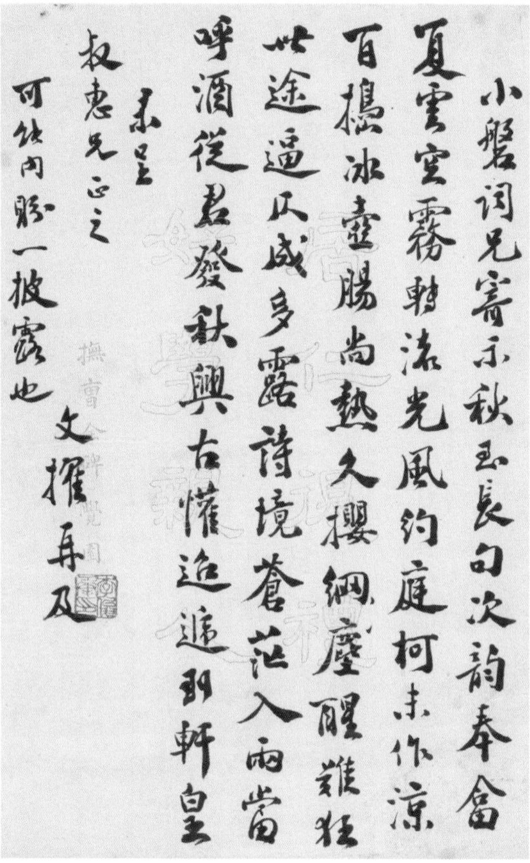

五

蘇文擢行書詩

釋文

小磐詞兄寄示秋至長句次韻奉答

夏雲空霧轉流光，風約庭柯未作涼。
百搗冰壺腸尚熱，久攖塵網醒難狂。
世途逼仄成多露，詩境蒼茫入兩當。
呼酒從君發秋興，古懽迢遞到軒皇。

彔呈叔惠兄正之。可能內盼一披露也，文擢再及。

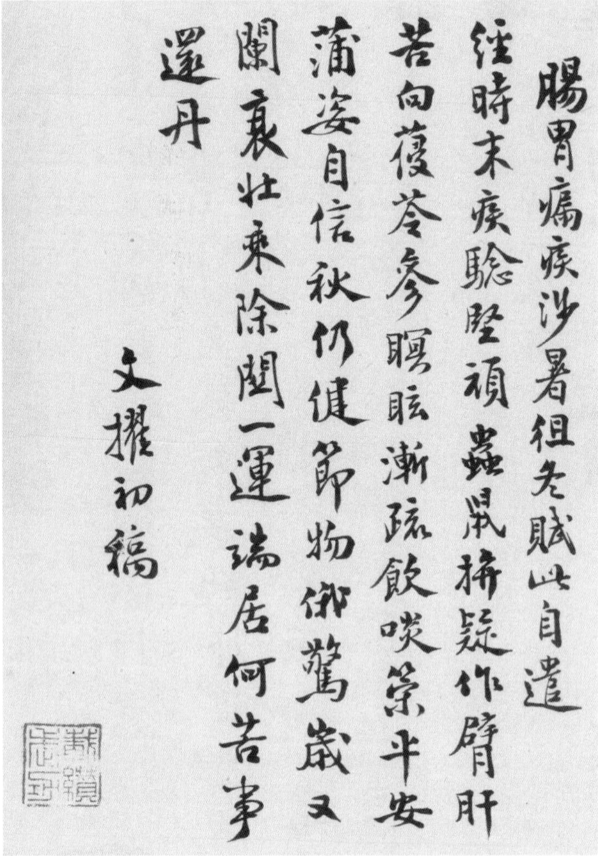
腸胃痛疾涉暑徂冬賦此自遣
經時末疾驗堅頑蟲鼠拚疑作臂肝
苦向葠苓參瞑眩漸疏飲啖策平安
蒲姿自信秋仍健節物俄驚歲又
闌衰壯乘除關一運端居何苦事
還丹
文擢初稿

六

蘇文擢行書詩

一九七零年

釋文

腸胃痛疾涉暑徂冬賦此自遣

經時末疾驗堅頑，蟲鼠拚疑作臂肝。
苦向葠苓參瞑眩，漸疏飲啖策平安。
蒲姿自信秋仍健，節物俄驚歲又闌。
衰壯乘除關一運，端居何苦事還丹。
文擢初稿。

按

蘇文擢屢為痔漏所困，其中一九七零年夏天至一九七一年半年間病情至為嚴重，參〈邃加室手札冊甲〉第十四、十五通與〈邃加室手札冊乙〉第二、三通信函。此七律〈庚戌秋冬痔痛連月賦此自遣〉也談腸胃痛疾，載《邃加室詩文集》頁二一三，刊本有異文，作「蒲姿未信秋先稿」、「端居休復論還丹」。

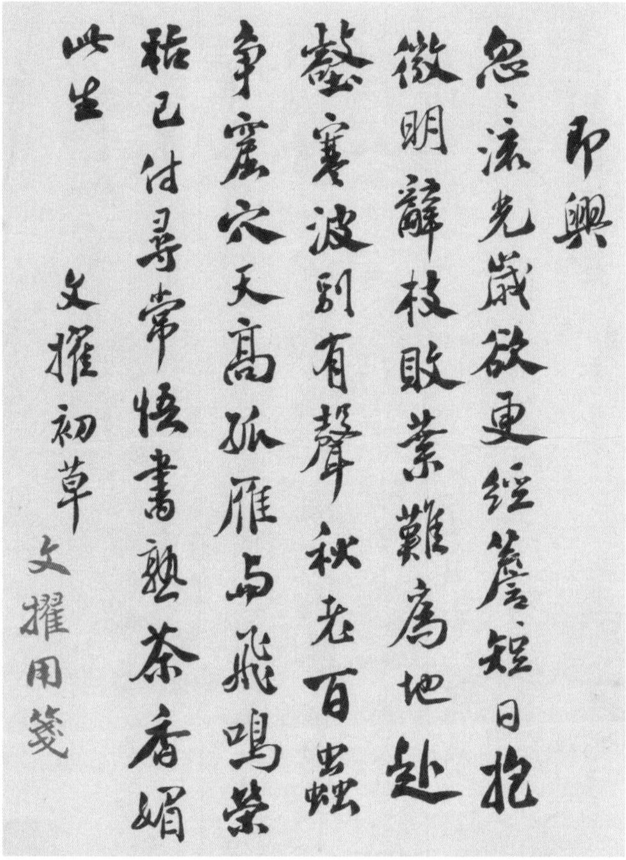
即興
忽忽流光歲欲更經簷短日抱
微明辭枝敗葉難為地赴
壑寒波別有聲秋老百蟲
爭窟穴天高孤雁與飛鳴榮
枯已付尋常悟書熟茶香媚
此生
文擢初草
文擢用箋

七

蘇文擢行書詩

釋文

即興

忽忽流光歲欲更，經簷短日抱微明。
辭枝敗業難為地，赴壑寒波別有聲。
秋老百蟲爭窟穴，天高孤雁與飛鳴。
榮枯已付尋常悟，書熟茶香媚此生。

文擢初草。

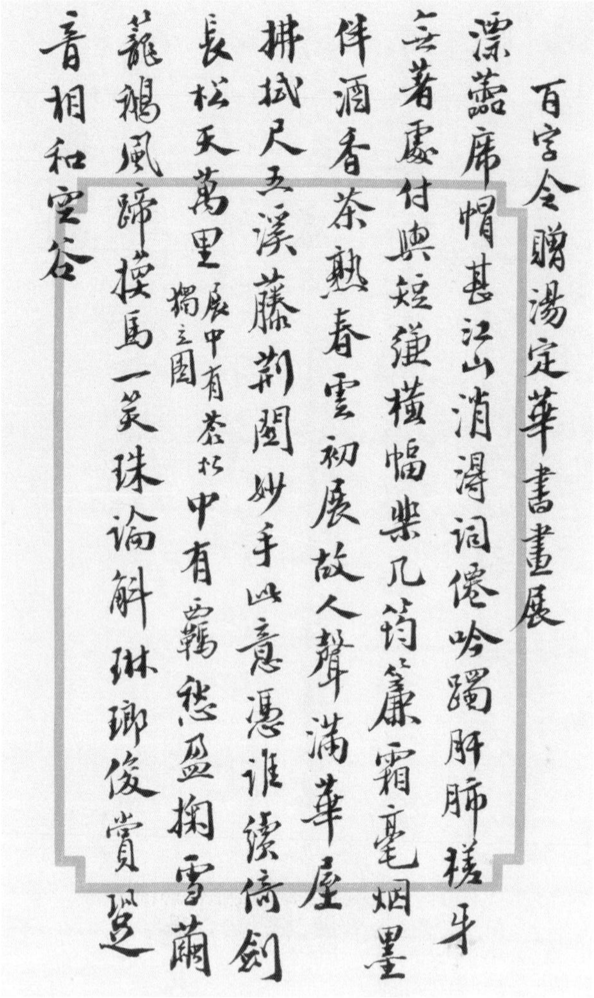

八

蘇文擢行書詞

釋文

百字令贈湯定華書畫展

漂藟席帽，甚江山消得。詞僊吟躅。肝肺槎牙無著處，付與短縑橫幅，棐几筠簾，霜毫烟墨，伴酒香茶熟，春雲初展，故人聲滿華屋。　拂拭尺五溪藤，荊關妙手，此意憑誰續。倚劍長松天萬里（展中有蒼松獨立圖），中有羈愁盈掬。雪繭籠鵝，風蹄換馬，一笑珠論斛。琳瑯俊賞，跫音相和空谷。

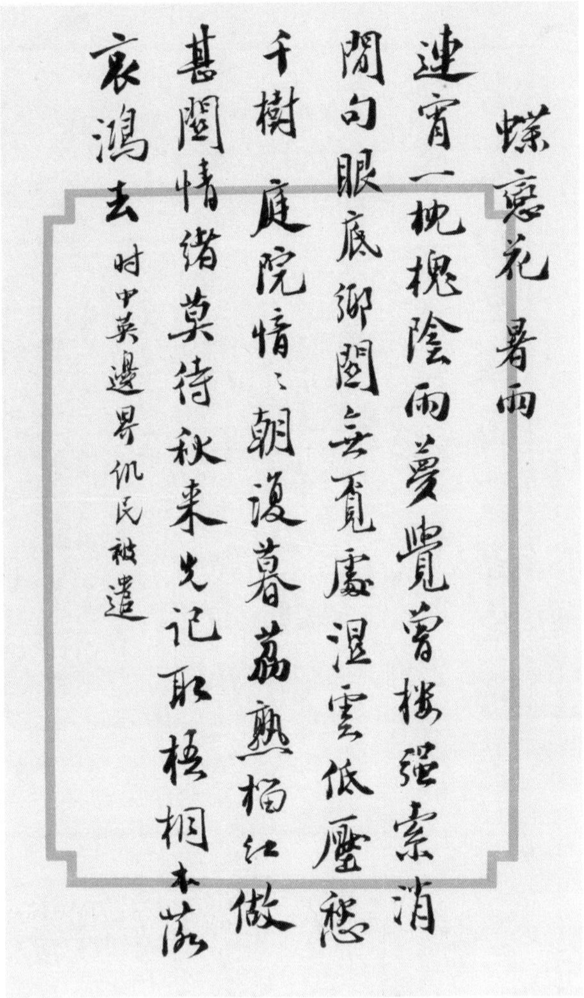

九

蘇文擢行書詞

釋文

蝶戀花，暑雨

連宵一枕槐陰雨。夢覺曾樓，強索消閒句。眼底鄉關無覓處，濕雲低壓愁千樹。庭院愔愔朝復暮。荔熟榴紅，做甚關情緒。莫待秋來先記取，梧桐木落哀鴻去（時中英邊界饑民被遣）。

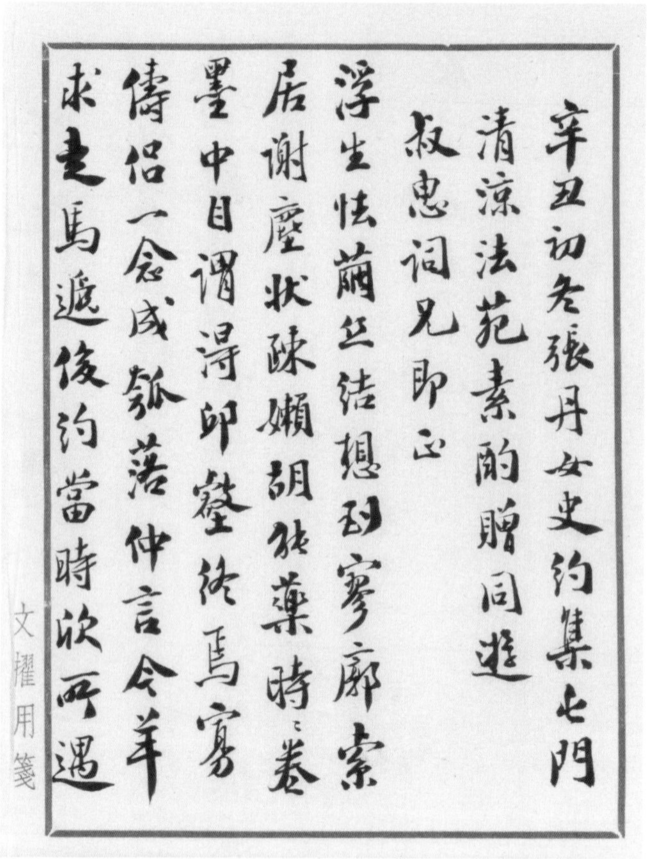

十

蘇文擢行書詩

四頁

一九六一年

釋文

辛丑初冬張丹女史約集屯門清涼法苑素酌贈同遊，叔惠詞兄即正

浮生怯繭絲，結想到寥廓。
索居謝塵狀，疎嬾胡能藥。
時時卷墨中，自謂得邱壑。
終焉寡儔侶，一念成瓠落。
仲言今羊求，走馬遞俊約。
當時欣所遇，

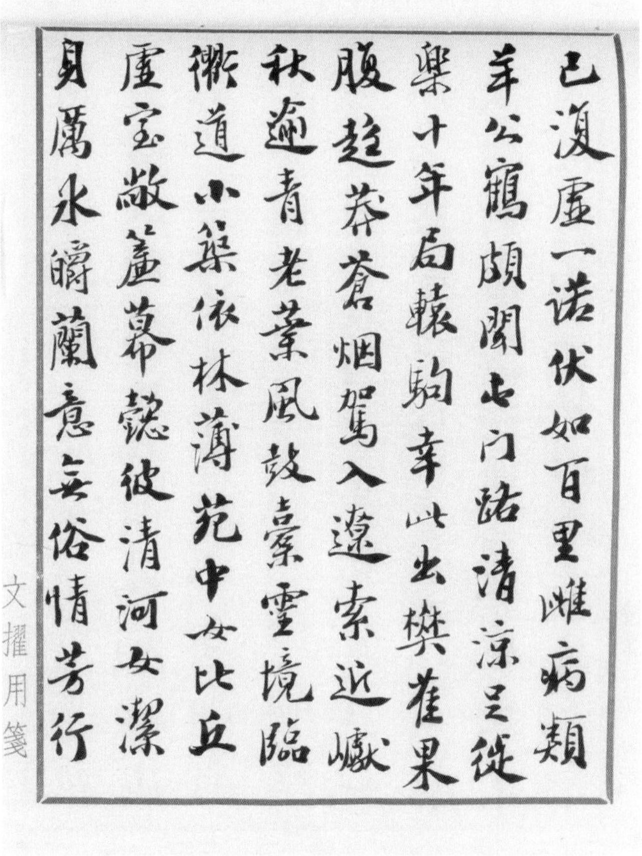

己浚虛一諾。
伏如百里雎，病類羊公鶴。
頗聞屯門路，清涼足徙樂。
十年局轅駒，幸此出樊雀。
果腹趁莽蒼，烟駕入遼索。
近巘秋逾青，老葉風鼓槖。
靈境臨衢道，小築依林薄。
苑中女比丘，虛室敞簾幕。
懿彼清河女，潔身厲冰嚼。
蘭意無俗情，芳行

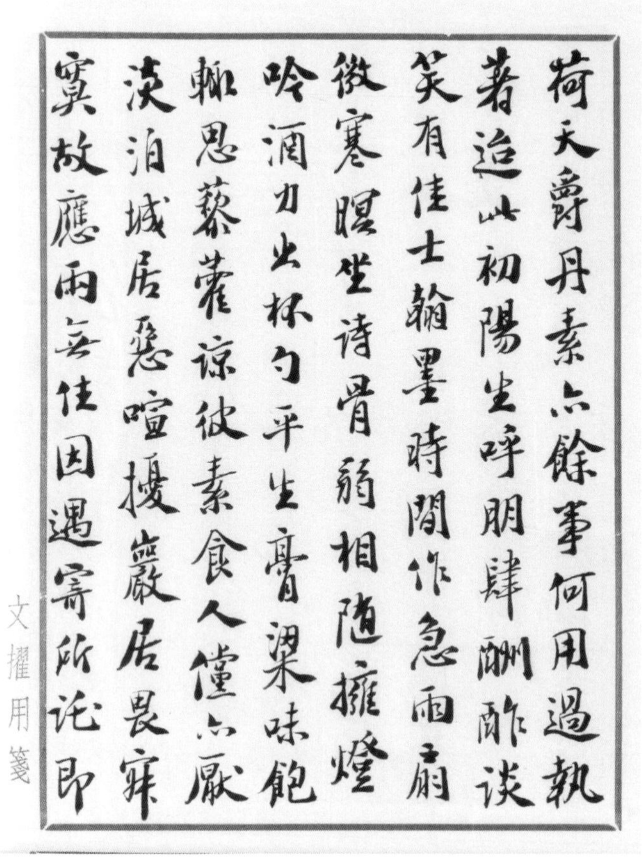

荷天爵。
丹素亦餘事，何用過執著。
迫此初陽生，呼朋肆酬酢。
談笑有佳士，翰墨時間作。
急雨扇微寒，暝坐詩骨弱。
相隨擁燈吟，酒力出杯勺。
平生膏粱味，飽輒思藜藿。
諒彼素食人，儻亦厭淡泊。
城居惡喧擾，巖居畏寂寞。
故應兩無住，因遇寄所託。即

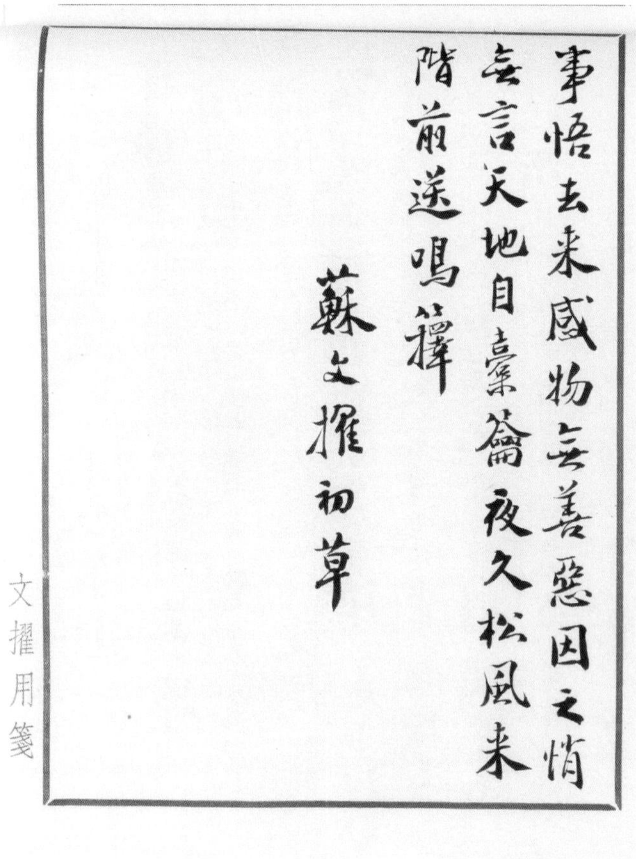

事悟去來，感物無善惡。
因之悄無言，天地自橐籥。
夜久松風來，階前送鳴韈。
蘇文擢初草。

按

一九六一年辛丑十月，文友應佛洒居士張丹之邀到屯門清涼法苑素酌，蘇文擢撰文〈清涼法苑雅集題記〉及以上五言古詩一首。〈清涼法苑雅集題記〉載《邃加室詩文集》頁六零，介紹清涼法苑云：「青山屯門有清涼法苑者，近市之名區，潛修之福地也，地故為革命先烈史公堅如之別業」。　又按：十四年後一九七五年乙卯冬，文友再集清涼法苑，蘇文擢撰五古〈乙卯冬張丹女居士招酌清涼法院賦贈〉記盛，載《邃加室詩文集》頁一六一。據記錄，何叔惠也曾最少二度參加張丹召集之清涼法苑雅集，撰詩〈清涼法苑小集即呈佛洒居士〉及〈小集清涼法苑詩贈張丹居士〉，載《薇盦存稿》上冊頁一零二及一零七。

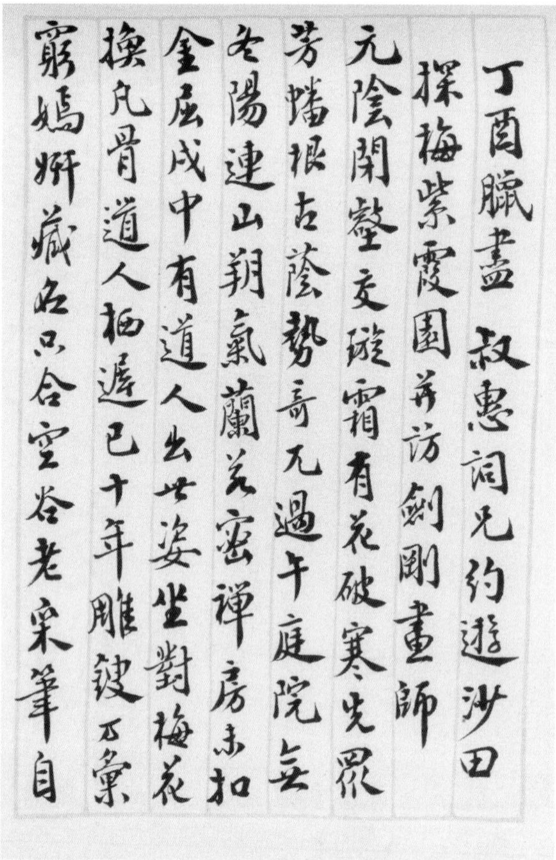

十一

蘇文擢行書詩

二頁
一九五八年

釋文

丁酉臘盡叔惠詞兄約遊沙田探梅紫霞園并訪劍剛畫師
元陰閉壑交璇霜。有花破寒先眾芳。
蟠根古蔭勢奇兀，過午庭院無冬陽。
連山朔氣蘭若密，禪房未扣金屈戌。
中有道人出世姿，坐對梅花換凡骨。
道人栖遲已十年，雕鎪萬彙窮嫣妍。
藏名只合空谷老，采筆自

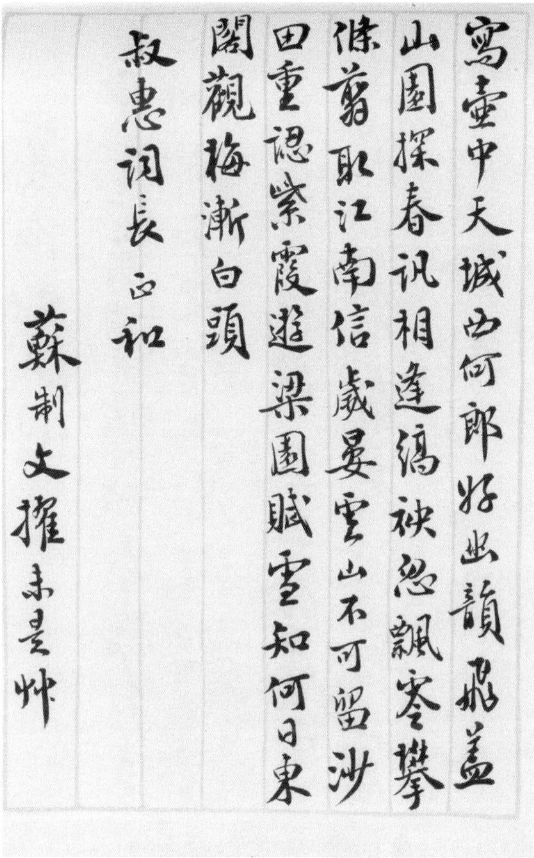
寫壺中天城西何郎好幽韻飛蓋
山園探春訊相逢縞袂忽飄零攀
條翦取江南信歲晏雲山不可留沙
田重認紫霞遊梁園賦雪知何日東
閣觀梅漸白頭
叔惠詞長正和
蘇制文擢未是艸

寫壺中天。

城西何郎好幽韻，飛蓋山園探春訊。
相逢縞袂忽飄零，攀條翦取江南信。
歲晏雲山不可留，沙田重認紫霞遊。
梁園賦雪知何日，東閣觀梅漸白頭。

叔惠詞長正和。蘇制文擢未是艸。

按

畫人鄧劍剛（一八九六—一九六二）戰後遁跡香港沙田紫霞園，經何叔惠之介認識蘇文擢。一九五八年初，鄧劍剛邀文友到紫霞園賞梅，蘇文擢撰此詩〈丁酉臘盡探梅沙田紫霞園賦贈鄧劍剛畫師並柬叔惠詞長〉，載《邃加室詩文集》頁一七三，刊本有異文，作「雕鎪萬彙窮嬉妍」、「折柬山園探春訊」、「攀條剪取江南信」、「東閣看梅漸白頭」。　又按：一九五九年冬文友再集紫霞園，何叔惠撰七律〈己亥冬暮紫霞園賞梅同蘇文擢麥劍影陳秉昌寄鄧劍剛畫師〉，載《薇盦存稿》下冊頁一七五。一九六二年，鄧劍剛逝世，何叔惠有哀輓詩、聯，參《薇盦存稿》下冊頁一五五、頁二八三。

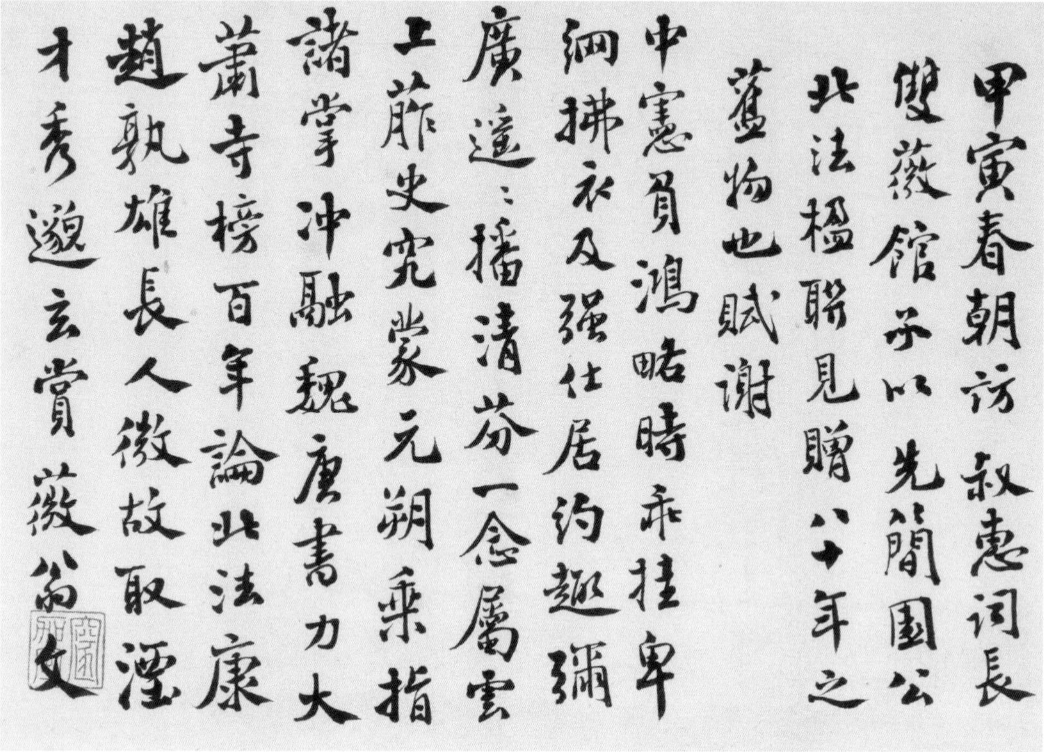

十二

蘇文擢行書詩

三頁

一九七四年

釋文

甲寅春朝訪叔惠詞長雙薇館，承以先簡園公北法楹聯見贈，八十年之舊物也，賦謝

中憲負鴻略，時乖挂卑網。
拂衣及强仕，居約趣彌廣。
遙遙播清芬，一念屬雲上。
菲史究蒙元，朔乘指諸掌。
沖融魏唐書，力大蕭寺榜。
百年論北法，康趙孰雄長。
人微故取湮，才秀邈玄賞。
薇翁文

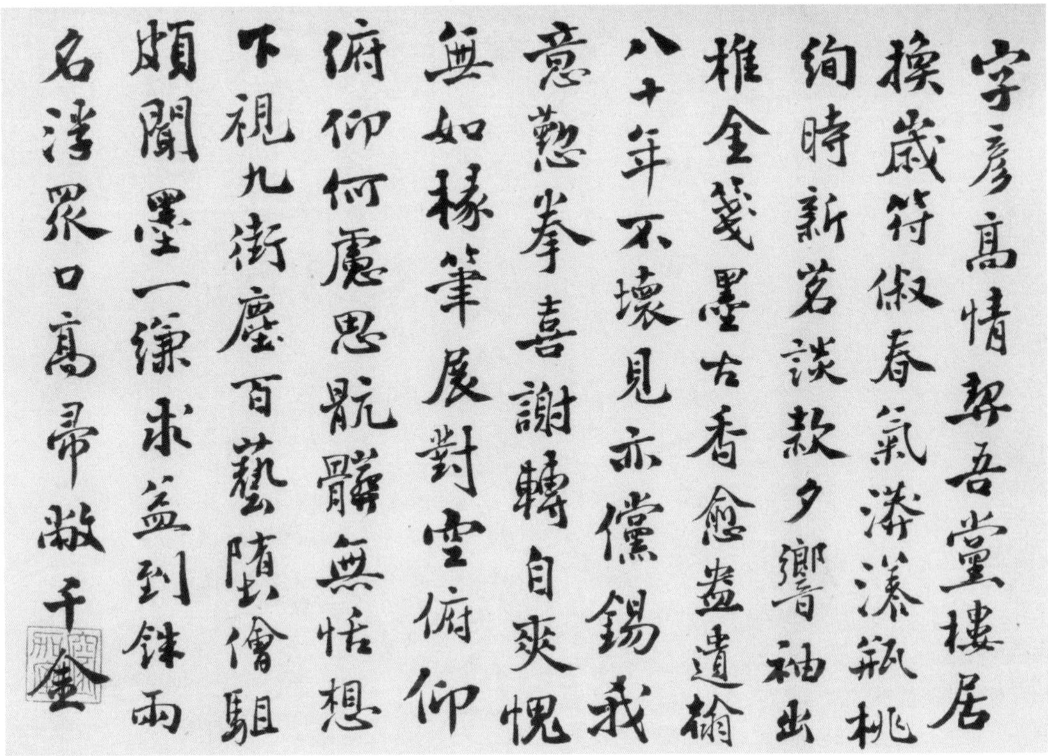
字彥高情契吾黨樓居
換歲符俶春氣漭瀁缾桃
絢時新茗談款夕響袖出
椎金箋墨古香愈盎遺翰
八十年不壞見亦儻錫我
意懃拳喜謝轉自爽愧
無如椽筆展對空俯仰
俯仰何慮思骯髒無恬想
下視九街塵百藝墮儈駔
頗聞墨一縑求益到銖兩
名浮衆口高帚敝千金

字彥，高情契吾黨。
樓居換歲符，俶春氣漭瀁。
缾桃絢時新，茗談款夕響。
袖出椎金箋，墨古香愈盎。
遺翰八十年，不壞見亦儻。
錫我意懃拳，喜謝轉自爽。
愧無如椽筆，展對空俯仰。
俯仰何慮思，骯髒無恬想。
下視九街塵，百藝墮儈駔。
頗聞墨一縑，求益到銖兩。
名浮衆口高，帚敝千金

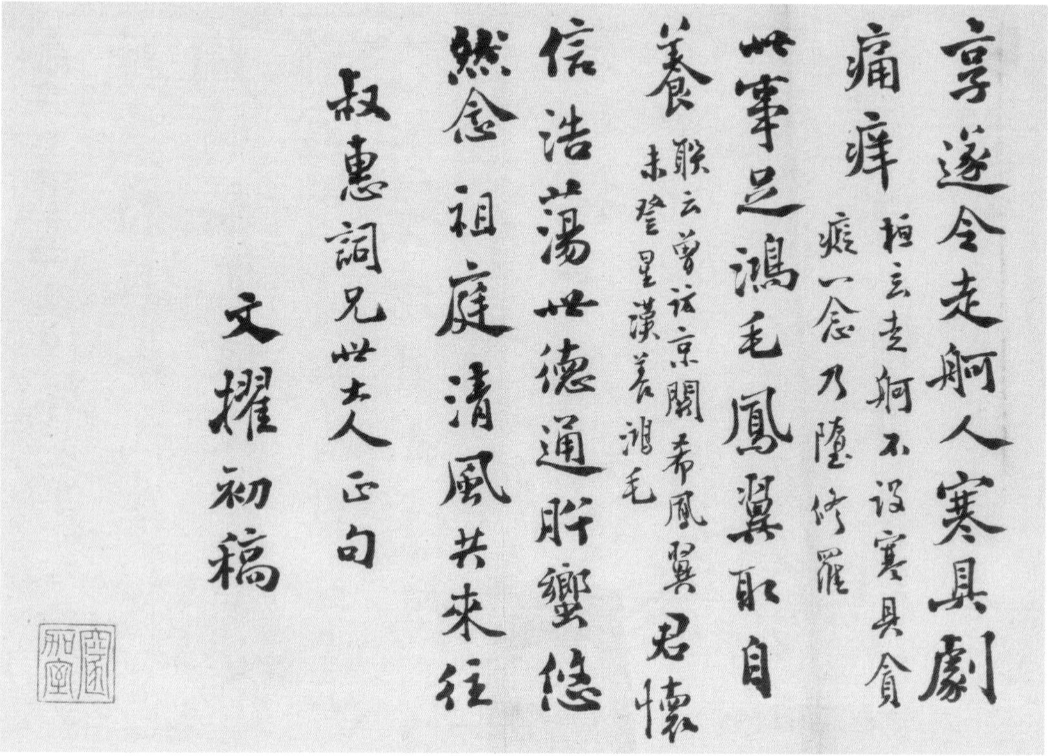

享。

遂令走舸人，寒具劇痛痒（桓玄走舸，不設寒具，貪癡一念，乃墮修羅）。

此事足鴻毛，鳳翼取自養（聯云：〔會〕訪京闕希鳳翼，未登星漢養鴻毛）。

君懷信浩蕩，世德通肹蠁。

悠然念祖庭，清風共來往。

叔惠詞兄世大人正句，文擢初稿。

按

甲寅一九七四年，何叔惠將蘇若瑚所書對聯送贈蘇文擢，蘇文擢撰此五古致謝。五古另有一九八六年所書手稿，載《邃加室叢稿》頁四四，詩題〈丙寅春朝訪薇庵詞長承以先中憲大夫簡園公北法楹聯見贈，八十年之舊物也，賦此志謝〉，撰寫年丙寅一九八六年，與上錄甲寅年不同，蓋以甲寅年為合，待考。「丙寅」手稿有異文，云：「中憲負鴻略，時乖挂卑網。拂衣及强仕，居約意彌廣。遙遙播清塵，高情屬雲上。菲史究蒙元，朔乘指諸掌。沖融魏唐書，力大蕭寺榜。百年論北法，康趙孰雄長。人微代所湮，哲萎世誰放。薇翁文字彥，世誼敦吾黨。樓居換歲符，俶春氣漭瀁。瓶桃絢晴晝，茗話款夕響。袖出椎金箋，墨古香愈盎。遺蹟八十年，不壞見亦儻。錫我意懃拳，喜謝轉自爽。愧無如椽筆，展對空俯仰。俯仰何慮思，骯髒無恬想。下視九街塵，百藝墮儈駔。常聞墨一縑，索價盡銖兩。名浮眾所誇，帚敝千金享。遂令走舸人，呵護劇痛痒（桓玄走舸，王涯複壁，貪癡一念，乃墮修羅）。吾祖故希聲，真價謝時賞。榮名輕鴻毛，鳳翼取自養（聯云：會訪京闕希鳳（翼），未登星漢養鴻毛）。君懷信逸蕩，德誼通肸蠁。悠然緬祖庭，清芬共來往（薇庵伯父蘭愷太史從簡園公學書）。

又按：一九八八年，蘇文擢將何叔惠所贈蘇若瑚對聯「會訪京闕希鳳翼，未登星漢養鴻毛」贈予順德文物館保存，贈前摹聯留念，按云「先祖簡園公曾集鄭道昭登雲峰山論經書詩字為聯，戊辰夏以贈吾邑文物館，因摹此本留念。」二零零七年，蘇文擢摹聯曾在香港中文大學圖書館公開展出，錄入《魏唐三昧：蘇文擢教授法書展專集》頁五九。

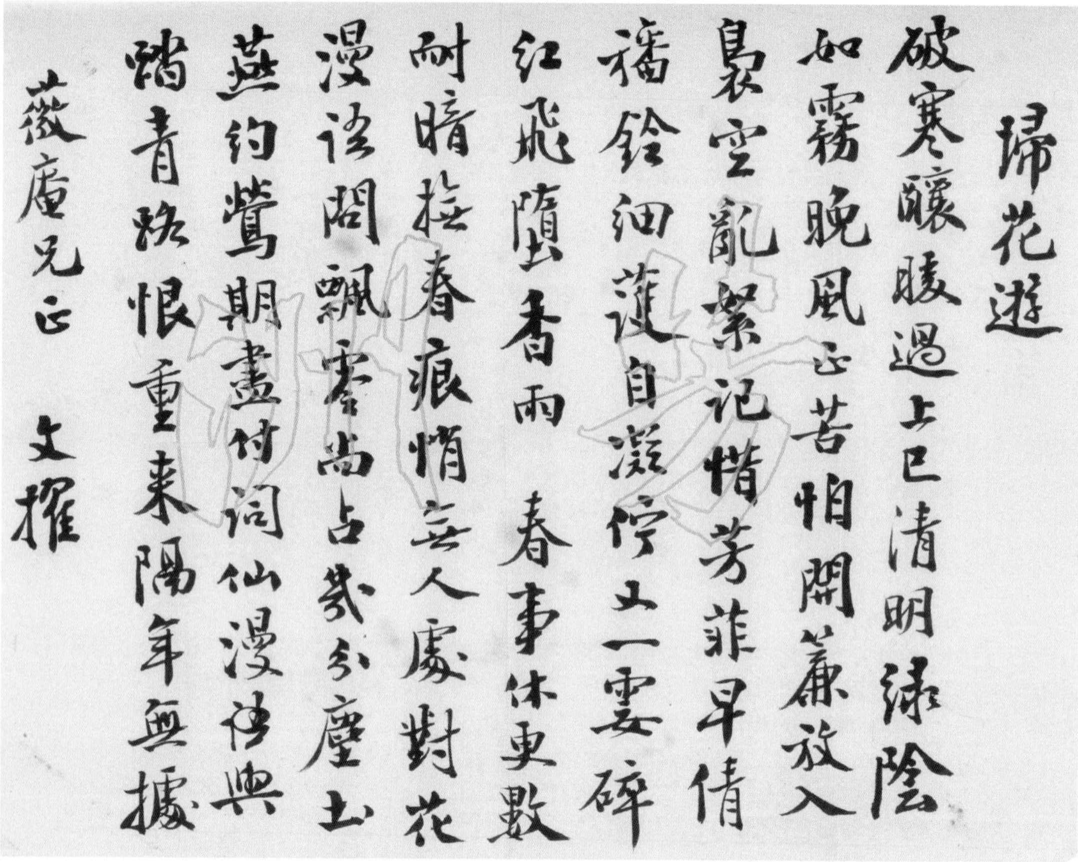

十三

蘇文擢行書詞

釋文

埽花遊

破寒釀暖，過上巳清明。綠陰如霧，晚風正苦。怕開簾放入，裊空亂絮。記惜芳菲，早倩旛鈴細護。自凝佇。又一霎碎紅。飛墮香雨。　春事休更數，耐暗撫春痕，悄無人處，對花漫語，問飄零，尚占幾分塵土。燕約鶯期，盡付詞仙漫與，踏青路。恨重來，隔年無據。

薇庵兄正，文擢。

按

蘇文擢〈埽花遊〉載《邃加室詩文集》頁二四六，刊本有異文，云「破寒乍暖」、「默倩幡鈴細護」、「贉暗撫春痕」、「便飄零占取幾分塵土」、「待重遊隔年無據」。

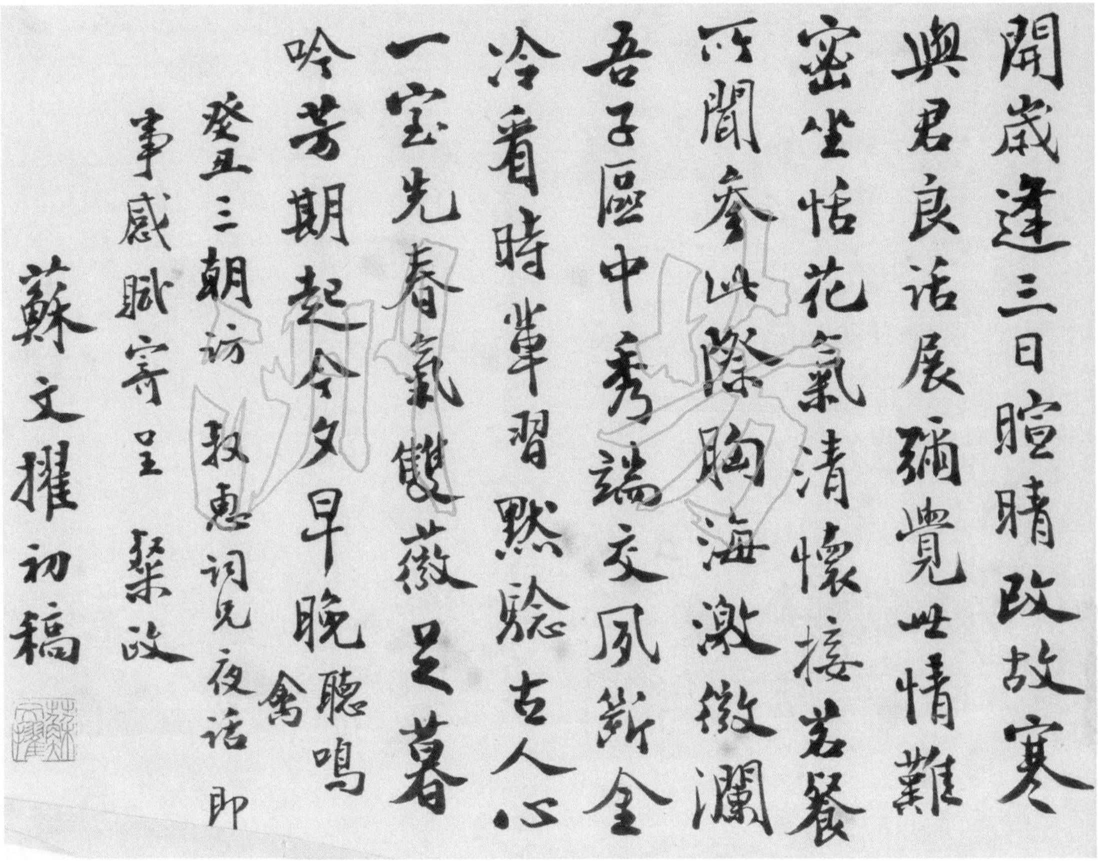

十四

蘇文擢行書詩

一九七三年

釋文

開歲逢三日，暄晴改故寒。與君良話展，彌覺世情難。
密坐恬花氣，清懷接茗餐。所聞參此際，胸海澂微瀾。
吾子區中秀，端交夙斷金。冷看時輩習，默驗古人心。
一室先春氣，雙薇足暮吟。芳期起今夕，早晚聽鳴禽。
癸丑三朝訪叔惠詞兄夜話，即事感賦，寄呈粲政。蘇文擢初稿。

印章

「蘇文擢」朱文。

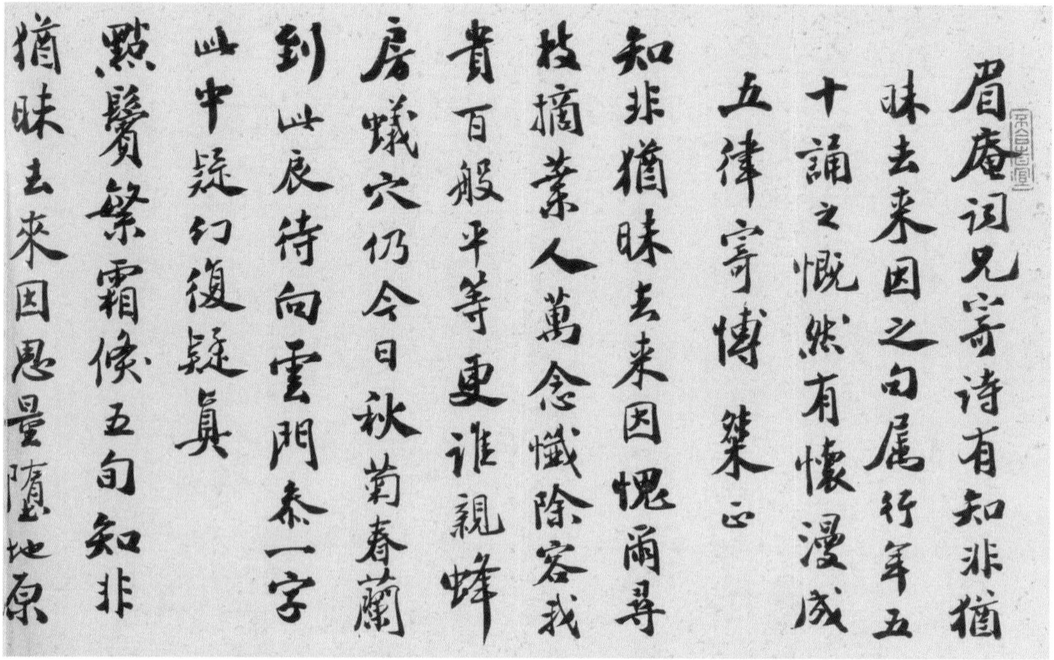

十五

蘇文擢行書詩

二頁

一九七一年

釋文

眉庵詞兄寄詩有知非猶昧去來因之句屬，行年五十誦之，慨然有懷，漫成五律寄博粲正

知非猶昧去來因，愧爾尋枝摘葉人。
萬念懺除容我貴，百般平等更誰親。
蜂房蟻穴仍今日，秋菊春蘭到此辰。
待向雲門參一字，此中疑幻復疑真。
點鬢繁霜倏五旬，知非猶昧去來因。
思量墮地原

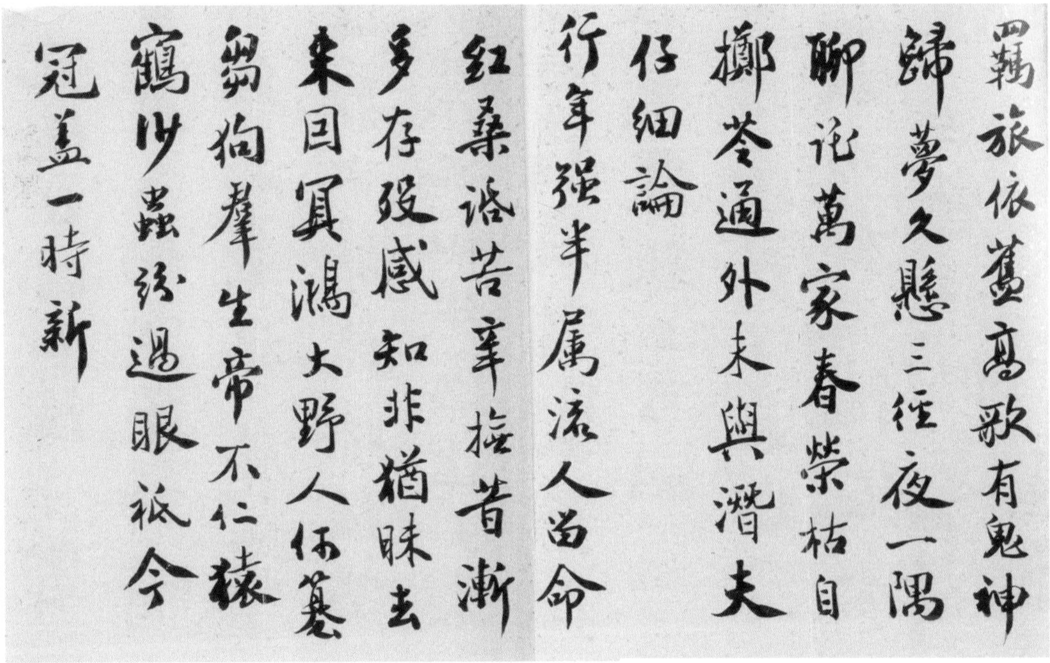

羈旅，依舊高歌有鬼神。
歸夢久懸三徑夜，一隅聊託萬家春。
榮枯自擲苓通外，未與潛夫仔細論。
行年强半屬流人，留命紅桑話苦辛。
撫昔漸多存歿感，知非猶昧去來因。
冥鴻大野人何篡，芻狗群生帝不仁。
猿鶴沙蟲紛過眼，祗今冠蓋一時新。

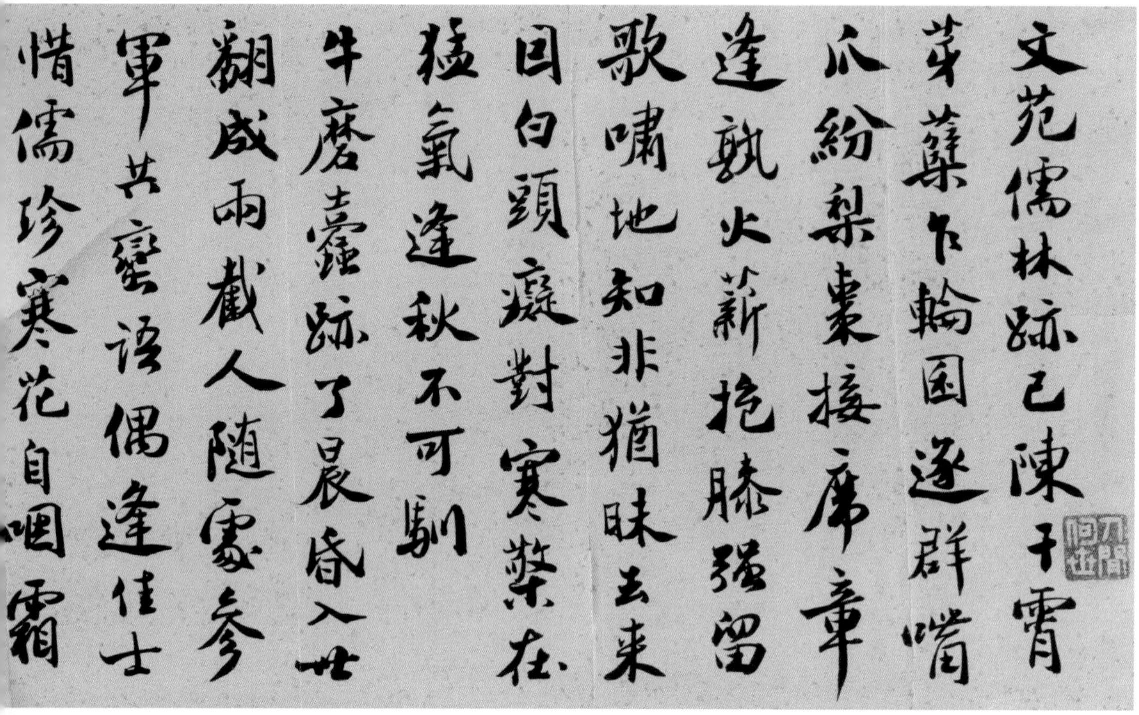

文苑儒林跡已陳，干霄芽糵乍輪囷。
逐群嘴爪紛梨棗，接席章逢孰火薪。
抱膝强留歌嘯地，知非猶昧去來因。
白頭癡對寒檠在，猛氣逢秋不可馴。
牛磨蠹跡了晨昏，入世翻成兩截人。
隨處參軍共蠻語，偶逢佳士惜儒珍。
寒花自咽霜

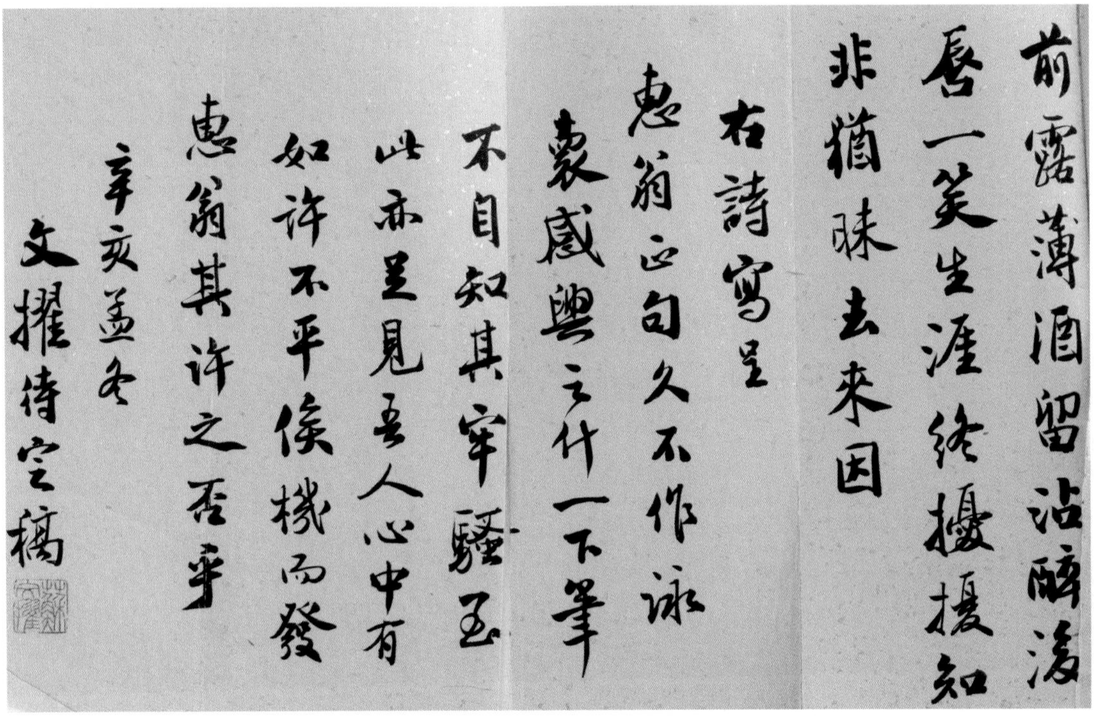

前露，薄酒留沾醉後唇，
一笑生涯終擾擾，知非猶昧去來因。

右詩寫呈惠翁正句。久不作詠褱感興之什，一下筆不自知其牢騷至此，亦足見吾人心中有如許不平，俟機而發，惠翁其許之否乎？辛亥孟冬，文擢待定稿。

印章

「不合時宜」朱文、「人間何世」白文、「蘇文擢」朱文。

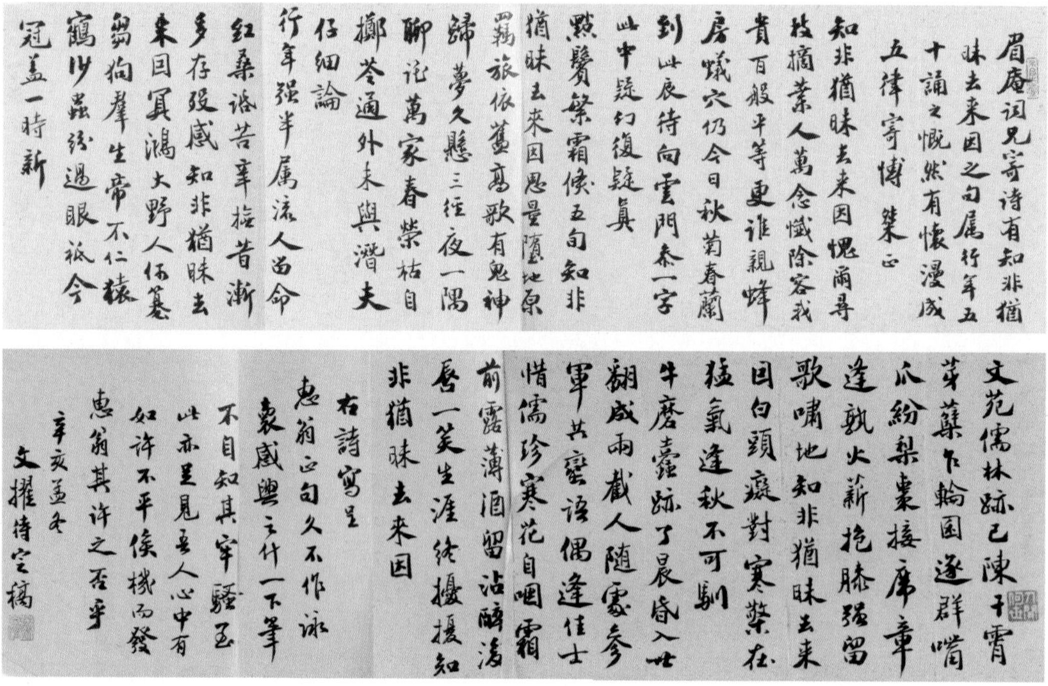

眉庵詞兄寄詩有知非猶昧去來因之句屬行年五十誦之慨然有懷漫成五律寄博 粲正

知非猶昧去來因愧尋技摘葉人萬念懺除容我貴百般平等更誰親蜂房蟻穴仍今日秋菊春蘭到此辰待向雲門參一字此中疑幻復疑真

點鬢繁霜倏五旬知非猶昧去來因思量墮地原羈旅依舊高歌有鬼神歸夢久懸三徑夜一隅聊寄萬家春榮枯自擲苓通外未與潛夫仔細論

行年强半屬流人留命紅桑話苦辛撫昔漸多存殁感知非猶昧去來因冥鴻大野人何篡芻狗羣生帝不仁猿鶴沙蟲驚過眼祇今冠蓋一時新

文苑儒林跡已陳干霄芽蘖乍輪囷逐羣嘴爪紛梨棗接席章逢孰火薪抱膝尚留歌嘯地知非猶昧去來因白頭癡對寒檠在猛氣逢秋不可馴

牛磨簡蠹了晨昏入世翻成兩截人隨處參軍有蠻語偶逢佳士惜儒珍寒花自咽霜前露薄酒留沾醉後唇一笑生涯終擾擾知非猶昧去來因

右詩寫呈
惠翁正句久不作詠衰感興之什一下筆不自知其窘騷至此亦足見吾人心中有知許不平候機而發
惠翁其許之否乎

辛亥孟冬
文擢倚空稿

按

一九七一年，何叔惠詩有句「知非猶昧去來因」，蘇文擢以此用轆轤體和詩五首，寫贈何叔惠。以上和詩載《邃加室詩文集》頁二一零，詩題〈眉庵詞兄寄詩有知非猶昧去來因之句屬予年五十誦之慨然有懷漫成長句五首〉，刊本有異文，作：

甲、第一首「知非猶昧去來因，少愧尋技摘葉人。萬念懺除容我貴，百般平等更誰親。蜂房蟻穴仍今日，秋菊春蘭到此辰。待向雲門參一字，此中疑幻復疑眞。」

乙、第二首「點鬢繁霜倏五旬，知非猶昧去來因。思量墮地原羈旅，依舊高歌有鬼神。歸夢久懸三徑夜。一隅聊寄萬家春。榮枯笑擲苓通外，未與潛夫仔細論（潛夫論有論榮篇）。」

丙、第三首「行年強半屬流人，留命紅桑話苦辛。撫昔漸多存歿感，知非猶昧去來因。冥鴻大野人何篡，芻狗羣生帝不仁。猿鶴沙蟲驚過眼，祇今冠蓋一時新。」

丁、第四首：「文苑儒林跡已陳，干霄芽蘖乍輪囷。逐羣嘴爪紛梨棗，接席章逢孰火薪。抱膝尚容歌嘯地，知非猶昧去來因。白頭癡對寒檠在，猛氣逢秋不可馴。」

戊、第五首：「磨牛簡蠹了晨昏，入世翻成兩截人。隨處參軍有蠻語，眼中人物幾儒珍。寒花自咽霜前露，薄酒留沾醉後唇。一笑生涯情擾擾，知非猶昧去來因。」

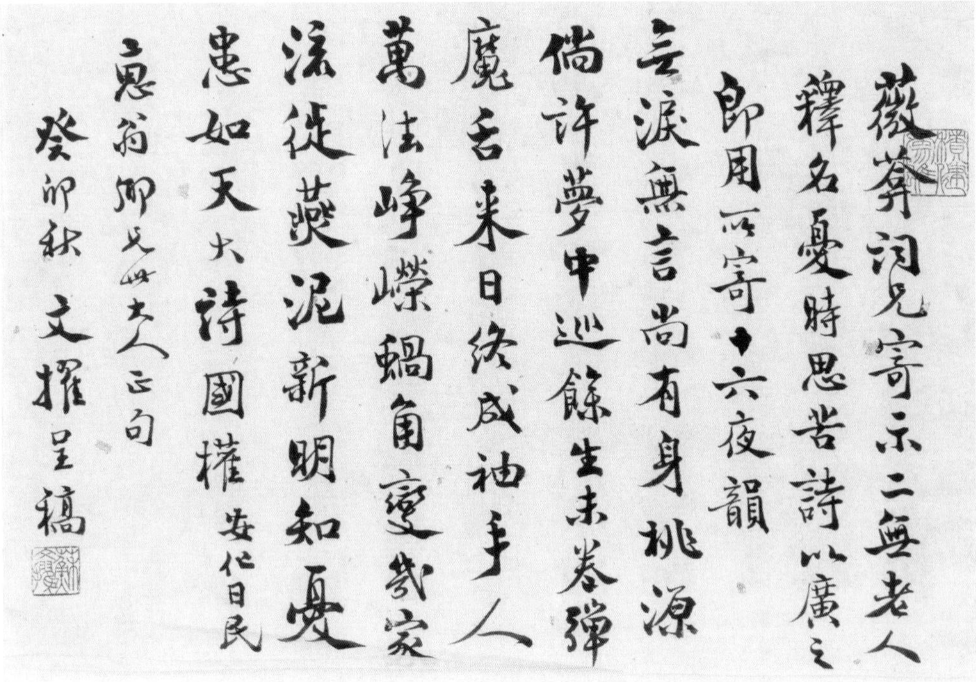

十六

蘇文擢行書詩

一九八三年

釋文

薇蕣詞兄寄示二無老人釋名，憂時思苦，詩以廣之，即用所寄十六夜韻

無淚無言尚有身，桃源倘許夢中巡。
餘生未卷彈魔舌，來日終成袖手人。
萬法崢嶸蝸角變，幾家流徙燕泥新。
明知憂患如天大，詩國權安化日民。
惠翁鄉兄世大人正句。癸卯秋。文擢呈稿。

印章

「蘇文擢」朱文。

按

一九八三年，何叔惠在女婿赤柱家渡中秋，先後撰七律〈癸亥八月十四夜〉、〈癸亥中秋〉、〈癸亥八月十六〉，隨後解釋自稱「二無老人」之因由，蘇文擢因此以先前贈詩〈癸亥八月十六〉韻次韻撰此〈薇蕣詞兄寄示二無老人釋名憂時思苦詩以廣之即用所寄十六夜韻〉，附於信函〈邃加室手札冊乙〉第十七通後。何叔惠原唱載《薇盦存稿》上冊頁一二零，〈癸亥八月十六〉云：「冰麝光溶可贖身，庭階負手百逡巡。憑虛終擬抱明月，求缺尚思儕古人。風定短簾燈影瘦，夜深小草露華新。烏飛三匝棲無定，我亦飄零一鮮民。」

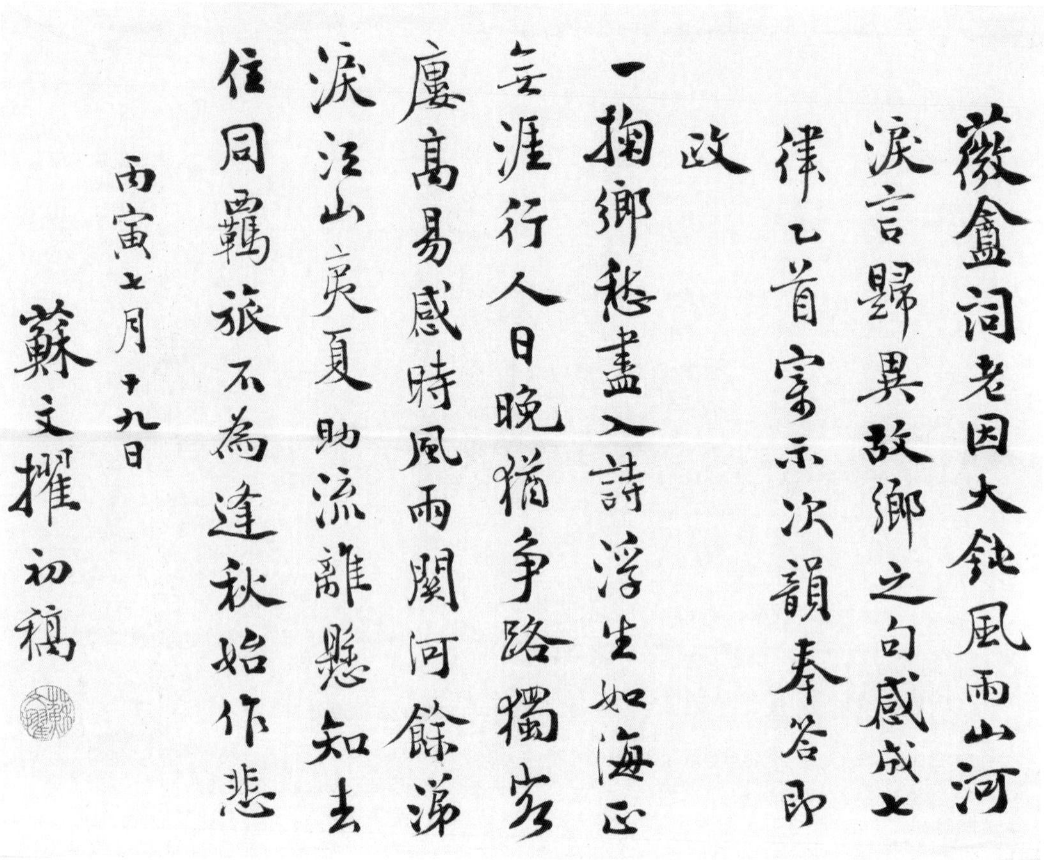
薇盦詞老因大鈍風雨山河
淚言歸異故鄉之句感成七
律乙首寄示次韻奉答即
政
一掬鄉愁盡入詩浮生如海正
無涯行人日晚猶爭路獨客
廔高易感時風雨關河餘涕
淚江山夷夏助流離懸知去
住同羈旅不為逢秋始作悲
丙寅七月十九日
蘇文擢初稿

十七

蘇文擢行書詩

一九八六年

釋文

薇盦詞老因大鈍風雨山河淚，言歸異故鄉之句，感成七律乙首寄示，次韻奉答即政

一掬鄉愁盡入詩，浮生如海正無涯。
行人日晚猶爭路，獨客廔高易感時。
風雨關河餘涕淚，江山夷夏助流離。
懸知去住同羈旅，不為逢秋始作悲。

丙寅七月十九日，蘇文擢初稿。

按

一九八六年中，何叔惠、蘇文擢有連串「詩涯時離悲」韻七律唱和詩，載何叔惠《薇盦存稿》上冊頁一二九及下冊頁一六零與蘇文擢《邃加室叢稿》頁五七至六一、六五、六八。此為蘇文擢丙寅七月十九日第一首和詩，載《邃加室叢稿》頁五七，詩題〈薇盦因大鈍有風雨山河淚、言歸異故鄉之句感成一律寄示依韻奉和〉。蘇文擢其他「詩涯時離悲」韻唱和詩手稿參〈邃加室詩稿冊丙〉第十二至十六通詩函，唱和介紹參〈邃加室詩稿冊丙〉第十二通按語。

十八

蘇文擢行書詩

一九八六年

釋文

薇盦鄉兄寄示六八生朝感懷五首，次韻乙首奉答即政

南天朔氣不成吹，連夜冬溫入被池。
虛室光餘雙鬢白，暮年心付短檠知。
瓶花媚眼春回近，門樹臨窗月上遲。
聞道憑闌尊酒處（來詩有獨携尊酒一憑闌之句），鳳鳴
應在最高枝。

丙寅十一月十二日。文擢呈稿。

印章

「一生知己獨陶潛」朱文、「文擢詩艸」朱文。

伍

邃加室詩稿冊丙

紙本　縱三十八點五厘米　橫二十八點二厘米
香港中文大學文物館藏　何叔惠先生捐贈　藏品編號：1997.0391

此冊信函詩稿原件尺寸大小不一

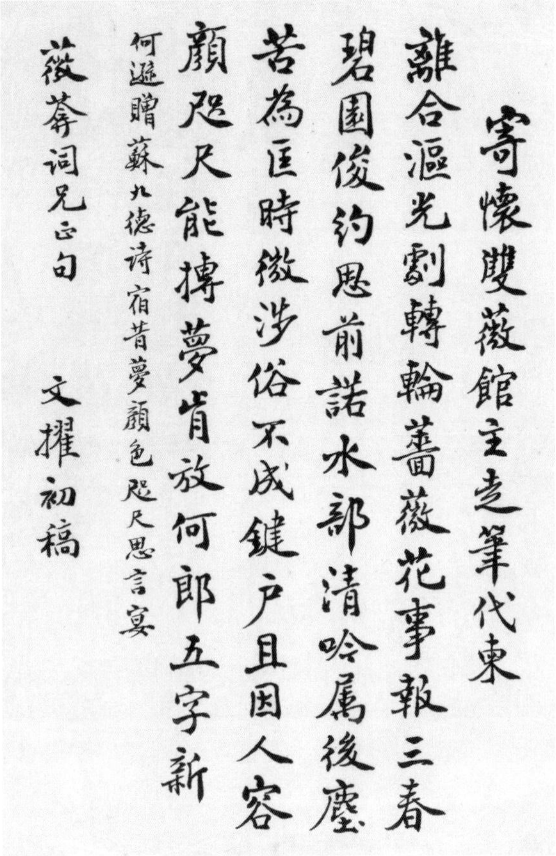

一

蘇文擢行書詩

釋文

寄懷雙薇館主走筆代柬

離合漚光劇轉輪，薔薇花事報三春。
碧園俊約思前諾，(一)水部清吟屬後塵。
苦為匡時微涉俗，不成鍵户且因人。
容顏咫尺能搏夢，肯放何郎五字新(何遜贈蘇九德詩：宿昔夢顏色，咫尺思言宴)。

薇蓀詞兄正句，文擢初稿。

按

一、碧園：何叔惠舅父阮自揚大埔桃源洞院宅，時有文友雅集。

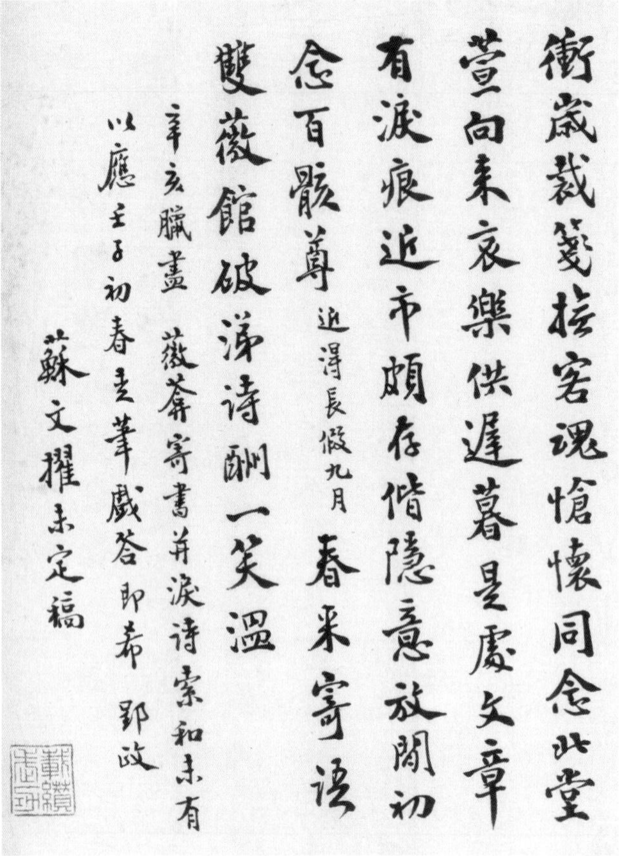

二

蘇文擢行書詩

一九七二年

釋文

衡歲裁箋撫客魂，愴懷同念北堂萱。
向來哀樂供遲暮，是處文章有淚痕。
近市頗存偕隱意，放閒初念百骸尊（近得長假九月）。
春來寄語雙薇館，破涕詩酬一笑溫。
辛亥臘盡，薇蓀寄書并淚詩索和，未有以應；壬子初春走筆戲答，即希郢政。蘇文擢未定稿。

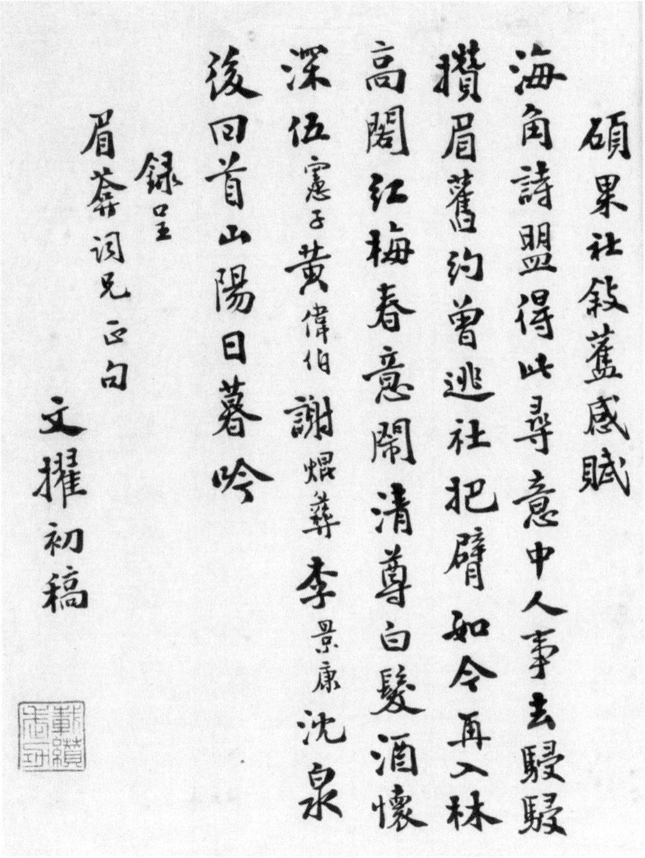
碩果社敘舊感賦
海角詩盟得此尋意中人事去駸駸
攢眉舊約曾逃社把臂如今再入林
高閣紅梅春意鬧清尊白髮酒懷深
伍憲子黃偉伯謝焜彝李景康沈泉
後回首山陽日暮吟
錄呈
眉蓀詞兄正句
文擢初稿

三

蘇文擢行書詩

釋文

碩果社敘舊感賦

海角詩盟得此尋，意中人事去駸駸。
攢眉舊約曾逃社，把臂如今再入林。
高閣紅梅春意鬧，清尊白髮酒懷深。
伍（憲子）黃（偉伯）謝（焜彝）李（景康）沈泉後，回首山陽日暮吟。

錄呈眉蓀詞兄正句，文擢初稿。

按

蘇文擢曾參加碩果詩社。詩社由伍憲子（一八八一－一九五九）、黃偉伯（一八七二－一九五五）、謝焜彝（一八七六－一九五八）及馮漸逵（一八八七－一九六六）一九四五年成立，李景康（一八九零－一九六零）一九四六年加盟；此七律寫於創社詩人逝世後。

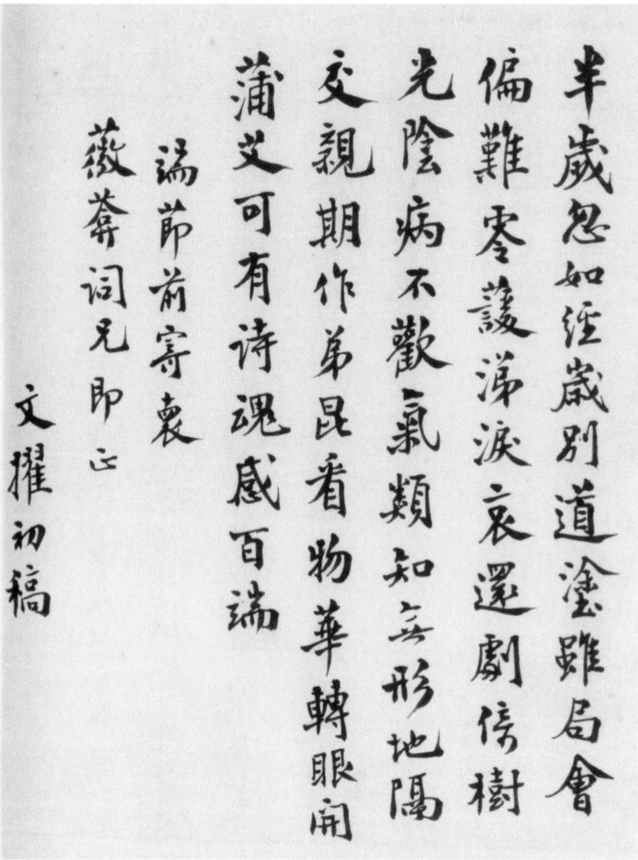

四 蘇文擢行書詩

釋文

半歲忽如經歲別，道塗雖局會偏難。
零蘐涕淚哀還劇，倚樹光陰病不歡。
氣類知無形地隔，交親期作弟昆看。
物華轉眼開蒲艾，可有詩魂感百端。
端節前寄裒薇蕣詞兄即正，文擢初稿。

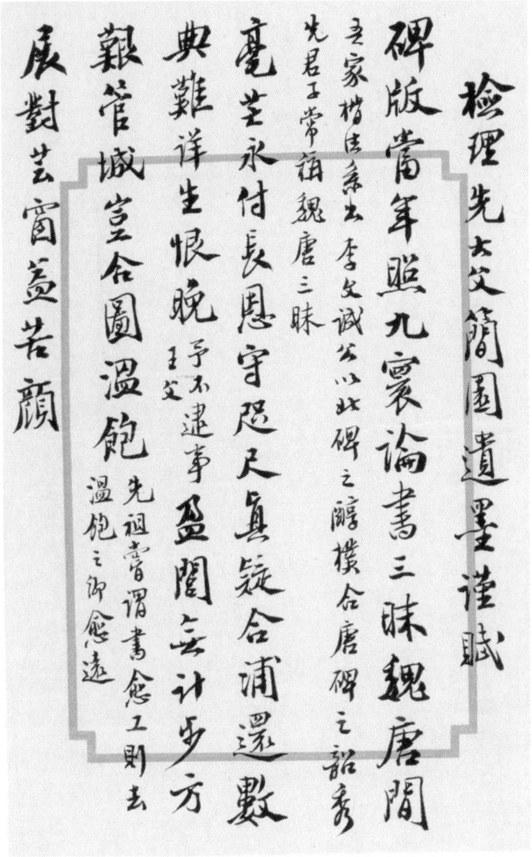

五

蘇文擢行書詩

釋文

檢理先大父簡園遺墨謹賦

碑版當年照九寰，論書三昧魏唐間（吾家楷法系出李文誠公，以北碑之醇樸合唐碑之韶秀，先君子常稱魏唐三昧）。

毫芒永付長恩守，咫尺真疑合浦還。

數典難詳生恨晚（予不逮事王父），盈閭無計步方艱。

管城豈合圖溫飽（先祖嘗謂書愈工則去溫飽之鄉愈遠），

展對芸窗益苦顏。

按

余少飄及宋菊存家人曾送贈簡園公蘇若瑚翰墨與蘇文擢留念，參蘇文擢七古長篇〈少飄買贈先祖唐碑便面二事賦謝〉，載《邃加室詩文集》頁一八零。整理先祖翰墨期間，蘇文擢並撰此七言律詩〈檢理先祖簡園公遺墨〉，載《邃加室詩文集》頁二零五，刊本有異文，作「毫芒永託長恩重，咫尺真疑合浦還（翰墨百紙為宋氏所贈）」。

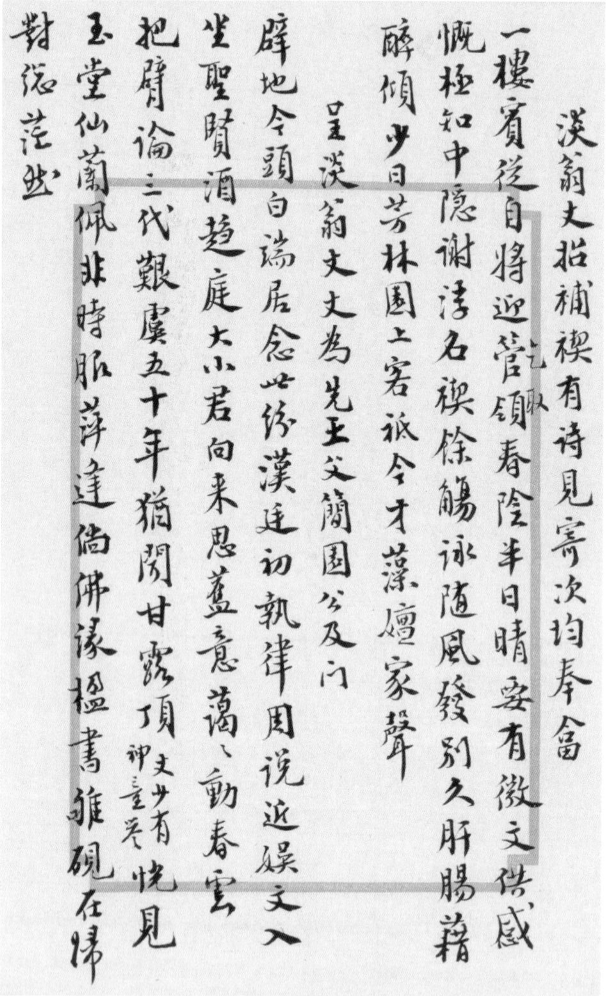

六

蘇文擢行書詩

二頁

釋文

淡翁丈招補褉有詩見寄次均奉答

一樓賓從自將迎，管領(乞取)春陰半日晴。
要有微文供感慨，極知中隱謝浮名。
褉餘觴詠隨風發，別久肝腸藉醉傾。
少日芳林園上客，祇今才藻壇家聲。

呈淡翁丈，丈為先王父簡園公及門

辟地今頭白，端居念世紛。
漢廷初執律，周說近娛文。
入坐聖賢酒，趨庭大小君。
向來思舊意，藹藹動春雲。

把臂論三代，艱虞五十年。
猶聞甘露頂(丈少有神童譽)，恍見玉堂仙。
蘭佩非時服，萍逢倘佛緣。
楹書雖硯在，歸對總茫然。

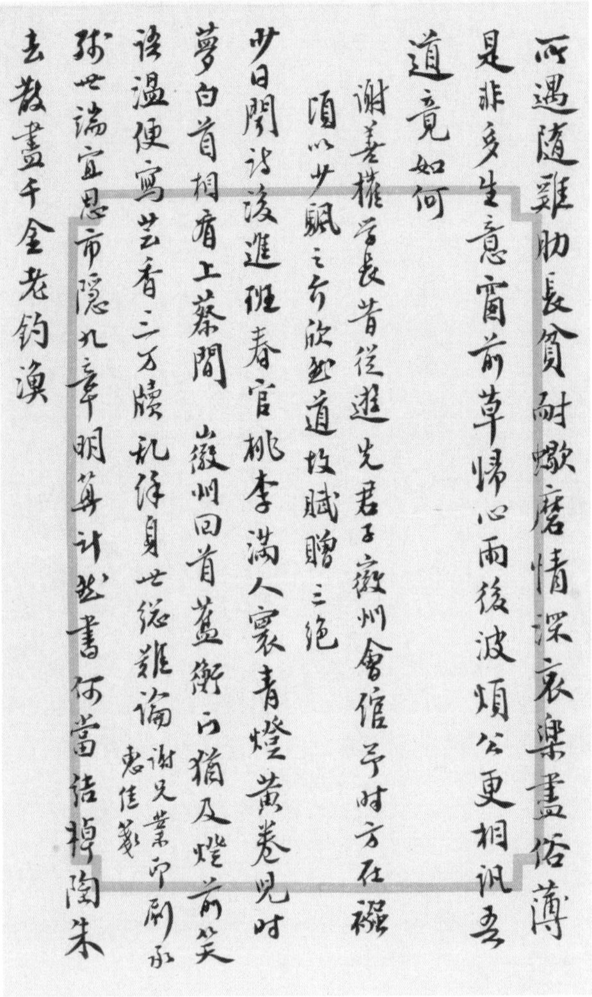

所遇隨雞肋，長貧耐蠍磨。
情深哀樂盡，俗薄是非多。
生意窗前草，歸心雨後波。
煩公更相訊，吾道竟如何。

謝善權學長昔從遊先君子徽州會館，予時方在襁，頃以少颿之介欣然道故，賦贈三絕

少日聞詩復進班，春官桃李滿人寰。
青燈黃卷兒時夢，白首相看上蔡間。

徽州回首舊衡門，猶及燈前笑語溫。
便寫芸香三萬牘，亂餘身世總難論（謝兄業印刷，承惠佳箋）。

殘世端宜思市隱，九章明算計然書。
何當結棹陶朱去，散盡千金老釣漁。

七

蘇文擢行書詩

二頁

一九六二年

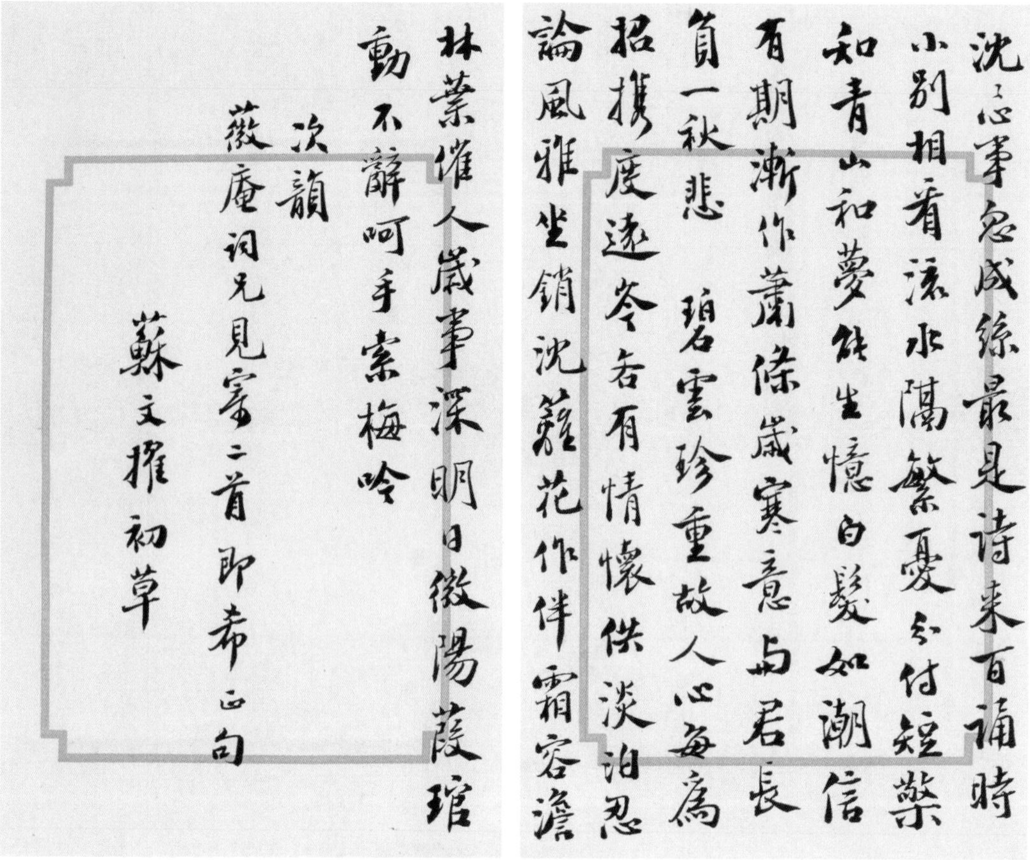

釋文

沈沈心事忽成絲，最是詩來百誦時。

小別相看流水隔，繁憂分付短檠知。

青山和夢能生憶，白髮如潮信有期。

漸作蕭條歲寒意，與君長負一秋悲。

碧雲珍重故人心，每為招攜度遠岑。

各有情懷供淡泊，忍論風雅坐銷沈。

籬花作伴霜容澹，

林業催人歲事深。

明日微陽葭琯動，不辭呵手索梅吟。

次韻薇庵詞兄見寄二首，即希正句，蘇文擢初草。

按

何叔惠原唱〈壬寅秋暮寄懷文擢〉載《薇盦存稿》下冊頁一六四。

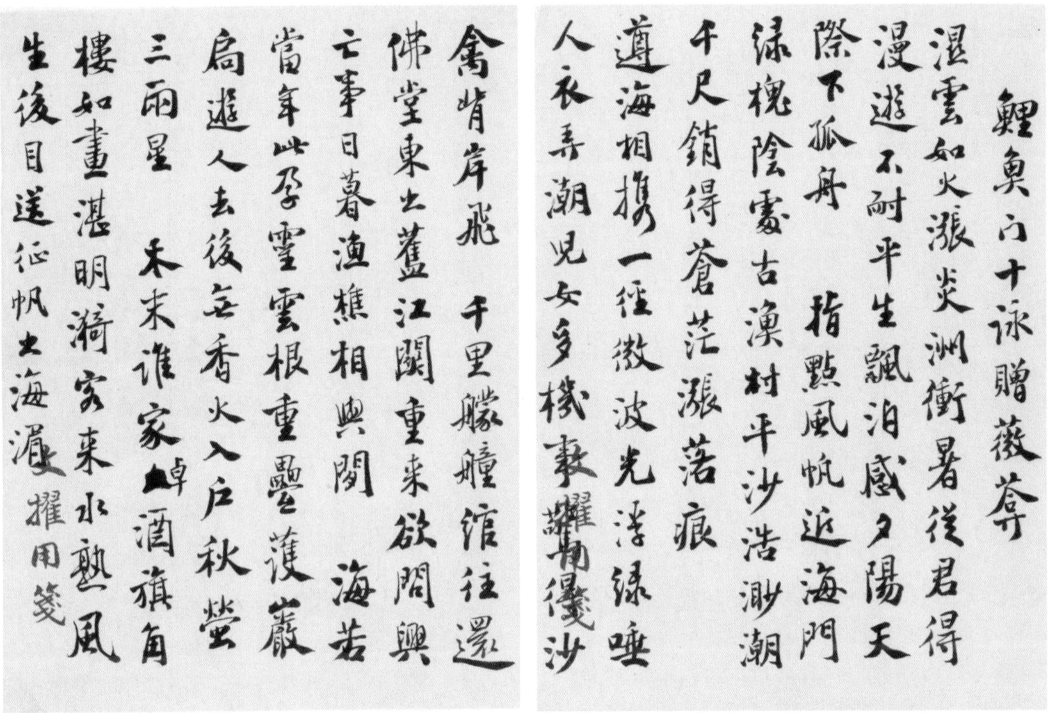

八

蘇文擢行書詩

四頁
一九六三年

釋文

鯉魚門十詠贈薇葊

濕雲如火漲炎洲，衝暑從君得漫遊。
不耐平生飄泊感，夕陽天際下孤舟。
指點風帆近海門，綠槐陰處古漁村。
平沙浩渺潮千尺，銷得蒼茫漲落痕。
遵海相攜一徑微，波光浮綠唾人衣。
弄潮兒女多機事，驚得沙
禽背岸飛。
千里艨艟綰往還，佛堂東出舊江關。
重來欲問興亡事，日暮漁樵相與閒。
海若當年此孕靈，雲根重疊護巖扃。
遊人去後無香火，入户秋螢三兩星。
木末誰家卓酒旗，角樓如畫湛明漪。
客來水熟風生後，目送征帆出海湄。

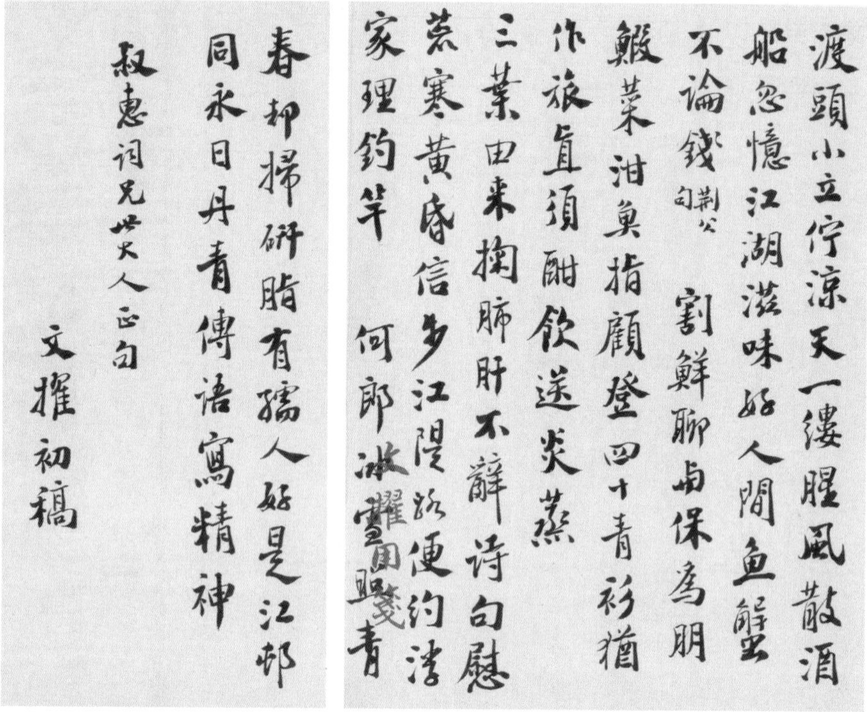

渡頭小立佇涼天，一縷腥風散酒船。
忽憶江湖滋味好，人間魚蟹不論錢（荊公句）。
割鮮聊與保為朋，鰕菜泔魚指顧登。
四十青衫猶作旅，直須酣飲送炎蒸。
三葉由來掬肺肝，不辭詩句慰荒寒。
黄昏信步江隄路，便約浮家理釣竿。
何郎冰雪照青
春，卻掃研脂有孺人。
好是江邨同永日，丹青傳語寫精神。
叔惠詞兄世大人正句，文擢初稿。

按

蘇文擢一九六三年八月五日致函何叔惠等，邀八月十四日到鯉魚門擊鮮，信函參〈邃加室手札冊甲〉第四十二通。宴後八月廿日蘇文擢致函何叔惠，附上錄詩〈鯉魚門十詠贈薇蓀〉記此聚會，信函參〈邃加室手札冊甲〉第三十八通。此七絕十首手稿其中九首載《邃加室詩文集》頁二三六，詩題〈鯉魚門晚酌同叔惠〉，刊本有異文，第一首作「不耐生平飄泊感」；第三首作「波光延綠唾人衣」、「驚起沙禽背岸飛」；第四首作「重來癡說興亡事」；第五首作「海若經年此孕靈」，結句「入户秋螢三兩星」有小注「天后廟」；第六首作「極目孤帆出海湄」。手稿第十首未見於刊本。

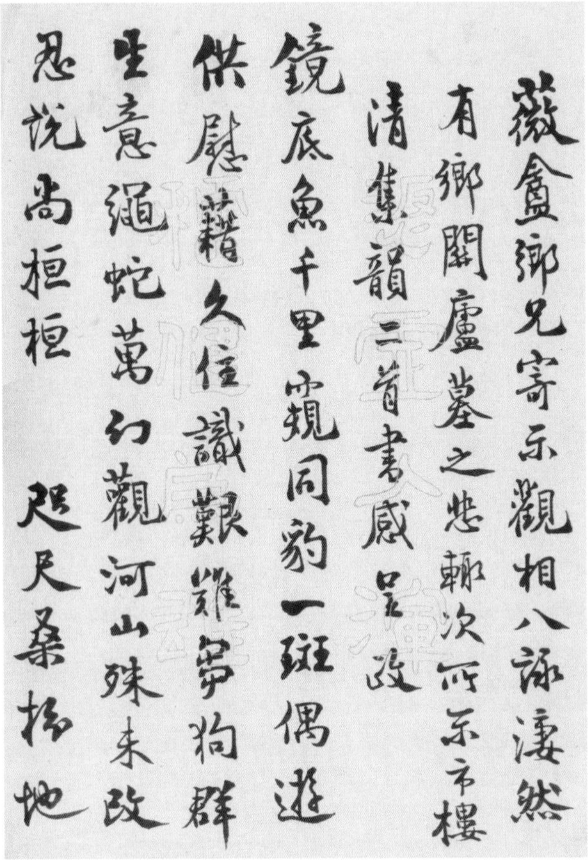
薇盦鄉兄寄示觀相八詠淒然
有鄉關廬墓之悲輒次所示市樓
清集韻二首書感呈政
鏡底魚千里窺同豹一斑偶遊
供慰藉久住識艱難芻狗群
生意繩蛇萬幻觀河山殊未改
忍説尚桓桓 咫尺桑枌地

九

蘇文擢行書詩

二頁

一九七五年

釋文

薇盦鄉兄寄示觀相八詠，淒然有鄉關廬墓之悲，輒次所示市樓清集韻二首書感呈政

鏡底魚千里，窺同豹一斑。偶遊供慰藉，久住識艱難。芻狗群生意，繩蛇萬幻觀。河山殊未改，忍説尚桓桓。

咫尺桑枌地，

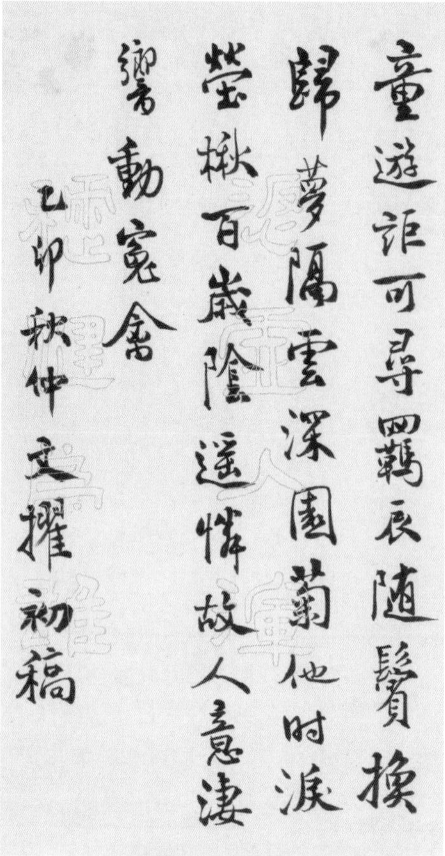
童遊詎可尋羈辰隨鬢換
歸夢隔雲深園菊他时淚
塋楸百歲陰遙憐故人意淒
響動寃禽
乙卯秋仲 文擢初稿

童遊詎可尋。羈辰隨鬢換，歸夢隔雲深。
園菊他時淚，塋楸百歲陰。遙憐故人意，淒響動寃禽。
乙卯秋仲，文擢初稿。

按

此五律二首載《邃加室詩文集》頁一九五，詩題〈薇盦寄示觀相八詠，感其友人回粵所攝而作也，誦之淒然有鄉關盧墓之思，因次所示市樓清集韻二首寄答〉；何叔惠市樓清集原唱〈大吉祥清集同古愚、少波、鏡宇、澤浦〉五律二首載《薇盦存稿》上冊頁九六。蘇文擢刊本與此手稿稍異，刊本第一首作「鏡底魚千里，窺仍豹一斑。偶遊差慰藉，久住識艱難。芻狗群生意，繩蛇萬幻看。黑雲方蕩北，忍說尚桓桓」；第二首作「淒響入霜禽」。又何叔惠之〈觀相〉七絕八首載《薇盦存稿》下冊頁一八七，副題「沙園游子，回鄉省視盧墓返港，邀賞所拍攝之照片，故里景物，歷歷赴目。撫有涯之去日，感不絕於予心，望遠龍鍾，淒然命筆，不知涕泗之何從也。」沙園游子或即陳秉昌。

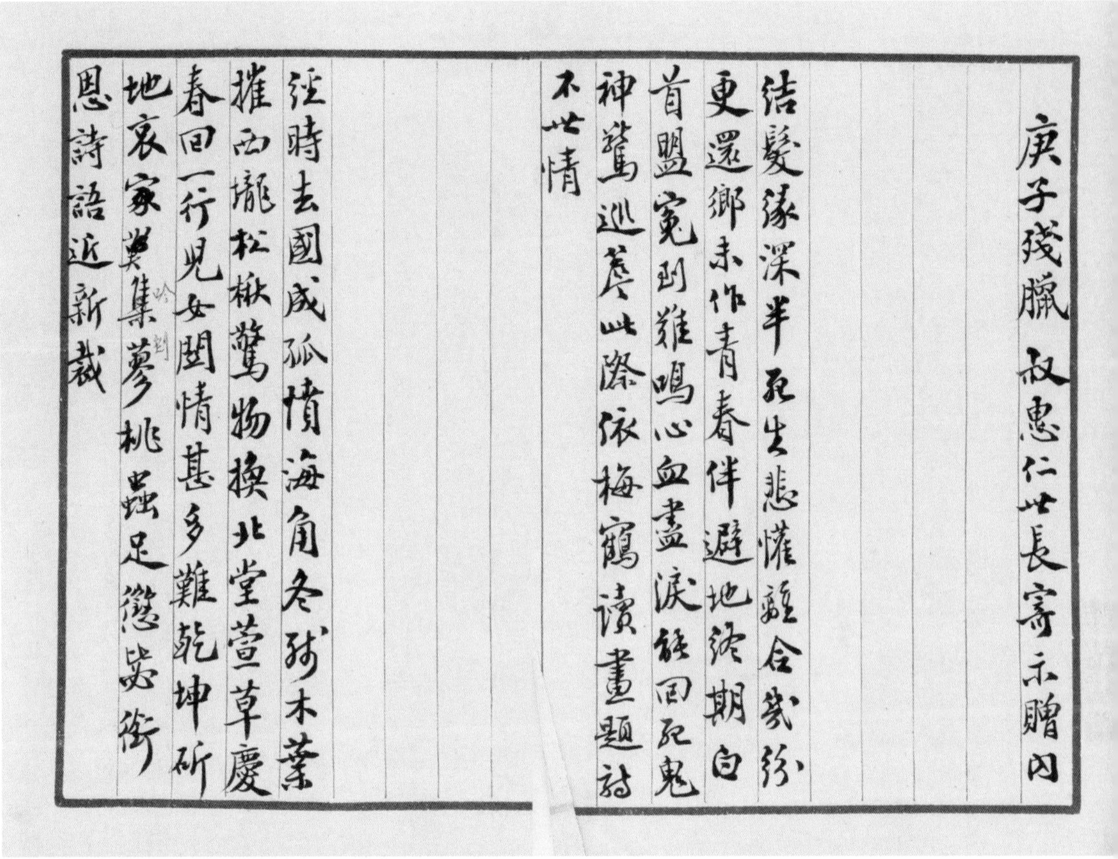

十

蘇文擢行書詩

二頁

一九六一年

釋文

庚子殘臘，叔惠仁世長寄示贈內

結髮緣深半死生，悲懽離合幾紛更。

還鄉未作青春伴，避地終期白首盟。

冤到難鳴心血盡，淚能回死鬼神驚。

巡簷此際依梅鶴，讀畫題詩不世情。

經時去國成孤憤，海角冬殘木葉摧。

西壠松楸驚物換，北堂萱草慶春回。

一行兒女關情甚，多難乾坤斫地哀。

集蓼（吟到）桃蟲足懲毖，銜恩詩語近新裁。

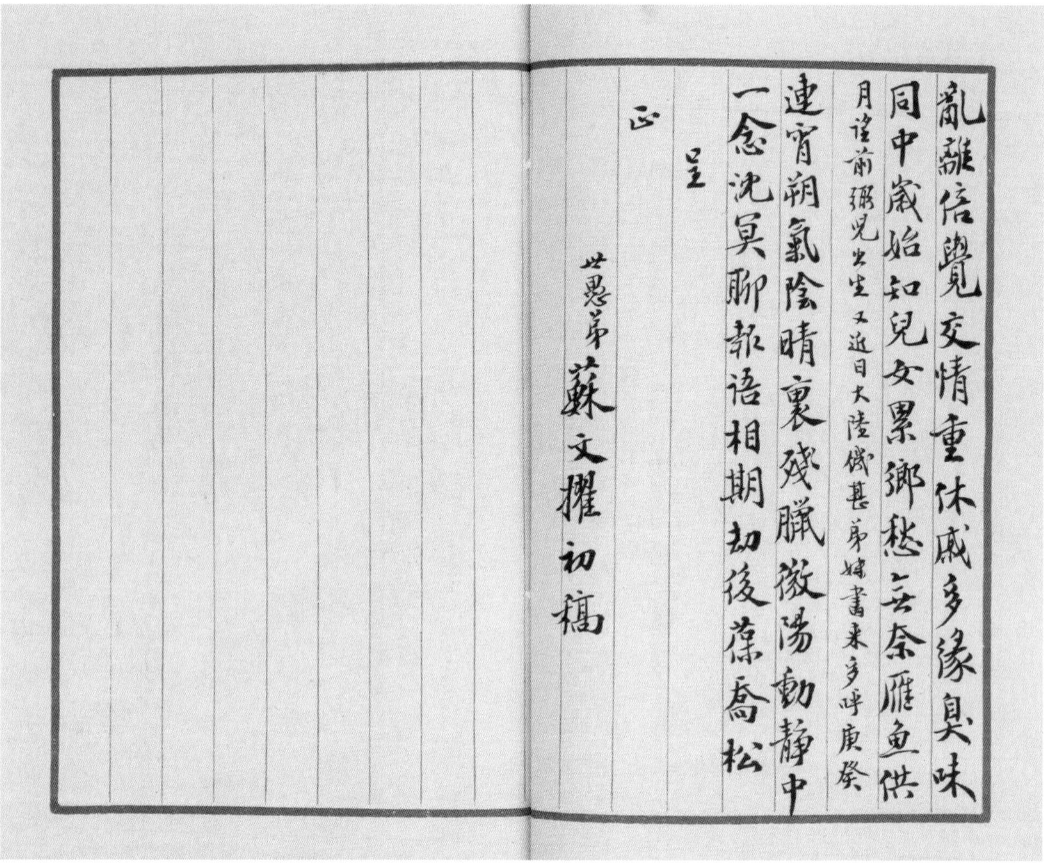

亂離倍覺交情重休戚多緣臭味
同中歲始知兒女累鄉愁無奈雁魚供
月望前弼兒出生又近日大陸饑甚弟妹書來多呼庚癸
連宵朔氣陰晴裏殘臘微陽動靜中
一念沈冥聊報語相期劫後葆喬松
呈
正
世愚弟蘇文擢初稿

亂離倍覺交情重，休戚多緣臭味同。
中歲始知兒女累，鄉愁無奈雁魚供（月望前弼兒出生，又近日大陸饑甚，弟妹書來多呼庚癸）。
連宵朔氣陰晴裏，殘臘微陽動靜中。
一念沈冥聊報語，相期劫後葆喬松。

呈正，世愚弟蘇文擢初稿。

按

此七律四首乃何叔惠〈贈內〉四首之和詩，附於〈邃加室手札冊乙〉第三十一通信函後。詩本事參〈邃加室手札冊甲〉第二十二、三十通信函按語，並參蘇文擢五言排律〈題叔惠茹蘗鐫碑圖〉，載《邃加室詩文集》頁一九九。

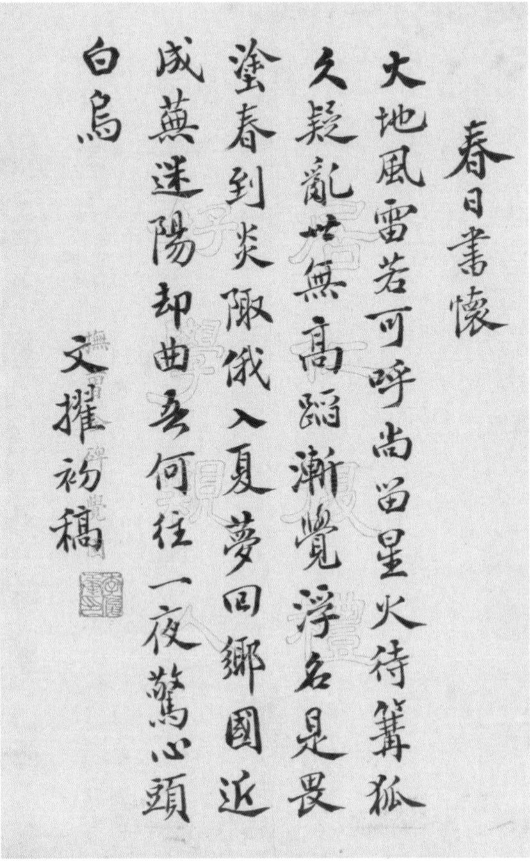

十一

蘇文擢行書詩

釋文

春日書懷

大地風雷若可呼，尚留星火待篝狐。
久疑亂世無高蹈，漸覺浮名是畏塗。
春到炎陬俄入夏，夢回鄉國近成蕪。
迷陽卻曲吾何往，一夜驚心頭白烏。
文擢初稿。

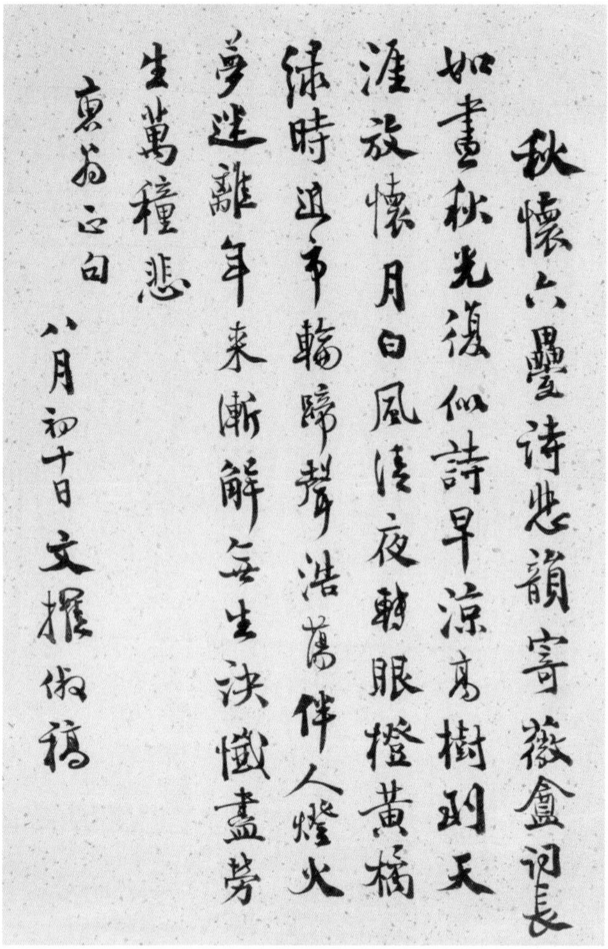

十二

蘇文擢行書詩

一九八六年

釋文

秋懷六疊詩悲韻寄薇盦詞長

如畫秋光復似詩，早涼高樹到天涯。
放懷月白風清夜，轉眼橙黃橘綠時。
近市輪蹄聲浩蕩，伴人燈火夢迷離。
年來漸解無生訣，懺盡勞生萬種悲。
惠翁正句，八月初十日，文擢倣稿。

按

一九八六年中，何叔惠、蘇文擢有連串「詩涯時離悲」韻七律唱和，此為唱和詩之第六首。「詩涯時離悲」韻唱和詩分別為：

一、丙寅七月十九日（刊本作二十日），蘇文擢撰〈薇盦因大鈍有風雨山河淚，言歸異故鄉之句感成一律寄示依韻奉和〉，參手稿〈邃加室詩稿冊乙〉第十七通及《邃加室叢稿》頁五七；

二、七月廿六日蘇文擢倒韻和唱一首，參手稿〈邃加室詩稿冊丙〉第十三通及《邃加室叢稿》頁五七；

三、八月初二日蘇文擢三疊和韻詩一首，參手稿〈邃加室詩稿冊丙〉第十五通及《邃加室叢稿》頁五八；

四、八月初八日蘇文擢四疊和韻詩一首，參手稿〈邃加室詩稿冊丙〉第十四通及《邃加室叢稿》頁五九；

五、八月初九日蘇文擢五疊和韻詩一首，參《邃加室叢稿》頁六零，手稿未見；

六、八月初十日蘇文擢六疊和韻詩一首，參〈邃加室詩稿冊丙〉第十二通及《邃加室叢稿》頁六一；此函乃第六首和韻詩〈秋懷六疊詩悲韻寄薇庵〉，刊本有異文，作「近市輪蹄塵浩漫」、「年來漸悟無生訣」；

七、九月初八日蘇文擢七、八疊和韻詩二首，參〈邃加室詩稿冊丙〉第十六通及《邃加室叢稿》頁六五；

八、九月初九日蘇文擢九疊和韻詩一首，參〈邃加室詩稿冊丙〉第十六通及《邃加室叢稿》頁六八；

九、何叔惠撰〈秉昌悼亡七疊悲韻寄之〉，載《薇盦存稿》上冊頁一二九；

十、何叔惠撰〈疊悲韻再寄文擢〉，載《薇盦存稿》上冊頁一六零。

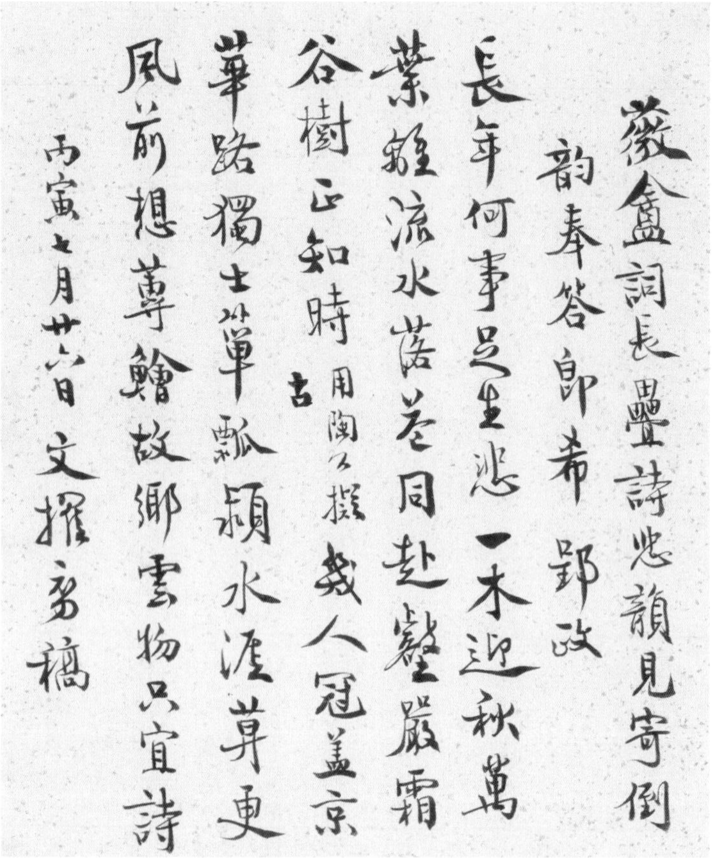

十三

蘇文擢行書詩

一九八六年

釋文

薇盦詞長疊詩悲韻見寄倒韻奉答，即希郢政

長年何事足生悲，一木迎秋萬葉離。

流水落花同赴壑，嚴霜谷樹正知時（用陶公擬古）。

幾人冠蓋京華路，獨士簞瓢潁水涯。

莫更風前想蓴鱠，故鄉雲物只宜詩。

丙寅七月廿六日，文擢初稿。

按

蘇文擢、何叔惠一九八六年有連串「詩涯時離悲」韻唱和詩，介紹參上函按語。此函〈薇盦疊詩悲韻見寄倒韻奉答〉乃蘇文擢二疊倒韻和詩，蘇文擢另有手稿載《邃加室叢稿》頁五七，有注釋，作「長年何事足生悲（淮南子：木葉落，長年悲），一木迎秋萬葉離。流水落花同赴壑，嚴霜谷樹正知時（陶公擬古：蒼蒼谷中樹，冬夏常如茲，年年見霜雪，誰謂不知時）。

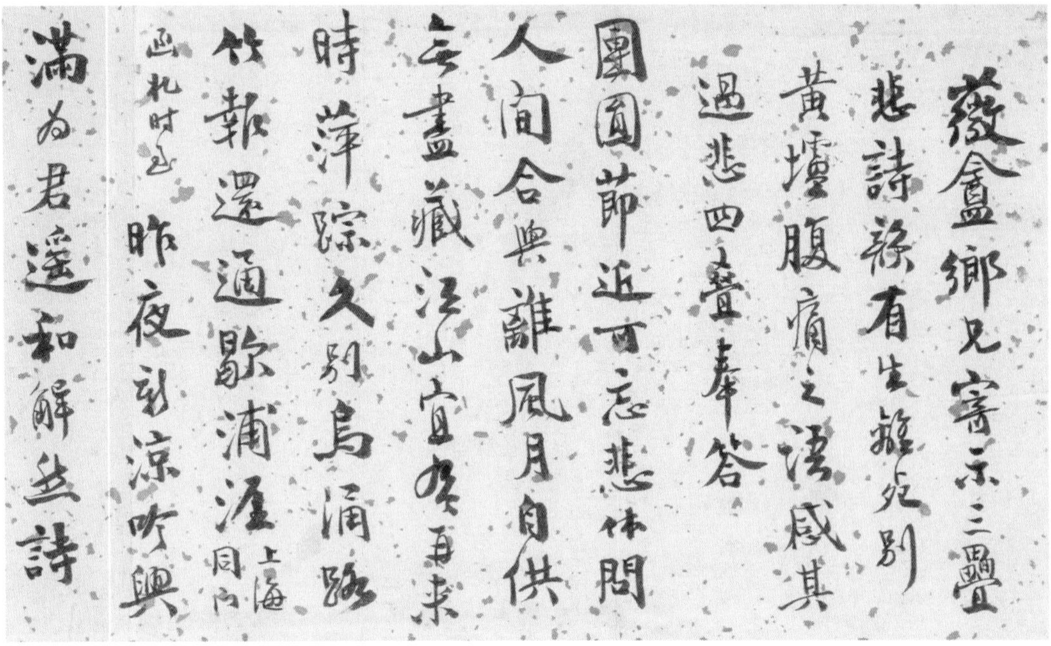

十四

蘇文擢行書詩

一九八六年

釋文

薇盦鄉兄寄示三疊悲詩韻，有生離死別、黃壚腹痛之語，感其過悲，四疊奉答

團圓節近可忘悲，休問人間合與離。風月自供無盡藏，江山宜有再來時。萍踪久別烏涌路，竹報還通歇浦涯（上海同門函札時至）。昨夜新涼吟興滿，為君遙和解愁詩。

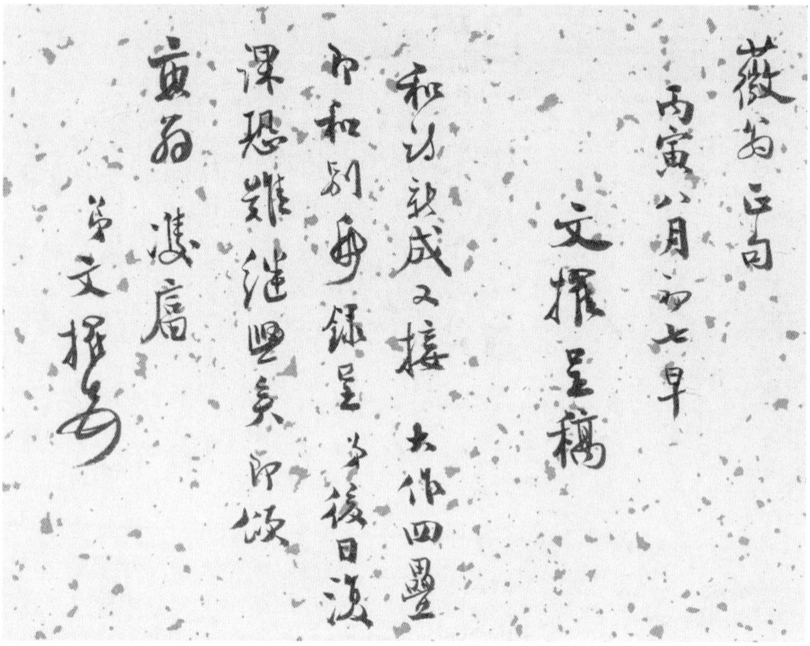
薇翁正句
丙寅八月初七早
文擢呈稿
和詩新成又接大作四疊
即和別紙錄呈弟後日復
課恐難繼興矣即頌
惠翁雙福
弟文擢頓首

薇翁正句，丙寅八月初七早。文擢呈稿。

和詩新成又接大作四疊，即和別紙錄呈。弟後日復課恐難繼興矣，即頌惠翁雙福。弟文擢頓首。

按

蘇文擢、何叔惠一九八六年有連串「詩涯時離悲」韻唱和詩，介紹參本章第十二通按語。上錄蘇文擢四疊和韻詩〈薇翁寄示三疊詩悲韻有生離死別黃壚腹痛等語，過於悲苦，因四疊奉答〉另有手稿，載《邃加室叢稿》頁五九，刊本作「萍飄莫辨涌頭路（祖居在烏涌，已夷平矣），竹報聊通歇浦涯（上海同門時有訊息）。」

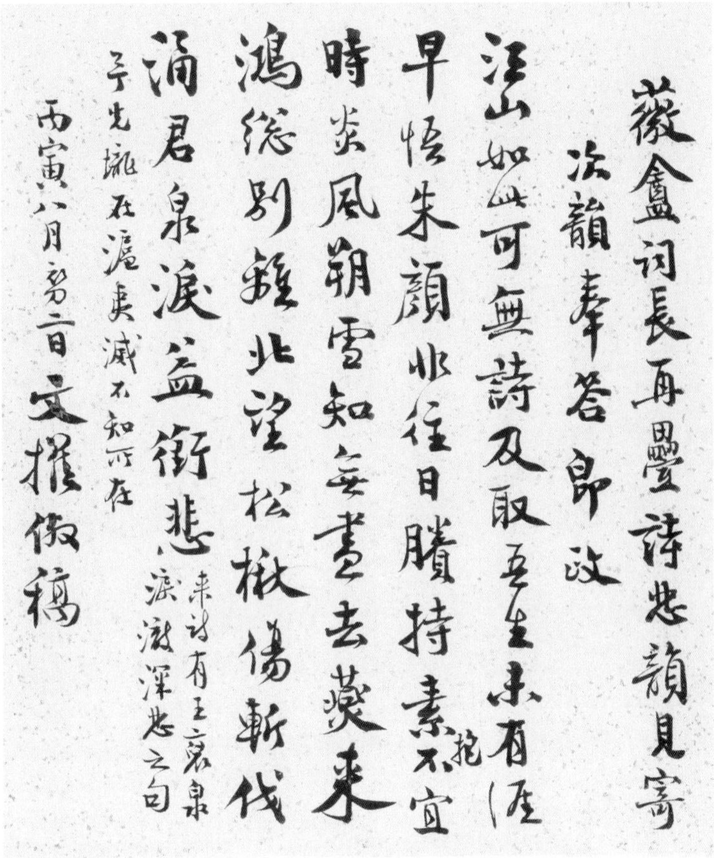
薇盦词長再疊詩悲韻見寄
次韻奉答即政
江山如此可無詩及取吾生未有涯
早悟朱顏非往日賸持素抱不宜
時炎風朔雪知無盡去燕來
鴻總別離北望松楸傷斬伐
誦君泉淚益銜悲
來詩有王裒泉淚澈深悲之句
予先壠在滬夷滅不知所在
丙寅八月初二日文擢俶稿

十五

蘇文擢行書詩

一九八六年

釋文

薇盦詞長再疊詩悲韻見寄次韻奉答即政

江山如此可無詩，及取吾生未有涯。早悟朱顏非往日，賸持素抱不宜時。炎風朔雪知無盡，去燕來鴻總別離。北望松楸傷斬伐，誦君泉淚益銜悲（來詩有王裒泉淚澈深悲之句，予先壟在有滬，夷滅不知所在）。

丙寅八月初二日，文擢俶稿。

按

蘇文擢、何叔惠一九八六年連串「詩涯時離悲」韻唱和詩，介紹參本章第十二通按語。此蘇文擢三疊和韻詩〈三疊詩悲韻奉答薇盦詞長〉另有手稿，載《邃加室叢稿》頁五八，刊本作「炎風朔雪相回薄，去燕來鴻總別離。廬舍松楸夷伐盡，因君泉淚益同悲（來詩有王裒泉淚澈深悲之句。）」

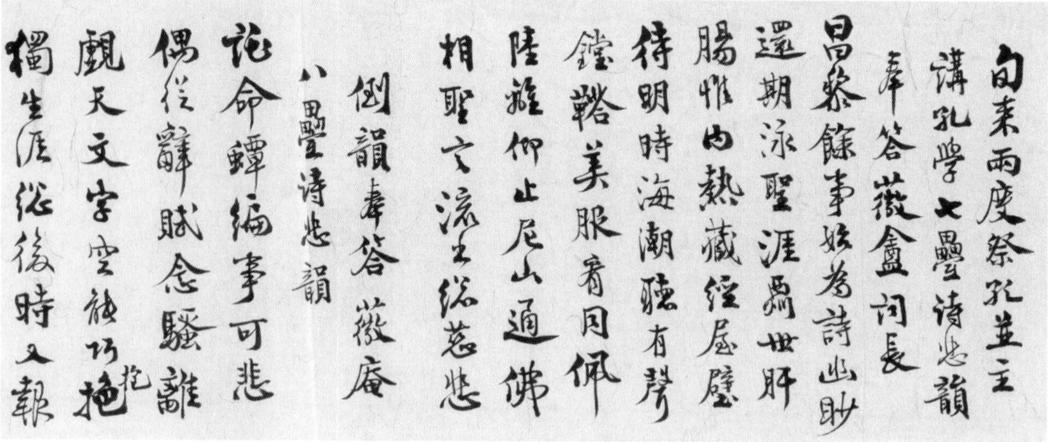

十六

蘇文擢行書詩

一九八六年

釋文

旬來兩度祭孔並主講孔學，七疊詩悲韻奉答薇盦詞長

昌黎餘事始為詩，幽眇還期泳聖涯。
酬世肝腸惟內熱，藏經屋壁待明時。
海潮聽有聲鏜鞳，美服看同佩陸離。
仰止尼山通佛相，聖言流出總慈悲。

倒韻奉答薇庵八疊詩悲韻

託命蟫編事可悲，偶從辭賦念騷離。
覶天文字空能巧，抱獨生涯總後時。
又報

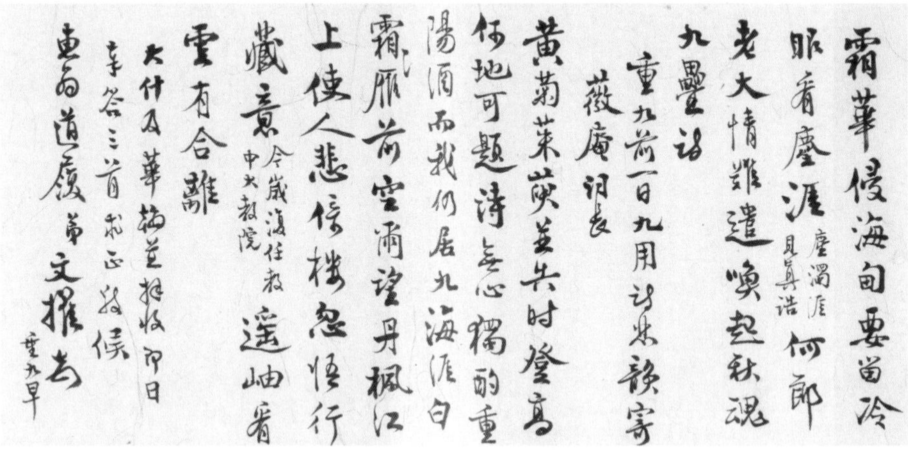

霜華侵海甸，要留冷眼看塵涯（塵濁涯見真誥）。何郎老大情難遣，喚起秋魂九疊詩。

重九前一日九用詩悲韻寄薇庵詞長

黃菊茱萸並共時，登高何地可題詩。無心獨酌重陽酒，而我仍居九海涯。白雁霜前空爾望，丹楓江上使人悲。倚樓忽悟行藏意（今歲復任教中大教院），遙岫看雲有合離。

大什及華翰並拜收，即日奉答三首求正，敬候惠翁道履，弟文擢頓首，重九早。

句來兩度祭孔主
講孔學七疊詩悲韻
奉答薇盦詞長
昌黎餘事始為詩幽眇
還期泳聖涯憂世肝
腸作內熱藏經屋壁
待明時海潮聽有聲
鏜鞳美服看同佩
陸離仰止尼山通佛
相聖文流處總慈悲
倒韻奉答薇庵
八疊詩悲韻
託命蟫編事可悲
偶從辭賦念騷離
鏤冰文字空能巧抱
獨生涯總後時又報
霜華侵海甸要留冷
眼看塵涯 塵濁涯見真誥 何郎
老大情難遣喚起秋魂
九疊詩
重九前一日九用詩來敬寄
薇庵詞長
黃菊茱萸並失時登高
何地可題詩無心獨酌重
陽酒而我仍居九海涯白
霜雁前空爾望丹楓江
上使人悲倚樓忽悟行
藏意 今歲復任教中大教席 遠岫看
雲有合離
大作及華物並拜收即日
奉答三首求正並候
東南道履 弟 文擢 上
重九早

按

蘇文擢、何叔惠一九八六年有連串「詩涯時離悲」韻唱和詩，介紹參本章第十二通按語。此手稿為蘇文擢第七、八、九疊和韻詩；《邃加室叢稿》另錄手稿，有異文：

一、九月初八日七疊和韻詩〈句來兩度祭孔主講孔學七疊詩悲韻〉載《邃加室叢稿》頁六五，刊本手稿作：「昌黎餘事始為詩，幽眇還思泳聖涯。憂世肝腸持內熱，藏經屋壁待明時。海朝聽有聲鏜鞳，美服長予佩陸離。仰止尼山同佛意，仁言流處是慈悲。」

二、九月初八日八疊和韻詩〈倒用詩悲韻八和薇盦〉載《邃加室叢稿》頁六五，刊本詩及注釋作：「託命蟫編事已悲，每因辭賦念騷離。鏤冰文字空能巧，抱獨生涯總後時。又報霜華侵海甸，要留天眼看塵涯（塵濁涯語出真誥）。何郎老大情難遣（來詩有此日空餘老大悲之句），喚起秋魂九疊詩。」

三、九月初九日九疊和韻詩〈重九前一日得薇庵七、八、九疊詩悲韻用韻書懷亦九和矣〉載《邃加室叢稿》頁六八，刊本作：「黃菊茱萸不入時，登高何地可題詩。無心獨酌重陽酒，而我仍居九海涯。白雁霜前空爾望，青楓江上使人悲。倚樓忽悟行藏意，遠岫看雲有合離。」

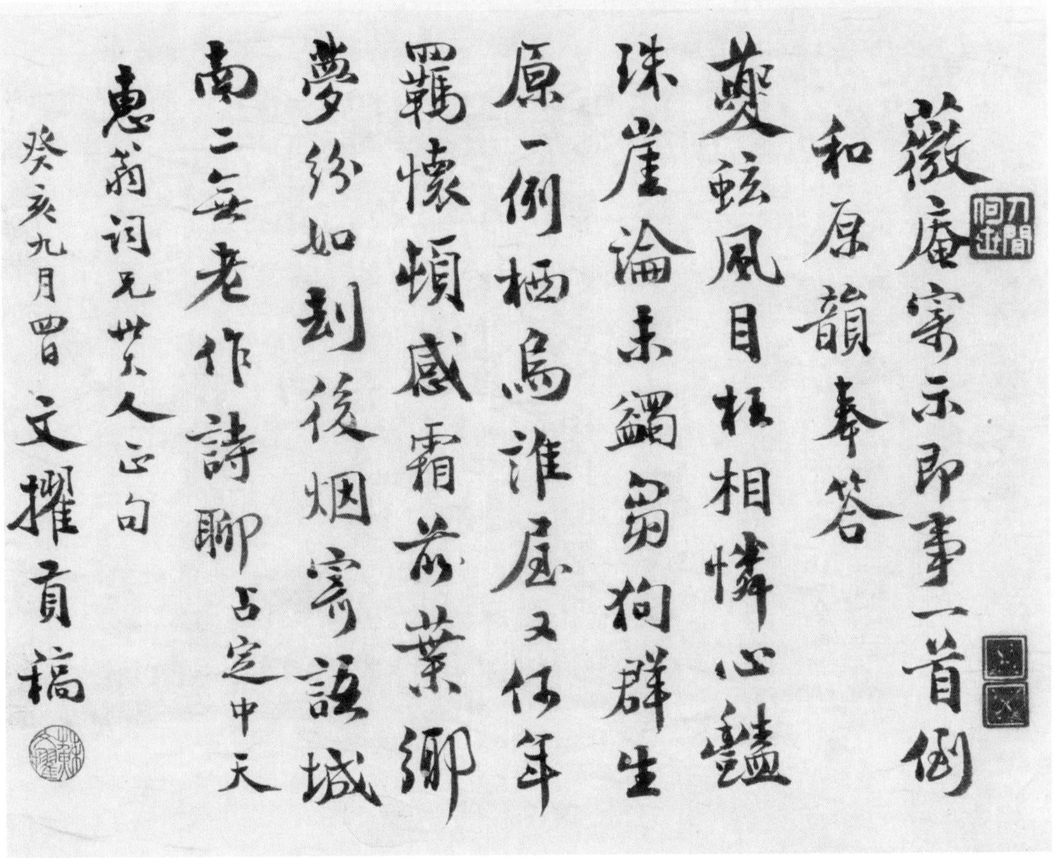

十七

蘇文擢行書詩

一九八三年

釋文

薇庵寄示即事一首倒和原韻奉答（一）

夔蚿風目枉相憐，心豔珠崖論未蠲。

芻狗群生原一例，棲烏誰屋又何年。

羈懷頓感霜前葉，鄉夢紛如劫後烟。

寄語城南二無老，（二）作詩聊占定中天。

惠翁詞兄世大人正句。癸亥九月四日，文擢貢稿。

印章

「人間何世」白文、「（癸、亥）」白文連珠印（倒鈐）、「蘇文擢」朱文。

按

一、此蘇文擢七律另有手稿，載《邃加室詩文續稿》頁一四六，詩題〈薇庵詞長寄示即事一首例和元韻奉答〉，有異文，作「芻狗群生寧一日」。

二、城南二無老：何叔惠一九六三年至二零零八年居「城南」九龍城，自稱「二無老人」，參〈邃加室詩稿冊乙〉第十六通按語。

十八

蘇文擢行楷〈懷鄉詠序〉

五頁

一九八二年

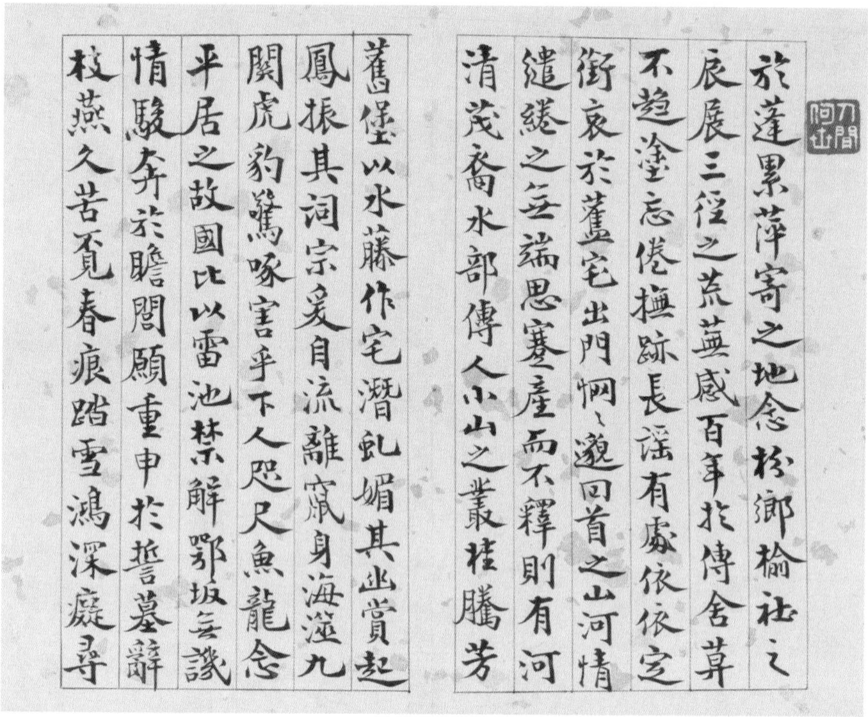
於蓬累萍寄之地念枌鄉榆社之
辰展三徑之荒蕪感百年於傳舍莫
不趨塗忘倦撫跡長謠有處依依定
銜哀於舊宅出門惘惘邈回首之山河情
繾綣之無端思褰產而不釋則有河
清茂裔水部傳人小山之叢桂騰芳
舊堡以水藤作宅潛虬媚其幽賞起
鳳振其詞宗爰自流離竄身海澨九
關虎豹鷙啄害乎下人咫尺魚龍念
平居之故國比以雷池禁解鄂坂無識
情駿奔於瞻閭願重申於誓墓辭
枝燕久苦覓春痕踏雪鴻深癡尋

釋文

於蓬累萍寄之地，念枌鄉榆社之辰，展三徑之荒蕪，感百年於傳舍，莫不趨塗忘倦。撫跡長謠，有處依依；定銜哀於舊宅，出門惘惘，邈回首之山河，情繾綣之無端，思褰產而不釋，則有河清茂裔，水部傳人，小山之叢桂騰芳。舊堡以水藤作宅，潛虬媚其幽賞，起鳳振其詞宗；爰自流離，竄身海澨，九關虎豹，鷙啄害乎下人。咫尺魚龍，念平居之故國，比以雷池禁解，鄂坂無識；情駿奔於瞻閭，願重申於誓墓，辭枝燕久，苦覓春痕；踏雪鴻深，癡尋

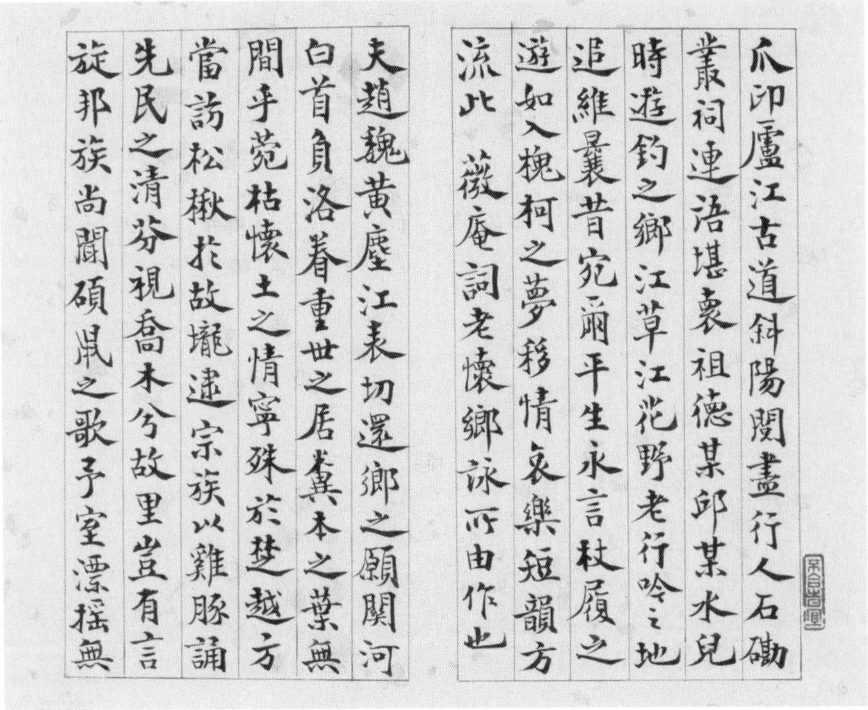

爪印；盧江古道，斜陽閱盡行人；石磡叢祠，連語堪懷祖德。某邱某水，兒時遊釣之鄉；江草江花，野老行吟之地。追維曩昔，宛爾平生，永言杖履之遊，如入槐柯之夢，移情哀樂，短韻方流，此薇庵詞老懷鄉詠所由作也。夫趙魏黃塵，江表切還鄉之願，關河白首；負洛眷重世之居，糞本之葉，無間乎菀枯，懷土之情，寧殊於楚越。方當訪松楸於故壠，逮宗族以雞豚，誦先民之清芬，視喬木兮故里，豈有言旋邦族，尚聞碩鼠之歌；予室漂搖，無

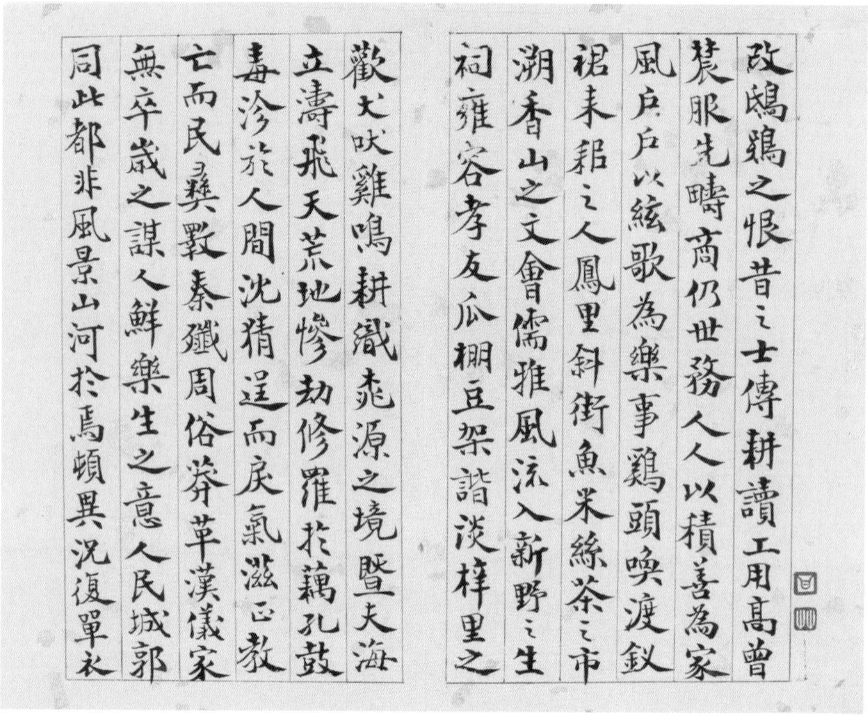

改鴟鴞之恨昔之士傳耕讀工用高曾
農服先疇商仍世務人人以積善為家
風户户以絃歌為樂事鷄頭喚渡釵
裙耒耜之人鳳里斜街魚米絲茶之市
溯香山之文會儒雅風流入新野之生
祠雍容孝友瓜棚豆架諧談梓里之
歡犬吠雞鳴耕織桃源之境暨夫海
立濤飛天荒地慘劫修羅於藕孔鼓
毒沴於人間沈猜逞而戾氣滋正教
亡而民彝斁秦殲周俗莽革漢儀家
無卒歲之謀人鮮樂生之意人民城郭
同此都非風景山河於焉頓異況復單衣

改鴟鴞之恨。昔之士傳耕讀，工用高曾，農服先疇，商仍世務，人人以積善為家風；户户以弦歌為樂事；鷄頭喚渡，釵裙耒耜之人；鳳里斜街，魚米絲茶之市；溯香山之文會，儒雅風流；入新野之生祠，雍容孝友；瓜棚豆架，諧談梓里之歡；犬吠雞鳴；耕織桃源之境。暨夫海立濤飛，天荒地慘，劫修羅於藕孔，鼓毒沴於人間；沈猜逞而戾氣滋，正教亡而民彝斁，秦殲周俗，莽革漢儀；家無卒歲之謀，人鮮樂生之意；人民城郭，同此都非，風景山河，於焉頓異，況復單衣

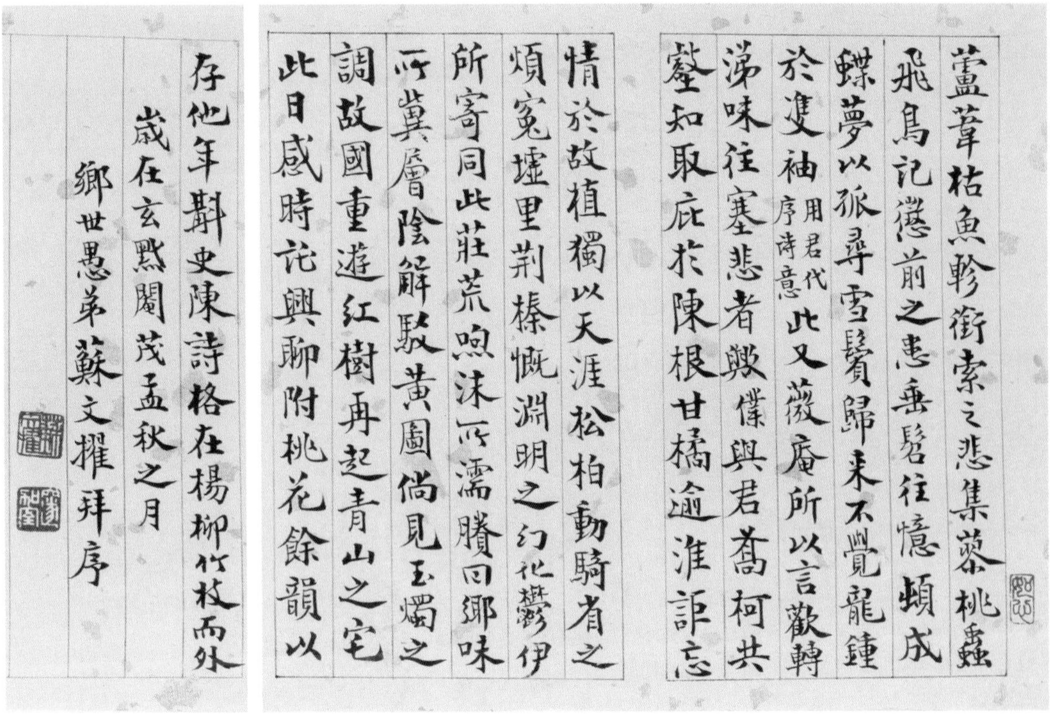

蘆葦枯魚軫銜索之悲集蓼桃蟲
飛鳥記懲前之患垂髫往憶頓成
蝶夢以孤尋雪鬢歸來不覺龍鍾
於雙袖（用君代序詩意）此又薇庵所以言歡轉
涕味往塞悲者歟僕與君高柯共
蹔知取庇於陳根甘橘逾淮詎忘
情於故植獨以天涯松柏動騎省之
煩冤墟里荆榛慨淵明之幻化鬱伊
所寄同此莊荒呴沫所濡賸回鄉味
所冀層陰解駁黃圖倘見玉燭之
調故國重遊紅樹再起青山之宅
此日感時託興聊附桃花餘韻以
存他年斠史陳詩格在楊柳竹枝而外
歲在玄黓閹茂孟秋之月
鄉世愚弟蘇文擢拜序

蘆葦，枯魚軫銜索之悲；集蓼桃蟲，飛鳥記懲前之患；垂髫往憶，頓成蝶夢以孤尋，雪鬢歸來，不覺龍鍾於雙袖（用君代序詩意），此又薇庵所以言歡轉涕味往塞悲者歟？僕與君高柯共蹔，知取庇於陳根，甘橘逾淮，詎忘情於故植；獨以天涯松柏，動騎省之煩冤；墟里荊榛，慨淵明之幻化。鬱伊所寄，同此莊荒，呴沫所濡，賸回鄉味；所冀層陰解駁，黃圖倘見玉燭之調，故國重遊；紅樹再起青山之宅，此日感時託興，聊附桃花餘韻，以存他年斠史陳詩，格在楊柳竹枝而外。

歲在玄黓閹茂孟秋之月。鄉世愚弟蘇文擢拜序。

印章

「蘇文擢」朱文、「邃加室」白文。

按

何叔惠祖籍廣東順德水籐。一九七九年，何叔惠離鄉三十年後重遊故鄉，撰〈懷鄉〉七言絕句四十首，各繫註釋，由六弟何幼惠鈔錄，一九八二年刊行曰《懷鄉詠》，溫中行、蘇文擢、陳秉昌、楊舜文、關殊鈔及何叔惠分別序。此蘇文擢〈何叔惠懷鄉詠序〉手稿載《邃加室詩文續稿》頁二零零，也收入《薇盦存稿》上冊頁六。《懷鄉詠》何叔惠以自撰七絕二首代序，與年前所撰《回鄉》七絕二首同載《薇盦存稿》下冊頁一九二。

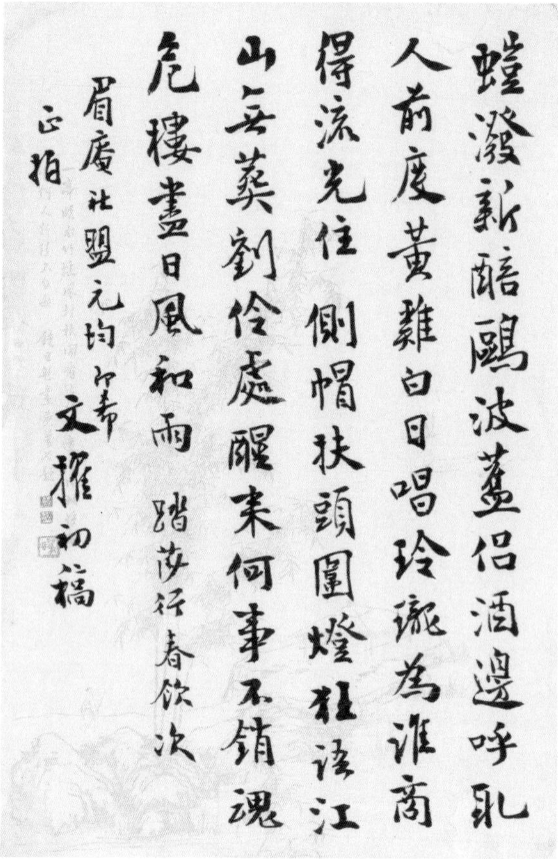

十九

蘇文擢行書詞

釋文

螘潑新醅，鷗波舊侶。酒邊呼乩人前度。黃雞白日唱玲瓏，為誰商得流光住。　側帽扶頭，圍燈狂語。江山無葬劉伶處。醒來何事不銷魂，危樓盡日風和雨。

踏莎行，春飲次眉庵社盟元均，即希正拍。文擢初稿。

陸　遼加室詩稿冊丁

紙本　縱三十四點八厘米　橫二十九點七厘米
香港中文大學文物館藏　何叔惠先生捐贈　藏品編號：1997.0392

此冊信函詩稿原件尺寸大小不一

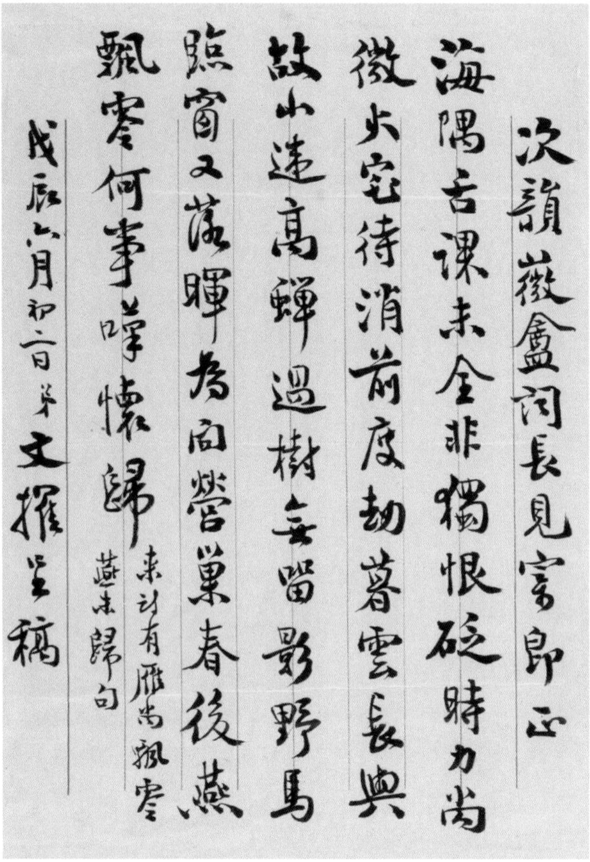
次韻薇盦詞長見寄即正
海隅舌課未全非獨恨砭時力尚微火宅待消前度劫暮雲長與故山違高蟬過樹無留影野馬臨窗又落暉為問營巢春後燕飄零何事嘆懷歸來詩有雁尚飄零燕未歸句
戊辰六月初二日弟文擢呈稿

一　蘇文擢行書詩

一九八八年

釋文

次韻薇盦詞長見寄即正

海隅舌課未全非，獨恨砭時力尚微。火宅待消前度劫，暮雲長與故山違。高蟬過樹無留影，野馬臨窗又落暉。為問營巢春後燕，飄零何事嘆懷歸（來詩有雁尚飄零燕未歸句）。

戊辰六月初二日，弟文擢呈稿。

按

此詩附於〈邃加室手札冊乙〉第十通信函後。蘇文擢另有手稿載《邃加室遺稿》頁二六，刊本有異文，作「海濱娛老未全非，端恨砭時願力微」、「何事飄零怨秋雁，營巢飛燕及春歸（薇翁回鄉重建祖屋，而詩有雁尚飄零燕未歸之句，故及之）。」

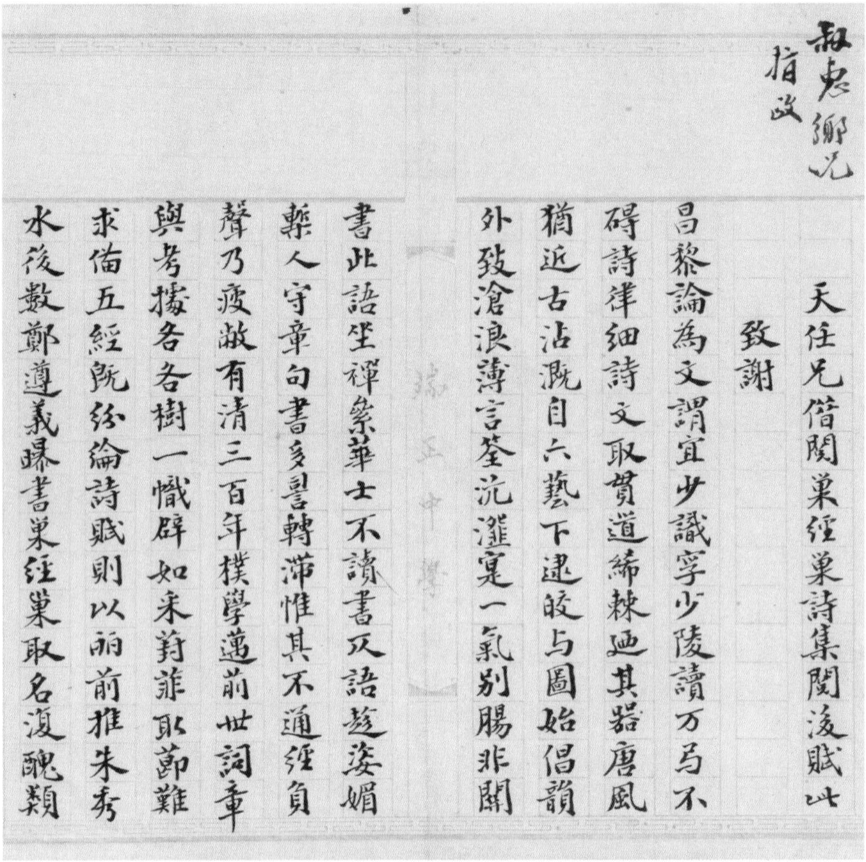

二

蘇文擢楷書詩

三頁

釋文

天任兄借閱巢經巢詩集閱後賦此致謝

昌黎論為文，謂宜少識字。少陵讀萬卷，不碍詩律細。
詩文取貫道，絺棘迺其器。唐風猶近古，沾溉自六藝。
下逮皎與圖，始倡韻外致。滄浪薄言筌，沆瀣實一氣。
別腸非關書，此語坐禪參。華士不讀書，仄語趁姿媚。
槧人守章句，書多詞轉滯。惟其不通經，負聲乃疲敝。
有清三百年，樸學邁前世。詞章與考據，各各樹一幟。
辟如采葑菲，取節難求備。五經既紛論，詩賦則以麗。
前推朱秀水，後數鄭遵義。曝書巢經巢，取名洩醜類。

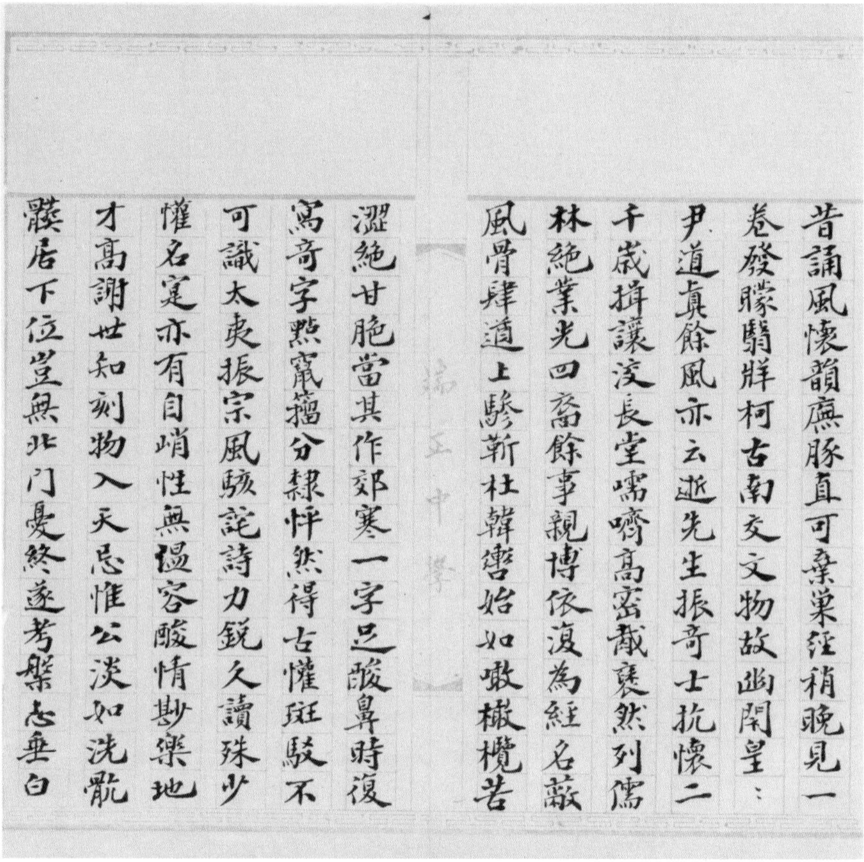
昔誦風懷韻廡豚直可棄巢經稍晚見一
卷發矇翳牂柯古南交文物故幽閉皇〻
尹道真餘風亦云逝先生振奇士抗懷二
千歲揖讓洨長堂嚅嚌高密畝褎然列儒
林絕業光四裔餘事親博依溲為經名蔽
風骨肆遒上驂靳杜韓轡始如噉橄欖苦
澀絕甘肥當其作郊寒一字足酸鼻時復
寫奇字點竄籀分隸怦然得古懽斑駁不
可識太夷振宗風駭詫詩力銳久讀殊少
懽名實亦有自峭性無慍容酸情媿樂地
才高謝世知刻物入天忌惟公淡如洗骫
髒居下位豈無北门憂終遂考槃志垂白

昔誦風懷韻，廡豚直可棄。巢經稍晚見，一卷發矇翳。
牂柯古南交，文物故幽閉。皇皇尹道真，餘風亦云逝。
先生振奇士，抗懷二千歲。揖讓洨長堂，嚅嚌高密畝。
褎然列儒林，絕業光四裔。餘事親博依，溲為經名蔽。
風骨肆遒上，驂靳杜韓轡。始如噉橄欖，苦澀絕甘肥。
當其作郊寒，一字足酸鼻。時復寫奇字，點竄籀分隸。
怦然得古懽，斑駁不可識。太夷振宗風，駭詫詩力銳。
久讀殊少懽，名實亦有自。峭性無慍容，酸情媿樂地。
才高謝世知，刻物入天忌。惟公淡如洗，骫髒居下位。
豈無北門憂，終遂考槃志。垂白

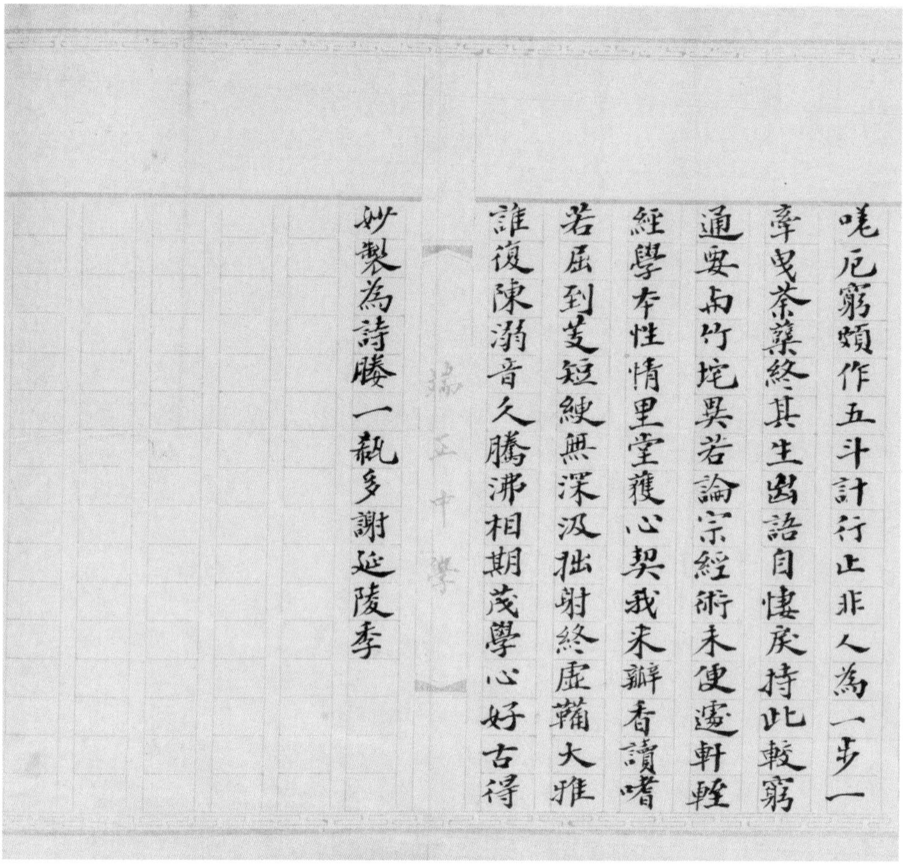

嗟厄窮頗作五斗計行止非人為一步一
牽曳茶蘖終其生出語自悽戾持此較窮
通要與竹垞異若論宗經術未便遽軒輊
經學本性情里堂獲心契我來瓣香讀嗜
若屈到芰短綆無深汲拙射終虛鞴大雅
誰復陳溺音久騰沸相期茂學心好古得
妙製為詩滕一瓻多謝延陵季

嗟厄窮，頗作五斗計。行止非人為，一步一牽曳。
茶蘖終其生，出語自悽戾。持此較窮通，要與竹垞異。
若論宗經術，未便遽軒輊。經學本性情，里堂獲心契。
我來瓣香讀，嗜若屈到芰。短綆無深汲，拙射終虛鞴。
大雅誰復陳，溺音久騰沸。相期茂學心，好古得妙製。
為詩滕一瓻，多謝延陵季。

按

蘇文擢獲吳天任借閱清鄭珍（一八零六－一八六四）《巢經巢詩鈔》，撰此五古長篇賦謝，寄示何叔惠時附按語「叔惠鄉兄指政」。五古載《邃加室詩文集》頁一三八，詩題《讀巢經巢集寄荔莊》，刊本有異文。

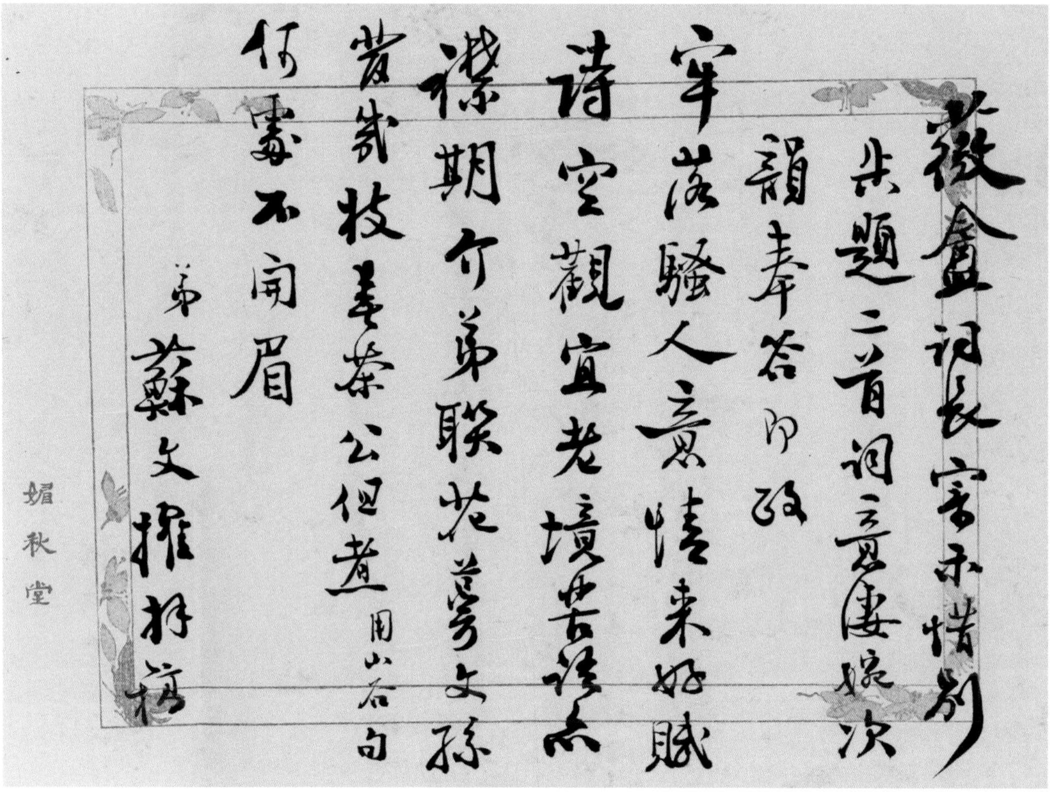

三

蘇文擢行書詩

釋文

薇盦詞長寄示惜別先題二首，詞意淒婉，次韻奉答即政

牢落騷人意，情來好賦詩。空觀宜老境，苦語亦襟期。
介弟聯花萼，文孫發幾枝。春茶公但煮（用山谷句），
何處不開眉。

弟蘇文擢拜稿。

按

何叔惠先撰〈惜別〉五律二首，此為蘇文擢其中一首和詩。何叔惠隨後再和韻撰〈邃加室主人疊韻和詩賦謝〉，載《薇盦存稿》上冊頁一零五。

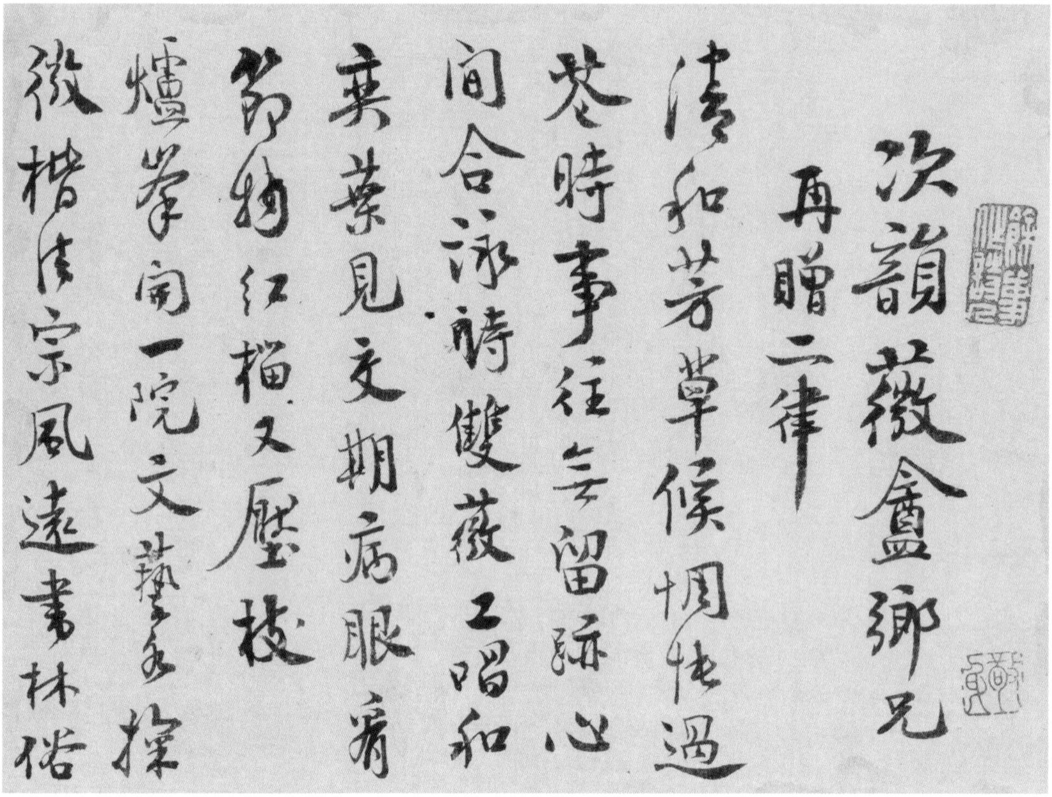

四

蘇文擢行書詩

二頁

一九九四年

釋文

次韻薇盦鄉兄再贈二律

清和芳草候，惆悵過花時。事往無留跡，心閒合詠詩。
雙薇工唱和，奕葉見交期。病眼看節物，紅榴又壓枝。
爐峰開一院，文藝各探微。楷法宗風遠，書林俗

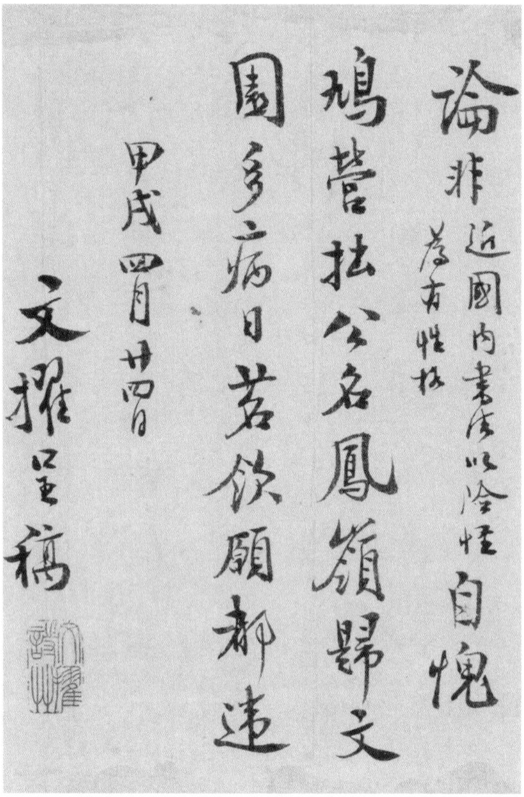

論非（近國內書法以險怪為有性格）。
自愧鳩營拙，公名鳳嶺歸。文園多病日，茗飲願都違。
甲戌四月廿四日，文擢呈稿。

印章

「餘事作詩人」白文、「敬身」朱文、「文擢詩草」朱文。

按

此詩另有蘇文擢四月廿三日手稿，詩題〈薇盦再贈二律次韻奉答〉，載《邃加室遺稿》頁二三四。刊本有異文，第一首云：「清和芳草候，惆悵負花時。事往無留跡，心閒合詠詩。雙薇供唱和，奕葉見交期。病眼看時物，紅榴又壓枝」；第二首云：「爐峰開一院，文藝各探微。楷法宗風遠，書林時尚非。我拙鳩營似，君名鳳嶺歸。文園多病日，茗敘願都違。」

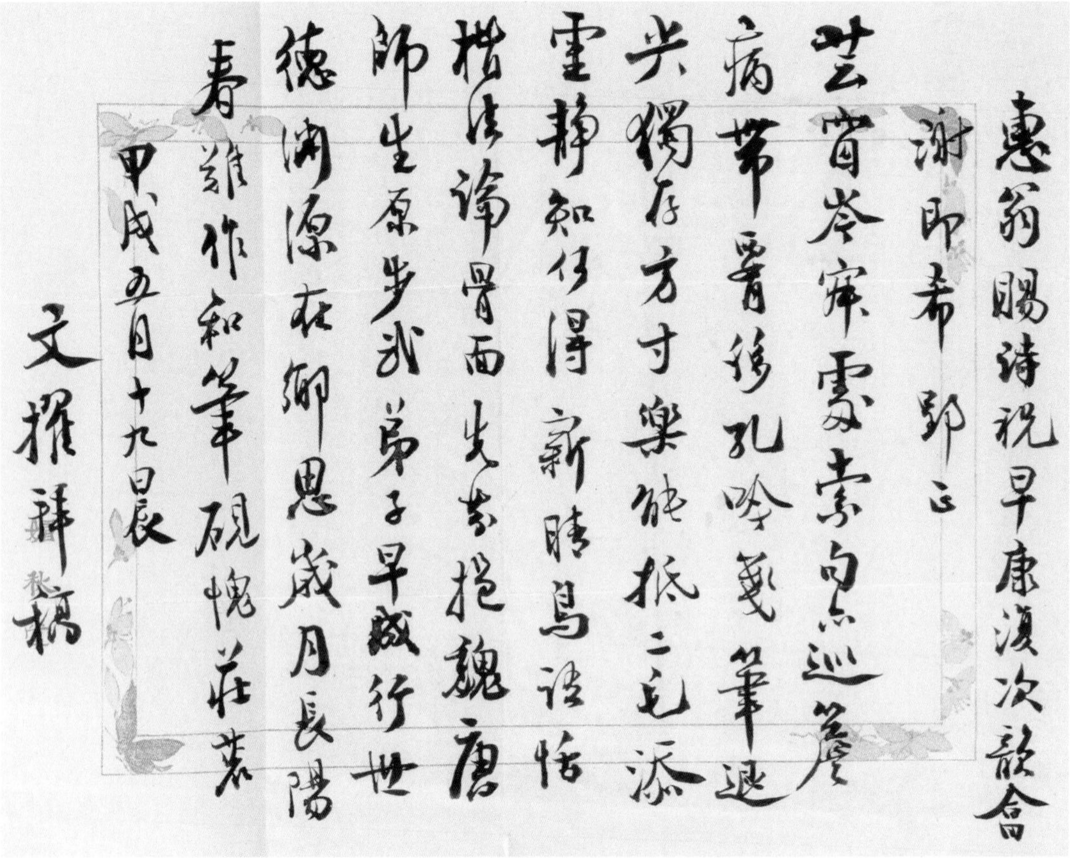

五

蘇文擢行書詩

一九九四年

釋文

惠翁賜詩祝早康復次韻答謝，即希郢正

芸窗岑寂處，索句亦巡簷。病帶腰移孔，吟箋筆退尖。獨存方寸樂，能抵二毛添。虛靜知何得，新晴鳥語恬。楷法論骨面，先芬挹魏唐。師生原步武，弟子早成行。世德淵源在，鄉思歲月長。陽春難作和，筆硯愧莊荒。

甲戌五月十九晨，文擢拜稿。

按

一九九三至一九九四年癸酉、甲戌間，蘇文擢二豎纏身，曾撰詩輯〈小極吟草〉及五律〈腸炎〉、〈遣病〉等，載《邃加室遺稿》頁二一四至二二零；期間何叔惠昆仲問疾時彼此並有唱和。此五律乃蘇文擢其中兩首問疾答謝詩，附於〈邃加室手札冊乙〉第三十四通信函後，載《邃加室遺稿》頁二三五。蘇文擢同年另有詩二首〈薇盦昆仲過訪問疾贈詩二章步韻卻寄〉，載《邃加室遺稿》頁二三三，手稿參〈邃加室詩稿冊丁〉第七通。

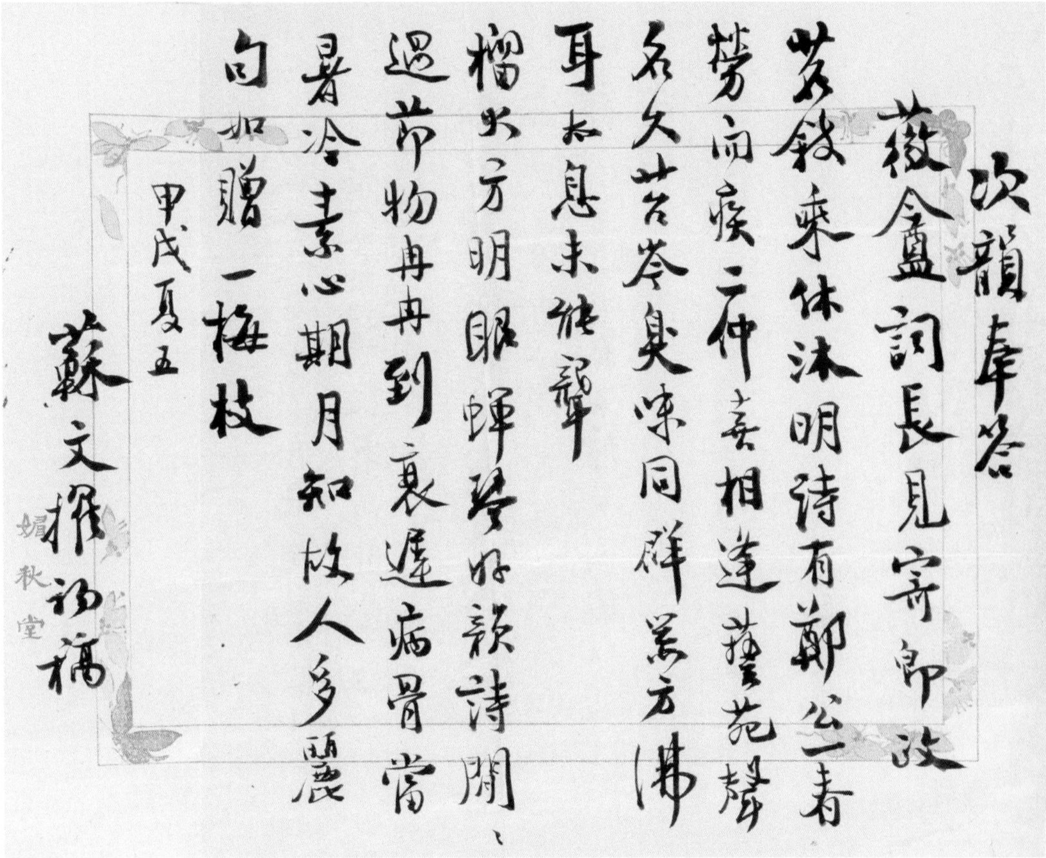
次韻奉答
薇盦詞長見寄即政
茗敘乘休沐明詩有鄭公一春
勞問疾二仲喜相逢藝苑聲
名久苔岑臭味同群囂方沸
耳太息未能聾
榴火方明眼蟬琴好韻詩閒、
過節物冉冉到衰遲病骨當
暑冷素心期月知故人多麗
句如贈一梅枝
甲戌夏五
蘇文擢初稿
媚秋堂

六

蘇文擢行書詩

一九九四年

釋文

次韻奉答薇盦詞長見寄即政

茗敘乘休沐，明詩有鄭公。一春勞問疾，二仲喜相逢。藝苑聲名久，苔岑臭味同。群囂方沸耳，太息未能聾。

榴火方明眼，蟬琴好韻詩。閒閒過節物，冉冉到衰遲。病骨當暑冷，素心期月知。故人多麗句，如贈一梅枝。

甲戌夏五，蘇文擢初稿。

按

此五律二首附於〈邃加室手札冊乙〉第三十三通信函後。蘇文擢另有五月廿五日手稿〈薇盦見寄步韻奉答〉，載《邃加室遺稿》頁二三六，有異文，刊本第一首作「茗飲乘休沐」、「時囂方沸耳」；第二首作「冉冉入衰遲」、「如贈幾梅枝」。何叔惠原唱二首〈翠悅樓早會喜見邃加室主人康復賦贈文擢九兄〉載《薇盦存稿》上冊頁一零四。

七

蘇文擢行書詩

二頁

一九九四年

釋文

薇盦幼惠昆仲伉儷賁舍問疾，薇盦歸後有詩見寄，次韻奉答，即希正句

欣君老逾壯，憐我日衰遲。求艾無良藥，安心倘自醫。情深何水部，鄉有習家池。何日園林住，相從索好詩（昆仲鄉居早營菟裘）。

二仲形違久，蓬門喜始敲。扶衰

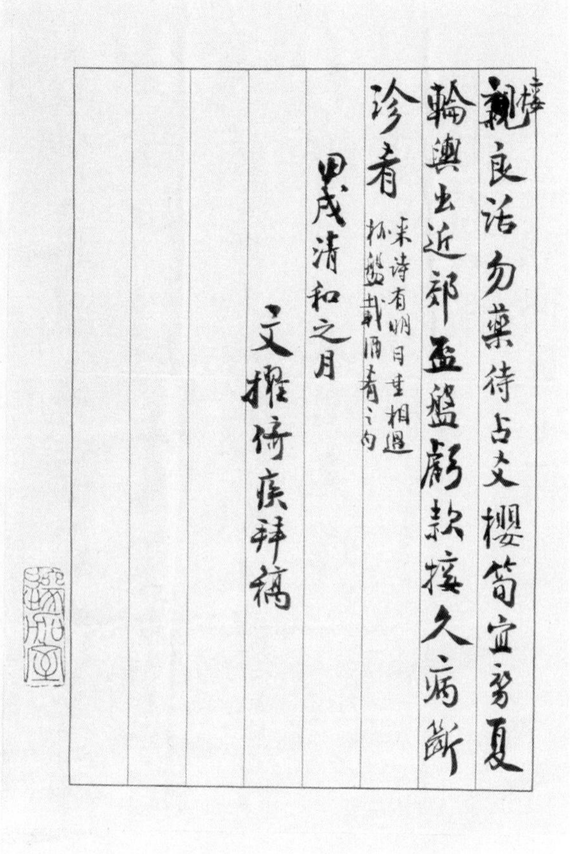
接親良話勿藥待占爻櫻筍宜初夏
輪輿出近郊盃盤虧款接久病斷
珍肴 來詩有明日重相過杯盤載酒肴之句
甲戌清和之月
文擢倚疾拜稿

接良話，勿藥待占爻。櫻筍宜初夏，輪輿出近郊。
盃盤虧款接，久病斷珍肴（來詩有明日重相過，杯盤載
酒肴之句）。

甲戌清和之月，文擢倚疾拜稿。

按

此蘇文擢五律二首〈薇盦昆仲過訪問疾贈詩二章步韻卻寄〉附於〈邃加室手札冊甲〉第四十八通信函後，另有手稿載《邃加室遺稿》頁二三三。刊本第二首有異文，云：「二仲形違久，蓬門今始敲。扶衰親款語，勿藥待靈爻。櫻筍宜初夏，輪輿枉近郊。盃盤殊未敢，多病斷珍肴。」何叔惠原唱〈問疾歸來賦寄邃加室主人〉五律二首載《薇盦存稿》上冊頁九九，其一云：「莫解文園渴，相看欲語遲。痛分思灼艾，疾久亦知醫。賢內宣經唄，靈丹訪上池。風林平野闊，春望有新詩（主人近作春望詩。有平野青無際，風林金翡翠句）」，其二云：「鳴蟬聲斷咽，二字費推敲。語貴吉祥會，著拈否泰爻。橫塘飛白鷺，峻嶺擁芳郊。明日重相過，杯盤載酒肴。」又同年蘇文擢另有詩〈惠翁賜詩祝早康復次韻答謝即希郢正〉，手稿參〈邃加室詩稿冊丁〉第五通。

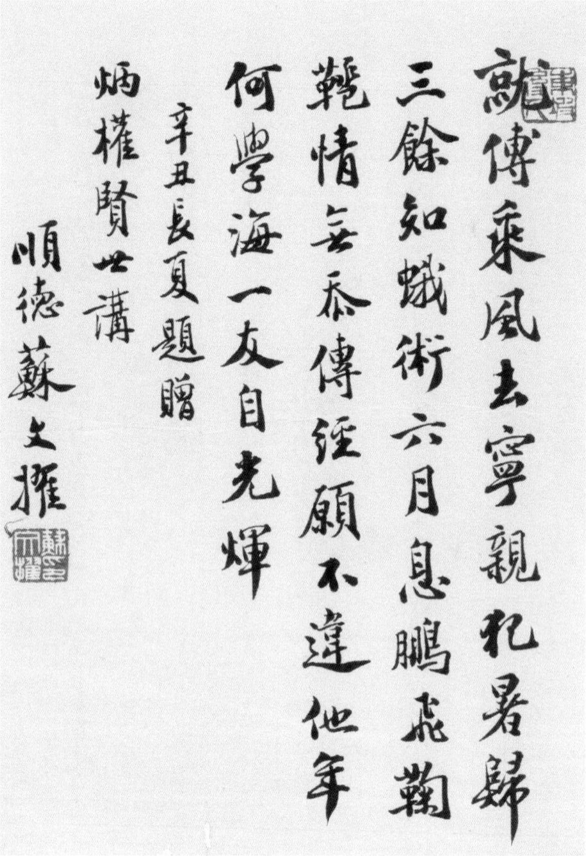
就傳乘風去寧親犯暑歸
三餘知蛾術六月息鵬飛鞠
鞾情無忝傳經願不違他年
何學海一友自光輝
辛丑長夏題贈
炳權賢世講
順德蘇文擢

八

蘇文擢行書詩

一九七一年

釋文

就傳乘風去，寧親犯暑歸。三餘知蛾術，六月息鵬飛。鞠鞾情無忝，傳經願不違。他年何學海，一友自光輝。

辛丑長夏題贈炳權賢世講，(一)順德蘇文擢。

印章

「東坡後人」朱文、「蘇文擢印」白文。

按

一、炳權：待考。

柒

蘇文擢《瑞蓮圖》引首及序

一九五八年　紙本
手卷　總長一二四七點八厘米
香港中文大學文物館藏　何叔惠先生捐贈　藏品編號：1997.0393

余家後園有池廣數畝白
石砌御植種蓮其中歲一開
花福則常裕年光緒二十
四年戊戌花開特盛得延
蒂者四支是年　先世父
蘭陵公殿試二甲入詞垣
先王父晉世父進士公尚
在堂也今歲戊戌屈指
六十年恰值　大史公百齡矣

戊戌冬至

瑞蓮圖

蘇文擢

瑞蓮圖序

瑞蓮圖者同邑何叔勳惠先生記其
事伯蘭陵太史重宴瓊林而作也嗚呼
冬青樹老見海之冠裳薇風清搖
空山之水露黃農己沒清畫白首歌
堯舜不達逸民而為致愷百年玉氣終
竟銷山一統與襄原闥氣聚朕而尊彝
白髮天寶之邁事可徵日下黃梅嘉祐
之科名如昨樓臺底地重聚井掛之年
滴粉搓酥大有銅仙之淚絎竹林之歲月
蘭陵太史水部名家鳳城望族壯摛芳
藻早飲香名目入泮以擬歎科恰逢三
戊計冥壽而昭家慶時值百年始緒光緒
戊戌秋　公以賢書北上于時初陽有耀
露氣生滋池植漫蓮花成並蒂而
公竟以分榮蓮苑徐少木天秘館以
摘文作儒林之嘉語在晉青蠟科賀僧
擒兆其登科石籠衍題高郵由其首選
枝江福春喜菱九簡月刊必先逸至在

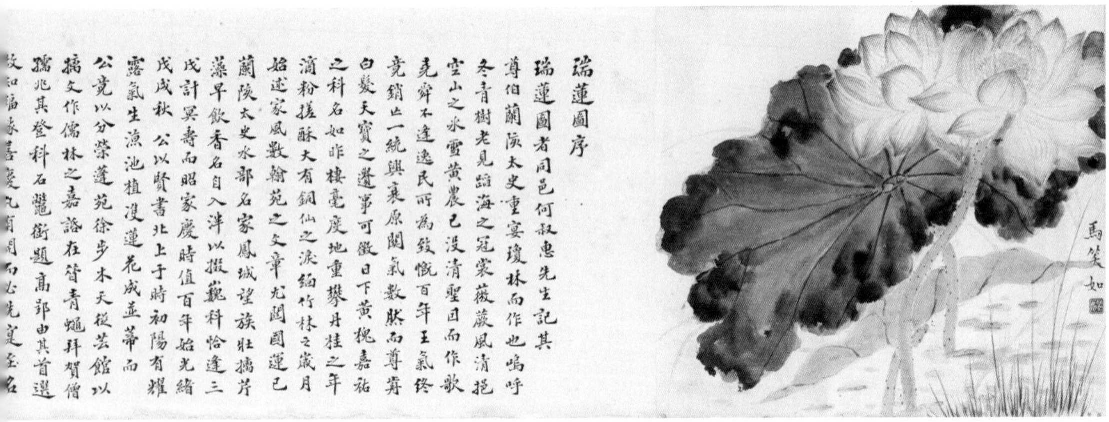

《瑞蓮圖》手卷頁一

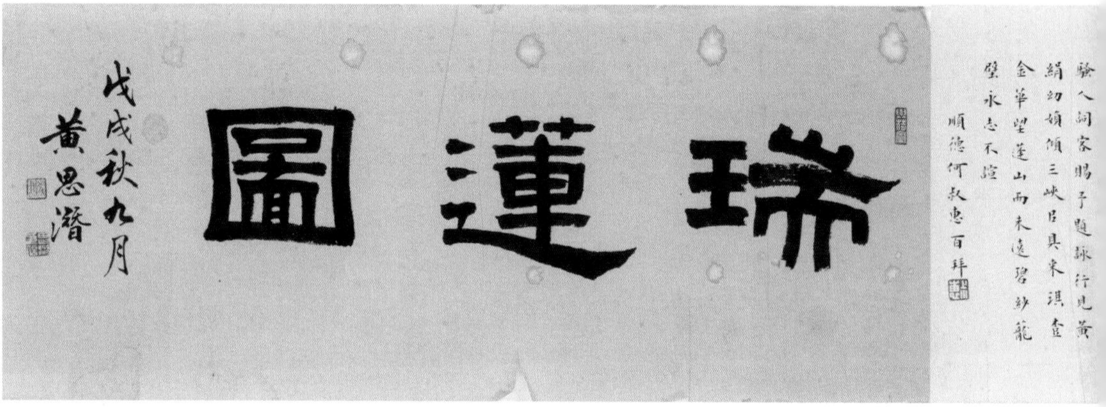
瑞蓮圖
戊戌秋九月
黃思潛
順德何叔惠百拜

戊戌季冬之月順德蘇文擢拜序

瑞蓮塘憶水藤鄉
蘭陵先生族有光新入
詞林戊戌歲花間並華
爭天香先生歸教鳳山
院我年弱冠初登堂試
論戰圖四公子伍盧羅
馬新文章共服源溪好
年度光風霽月非尋
常別來蹤跡四疏陽地
北天高一方圖更以後
音書絕人生聚散天排
塢時海外遺小阮瑞
蓮一卷圖開張先生塋
木久已拱低回往事心
懷陽伍盧雞為今存我
少年氣慨猶激昂適值
先生百年祭軍瓦如生莫
敢忘瓊林重軍升平事
再為先生莫一龕寫此
敬題瑞蓮圖此愛蓮
說之尤長

戊戌冬日
門人伍憲子敬題

瑞蓮當日出香況福慧雙修兆
兩齋自是清才多慧業妙年
己未孟夏 邑人馮漸逵
秋毫棚枷瑞蓮將許資維
三絕展卷神馳邑有先達
水部流芳周甲之前翔少
王堂其人如玉獨孝孝
蓉著花爭看並華芙
休徵蟬聯科第果叶
五世其昌我儀小阮克纘書
香君子之家吉祥止此瞻
印前敬謹手書訌

何氏地蓮並蒂
華瑞慶從知續
善家大山小山傳
世德氣采詞賦豈
徒誇忠年雙變文
賢小阮敦品好
學書五車澄泥
硯感子意長漫
不染自君子香
德益靖弥可嘉
瑞蓮圖卷索題
洪惠仁兄雅屬
戊戌臘月望日
蘇世傑敬題

瑞蓮世華寶田薑徐少芝
姓揚黃詩枝
歲文澤壺玉電地醫華
嘉州花私蓋師提峨
百年美意宸林

鐘靈嗣響鳳山海濱
風異代孫威神明者
可直水秀山明鄉雷氣
風所鐘官海紹水部瑞
蓮應邵云陵宮攀桂枝
仙百年仰高堰詩書化
玉重把芳叢九門叢永懷
時兩蘭隱身標永懷
君子儒陽身標永慮中
秦題瑞蓮圖
對惠宗友長明左
友長 鏡宇

膝事分金編
新芳兆其先
文章重京國
風節自高騫
樹德勤垂後
鄉縣思故君
徵子叼化淵
休覽光煥南天子
披覽新圖一懷覽
流光新圖一懷覽
集張公方碑字
叔惠鄉兄屬題即奋
兩正 黃雉瑞

八斗清才就北肩玉
堂聲懷公令傳科名
巧合達三戌德採遊統
仰百年見海角守青
佳懷北見海角郑青
瑞蓮圖應裁集
虔徵來園脈剛文選
展惠新圖一懷覽
叔惠二兄 馮漣屬屬揮
南海關泮樣

鳳開君家上九甫脈湧清泉名
大蜆大吉辛開並蒂蓮玉堂金馬
進小阮詩書畫製瑞蓮圖子孫永
寶且莫珍同客香江集蓮杜噙我題
詩一辰卷歡今畫手多妙筆昔之祭
吾聞古甫社援日及第祥呈瓦瓷雲
薾料今吾家報紅蓮戲兆兆馨
紫芫阿咸作偕溯流風繼兒見林維
與慶尾我悔當經堂留塋先見祔林
擇堂名我悔當經堂留塋先見祔林
父書何止祖視裳蔭中還而
荷何足選

《瑞蓮圖》手卷頁二

懷�’蘭華讀書堂盂華芙集乞詩
恰鏹戊辰立闈乎進鹺館閒篤
承永紹溪山奇竒弟兄鞋淥青
竝資世守某宦卒似蘭香淸
蓮學艱莫異家圃槑運理四花更奇異
宗人自進家圃槑運理四花更奇異
北應世父人詞壇集出文華總萃同
屈指今六十年每依戊戌細守青穗
今君祝禊同雅美齊德纖紓青穗

和柳汁沾衣傳李氏雙根兆太
城何年來世艷出泥不染愛池
六十年來世艷出泥不染愛池
蓮先芬可誦思君子克繩書香卯
科名佳話播詩歌瑞應靈根兆太

盂燈火鳳山坣十里
先溥盂薈香天遣豬
餘歸世澤竝蒸彌悉
坣藕熈艮

阛道蓮花盂
蒂開當戶
苑擢似才而今
一卷貽佳語水
郡家皆振海
限
瑞蓮圖卷賦此之
陳某書

徐靜逸

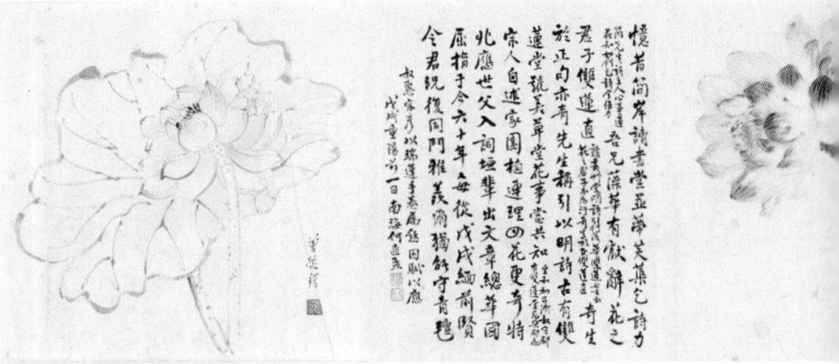

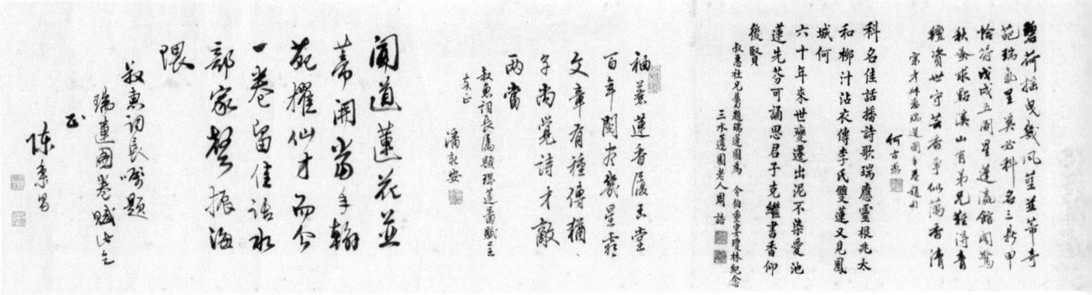

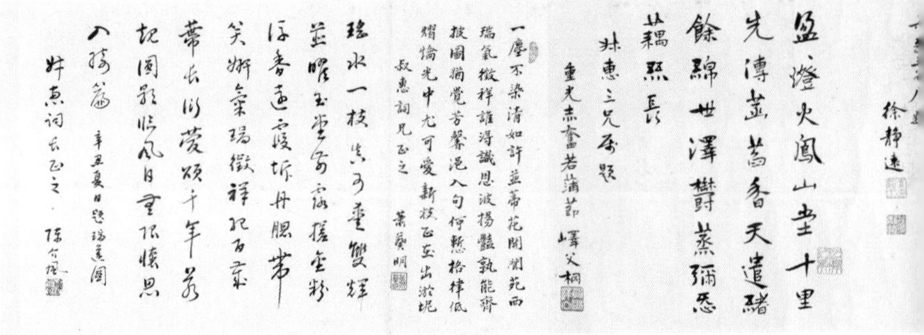

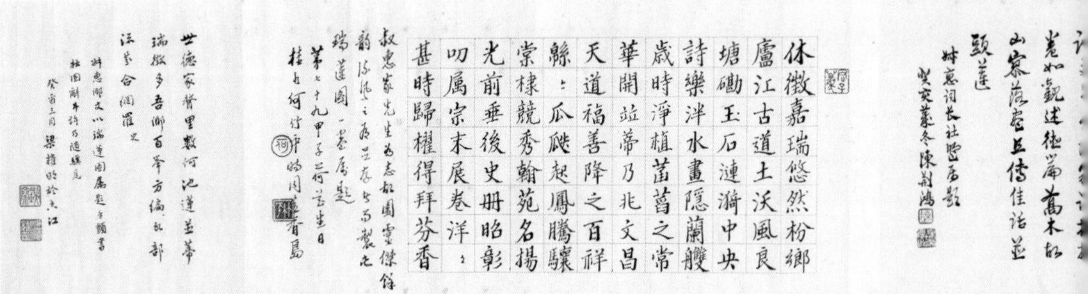

一

蘇文擢楷書引首

一九五八年

縱三十二厘米　橫六十九點二厘米

釋文

瑞蓮圖。戊戌冬至，蘇文擢。

印章

「蘇文擢印」白文。

二

蘇文擢行楷序

一九五八年

縱三十三點五厘米　橫一五一點二厘米

釋文

瑞蓮圖序

瑞蓮圖者，同邑何叔惠先生記其尊伯蘭陔太史重宴瓊林而作也。嗚呼！冬青樹老，見蹈海之冠裳；薇蕨風清，抱空山之冰雪。黃農已沒，清聖因而作歌；堯舜不逢，逸民所為致慨。百年王氣，終竟銷亡；一統興衰，原關氣數。然而尊前白髮，天寶之遺事可徵；日下黃槐，嘉祐之科名如昨。棲毫度地，重攀丹桂之年；滴粉搓酥，大有銅仙之淚。緬竹林之歲月，始述家風；數翰苑之文章，尤關國運已。蘭陔太史，水部名家；鳳城望族，壯擷芹藻。早飲香名，自入泮以掇巍科；恰逢三戊，計冥壽而昭家慶。時值百年，始光緒戊戌秋，公以賢書北上。于時初陽有耀，露氣生涼；池植雙蓮，花成並蒂。而公竟以分榮蓬苑，徐步木天；從芸館以擒文，作儒林之嘉話。在昔青蠅拜賀，僧孺兆其登科；石鼈銜題，高郢由其首選。

故知福緣善慶，凡有開而必先；實至名歸，固無徵而不信。其後花甎入直，粉署題名，旋以詞臣出膺講席。青衿習禮，見枌梓之多才；石室談經，是釣遊之舊地。文星度正，學海波澄。當德宗晏駕之年，正孱王委裘之日，公以詞垣再召，朝匠重徵。吏部文章，與寫唐宗之錄；廬陵史筆，載深神廟之思。俄而大澤狐鳴，鼎湖龍遠。青絲馬絡，來自壽陽；紫色鼃聲，同茲閏位。茫茫霄漢，空懸捧日之心；耿耿涓埃，但覺回天乏力。管寧皂帽，遂甘藜藿之風；元亮白衣，有愛柴桑之里。臘寧知乎王氏，年獨寫乎義熙，往往喝月成吟，買春而醉；酒斟瀲灩，詩雜蒼涼。司馬光洛下耆英，庚子山暮年詞賦。優悠故梓，二十餘年。初日芙蕖，尚記芳華於雨露；西風菡萏，不無憔悴之年光。蓋先生之風，則蓮香不足方其清；而先生之心，又蓮子不能喻其苦也。令姪叔惠詞兄，掇丹山之鳳毛，騁高衢之駿足。烏衣巷裏，曾侍東山；玉樹風前，無

慚北道。伯霜仲雪，體庭訓於天倫；秋露春風，祝期頤於仙域。雖人琴邈矣，而庚寅初度；涉想猶存，雖玉步忽焉。而甲子編年，餘風未沫。想扶翅布華之日，正蜚聲騰實之初；用寫先芬，圖茲靈貺，猥以文擢，代有通家之好，近承結社之盟。先祖父器甫公，解組南歸，太史以孝廉從受楷法，洗硯之池屢至，問字之車二年。先父幼宰公，與太史亦復題襟漢上，並轡長安。接孟氏之芳鄰，呼鄰侯為小友，擢則緣慳撰杖，情篤恭桑。文舉成童，老成之人先謝；延壽欲賦，靈光之殿已頹；能不望喬木而興思，聞弦歌而赴節哉。今者，上林玉樹，春明之舊夢難尋；東閣官梅，瑞應之家圖斯在。故山叢桂，回首都非；人海滄桑，予懷靡極。六十年世事，無非夢後之粱；一百歲光陰，同此棋中之劫。斯則科名盛事，去如纈眼之空花；獨此勁節孤標，卓爾流光乎奕葉。涉江采采，如見冰魂；臨水亭亭，至饒風格。愛濂溪君子之説，誦槃阿碩人之詩。後之覽者，餐仰芳流，永言芬響；披圖如覿，望古匪遙。斯其厚望也已。

戊戌季冬之月，順德蘇文擢拜序。

印章

「蘇文擢印」白文。

按

此蘇文擢駢文〈瑞蓮圖序〉，載《邃加室詩文集》頁二零，手稿「蘭陔太史」於刊本更正作「蘭愷太史」。何叔惠、蘇文擢乃廣東順德望族，有三代通家之好。何叔惠大伯父何國澄號清伯，光緒十六年（一八九零）進士，二伯

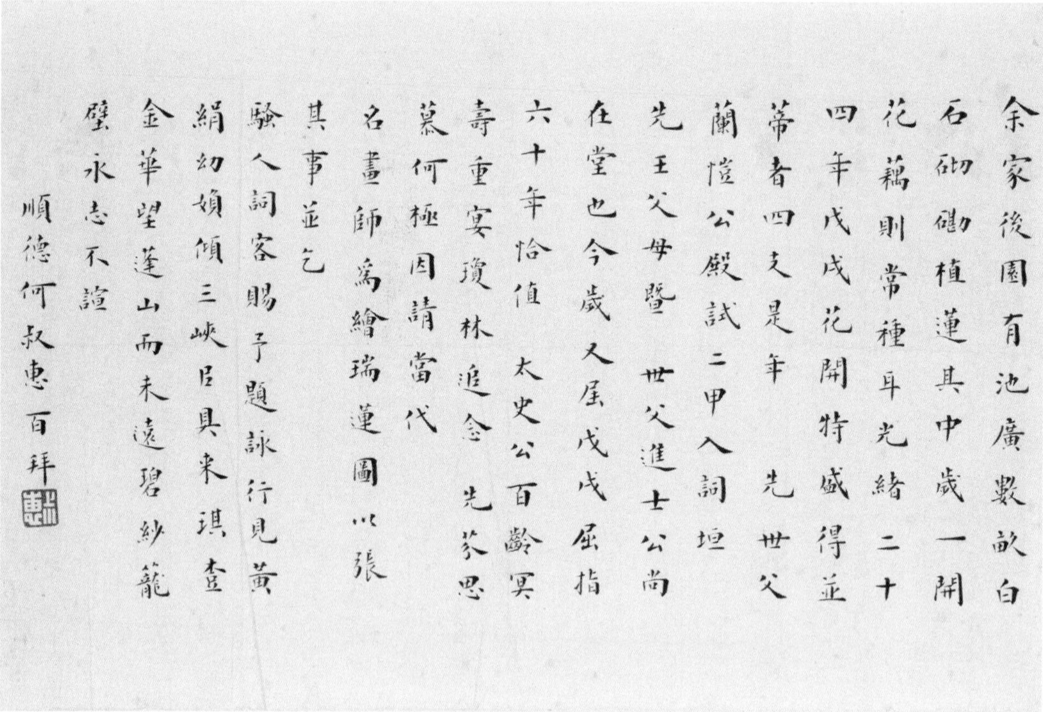
余家後園有池廣數畝白
石砌磡植蓮其中歲一開
花藕則常種耳光緒二十
四年戊戌花開特盛得並
蒂者四支是年　先世父
蘭愷公殿試二甲入詞垣
先王父母暨　世父進士公尚
在堂也今歲又屆戊戌屈指
六十年恰值　太史公百齡冥
壽重宴瓊林追念　先芬思
慕何極因請當代
名畫師為繪瑞蓮圖以張
其事並乞
騷人詞客賜予題詠行見黃
絹幼婦傾三峽以具來琪樹
金華望蓬山而未遠碧紗籠
壁永志不諼
順德何叔惠百拜

圖甲

父何國澧（一八五九—一九三七）號蘭愷，光緒二十四年（一八九八）進士，授翰林編修，父親何國溥號惠庶，清末秀才，三人被譽為「何氏三鳳」。蘭愷太史戊戌一八九八年殿試中式，時祖居後園池塘蓮花盛開，意屬祥瑞；一九五八年，何叔惠為紀念二伯父百齡冥壽、重宴瓊林，在港邀文友寫〈瑞蓮圖〉及題詩，裝裱成卷。手卷馬笑如、張韶石、曾婉鐶分別繪〈瑞蓮圖〉三幅，題詞者二十三人：伍憲子、何直孟、蘇世傑、馮漸逵、李景康、何古愚、周誥、潘新安、陳秉昌、黃嗣拔、楊舜文、何鏡宇、黃少坡、徐靜遠、賀嶧甫、蕭葵明、陳介風、黃維琩、關殊鈔、溫中行、陳荊鴻、何竹平及梁耀明，多為碩果詩社社盟，部分乃廣東大儒簡朝亮弟子，即何國溥之同門與及門弟子。卷首蘇文擢、黃思潛題引首、蘇文擢序，何叔惠撰文介紹手卷緣起云：「余家後園有池廣數畝，白石砌磡，植蓮其中，歲一開花，藕則常種耳。光緒二十四年戊戌，花開特盛，得並蒂者四支。是年先世父蘭愷公殿試二甲入詞垣，先王父母暨世父進士公尚在堂也，今歲又屆戊戌，屈指六十年，恰值太史公百齡冥壽，重宴瓊林，追念先芬，思慕何極，因請當代名畫師為繪瑞蓮圖，以張其事，並乞騷人詞客賜予題詠，行見黃絹幼婦，傾三峽以具來，琪樹金華，望蓬山而未遠，碧紗籠壁，永志不諼。」（圖甲）　又按：蘇文擢三年後一九六一年再為何叔惠所藏父親獄中訓子手卷撰跋，載《邃加室詩文集》頁七四，因先前〈瑞蓮圖序〉用駢文，〈何惠庶先生獄中訓子書手卷跋〉轉用散文，相關信函參本書〈邃加室手札冊甲〉第二十二、三十通。

捌

蘇文擢行書跋《何幼惠書何蘭愷太史遺作手卷》

一九九三年　紙本
引首：縱二十六點九厘米　橫六十八點八厘米
手卷：縱二十六點九厘米　橫二三零點二厘米
香港中文大學文物館藏　何叔惠先生捐贈　藏品編號：1997.0372

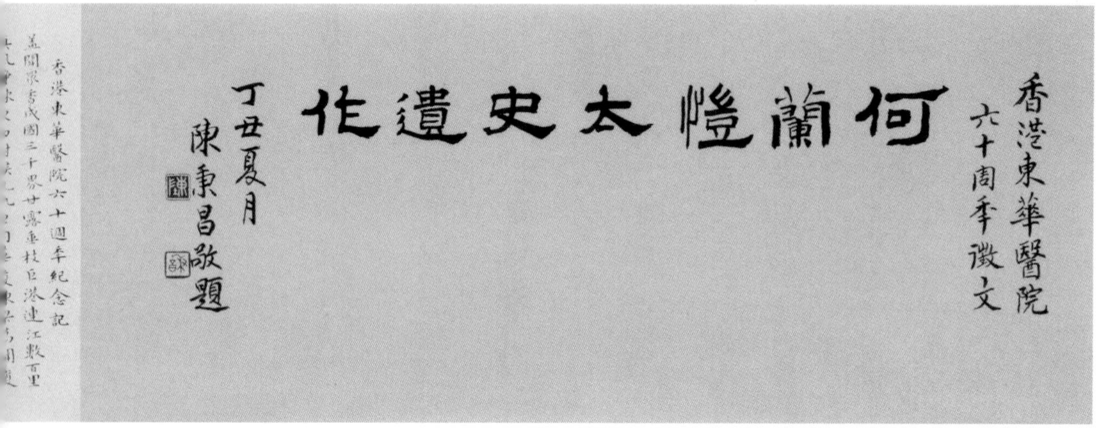
香港東華醫院
六十周年徵文
何蘭愷太史遺作
丁丑夏月
陳秉昌敬題
香港東華醫院六十週年紀念記

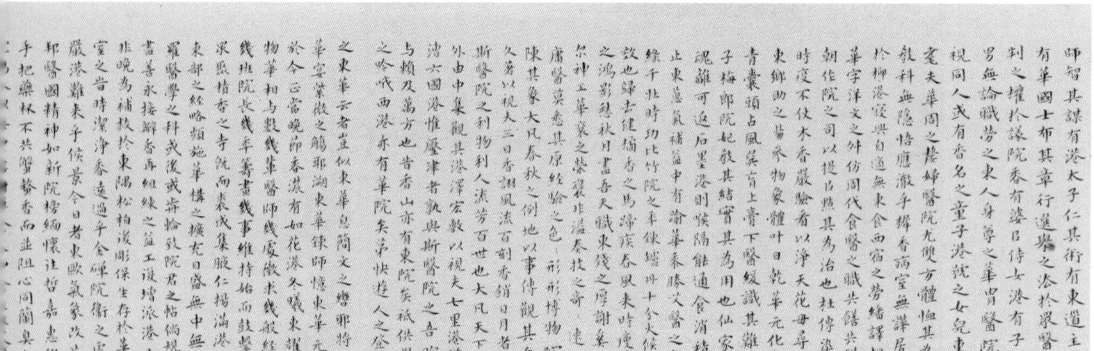

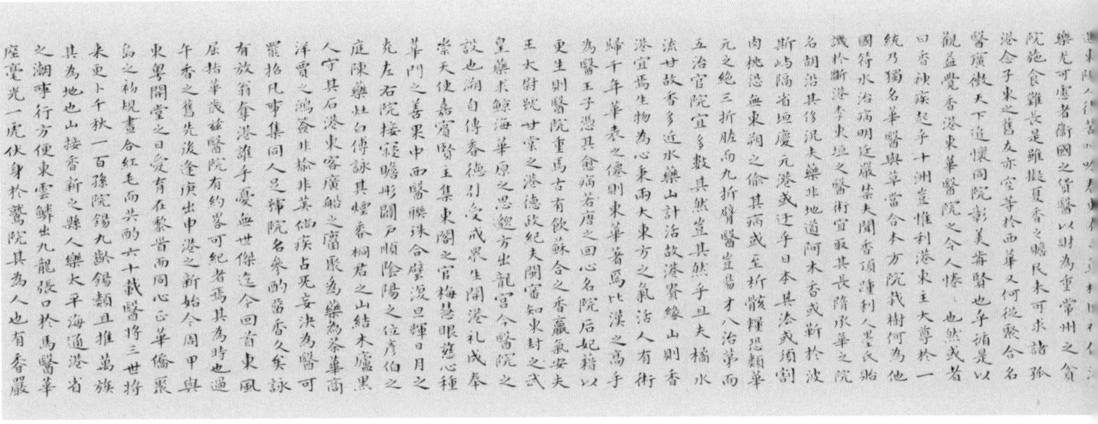
藥先可慮者衛國之貿醫以財為重常州之貧
院施食難長足雖擬夏香之賜民未可求諸孫
港念子東之舊友亦空等於西華又何從聚合名
醫廣徵天下追懷同院彰美崙賢也乎循是以
觀益覺香港東華醫院之令人愫愫也然或若
曰香稅疾起乎十洲豈惟利港東主大尊於一
統乃獨名華醫與草當合本方院我樹何為他
國符水治病明近嚴禁夫閩香頌蓮利人坐民貽
識於斷港李東垣之醫術宜取其長隋承華之院
名胡沿其修況夫藥非地道阿木香或靳於波
斯嶼隔省垣慶元港或迂乎日本其涂或須割
肉桃恐無東洞之偷其病或至折骸燀恐類華
元之絕三折肱而九折臂醫豈易才八治第而
五治官院宜多數具然豈其然乎且夫橘水
流廿故香多近水藥山計治故港資緣山則香
港宜焉生物為心東西大東方之氣活人有術
歸千年華表之傳則東華著焉比漢之高手
為醫王子恐其愈病若唐之回心名院后妃藉以
更生則醫院重焉古有飲蘇合之香贏氣安夫
王大尉貺廿棠之港德政紀大閩當知東封之式
皇藥求鯨海華原之思邈方出龍宮今醫院之
設也湖白傳香德引受戒界生開港礼成奉
崇天使嘉賓賢主集東閣之官梅慧眼慈心種
華門之善果中西醫聯珠合璧滾旦輝日月之
先左右院接寢瞻彤闢戶順陰陽之位彥伯之
庭陳藥灶白傳詠其煙香桐君之山結木廬黑
人守其石港東客廣船之富聚為藥為茶華商
洋賈之鴻崙非榆非莢偷疾占死妄決為醫可
罷拾凡事集同人足歸院名參酌留香久矣詠
有放翁奪港誰乎憂無世傑迄今回首東風
屈指華茂兹醫院有約略可紀者焉其為時也逼
午香之舊先後逢庚出申港之新始今周甲與
東粵開堂之日爰有在黎背而同心正華僑聚
島之初規畫合紅毛而共酌六十載醫將三世將
未更卜千秋一百孫院錫九齡錫類且推萬族
其為地也山接香新之縣人樂太平海通港省
之湖呼行方便東雲鮮出九龍張口於馬醫華
座毫光一虎伏身於鶯院其為人也有香嚴

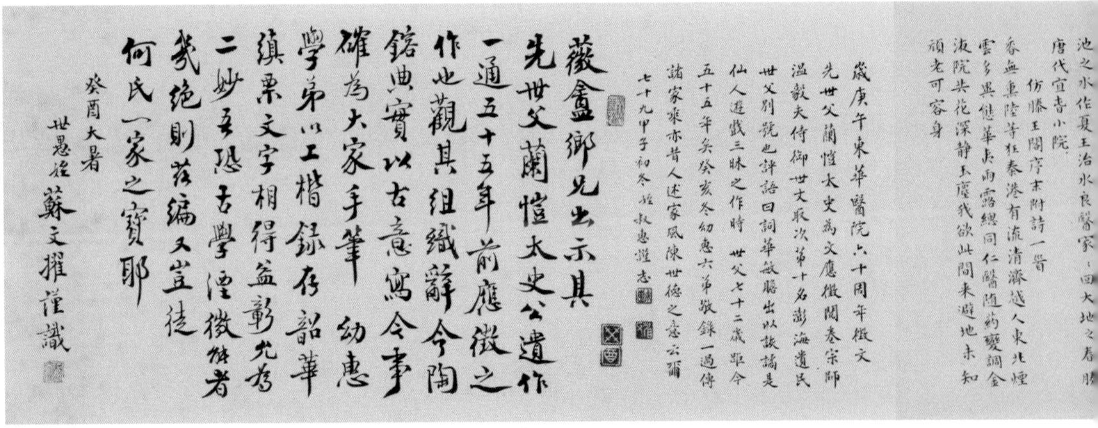
池之水作夏王治水良醫家，回大地之春脈
唐代宜春小院。
仿滕王閣序末附詩一首
香無真陸等狂奔港有流清濟越人東北煙
雲多異健華占雨露總同仁醫隨藥變調金
液院共花深靜玉塵我欲此間來避地未知
頑老可容身
歲庚午東華醫院六十周年徵文
先世父蘭愷太史為文應徵聞眷宗師
溫毅夫侍御世丈取次第十名澎海遺民
世父別號也評語曰詞華敏贍出以詼諧是
仙人遊戲三昧之作時 世父七十二歲距今
五十五年矣癸亥冬幼惠六弟敬錄一過傳
諸家乘亦昔人述家風陳世德之意云爾
七十九甲子初冬 姪 叔惠謹志
薇盦鄉兄出示其
先世父蘭愷太史公遺作
一通五十五年前應徵之
作也觀其組織辭令陶
鎔典實以古意寫今事
確為大家手筆 幼惠
學弟以工楷錄存韶華
縝栗文字相得益彰允為
二妙多恐古學湮微能者
幾絕則茲編又豈徒
何氏一家之寶耶
癸酉大暑
世愚姪 蘇文擢謹識

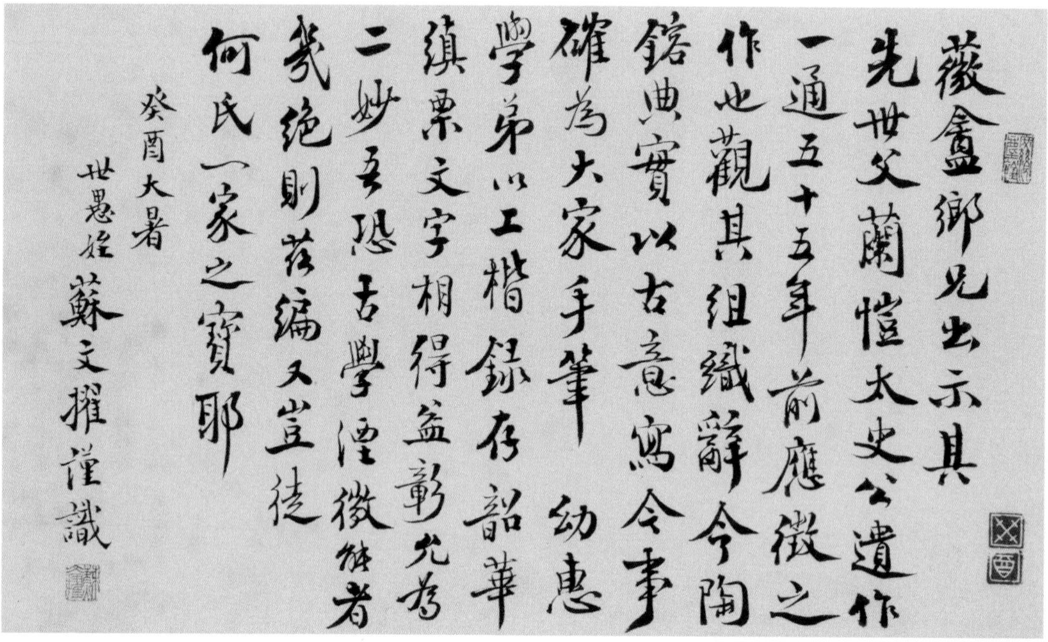

一

蘇文擢行書跋

縱二十六點七厘米　橫四十一厘米

一九九三年

釋文

薇盦鄉兄出示其先世父蘭愷太史公遺作一通，五十五年前應徵之作也。觀其組織辭令，陶鎔典實，以古意今事，確為大家手筆。幼惠學弟以工楷錄存，韶華縝栗，文字相得益彰，允為二妙。吾恐古學湮微，能者幾絕，則茲編又豈徒何氏一家之寶耶？

癸酉大暑，世愚姪蘇文擢謹識。

印章

「庶茲浣塵襟」朱文、「癸、酉」白文連珠印、「蘇文擢」朱文。

按

一九三零年，香港東華醫院成立六十周年，公開徵文慶祝，遺老溫肅太史為評卷，何叔惠二伯父何國澧（一八五九－一九三七）所撰〈香港東華醫院六十周年紀念記〉獲評為第十名。癸亥一九八三年，何叔惠六弟何幼惠將何國澧全文重書，裝裱成卷，陳秉昌一九九七年題引首「何蘭愷太史遺作」，款識「香港東華醫院六十周年徵文。丁

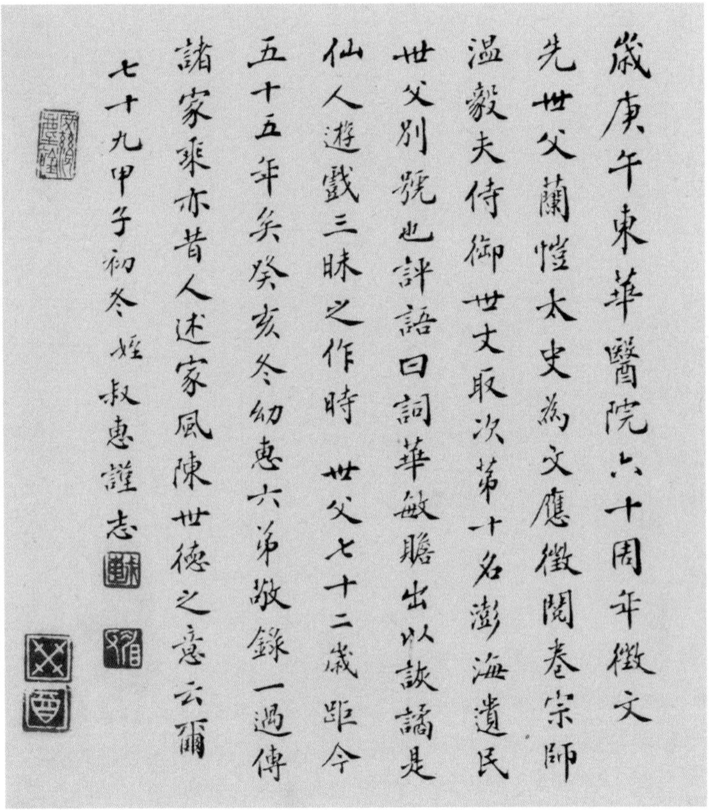

圖甲

丑夏月，陳秉昌敬題」，何叔惠、蘇文擢分別於一九八四及一九九三年撰跋，右錄蘇跋釋文。何叔惠甲子一九八四年跋〈歲庚午東華醫院六十周年徵文〉介紹手卷云：「先世父蘭愷太史為文應徵，閱卷宗師溫毅夫侍御世丈取次第十名。澎海遺民，世父別號也，評語曰：『詞華敏贍，出以詼諧，是仙人遊戲三昧之作』，時世父七十二歲，距今五十五年矣。癸亥冬，幼惠六弟敬錄一過，傳諸家乘，亦昔人述家風、陳世德之意云爾。七十九甲子初冬，姪叔惠謹志。」（圖甲）

附甲　遼加室翰墨（文物館藏）

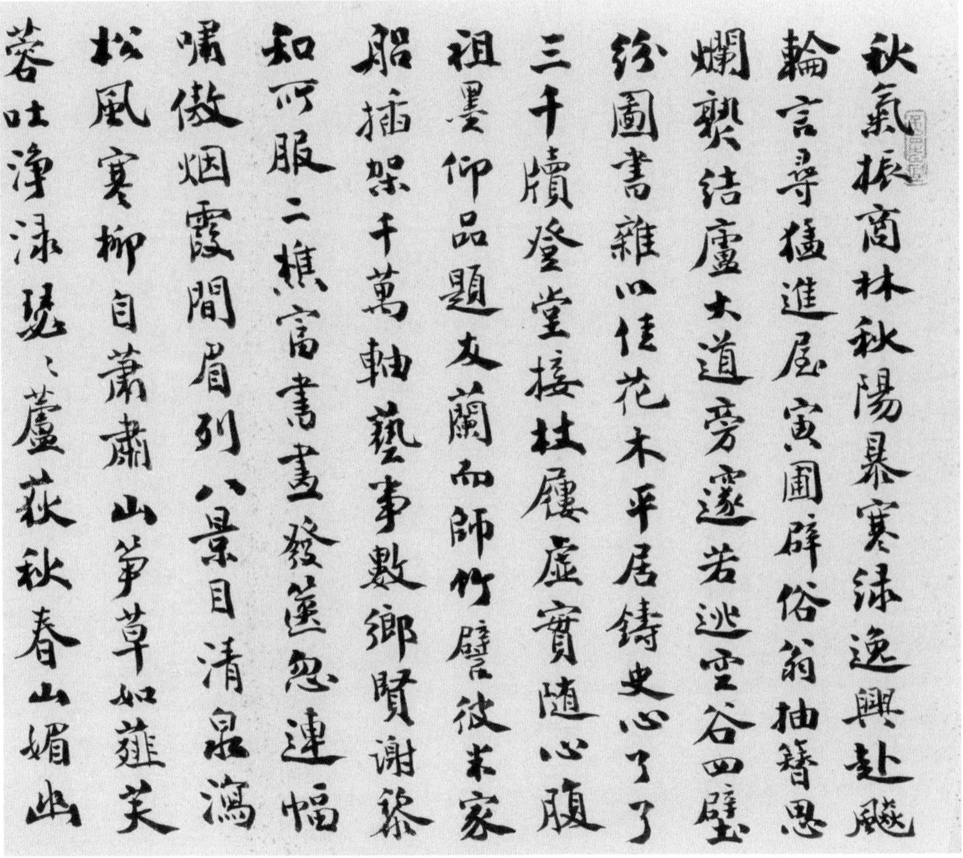

一

蘇文擢行書詩題黎簡《嘯傲煙霞山水人物冊》

黎簡《嘯傲煙霞山水人物冊》
一七八九年
水墨設色紙本　畫心縱三十五點五厘米　橫二十五點五厘米

蘇文擢行書詩題二樵山人山水小幅
一九七一年
縱三十點五厘米　橫六十七點五厘米

釋文

秋氣振商林，秋陽暴寒綠。逸興赴飈輪，言尋猛進屋。
寅圃辟俗翁，抽簪思爛熟。結廬大道旁，邃若逃空谷。
四壁紛圖書，雜以佳花木。平居鑄史心，了了三千牘。
登堂接杖屨，虛實隨心腹。祖墨仰品題，友蘭而師竹。
譬彼米家船，插架千萬軸。藝事數鄉賢，謝黎知所服。
二樵富書畫，發篋忽連幅。嘯傲煙霞間，眉列八景目。
清泉瀉松風，寒柳自蕭蕭。山筍草如薤，芙蓉吐淨淥。
瑟瑟蘆荻秋，春山媚幽

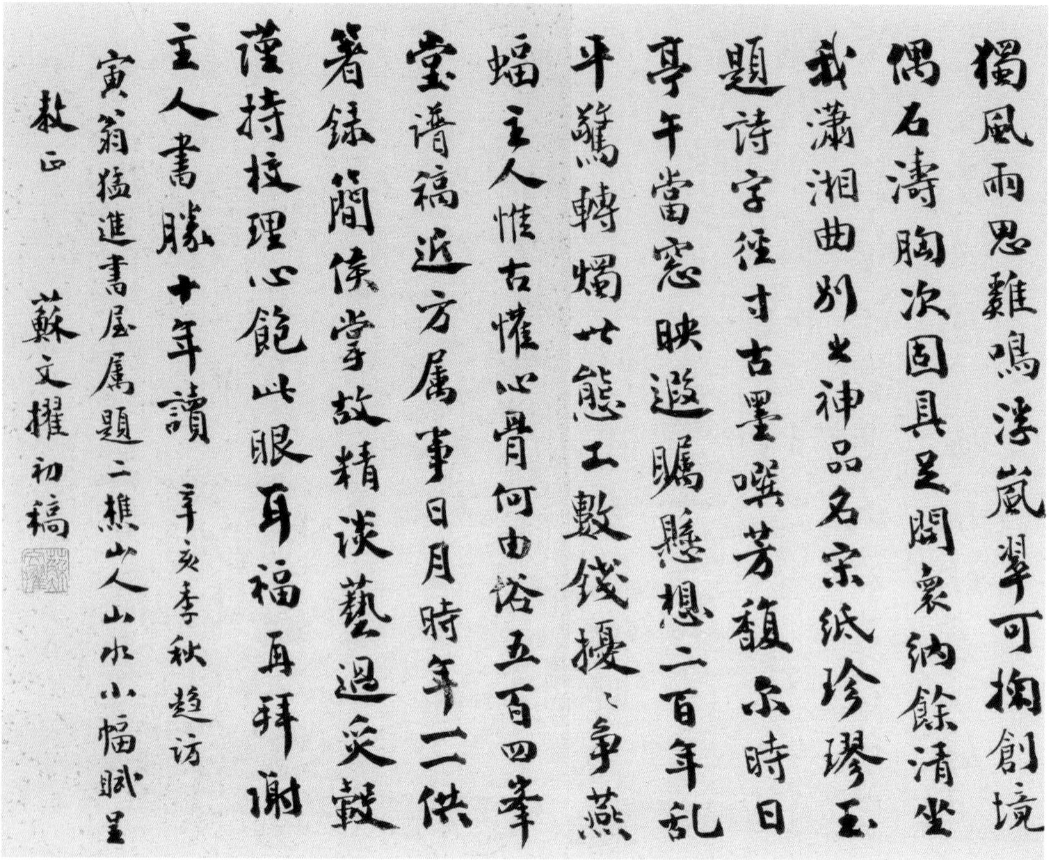

獨。
風雨思雞鳴，浮嵐翠可掬。創境偶石濤，胸次固具足。
開裒納餘清，坐我瀟湘曲。別出神品名，宋紙珍璆玉。
題詩字徑寸，古墨噀芳馥。爾時日亭午，當窗映遐矚。
懸想二百年，亂平驚轉燭。世態工數錢，擾擾爭燕蝠。
主人惟古懽，心骨何由俗。五百四峯堂，譜稿近方屬。
事日月時年，一一供著錄。簡侯掌故精，談藝過炙轂。
謹持校理心，飽此眼耳福。再拜謝主人，書勝十年讀。
辛亥季秋趨訪寅翁猛進書屋，屬題二樵山人山水小幅，
賦呈教正，蘇文擢初稿。

印章

「蘇文擢」朱文、「不合時宜」朱文。

館藏資料

香港中文大學文物館藏，何耀光先生、霍寶材先生、黎德先生等捐贈，藏品編號：1973.0764。

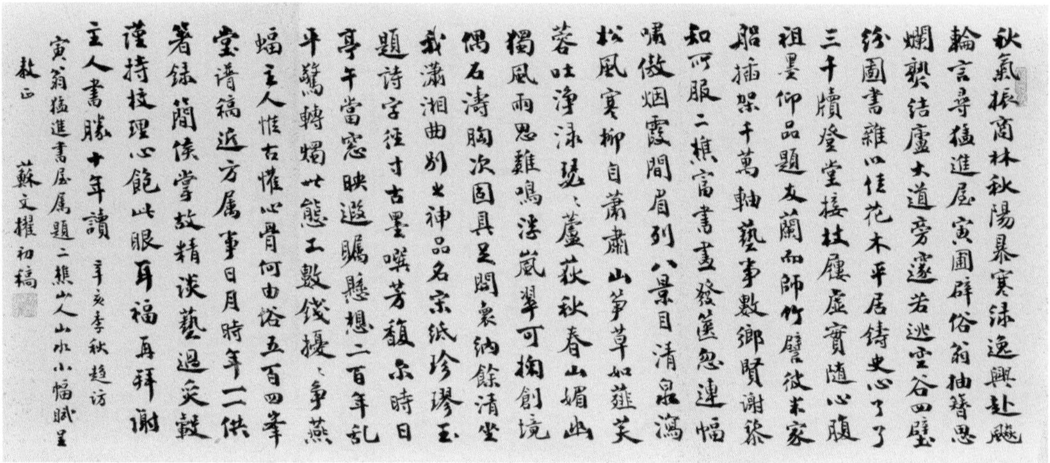
秋氣振商林秋陽暴寒綠逸興赴飈
輪言尋猛進屋寅園辟俗翁抽簪思
爛熟結廬大道旁邃若逃虛谷四壁
紛圖書雜以佳花木平居鑄史心了了
三千牘登堂接杖履虛實隨心腹
祖墨仰品題友蘭而師竹壁徙米家
船插架千萬軸藝事數鄉賢謝黎
知所服二樵富書畫發興忽連幅
嘯傲烟霞間眉列八景目清泉瀉
松風寒柳自蕭肅山笋草如莚芙
蓉吐淨淥蕭蕭蘆荻秋春山媚幽
獨風雨思雞鳴浮嵐翠可掬創境
偶石濤胸次固具足開襟納餘清坐
我瀟湘曲別出神品名宋紙珍璆玉
題詩字徑寸古墨噀芳馥亦時日
亭午當窗映遐矚懸想二百年亂
平驚轉燭世態工數錢擾擾爭燕
蝠主人惟古懽心骨何由俗五百四峯
堂譜稿近方屬事日月時年一一供
著錄簡侯掌故精淡藝過炙轂
謹持校理心飽此眼耳福再拜謝
主人書勝十年讀 辛亥季秋趨訪
寅翁猛進書屋屬題二樵山人山水小幅賦呈
教正 蘇文擢初稿

按

一九七一年，蘇文擢應邀為簡又文猛進書屋所藏黎簡《嘯傲煙霞山水人物冊》題五言古詩一首，畫冊一九七三年歸香港中文大學文物館。黎簡（一七四八－一七九九）號二樵，廣東順德人，善詩文書畫，活躍於乾隆年間，蘇文擢一九七三年曾輯《黎簡先生年譜》。此五古載《邃加室詩文集》頁一四九，詩題〈秋日訪猛進書屋，又文先生屬題二樵山水八幅〉，刊本有異文，云：「秋氣集商林，秋陽暴寒綠。逸興赴飈輪，言尋猛進屋。主人避俗翁，抽身思爛熟。結廬大道旁，邃若逃虛谷。四壁古圖書，四時佳花木。平居鑄史心，足了三千牘。登樓接杖屨，虛實隨心腹。祖墨仰品題，友蘭更師竹（先簡園公有友蘭師竹橫匾懸齋壁中）。抗懷米家舟，插架千百軸。藝事數鄉賢，謝黎知所服。二樵富書畫，發興忽連幅。嘯傲煙霞間，眉列得八目（畫冊八頁，題為嘯傲煙霞，飽俊筆也）。清泉瀉松風，疏柳自新沐。山笋草如莚，芙蓉水淨淥。蕭蕭蘆荻秋，春山媚幽獨。風雨思雞鳴，浮嵐翠可掬。創境偶石濤，胸次固具足。開懷納餘清，坐我瀟湘曲。別出神品名，宋紙珍璆玉（另有宋紙山水，題為神品）。題詠出群賢，定論許東塾。詩卷字盈寸，古墨噀芳馥。想其落筆時，賤等牛腰束。流落今毫芒，寸楮珠一斛（又文翁為予言，山水神品四十年前，售主以之易一廛）。爾時日亭午，映窗快遐矚。相懸二百年，夷亂驚轉燭。世態工數錢，擾擾爭燕蝠。主人惟古懽，心骨何由俗。五百四峯堂，譜稿近方屬。事日月時年，一一供著錄。簡侯掌故精，數典過炙轂。謹持校理心，飽此眼耳福。再拜謝主人。書勝十年讀。」

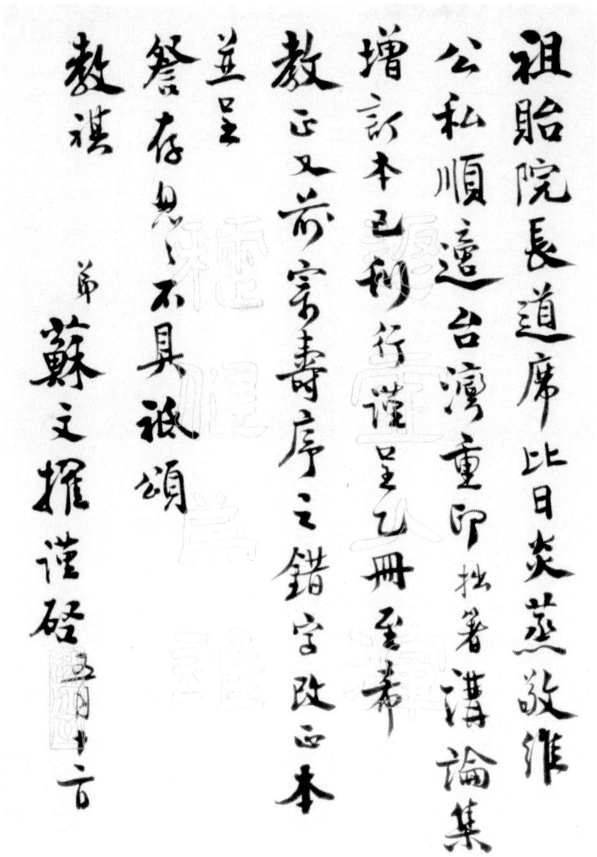
祖貽院長道席比日炎蒸敬維
公私順適台灣重印拙著講論集
增訂本已刊行謹呈乙冊至希
教正又前寄壽序之錯字改正本
並呈
察存匆匆不具祇頌
教祺
弟蘇文擢謹啓 五月十二

二

蘇文擢致杜祖貽書

一九八五年

紙本 縱三十厘米 橫二十一點六厘米

釋文

祖貽院長道席：比日炎蒸，敬維公私順適。台灣重印拙著講論集增訂本，已刊行，謹呈乙冊，至希教正。又前寄壽序之錯字改正本，並呈察存，匆匆不具，祇頌教祺，弟蘇文擢謹啟，五月十二日。

館藏資料

香港中文大學文物館藏，杜祖貽教授捐贈，藏品編號：2004.0347。

按

蘇文擢《邃加室講論集》自刊本初版一九八三年刊行，一九八五年臺北文史哲出版社增訂再版。

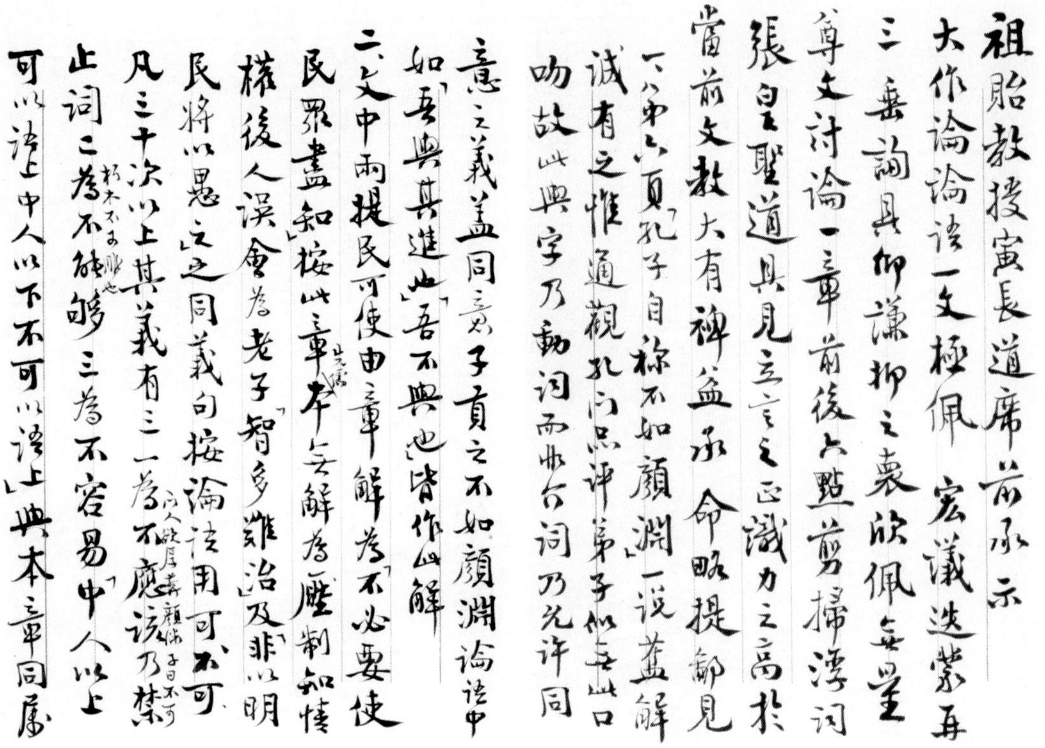

祖貽教授寅長道席前承示
大作論論語一文極佩　宏議迭蒙再
三垂詢具仰謙抑之衷欣佩無量
尊文討論一章前後六點剪掃浮詞
張皇聖道具見立言之正識力之高於
當前文教大有裨益承　命略提鄙見
一、第六頁「孔子自稱不如顏淵」一說蓋解
誠有之惟通觀孔門品評弟子似無此口
吻故此與字乃動詞而非介詞乃允許同
意之義蓋同意子貢之不如顏淵論語中
如「吾與其進也」「吾不與也」皆作此解
二、文中兩提民可使由章解為「不必要使
民眾盡知」按此章本無解為壓制知情
權後人誤會為老子「智多難治」及「非以明
民將以愚之」之同義句按論語用可、不可、
凡三十次以上其義有三一為不應該乃禁（門人欲厚葬顏淵子曰不可）
止詞二為不能夠（朽木不可雕也）三為不容易「中人以上
可以語上中人以下不可以語上」與本章同屬

三

蘇文擢致杜祖貽書

紙本　八頁　縱二十九點五厘米　橫二十一點三厘米

釋文

祖貽教授寅長道席：前承示大作論論語一文，極佩宏議。迭蒙再三垂詢，具仰謙抑之衷，欣佩無量。尊文討論一章，前後六點，剪掃浮詞，張皇聖道，具見立言之正、識力之高，於當前文教，大有裨益。承命略提鄙見：

一、第六頁「孔子自稱不如顏淵」一說，舊解誠有之，惟通觀孔門品評弟子，似無此口吻，故此與字乃動詞，而非介詞，乃允許同意之義，蓋同意子貢之不如顏淵。論語中如「吾與其進也」、「吾不與也」，皆作此解。

二、文中兩提民可使由章，解為「不必要使民眾盡知」。按此章，先儒本無解為壓制知情權，後人誤會為老子「智多難治」及「非以明民將以愚之」之同義句，按論語用可、不可，凡三十次以上，其義有三，一為不應該乃禁止詞（門人欲厚葬顏淵，子曰不可）；二為不能夠（朽木不可雕也）；三為不容易，「中人以上，可以語上，中人以下，不可以語上」，與本章同屬

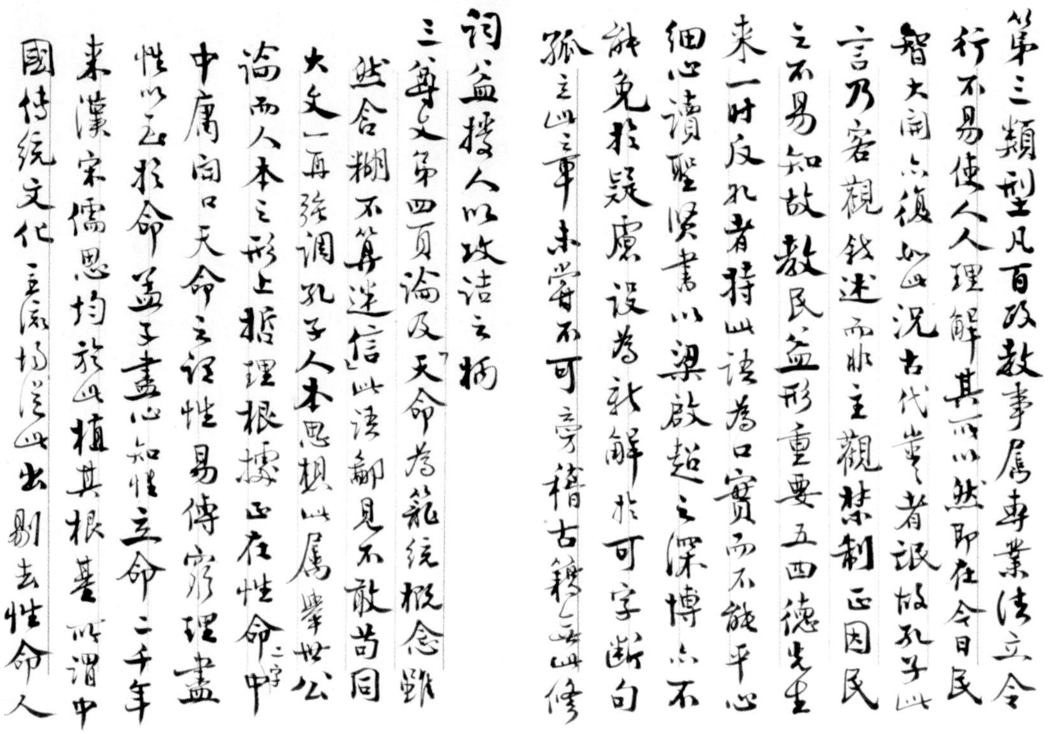

第三類型凡百，政教事屬專業，法立令行，不易使人人理解，其所以然，即在今日民智大開亦復如此，況古代蚩者氓，故孔子此言乃客觀敘述，而非主觀禁制，正因民之不易知，故教民益形重要。五四德先生來，一時反孔者持此語為口實，而不能平心細心讀聖賢書，以梁啓超之深博，亦不能免，於疑慮設為新解，於可字斷句，孤立此章，未嘗不可，旁稽古籍無此修詞，益授人以攻詰之柄。

三、尊文第四頁，論及「天命為籠統概念，雖然含糊，不算迷信」，此語鄙見不敢苟同，大文一再强調孔子人本思想，此屬舉世公論，而人本之形上哲理根據，正在性命二字中，中庸開口天命之謂性，易傳窮理盡性以至於命。孟子盡心知性立命，二千年來，漢宋儒思均於此植其根基，所謂中國傳統文化主流，均從此出，剔去性命，人

本無自立拙集有性命論之真知與篤
行頗詳此旨
四女子小人一章美國婦解以此拆除孔像
殊堪噴飯此處女子小人均非大共名義以
廣義言則劉向列女傳特記有道德有才
智之婦女均屬難養之列乎又先秦平
民皆稱小人與在位之君子對稱然則凡人
民皆在難養之類乎故先儒謂此章必
有為而發陸九淵謂論語中有無頭把
柄語即如吾未見好德如好色也若非有史
記旁證不如為針對衛靈公寵南子而言
則此語殊無著落本章起首一个唯字足
證言出有因其時書寫工具至難亦無怪其
語之過簡矣
五尊論頗謂孔子富保守而少創新此近
世所以集矢於述而不作信而好古一言也弟
常謂物質文明可以創新精神文明特別
人性道德必從述古中求新變在二千

本無自立，拙集有「性命論之真知與篤行」，頗詳此旨。

四、女子小人一章，美國婦解以此拆除孔像，殊堪噴飯。此處女子小人均非大共名義，以廣義言，則劉向列女傳特記有道德有才智之婦女，均屬難養之列乎？又先秦平民皆稱小人，與在位之君子對稱，然則凡人民皆在難養之類乎？故先儒謂此章必有為而發。陸九淵謂論語中有無頭把柄語，即如「吾未見好德如好色也」，若非有史記旁證，不知為針對衛靈公寵南子而言，則此語殊無著落，本章起首一個「唯」字，足證言出有因，其時書寫工具至難，亦無怪其語之過簡矣。

五、尊論頗謂孔子富保守而少創新，此近世所以集矢於述而不作、信而好古一言也。弟常謂物質文明可以創新，精神文明特別，人性道德必從述古中求新變。在二千

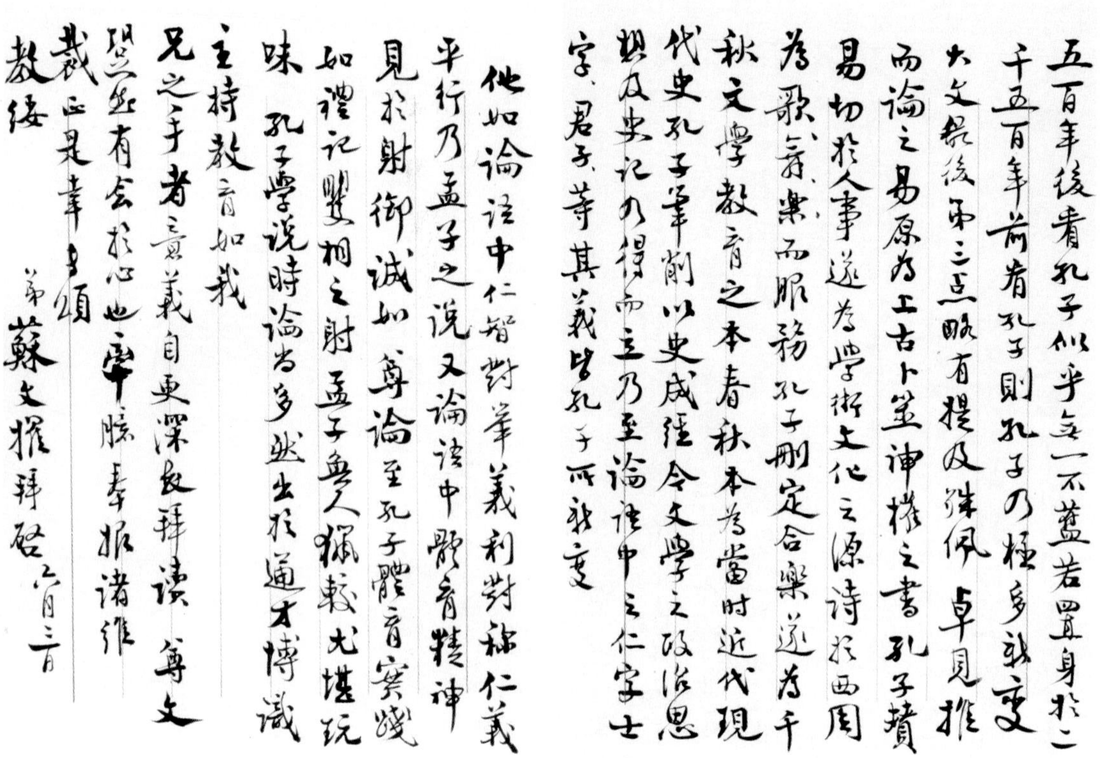

五百年後看孔子，似乎無一不舊，若置身於二千五百年前看孔子，則孔子乃極多新變，大文最後第三點，略有提及，殊佩卓見。推而論之，易原為上古卜筮神權之書，孔子贊易，切於人事，遂為學術文化之源；詩於西周，為歌舞而服務，孔子刪定合樂，遂為千秋文學教育之本；春秋本為當時近代現代史，孔子筆削，以史成經，今文學之政治思想及史記，乃得而立；乃至論語中之仁字、士字、君子等，其義皆孔子所新變，

他如論語中仁智對舉，義利對稱，仁義平行，乃孟子之說；又論語中體育精神，見於射御，誠如尊論；至孔子體育實踐，如禮記矍相之射，孟子魯人獵，較尤堪玩味。孔子學說，時論尚多，然出於通才博識，主持教育如我兄之手者，意義自更深長，拜讀尊文，跫然有會於心也，率臆奉報，諸維裁正是幸，專頌教綏。弟蘇文擢拜啓，六月三日。

館藏資料

香港中文大學文物館藏，杜祖貽教授捐贈，藏品編號：2004.0348。

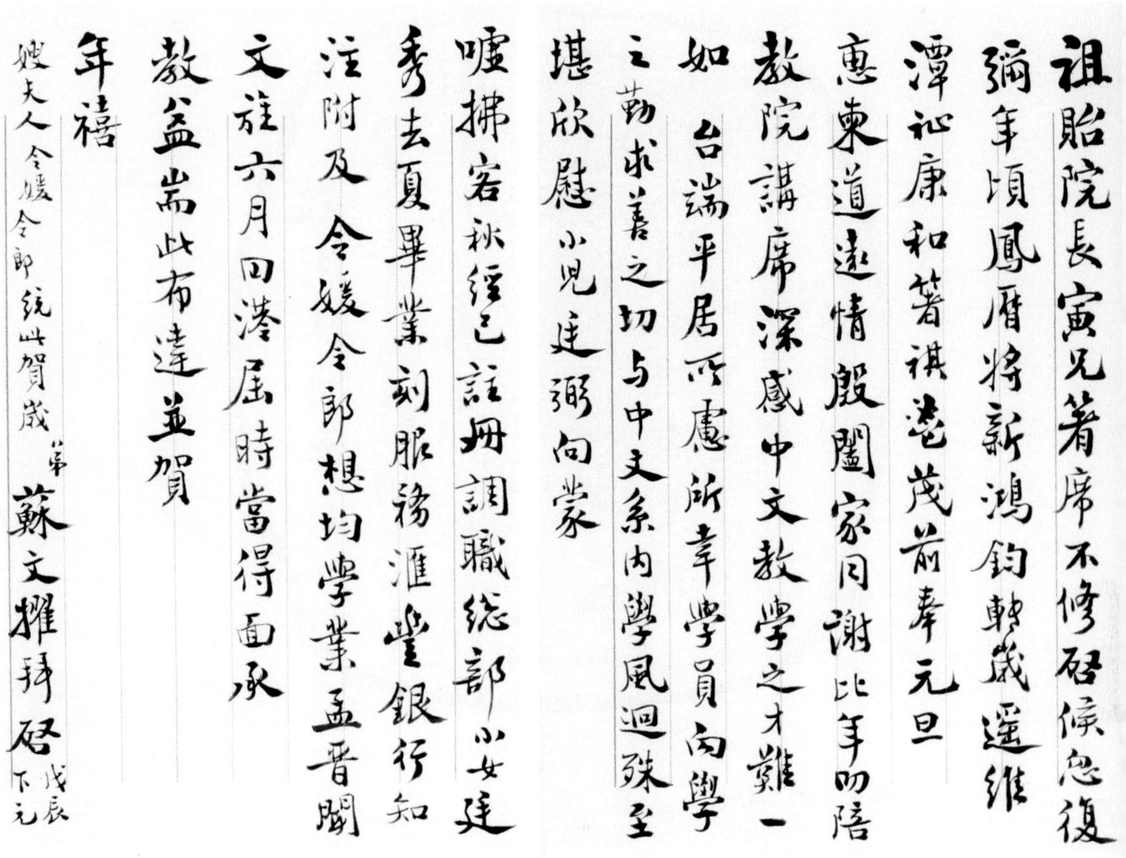

祖貽院長寅兄著席不修啓候忽復
彌年頃鳳曆將新鴻鈞轉歲遙維
潭祉康和箸祺鬯茂前奉元旦
惠柬道遠情殷闔家同謝比年叨陪
教院講席深感中文教學之才難一
如
台端平居所慮所幸學員向學
之勤求善之切與中文系內學風迥殊至
堪欣慰小兒廷弼向蒙
噓拂客秋經已註冊調職總部小女廷
秀去夏畢業刻服務滙豐銀行知
注附及
令媛令郎想均學業孟晉聞
文旌六月回港屆時當得面承
教益耑此布達並賀
年禧
嫂夫人令媛令郎統此賀歲 弟蘇文擢拜啓 戊辰下元

四

蘇文擢致杜祖貽書

一九八八年

紙本 二頁 縱二十九點五厘米 橫二十一點三厘米

釋文

祖貽院長寅兄著席：不修啓候，忽復彌年，頃鳳曆將新，鴻鈞轉歲，遙維潭祉康和，箸祺鬯茂。前奉元旦惠柬，道遠情殷，闔家同謝。比年叨陪教院講席，深感中文教學之才難，一如台端平居所慮，所幸學員向學之勤，求善之切，與中文系內學風迥殊，至堪欣慰。小兒廷弼向蒙噓拂，客秋經已註冊，調職總部；小女廷秀去夏畢業，刻服務滙豐銀行，知注附及。令媛、令郎想均學業孟晉，聞文旌六月回港，屆時當得面承教益，耑此布達，並賀年禧！嫂夫人令媛、令郎統此賀歲。弟蘇文擢拜啓，戊辰下元。

館藏資料

香港中文大學文物館藏，杜祖貽教授惠贈，藏品編號：2004.0349。

五

蘇文擢行楷詩紈扇

一九八七年

水墨綾本　縱二十三厘米　橫二十二點二厘米

釋文

教術扶持要有人，望中才雋待陶甄。八年樹木天南秀，萬里乘風域外春。桃李芳馨開上舍，江山寥潤念前塵。慚予強聒知何補，小別還期德業新。

祖貽教授長中文大學教育學院有年，頃得假赴美賦贈，兩政。丁卯處暑，蘇文耀。

印章

「庶茲浣塵襟」朱文、「蘇文擢」白文。

館藏資料

香港中文大學文物館藏，杜祖貽教授捐贈，藏品編號：2004.0350。

按

二零零七年，此楷書紈扇曾在香港中文大學圖書館公開展出，載《魏唐三昧：蘇文擢教授法書展專輯》頁五十三。此詩蘇文擢另有手稿，詩題〈杜祖貽教授長中文大學教育學院八年，今歲籌建新舍告成，得假赴美，賦贈乙首〉，載《邃加室叢稿》頁一零九，刊本第七句有小注「前歲自中大中文系引退任教院講課」，第八句作「小別相期德業新」。

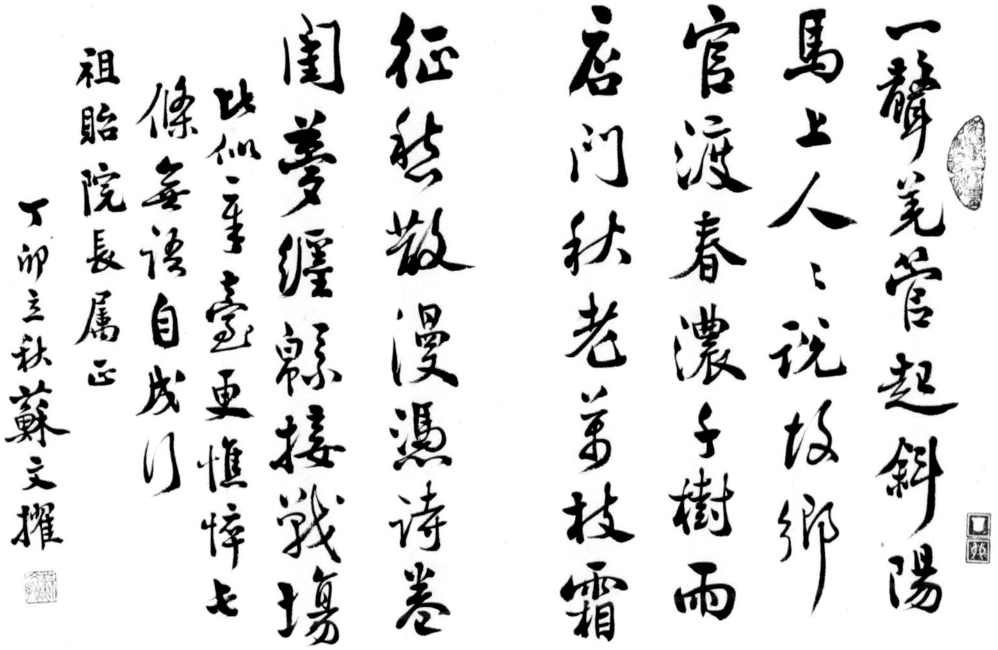

六

蘇文擢行書詩橫幅

一九八七年

紙本　縱三十八厘米　橫五十五厘米

釋文

一聲羌管起斜陽，馬上人人説故鄉。
官渡春濃千樹雨，店門秋老萬枝霜。
征愁散漫憑詩卷，閨夢纏緜接戰場。
比似章臺更憔悴，長條無語自成行。
祖貽院長屬正。丁卯立秋，蘇文擢。

印章

「舊學商量加邃密」朱文、「丁、卯」白文連珠印、「蘇文擢」朱文。

館藏資料

香港中文大學文物館藏，杜祖貽教授捐贈，藏品編號：2004.0360。

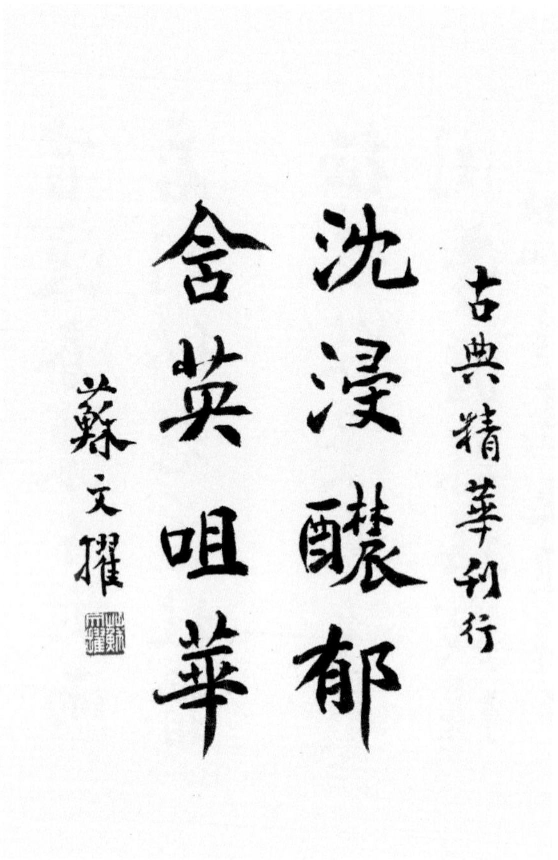

七

蘇文擢行書題詞小幅

一九九六年

紙本　縱二十九厘米　橫二十點四厘米

釋文

古典精華刊行

沈浸醲郁，含英咀華。

蘇文擢。

印章

「蘇文擢」白文。

館藏資料

香港中文大學文物館藏，杜祖貽教授捐贈，藏品編號：2004.0365。

按

此韓愈《進學解》句「沈浸醲郁、含英咀華」為《中國文學古典精華》題辭。《中國文學古典精華》由香港中文大學古典精華編輯委員會輯錄，杜祖貽任主編。

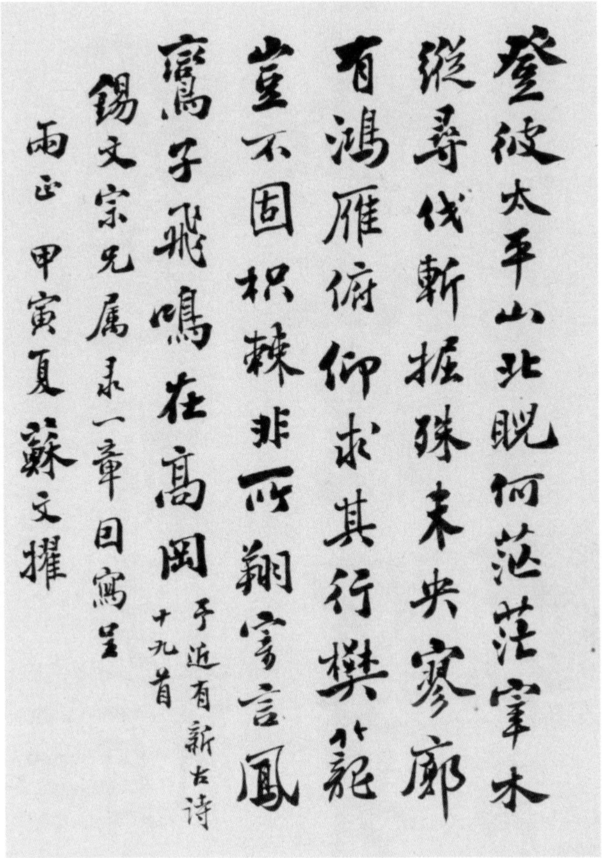
登彼太平山北睨何茫茫宰木
縱尋伐斬掘殊未央寥廓
有鴻雁俯仰求其行樊籠
豈不固枳棘非所翔寄言鳳
鸞子飛鳴在高岡 予近有新古詩十九首
錫文宗兄屬彔一章因寫呈
兩正 甲寅夏 蘇文擢

八

蘇文擢行書詩小幅

一九七四年

紙本　縱三十三厘米　橫四十五點五厘米

釋文

登彼太平山，北睨何茫茫。
宰木縱尋伐，斬掘殊未央。
寥廓有鴻雁，俯仰求其行。
樊籠豈不固，枳棘非所翔。
寄言鳳鸞子，飛鳴在高岡。

予近有新古詩十九首，錫文宗兄屬彔一章，因寫呈兩正。
甲寅夏，蘇文擢。

館藏資料

香港中文大學文物館藏，陳用博士捐贈，藏品編號：2008.0041。

按

此乃蘇文擢〈新古詩十九〉之第十九首，載《邃加室詩文集》頁一五九。刊本第三句作「宰木縱尋盡」、結句作「孤鳴在高岡」。　又按：此頁另有陳語山行草七言絕句一首。

原是羅浮頂上苍苍死根塵
壇坟糕枰葬言修綠妖紅
地猶方凉仙著霞家遂加

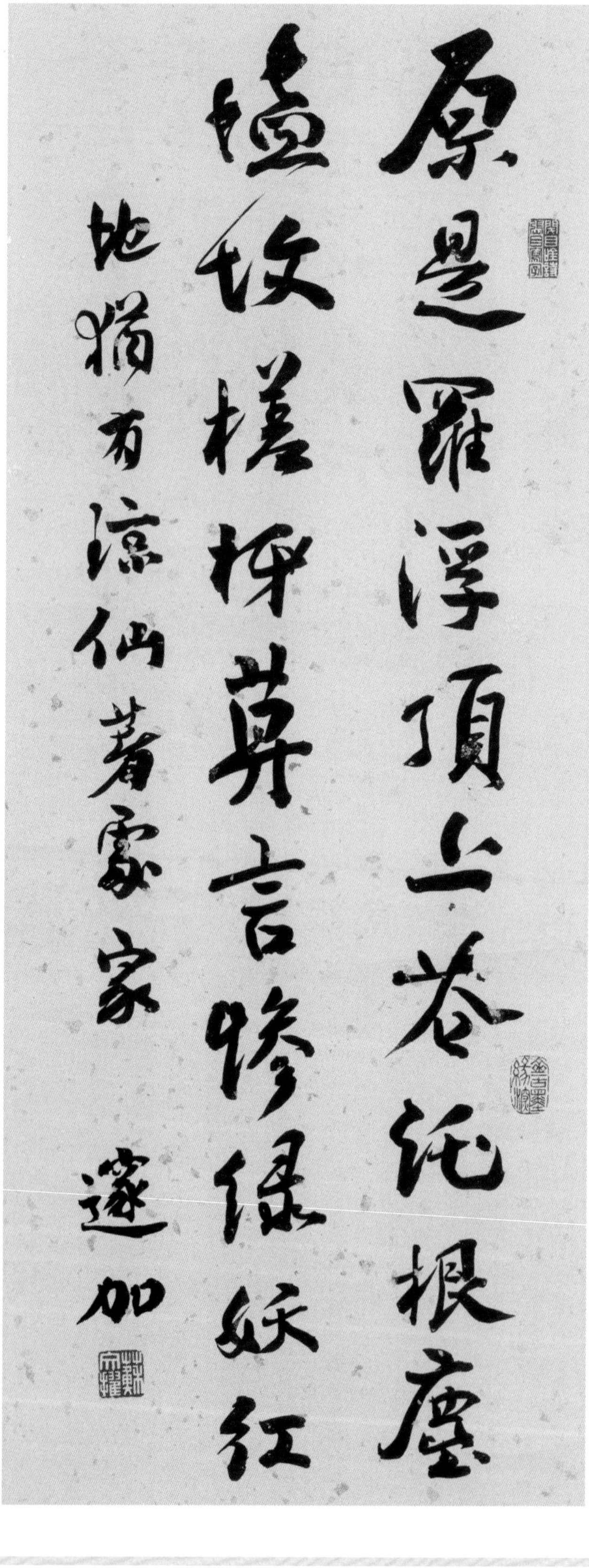

九

蘇文擢行書詩軸

紙本　縱八十八點五厘米　橫三十三點二厘米

釋文

原是羅浮頂上花，託根塵壒故槎枒。莫言慘綠妖紅地，猶有瓊仙著處家。

邃加。

印章

「閉目吟詩，張目寫字」朱白文、「齋古墨緣深」朱文、「蘇文擢」白文。

館藏資料

香港中文大學文物館藏，鳴社捐贈，藏品編號：2007.0088。

按

二零零七年，香港中文大學聯合書院、大學圖書館、文物館及鳴社合辦「魏唐三昧：蘇文擢教授法書展」，四月二十日舉行開幕禮，鳴社以此詩軸送贈文物館。詩乃蘇文擢〈白梅〉二首之一；該展覽另展蘇文擢成扇〈白梅〉二首，收入《魏唐三昧：蘇文擢教授法書展專輯》頁二十八，第一首作「原是羅浮頂上花，託根塵壒故槎枒。莫嫌慘綠妖紅地，猶有瓊仙著處家。」

十

蘇文擢行書五言聯

紙本　各縱一三二點四厘米
橫三十二點五厘米

釋文

攝生貴處順，欲辯已忘言。
殿爵教授寅長正腕，集江文通、陶淵明詩句，蘇文擢。

印章

「詩書敦夙好」白文、「斂退就新儒」朱文、「蘇文擢」白文。

館藏資料

香港中文大學文物館藏，劉殿爵教授舊藏，藏品編號：2010.0205。

附乙　薇盦翰墨（文物館藏）

君不見黃河之水天上來奔流到海不復回又不見高堂明鏡悲白髮朝如青絲暮成雪人生
得意須盡歡莫使金尊空對月天生我材必有用千金散盡還復來烹羊宰牛且為樂
會須一飲三百盃岑夫子丹丘生將進酒杯莫停與君歌一曲請君為我傾耳聽鐘鼓饌玉不
足貴但願長醉不願醒古來聖賢皆寂寞唯有飲者留其名陳王昔時宴平樂斗酒十千恣
讙謔主人何為論少錢徑須沽取對君酌五花馬千金裘呼兒將出換美酒與爾同銷萬古愁
李青蓮天上飛仙人間俊傑其詩則如雲中白鶴來去自如古今一人而已
丁丑孟夏薇盦何叔惠於思萱館

一

何叔惠行書李白詩軸

一九九七年

紙本　縱一三零點五厘米　橫三十五厘米

釋文

君不見黃河之水天上來，奔流到海不復回。君不見高堂明鏡悲白髮，朝如青絲暮成雪。人生得意須盡歡，莫使金樽空對月。天生我材必有用，千金散盡還復來。烹羊宰牛且為樂，會須一飲三百盃。岑夫子、丹丘生，將進酒，杯莫停。與君歌一曲，請君為我傾耳聽。鐘鼓饌玉不足貴，但願長醉不願醒。古來聖賢皆寂寞，唯有飲者留其名。陳王昔時宴平樂，斗酒十千恣歡謔。主人何為論少錢，徑須沽取對君酌。五花馬，千金裘，呼兒將出換美酒，與爾同銷萬古愁。

李青蓮天上飛仙、人間俊傑，其詩則如雲中白鶴，來去自如，古今一人而已。

丁丑孟夏，薇盦何叔惠於思萱館。

印章

「一片冰心」朱文、「微父」朱文、「叔惠」白文。

館藏資料

香港中文大學文物館藏，何叔惠先生捐贈，藏品編號：1997.0332。

六經華夏自千秋巨眼曾無五大洲
白鹿山中方說士爛羊關內盡封侯
分齋深辨胡先學邦國長懷杜老憂
不斷雞鳴芳草地瀟瀟風雨別吾儔

先大人別簡岸諸君子七律乙首鮮民之生可禁伊鬱之痛

癸酉秋仲 三男有棠叔惠敬錄并書

二

何叔惠行書何國溥詩軸

一九九三年

紙本　縱九十厘米　橫四十一點五厘米

釋文

六經華夏自千秋，巨眼曾無五大洲。
白鹿山中方説士，爛羊關內盡封侯。
分齋深辨胡先學，報國長懷杜老憂。
不斷鷄鳴芳草地，瀟瀟風雨別吾儔。

先大人別簡岸諸君子七律乙首。鮮民之生可禁伊蒿之痛。

癸酉秋仲三男有崇叔惠敬錄并書。

印章

「眉厂翰墨」朱文、「叔惠長壽」白文。

館藏資料

香港中文大學文物館藏，何叔惠先生捐贈，藏品編號：1997.0371。

按

何叔惠書其父何國溥贈別廣東大儒簡朝亮（簡岸）之七言律詩。何國溥號惠庶，清光緒邑庠生，嘗遊簡朝亮讀書草堂。

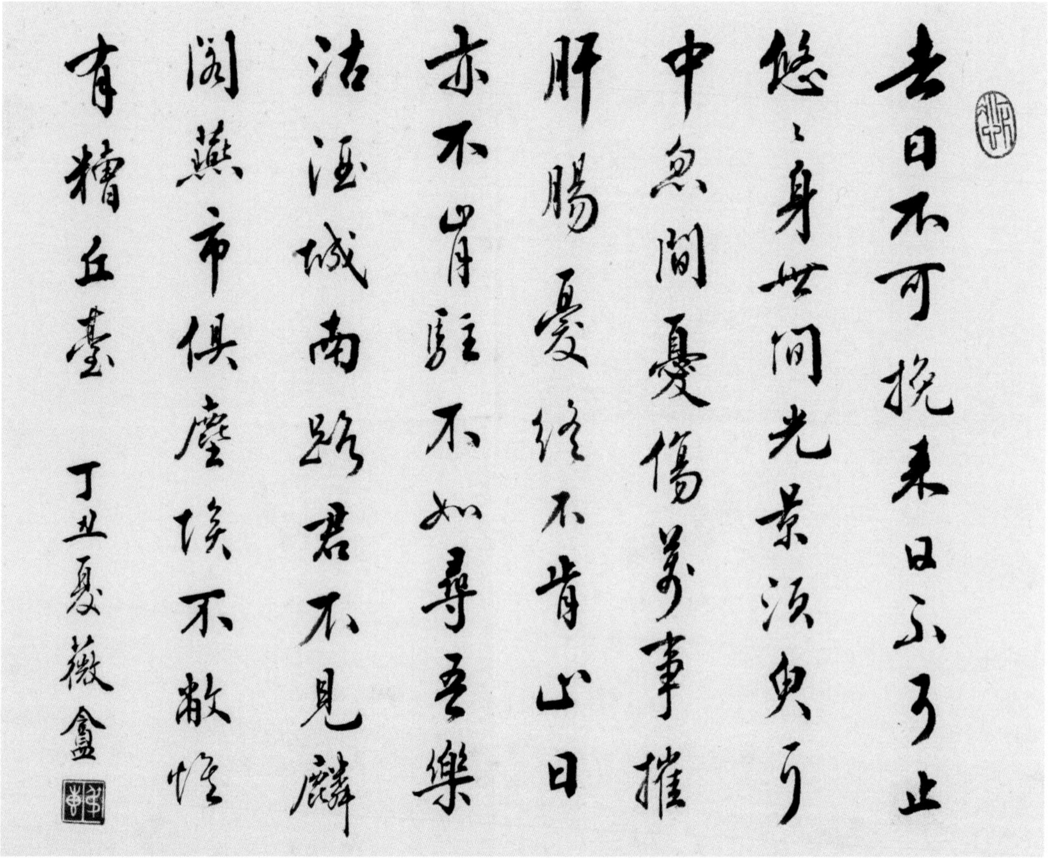

三

何叔惠行書詩橫幅

一九九七年

紙本　縱三十五點二厘米　橫四十二點二厘米

釋文

去日不可挽，來日不可止。悠悠身世間，光景須臾耳。中忽間憂傷，萬事摧肝腸。憂終不肯止，日亦不肯駐。不如尋吾樂，沽酒城南路。君不見麟閣燕市俱塵埃，不敝惟有糟丘臺。

丁丑夏，薇盦。

印章

「一片冰心」朱文、「叔惠」白文。

館藏資料

香港中文大學文物館藏，何叔惠先生捐贈，藏品編號：1997.0333。

四

何叔惠楷書詩橫幅

一九六七年

紙本　縱四十二點二厘米　橫六十七點三厘米

釋文

子長胸中羅墳典，更健腰腳恣遊衍。
南至川楚北燕齊，百水千山窮睇眄。
迸歸筆端宛有神，雷轟電掣奔飆輪。
虎嘯猿啼鬼夜泣，青史一擲連城珍。
士生天地曷為貴，學問遊歷不可棄。
多識草木鳥獸名，孟軻善養浩然氣。
周梁伉儷人中豪，依仁游藝秉潔操。
趙管堪稱神仙侶，同心共綰碧絲絛。
年來港島敷化雨，栽向春風燦桃李。
日暖宮牆百仞開，學子莘莘遍寰宇。
頃聞浮海殊乘桴，擔簦相尋道不孤。
裙屐蹁躚五洲客，握素懷鉛高吾儒。
空濛親涉雲林境，暮靄紅霞散千頃。
方壺圓嶠咫尺間，遙天目送秋帆影。
左思詞賦重兩京，二君美譽標丹青。
大漢天聲動蠻貊，豈徒文采鋪華榮。
看取花落見其實，君子彬彬兼文質。
靜好聯吟笑語和，夜窗書幌調琴瑟。

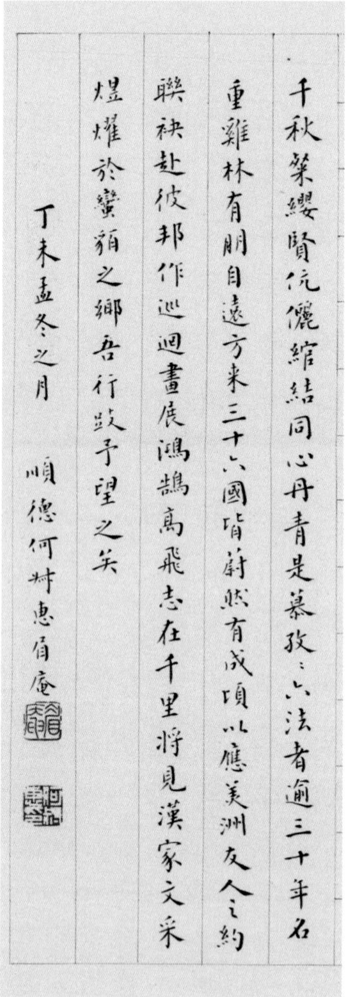
千秋粲纓賢伉儷綰結同心丹青是慕孜孜六法者逾三十年名
重雞林有朋自遠方來三十六國皆蔚然有成頃以應美洲友人之約
聯袂赴彼邦作巡迴畫展鴻鵠高飛志在千里將見漢家文采
煜燿於蠻貊之鄉吾行跂予望之矣
丁未孟冬之月
順德何叔惠眉庵

千秋、粲纓賢伉儷綰結同心，丹青是慕，孜孜六法者逾三十年，名重雞林。有朋自遠方來，三十六國皆蔚然有成，頃以應美洲友人之約，聯袂赴彼邦作巡迴畫展，鴻鵠高飛，志在千里，將見漢家文采，煜燿於蠻貊之鄉，吾行跂予望之矣。

丁未孟冬之月，順德何叔惠眉庵。

印章

「眉庵」朱文、「何叔惠印」白文。

館藏資料

香港中文大學文物館藏，周齊武教授捐贈，藏品編號：2009.0123。

按

此七古寫贈周千秋（一九一零－二零零六）、梁粲纓（一九二一－二零零五）夫婦，載《薇盦存稿》頁八七，詩題〈送周梁伉儷赴美畫展〉，刊本有異文。

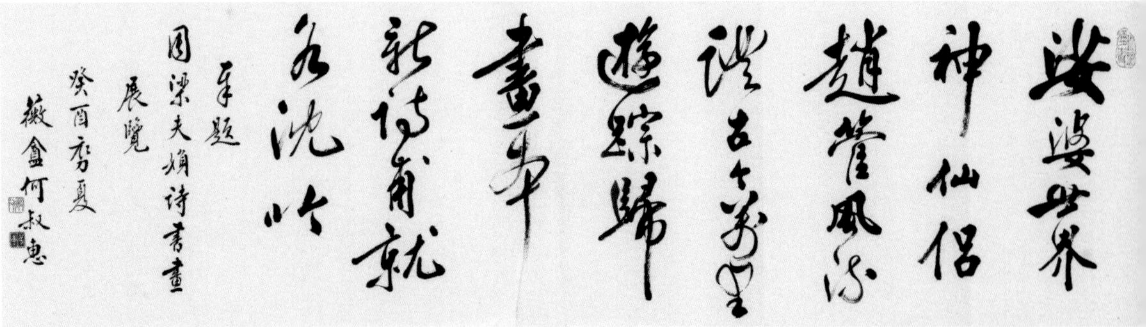

五

何叔惠行草詩橫幅

一九九三年

紙本　縱三十五厘米　橫一三零點五厘米

釋文

娑婆世界神仙侶，趙管風流證古今。
萬里遊踪歸畫本，新詩甫就各沈吟。
奉題周、梁夫婦詩書畫展覽。癸酉初夏，薇盦何叔惠。

印章

「琉璃滿月之身」朱文、「微父」朱文、「叔惠」白文。

館藏資料

香港中文大學文物館藏，周齊武教授捐贈，藏品編號：2009.0124。

按

七絕題周千秋（一九一零－二零零六）、梁粲纓（一九二一－二零零五）夫婦書畫展覽。

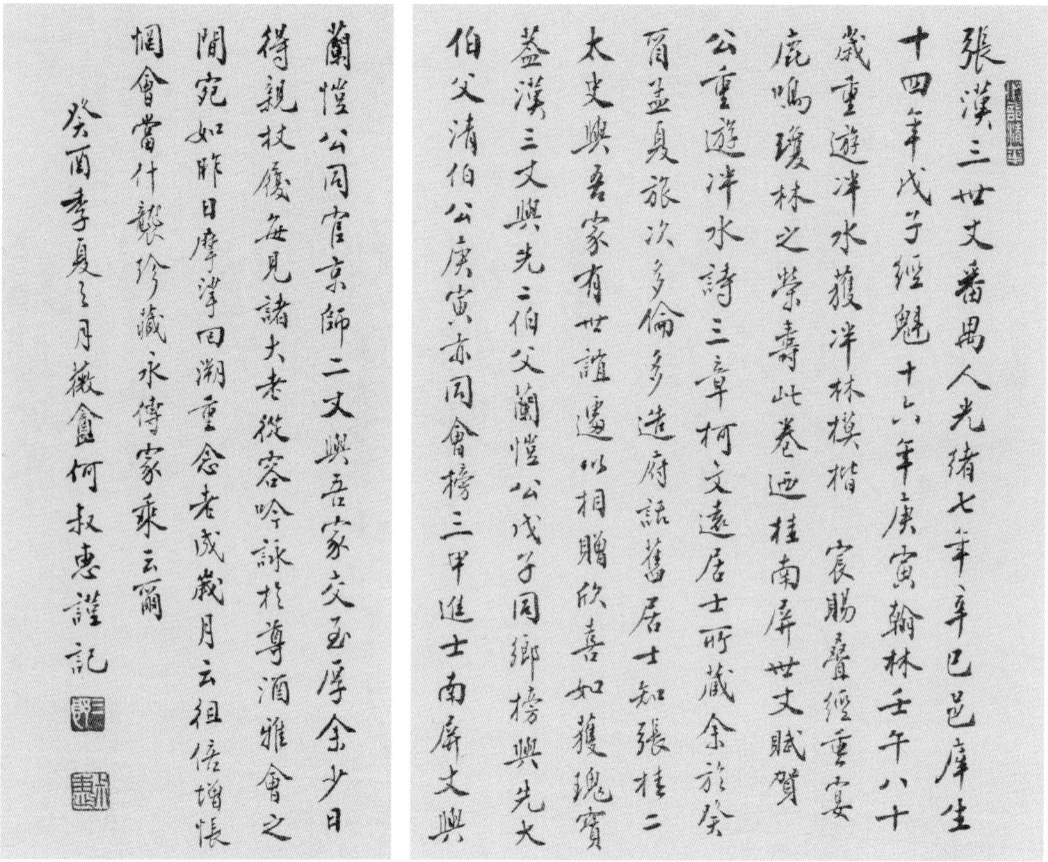

六

何叔惠跋《桂坫楷書詩橫幅》

一九九三年

紙本橫幅　縱三十八厘米　橫一一二點二厘米

釋文

張漢三世丈番禺人，光緒七年辛巳邑庠生，十四年戊子經魁，十六年庚寅翰林，壬午八十歲重遊泮水，獲泮林模楷，宸賜疊經重宴鹿鳴瓊林之榮壽。此卷迺桂南屏世丈賦賀公重遊泮水詩三章，柯文遠居士所藏，余於癸酉夏旅次多倫多，造府話舊，居士知張桂二太史與吾家有世誼，遽以相贈，欣喜如獲瑰寶，蓋漢三丈與先二伯父蘭愷公戊子同鄉榜，與先大伯父清伯公庚寅亦同榜三甲進士，南屏丈與

蘭愷公同官京師，二丈與吾家交至厚。余少日得親杖履，每見諸大老從容吟詠，於尊酒雅會之間，宛如昨日，摩挲回溯，重念老成，歲月云徂，倍增悵惘，會當什襲珍藏，永傳家乘云爾。

癸酉季夏之月，薇盦何叔惠謹記。

印章

「水部精華」白文、「三郎」白文、「叔惠」朱文。

館藏資料

香港中文大學文物館藏，何叔惠先生捐贈，藏品編號：1997.0373。

按

桂坫（一八六五－一九五八）字南屏，與姻親張學華（一八六三－一九五一）分別是光緒二十年（一八九四）及光緒十六年（一八九零）進士，授翰林檢討。一九四二年，張學華重遊泮水，桂坫撰七絕三首敬賀，詩橫幅原藏加拿大柯文遠，一九九三年歸到訪之何叔惠，以誌何家先祖與桂坫、張學華之交誼。何叔惠同年撰跋，記此翰墨因緣，並於一九九七年將橫幅捐贈與香港中文大學文物館，永久保存。桂坫賀張學華重遊泮水詩第一首云：「濠鏡春回杖履來，閒身當日在蓬萊。羨君衣錦榮歸後，花甲重逢好秀才」，第二首云：「又聽鸞聲噦噦傳，重溫舊夢璧門前。長歌追到俞春在，為賦新吟六十年」，第三首云：「風漾青袍記泮池，重周日月寫清詩。杖朝知是來年事，再步花專又一時。」桂坫七絕款識云：「闇公前輩姻大人重游泮水志喜，館侍桂坫。」（上圖紅箋）

蘇文擢教授傳略

蘇先生文擢教授，廣東順德人，生於一九二一年，卒於一九九七年。祖若瑚，號簡園，前清舉人；父寶盉，號冬心，光緒優貢，均為廣東名儒，分別著有《宮教集》與《冬心室駢文》（按：即《冬心室學駢體文》），同以書法名世。先生幼承庭訓，肄業於無錫國學專科學院，從學於錢基博、唐蔚芝、馮振心、金松岑、陳柱尊諸名師，通經史詞章之學。自五十年代起，先生南來，執教於香港各大專院校，歷任珠海書院講師、中文大學高級講師、中文大學教育學院教席，開講經、子、詩詞、古文、文學批評、中國教育思想等科目，而學海書樓、孔聖堂國學班，亦為先生多年來設教講學之所。退休後，獲邀出任中文大學中國文化研究所榮譽學人、珠海文史研究所教授。蘇氏家學，非徒翰墨文章，而謹飭卓行，經教弼世者也。先生舊學深醇，新知邃密，達權通變，而守典不踰，一生學不厭而教不倦，熱心弘揚傳統文化。其學出入於義理、考據、詞章之間，於六藝鑽研至深，尤長於三禮與左氏公羊學。嘗謂六藝為中國文化主流、文學之本源，人情倫理之所繫，每以近人忽於傳習為憾。故凡所撰作，皆以明聖道、正人心為務。先生又以文字訓詁為治學之根基，尤著意於文字本身，乃德性教育涵濡於文化之中，每字皆有其生命力，而一民族之語言文字，無其根基與傳統上之道德，而徒習其聲形者，無異乃腐木濕鼓之音、而捕風捉影之形也。蓋有文字而後有文學，故研究文字，實為研究文學之基礎。先生歷年議論，深懷導俗，每以學術關係世道人心，而詩文尤足動人，是以堅持文以明道，並力倡詩教。先生詩各體無不工，其七古取法韓、蘇，五古雜以選體，五、七律純為杜音，絕句瀟灑透脱，出入唐宋之間，詞作則風華清麗，有白石風。徐復觀教授譽其作品「腴而能透，婉而有骨」，知者以為的論。至其書法藝術，則胎息魏唐，意度眉山，不愧家學。一九八二年，先生榮獲第七屆中華民國國家文藝創作特別貢獻獎，大會稱譽其作品「功力深厚，愛國之情，自然流露，至足欽重。」先生秉性剛健，正道直行；講壇課業，責勞謹嚴；針砭時弊，義方辭鋭；其待人以誠，誨人不倦；開懷後學，亦師亦友；晚年任教珠海文史研究所期間，深受員生上下愛戴之為中流砥柱。一九九六年，先生獲珠海書院頒授名譽博士學位。先生曾多次出任中、港、台詩詞、書法、朗誦比賽評判、主講與顧問，叩鳴屢應，皆所以薪傳國學、弘揚文化也。一九八七年，先生與及門組織鳴社，弘揚詩學，自一九九零年以還，每年臘月十九，皆有典禮以壽東坡，揚蘇海之波濤，播藝林之芬芳。先生於罹疾期間，仍講學不輟。儒者以傳道解惑為天職，其開學養正之心，扶掖後進之誠，彌足欽敬。先主著述有《邃加室詩文集》、《邃加室講論集》、《邃加室詩文續稿》、《邃加室叢稿》、《說詩晬語詮評》、《韓文四論》、《經詁拾存》，《孟子要略》、《黎簡先生年譜》、《淺語集》、《靈芬聯集》、《陳希夷心相編述疏》、《三峽吟草》、《太平洋會議前後中國外交內幕及其與梁士詒之關係》、《梁譚玉櫻居士所藏書翰圖照影存》等，而單篇著述，散見於中、港、台各大刊物，為數不少，尚待編錄。

蘇文玖撰，原載《學海書樓七十五周年紀念集》

附：蘇文擢專著

蘇文擢撰：《黎簡先生年譜》（香港：香港中文大學，一九七三年）。
蘇文擢撰：《淺語集》（香港：自刊本，一九七八年）。
蘇文擢著：《韓文四論》（香港：自刊本，一九七八年）。
蘇文擢著：《說詩晬語詮評》（香港：自刊本，一九七八年）。
蘇文擢著：《邃加室詩文集》（香港：自刊本，一九七九年）。
蘇文擢著：《邃加室講論集》（香港：自刊本，一九八三年）。
蘇文擢著：《邃加室詩文續稿》（香港：自刊本，一九八四年）。
蘇文擢著：《說詩晬語詮評》（修訂再版）（臺北：文史哲出版社，一九八五年）。
蘇文擢編纂：《梁譚玉櫻居士所藏書翰圖照影存：附燕居叢憶錄》（香港：自刊本，一九八六年）。
蘇文擢著：《邃加室叢稿》（香港：自刊本，一九八七年）。
蘇文擢著：《陳希夷心相編述疏》（香港：自刊本，一九八九年）。
蘇文擢著：《靈芬聯集》（香港：自刊本，一九八九年）。
蘇文擢著：《孟子要略》（香港：自刊本，一九九一年）。
蘇文擢著：《邃加室遺稿》（香港：鳴社，一九九八年）。
蘇文擢著：《儒學論稿》（香港：邃加室，二零零二年）。

薇盦先生事略

先生姓何諱家懮，字叔惠，號薇盦，顏其書齋曰三在堂，又曰雙薇館。廣東順德水藤人氏，積世農桑，至大伯父國澄登進士第，二伯父國灃授翰林院編修，父國溥膺茂才，時人美譽何家三鳳。先生行三，齠齡隨翰林公婿老伯淮及簡岸公高足任子貞兩先生讀書。及長，入讀穗城廣雅書院。日寇侵華，舉國動蕩，先生奔走兩廣，輾轉來港，及茂才公棄養，先生奉母卜居九龍，執教珠海、崇文、堅道三書院，並於學海書樓公開講學，以積學受永亨銀行及何氏至樂樓中文秘書之聘，賴以持家。先生幼承庭訓，性尤嚴謹，以孝弟聞於鄉黨，迭經燹亂而志道益堅；際此道喪文凋之世，創設鳳山藝文院教授國學書法，扶掖新進，推己及人。先生游心道釋，初為廣州至寶臺第三傳道侶，道號台鏘，後皈依香港荃灣東林覺苑定西老和尚，受持五戒，法號宏觀。復嗜武學，師從白鶴吳肇鍾、太極梁勁予二公研習氣功拳術；又以性之所鍾，潛心詩翰，遂為碩果社及披荊文會之中堅，切磋藝文，當推祭酒。先生闡釋《書譜》，精研八法，片楮寸縑，為人所寶，歷年詩詞文翰，裒集成冊，曰《薇盦存稿》。德配高要梁絜貞夫人，號絜廬，課子餘暇，雅效趙管，丹青翰墨，互為唱隨，堪稱當世之楷模。先生生於己未歲十月二十五日，卒於壬辰年十一月初八日，積閏享壽九十有七。子女五人，兩男學有所專，三女皆淑配良人，內外孫十人。先生壽域期頤，無忝屋漏；所作已辦，瞬轉蓮胎；鳳山流澤，安素砥行；風規自遠，德藝馨芳！

原載《薇盦先生紀念集》

附：何叔惠專著

何叔惠等編：《萝詩廬印存》（香港：自刊本，一九七八年）。
何叔惠著：《懷鄉詠》（香港：自刊本，一九八二年）。
何叔惠著：《薇盦存稿》（香港：自刊本，二零零一年）。
何叔惠、梁絜貞：《三在堂詩書畫冊》（香港：鳳山藝文院，二零零六年）。
何叔惠著：《書法的基本常識》（香港：自刊本）。
何叔惠著：《孫過庭書譜講義》（香港：自刊本）。

人物小傳（附姓名、名號、異名、稱呼互見表）

按

甲、以下為蘇文擢、何叔惠及本書翰墨所提及有關二人之先祖、鄉先賢、家人、師友及門生小傳。

乙、姓名按筆畫序，小傳後附「姓名、名號、異名、稱呼互見表」。

一至十畫

一　王紹薪（一八八三－一九六八），字孝若。廣東南海人。蘇若瑚門人。操法政。一九四九年定居香港，以筆名澹翁（淡翁）為報章撰寫小說。著有《約龕詩錄》、《海隱樓詩》等。

二　伍憲子（一八八一－一九五九），名莊，廣東順德人，從簡朝亮、康有為遊。從政。歷長粵港報政。晚年退隱香港，組碩果詩社。著有《夢蝶詩存》等。

三　宋菊存：生平待考。佘少颿及宋菊存家人曾送贈家藏之蘇若瑚（簡園公）翰墨與蘇文擢留念。

四　杜祖貽（一九三六－），祖籍福建廈門，祖父為儒商杜四端。香港中文大學畢業，負笈美國獲博士學位，任教密西根大學。一九七九至一九八九年為中大教育學院創院院長。

五　李文格（一九一四－二零零零），廣東南海人。從商，戰後居港。一九五八年創披荊文會，每月於酒樓免費招待文士寫畫作詩。

六　李景康（一八九零－一九六零），號鳳坡。廣東南海人。教育家、詩人。香港官立漢文中學創校校長。戰後主持學海書樓及碩果詩社。著有《李景康先生詩文集》及《陽羨砂壺圖攷》（合編）等。

七　吳天任（一九一六－一九九二），號荔莊。廣東南海人。一九四九年後定居香港，任教金文泰中學、官立文商學院、香港葛量洪師範學院及樹仁學院。善詩文，有「詩史」美譽。著有《荔莊詩稿》等。

八　余少颿（一九零三—一九九零），原名祖明，號百駕老人。廣東南海人。蘇寶盉高弟。廣東大學畢業。任教官立文商專科學校、能仁書院院長。晚歸隱廣州。輯有《廣東歷代詩鈔》、《近代粵詞蒐逸》等，自著《自強不息齋吟草》。父余楚颿乃蘇若瑚及門，遺著輯《茝盦遺翰》。

九　何幼惠（一九三二—），廣東順德人，原名家愉，何叔惠幼弟。任職銀行界，香港著名書法家。經緯書院肄業，鴻社成員，從傅靜庵習倚聲。來復會會長及順德藝文社社長。著有《何幼惠自書詞作品》及《何幼惠自書詩集》。

一〇　何叔惠（一九一九—二零一二），原名家懷，字叔惠，號薇盦，廣東順德水藤鄉人。出身書香望族。一九五零年移居香港，從事教育。工詩文書法，晚年於鳳山藝文院設帳授徒，教授書法國學。著有《薇盦存稿》，與夫人梁絜貞書畫聯展刊《三在堂詩書畫冊》。

一一　何敬群（一九零三—一九九四），原名鑑琮，江西清江人。一九四九來港，任教新亞書院及浸會學院。著有《老子新繹》、《易義淺述》、《遯翁詩詞輯》、《遯翁詩詞曲集》及《益智仁室論詩隨筆》等。

一二　何國溥（?—一九五二），號惠庶，齋名「春暉」，廣東順德水藤鄉人。清光緒邑庠生，嘗游簡岸先生讀書草堂。與兄國澄、國禮有「何氏三鳳」之譽。子何叔惠、何幼惠。

一三　何國澄（一八五四—一九零九），號清伯。廣東順德水藤鄉人。光緒十六年（一八九零）同進士，授內閣中書。嘗掌潮州清遠書院，與弟何國澧、何國溥有「何氏三鳳」之譽。姪何叔惠、何幼惠。

一四　何國澧（一八五九—一九三七），號蘭愷，廣東順德水藤鄉人。嘗從蘇若瑚習書。光緒二十四年（一八九八）進士，授翰林編修。晚年掌鳳山書院，與長兄何國澄、三弟何國溥有「何氏三鳳」之譽。姪何叔惠、何幼惠。

一五　何慶章（一九五四—），祖籍廣東順德。何叔惠子嗣。一九七四年在加拿大升讀大學，任職建築師。

一六　邵鏡人（一八九九—一九七二），名靜仁，江蘇宿遷縣人。早年從政。一九五零年來港，居沙田曾大屋，任教上庠。輯清季名人遺聞軼事曰《同光風雲錄》。

一七 周千秋（一九一零－二零零六），原名澤航。廣東番禺人。從趙少昂習畫、黃祝蕖習詩詞。一九四九年遷港，一九六七年移居美國。時與夫人梁粲纓於世界各地舉辦書畫展。子周齊武，任教美國上庠。

一八 麥霞甫：六十年代任教德明小學、珠海書院，後任珠海書院首任校長。

一九 桂坫（一八六五－一九五八），字南屏，廣東南海人。光緒二十年（一八九四）進士，授翰林檢討。入民國，往來穗港間。著有《續修南海縣志》、《說文簡易釋例》及《桂坫叢稿》等。

二〇 夏書枚（一八九二－一九八四），原名承彥。江西新建人。幼承家學。北京中國大學畢業。一九五八年定居香港，任教於珠海、華僑、清華、經緯、文商、新亞及聯合書院。晚年移居美國，遺稿輯《夏書枚先生詩詞集》。

二一 涂公遂（一九零五－一九九一），齋名不慍齋。江西修水人。肄業北京大學。從政，參加北伐。一九六二年定居香港，任教珠海書院。參加芳洲詞社，後為南薰詩社社長。著有《文學概論》及《浮海集》等。

二二 翁一鶴（一九一一－一九九三），原名錦嘉，字一鶴，以字行。廣東潮安人，一九四九年定居香港，任教樹仁學院等大專院校。著有《乒乓歌》、《長春詠》、《赤馬謠》、《香海三百詠》及《暢然堂詩詞鈔》等。

十一畫

二三 梁士詒（一八六九－一九三三），廣東三水人。中華民國國務總理。一九八六年，其八側室譚玉櫻輯《燕居叢憶錄》，記梁士詒行誼，附刊於《梁譚玉櫻居士所藏書翰圖照影存》後。

二四 梁絜貞（一九二一－二零一四），女，廣東高要人。澳門出生，協和女子中學畢業。五十年代定居香港，任教崇文英文書院小學部。隨張韶石習書，二零零六年與夫婿何叔惠之書畫聯展刊《三在堂詩書畫冊》。

二五 梁端卿（？－一九八零），廣東順德人，清儒梁述亭子，梁元任幼弟。漢文師範學校畢業，創端正中學，後任孔教學院副院長。

二六　梁粲纓（一九二一－二零零五），女，廣東順德人。先後居香港、美國。善書畫，屢與夫婿周千秋於世界各地舉辦書畫展覽，作品輯《周千秋、梁粲纓伉儷齊眉詩書畫集》。子周齊武，任教美國上庠。

二七　梁隱盦（一九一一－一九八零），廣東順德人。廣州大學教育系畢業。雅好吟詠、精研佛學，任教經緯書院佛學系，並先後任佛教慈恩學校、香港孔聖堂中學校長。刊有《佛學十八講》及《隱盦詩集》。逝世時蘇文擢撰〈祭梁隱盦文〉。

二八　湯定華（一九一八－二零一三），原名啓亮，又名正華，廣東南海人。廣東大學畢業。戰後居港，任救恩書院文史教席。一九七六年移居美國。著有《思海樓詩詞鈔》。

二九　郭亦園（一九零三－一九七九），浙江黃巖人。原名不詳，一九四九年遯跡香港。六十年代組「香港詩壇」，輯《綱珠集》及《綱珠續集》。遺作輯《郭亦園先生詩集》。

三〇　張丹（一九零七－?），女，廣東順德人，法號佛洒。畫人，嘗於其屯門清涼法苑西樓「意蘭室」招待文友雅聚、素酌。

三一　張學華（一八六三－一九五一），字漢三，號闇齋，廣東番禺人。光緒十六年（一八九零）進士。辛亥革命後退隱，遁跡香港、澳門，為吳道鎔整理未完稿之《廣東文徵》。自著《采薇百詠》及《闇齋稿》。

三二　陳一豫（一九二七－），字樂之，號近翁，齋曰「山近樓」，廣東寶安人。早年教學澳門，定居香港後任中文秘書。善詩文書法，晚年居深圳。著有《山近樓詩稿》、《山近樓詩詞手寫本》。

三三　陳本（一九零六－一九九六），字幹卿，一字幹盦，號參天閣主。廣東增城人。廣東法官專科學校畢業，為陳濟棠記室。中歲移居香港，任教德明、香江、廣大、經緯、華僑、珠海各書院。窮究經典，篤好白沙心學，遺作有《參天閣集》。

三四　陳秉昌（一九二一－一九九九），廣東順德人。從馮康侯習篆刻，為廣雅書學社中堅社員，並工詩詞、書法。曾任恒生銀行中文秘書，並公開講授國學、篆刻藝術。遺作輯《陳秉昌詩書篆刻》。

三五　陳荊鴻（一九零三－一九九三），字文潞，號蘊廬，廣東順德人。工詩詞書畫，早負盛譽。歷任粵港報社筆政。定居香港後任教大專學院。著有《蘊廬詩草》、《海桑憶語》等。

三六 陳湛銓（一九一五－一九八六），字青萍，號修竹園主人。廣東新會人。中山大學畢業。五十年代定居香港，六十年代創經緯書院，並於學海書樓及電台講授國學。著有《修竹園詩》等。

三七 陳聲聰（一八九七－一九八七），字兼與，號荷堂，祖籍福建福州。居台灣，善詩文書畫，著有《兼于閣詩》、《兼于閣詩話》、《荷堂詩話》等。

三八 陳耀南（一九四一－），廣東新會人。一九四六年移居香港。崇基學院畢業，獲博士學位。任教理工學院及香港大學。九十年代移居澳洲。刊有文藝創作及學術論著數十種。

三九 溫中行（一九一八－一九八六），原名必復，字中行，廣東順德人。遺老溫肅子嗣。歷任香港金文泰中學及樹仁學院教席，並在學海書樓及香港電台講授國學。著有《強志齋集》、《三字經今譯》及《古文學今譯》等。

四〇 勞天庇（一九一四－一九九五），原名仲晃，號墨齋，廣東南海人。懸壺香港，善金石書畫研究，尤工詩，參加南薰詩社。晚年移居加拿大，著有《在山堂詩》。

四一 曾克耑（一八九九－一九七五），字履川，號涵負，又號頌橘。福建閩侯人。受業於吳北江，後以詩受知於陳石遺及陳散原。晚歲居港，五十年代起任教新亞書院。善詩古文辭、書法。著有《頌橘廬叢稿》等。

四二 曾希穎（一九零三－一九八五），原名廣雋，字希穎。廣東番禺人。有「南園今五子」之譽。早歲遊學蘇聯莫斯科，習軍事政治，返國後為李宗仁幕僚。居港後從事教育。著有《潮青閣詩》及《了菴詞》。

四三 黃少坡（一九零九－一九九一），廣東南海人。著詩詞《小黃山館詩稿》，散見《碩果詩社》及《鴻社詩詞》。

四四 黃思潛（一九零七－一九八五），原名永年，字思潛，因藏吳榮光荷屋法書甚夥，故號與荷室主。廣東東莞人。從事教育，任崇文英文書院院長，後任校監。著有《黃思潛書畫篆刻集》。

四五 黃棣華（一八七二－一九五五），號偉伯，廣東順德人。簡朝亮弟子。一九二七年定居香港，經營地產致富。喜遊歷吟詠，先後組多家詩社。著有《負暄山館詩詞》、《負暄山館十五省紀游詩鈔》等。

四六　楊淑明（一九三七—二零一九），女，廣東中山人。蘇文擢教授夫人，二零一九年年八月十九日病逝香港。

四七　趙大鈍（一九一八—二零一六），廣東台山人。柬埔寨出生，兩歲移家越南。一九七五年越南易幟，流徙美國、台灣，後定居香港，任教樹仁學院，並於學海書樓講學。一九八三年移居澳洲。著有《聽雨樓詩草》。

四八　熊潤桐（一九零二—一九七四），字魯柯，廣東東莞人。廣東高等師範學校畢業。工詩古文辭，有「南園今五子」之譽。一九四九年移居香港，任教聯合書院及珠海書院。著有《勸影齋詩》，遺作輯曰《東莞熊魯柯先生詩文集》。

四九　潘兆賢（一九三八—）號采薇居士，廣東番禺人。經緯書院畢業，任教珠海中學。合編有《東莞熊魯柯先生詩文集》，另輯《近代十家詩述評》。

五〇　潘新安（一九二三—二零一五），祖籍廣東南海，香港出生，亦商亦儒，主持碩果詩社後期活動，七十年代創立愉社。著有《小山草堂詩稿》及《小山草堂文稿》，又編有詩話《草堂詩緣》。

五一　鄧劍剛（一八九六—一九六二），字建光，號茹芋道人。畫人，與高劍父、高奇峰、王竹虛等遊。戰後遁跡香港沙田紫霞園，自號金剛居士。研究佛學，善畫佛像。著有《茹芋室畫話》、《茹芋室夜讀》、《題畫雜詠》等。

五二　劉殿爵（一九二一—二零一零），祖籍廣東番禺，香港大學畢業。任教香港中文大學，退休後任中國文化研究所榮譽教授，致力編纂古代傳世典籍索引及相關研究。父劉景堂，有詞名。

五三　黎簡（一七四八—一七九九），字簡民，號二樵，廣東順德人。乾隆五十四年（一七八九）拔貢。善詩書畫，著有《五百四峰草堂詩文鈔》等。蘇文擢一九七三年為輯《黎簡先生年譜》。

五四　謝善權，二十年代從遊蘇寶盉徽州會館。居港業印刷。六十年代與余少颿、蘇文擢活躍於周日茶叙。

五五　謝焜彝（一八七六—一九五八），名燿倫，字煉公，晚號隨廬老人。廣東番禺人。從事金融業。善詩詞書法，一九四五年與黃偉伯、馮漸逵、伍憲子組碩果詩社。著有《隨廬詩詞集》，載詩集《碩果社》。

五六　簡又文（一八九六—一九七八），字永真，廣東新會人。美國芝加哥大學碩士畢業。一九四九年後居港。著有《太平天國全史》、《宋末二帝南遷輦路考》，並輯《廣東文物》、《宋皇台紀念集》等。

五七　簡朝亮（一八五一—一九三三），號竹居，廣東順德人。朱九江先生高弟。先後講學順德簡岸「讀書草堂」、將軍山「讀書山堂」及廣州「松桂堂」，桃李滿門，著有《讀書堂集》、《論語集注補正述疏》等。

五八　譚玉櫻（一九零二—一九八三），女，中華民國國務總理梁士詒八側室，於梁氏逝世後長齋禮佛於香港島東蓮覺苑。輯《燕居叢憶錄》，記錄梁士詒行誼，附刊於《梁譚玉櫻居士所藏書翰圖照影存》後。

五九　蘇文玖（一九五一—），廣東恩平人。香港中文大學畢業，任職中學文史教師、副校長。從蘇文擢習詩。

六〇　蘇文擢（一九二一—一九九七），廣東順德人。名儒蘇若瑚孫、蘇寶盉子嗣。善詩古文辭、書法。一九五零年定居香港，任教聯合書院、中大教育學院及珠海書院文史研究所。著有《邃加室詩文集》、《黎簡先生年譜》、《說詩晬語詮評》等。

六一　蘇廷弼（一九六一—），廣東順德人。蘇文擢長子，香港大學工程學博士，任教香港城市大學，並任亞洲建築環境學院院長。中歲移居美國。

六二　蘇若瑚（一八五六—一九一七），字器甫，號簡園，齋名「邃加室」。廣東順德烏洲鄉人。李文田弟子，以書鳴於時。光緒五年（一八七九）舉人，官咸安宮教習。中歲回鄉，設帳授徒，曾執教廣州廣雅高等學堂，輯《書學答問》，著有《宮教集》。

六三　蘇錫文，生平代考。

六四　蘇寶盉（一八八一—一九三八），號冬心，廣東順德烏洲鄉人。名儒蘇若瑚哲嗣。光緒優貢，曾於上海設館授徒。著有《冬心室學駢體文》。一九六三年八秩冥壽，居港學生曾舉行紀念活動。

六五　饒宗頤（一九一七—二零一八），字選堂，號固庵。廣東潮安人。於敦煌學、考古學、甲骨學、史學、詞學、書藝均有成就，屢獲國際漢學獎項，著述等身。

附：姓名、名號、異名、稱呼互見表

一至十畫

王紹薪：王孝若、淡翁。
伍憲子：憲公。
吳天任：天任。
余少颿：少帆、少颿、百駕老人。
何幼惠：六弟、幼惠。
何叔惠：眉莽、惠翁、薇庵、薇莽、薇盦。
何敬群：遁翁、遯翁。
邵鏡人：鏡人。
翁一鶴：一鶴、翁老。
夏書枚：承彥、叔美、夏老。

十一至十五畫

郭亦園：亦園。
梁端卿：端卿。
梁隱盦：隱莽。
陳一豫：一豫、山近樓。
陳本：參天閣主、幹翁、幹卿、幹盦。
陳秉昌：秉昌。
陳荊鴻：荊鴻。
陳湛銓：湛銓。
陳聲聰：兼老。
陳耀南：耀南。
麥霞甫：霞甫。
張丹：佛洒。
曾克耑：曾履川、頌橘翁、履川。
曾希穎：希穎。
溫中行：中行。
黃少坡：少坡。
黃思潛：思潛。
勞天庇：勞墨齋。
趙大純：大鈍。
潘新安：新安、新翁、潘郎。
鄧劍剛：劍剛。

十六畫或以上

謝善權：善權。
簡又文：又文。
蘇文玖：文玖。
蘇廷弼：廷弼、弼兒。
蘇若瑚：簡園公。
蘇錫文：錫文。
蘇賓盉：冬心公。

邃加室、薇盦詩文本事輯要

按

一、〈邃加室、薇盦詩文本事輯要〉從本書所錄信函翰墨及蘇文擢教授與何叔惠先生已刊之詩文集、講論集，選錄二人生平介紹及相關之唱酬、雅集資料，方便讀者參考；其中邃加室部分選輯自鄒穎文輯錄之《邃加室年譜》（待刊）。

二、參考說明

甲、何叔惠（薇盦）、蘇文擢（邃加室）已刊文集：

《存稿》：《薇盦存稿》上冊、下冊。

《詩文集》：《邃加室詩文集》；《續稿》：《邃加室詩文續稿》；《叢稿》：《邃加室叢稿》；《遺稿》：《邃加室遺稿》。

乙、本書所錄信函翰墨：

〈手札冊甲〉、〈手札冊乙〉分別為〈邃加室手札冊〉甲、乙；〈詩稿冊甲〉、〈詩稿冊乙〉、〈詩稿冊丙〉、〈詩稿冊丁〉：分別為〈邃加室詩稿冊〉甲、乙、丙、丁。

三、日子未注明夏曆者為西曆。

年份	干支	何叔惠（薇盦）	蘇文擢（邃加室）
一九一七	丁巳		先生祖籍廣東順德烏洲，祖父蘇若瑚、父親蘇寶盉。蘇若瑚（一八五六－一九一七）是年逝世。 按：蘇若瑚生前曾為廣州陳家祠題匾額「陳氏書院」（〈手札冊乙〉第二十九通）。
一九一九	己未	先生祖籍廣東順德水藤鄉。伯父何國澄、何國澧，父親何國溥。 夏曆十月廿五日，即一九一九年十二月二日，先生順德水藤出生，齠齡與同鄉何乃文等隨姐夫老伯淮讀書，也曾受業於簡朝亮弟子任子貞，後入讀廣雅書院。	
一九二一	辛酉		先生夏曆五月廿四日，即一九二一年六月二十九日，廣州西關出生。
一九二三	癸亥		三歲隨父居滬瀆。
一九三零	庚午	香港東華醫院成立六十周年，公開徵文慶祝，溫肅評卷，何國澧撰〈香港東華醫院六十周年紀念記〉，獲評第十名。一九八三年，先生六弟何幼惠重鈔全文，裝裱成卷，先生及蘇文擢分別於一九八四及一九九三年跋，陳秉昌一九九七年題引首（《何幼惠書何蘭愷太史遺作手卷》）。	
一九三一	辛未	六弟何幼惠順德水籐出生。	
一九三四	甲戌		十四歲。居上海，撰五律〈十二月十四夜對月〉（《詩文集》頁一八七）。 按：據先生一九八七年詩〈桃源坊行〉，父親蘇寶盉於先生孩童時在上海河南路桃源坊設館授徒。又先生常隨父親參加聊社詩鐘會及甘翰臣、甘璧生昆仲主持之非園雅集（《叢稿》頁八九、《續稿》頁二一六）。

一九三五	乙亥		據中文大學校檔，先生是年二月始在無錫國學專科學院肄業至一九三七年六月，修讀中國哲學、中國文學、中國歷史。
一九三六	丙子		上海金門飯店開幕徵聯，先生所撰聯「金谷開筵，客來不速；門庭若市，賓至如歸」得雋（《遺稿》頁一一八）。
一九三七	丁丑	抗戰期間，先生販衣於沙坪、肇慶間，亦曾赴桂林。自桂林回穗後任職省政府科員（《存稿》頁九三）。	六月前仍在無錫國學專科學院肄業。淞滬戰起，避居上海法租界。
一九三八	戊寅		父親蘇寶盉（一八八一—一九三八）上海逝世。先生後別母從軍。
一九四三	癸未	在澳門濠江皈依三寶，參一九六一年授五戒於香港東蓮覺苑時所撰詩〈倣寒山詩六首〉（《存稿》頁七六）。	從軍。居嘉定方泰鎮。
一九四六	丙戌	二月十四日：與梁絜貞女士在廣州「石室」聖心大教堂結婚。婚後小住澳門。	
一九四八	戊子		回鄉順德烏洲，撰詩〈戊子夏回鄉侍七叔泛舟烏涌〉（《詩文集》頁二二九）。
一九五零	庚寅	冬，偕兄晴和遷香港，寄寓荃灣芙蓉山竹林禪院，夫人則留居順德侍俸舅姑。居竹林禪院時，先生與湯雪筠、徐又陵及葉伯平為鄰，常往訪南天竺寺茂蕊法師。 按：先生居港後從事教育。曾任教珠海中學、崇文英文書院及堅道書院。曾講學學海書樓，亦曾任永亨銀行及何耀光至樂樓中文秘書。 居港後曾問學於伍憲子、何直孟等宿儒。	遷香港，從事教育。 按：先生五、六十年代任教多間院校：成達中學、端正中學（一九五零年二月至一九六零年七月）、聖心書院（一九五九年九月至一九六零年六月）、德明書院、華仁中學、廣大學院、孔聖堂中學、經緯書院、清華書院、新亞書院（一九五九年九月至一九六一年七月）、珠海書院（一九六二年九月至一九六五年七月）、官立文商夜校（一九六二年九月至一九六五年七月）等（〈手札冊甲〉第四十三通、〈手札冊乙〉第二十一通，中大校檔）。

年份	干支	何叔惠（薇盦）	蘇文擢（邃加室）
一九五一	辛卯	一九五一、五二年間認識蘇文擢。 夏曆三月：參加張大千、孫仲瑛等發起之九龍荔園修禊（《存稿》頁一三九）。 撰〈辛卯七夕寄絜廬〉詩二首贈內，時夫人居順德，第二首有句「黯黯鵲橋歸路斷，空餘涕淚各天涯」（《存稿》頁二三八）。 與陳荊鴻、梁勁予等唱和。並曾隨梁勁予習氣功。	一九五一、五二年間認識何叔惠。何叔惠日後撰七律〈贈蘇文擢〉云：「交深祖父情彌重，海角相逢一惘然。叔黨文章多難日，伯仁涕淚落花天。無家長共三千里，明世於今五百年。且莫栖栖怨蠻貊，承擔大道責仔肩」（《存稿》頁一四四）。 參加黃偉伯、謝焜彝、馮漸逵及伍憲子一九四五年組織之碩果詩社。一九五一、一九五四年刊行之《碩果社》第三、四集有先生詩。
一九五二	壬辰	夏曆三月：參加南宮搏、易君左、梁寒操、劉太希等在荔園發起之禊集（《存稿》頁一五六）。 夏曆二月：懷國內獄中父親何國溥，撰詩〈壬辰二月十八日老人壽辰，曩歲此日骨肉團圓，繞膝前稱觴祝壽，今則垂暮，囹圄死生尚不可知，遑論餘事耶，哀寄以短章，淚和血矣〉（《存稿》頁二三九）。 夏曆五月廿四日：父親獄中逝世，夫人安葬家翁。先生後將父親獄中所撰訓子書鈔錄，裝裱成卷，蘇文擢一九六一年題跋（〈手札冊甲〉第二十二、三十通；也參一九六一年條）。	夏曆三月：撰詩〈壬辰三日港中詞長修禊荔園不克與會〉（《詩文集》頁一八九）。
一九五四	甲午	夫人梁絜貞自國內來港與先生團聚。 按：夫人居港後從事教育。後並隨張韶石習畫，性喜菊花。	
一九五七	丁酉	參加碩果詩社，《碩果社》一九五七、一九五九、一九六二、一九六六年第六、七、八、九集有先生詩。	懷碩果詩社黃少坡，撰詩〈丁酉春寒有懷少坡詞長〉（《詩文集》頁一三七）。

一九五八	戊戌	任教崇文英文書院至一九八五年退休，共二十六年。是年為校長黃思潛題七古〈題朱九江先生手卷遺墨〉（《存稿》頁七五、八五）。 二伯父蘭愷太史百齡冥壽。為紀念二伯父是年再遊泮水，邀文友寫〈瑞蓮圖〉及題詩，蘇文擢為手卷題引首並序（〈瑞蓮圖〉）。	經何叔惠介紹認識畫人鄧劍剛。是年初應邀到鄧氏沙田紫霞園賞梅，有詩〈丁酉臘盡叔惠詞兄約遊沙田探梅紫霞園并訪劍剛畫師〉等（〈詩稿冊乙〉第十一通、〈詩稿冊甲〉第十六通）。 春：贈何叔惠七律並索和，起句：「三代論交見尚遲，鄉邦喬木起人思」（〈詩稿冊甲〉第一通）。 冬：為黃思潛所藏朱九江遺墨撰文〈朱九江先生傳芳集凡例手稿跋〉（《詩文集》頁七二）。
一九五九	己亥	秋：參加潘新安港島大坑齋寓「幼稚園」雅集，蘇文擢亦是座上客（〈手札冊甲〉第四十五通）。二人日後亦參加潘新安「小山草堂」雅集。 冬：與文友再訪鄧劍剛，撰七律〈己亥冬暮紫霞園賞梅同蘇文擢、麥劍影、陳秉昌寄鄧劍剛畫師〉（《存稿》頁一七五）。	任教聖心書院（一九五九年九月至一九六零年六月）及新亞書院（一九五九年九月至一九六一年七月）。 八月二十日：與楊淑明女士結婚，端正中學校長梁端卿為證婚。 按：一九七九年閏六月廿八日結婚二十周年，撰七絕四首贈夫人（《續稿》頁二零）。 夏曆十一月二十三日：先生生母（一九零五－一九五九）病卒穗垣，己亥十二月撰七絕〈述哀十四首〉（《詩文集》頁二三二，也參一九六五年條）。 撰五言排律〈讀飲冰室集〉，並寫七律〈輓伍憲子先生〉輓碩果詩社創社社盟伍憲子（〈手札冊甲〉第四十五通）。
一九六零	庚子	與文友於大埔碧園雅集，撰七律〈庚子荷花生日大埔碧園雅集〉（《存稿》頁一六二）。 按：碧園乃先生舅父阮自揚在大埔桃源洞院宅，時有雅集，蘇文擢亦常參預，曾有詩，頷聯云「碧園俊約思前諾，水部清吟屬後塵」（〈詩稿冊丙〉第一通）。 撰七律〈輓李景康社丈〉、〈憲子世丈周年祭感賦〉。李景康、伍憲子為碩果詩社社盟（《存稿》頁一四九）。	一九六零、六一年間，先生應和曾克耑蘇東坡海南壁字疊韻五古，撰詩十一首，寫大陸饑荒、長子出生、遊虎豹別墅及圓玄學院、庚子除夕訪何叔惠不遇、辛丑元日與何敬群夏書枚訪邵鏡人、贈廣大學院同學及題關德興書展（〈詩稿冊甲〉第十五通）。

年份	干支	何叔惠（薇盦）	蘇文擢（邃加室）
一九六一	辛丑	庚子殘臘，撰詩〈贈內〉四首，記夫人一九五二年葬家翁何國溥事，蘇文擢和詩四首（〈手札冊乙〉第三十一通、〈詩稿冊丙〉第十通）。又何國溥獄中曾撰訓子書（參一九五二年條）。 授五戒於東蓮覺苑，撰詩〈倣寒山詩六首〉（《存稿》頁七六）。 任教崇文英文書院，調任北角（〈手札冊甲〉第三十三通）。 撰〈辛丑生朝〉八首，文友紛紛和詩，中有蘇文擢祀竈前三日所作（〈手札冊甲〉第二十六通、〈詩稿冊甲〉第五通）。	長子蘇廷弼庚子十二月十四日，即一九六一年一月三十日出生（〈手札冊甲〉第三十三、三十六通；〈詩稿冊甲〉第十五通）。 夏曆十月，應張丹邀約到屯門清涼法苑素酌，撰文〈清涼法苑雅集題記〉及五言古詩一首（〈詩稿冊乙〉第十通）。 按：何叔惠亦曾參加一九六一及一九七五年張丹召集之清涼法苑雅集，分別撰詩〈清涼法苑小集即呈佛洒居士〉及〈小集清涼法苑詩贈張丹居士〉（《存稿》一零二、一零七）。
一九六二	壬寅	元旦後二日：蘇文擢夫婦訪先生不遇，先生贈以五古，蘇文擢隨後和詩〈次韻贈叔惠〉，起句「平居憫默心，一念關元元」（〈手札冊甲〉第二十通、〈詩稿冊甲〉第十九通）。 暮春：為夫人題畫〈雪梅圖卷題辭〉七律二首（《存稿》頁一四一）。 秋：用「絲時知期悲」、「心岑沈深吟」韻撰詩〈壬寅秋暮寄懷文擢〉七律二首，蘇文擢有和詩（〈詩稿冊丙〉第七通）。 鄧劍剛逝世，撰哀輓詩、聯（〈詩稿冊乙〉第十一通）。 先生六弟何幼惠大婚（〈手札冊甲〉第九通）。 冬：先生生辰撰詩〈壬寅生朝遣懷〉，蘇文擢賀以〈何叔惠壬寅壽序〉（〈手札冊乙〉第一通）。	任教珠海書院（一九六二年九月至一九六五年七月）及官立文商夜校（一九六二年九月至一九六五年七月）。 暮春：與何叔惠、幼惠昆仲等遊荃灣東普陀寺，先生有詩（〈手札冊甲〉第三通、〈詩稿冊甲〉第十一通）。 壬寅五月：余少颿六十大壽，先生撰〈贈少颿生日〉七律三首，有句「管領蒲榴五月香」，六月致函何叔惠時鈔錄附上（〈手札冊甲〉第十一通、〈詩稿冊乙〉第一通）。〈詩稿冊乙〉第一通並錄先生與余少颿之貽贈砂壺紅茶疊韻唱和詩（也參一九八二年條）。 按：余少颿及宋菊存家人曾送贈蘇若瑚翰墨與先生，先生先後撰詩〈少颿買贈先祖唐碑便面二事賦謝〉及〈檢理先祖簡園公遺墨〉（〈詩稿冊丙〉第五通、〈手札冊甲〉第六通）。〈少颿買贈先祖唐碑便面二事賦謝〉有按語「予來港宋菊存先生家人贈以先祖遺墨逾百頁」（《詩文集》頁一八零）。

一九六三	癸卯	是年一月：先生夫婦訪蘇文擢不遇，一月三日得蘇氏致函道謝，並邀先生伉儷與六弟何幼惠夫婦一月六日茗敘（〈手札冊甲〉第二十三通）。 自九龍石硤尾邨遷居九龍城城南道，蘇文擢擬撰文致賀（〈手札冊甲〉第三十九、四十二通）。 六弟何幼惠長子何慶彤生（〈手札冊甲〉第四十三通）。 六弟何幼惠向蘇文擢查詢各書院優劣，以備升學，後何幼惠決定升讀經緯書院夜校部（〈手札冊甲〉第一通、〈手札冊乙〉第二十一通）。 先生有淚詩裝裱作《蠹餘墨淚手卷》，是年撰七絕〈題蠹餘墨淚卷子後〉附卷後。陳秉昌為手卷題七絕，起句「丈夫有淚不輕彈」（《存稿》頁二三一）。 按：陳秉昌一九九九年逝世；先生重檢手卷，撰七絕二首懷念。 與蘇文擢茶聚後撰〈市樓小茗同蘇九〉五律二首，繼起二人和唱，蘇文擢和詩〈次均何叔惠見寄〉第一首起句「活計依陳蠹，天涯虱駈親」（〈詩稿冊甲〉第十四通）。 八月：與蘇文擢等到鯉魚門擊鮮，蘇文擢有詩（〈手札冊甲〉第三十八、四十二通；〈詩稿冊丙〉第八通）。 任教珠海書院中學部（〈手札冊甲〉第四十三通）。 余少颿壬寅餞歲撰五律二首，先生癸卯元日和以〈癸卯元日試筆和蘇圃壬寅餞歲原玉〉（《詩文集》頁一九一）。 周日與余少颿、謝善權等文友在銅鑼灣金魚酒樓雅集（〈手札冊甲〉第五、七、九、二十一、三十六、三十八通）。又六十年代先生每早九時至十時常在北角之新遠來酒樓品茗（〈手札冊甲〉第二十五通、〈手札冊乙〉第十八通）。 按：謝善權乃蘇寶盉學生，先生曾贈詩（〈詩稿冊丙甲〉第六通）。又先生、余少颿等文友之周日茶聚有延續，後在男青年會、瓊華、翠悅、運城、倫敦、新樂、好彩等酒樓周日雅集，談文論藝，有稱「瓊華茶局」，為香港長壽雅集。日後之瓊華周日茶聚唱和參一九七一年《歲闌茗唱圖》介紹。 去函何叔惠，代梁隱盦為其母八旬壽慶徵集詩畫。徵集後因梁隱盦及其母雙雙病重而取消（〈手札冊甲〉第三十九、四十通）。 十二月一日（夏曆十月十六日）：蘇寶盉居港門人為蘇寶盉慶祝八秩冥壽，先生致函何叔惠邀作典禮司儀；先生並代蘇門同學會撰祝辭（〈手札冊甲〉第三十七通）。
一九六四	甲辰	六十年代，蘇文擢代香港詩壇創辦人郭亦園向先生徵詩，輯入《網珠集》（〈手札冊甲〉第八通）。 撰輓聯輓碩果詩社社盟周謙牧（《存稿》頁二七九）。 六月：為余少颿父親遺墨題〈余楚颿世丈殿試遺墨手卷跋〉（《詩文集》頁七七）。 屢受租務煩擾。同年居所並受颱風露比及莎利吹襲毀損（〈手札冊甲〉第十八通）。

年份	干支	何叔惠（薇盦）	蘇文擢（邃加室）
一九六五	乙巳	撰詩〈甲辰除夕〉、〈乙巳元旦〉、〈乙巳春感〉、〈乙巳冬感事〉等（《存稿》頁一三五、一三二、一一四）。	二月初一：次女廷秀生。次女一九八七年香港中文大學畢業（《邃加室翰墨》第四通）。 夏曆十一月廿三日：先生於亡母忌辰撰詩〈先母忌辰紀夢〉（《詩文集》頁一五零，也參一九五九年條）。 八月：任教位於香港島堅道之聯合書院中國語文及文學系。據中大校檔。先生時居北角馬寶道八十五號Ａ八樓。
一九六六	丙午	暮春：蘇文擢招飲，先生答謝以五言排律〈丙午春莫文擢九兄召飲寓齋賦成二十韻寄謝〉，有句「亂日積陰晦，伊人共海隅」、「情好敦三世，文華溢五車」（《存稿》頁一一六）。 夏及中秋前夕：先生同文友於碧園雅集，撰〈菩薩蠻〉及七絕四首（《存稿》頁二六九、一三五）。	任教聯合書院，仲春與聯合書院何添、鄭棟材等遊青山（《叢稿》頁一零一）。 為聯合書院中國語文學會會刊《華風》創刊號題詞五古〈題中文學會華風創刊〉（《詩文集》頁一五三）。 丙午冬至：為碩果詩社馮漸逵撰〈馮漸逵先生詩集序〉（《詩文集》頁八零）。 按：先生後於碩果詩社創社社盟逝世後撰七律〈碩果社敘舊感賦〉，結句「伍黃謝李沈泉後，回首山陽日暮吟」，撰寫年未詳（〈詩稿冊丙〉第三通）。
一九六七	丁未	孟冬：撰七古〈送周梁伉儷赴美畫展〉贈周千秋、梁粲纓（〈薇盦翰墨〉第四通）。	任教聯合書院。 冬：步曾克耑〈秋興次杜均〉韻撰詩。又撰五言排律〈惱公次昌谷韻〉等（〈手札冊甲〉第十七通）。
一九六八	戊申	戊申三月：撰詩〈贈六弟幼惠戊申生朝〉（《存稿》頁一三六）。	春：遊大埔桃源洞，撰詩〈携家人遊桃源洞〉（《詩文集》頁二一二）。 按：先生時參預何叔惠舅父位於大埔桃源洞之碧園雅集。

一九六九	己酉	為孔聖堂中學師生書畫展覽撰序〈孔聖堂校師生書畫聯展序言〉（《存稿》頁五五）。展覽在大會堂舉行，展出賈訥夫、馮康侯、梁伯譽、張韶石、黃思潛及關應良等書畫。	為孔聖堂中學校長梁隱盦撰〈孔聖堂中學師生書畫展覽會題記〉（《詩文集》頁八六）。
一九七零	庚戌	秋：撰詩〈重九前二日登慈雲山寄蘇九〉贈蘇文擢（《存稿》頁一三八）。 秋：訪徐又陵。先生與徐氏五十年代曾居荃灣芙蓉山竹林禪院（《存稿》頁一三七）。 冬：撰詩〈庚戌新寒二首卻寄文擢〉，記蘇文擢惠詩有句「各有艱難悔此來」（《存稿》頁一三七）。	夏：屢為痔漏所困，一九七零年夏天至一九七一年半年間，病情至為嚴重（〈手札冊甲〉第十四、十五通，〈手札冊乙〉第二、三通，〈詩稿冊乙〉第六通）。 葉恭綽口述、俞誠之筆錄之《太平洋會議前後中國外交內幕及其與梁士詒之關係》是年刊行，先生孟秋為書撰序，並代梁譚玉櫻撰跋（〈手札冊甲〉第二十八通）。 為余少颿《近代粵詞蒐逸》撰駢文序（〈手札冊甲〉第二十八通）。
一九七一	辛亥	一月十二日（庚戌十二月十六日）：先生母宋佩瓊女士（一八九三—一九七一）逝世，蘇文擢致函慰問（〈手札冊甲〉第十三、十四通）。 先生撰詩有句「知非猶昧去來因」，蘇文擢以此句回以轆轤體和詩五首，詩題〈眉庵詞兄寄詩有知非猶昧去來因之句屬予年五十誦之慨然有懷漫成長句五首〉（〈手札冊甲〉第四十六通、〈詩稿冊乙〉第十五通）。 約七十年代起先生在九龍城之茶樓定期與文友周末茶敘。	庚戌年底，蕭立聲為先生與余少颿主持之周日茶會繪〈歲闌茗唱圖〉，先生於小除夕以「茗椀香生」起句成七絕四首，其他文友相繼題詠，以後乙卯（一九七五）、戊午（一九七八）、戊辰（一九八八）歲闌同人亦有新詠，錄入〈歲闌茗唱圖〉手卷（《遺稿》頁十五）。手卷曾於二零二一年中國文化協會舉辦之「研經淑世：蘇文擢教授百歲冥壽紀念」展覽公開展出。 撰五古贈炳權，起句「就傅乘風去，寧親犯暑歸」（〈詩稿冊丁〉第八通）。 秋：為簡又文猛進書屋所藏黎簡《嘯傲煙霞山水人物冊》題五古一首（〈邃加室翰墨〉第一通）。又六十年代，先生曾撰〈宋皇臺懷古兼呈簡又文先生〉七絕六首（〈詩稿冊甲〉第四通）。 聯合書院是年遷入中文大學沙田校園。

年份	干支	何叔惠（薇盦）	蘇文擢（邃加室）
一九七二	壬子	辛亥臘盡去函蘇文擢，附淚詩索和。蘇文擢壬子初春撰詩答謝，結句「春來寄語雙薇館，破涕詩酬一笑溫」（〈詩稿冊丙〉第二通）。 暑假與夫人遊臺灣（〈手札冊乙〉第二通）。	任職聯合書院中文系。是年春開始休假九個月，輯《黎簡先生年譜》，撰自序。〈手札冊甲〉第三十四通、〈手札冊乙〉第二通）。 獲何叔惠轉贈潘兆賢一九七零年所輯《近代十家詩述評》（〈手札冊乙〉第三通）。
一九七三	癸丑	蘇文擢撰七律〈壬子除夕寫懷〉，起句「堂堂粗了一年身，未逐時流學美新」（《詩文集》頁二一四），先生和以〈讀文擢壬子除夕詩後有感〉，頸聯「晚節未須憂末路，儒書已分忍終身」（《存稿》頁一六一）。 春：先生與蘇文擢夜話，蘇氏撰五古〈癸丑三朝訪叔惠詞兄夜話即事感賦〉，起句「開歲逢三日，暄晴改故寒」（〈詩稿冊乙〉第十四通）。 秋：撰〈癸丑秋暮寄文擢〉五律二首，冬杪與蘇文擢茗敘後得其和作〈秋懷〉二首。是年冬先生長子何慶章將赴加拿大升讀大學，先生因此再撰詩〈章兒癸丑冬赴加深造以詩貽之〉送贈蘇文擢。（〈詩稿冊甲〉第十二通、〈手札冊乙〉第四、八通）。 先生檢出蘇文擢歷年贈詩出示蘇氏，蘇文擢撰七律〈薇莽檢示歷年酬贈之作感賦〉答謝，起句「不待紗籠與護持，理狂喜復到吟絲」（〈手札冊甲〉第三十四、四十六通、〈詩稿冊甲〉第二十通）。	是年得獲先人墨寶：一、癸丑春陳乃殷為購蘇寶盉一九一零年六言隸書聯「不役世俗之樂，惟謀我心所安」，先生撰七古長歌答謝（《詩文集》頁一七八）；二、是年秋得蘇若瑚一九一六年題贈浦雲大兄之「觀槿」橫軸，先生中秋撰文〈簡園公觀槿橫軸題記〉，論簡園公書法（《詩文集》頁一零三）。 所輯《黎簡先生年譜》是年梓行，送贈何叔惠、黃思潛（〈手札冊甲〉第三十四通）。
一九七四	甲寅	先生將蘇若瑚所書聯「會訪京關希鳳翼，未登星漢養鴻毛」贈與蘇文擢，蘇氏撰五古〈甲寅春朝訪叔惠詞長雙薇館承以先簡園公北法楹聯見贈〉答謝。一九八八年，蘇文擢將此聯送贈順德文物館，贈前自摹聯留念（〈詩稿冊乙〉第十二通）。 冬：與蘇文擢茗叙談教養（《詩文集》頁一六零）。	夏：撰〈新古詩十九〉，後鈔錄其中第十九首寄示蘇錫文，首句「登彼太平山」（〈邃加室翰墨〉第八通）。 夏：自香港島移居九龍塘。

一九七五	乙卯	先生觀友人回粵所攝照片，撰詩〈觀相八詠〉寄示蘇文擢，蘇氏誦之淒然有鄉關廬墓之思，遂以先生五律〈大吉祥清集同古愚、少波、鏡宇、澤浦〉韻次韻二首回贈（〈詩稿冊丙〉第九通）。 參加一九六一及一九七五年佛泗居士張丹召集之清涼法苑雅集，撰詩〈清涼法苑小集即呈佛泗居士〉及〈小集清涼法苑詩贈張丹居士〉（〈詩稿冊乙〉第十通）。	居九龍塘，撰山行五絕二十三首（《詩文集》頁二二七）。 冬：參加張丹清涼法苑雅集，撰五古〈乙卯冬張丹女士招酌清涼法苑賦贈〉（《詩文集》頁一六一）。 懷國內弟妹，仲冬撰五古〈乙卯仲冬港中奇寒念穗垣弟妹〉（《詩文集》頁一六一）。
一九七六	丙辰	於香港島上環設「鳳山藝文院」，教授詩古文辭及書法（也參一九八五年條）。	撰詩〈次韻蘇圃大兄乙卯歲闌茗集見寄〉贈余少颿（《詩文集》頁二二一；周日茶會之〈歲闌茗唱圖〉介紹參一九七一年條）。 夏曆四月：撰七古長歌〈天安門歌〉（〈手札冊乙〉第十一通）。
一九七七	丁巳	撰詩〈丁巳初春重過北角清風街念小閣樓懷徐又陵丈〉懷念曾居竹林禪院之徐又陵（《存稿》頁一四零）。 先生曾撰詩論冬心公書法（〈手札冊乙〉第十二通）。	清明：撰文記念祖父、父親：〈先王父簡園公事略〉及〈先考冬心府君傳略〉（《詩文集》頁一一二、一一三）。 先後購得蘇若瑚及蘇寶盉光緒三十年（一九零四）居北京時墨跡，撰五律一首（《詩文集》頁一九六）。
一九七八	戊午	與夫人梁絜貞舉辦書畫展，蘇文擢元日為撰〈何叔惠梁絜貞夫婦書畫展贈序〉（《詩文集》頁一零九）。 戊午臘月：受鯷海局勢激發，先生撰「悲見生涯百憂集」十二韻長律寄示蘇文擢，蘇文擢後和以五律三首，第一首起句「塵沫浮千劫，頹年引百憂」（〈詩稿冊甲〉第十三通）。	撰詩〈丁巳歲闌茗唱得不字〉（《詩文集》頁二二四）。周日茶會〈歲闌茗唱圖〉介紹參一九七一年條。 所著《韓文四論》及《淺語集》是年刊行（〈手札冊乙〉第二十五通）。 秋：自九龍塘遷入香港中文大學宿舍。入住中大前曾居銅鑼灣希雲街禮雲大厦廿五號九樓（〈手札冊甲〉第二十四通）、北角馬寶道八十五號Ａ八樓（一九六五年，北角大廈，與余少颿為鄰，〈手札冊甲〉第三十二通）、北角馬寶道八十五號十三樓ＨＧ座（〈手札冊甲〉第二十七通）及九龍塘。 按：先生五、六十年代屢為租務所困，曾與業主不睦（〈手札冊甲〉第二十四、三十二通）。

年份	干支	何叔惠（薇盦）	蘇文擢（邃加室）
一九七九	己未	離鄉順德水籐三十年後，是年與夫人及五弟、六弟重遊故鄉，撰〈懷鄉〉七言絕句四十首，各繫註釋，後由六弟何幼惠鈔錄，一九八二年刊曰《懷鄉詠》（〈詩稿冊丙〉第十八通，也參一九八二年條）。	戊午祀竈後一日，次韻余少颿歲闌茗唱五律四首（《續稿》頁二）。周日茶會之歲闌茗唱介紹參一九七一年條。 居中文大學宿舍，十二月撰七律〈大學宿舍偶題〉、〈偶成〉及其他詩。〈偶成〉有句「定中佳住不名遷」，小注「居港以來幾於三年一徙宅」（《續稿》頁七、三一）。 撰七律〈己未臘月得十一弟書知滬上廣肇山莊夷為平地，先君墓失所在，泫然賦此〉（《續稿》頁三一）。 為余少颿新著題七古長篇〈題少颿所輯廣東歷代詩鈔〉（《詩文集》頁一八五）。
一九八零	庚申	初夏：長女雙齡出嫁，撰詩〈庚申初夏長女雙齡于歸麥氏詩以遣之〉（《存稿》九七）。 初夏：先生與夫人、梁耀明夫婦，陳秉昌夫婦遊丹霞山，回程在翁源遇車禍受傷，撰〈覆車〉七律二首（《存稿》頁一二六）。 撰〈壽絜廬六十初度〉七律二首（《存稿》頁一八六）。	
一九八一	辛酉	夏天宿聽曉山房，撰詩〈辛酉初夏宿聽曉山房呈主人鍥齋先生〉（《存稿》頁二零八）。 按：傅靜庵與文友一九七六年組「愉社」，時於梁耀明（鍥齋）梅窩別業聽曉山房雅集。	二月：伍絜宜贊助刊行蘇若瑚《宮教集》，先生撰〈先祖宮教集刊行感賦并贈絜宜鄉先生〉五律三首答謝（《續稿》五六）。 六月：遊臺灣，撰詩〈臺灣紀行〉四十二首，多與羅尚贈答（《續稿》頁六七至七三）。
一九八二	壬戌	辛酉十二月至壬戌初九日，蘇文擢撰二十三疊〈偶書〉韻詩（骸、偕、蛙、涯、諧）（《續稿》頁八五至九六）；另有廿四疊和詩（《遺稿》頁一一三）。是年正月，先生曾和詩一首，蘇文擢於正月廿七日答謝以〈廿一疊韻奉酬薇盦詩長賜和偶書二首〉（《續稿》頁九五）。 先生一九七九年所撰《懷鄉詠》是年刊行，蘇文擢為撰〈懷鄉詠序〉（〈詩稿冊丙〉第十八通，也參一九七九年條）。 夏曆八月：先生撰〈壬戌秋感〉二律，八月初七日蘇文擢和詩〈次韻薇盦詞長壬戌秋感二律〉，第一首起句「漸覺徂年意，驚秋早作聲」（《存稿》頁九八、《續稿》頁一一二）。	夏曆三月：余少颿歸隱廣州東湖，先生撰詩〈達人篇贈別蘇圃大兄歸隱東湖〉相贈，日後與余氏書信贈答亦甚頻密（《續稿》頁一零二、一一三）。余少颿夏曆五月生辰，先生廿年前賀壽詩曾有句「管領蒲榴五月香」，余氏甚喜愛，曾治印記存，余少颿是年八十大壽，先生遂再以此句用轆轤體撰七絕四首賀壽（〈詩稿冊乙〉第一通，也參一九六二年條）。 六月：與家人遊澳門（《續稿》頁一一七至一一九）。 陳蕾士藏周氏舊藏簡園公題字之古琴一張，曾贈題字「洛象琹篋」拓本與先生留念，先生撰詩賦謝（《續稿》一一零）。

一九八三	癸亥	夏曆八月：先生在女婿赤柱家渡中秋，撰七律〈癸亥八月十四夜〉、〈癸亥中秋〉、〈癸亥八月十六〉寄贈蘇文濯，因居九龍城，隨函自稱「城南二無老」、「二無老人」，並附「二無老人」釋義原由。蘇文濯因此用〈癸亥八月十六〉贈詩韻，撰詩〈薇莽詞兄寄示二無老人釋名憂時思苦詩以廣之即用所寄十六夜韻〉答謝（〈手札冊乙〉第十七通、〈詩稿冊乙〉第十六通）。 按：蘇文濯九月另有和詩，結句「寄語城南二無老，作詩聊占定中天」（〈詩稿冊丙〉第十七通）。 撰詩〈癸亥秋重過碧園感賦〉（《存稿》頁二六三）。 重陽：先生撰七律〈癸亥重九〉，蘇文濯九月倒和原韻贈詩，撰〈薇庵見示九日七律倒次原韻卻寄〉（〈詩稿冊甲〉第二十一通）。 九月：先生撰七律〈即事〉，蘇文濯和詩〈薇庵詞長寄示即事一首例和元韻奉答〉（〈詩稿冊丙〉第十七通）。
		所輯《邃加室講論集》初版是年刊行，一九八五年臺北文史哲出版社增訂再版（〈邃加室翰墨〉第二通）。《邃加室講論集》收錄先生歷年演講搞：道教聯合會、中文大學、珠海書院、中國文化協會、孔聖堂、孔教學院、學海書樓、諸聖堂等院校、機構。 用簡園公論詩絕句韻撰詩題簡園十石拓本七絕兩首，第一首云：「墨海書林有具區，魏唐三昧美淵乎。千秋嶺雅聲名在，肯向宣仁炫溢都」；第二首云：「歐虞褚薛幾人昌，莫逐時流較短長。鴝硯留題生恨晚，飛鴻何處問攀翔」（《續稿》頁一一八）。 按：簡園十石乃蘇若瑚民初為記念其師李文田手蹟而刻存，一九一五年毀於水災。先生僅藏十石拓本。拓本末有蘇寶盉楷書簡園公論書絕句二首，先生遂步韻和作上述二首以為紀念。又一九九四年孟夏，先生重檢十石拓本，於鳴社命題作詩，先生先撰〈題簡園十石拓本〉五古二首（《遺稿》二三二）。 十月一日：先生聯合書院中文系教席獲延長兩年，至一九八五年中。為配合退休安排，先生是年九月自大學宿舍移居荃灣九咪翠濤閣三十一樓（〈手札冊乙〉第三十二通）。夏曆十一月二十三日撰五古〈自大學移住荃灣瞬經二月，小屋如舟，文籍不容，或存寄校中，加以日踵長途，塵勞萬狀，較之五年山居又一時也，次均陶公移居二首〉（《續稿》頁一四九）。

年份	干支	何叔惠（薇盦）	蘇文擢（邃加室）
一九八四	甲子	夏：和蘇文擢詩，撰〈甲子夏文擢以近作香江即事十九首見寄依數和之〉，第一首起句「麗譙高敞媲齊雲，東海明珠舉世聞」（《存稿》頁二零零）。 先生撰〈甲子重九海隅即事〉七絕二首，蘇文擢和以〈甲子重九海隅即事和薇盦二絕句〉，第一首起句「一水何由辨濁清」（〈詩稿冊乙〉第二通）。 為六弟何幼惠書二伯父何國澧所撰〈香港東華醫院六十周年紀念記〉撰跋（《何幼惠書何蘭愷太史遺作手卷》，也參一九三零年條）。 秋：與夫人遊羅浮山九龍潭，為照片題詩〈題雙照圖〉（《存稿》頁二六三）。 生辰撰詩〈甲子六六生朝〉（《存稿》頁一一九）。	九月：所輯〈邃加室詩文續稿〉刊行。 夏曆閏十月十四日：父親冬心公一零一歲冥壽，弟子於上海雅集祝壽，先生為鍾槐森畫畫八幅題詩（《叢稿》頁三至五）。
一九八五	乙丑	春：先生依王沂孫〈齊天樂．蟬〉原調，填詞〈齊天樂．詠蟬〉，抒發江關流寓之悲（《存稿》頁二七三）。是年正月蘇文擢次韻撰〈齊天樂．詠蟬〉（《叢稿》頁一二）。 「鳳山藝文院」是年於香港大會堂舉辦十周年書畫展，展出先生伉儷與藝文院導師暨同門四十餘人書畫，徐又陵子嗣徐淦太平紳士為展覽剪綵。書畫展輯《鳳山藝文院十周年書畫》（也參一九七六年條）。	清明後一日：先生填詞〈一枝春〉，憶記早前上海祖墳被移為平地（《叢稿》頁一三）。 夏天自中大中國語文及文學系退休，冬天任教中文大學教育學院。是年五月先生致函教育學院杜祖貽教授，送贈其《邃加室講論集》修訂版（《邃加室翰墨》第二通）。又先生曾有信函致杜祖貽，討論《論語》（《邃加室翰墨》第三通）。 冬：自荃灣遷居九龍太子道鬧市，齋曰「寄塵庵」。乙丑移居詩有小注「予弱冠足歷九省，來港三十七年十六移居矣」（《叢稿》三九）。

一九八六	丙寅	夏曆三月：先生撰七律〈裴回〉，有句「一念裴回意未平」，蘇文擢和以〈倒韻和答薇庵裴回一首〉（《叢稿》頁五一）。 夏曆四月：用五歌韻「和波何歌蘿」撰七律，蘇文擢和以〈次韻薇弇見寄〉（《叢稿》頁五一）。 四月：撰七律〈書懷〉，蘇文擢和以〈薇盦寄示書懷一首步韻奉達答〉（《叢稿》頁五二）。 六月：撰詩〈焦卒〉，蘇文擢和詩〈次韻薇盦焦卒一首〉（《叢稿》五五）。 中秋：先生在大女婿大嶼山石壁宿舍賞月，撰詩〈丙寅中秋石壁甥館賞月簡蘇九一豫〉寄示蘇文擢及陳一豫，蘇文擢隨後和詩〈薇盦詞長寄示中秋石壁賞月詩用韻口占奉答〉，結句「遙知石壁藤蘿月，應為雙薇照倚樓」（〈詩稿冊乙〉第三通）。 丙寅十一月：撰六八生朝感懷七律五首，有句「獨携尊酒一憑闌」，蘇文擢次韻五首之其中一首（〈詩稿冊乙〉第十八通）。 先生撰詩〈丙寅先慈忌辰泣賦〉，有句「銜哀十六年」（《存稿》頁七九）。	居太子道「寄塵庵」，任教中大教育學院（〈詩稿冊丙〉第十六通）。 先生續主持周日茶會，正月三十日撰詩〈瓊華茶座丙寅新春宴集賦呈諸公〉，有小注「十餘年前茶座同人有歲闌茗唱之舉，近年以迎年代之」（《叢稿》頁四七，介紹參一九七一年條）。 先生年中以後與何叔惠有連串「詩涯時離悲」韻七律唱和詩，丙寅七月十九日第一首和詩詩題〈薇盦因大鈍有風雨山河淚、言歸異故鄉之句感成一律寄示依韻奉和〉（〈詩稿冊丙〉第十二至十六通、〈詩稿冊乙〉第十七通）。 八月：去函何叔惠，邀為梁譚玉櫻所輯《燕居叢憶錄》題詞（〈手札冊乙〉第十八通）。又先生是年春撰〈梁譚玉櫻遺著燕居叢憶錄序〉、冬至撰詩〈題梁譚玉櫻居士燕居叢憶錄四十六韻〉（《叢稿》頁一二四、頁六六）。

年份	干支	何叔惠（薇盦）	蘇文擢（邃加室）
一九八七	丁卯	蘇文擢正月初二日撰七律〈丁卯開歲書懷〉（《叢稿》頁六九），先生疊韻和詩〈次文擢丁卯開歲書懷元勻〉四首，第一首頸聯「笑我沈吟偕老句，共君珍惜自由春。」（《存稿》頁一二二）。 夏曆閏六月：在廣州傷膝，回港在廣華醫院施手術，撰〈病院吟〉七絕十首（《存稿》頁一九三）。 亡母是年九十五歲冥壽，先生撰詩〈丁卯先慈九五冥壽〉（《存稿》頁一四六）。 憶亡父，撰〈丁卯季夏重讀先君子獄中遺子書泣賦〉五律二首（《存稿》頁九三，也參本章一九五二、一九六一年條）。	主持周日茶會，正月初三撰詩〈丁卯迎年四首賦贈瓊華茶座諸公即正〉（《叢稿》頁七零）。 夏曆四月：撰詩〈丁卯四月廿三日母忌辰〉（《叢稿》頁八五）。 仲夏：為中大教育學院撰〈香港中文大學何添樓記〉（《叢稿》頁一一七）。 大暑：撰七律〈重攝先慈遺照供奉影堂恭賦〉（《叢稿》頁一零六）。 夏曆六月：遊深圳，撰詩〈夏遊五首〉（《遺稿》頁二八）。 夏：中大教育學院院長杜祖貽休假赴美，先生書七律紈扇貽贈。又是年立秋先生另有七律寫贈杜祖貽（《邃加室翰墨》第五、六通）。 按：先生一九九六年亦曾為杜祖貽《中國文學古典精華》題辭「沈浸醲郁、含英咀華」（《邃加室翰墨》第七通）。
一九八八	戊辰	夏：先生贈詩蘇文擢，有句「雁尚飄零燕未歸」，蘇氏六月初二日和以〈次韻薇庵見寄〉七律，起句「海隅舌課未全非，獨恨砭時力尚微」（〈手札冊乙〉第十通、〈詩稿冊丁〉第一通）。	與學生成立「詩學小組」，教授詩詞創作（〈手札冊乙〉第十三通）。 二月廿四日：十一用一九七零年庚戌〈歲闌茗唱圖〉題詩之斜川韻，撰詩〈贈瓊華茗坐諸公〉贈茶會同人（《遺稿》頁十五，〈歲闌茗唱圖〉介紹參一九七一年條）。 三月初八日：先生組織之法住學會國學班開學，賦詩贈導師及學員（《遺稿》頁十六）。 夏：遊三峽，撰詩輯《三峽吟草》（《遺稿》頁三零至四一）。 戊辰下元：去函杜祖貽賀歲（《邃加室翰墨》第四通）。 冬：回穗與諸弟妹相聚，撰詩及〈羊城雜詠〉七章（《遺稿》頁四八至五三）。

一九八九	己巳	先生次子文兒離港十年後自英歸港，撰詩〈文兒自英歸港賦詩志慰〉（《存稿》頁一六一）。 先生與夫人舉辦書畫聯展。	三月初六日：填詞〈金明池〉，談移民（〈手札冊乙〉第十一通）。 夏曆九月：為何叔惠夫人梁絜貞題〈九秋花卉圖〉（《遺稿》頁七零）。
一九九零	庚午	憶亡母，撰詩〈己巳歲臘先慈棄養廿周年泣賦〉（《存稿》頁一五零）。 和蘇文擢鳴社社課〈秋荷四絕〉，撰〈秋荷和文擢〉（《存稿》頁二六六，〈手札冊乙〉第十六通）。	自中大教育學院退休。 按：退休前後在法住學會、中國文化協會組織國學班，推廣國學。 三日七日（夏曆二月十一日）：文友余少颿於廣州逝世，撰輓詩（〈手札冊乙〉第十三通）。 詩小組是年定名鳴社。秋天鳴社社課〈秋荷四絕〉，先生撰示範作四首（〈手札冊乙〉第十六通）。
一九九一	辛未	撰詩〈庚午除夕〉（《存稿》頁一八四）。	夏：與學生回鄉順德，遊大良，取道澳門歸港，有詩（《遺稿》頁一二八至一三一）。 仲冬：在太子道齋寓寄塵庵舉辦書法展，撰〈自題書法展兼示鳴社諸子〉（《遺稿》頁一四二）。
一九九二	壬申	八月：粵曲大師王心帆逝世，先生撰詩〈輓王心帆丈〉（《存稿》頁七四）。	與鳴社定期舉行詩會。 三月：回鄉順德，撰詩〈後還鄉四首〉、〈烏洲行〉。清明撰詩〈題南社研究會贈馬以君〉（《遺稿》頁一四八至一五二）。 初夏：遊廣東從化，有詩（《遺稿》頁一五二至一五四）。 夏曆七月：遊中山，撰詩《鄉泉八詠》等（《遺稿》頁一六六）。 夏曆八月：遊廣西七星岩、灕江、桂林，有詩（《遺稿》頁一六八至一七四）。

年份	干支	何叔惠（薇盦）	蘇文擢（邃加室）
一九九三	癸酉	行書書其父何國溥贈別簡朝亮七言律詩，起句「六經華夏自千秋，巨眼曾無五大洲」（〈薇盦翰墨〉第二通）。 初夏：行草書七絕題周千秋、梁粲纓夫婦書畫展覽，起句「娑婆世界神仙侶」（〈薇盦翰墨〉第五通）。 夏：遊加拿大多倫多，訪柯文遠，獲贈桂坫一九四二年敬賀張學華重遊泮水詩橫幅，先生隨後撰跋記錄翰墨因緣（〈薇盦翰墨〉第六通）。 九月：先生與六弟在香港藝術中心舉辦「何叔惠昆仲書法展覽」，蘇文擢為展覽題字。	壬申謝竈日：自太子道寄塵庵遷居沙田富豪花園，撰詩〈壬申殘臘自寄塵庵遷住沙田〉，有句「四十三年十八遷」（《遺稿》一七九）。 壬申殘臘：與家人遊上海，撰詩〈淞雲雜詠〉（《遺稿》頁一七九至一八三）。 暮春：回鄉順德烏洲小住，有詩（《遺稿》頁一九零）。 四月至六月：二豎纏身，撰詩〈病興吟〉、〈後病興吟〉、〈病後遣興〉等（《遺稿》一九一、一九三至一九六、二零零）。 夏天：遊新加坡，撰詩〈聖淘沙酒店即景〉、〈星洲書感〉（《遺稿》二零七）。 八月：撰〈厚建仁兄簡園公書學探微印行賦贈六絕〉贈梁厚建（《遺稿》二零六）。 按：梁厚建是年輯《順德蘇若瑚先生書學探微》，注譯論析蘇若瑚《書學答問》及《北朝書派述》。
一九九四	甲戌	先生時與六弟探訪患病之蘇文擢並撰詩問疾，起連番贈答（〈手札冊甲〉第四十七通；〈手札冊乙〉第三十三、三十四通；〈詩稿冊丁〉第五、六、七通）。 按：先生曾有七律〈中宵不寐月色浸窗有感寄懷邃加室主人〉，撰寫年待考，云：「貧亦能安病不堪，沙田咫尺我城南。微茫月色看圓缺，寥落人生有苦甘。三代論交綿世業，卅年作客倦春蠶。相憐孤抱還相惜，一卷重開老學庵。」（《存稿》存稿頁一四五）。	癸酉、甲戌間：先生二豎纏身，撰〈小極吟草〉等詩輯，文友紛紛問候。 六月至八月：先後遊澳門、廣州，海南島，有詩（《遺稿》二四二、二四五、二四七、二四九至二五一）。 夏曆四月：先生和何叔惠贈詩〈次韻薇盦鄉兄再贈二律〉，第一首起句「清和芳草候，惆悵過花時」（〈詩稿冊丁〉第四通）。 秋：撰詩〈中國文化協會文化學術研習班第四屆開學禮賦贈講席諸子及學員〉（《遺稿》二五三）。

一九九五	乙亥	秋：夢會已逝世之碧園主人，即舅父阮自揚，醒後淒然有感，撰七律回憶昔日碧園雅集（《存稿》頁一四六）。 與鳴社諸子唱和贈答。
一九九六	丙子	一九九六年二月十四日，即乙亥十二月廿六日，結婚五十周年，撰七律一首，起句「結縭又值情人節，西俗金婚五十年」（《存稿》頁一四七）。 七月五日：獲珠海書院頒授名譽博士學位。 八月一日：獲委任中大中國文化研究所名譽學人，為期一年至一九九七年七月三十一日。 按：先生曾集江文通、陶淵明句書聯「攝生貴處順，欲辯已忘言」送贈中國文化研究所榮譽教授劉殿爵（《邃加室翰墨》第十通）。 十一月十五日：撰七律賀夫人楊淑明六十壽辰（《遺稿》二五七）。

年份	干支	何叔惠（薇盦）	蘇文擢（邃加室）
一九九七	丁丑	蘇文擢四月二十日逝世，先生撰輓聯云：「通家三代夙相孚，何況誼篤枌榆，情猶骨肉，回憶聯吟刻燭，煮茗談心，四十年聲氣應求，空留此憂患餘生，重溫舊夢；碩學八方同景仰，未忍再開函牘，雒誦篇章，愁聽啼苦子規，歌悲薤露，一剎那陰陽隔絕，只贏得龍鍾老淚，來哭故人。」（《存稿》頁二八二）。 先生另撰〈輓蘇文擢九兄〉七絕六首： 其一：「老病何堪滯異鄉，子山辭賦斷肝腸。秋風吹起魚門浪，怕見人間換海桑。」 其二：「歌楚些兮淚和聲，憑棺一慟送君程。極知此別無重會，肯信如來有再生。」 其三：「氣類知無形地隔，交親期作弟昆看。卌年敬愛應無忝，留得餘生惜羽翰。」 其四：「口味淡甘同所嗜，苦瓜酸菜媲珍饈。平原歎逝愁如海，來弔青蠅衣敝裘。」（小注：丙子冬，余赴沙田問疾，君邀午膳於市樓，菜中有苦瓜炒鹹酸菜一味，乃君所夙嗜，余食而甘之。孟子云口之於味也有同嗜焉。歸後屬室人數進，以償口腹之欲，而君長往矣）。 其五：「兒女情深責可完，揭來二祖得心安。此身若問云何住，泡影微塵等量觀。」 其六：「黃罏酒熟增腹痛，鄰笛聲傳入暮寒。珍重故人函草在，摩挲老眼百回看。」（《存稿》頁二零三）。 夫人七十七歲生辰，先生撰七律二首〈壽絜廬七七生朝〉（《存稿》頁一四七）。 孟夏：書李白七古〈將進酒〉（《薇盦翰墨》第一通）。 夏：行書書五古橫幅，起句「去日不可挽，來日不可止」（《薇盦翰墨》第三通）。 先生將所藏蘇文擢歷年寄贈之信函、詩稿捐贈香港中文大學文物館。	春：為聯合書院撰〈聯合書院四十周年校慶記〉（《遺稿》頁二七六）。 四月二十日，先生病逝威爾斯醫院，五月十一日舉殯，五月三十一日在聯合書院舉行追思會。輯〈蘇文擢教授哀思錄〉。

一九九九	己卯	戊寅十一月：先生伉儷、何幼惠與友儕創辦之大方書畫會在香港大會堂舉辦書畫展覽。	
二零零一	辛巳	先生《薇盦存稿》上冊、下冊是年刊行。	
二零零二	壬午		嗚社將先生六十年代在恒生銀行之道德講座錄音整理，輯《儒學論稿》一書。同年並輯《邃加師逝世五周年紀念集》。
二零零六	丙戌	先生與夫人舉辦書畫聯展，刊《三在堂詩書畫冊》。	
二零零七	丁亥		四月：先生逝世十周年，中大聯合書院、大學圖書館、文物館及嗚社合辦「魏唐三昧：蘇文擢教授法書展」及「蘇文擢教授詩詞朗誦會」，輯《魏唐三昧：蘇文擢教授法書展專集》及《蘇文擢教授詩詞朗誦會詩詞注釋》。
二零零八	戊子	先生自九龍城城南道遷居將軍澳。是年將歷年在鳳山藝文院、香港電台、學海書樓講學之錄音帶全數捐贈中大圖書館，作數碼處理，待上載至圖書館之數碼館藏「國學餘音：學海書樓及其他國學講座錄音資料庫」。 網站：https://repository.lib.cuhk.edu.hk/tc/collection/cuhkhokhoi 按：資料庫收錄早年國學名宿講學錄音，包括蘇文擢七十年代主講之元曲、陶淵明詩、韓柳文，二零二三年對公眾開放。	
二零一二	壬辰	先生夏曆十一月初八日（十二月二十日）病逝將軍澳醫院。《薇盦先生紀念集》輯先生生平、各界輓聯及哀輓詩詞。	

年份	干支	何叔惠（薇盦）	蘇文擢（邃加室）
二零一四	甲午	是年十一月至二零一五年二月，香港中央圖書館舉辦「弘文善藝：何叔惠藏品展」。 先生夫人梁絜貞女士是年病逝，享年九十四歲。	
二零一八	戊戌	「何叔惠、梁絜貞夫婦遺作展」於二零一八年十二月在香港中央圖書館展出。	嗚社建立「蘇文擢教授紀念網站」。 網站：https://somanjock.org/ 按：二零二三年輯《蘇文擢教授紀念文集》。
二零一九	己亥		先生夫人楊淑明女士夏曆七月十九日，即西曆八月十九日病逝。夫人一九三七年生，享年八十三歲。
二零二一	辛丑		先生百歲冥壽。中國文化協會於七月二日至三十日舉辦「研經淑世：蘇文擢教授百歲冥壽紀念」展覽，先生哲嗣蘇廷弼策展。
二零二三	癸卯	《海角嚶鳴：香港中文大學文物館藏蘇文擢致何叔惠函牘》刊行，香港中文大學圖書館、文物館出版，收入《香港中文大學圖書館叢書》第十種。	由蘇廷弼策劃，「蘇文擢基金會」設立獎學金，以促進研究先生生平與著作。 網站：https://smjresearch.org/

部分邃加室未繫年詩詞	一、〈春雲步叔惠韻〉（〈詩稿冊甲》第二通） 二、〈春日寄懷叔惠詞長即希正和〉（〈詩稿冊甲〉第十六通） 三、〈夏日偶成〉（〈詩稿冊甲〉第十七通） 四、〈春來冷雨連空，悵然有作〉（〈詩稿冊乙〉第四通） 五、〈小磐詞兄寄示秋至長句次韻奉答〉（〈詩稿冊乙〉第五通） 六、〈即興〉（〈詩稿冊乙〉第七通） 七、〈百字令・贈湯定華書畫展〉（〈詩稿冊乙〉第八通） 八、〈蝶戀花・暑雨〉（〈詩稿冊乙〉第九通） 九、〈埽花遊〉（〈詩稿冊乙〉第十三通） 十、〈端節前寄裦薇葊詞兄即正〉（〈詩稿冊丙〉第四通） 十一、〈春日書懷〉（〈詩稿冊丙〉第十一通） 十二、〈踏莎行・春飲次眉庵社盟元均〉（〈詩稿冊丙〉第十九通） 十三、〈讀巢經巢集寄荔莊〉（〈詩稿冊丁〉第二通） 十四、〈薇盦詞長寄示惜別失題二首，詞意淒婉，次韻奉答即政〉（〈詩稿冊丁〉第三通）

跋

二零零七年四月，先師國學名宿蘇文擢教授逝世十周年，值其任教之聯合書院成立五十周年院慶，香港中文大學圖書館、聯合書院、文物館及鳴社，聯合為先師舉辦書法展覽及朗誦會作紀念。時本人任職大學圖書館，與外子郭偉廷分別為紀念活動主編《魏唐三昧：蘇文擢教授法書展專集》及《蘇文擢教授詩詞朗誦會詩詞注釋》，以懷師恩。回想當日策劃書法展覽、輯錄專集，經驗尚淺，幸得文物館館長林業強教授不吝賜教，於編訂翰墨、釋文辨印及展品編排屢提供寶貴意見，深感銘內；期間並獲悉何叔惠先生（薇盦詞丈）曾將先師歷年所贈信函、詩稿全數六冊捐贈文物館，使墨寶得以更好護持，欣喜不已，遂先選取其中七通，輯入《魏唐三昧：蘇文擢教授法書展專集》，讓讀者先睹為快，並徵得林館長同意，嗣後將六冊翰墨全數梓行，以饗後學。惟隨後館務纏身，且又忙於整理香港古典詩文文獻，編纂《香港中文大學圖書館叢書》，未暇兼顧所擬計劃，於此一直耿耿於懷。二零二一年，拙著《香港古典詩文集經眼錄續編：詩社集、詞社集》完稿，稍得空暇，遂與外子編輯《海角嚶鳴：香港中文大學文物館藏蘇文擢致何叔惠函牘》，使先師五十年代以後寫贈薇盦詞丈信函、詩詞、書畫題跋得以梓行流播，嘉惠學林。

是書收錄先師致薇盦詞丈六冊信函以外，並附文物館所藏二人其他翰墨。輯錄既成，撫卷摩挲，緬想先師與詞丈風骨淩霜，雖經世變，遭時多難，不得已流寓海隅仍以學養抱負恢弘傳統文化，扢揚孔道，樂育菁莪，深為敬慕！回憶二千年代初認識薇盦詞丈，得親謦欬，時詞丈於鳳山藝文院設帳教授詩文書法，後將其歷年講學錄音帶送贈中大圖書館，經數碼處理永久保存，至為珍貴。詞丈心繫桑梓，情篤故舊，每於平居晤談中追懷先輩流風餘澤，對先師道德文章尤推崇備至，時細述二人經歷數紀之苔岑因緣、文字唱和。今手攬斯編，若重親炙二人風儀典範，深悟先師昔日與摯友嚶鳴唱酬，抽毫染翰，又豈祇怨嗟抑塞之寄托，而是蘇、何兩家奕代情誼之印證，亦南來碩彥之珍遺瑰寶；先師序薇盦詞丈為紀念其二伯父重宴瓊林而製之《瑞蓮圖》云：「餐仰芳流，永言芬響；披圖如覿，望古匪遙」，函牘流布在即，蓋亦所祈，是為跋！

癸卯端午　鄒穎文跋

鳴謝

輯錄是書期間，屢蒙圖書館前副館長劉麗芝博士鼓勵，香港中文大學圖書館及文物館鼎力支持，撥款編印專集，延續以嶺南文獻為重心之《香港中文大學圖書館叢書》，謹致謝忱。又大學圖書館新任館長文奈爾先生、文物館館長姚進莊教授、蘇文耀教授子嗣蘇廷弼教授、何叔惠先生哲嗣何慶章先生，與及圖書館前館長施達理博士、文物館前館長林業強教授、文物館陳冠男博士及黎佩怡女士、何叔惠先生幼弟何幼惠先生、何叔惠先生同鄉何乃文教授、香港中文大學教育學院創院院長杜祖貽教授、香港中文大學出版社葉敏磊女士與張煒軒先生等，或為書題籤，或提供翰墨圖像，或惠賜序言，或協助審定書名書稿與釋文辨印，或口述舊聞逸事，或主理編務，不勝感激，謹此一併致謝。